谨以此书

◎纪念邢台地震和抗震救灾50周年

◎深切缅怀敬爱的周恩来总理

◎感谢党中央、国务院、中国人民解放军和全国各族人民的无私帮助和大力支援

◎感谢地震灾区中舍生忘死、舍己救人、先人后己、先公后私、恢复生产、重建家园的广大党员、干部和人民群众

◎悼念地震中罹难者的亡灵

◎献给奋进中的730万邢台人民

1966年3月10日，周总理到邢台视察灾情，慰问受灾群众，在隆尧县白家寨群众大会上号召：自力更生！奋发图强！发展生产！重建家园！

周总理在白家寨同老农亲切交谈

周总理用过的粗瓷碗

百尺口地裂缝

3月22日地震时隆尧县境内地面喷沙冒水

白求恩国际和平医院的医生为受伤群众看病

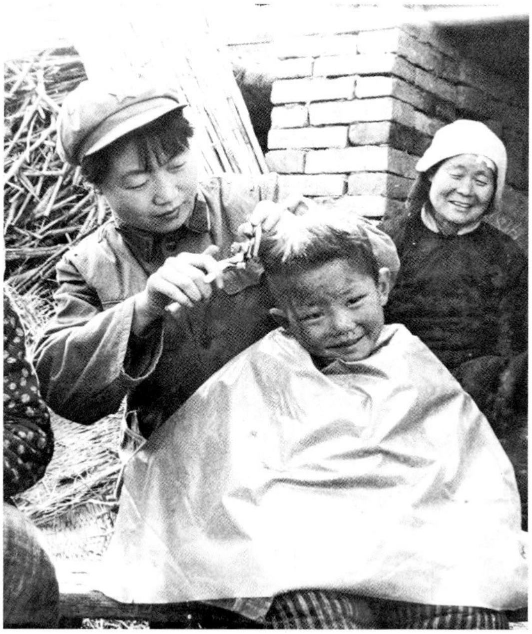

解放军某部阎杰在看病之余为灾区儿童理发

解放军4768部队工兵连把一日三餐节约下来的粮食送到群众手里

空军468医院的护士扶着受伤的群众去就诊

解放军4649部队战士抚养了毛尔寨在震灾中失去父母的两个儿童

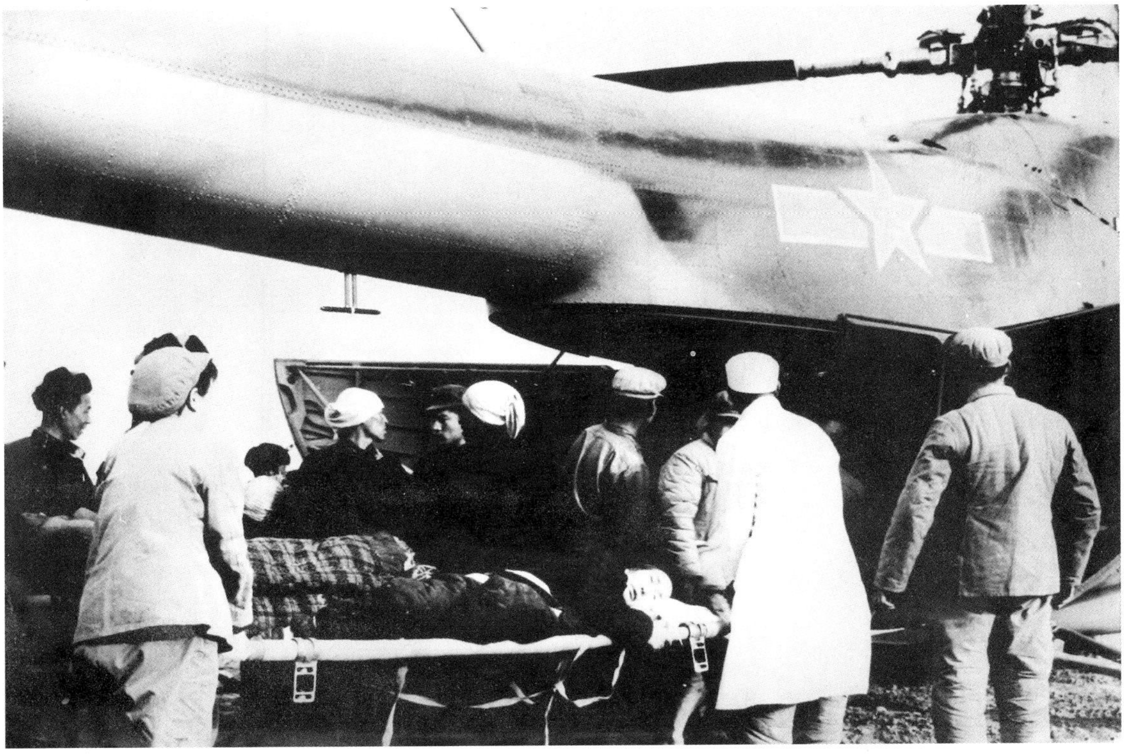

空军部队把伤员送往石家庄

邢台车站、邢台运输公司的汽车队正在向灾区运送救灾物资

灾区热烈欢迎西藏慰问团

运到毛尔寨公社毛尔寨大队的奶粉、面包

3月22日地震后大批救灾物资运到灾区

救灾部队撤离时灾区群众慰问解放军

宁晋县耿庄桥群众热烈欢送亲人解放军

# 《华北学研究丛书》出版说明

华北区域（京、津、冀、晋、内蒙古五省市区）是黄河文明与海河文明起源地，是历史上农耕文明、草原文明、海洋文明等多元文化交往、冲突、融合的典型地区。古往今来，该地区曾为众多仁人志士不懈奋斗的中心舞台之一，许多重大历史事件发生在此。近年来，随着国家京津冀一体化战略的实施，作为围绕京津的华北区域，其基础功能、辐射功能更加凸显。

河北大学位居河北省保定市，素有“京畿重地”“首都南大门”之称，具有毗邻京津的区位优势，又是河北省内唯一与教育部共建的综合性大学和中西部高校综合实力提升工程入选高校。多年前，河北大学历史学科围绕华北区域开展了相关研究，在全国产生了积极影响。经过充分的酝酿与筹备，河北大学历史学科于 2012 年正式发起成立华北学研究所，在国内较早提出“华北学”这一概念，目前已取得一批标志性研究成果。华北学研究所以“古今贯通，文理交叉，区域联合，服务华北”为宗旨，参照教育部重点研究基地的模式运作，重点研究领域和拟出版《丛书》规划包括：

1.《华北学・华北五省市区综合研究丛书》；

2.《华北学・京津冀一体化研究丛书》；

3.《华北学・人类文明起源与华北地区考古文物研究丛书》；

4.《华北学・华北自然环境研究丛书》；

5.《华北学・华北地区文化传承与发展研究丛书》；

6.《华北学・华北红色根据地研究丛书》；

7.《华北学・华北乡村研究丛书》；

8.《华北学・华北城镇研究丛书》；

9.《华北学・河北省研究丛书》……（华北各省市区）；

10.《华北学・保定研究丛书》……（华北各市县）。

华北学研究为河北大学历史学科致力打造的研究特色和重点建设领域。正是基于此，河北大学华北学研究所推出《华北学研究丛书》，其旨趣在于，从纵向上贯通古今，古为今用，发掘历史文化遗产，服务于华北区域的崛起与振兴；从横向上，积极应对京津冀一体化战略，加强区域协同研究，服务于地方经济建设与文化发展。该《丛书》将不断推出海内外同仁有关华北学研究的重要成果，贡献社会。

未来的华北学研究，目标明确，形式多样，力求实现校内与校外资源互补，强势与特色扬长补短。我们热切期盼更多的同仁关注、襄助华北学研究。

河北大学华北学研究所

# 为了不能忘却的纪念

1966年3月8日和3月22日，以邢台地区隆尧、宁晋、巨鹿三县为中心发生了6.8级和7.2级地震，给人民群众生命财产造成巨大损失。在党中央，国务院和河北省、地、市、县委、县政府的领导下，在中国人民解放军和全国各族人民的无私帮助和大力支援下，灾区人民认真贯彻周恩来总理提出的“自力更生、奋发图强、发展生产、重建家园”抗震救灾十六字方针，继承和发扬战争年代不怕困难、自强不息、百折不挠、勇往直前的革命精神，与大自然展开了一场惊心动魄、气壮山河的伟大斗争。经过艰苦卓绝的不懈奋斗，灾区人民夺取了抗震救灾斗争的伟大胜利，谱写了新中国抗灾史上的壮丽诗篇，给党和人民交了一份合格的答卷。

为了铭记历史，再现邢台人民抗震精神，展示邢台各级党组织和广大共产党员的战斗堡垒和先锋模范作用，感恩党和政府的关怀和全国人民的支援，完善地方党史资料内容，更好地服务于党史研究，发挥党史资政育人的作用，根据省委党史研究室的工作部署，我们组织隆尧、宁晋、巨鹿和任县、南宫、新河、柏乡等县市党史研究室，走访邢台地震与抗震救灾亲历者，将他们的所见、所闻、所思、所想、所感、所受，用口述或撰写文章的方式记录下来，编辑成《邢台地震与抗震救灾亲历记》，该书图文并茂、资料翔实，真实地记述和再现了邢台地震和抗震救灾的历程。

铭记历史，感恩党的关怀和全国人民的支援。“自力更生、患难与共、艰苦创业”的伟大抗震精神，永远激励我们为全面建成小康社会、谱写中华民族伟大复兴中国梦的邢台篇章而不懈努力！

编者

2016年3月

# 目　录

## 第二编 宁晋县

## 第三编　其他县

# 邢台地震问题研究现状

1966 年 3 月发生在河北省邢台地区隆尧、宁晋等县的地震是新中国成立后中国大陆人口稠密地区的首次强震。这场灾难夺走了 8064 人的生命，造成 38 451 人受伤，500 多万间房屋倒塌，直接经济损失达 10 亿元人民币。地震发生后不久，周总理就做出指示，“这次地震，我们付出的代价很重，损失很大，必须从中吸取经验，不能依然停止在只有记录没有经验的地步。”他要求科技人员“要到现场实践，大力协作，协同作战”。周总理的指示为震后相关科学研究指明了研究方向。此后，针对邢台地震问题的多学科研究工作陆续展开并取得了一定成绩。邢台地震在中国地震科学史和防震减灾史上具有里程碑的意义，它的发生不仅开启了大规模地震预报科学实践活动，催生了中国的地震预报事业，而且留给后世的警醒与启示，为今后的防灾减灾工作提供了宝贵的借鉴。本文试就 50 年来邢台地震问题的研究历程进行剖析。

## 一、20 世纪六七十年代：从现实需要出发开展调查和预测工作

邢台地震发生后，根据周总理“必须加强预测研究，做到准确及时”的指示，地震科考工作围绕着地震预测问题迅速展开。地质部部长李四光亲临邢台大地震现场进行考察时指出，“要根据邢台的地质构造特征，查明邢台地震发生的原因、范围，推测地震可能的扩展趋势，探索地震预报的方法。”国家科委组织了包括中科院、地质部、石油部、国家测绘总局在内的 20 余个科研单位的 450 余名科技队员到地震现场进行了测震、地磁、地电、地应力、地形变、重力、水化学、地下水、生物、天文、气象等多个领域的测绘考察，形成了“多兵种”联合向地震预测进军的局面，由此揭开了中国地震预测科学实践的序幕。

各部门、各学科的通力配合，使地震预测在较短的时间内取得了成绩。1966 年 6 月 28 日，国家科委在石家庄召开邢台地震会议，中国科学院地球

物理研究所、地质研究所、地理研究所、工程力学研究所等单位的曾亲赴震区考察的人员参会讨论，最终得出的结论为：邢台在一二百年内再次发生6.5级以上地震的可能性很小，但还有发生5—6级破坏性地震的可能性。参会专家还对邢台及周边地区再次发生地震的具体地点进行了预测，而这些预测在1981、1985和1989年的三次小震中得到了证实。

1966年至1969年间，中央各部门的科研机构以邢台地震区为地震实验场设立了58个台站，在邢台形成的全国首个多学科、多手段的综合性、专群结合的地震前兆观测台网，地震监测和前兆观测手段涉及地震学、地形变、地倾斜、地电、地下水、水化学、天文、气象、生物、超声波等14个专业的108个观测项目。此外还建立了大量的群测点和宏观哨，用来观测地下水位、动物反应、地声、地温的异常情况，同时在有些地方安装了简易仪器，进行土地电、土应力、土地磁、土倾斜、水电导、电磁波等20余种手段的观测。红山地震台从1966年建站开始每月编辑一期《邢台地区地震目录》，印发到各个台站并上报领导机关，这些资料日积月累，成为研究震后地壳动态的第一手资料。

20世纪六七十年代，受灾地区各级行政机构开展了广泛的地震社会调查。由于党中央、国务院的直接关怀，抗震救灾和地震调查工作倍受重视。各部门积极配合地震工作的需要，都尽力为邢台地震相关工作提供便利条件。受灾地区绝大多数的农村公社、生产队和城镇街道、企业都认真填报了地震调查表。这些社会调查表成为研究地震灾情和救灾机制的重要文献。

由于邢台地震发生时普通民众对地震的了解还很少，为了避免谣言的传播，普及地震知识的工作就显得尤为重要。在1966年3月11日《人民日报》首次公布邢台地震灾难消息的时候，就同时刊发了《地震是怎样发生的》一文，此后又在3月23日刊发了《目前地震还难以预报》一文，《河北日报》也曾刊发过《谈谈地震》（1966年3月9日）等文，这些科普性的文章增强了广大人民群众对地震的认知。抗震救灾期间，中央电视台拍摄了一部题为《心系人民·邢台地震》的纪录片，真实记录了周恩来视察灾区和灾区人民抗震救灾的过程，有利于全国人民了解邢台地震的发震原因和抗震救灾情况。

总的来说，20世纪六七十年代，人们从现实需要出发针对邢台地震问题进行了一系列预测和调查等实际工作，为此后的科学研究奠定了坚实的基础，但这一时期尚未对邢台地震展开深层次的学术性研究。

## 二、20 世纪 80 年代：资料的汇总整理和学术研究的起步

20 世纪 80 年代初，在国家政策的倡导和支持下，河北省档案馆和邢台市档案馆对积累多年的邢台地震档案资料进行了分类整理和归档保存。河北省档案馆关于邢台地震的相关资料保存于馆内 915 号档案及河北省地震指挥部的 42 卷原始档案。邢台市档案馆收录了多达千余件的邢台地震和抗震救灾原始材料，并将这批档案作为馆藏重点档案进行了妥善保存。两馆档案内容涉及工作指示、视察调研报告、各级部门的请示批复、会议纪要、通知简报、先进事迹汇报以及全国各地捐赠物资明细和分配明细等多个方面。大量的档案资料给后人留下了关于这场灾难的较为完整的信息，为邢台地震的研究提供了丰富的文本素材。

通过对地震档案及其他文献资料的充分发掘和整理，两本各具特色的资料汇编得以出版。其一为肖承邺主编的《1966 年邢台地震实录》（国家地震局地球物理研究所编，福建科学技术出版社 1986 年版），该书以地震灾区各村镇填报的地震调查表为原始资料，记录了邢台地震波及的 13 个省、市、自治区的 570 余个县 3750 个村镇遭受损失的情况。全书以 92 万字单独写了一次震例的灾情，是迄今为止关于邢台地震的最为详尽的灾情资料集。完整的灾情统计资料，有效提升了地震小区划评价的精确度，为灾区震后房屋建设工程和经济建设提供了重要的依据。其二为《邢台地震》（邢台市档案馆于 1987 年编写的内部资料），该书分类整理了邢台市档案馆的大量原始资料，主要内容涉及灾害程度、周总理工作指示、救灾报告、物资发放明细、灾后住房建设等多个方面，这本资料集为社会科学研究提供了诸多颇具参考价值的史料。除汇总文献资料外，河北省地震局专门针对邢台地震整理出版了两本照片集，分别是《1966 年邢台地震照片集》（国家地震局地球物理研究所、河北省地震局编，海洋出版社 1985 年版）和《邢台地震摄影纪实》（河北省地震局编，河北省美术出版社 1986 年版）。另外，《中国八大地震灾害摄影图集》（国家地震局地质研究所编，地震出版社 1983 年版）也将邢台地震作为八大地震的其中之一，收录了多幅相关照片。

各类资料的汇总整理推动了学术研究工作的起步。

20 世纪 80 年代，学界对邢台地震的研究集中于地震发生原因、地震经验总结和抗震对策三个问题上。

地震发生原因的探讨方面，出现了杨承先《关于邢台地震地质背景的讨论》（《地震》1982 年第 5 期），蒋礴、范垂宏《邢台地区强震效应的地质条件》（《华北地震科学》1987 年第 5 卷增刊）等 20 余篇论文，从地质学的角度解释了邢台地震的发震构造并进行了机理模拟。王泽皋主编的《1966 年邢台地震》（河北地震局编，地震出版社 1986 年版）一书为研究邢台地震的工程技术科学专著，该书不仅探讨了邢台地震发生的地质背景和震源机制，而且将研究视域拓展到地震活动性、灾害程度等问题上。

地震经验的总结方面，林乐志先后发表了《邢台地震的经验教训》《邢台大震前的预防工作》（均出自《地震报》1986 年 3 月 5 日）、《邢台地震的外事活动》（《地震报》1986 年 4 月 1 日）、《邢台地震初期的地震科普宣传工作》（《地方地震报》1989 年 5 月 25 日）、《邢台地震的恐震及其对策》（《地方地震报》1989 年 6 月 25 日）等文章，分别从地震前兆、震前防御、社会支援、科普宣传、社会心理等方面总结了抗震工作的宝贵经验。徐金在、李维国《邢台地震的自救互救》（《地震灾害对策》，地震出版社 1989 年版）评析了邢台地震时群众自救互救方式的优缺点，文章还特别指出，救灾过程中“不仅要搞好人员的自救互救，还要谨防次生灾害的发生和蔓延”，将研究内容延伸至次生灾害的经验总结上。

抗震对策的研究方面，马谦云《对邢台地震后重建家园工作的认识》（《地震社会学研究》，地震出版社 1989 年版）从灾后重建方面总结了抗震工作的成绩和不足。黄秀云《邢台地区重建家园对策》（《抗震防灾对策》河南科学技术出版社 1988 年版）基于对邢台地震灾害程度的分析探讨了灾区房屋重建的注意事项。王泽皋《历史性的现场实践——记述邢台地震现场多路探索、广泛实践的创新意义》（《华北地震科学》1987 年第 5 卷增刊）则对地震发生后地震科考工作深入现场开展多学科综合研究的首创行为予以高度评价。

## 三、20 世纪 90 年代：研究视域的拓展

20 世纪 90 年代，出现了一些邢台地震亲历者撰写的回忆录，如胡朋《我最难忘的事——在邢台震区见到周恩来总理》（《中华魂》1997 年第 4 期）、周家鼎《回忆周恩来总理两次视察河北邢台地震灾区》（《党的文献》1997 年第 5 期）、谭长江《周总理要我办的一件事》（《春秋》1998 年第 2

期）、和平《地震时的交通警——周恩来轶事》（《党史纵横》1998 年第 3 期）、牛国俊《行如春风唤新绿——忆曾山同志慰问邢台地震灾区》（《党史博采》1999 年第 9 期）等。

20 世纪 90 年代，关于邢台地震问题的学术研究视域更加广泛。据统计，这一时段发表的相关论文多达 160 余篇，研究内容涉及地震预测、地震烈度、地震活动、发震构造、震害、形变测量、机理模拟等多个方面，如高祥林《邢台地震的发震构造》（《华北地震科学》1991 年第 9 卷第 1 期）、梅世蓉《邢台地震孕育发生模型及其前兆机理探讨》（《地震》1999 年第 1 期）等。王泽皋《抓住邢台地震不放的三十年》（《华北地震科学》1997 年第 7 卷第 1 期）还对 1966 年至 1995 年间关于邢台地震的工程技术类研究成果进行了综合回顾。林乐志主编的《邢台地震对策及其社会学研究》（地震出版社 1993 年版）一书全面系统地呈现了邢台地震的灾情、组织管理对策、抗震救灾、灾后重建、社会治安、地震考察和预报、地震心理及对策等方面的内容，并以邢台地震为研究载体从社会学视角对地震的经济损失、地震对策的投入产出以及若干社会心理学问题进行了讨论。该书是我国第一部以一个地震为研究对象的地震社会学专著，也是迄今为止内容最全的邢台地震社会学专著。

20 世纪 90 年代全国各地陆续编纂了本地区的地方志，《河北省志·地震志》（河北省地方志编纂委员会编，河北人民出版社 1993 年版）、《隆尧县志》（董树仁主编，隆尧县地方志编纂委员会编，方志出版社 1998 年版）中详细记载了邢台地震的相关情况。从 20 世纪 80 年代末起至今，一些历史学工具书和科普读物也将邢台地震作为新中国成立后的重要历史事件收录其中，如《中华人民共和国史词典》（李宁铭主编，1989 年版）、《中国共产党河北历史大辞典》（中共河北省委党史研究室编，1990 年版）、《中国共产党大事典》（张予一主编，1991 年版）、《当代汉语新词词典》（曲伟、韩明安主编，2004 年版）、《中国历史大事详解（近代卷）动荡年代（1960—1969）》（邓书杰、李梅、吴晓莉等编著，2006 年版）、《中华人民共和国通鉴》（龙德、蔡翔主编，2000 年版）等。这些书籍将邢台地震作为一个重要的历史概念进行了专门阐释，足可见邢台地震在新中国灾害史上的重要地位以及人们对这一历史事件的充分关注。

## 四、2000 年至今：研究层次的提升

2000 年以来，邢台地震资料发掘工作进展较快。一方面，出版了新的文献资料汇编，即由中共河北省委党史研究室、中共邢台市委员会联合主编的《邢台地震与抗震救灾》（中央文献出版社 2006 年版）一书，该书分类摘录了大量颇有价值的原始档案材料，与 20 世纪 80 年代的两本资料汇编相比，这本书新增了报纸杂志资料和口述资料。另一方面，回忆录增多，进一步扩充了口述资料的范围。如柴天禄《难忘的一天——回忆 45 年前周恩来总理视察河北邢台地震灾区》（《记者观察》（上半月）2011 年第 4 期），佚名《三赴震区：周总理鲜为人知的故事》（《中国减灾》2011 年第 14 期），王焕今、康庭梓《驾机随同周总理视察邢台地震灾情》（《党史博览》2015 年第 5 期）等文重点回顾了周总理视察邢台灾区的感人事迹。陈涤明《赴邢台地震灾区工作的回忆》（中国科学院生物物理研究所编《生物的启示——仿生学四十年研究纪实》，科学出版社 2005 年版），冯锐《手电筒下写传单》（《防震博览》2006 年第 2 期），王瑛《回忆我的地震工作二三事》（《地壳构造与地壳应力》2006 年第 2 期），曹占鳌、黄春梅《在邢台抗震救灾的日子里》（《开心老年》2015 年第 4 期）等文则主要讲述了作者作为地震工作者在邢台抗震期间的工作经历。何留才《邢台地震抢险记》（沈文昌编《难忘铁道兵：上海松江籍铁道兵战友回忆录》，铁道兵松江战友联谊会，上海市松江区双拥办公室 2013 年）则是作者作为军人在邢台抗震期间的救灾经历。

在邢台地震问题的研究上，口述资料展现出文献档案无法替代的独特的学术价值。由于地震灾害的突发性特征，震前征兆和临震现象很难迅速捕捉并完整记录下来，加之邢台地震发生在“文革”序幕阶段，部分文献资料难以妥善保存甚至根本没有来得及记录，因此，口述资料就成为获取此类信息的重要渠道，能够有效弥补文献资料不足给研究带来的缺憾，丰富和充实地震研究的史料。但就目前邢台地震口述资料的发掘来说，尚存在四点不足。首先，口述内容单一。口述内容集中于抗震救灾方面，缺少对地震前兆、临震现象等方面的讲述。其次，口述视角单一。口述者多为行政工作人员或地震工作者，他们从“自上而下”的视角反映了抗震期间救灾、视察或调研过程，但是从“自下而上”的视角反映基层普通干部和群众的个人经历和心理感受的内容则较为欠缺。第三，口述涉及地域范围较窄，基本都是对隆尧、

宁晋两县的地震回忆，而较少涉及其他受灾县市。第四，口述资料散见于各种期刊报纸上，尚无人进行汇总整理，为研究者搜集和查阅带来诸多不便。

基于邢台地震口述资料的重要性和存在的不足，近来，由邢台市委党史研究室和河北大学合作编写的《邢台地震与抗震救灾亲历记》即将出版，可谓邢台地震口述史类书籍的力作。《邢台地震与抗震救灾亲历记》全书共计60余万字，166篇文章。编者选取的亲历者有的是周总理身边的工作人员，有的是抗震救灾一线的军人，更多的口述者则是农村基层干部、医生、农民、教师和学生。这些亲历者有的来自隆尧或宁晋，有的来自巨鹿、任县、南宫、新河、柏乡等县。不同职业、不同地域的人从不同角度讲述的地震经历拓宽了口述资料的范围，弥补了以往邢台地震口述史的不足。该书通过"自下而上"的视角展现了社会基层的丰富历史信息，有利于社会科学工作者从微观层面了解救灾机制的具体运行效果和受灾群众的心理感受，同时也为工程技术科学工作者提供了更加全面的地震前兆和地震过程资料。

2000年以来，关于邢台地震的研究层次在以往研究成果的基础上进一步提升，主要表现在：

首先，研究手段更加多样。

如关于邢台地震的发震原因和地震特征的工程技术科学研究，普遍实现了数字化。林邦慧《1966年邢台地区大震前小震的"密集—平静"特征及其初步解释》(《华北地震科学》2006年第24卷第2期)、王泽皋《邢台地震的综合特征分析与应用》(《高原地震》2006年第2期）等论文从工程技术科学角度探讨了邢台地震的特征。徐锡伟《1966年邢台地震群的发震构造模型——新生断层形成？先存活断层摩擦粘滑?》（《中国地震》2000年第4期)、陈连旺《1966年邢台地震引起的华北地区应力场动态演化过程的三维粘弹性模拟》(《地震学报》2001年第5期）则各有侧重地对邢台地震进行了数值模拟。这些科研成果为震后趋势判断和板块动力学研究做出了卓越的贡献。

又如有学者将邢台与通海、唐山及汶川等地的地震进行综合对比研究。这是一种颇见成效的研究路径，目前此类对比研究主要从新闻学视角展开。邢台、通海、唐山、汶川等大地震发生后，《人民日报》《解放军报》等各大报纸都报道过灾情、救灾和重建情况。时至今日，这些报纸已经成为不可多得的史料。近年来，已经有学者开始关注并运用这方面的史料。如雷颐在《"文革"中的三次地震》(《经济观察报》2008年6月9日）和《"文革"中的三次地震与汶川之震》(《炎黄春秋》2008 年第 7 期)两篇文章中强调了对邢台地震的新闻报道体现出的时代特色，认为邢台地震发生在“文革”序幕阶段，尽管当时新闻报道中“突出政治”的色彩已经十分明显，但一些反映灾后重建和民族团结的报道并未被完全掩盖。邓利平在《从灾害新闻看知情权在中国的发展——基于〈人民日报〉地震报道的历时性分析》(《西南民族大学学报》(人文社科版)2009 年第 5 期)一文中则认为 1966 年 3 月 8 日发生的河北邢台地震，《人民日报》却直到 3 月 11 日才进行了首次报道，是新闻报道时效性不足的表现，认为从 1949 年到 2008 年，新闻报道对公众知情权呈现出一种由漠视到尊重的历时性变化。

近年来，一批历史纪实类节目兴起于传播领域，成为再现历史、探讨历史的新手段。目前，以邢台地震为主题的节目共有两个：一是由凤凰卫视制作并于 2010 年 8 月播出的《中国记忆·邢台地震》，该节目以人本叙事方式为主，通过地震亲历者胡宝海的讲述，辅之以主持人的解说，传情寓理地再现了邢台地震期间的人物故事及其所展现出的抗震精神；二是由中央电视台历史频道制作并于 2012 年 3 月播出的《见证·邢台地震》则由主持人解说，结合图像，完整清晰地陈述了邢台地震的过程和意义。

其次，理论性进一步增强。

关于邢台地震救灾机制的研究，以往研究成果比较注重发掘资料呈现史实，而 2000 年以后关于救灾机制的研究，则开始关注对救灾机制的理论分析。如张艳《1966 年邢台地震救灾机制研究》(河北师范大学 2008 年硕士学位论文)和周瑞敏《邢台地震与抗震救灾研究》(河北师范大学 2009 年硕士学位论文)，两篇论文全面系统地分析了邢台地震期间的抗震救灾机制，与之前的研究成果相比理论性更加突出。前者重点研究了邢台地震的救灾机制，分别从管理机制、运行机制、保障机制三个方面进行评析，在总结各组成机制特点缺失的基础上，联系当今应急体系建设，突显我国救灾机制发展的一脉相承与日臻完善。后者则从灾情、救灾战略部署、救灾工作的具体实施、灾后重建以及地震经验教训等五个方面全面论述了邢台地震及抗震救灾的全过程，认为邢台地震发生后的抗震救灾的实践，为我国防震减灾提供了值得借鉴的一套模式，而这次地震后开展的防震工作，也为我国防震工作的长足发展奠定了基础。

第三，注重对邢台地震及震后工作的总结和回顾。

2000 年以来，学界对邢台地震在新中国地震预报事业中的开启作用给予了高度评价。如张国民在《邢台地震与我国地震预报的发展》(《华北地震科学》2006 年第 24 卷第 2 期)一文中提到“自 1966 年邢台地震以来，我国地震预报研究与实践取得了重大进展，建设成了多学科的地震观测系统，为地震预报打下了良好基础”。周挚在《邢台地震启示录——中国地震科技发展战略走向分析之一》(《国际地震动态》2007 年 3 月第 3 期)中则从构建和谐社会保持可持续发展的政治需要、中国基本国情的需要、国际竞争和国防安全的需要、突显巨大市场需求等四个方面分析了邢台地震给地震工作者的启示，认为邢台地震工作在中国地震事业的发展历程中具有开创性的意义。一些地震论著里出现的专门论述邢台地震的文章，也都强调了邢台地震对于我国地震研究事业的里程碑作用。如《河北邢台地震——开启中国地震预报研究》(马宗晋编著《大地震——汶川、海地、智利、玉树……》，人民邮电出版社 2010 年版)，《邢台，废墟上筑起的里程碑》(马泰泉著《大地的震撼：揭秘中国地震预报》，作家出版社 2011 年版)，《邢台地震是我国防震减灾史上的里程碑》(肖和平、于萍编著《地震与防震减灾知识 200 问答》，地震出版社 2011 年版)。赵国荣、魏富胜、曹雪峰等编著的《20 世纪全球地震活动性(纲要)》(地震出版社 2012 年版)一书认为“邢台经验是价值连城的，因为自从有了邢台经验的前兆震群活动，中国科学家终于找到通过加密高灵敏度区域地震台网，追踪观测微小地震活动的方法，成了研究临震预报的一条可行途径”。《血泪中孕育了我国的预警系统——1966 年中国邢台大地震》(吴文智、崔宝善、姜志宽编著《地球自然灾害史》，文汇出版社 2012 年版)则着重指出了邢台地震对国家和人民防震意识的警示作用，并指出这次地震“让国家和人民都意识到地震预报和监测的重要性”。

2000 年以来，回顾邢台震后工作情况并对下一步的工作提出建议的文章也陆续增多。如河北省地震局《河北省 40 年防震减灾工作回顾与展望——纪念邢台地震 40 周年》(《华北地震科学》2006 年 6 月第 24 卷第 2 期)一文，从地震监测工作、分析预报工作和震后预防工作以及震后应急救援体系的建设四个方面对邢台地震后的防震减灾工作进行了全面回顾，文章客观的指出，河北省在建立健全防震减灾工作体系、夯实监测预报基础、加强综合防御、依法推进防震减灾工作、切实做好地震应急准备等方面发挥了政府的职能作用，取得了较大进步与成绩，但地震观测技术、观测方法仍有待提高，地震预测水平还难以满足社会、国民经济快速发展的需要。河北省地方地震工作处《1966 年邢台地震以来河北省地方地震工作二十年总结》(《邢台地震二十年纪念专辑》1986 年版)、马谦云《纪念邢台地震 30 周年》(《国际地震动态》1996 年第 6 期)、河北省地震局《铭记历史、居安思危——纪念邢台地震 50 周年活动剪影》(《防灾博览》2016 年第 2 期)等也都运用不同的资料从不同角度总结回顾了震后工作历程。在对邢台地震科研成果的回顾方面,如张国民《邢台地震与我国地震预报的发展》(《华北地震科学》2006 年第 24 卷第 2 期)对邢台地震后我国的地震预测研究工作进行了系统的评述,而 2006 年刁桂苓在《邢台地震的科学研究》(《华北地震科学》2006 年第 24 卷第 2 期)一文中则对以邢台地震为中心的除地震预测以外的工程技术科学方面的研究成果进行了全面梳理,他指出,"邢台地震的经验使我们认识到抓住每一次地震的现场实践,深入研究,才能取得更深刻、更全面、更科学的认识。"但目前为止,此类文章尚限于对关于邢台地震的工程技术科学研究成果的回顾,而缺乏对其他学科研究成果的总结。

总的来说,邢台地震作为新中国成立后引人嘱目的突发性灾害,无论是灾害程度、救灾方式还是由此产生的社会问题都值得人们认真反思。目前邢台地震史料的发掘和整理工作有较大进展,各相关机构和个人发掘整理的大量邢台地震资料为科学研究提供了丰富的素材,珍惜和利用好这批史料,有利于学者从震灾防御、地震应急、救灾和重建及应对灾后社会问题等多个方面展开研究。但从邢台地震问题的研究现状来看,尚存在一定不足。一方面,相关研究尚未充分利用各类史料进行理论性的研究,导致各类相关研究成果虽史料完备却理论水平不高;另一方面,相比于自然科学研究,邢台地震问题的社会科学研究比较薄弱,不仅研究成果数量偏少,而且内容重复、视角单一,缺乏多学科、多角度、多层次的综合考察和深入分析;第三,目前关于邢台地震的研究还处在探索阶段,尚未形成系统的研究体系和理论。

出现这样的情况,笔者考虑是以下原因所致:其一,对一些重要史料的重视和利用程度不足。邢台地震发生后不仅留下了大量的档案、报纸杂志和照片,也留下了一些其他形式的史料,如有一枚 1966 年邢台地震灾区寄往北京的实寄封,根据收藏者的介绍(《1966 年邢台人民战胜地震的见证——邢台寄北京实寄封》(余耀强《上海集邮》2000 年第 12 期),这枚实寄封是免邮资的,其用途为邢台灾区退还北京捐款,这一史料有利于人们了解抗震救灾以外邢台地震的其他侧面。又如邢台地震期间创作的 20 余首反映抗震救灾的歌曲,如《爹亲娘亲不如毛主席亲》《自力更生斗天灾》《感谢党的关怀》《你震你的,我干我的》《毛主席派来了解放军》《毛主席派来医疗队》

《地震考察队之歌》等，都集中反映了地震时期人们依靠集体力量对抗自然灾害和感念共产党的时代风貌。但是，至今尚无人对这类史料予以足够的重视和充分的利用，致使研究思路未能完全打开，研究视野受到限制。其二，邢台地震的研究缺乏整体规划和多学科、多部门的合作，且至今尚未形成专业的研究机构对社会科学方面的邢台地震问题进行深入研究，导致研究的深度和广度受限。

由此可见，关于邢台地震问题的科学研究尽管已经取得一定成就，但仍然存在较大提升空间，研究水平有待进一步提高，期待相关工作的继续推进能够将邢台地震研究提升到一个新的阶段。

作　　者：河北大学　杨学新
　　　　　邢台学院　王晶

# 邢台抗震救灾综述

1966年，是邢台人民刻骨难忘的一年。是年3月8日5时29分14秒，以邢台地区隆尧、宁晋、巨鹿三县为中心的河北省南部地区发生6.8级强烈地震。3月22日16时19分46秒，这一带再次发生7.2级强烈地震，人民的生命财产受到严重损失。邢台地震是新中国成立以来发生的最大规模的破坏性地震。在党中央，国务院和中共河北省委、省人委，灾区县委、县政府的领导下，在人民解放军和各兄弟省、地、市及全国各族人民的积极帮助和大力支援下，灾区人民认真贯彻“自力更生、奋发图强、恢复生产、重建家园”的抗震救灾方针，继承和发扬老区人民不怕困难、自强不息、百折不挠、勇往直前的革命精神，与大自然展开了一场惊心动魄、气壮山河的伟大斗争。经过艰苦卓绝的不懈奋斗，灾区人民夺取了抗震救灾斗争的伟大胜利。

是年3月初，邢台地区宁晋县一带已出现有感地震，由于缺乏地震知识，未引起重视。3月6日，地震频率加强，全区有10余县已出现有感地震，其中隆尧、宁晋、巨鹿三县交会一带发生5.2级地震，造成一些房屋倒塌，人员损伤。震区政府有关部门将这一情况逐级上报省政府及国务院。国务院对此极为重视，迅速派出以李凤杰为队长的12名中国科学院地球物理研究所专家赶赴邢台地震现场，监视震情。

3月8日5时后，早醒的人们听到天空发出的如刮大风一样“呼呼”的响声，发现东南方向有火球一样的光亮。5时29分14秒，一场罕见的6.8级大地震开始了。地震发生的瞬间，大地先是上下颤动，旋即左右晃动，人们像坐筛子一样，站立不住。伴随着轰隆轰隆的响声，墙壁开裂，屋顶异位，檩梁门窗错动，发出嘎吱嘎吱的巨响，顷刻间，房倒屋塌，一片狼藉。面对突如其来的灾难，少部分人靠本能逃生和采取躲避的方式，而更多的人则处在睡梦中尚未来得及反应，就被倒塌的房屋砸埋在废墟里！

地震发生后，重灾区瞬间死一般的寂静，旋即，伤者、生还者发出撕心裂肺般的呼救声，夹杂着动物的嘶鸣声，汇成悲壮的音符。有幸刚刚逃生的人，有的穿着裤头，有的赤身裸体地站在寒冷夜幕的废墟中，嗦嗦发抖，许多人被眼前的情景惊呆了，在人们的招呼下，一些人才恢复常态，投入到自救互救之中。

这次地震，以隆尧县马兰、白家寨为中心，邢台地区 17 个县受灾，造成 7528 人死亡，9219 人重伤，26 681人轻伤，大牲畜死伤 1491 头，倒塌房屋762 995间。

祸不单行。距第一次大地震只有短短 14 天，人们尚未从痛苦中挣脱出来，地球再次向这一方人民发难施威。3 月 22 日 16 时 11 分 32 秒、19 分 46 秒连续发生 6.7 级和 7.2 级强烈地震。由于发生在白天，人们目睹了这次地震的惨象。地震发生前的几秒钟，大地发出呜呜的响声，接着犹如炸山放炮一样，砰！砰！砰！几声巨响，大地开始抖动，人们站立不稳，只能趴在地上；行使中的汽车在剧烈的震动中不能前行；田野上正在耕作中的骡马也纷纷倒卧在地；正在高处施工的人们一个个被甩在地上；房屋上下跳动，紧接着左右摇晃，顷刻之间，极震区的房子化为一片尘团全部倒塌；伴随着轰隆轰隆的响声，大地裂缝一张一合深不见底，最宽时达 2 米左右，并喷沙冒黑水。宁晋县东汪村一棵参天大树，被裂缝所吞噬，地上只有几缕树梢在随风摇曳。此次地震之强烈、之恐怖，凡亲历者几十年后再回忆起当时的情景仍不寒而栗。

由于此次地震发生在白天，加之人们已有些防震知识，造成的人员伤亡比上次小得多。死亡 533 人，轻重伤 2503 人，大牲畜伤亡 205 头，但房屋、财产损失比上次大得多。

邢台地震造成的破坏之大，涉及面之广，为新中国地震史上所罕见。除与邢台毗邻的石家庄、衡水、邯郸、保定、沧州 5 个地区外，与该地区毗邻的山东、山西、河南 3 个省的 45 个县也遭受不同程度的损失；北京、内蒙古、山西、江苏、湖北省市的 219 个县也有震感。

根据专家统计推断，邢台地震造成的人员伤亡，财产及基础设施的直接损失为 5.2 亿元。间接损失无法统计，不计其数。

地震发生后，党中央、国务院和河北省委、省政府，邢台地、县党委、政府迅速做出反应，果断采取抗灾应急对策，成立抗震救灾指挥部，积极调动救灾人员和物资。与此同时，各级领导纷纷赶往抗震救灾第一线慰问、视察，组织指挥抗震救灾工作，为夺取抗震救灾胜利提供了重要的组织保证。

邢台强烈地震，引起了党中央、国务院的高度重视。3 月 8 日上午，周总理向北京军区和空军部队下达命令，调集解放军立即赶赴灾区，抢救遇难群众。8日下午，国务院召开紧急会议，研究部署邢台抗震救灾工作。随即中央各部委迅速行动，组织医疗队，调拨救灾物资，委派科技人员到灾区实地勘察研究。

3月9日下午，国务院总理周恩来乘专机到达石家庄，听取省委、省人委及石家庄的地震情况的汇报，晚上赶到重灾区的隆尧县，进一步研究部署抗震救灾工作，明确提出“自力更生、奋发图强、发展生产、重建家园”的十六字方针。

3月10日下午，周总理再次来到隆尧县受灾最严重的白家寨视察，并走进白家寨已全部倒塌房屋的废墟中，代表党中央、国务院、毛主席向灾区群众致以亲切地问候，受到灾区人民的热烈欢迎。

3月22日，发生7.2级最强地震。4月1日，周总理第三次到灾区视察慰问。一天之内他先后到过石家庄、邢台、衡水三个地区的王口村、东汪镇、耿庄桥、码头李、何家寨5个村庄，给灾区群众以极大鼓舞。

3月25日至26日，国务院副总理李先念来到地震灾区慰问视察。

3月9日上午，以国务院内务部部长曾山为团长的中央慰问团，满载着党中央、毛主席对灾区群众的深情厚谊及部分药品、食物及帐篷，分路深入到重灾区的几个县慰问群众，受到热烈欢迎。

地震发生后，省委、省人委高度重视。3月8日上午，省人委在天津召开抗震救灾紧急会议，研究部署抗震救灾工作，要求立即组织人力、物力开进地震现场，优先抢救人员。省卫生厅副厅长傅大为带领省直2300人的医疗队及各地区组成的1300人的医疗队当天赶到灾区，参加抢险救灾。华北局第一书记李雪峰、书记处书记谢学恭，河北省委第一书记林铁，省长刘子厚，省委副书记阎达开，副省长郝田毅、杨一辰、高树勋、谢辉、张承先、郭芳等领导先后深入重灾区视察慰问。

地震发生后，邢台地委、专署在初步掌握灾情后，召开抗震救灾紧急会议，安排部署救灾工作，成立抗震救灾指挥部，从地直部门抽调1000名干部学生组成抗震救灾工作团紧急开赴重灾区，无条件调拨药品和医疗器械，以及抗震救灾必需的棉衣、棉被、竹竿、苇席等物资。地委书记刘琦，副书记师自明、张双英，专员冯世英，副专员刘晓波、张剑虹等领导都以最快的速度赶赴重灾区第一线指挥抗震救灾。

地震发生后，重灾区几个县委、县政府领导，舍小家顾大家，抢先上手，担负起最早指挥协调抗震救灾工作的重任，向人民交出了满意的答卷。

地震发生后，在大批救援人员尚未到达灾区的几个小时，灾区的干部群众经历了自救与互救的生死考验。面对房倒屋塌，近 20 万群众死伤、被砸埋的惨烈情景，英雄的灾区人民没有被吓倒。他们以无比坚强的精神及求生的本能，奋起抗争，与死神搏斗，展开了人自为战、村自为战、乡自为战的营救工作，用自己的鲜血和汗水谱写了一曲曲英雄的赞歌。在自救阶段，农村基层党组织发挥了战斗堡垒作用；共产党员和村、乡干部发挥了先锋模范作用；农村工作队员发挥了重要作用；灾区基层卫生院所，特别是一大批赤脚医生发挥了独特的作用。

大规模调动部队参加抗震救灾，是党中央、国务院在邢台抗震救灾中的有益尝试和英明决策，也是我国抗震救灾史上的先例。灾情就是命令，时间就是生命，救灾部队接到命令后迅速反应，快速集结，快速开进，快速投入抢险战斗。在抗震救灾中人民解放军坚定贯彻党中央、毛主席的战略部署，发扬一不怕苦，二不怕死，连续作战，敢打硬仗的革命精神，充分发挥救灾主力军的作用，为夺取邢台抗震救灾斗争的胜利做出了突出贡献。参加救灾的部队主要由北京军区驻冀部队、河北省军区所属部队组成，不仅有陆军、空军、海军，还有炮兵、通信兵，总人数达 4 万余人。某军副军长许信率领的部队，是震后 3 小时赶到重灾区投入抢救的第一支部队。在整个抗震救灾过程中，人民解放军承担了最为繁重的救灾任务，他们到达灾区后立即投入到抢救群众生命，挖掘和掩埋死者尸体，转运重伤员，抢修应急生命线工程，抢救国家和集体财产，安置群众生活，安定群众情绪帮助灾区恢复和发展生产，组织万人宣传队的工作中。经过 27 个昼夜的连续奋战，他们初步完成抢救阶段的各项任务，根据抗震救灾指挥部的决定，除留下少部分地方部队官兵继续帮助灾区恢复重建外，大部分官兵于 4 月 5 日前撤离灾区。

抗震救灾，头等重要的任务是抢救人的生命。地震发生后，灾区突然出现近 4 万名伤员急需治疗，如果抢救迟缓就可能造成更大的伤亡。对此，党中央、国务院和省、地各级领导都很重视，以前所未有的力度向灾区投放医疗队，无偿向灾区调拨药品及医疗器械。这次医疗救护规模之大，参加救灾的医务人员之多，医药器械投入之重都是史无前例的。参加抗震救灾的医疗队共有 195 个，医务人员达到 8614 名，其中解放军医疗队 79 个，3466 人；地方医疗队 116 个，5148 人。医疗队来自河北省的 14 个地市和北京、山西以及部队的 133 个医疗单位。3 月 8 日至 4 月 15 日，国家共向灾区投放包括药品、医疗器械及治疗费在内的各种费用达 541 万元。

一方有难，八方支援。这是社会主义制度下人们思想觉悟的集中体现。邢台地震发生后，举国上下齐动员，从云南边陲到北国边疆，从东海之滨到青藏高原，全国 27 个省市自治区，18 个大中城市和人民解放军纷纷向灾区伸出了援助之手。从各级党委、政府到各民间组织，从领导干部到普通工人、农民、战士、学生，有钱的出钱，有物的出物。带着党和人民深情厚谊的救灾款物源源不断调往灾区。国家救灾款投放 9000 万元；省政府投放救灾款 3410 万元、建房补助款 2180 万元。各地援助的物资有 6 大类 48 种之多，总价值 1654 万元。这些物资大到汽车、骡马，小到火柴、蜡烛，从南国的毛竹到北疆的大豆，应有尽有。特别是西藏自治区支援邢台灾区的 240 匹良马（另外还有一匹小马驹和一头毛驴），在藏族同胞的亲自押运下克服重重困难，不远万里被安全送到了灾区。特别令人感动的是，邢台地震后几天时间里，通过邢台火车站的铁路旅客，不留名、不留姓，纷纷从车窗里向站台上抛东西，有现金、粮票、衣物、食品，有的把刚刚买来的衣服抛到站台上，有的把身上穿的毛衣脱下来抛下站台。邢台火车站一时间成为旅客献爱心的一道风景线。

震后不久，当灾区群众的情绪趋于稳定，生活秩序暂时安顿下来后，灾区党组织和救灾指挥部不失时机地将工作中心立即转移到灾区的生产恢复和重建上来。相关部门召开各种会议，制发各类文件，并利用报刊、电台大张旗鼓宣传动员，灾区群众很快摆脱了地震灾难的困扰，振奋精神，士气高昂，积极投身到工农业建设和房屋重建上来。到 1966 年底，整个灾区共建永久性住房 623 万间。

中共邢台市委党史研究室　何立海　高荣朝

# 第一编　隆尧县

本编收录文章36篇，为地震当时身处隆尧县的亲历者讲述的地震经历。

1966年3月8日5时29分，河北省邢台地区隆尧县东发生6.8级强震，震源深度10公里，震中烈度IX度强。此次强烈地震使隆尧县遭受了巨大的生命和财产损失。据统计，隆尧县在此次地震中有4578人死亡，13 144人受伤。地震砸死大牲畜433头，砸伤353头。隆尧全县278个村庄中有106个村庄的房屋全部倒塌，另有64个村庄的倒房率达80%以上。受灾最严重的白家寨公社，人口伤亡率达42.6%，大牲畜伤亡率达48.4%，倒房率高达99%。

地震发生后，灾情于当天早上即上报国务院，引起党中央和国务院的高度重视。周恩来总理亲自部署抗震救灾和地震科考工作，并调集北京军区驻军和空军部队赶赴灾区救灾。3月8日下午，国务院召开紧急会议，根据周总理的指示全面安排了邢台地震救灾工作。3月9日晚，周总理亲赴灾区调研并于翌日到受灾最严重的白家寨公社视察灾情，受到灾区群众的热烈欢迎。地震的惨痛经历、党中央的亲切关怀和周总理视察灾区的一言一行，都成为亲历者永生难忘的记忆。

# 我跟书记到灾区

姚春发

我叫姚春发，1943 年出生，邢台市政府对外开放办原副主任。

1966 年 3 月，邢台发生新中国成立后第一次大地震。当时，我在邢台地委办公室工作，作为主持地委全面工作的地委副书记师自明的通讯员（时任地委书记刘琦全面领导“四清”工作），有幸直接跟随师书记参加抗震救灾。邢台抗震救灾距今已近半个世纪，当年的毛头小伙子，已是两鬓斑白，岁月的流逝，却抹不去历史的记忆，抗震救灾的动人场景和一些感人的画面仍历历在目。

1966 年 3 月，乍暖还寒。老人和孩子们大都还沉浸在春节的欢乐之中；成年人在憧憬着美好的愿望中开始准备春耕生产。谁知地震的魔爪正悄悄伸向这里。

3 月 8 日凌晨 5 点 30 分左右，大地震发生了。由于之前没有经历过，加之邢台市区并没有倒塌房屋，因而对于地震我并没有多少恐惧。7 点钟赶到地委办公室，按惯例，我给师书记办公室打扫完卫生，正准备去打开水，师书记急匆匆走进来，神情凝重地对我说：“小姚，准备下去，隆尧、宁晋、巨鹿一带发生大地震，你要做好准备。”随后他去常委会议室，召开常委碰头会，安排部署抗震救灾工作。由于师书记是地委主持全面工作的，地震当天，省委、省政府以及国务院的电话、电报等指示不断，就抗震救灾需要地委联络协调的事太多，他不能离开岗位。因此，8 日上午，师书记坐镇常委会议室，成立邢台地区抗震救灾指挥部，组织医疗队，向灾区调配物资……

中午在机关食堂简单吃了点饭，下午 1 点多，我随师书记乘坐一辆苏联嘎斯六九吉普车，急匆匆赶往重灾区隆尧县视察灾情。进入隆尧县境，地震灾害所造成的惨象立刻映入眼帘，透过车窗望去，刚刚返青的麦田里不时出现一洼一洼的黑水和一堆一堆的黑沙，大地上一道道裂缝横七竖八，有的宽达一尺多。再往前走，一座座新坟矗立在田野，不时有送葬的队伍与车辆擦肩而过，死去亲人那撕心裂肺的哭喊声划破天际，震颤着我们的心灵。

在隆尧县委，师书记听了县委书记张彪的简短汇报后，即刻深入到灾情最重的白家寨、牛家桥慰问群众。走进白家寨，我们看到房屋倒塌 90%以上，一片瓦砾。解放军战士正在帮助灾民清理废墟，刨挖粮食；满脸灰尘、情绪低落的灾民，有的在拾掇衣物，有的揣着手，沮丧着脸蹲在街边抽烟。灾民见师书记我们一行到来，纷纷围拢过来，在一片废墟上，师书记紧紧握住一位长者的手，感慨地说："老乡，你们遭了灾，我很难过，但不用怕，有党和政府帮助你们，一定会渡过难关的。"最后，师书记嘱咐县、公社和大队领导，要注意安全防范，夜间要加派民兵巡查，保证灾民能吃上饭，晚上能睡觉。

赶到牛家桥已是下午 5 点左右，在村西路南的街边上两个妇女正在支锅做饭，师书记走近与她们攀谈，问她们是否有米下锅，能不能吃饱饭。当听说是解放军帮助挖出埋在倒塌房屋中的粮食时，师书记脸上露出欣慰的表情。再往前走，街北一家的房屋全部倒塌，一位 70 多岁的老妇人，领着一个七八岁的小男孩，围坐在 3 具尸体旁，不停地哭喊着"这可叫我们咋活啊"。师书记和我们走过去才知道，在早晨的地震中，她的老伴和儿子、儿媳都被砸死了，家中只剩下她和小孙子。见此悲惨现状，师书记的眼眶发红，眼泪差一点流下来，立即嘱咐在场的大队干部："他们家的情况特殊，基层组织要担负起帮助的责任。"当得知大队已安排好明天帮助这家出殡的消息，师书记才放下心。见老妇人穿着单薄，临走时，师书记将自己平时都不舍得穿的军绿大衣赠送给老人家，并说："晚上天冷，用得着。"在场的人无不感动，纷纷表示感谢党和政府的关心，情不自禁地高呼"毛主席万岁"！说实话，师书记虽高居地级领导岗位，工资比一般人要高，但因家中孩子多、负担重，很少见他添置新衣服，就连这件军绿大衣也是军分区的一位领导赠送他的，只有过年才见他穿过。如此赠送给灾区群众，展现了老一辈革命家的亲民风范，实在令我感动和敬佩。

邢台地震的第二天，敬爱的周总理就风尘仆仆地赶到灾区视察，我有幸跟随师书记陪同周总理视察活动，目睹了周总理的伟人风采，聆听了他那充满激情的演讲，见证了他老人家对灾区人民的深情厚谊。

3 月 10 日，为保证周总理视察灾区的顺利与安全，救灾指挥部决定由河北军区副司令员袁捷、地委副书记师自明带领有关人员到各准备视察的现场踩点，查看布置情况，指挥部调来直升机作为交通工具。

邢台地震后，党中央，国务院，中央各部委，各省、市、自治区、直辖市，人民解放军及全国人民，纷纷伸出援助之手，支援邢台抗震救灾，以实际行动演奏出一曲“一方有难，八方支援”的社会主义赞歌。当时，地委办公室工作人员的一项重要工作就是处理来自祖国四面八方的慰问信、慰问函、慰问电及邮件，最多时一天接收几麻袋。有的是真人真姓，有的是以“共产党员”“共青团员”“雷锋的战友”名义寄来的。在许多来信及邮件中夹带着钱款、粮票、布票等贵重物品。为了既收下全国人民对邢台人民的深情厚谊，又保证救灾钱款用在救灾第一线，地委办公室指定专人负责此事，并造册签名登记。我们这些领导身边的服务人员都参加了拆信、拆件工作，最初几天，每天工作十几个小时，没有一个人喊苦叫累。这项工作考验的不仅是工作态度问题，也是考验每个人的党性修养问题。我们地委办公室的同志们经受住了考验，出色地完成了任务。最后汇总，仅信件中夹带的人民币就达 68 万多元。

地震无情，党和全国人民有意。地震给邢台人民造成了巨大的灾难，但坚强不屈的邢台人民通过抗震救灾也得到锻炼和洗礼。他们不仅收获了党和全国人民的帮助和友谊，锤炼出“自力更生、奋发图强、发展生产、重建家园”的豪情壮志，还体会了“天大地大不如党的恩情大，爹亲娘亲不如毛主席亲”的内涵和真谛。用鲜血和生命换来的“邢台抗震救灾精神”已变成邢台人民永世不能忘却的宝贵财富。

作　　者：姚春发

走访整理：中共邢台市委党史研究室　高荣朝

# 永远不会忘记

任征（右）夫妇

我叫任征，1943年出生，隆尧县人。曾任地委宣传部副部长、电大党委书记、市政府副秘书长、市民政局党委副书记兼副局长。

最近几年，地震灾害不断。每次消息传来，我总是坐立不安。特别是汶川地震发生后，我几次想报名当个“志愿者”，前往灾区帮助救灾，但又明白自己是个年过古稀之人，不仅去不成，弄不好还有“沽名钓誉”之嫌。

几十年来，我比较关注抗震救灾工作是有特殊原因的。

我的家乡地处隆尧东部，滏阳河穿村而过。解放初，也闹过一次地震，吊灯无风自晃，门吊“嗒嗒”自响。老人说，那是鳌鱼翻身。此后，我们那一带除了十年九淹，再也没有发生过“吊灯无风自晃”的情况。

我是1963年考上南开大学的。穷家孩子知学贵。进校后，我的大部分时间在教室和图书馆度过。但是，好事多磨。1964年，“社会主义教育运动”开始，我班同学先是到抚宁，后是到枣强搞了两次“四清”。

1966年3月8日凌晨，我正在枣强县恩察公社东七吉一队的牲口棚睡觉，忽觉床板晃悠起来。我问饲养员宗大伯，宗大伯说：“啥也没晃，是你感冒发烧。”当天下午，工作队长庞立根就告诉我：“你们邢台闹地震了，震中在隆尧。”我才知道，早晨不是发烧，而是邢台地震波及衡水。

我急坏了。但是，电话不通，其他通信工具没有，工作又忙。庞队长和其他同志安慰我：“放心吧！你家要是有事，准来电报！”

我在忐忑不安中度过了4天。12日一早，电报真的来了，是二姐从新河县城发来的，只8个字：老家地震严重，速回。

东七吉离我家 150 多里。庞队长找了辆自行车，我问清路线，就往回赶。从恩察，经大营，到南宫，一路正常。可从南宫往西，颓壁、新坟“与路俱增”。中午时分，我来到宁晋县耿庄桥，从头顶一下子凉到脚跟：偌大一个集镇，处处残墙断壁、废砖乱瓦。而耿庄桥离我家枣驼村只有 5 里，并同在滏阳河上。耿庄桥震成这样，我村恐也完了！

古人讲：“近乡情更怯，不敢问来人。”这句话我算体会透了。特别是一过耿庄桥，就看见滏阳河堤上一条条一二尺宽的裂缝，一处处从裂缝中、水井中涌出的黄沙、黑沙，以及大堤两侧的一座座新坟，我心里“怯”得连车子也骑不动了。我家本来住在村子南北大街北端，可面对满地废墟，处处土堰，我竟连路口也分辨不清。好不容易借着一口旧井、两棵古柳找到了街口，找到了家，但展现在我面前的是在废墟上新搭建的一座高不过 5 尺、长不过丈二的窝棚。我扔下车子，双腿一软，跪在地上，哭了起来。

正在棚南搂着两个孩子晒暖的母亲听到哭声，有气无力地说：“你哭什么？我还没死。”我往棚南爬了几步，只见母亲头缠绷带，面色苍白，连站起的劲儿都没有。我鼻子一酸，眼泪像决堤的河水，哭得更痛了。

爱人孙根巧从棚子里钻出来，接过女儿秀彩和外甥女玉静，搀起母亲，含着泪说：“你怎么这才回来？”我左看右看，不见父亲的踪影，便问：“咱爹呢？”爱人说：“外边冷，有话进家再说！”我曲解了爱人的意思，认为父亲很可能遭遇了不测，忍不住又哭。母亲叹口气说：“我和你爹，还有秀彩、玉静都是根巧从土堆里挖出来的。你爹砸伤了几根肋条，已送医院。”我这才擦了擦泪，随母亲进了“家”。

这哪里是个家啊！这分明是用烂秫秸搭起的半阴半阳的“地窨子”，进门先得弯腰。不过低有低的好处：再有余震，出不了事。母亲像看透了我的心思，瞅着我说：“这个棚还是解放军帮咱建的。若不是根巧和解放军，咱一家早就完了。”

面对新中国成立后全国第一次大地震，面对 2500 多口人的大村一夜变成废墟，面对一家老小幸免于难，我心里悲喜交加。不过，我还想知道一个情况，即一家老小是如何死里逃生的？饭后，母亲较为圆满地解开了我的疑团。

1966 年 3 月 6 日晚上，我们那里下了一场小雪。7 日早晨，爱人和几个邻居上房扫雪时，一场小的地震发生了，我爱人差点被晃下房来。那几天，村里怪事连连：井水冒泡、老鼠乱跑、鸡不上架、猪羊乱叫……小震过后，群众中有人传信：晚上可能要有大震！“四清”工作队知道后，认为“谣言惑众”，并抓住一个精神分裂症患者游街。7日那天，我家正好没了米吃。碾子与我家只一墙之隔，白天人太多，爱人就与南邻同芬商定：第二天起早一起碾米。

8日凌晨5时左右，爱人与同芬扫净碾台，铺好谷子，推了没有几遭，就听到一阵“呜隆隆隆”惊天巨响，紧接着就是一阵剧烈颠晃，连碾盘都跳了起来。她俩想站站不住，想跑跑不动，便顺势扑在北邻羊圈的矮墙上。随即全村“嗯隆”“哗啦”以及呼儿唤女之声不绝于耳。待晃劲儿过去，抬头看时，两人全吓傻了：远远近近、高房低屋，全都倒个精光，比1963年洪水过后的惨状惨烈十倍。

我家离碾子最近，房子是洪水后新垒的简易房，檩稀、顶薄、墙矬。爱人知道父母和孩子都在睡觉，三两步便蹿到北屋房前。她喊父亲，父亲说被檩条压住胸部，喘不过气；她喊母亲，母亲说她和孩子被落房土埋住，头上受了点伤，有木头支着，暂时没事。“父母都还活着！”爱人一下子来了精神，她以手代锹，先清掉压在炕头上的碎土，搬掉砸在父亲身上的两根檩条，将父亲拖出险境；接着又挪开横在母亲头部上方的棍棍棒棒，将外甥女从被窝里拽出来，然后去拉母亲。母亲说：“我没有事，你先救秀彩吧！”当时，女儿秀彩不足两岁，偎在母亲左侧。爱人见又是地震，又是房塌，又是挖土，而女儿声息皆无，以为砸不死也会闷死。但母女连心，她含着泪将手伸进被窝，把女儿缓缓拖出。没想到，女儿竟“哇”地哭了起来。这真是不幸中之大幸。在这天塌地陷的大灾之中，一家6口，虽说父母受了点伤，但总算没出大事。谢天谢地！

这时，天已大明。周围哭声和呼喊“救命”的声音不断。爱人拽出一条被子将父母和孩子围住，就跑去帮助救人。从早晨到中午，爱人水米没沾牙，手指头都磨出了血。我们那条小街，12户人家中还是有9人葬身于废墟之下，其中，一位是天津工学院在我村搞“四清”的女教师，两天前刚从我家搬到街口一家居住。

惊恐、悲痛、劳累、房倒屋塌，加之还有两个受伤的老人，把爱人愁坏了。她找了领旧箔，搭在一根横檩上，算是个窝。可是吃什么、喝什么、父母的伤怎么治、下一步怎么过？没有一点办法。就在一家和全村老少叫天天不应、叫地地不灵、走投无路的时候，解放军来了，医疗队来了，救灾物资来了。解放军挖出了被废墟压埋的群众，掩埋了死难者的尸体，还帮助家家户户搭起了“抗震窝棚”；医疗队对震中受伤人员逐一进行了检查，轻伤就地救治，重伤送往大医院治疗。我的父亲就是因砸折了5根肋骨而被送往外地医院。

原来，3月8日凌晨，周恩来总理正在办公，忽觉大地颤动，立即命人查明方位、震级及震中所在。然后责成石、邢驻军和省军区部队马上赶赴隆尧重灾区抢险救灾。由于当时从邢台到隆尧东部灾区只有冯（村）南（宫）一条公路，军车拥挤，从冯村一直排到牛家桥，许多战士跳下汽车，跑步入村。周总理尽管对救灾工作做了精心部署，但仍不放心。3月9日和10日，周总理又先后两次亲临重灾区视察，并在震中白家寨挨家挨户看望受灾群众。党中央的关怀、周总理的力行是巨大的动力，也是无声的命令。解放军战士和医疗工作人员个个废寝忘食、舍生忘死抢救伤员，帮助群众。全国人民也争相捐款捐物，伸出援助之手，甚至连油盐酱醋都给送到了家。

正说话间，一名女医生来给母亲换药。趁此机会，我向医生打听了父亲可能被送往的地方。

既然知道父亲受伤住院，不见到面总不安心。13日上午，我骑车赶到隆尧医院，查遍了住院伤员名单，看遍了所有病房，都没有父亲的踪影。有人讲，县礼堂也住着部分伤员，我又去县礼堂查了个遍，依然一无所获。

一位医生告诉我：“重伤员大都送往外地就医，你不妨到邢台看看。”

我在邢台上了3年高中，地理较熟。然而，我查遍了中医院、荣军疗养院、人民医院等几家大医院，依然查不到一点有关父亲的信息。在人民医院，一位部队首长详细询问了我的情况和父亲的伤势，笑着跟我讲：“我劝你不要再找了。按你父亲的伤势，应该是用直升机送到石家庄或邯郸，那里医院条件比邢台强。你要相信党、相信政府、相信解放军，一定会把你父亲的伤治好的！”我虽不愿半途而废，但也认为这位首长言之有理。一个多月后，父亲写信告诉我，他正是在省和平医院治好了骨折。东邻杨大婶还在医院生下双胞胎，一个叫“跟党”，一个叫“继军”。

回到家，我向一家人详详细细诉说了此次历时3日、辗转数百里寻找父亲的所见所闻。母亲激动地说：“人们都说，天大地大不如党的恩情大，这话千真万确。要不是共产党、毛主席，咱们翻不了身，更躲不过1963年的大水和这次的大地震。家里没什么大事，解放军比亲生儿女还强。你收拾收拾，早点回衡水工作吧！”

从3月12日到16日，我在老家一共待了5天。17日中午，我便赶回了东七吉。说来也巧，又一个 5 天之后，也就是 22 日下午 4 点，工作组正在大队部开会，忽然天摇地动起来。工作组的人和许多村民已从我的口中了解到地震的厉害，纷纷跑到院儿里，跑到街上。时间不长，恩察分团就打来电话，说是宁晋东部发生了 7.2 级地震，衡水马头里一带受到影响，损失严重，每个工作队要抽 1—2 人帮助抗震救灾。当时，我没有犹豫，第一个报了名。晚上 7 点，我们这些救灾人员便乘车赶到马头里，开始了 10 天紧张的抢险救灾工作。

邢台地震到底损失多大，我不了解，但我知道，我们村当时共有 2576 人，地震中死亡 252 人；共有房屋 2368 间，地震中除 11 间砖房裂而没倒之外，其余全被夷为废墟。多么严重的自然灾害！多么可怕的人间灾难！同时，又是多么巨大的关怀和支持！是共产党、毛主席给了我们第二次生存的机会。邢台人民永远不会忘记！

地震过后，我曾写过一首叙事诗和一首《蝶恋花·邢台地震》的词。词是这样写的：

二月雪狂风乱吼，天道无常，鳌撼尧乡柳。千眼古泉黑水怒，万家新冢蛾眉皱。

举国军民争舒手，同仇敌忾，共把妖魑斗。惊看邢襄起蜃楼，泪花尽化胜天酒。

是抒情，也是记事！

作　　者：任征

走访整理：中共邢台市委党史研究室　何立海　贾国强

# 永远怀念周总理

张脉贤

我叫张脉贤，今年83岁，年轻时在邢台4593部队服役。在我80多年的人生经历中，邢台的生活给我留下了很深的印象。1966年邢台地震后，周总理来邢台视察灾区给我留下了最深的记忆。把周总理和邢台联系在一起，就成了我人生的重要经历，永远不会忘却的人生历程。

1966年3月8日邢台地震，是新中国首次大地震，牵动了中央首长的心，牵动着邢台整个驻军的心。

周总理在河北省与63军了解初步情况后，就赶到一个灾区现场视察，首先是讲“毛主席派我来看望大家”，给灾区人民群众带来莫大鼓舞。下午就赶到187师师部向部队与地市领导具体布置救灾任务。

下午4时许，邢台驻军187师师部门前操场上，省地、军师领导在等候总理到来。当时我在政治部值班室值班，省公安厅来电话找厅长，我到操场上去找人时，一架白色直升机已飞临营房上空，我还没说话，闫同茂师长看着我走来就把我叫住：“张脉贤，不要走了，等着！”很明显，总理要来了，肯定有事要办，我这个老干事，好指挥、好干事。我就停在操场上等飞机下降了。第一架是护航机，没有降落就返航了。第二架降落后，周总理走出来，他身上穿的是褪了色的衣服，脚下穿的是一双旧皮鞋，无一警卫人员跟随，只带了一个秘书，站定之后，部队首长走上前去说：“去市区宾馆吧?”周总理立即说：“就在这里。”闫同茂师长马上示意我先去准备，我理解：赶快到“3号会议室”去打招呼。当时我们只有平房3号会议室迎接首长和客人，里面只有一个沙发，并且是最好的家具。但我发现，总理没有走的意思，我就驻足观望。总理向前迈了两步，向走下驾驶室的驾驶员握手表示了感谢，又等舱中的服务员下来握手表示感谢后才向营房走来。我快步向前打招呼，机关干部都在玻璃窗后招手注目致意。那时大家都比较严谨，没有欢呼雀跃，但都抑制不住内心的喜悦。我就站在会议室门边等待指令，这是师长的要求。

周总理在这里听取了军地关于救灾的汇报，他集中提出了十六字救灾方针：“自力更生、奋发图强、发展生产、重建家园。”保卫干事王铁纲始终站在会议室里面，目睹和聆听了全过程。由于听取汇报、研究情况、布置工作时间比较长，中间“到了吃饭的时间”“过了吃饭的时间”，军首长几次催促吃饭，因当时我们完全没有准备，用的全是 2 号碗，连个小碗都没有，筷子都是粗长的方筷子，碗和筷子都是临时买的。总理秘书说，总理就餐很简单，有点菠菜豆腐或者蔬菜就行了，可我们偏偏没有菠菜豆腐，也是临时准备。总理也觉得准备晚饭时间长了，对王铁纲干事说：“去给我取个馒头加点咸菜就行了。”总理讲的是真心话！但这是 187 师头次接待总理，愿意安排得好一点。当时最好的就是炖鸡，而炖鸡用的火是煤炭炉，需要的时间长，老炖不熟，就推迟了吃饭的时间。炖鸡一端上桌，总理说：“老闫，不让招待，但你还是招待我了。”然后总理亲自动手，把鸡腿撕下来，塞到老闫碗里说：“你在第一线很辛苦，你吃！”十几年后，我到北京卫戍区闫同茂家中吃饭时，他还讲到总理请他吃鸡腿的往事。

部署救灾工作到深夜，整个直属队没有一个人肯睡。最后全营房“夜送总理”离开部队，都以一睹总理风采为荣。他谦和平易、艰苦朴素、一心为民的作风，大家都看在眼里记在心上。

总理号召我们组织宣传队，走到灾区家家户户。我和魏晋和、刘继文 3 人分 3 部分，一人写一部分，连夜赶写抗震救灾宣传提纲，因为次日部队出发奔赴灾区时要带走。行署刘专员亲自坐镇，专署印刷厂连夜启动，我们一边写、一边送、一边印，印完就装订。宣传提纲，次日按时发到了所有出发部队和地方干部手中。我们还分别建了多个文艺演出小分队，走到重灾区，走到偏僻山乡，甚至给一个人演出。我们这个部队担负着特殊的使命，因为只有 187 师在邢台地区驻扎，必然首先担负起全地区的救灾任务，因此我们也就经历了邢台地区受灾、救灾及事后的建设以及经验总结的全过程。

我一直在抗震救灾指挥部宣传组，也就掌握了更多的实情，因此我直接抓的晚会，也更加具体生动。在邢台、在河北、在内蒙古、在山西，尤其是在北京各总部、各部委、学校，一直到外交使团、国庆晚会。187 师战士文艺宣传队一直担当重要任务，还六进中央电视台，两进中央人民广播电台。

我们的节目为什么受欢迎？与实践有关，与节目来自生活有关。自己创作、自己作曲。记忆中有："奔赴第一线"，说的是，灾情就是命令，灾民就是亲人，部队开拔赴灾区，先救人，后生活，有大量的生动事例；"周总理来到白家寨"，说的是，总理亲到灾区，讲话时发现灾民和救灾的干部战士在迎风听讲，就高喊："起立，向后转！"让灾民背对着风、自己迎着风讲话；"总理坐了我的车"，说的是，总理赶往灾区途中，部队的小吉普车颠簸在灾区的土石路上；"张连长雨夜探亲人"，说的是，部队的干部带头深入灾区，影响士兵、影响灾民，军民更添鱼水情深；"送粮路上喜洋洋"，说的是，小杨庄严重受灾，房子100％倒塌，但他们提出3点：倒塌的房土，施肥；喷出的水，浇地；大灾面前，心更齐。因此，我们小杨庄要大灾之年夺高产，果然如此。我们编了此节目，很受欢迎，很受鼓舞。邢台人民灾年夺丰产，邢台人民讲辩证法，变坏事为好事。邢台人民做到了家里丢了地里补，而且还总结了大量地震预报经验。187师完全融入其中，军民大灾面前，紧紧团结在一起。当时因地震地方通讯受阻、交通受阻，很长时间都是通过部队体系指挥。

1966年的国庆节，作为三军部队的副总支书记和陆军业余文艺宣传队领队，在北京参加三军的联合演出，我负责文字编导工作，当时演出的报幕词是我写的，演出节目有豫剧《周总理来到白家寨》、歌表演《周总理坐了我的车》等，演出汇报抗震救灾成果，很受欢迎。在北京演出，不仅成功而且广泛深入，现在讲的文艺接地气，这是个典型。全部节目自己创作，来自生活；文艺为人民服务，建队就是这个思想。行动体现这个思想，当时的照明条件很差，几乎用过所有能照明的手段：松树块、电石灯、集束电筒、煤油棉球、柴油发电，真是史无前例。周总理、叶帅、陈毅、陶铸、李富春、肖华、杨成武等在人民大会堂接见我们并合影留念。在现场许多人高喊："祝周总理身体健康！"周总理冲我们挥挥手，高喊："祝大家身体健康！"这就是周总理，这就是无产阶级革命领袖。凡见过他的人，接触过他的人，都会在心中树立起周总理伟大的形象，都会记忆着，怀念着，尤其是受过灾难的人们，永远怀念周总理。

作　　者：张脉贤

走访整理：中共邢台市委党史研究室　何立海

# 和周总理相会在邢台震区

赵行杰

1966年3月10日，敬爱的周恩来总理亲临邢台地震中心隆尧县白家寨慰问群众。时任任县公安局长的我奉上级指示担任保卫工作，亲眼见证了周总理冒着频频发生的余震危险，穿残垣，踏废墟，走进一户户窝棚察灾情、看伤员、嘘寒问暖的感人情景。现在时间已过去了半个世纪，但周总理热爱人民、关爱人民，时时处处把人民安危冷暖挂在心上的崇高风范，仍不时浮现在我的眼前，就像昨天刚发生的一样。

我是河北省隆尧县公子后村人，生于1928年9月，1947年参加中国人民解放军，6月被选调到中共中央警卫团，成为一名光荣的中央警卫团战士，担负起了直接保卫中央五大书记的使命。1954年至1961年担任周总理卫士，在周总理身边工作了近7年。1961年7月响应中央号召到基层参加劳动锻炼和社会调查。1962年调至家乡隆尧县公安局任副局长，1965年调任任县公安局长。在周总理身边工作期间，我受到了他老人家无微不至的关怀和教育。在我将要离开他到基层工作时，他还特意请我和爱人、孩子一家三口在西花厅吃了一顿饭，饭后又和我们一家三口合影留念。多年来，我就是在周总理的这种直接教育和影响下成长起来的。

地震时，我正在任县工作。强烈的地震也波及了任县，其东部和隆尧毗连的邢家湾等公社也遭受到了严重破坏。地震发生的当天上午，我就接到县委的电话通知，让我立即去地震灾区，参加抗震救灾工作。接受任务后，我马上骑上自行车赶赴震区邢家湾公社，担负震区保安工作。

3月10日上午8点多，邢台地区公安处刘云川处长通知并接我去隆尧县白家寨公社做保卫工作。老刘说："今天，中央首长要去白家寨地震灾区慰问受灾群众，我们马上就出发。"

我们马上乘车到了白家寨大队，老刘才告诉我："是周总理来。"听说是总理要来，我心里又激动又紧张担心。激动的是我离开总理身边4年了，今天又能见到总理了；紧张担心的是周总理年纪大了，并且是个特别重感情的人，他看到人民的生命财产遭受到这么大的苦难，他的身体和精神吃得消吗？为了迎接这次特殊场合下的见面，我心情十分激动地期待着，我有好多话要向总理汇报，但一想这时又不是说话的机会……

下午3时左右，白家寨上空出现了一架直升机。飞机很快降落。我马上走到飞机跟前，机舱门打开了，我4年未见的老熟人、空军某部政委老周走下飞机。他向我行了一个军礼，说："老赵，你在这里，正好，总理的保卫工作就可放心了。"

正说着，又一架银白色的直升机飞临上空，很快降落在白家寨村北的一块空地上。我们马上跑过去。最先从飞机上下来的是邢台行署专员冯士英。他见到我，握住我的手说："老赵，你正好在这里，总理说还要找你呢，这就不用找了。"

我急切地把眼盯着机舱门，总理等人也随着下了飞机。冯士英转身对总理说："总理，老赵正好在这里。"

总理走过来握着我的手，他的脸上挂着沉重的表情，他说："小赵，地震的情况怎样？你的家离这里有多远？家里受损失了没有？"

我赶紧回答总理说："我家离这里还有好几十里，家里一切都好，没受损失。"

总理接着说："你在灾区，一定要很好地组织群众，帮助群众搞好抗震救灾工作。"说着，我就陪总理向欢迎的人群走去。总理先同地、县、社的负责同志见了面。这时，白家寨和附近各村的群众见总理来了，欢呼着围了上来。我怕挤着他，本能地想上前拦护一下，但总理非常理解此时群众的心情，绕了半个场子，同群众见面，致意。然后，迈着沉重的脚步走上一个小木箱给群众讲话。

总理说："老乡们，你们这里遭受了严重的地震灾情，地震给你们造成了很大损失和困难。党中央和毛主席知道后，非常关心你们。我受党中央、毛主席的委托，看望你们、慰问你们来了。地震我们虽不能控制它，但我们有毛主席的英明领导，一定能战胜地震造成的困难。"最后，总理号召灾区人民"自力更生、奋发图强、发展生产、重建家园"。

总理讲完话，从小木箱上走下来。当时大地还在抖动，他老人家冒着余震的危险，穿过被震坏的残屋断墙，踩着碎砖烂瓦，走到村子里，挨家挨户对被地震砸伤的群众进行慰问。我陪着总理，紧紧地跟在他身后。总理每见一个人，都亲切地询问：“家里损失怎么样？锅碗瓢勺有了没有？能不能吃上饭？”总理还指示：“老年人家里没人的，要帮助照顾好他们，娃娃没人带的，要帮助带好。”

总理在街上看见一个女孩站在倒塌后的房屋门口，就急步上前把她抱起来，问道：“你爸爸呢？你妈妈呢？”当孩子回答爸妈都在时，总理才把她放下。

在村街上，我们遇到一位中年妇女，她已被地震吓得发呆了。总理走到她跟前，握着她的手问道：“你家里损失有多大？”

那妇女回答说：“男人和孩子都被砸死了。”

总理非常难过地说：“地震给你们带来了很大的损失，失去了亲人是很悲痛的。但我们有党中央和毛主席，有社会主义制度。拿出勇气来，大家齐心协力，一定能战胜震灾。”

在白家寨村口，总理看见一口水井，就问这井水是甜水还是苦水。当总理听说是苦水时，就指示当地的干部，想法打一些甜水井，改造盐碱地。

最后，总理还对震后的重建工作做了指示。总理说：“重建时，庄子要分散一点，矮一点，要研究什么房子可以防震。好好试验，把倒了的房子重新盖好。渡过灾荒要依靠集体的力量，生产要靠集体，盖房子也要靠集体力量。干部、党团员要带头。”

总理在白家寨村里查看了半个多钟头，才与群众告别。我将总理送上飞机时对总理说：“请总理回到北京代问大姐好。我在这里很好，请大姐放心。”

总理点头说：“好！”他还指示我说：“你是做公安工作的，一定要做好安全保卫工作，严防敌人破坏。”

我告别总理，走下飞机。舱门关上，飞机起飞了。总理还在窗口向群众挥手。我们大家仰头望着银白色的直升机在蓝天中逐渐消失了。

回到北京后，细心的周总理还将在隆尧见到我的情况让身边工作人员转告给了在新华社工作的我爱人张彬。当时因交通和通讯条件差，她正在担心我的安全，听到周总理转来的口信，她才放了心。周总理就是这样，心里不但时刻装着全国人民的生计安危，对我这个普通工作人员的家庭也爱护有加，关心备至。不久爱人来信说明这一情况后，我又一次感动得流下了泪水。

3 月 22 日，邢台地区又发生了一次较严重的地震。这以后，总理又冒着余震的危险两次来到震区。4 月 1 日他来到了宁晋县东汪公社、耿庄桥公社，巨鹿县何家寨公社，邢台市等 4 个地方。那天，他从早上 5 点到晚上 9 点，一口饭没吃，一刻钟没停，连续工作了 16 个小时，他的身影，一会儿出现在群众的帐篷里，一会儿出现在临时医院的简易病房中，一会儿出现在部队的营房里，直到深夜才离开。

周总理到白家寨等灾区视察慰问的消息很快传遍了全县，传遍了整个震区，给震区人民带来了极大的温暖、鼓舞和力量，更加坚定了震区人民团结起来，战胜灾害的信心和决心。在以后的岁月里，周总理还一直惦记着灾区的人民，关心着灾区的恢复和发展，曾多次接见灾区代表，亲自听取汇报，做重要指示。在总理的亲切关怀和全国人民及解放军的大力支援下，灾区人民认真贯彻周总理提出的“自力更生、奋发图强、发展生产、重建家园”的十六字方针，不断取得抗震救灾的节节胜利。

没想到，震区一面，竟是我同总理的最后相见。但是，总理在白家寨灾区慰问的一景一幕却永远地刻在了我的脑子里。

作　　者：赵行杰

走访整理：中共隆尧县委党史研究室　吴胜林　张记军

# 地震时我是白家寨公社书记

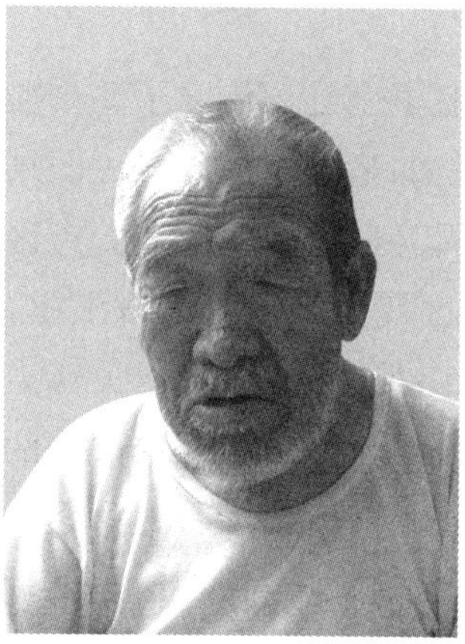

杨世英

1966年3月8日凌晨5点29分，邢台地区发生9度6.8级强烈地震，灾情非常严重。周恩来总理于10日下午乘直升机到地震中心隆尧东部白家寨村视察灾情，并提出一系列抗震救灾指示。时任白家寨公社书记的杨世英全程陪同周总理踏废墟、钻窝棚，进行视察慰问。在群众大会上，周总理讲道："这次地震受损失很大，要记录下来，传给后代，下代再发生，就会受损失小。这样就对得起死了的，也对得起后代。"这句话深深印在杨世英的心里，几十年间时刻不忘。杨世英离休后，开始回忆整理了这段毕生难忘的经历。2015年3月，93岁高龄的杨世英因病去世。为了获取隆尧地震和抗震救灾资料，我们多次采访过杨世英同志。现将我们采访杨世英的资料和杨世英同志的遗稿综合整理如下。

## 一、白家寨公社基本情况

白家寨公社位于隆尧县东南30里，包括白家寨、马兰、任村、西阎庄、北阎庄、东阎庄、北盐池、前辛庄、后辛庄、西哈口、北哈口11个大队(村)，112个生产队（地震后合并为74个生产队)，3031户，12 725人，集体耕地38 902亩。因地处滏阳河、小漳河沿岸及滏漳夹道，地势低洼，土质盐碱，十年九涝。奋发图强"春季白茫茫，秋季水汪汪"，就是白家寨自古以来的历史写照，它是隆尧县最穷公社之一。

旧社会农业收入微薄，村民大部依靠制卤、卖硝盐为生，吃糠咽菜艰难度日，一遇灾荒就有很多人逃荒在外，乞讨糊口，群众生活苦，生活无保障。1942年大旱、蝗灾，仅白家寨大队四五百户中就有200余户逃荒，103人永无音信。

新中国成立后，在党中央、毛主席领导下，农民翻了身，依靠集体力量平整土地、土梗齐田、挖沟淋碱、灌溉压碱，农业产量连年提高，农民生活日益好转。1963年特大洪水，庄稼绝收，大部房屋被冲倒。在国家和全国各地的支援下，广大群众自力更生，生产自救，经过两三年时间的努力，重建起了家园。不料1966年又遭到大地震毁灭性的袭击。

## 二、地震前后的经历

回忆大地震前，1966年3月5日上午10点时，我正在白家寨大队开干部会，发生1次4级左右的地震。参会的干部还互相说笑："闹地动呢，站稳啊!"3月6日县委召开抗旱会议，布置开展千盆万罐普浇小麦返青水活动。早晨5点40分，我和李春田（县统战部长，分包白家寨公社）将去县委开会时，已下了四指厚的雪，大家都上房扫雪，这时又发生1次地震约5级。随后，8点钟我们还在路上时发生1次地震，11点在县开会中发生1次，晚上11点30分睡觉时发生1次，一天内共发生4次有感地震。据生产办公室汇报受灾情况，白家寨公社震裂房子1240间，牛家桥公社梅庄村1人被砸死，3人受伤。

抗旱会议为期两天，7日下午6点结束。我向公社打了电话，通知社、队干部带领群众上河、上堤，立即行动，随后推出车子准备返回公社。这时副县长李孟笔在人委大院喊："书记们！别走哩，还有事，晚上还开会。"我们又返回来了。晚上会议主要是汇报布置"核实产量，打足收入，安排好群众生活"的问题。

这个会开完，天已经很晚，各公社书记都没回去，当晚就住在人委。我和毛尔寨公社书记张孟章住在人委办公室东头里间屋，他在东床，我在西床。8号凌晨1点时，发生一次5级左右地震，把我们震醒。我们坐在床上说了一会儿话，又躺下睡了。到5点时，大震来了，大地震动，先颠后簸，大摇大晃。我们喊了声："不行！快跑!"两个人一掀被子从床上跳下来，也顾不得穿衣服，飞速往屋外跑。一边跑着，脚下地面还在颠晃，两脚似离不开地面，只听得咔嚓嚓、轰隆隆似雷鸣般的巨响震耳，真是吓人。我俩跑到院里，地震已经停止了。我们站在阴惨惨的月光下，冷风飕飕，冻得浑身发抖。张孟章同志又回到屋里，抱出我们的衣服。穿上衣服后，副县长李孟笔喊我们："咱到东关去看看。"往东关走了不远，没有什么破坏。我和孟章又急速回来，往公社打电话。一打不通。这时李春田从县委打来电话叫我，我俩不约而同地说："咱们都打不通电话，赶快回去看看是怎么回事。"我立即跟李县长打了声招呼，就去找他。

30 里路程，心急如火。当时回公社全是土路，因为化雪泥泞不堪，天黑路滑，我和李部长推着车子，一会儿他跑到我前面，一会儿我跑到他前面，有时互相搀扶并行。沿路经过沙湾村，没有什么破坏。到陈村后街，开始有倒塌的房子。大街上站着一个人，他说："我这街砸伤两个人，别的街还不知道。"走到南吴町村，破坏较重，房子倒的不少。碰着两个人，一问也是说："我这儿死了两个，别的还不知道。"我们哪还顾得细问，只说："越往东越严重，快走!"说是走，实是跑。道路已被震得高洼不平，李春田部长体质不太好，又有气管炎，推着自行车跑得喘不过气来。我也喘吁吁地上气不接下气，还不断搀扶他。走到西阎庄村西二里处，东方还不大亮，忽见道沟里哗哗流水，麦田里遍地是水。我们惊讶一声："这是怎么回事？这里还没有浇地，哪来的水？不好啦……"这时从东边跑来一个人，上气不接下气。我们问他时，他说："我是任村人，去南吴町哪!"问他任村怎么样，他说："房子都倒了，把人都砸死了。"又问他马兰呢，他说："也是一样。"说着，他只管跑。我们很惊慌，也没问他是谁。

到了西阎庄，果然是房都倒平了。我被眼前的景象惊呆了，心里咯噔一下："哎呀！这怎么办呀?"进了村，在街西口碰着副支书国凤海，他哭着喊我们："我家死了 3 口，就我 1 人了，我妈也病了。还不知会死多少人呢……"灾难来得太快，一路上没来得及感受的悲痛和沉重，在国凤海的感染下一股脑袭来，我俩抑制不住泪如雨下，痛心的不只是国凤海一家三口，更是对千万群众的生命还不知底！我们压制着心中的悲痛，赶忙帮他从废墟中拉出了死尸，一面劝他别流泪，一面呐喊组织群众抢救。又一人问："支书郭小海呢?"他说："小海的腿被砸折了不能动，他妻子已被砸死了。"我们止住眼泪，紧急讨论出 3 条救灾措施：第一，先救活人，后挖死者；第二，抢救牲畜；第三，先挖粮食，后挖生产资料。我们一路走一路喊。不少群众见了我们比手势、打招呼，积极投入紧张的挖掘抢救。我们见了小海，他正在地上躺着哭啼。我俩忍着痛安慰了他几句，哪还顾得细说，急速赶往公社。

到白家寨，都是同类情况。支书靳景印见到我们，擦着眼泪说："我大女儿今年 19 岁了，被砸死了。但是我也不能哭，还要抢救别人。"我们忍着痛安慰了他。这时天已大亮，被砸在底下的人大部分已挖出来了，有活着的，有死了的，有带伤的，所见到的人都是哭泣不止，而我们没有别的办法，只有抑制自己，一面组织群众抢救，一面安慰、鼓励大家。"不要哭泣，哭没有用，只有挺起腰板继续抢救。""毛主席一定会派人来救我们的。"在大街碰见公社团支书李明章，他见了我们哽咽得说不出话来，我让他骑我的自行车赶快到县城向县委汇报灾情。

到了公社，副社长达一丑已从被砸的废墟中挖出来了，尸体躺在院里，满头、满身是土。前一天晚上他接到我的电话通知，还在堤上巡视，监督淘水抗旱工作，半夜才回公社休息，没想到今天一早即遇难。达一丑同志的住室隔壁是我的住屋，当夜住的是县水利局干部孙立申，他被砸得腿不能动，正坐在院里呻吟。地震发生时，他从屋里跑到门口，正开门时房屋倒塌了，大梁北头落地，南头支架在门框上，他恰在大梁缝隙内，幸免一死。我赶快从废墟中拉出电话，向县委做了汇报。县委书记张彪指示："赶快组织群众抢救……"我让孙立申看守电话，一面上报情况，一面负责县委有什么指示迅速传达，同时让他看守着达社长的尸体，我随即转身去安排公社干部参加救援。公社共 10 名干部，社长董如海在邢台搞"四清"，副社长达一丑被砸死，有两名被砸伤，剩 6 人分别住在农村。此外还有供销社主任沈彭年、国九年，信用社主任武忙喜，粮站主任曹东海等人，他们平时在做好业务工作前提下，经常被抽调到公社协助分包各村，做些行政工作。这次同样分别包村包片，和群众一起抗震救灾。

安排好工作后，我和公社管委秘书张如春立即到马兰、任村转了一圈，然后返回公社。各村抢救情况基本一样，被砸在底下的人已基本挖出，有死的，有伤的。只有马兰受灾最重，许多户全家被砸，直到第二天才将压埋者全部挖出。我们到了马兰，大队长赵如山被砸得腰腿不能行走，见我去了，扶着半截墙到我跟前，哭着说："我家死了 5 口。"支书段二黑被砸伤，说："我家死了 1 个小孩。"公社干部（公安员）何景林被砸伤，拄着拐。我仍忍着悲痛，安慰并鼓励他们不要低头，挺起腰板。这些同志虽然负伤，却都很积极地组织群众，继续投入战斗。

到任村，副支书霍庆奎主持工作，正在组织救人。支书张老贵有轻伤，拄着拐，大队长张根发也负有轻伤，但都在忍痛继续工作，抢救群众。任村有一烈属被砸死了，其家属还找我要棺木寿衣。我说："你看这个紧急关头怎么解决？只有以后再说。"这个家属也很理解，转头回去了。

我回公社后，听说张彪书记也到了马兰。张书记战争年代胳膊和腿都负过伤，他不顾伤残，拐着腿骑车赶到马兰查看情况，回县后又打来电话说："党中央、毛主席关怀我们。要给群众大讲 3 条：第一，有党中央、毛主席关怀我们；第二，这是结构性地震，是自然灾害；第三，这是太阳黑子爆炸的影响。要给群众讲清这些科学道理，安定人心。"大地震后人心惶惶，有说"鳌鱼翻身啊"，有说"美国放原子弹啊"，有说"天塌地陷变成海洋啊"，有说"往东 30 里，往西 30 里没事"，煽动外逃。针对这些情况，我们向群众大讲科学道理，进行辟谣，特别说明地不会陷下去。同时，群众见我们和他们还在一起，心情也比较稳定。

公社里凡能支持工作的干部，我都一一进行传达。他们又分别到自己包的村里，随时随地向村干部、群众宣讲。我包的是白家寨以南北阎庄、东阎庄、北盐池等几个村，又跑到这几个村。北阎庄支书李贞印见了我也是哭，他说："我大儿子被砸死了。"贞印同志是个老党员，平时工作积极认真，严于律己，党性很强。我安慰了他几句，他忍着泪对我说："我正在组织群众抢救，先人后己，带领群众继续战斗。"据我的体验是，我们走到哪里，哪里的干部、群众都像见了亲人一样，眼含泪花打招呼："杨书记来了！""杨书记还和我们在一起。"向前围拢，拉住我的手，"哎呀，咱们又见面了！"互问安危，非常亲切，一边拉手一边诉说地震的惨状。我们就随时随地向群众宣讲地震的科学道理，同时鼓励群众挺起腰板继续战斗。经过宣讲，大家都止住了眼泪，表示要活下去，要坚持干下去。

晚上 9 点，我才从北盐池返回公社，虽然徒步奔波了一天，也不觉得苦累。刚到公社，赶来救援的各地工作队、医疗队、人民解放军一批一批地陆续到达，我接待了一夜未停。夜里人生地不熟，救援队伍需要人领路。在白家寨，不管哪个群众，只要一喊就立即跑来，有的轻伤，有的拄拐，有的包着脑袋，毫无代价、毫不推辞，提着灯笼、拿着手电筒，把救援人员一批批地领送到了各个村庄。到黎明 5 点时，我觉得腿挪不动了，口干舌燥，声音嘶哑，确实有点筋疲力尽了，心想找口水喝，哪里有水？到供销社找口凉水。刚走到大街拐弯处，听到街西头有哗哗的跑步声，停住脚一看，又一批人民解放军跑步赶来救灾，每人扛着一把铁锹。这时，我控制了一天的眼泪不由得哗哗掉下来，因为解放军扛着铁锹是来帮助掩埋死者的，怎使我不痛心呢？我随即又接待了人民解放军，直到 9 日天明，也没喝一口水。

## 三、地震破坏情况

### （一）人畜伤亡

因为地震来势迅猛，时间又在凌晨，人们都在熟睡，全公社 19 498 间房屋，有 19 282 间倒平，大部人畜被砸在废墟底下，伤亡惨重。邢台地委书记刘琦在 8 日夜晚电话会上讲，“是毁灭性的破坏。”

白家寨公社 11 个大队 112 个生产队，3097 户 12 725 人，80%以上的人被砸埋，5420 人负伤，占总人数的 42.6%。凄惨的是，1200 余户中死亡 1714 人，占总人数的 13.72%。马兰村原有 1837 人，死亡 547 人，占 29.8%；白家寨村原有 2570 人，死亡 203 人，占 7.9%；任村原有 1845 人，死亡 272 人，占 14.7%；北哈口村原有 770 人，死亡 157 人，占 20.4%；西阎庄村原有 1607 人，死亡 170 人，占 10.6%；东阎庄村原有 357 人，死亡 16 人，占 4.5%；北阎庄村原有 1308 人，死亡 80 人，占 6.1%；北盐池村原有 985 人，死亡 63 人，占 6.4%；前辛庄村原有 564 人，死亡 53 人，占 9.4%；后辛庄村原有 244 人，死亡 111 人，占 45.5%；西哈口村原有 710 人，死亡 42 人，占 5.9%。全社仅白家寨、马兰、任村、北哈口 4 村绝 76 户 265 人。有的户只剩老人，有的只剩娃娃，有的只剩单身男女。北阎庄李文克一家死了 6 口，用排子车拉到坟地埋葬。

另外，公社 10 名干部中，死 1 人，伤 2 人。县委派驻北哈口工作组死 1 人。大队 98 名干部中，死 3 人。生产队 448 名干部中，死 34 人。

全公社 112 个生产队共有牲畜 734 头，牲畜死亡 332 头，占总数的 45%。重伤 56 头，轻伤 44 头，共 100 头，占总数的 13.5%。此外，砸死、砸伤的鸡、鸭、猪、羊等无法统计。

### （二）房屋倒塌

白家寨公社原有房屋 19 498 间，倒塌 19 282 间，占 99.9%。马兰村原有房屋 1920 间，除 3 间砖房严重破坏和村外 1 间小夯土墙房损坏外，其余全部倒塌。任村原有房屋 2344 间，倒塌 2323 间，占 99.1%，未倒的 17 间砖房和 4 间土坯房均遭到严重破坏，不能居住。白家寨村原有房屋 3319 间，倒塌 3291 间，占 99.2%，其余均遭破坏。北哈口村原有房屋 980 间，除 15 间遭到破坏未倒外，其余全部倒塌。北阎庄村原有房屋 3882 间，倒塌 3846 间，占 99%，其余均遭破坏。北盐池村原有房屋 1420 间，倒塌 1364 间，占 96%，其余严重破坏。东阎庄村原有房屋 426 间，倒塌 374 间，占 87.7%，其余均遭破坏。

另外，位于任村的一座建于清代乾隆年间的石牌坊震倒后折断。

## （三）地裂变形

大地震后，土地变形、裂缝，遍地喷黑沙，冒黑水，泉眼众多，遍地流水。马兰村震出一条南北大裂缝，宽约 1.3 米，长约 300 米。我们从那里经过，必须跳一下才能过去，往缝中看去，黑漆漆看不着底。地震时，村民段全科从炕上跳下来，躲在桌子下防震，不料大裂缝正冲他家桌下，他掉到裂缝中被挤死。白家寨村西地里泉水冒出一米多高。马兰南街口一吃水井喷出大量泥沙，严重变形，变色变味。东阎庄、北阎庄吃水井自流漫溢，满街流水。北哈口大街北边一吃水井深丈余处被震断变成干井。前辛庄漳河西地里一眼机井被震得井水自流漫溢一个多月。

白家寨滏阳河五孔公路桥被震裂，任村滏阳河五孔公路桥被震塌，滏阳河、小漳河河堤被震得四分五裂，处处塌陷，道路被震得高洼不平，严重阻碍了车辆的通行。

## （四）再次大震

3 月 8 日地震后，大小余震不止。3 月 22 日 16 时 19 分，北部宁晋县东汪一带发生了 7.2 级、烈度 10 度的强烈地震。由于 3 月 8 日强震的破坏已经很惨重，22 日地震虽没有大的伤亡和破坏，但使人们真正亲眼看到大地震的真貌。

那天我和中央工作组唐尽忠处长、姚少尉等同志正在部队帐篷里汇报研究工作，刚一发震就跳到帐外，看得非常清楚。因为帐篷在田野，又是白天，我们对地震防震已有经验，所以站在野外仔细观察，不惊慌、不躲藏、不避震，四面八方看得远，听得准，对大震的全过程都观察得非常清楚。地震来时，大地颤抖，上下颠簸，砰砰作响，咔嚓嚓、轰隆隆的巨响声像沉雷一样惊人。建筑物左右摇摆不定，路旁沟边的柳树枝啪啪甩地，霎时狼烟四起，灰尘腾空，土气似旋风一样升天，大地随即崩裂，地面冒出泉眼，喷沙、冒水。当时一名记者小王同志迅速拿出照相机赶拍，但地震已经过去了。小王把照相机放在半截墙上，等候地震再来时捕捉实况，可惜等了半天也没有捕捉到手。

## 四、建立抗震救灾指挥部

### （一）临时抢救指挥部

3 月 8 日上午，邢台地委书记刘琦，专员冯世英，地委副书记师自明、张双英等先后赶到隆尧县，师自明在牛家桥设立了救灾指挥部，在现场指挥救灾工作。

按照地委部署，白家寨公社成立了临时抢救指挥部，由地、县、社工作队、医疗队联合组成，统一领导，组织群众抢救。我从马兰、任村回到公社后，县委已派来工作队。根据县委意见，我为政委，负责全面工作；王志喜（县税务局长）为指挥长，负责救灾物资发放；李春田（县统战部长）为副指挥长，负责医疗。以下有公社干部、地县工作队、各地医疗队负责人，共同编入若干组，就地抢救群众。其中，副指挥长还有许盛海（白家寨公社副书记）、张焕祥、高政委（东良“四清”分团政委）、王桂辰。下设 5 个组，分别为：资料组，张如春、刘良密、未振兴、陈继昌、杨玉恩 5 人；生活组，曹东海、武忙喜、焦元勋、何玉岗、四二白、张海池、李书田 7 人；保卫组，曹双振、国锁成、马书梅、赵明申、赵全振、严桂良 6 人；通讯组，李明章 1 人；交运组，高德其、未振禄、高玉田 3 人。

以后根据形势需要调整为 7 个股：物资供应股，王志喜、张焕祥、高德其、高玉田、国九年、未振禄、曹东海、谷之文、郭良来、杨玉恩 10 人；总务股，焦元勋、武忙喜 2 人；资料股，张如春、王庆均、王登汶、刘庆海 4 人；抢救股，许盛海、雷云夺、胡桂恩、曹红俊、郎景云、刘振廷（南位工作团）6 人；医疗股，李春田、未振兴、陈继昌、朱改章、刘侦其、刘良密 6 人；保卫通讯股，曹双振、马书梅、国锁成、严桂良、赵彭申、赵全振 6 人；搬运股，同供应股。

### （二）抗震救灾指挥部

9 日黎明，河北省 4768 部队赶到白家寨公社，师政委谷智自我介绍后，即干脆利落地说：“奉上级指示成立抗震救灾指挥部，我是指挥长，你是副指挥长，和马参谋长 3 人组成。”我介绍完灾情后，谷政委立即下令：“我们的任务主要是掩埋。逐户逐人检查，突击一天完成。下午 6 点汇报。师团部在公社，陈团长等在白家寨，赵营长、赵指导员赶赴马兰……各营连队分赴各村，立即行动。”抗震救灾指挥部成立了，统一行动，统一指挥，下设各股仍继续工作，由抢救阶段转为抗震救灾阶段，继续开展工作。

下午 6 点碰头时，各营汇报情况都很简短，包括所在村有几个队、多少人，逐户逐人清查是否清查完毕，协助群众埋葬了多少死者，是否完成掩埋任务。汇报时间不超过 20 分钟。从总的汇报看，1700 余名死者已基本掩埋了。马兰一天挖出 400 余具尸体，也已掩埋完毕。

下步任务是继续清查。遇难人数众多，有的死在房内，有的死在屋外，有的死在炕上，有的死在地下；有的在自家，有的在他家；有的外出走亲戚未归，也有亲戚留宿遇难的；有大人被砸死而小孩在母亲怀里尚好的，也有大人小孩一并死亡的。所以必须逐队逐户逐人清查，不见谁，要追踪查找，对每个人的生死存亡一一查清。此外主要是安抚重、轻伤员，寡幼孤儿暂托近亲属、邻居抱养，以及挖刨清理物资、安排群众生活生产。

## 五、各地来援

### （一）解放军

邢台地区发生强烈地震的消息传出后，驻河北省人民解放军各部队广大指战员怀着对灾区人民群众深厚的爱，闻风而动，奔赴邢台地震灾区抢救灾民。北京部队领导机关在当天发出紧急通知，要求所属部队在地方党委统一领导下立即投入抢救灾民的战斗。通知要求除出动大批人员外，灾区需要什么，部队就出什么，千方百计抢救灾民。各部队的医疗队、运输队迅速开赴灾区，为灾民诊断、治疗和赶运各种救灾物资。

3 月 8 日以来，人民解放军驻邢部队 4593、驻邵明（位于内丘县）部队 4595、河北省驻军 4768 陆续赶到白家寨灾区抢救灾民。解放军跑步前来，到达目的地后，不顾疲劳，立即帮助群众抢救生者，掩埋死者，搭窝棚，挖物资，投入了紧张的抗震救灾斗争。挖掘尸体和物资时，工具用不上，战士们就用手扒，手上扎了许多刺，鲜血直流，仍坚持抢救。在掩埋尸体时，战士们细心地擦去死者脸上的血渍、灰尘和身上的污物，给他们穿好衣服，干干净净地装进棺材或用东西裹住掩埋。某团 4 连某班班长赵西昌，第一天到达灾区，掩埋了 4 具尸体，最远的要抬到 4 公里以外的坟地掩埋。他连续 24 小时没吃没喝，手上身上都沾满了血迹，始终坚持工作。某部一个营的干部战士从 9 日拂晓开始投入抢救战斗，一直干到下午 5 点钟，把受灾群众的大部分衣物及用具抢救出来。某部 2 连 4 班在抢挖被埋的粮食时，颗粒不丢。他们说："人民的粮食一粒也不能丢，多一粒粮食就多一分力量。"经过紧张救援，每家每户有了临时安身之处，但解放军官兵第一天晚上却是露天住宿，第二天才搭建自己的帐篷。

人民解放军在进行救灾工作的同时，还积极开展宣传活动。许多连队组织了宣传队，逐户访问，向群众宣传社会主义的优越性，转达党中央、毛主席对灾区人民的深切关怀，大大鼓舞了灾区群众战胜灾害的信心。灾民感激地说："共产党、毛主席是我们的大救星，解放军是我们的亲人！有共产党，有毛主席，有人民政府，有人民解放军，什么困难也难不倒我们。"

解放军部队一直在灾区驻扎两年有余，全程参与了"发展生产、重建家园"工作，他们不分昼夜地艰苦奋斗，和群众结下鱼水关系，亲如一家。1968 年过麦前后，部队陆续撤离。5 月 20 日，4595 部队最后一批人员撤离，欢送的群众集聚在白家寨大街西头广场，跟部队告别。部队首长向群众讲了话，嘱托灾区人民按照周总理的十六字抗震救灾方针，继续坚持斗争，争取完全胜利。男女老幼簇拥而上，纷纷和战士们握手告别。

群众：你们真好，再住几天吧……

解放军：大爷，这是上级命令……

群：是你们救了我们，你们的恩情难忘。

军：大娘，不！是毛主席！应当感谢党中央、毛主席，报答周总理。

群：你们吃苦了。

军：不！是我们应尽的义务。

群：给！别嫌少，这是我一点心意！（手捧鸡蛋）

军：大娘，还是留着你吃吧！不行，还是留着你吃吧……

群：给！这是热饼，路上饿了就吃吧！（用手巾包着饼）

军：大娘，我不饿，你留着吧……

群：叔叔别走，我不让你走，再住几天吧……

军：好孩子，多聪明。你好好学习毛主席著作，长大为国家为人民服务。

那幅动人的场面，使每个人都热泪盈眶。

哨声一响，列队了，“毛主席万岁”“共产党万岁”的口号响彻云霄。解放军和群众互相招手呼唤着，直到看不见部队后，群众才慢慢散去。

### （二）医疗队

8 号地震后，医务人员很缺乏，仅有天津一位刘大夫（女）地震前住在公社诊疗所，培训一批医务人员共 10 余人。此外还有各村半农半医的几个医生。医疗器械、药品也很有限，连绷带都不够用。他们见了我，一致告急。我一面让他们暂从供销社取白布包扎，一面请求县里支援。应当说，以刘大夫为首的这些医生是震后第一时间抢救中的最主要力量。

很快，县委派来的县医院同志及时赶到。随后，解放军医院和邢台、邯郸、石家庄、北京、衡水、天津、张家口、涿县、保定、徐水、临西等各地医疗队陆续前来救灾，共计 850 人（部队 360 人，地方 490 人）。8 日当夜，在解放军和工作队的帮助下，在白家寨、马兰就地搭棚，建起两个临时医院，并且成立了临时医疗抢救指挥部。下设一个办公室，5 个组，即医疗组、资料组、供应组、联络组、兽医组，共 14 个负责人。各村总共设 10 个医疗队，一个机动队，在白家寨、马兰、后辛庄设 3 个中心点，共投入医疗人员 850 人。

“救灾如救火。”在这时间就是生命的时刻，为了抢救受灾群众，白衣战士们一到灾区，顾不上吃饭休息，立即投入了抢救斗争。许多年过花甲的老同志，下车穿上白大褂，马上投入战斗。到交通不便的村落去，他们就甩掉身上的背包，带上药械，轻装跑步前进。为了抢救灾民的生命，白衣战士们不怕脏、不怕累，抢困难、让方便，凡是能够想到的办法，他们都想到了，凡是能够做的事情，他们都做到了，涌现出许多感人的生动事例。

社员王日生腹部受了伤，不能解大便，急得头上直冒汗。石家庄市医疗队医生曹爱欣仔细检查后，发现是大便秘结。她先是给伤员按摩，效果不大，当时又没有其他器械。她想，器械是死的，人是活的。她把手消了毒，就动手给伤员挖大便。半个小时过去了，又干又硬的粪便挖出来了，病人的痛苦解除了。王日生感激地说："医生，我可咋感谢你呀!"曹爱欣忙说："我是党和毛主席派来的，要感谢，就感谢咱们的党中央和伟大领袖毛主席。"某部军区赵树祯看到灾民左海明受伤后喉咙里被浓痰堵塞，呼吸困难，处于昏迷状态，就用橡皮管插入病人喉管，用嘴吸出浓痰，使这位伤员转危为安。北阎庄一位老大娘大便不通，医生徐采然、武文信毫不犹豫地用手给她抠大便。一个小孩得了肺炎，医生肖益通、护士范炳青用嘴给他吸痰，吸出痰和血，孩子立即解除了痛苦。白家寨国老服 77 岁了，痰憋得将要断气，护士黄元明和医生王宏明嘴对嘴地为其人工呼吸，吸出痰和血，使国老服得救了。北哈口杨连英家只剩一个 4 个月的孤儿，邢台眼科医院一位女大夫像亲生母亲一样为其喂食喂奶，直到离开该村后，还来信问候。

有些经过抢救的伤员，包扎后需要送往后方医院继续治疗。重伤员王平发包扎后，要送到 10 里外一个地方上飞机，白衣战士和解放军一起，轮流抬担架。途中过一条渠，渠上架板只能经过一个人。解放军战士刘进长、贺顺达、张印春不顾初春的严寒，跳到水里，用 6 只粗壮的胳膊稳稳地支住架板，让抬着的担架毫无颤动地过了渠。

有的白衣战士为了抢救伤员的生命，还献出了宝贵的鲜血。一个叫赵玉辉的女社员腹部受了伤，面色苍白。经过检查，发现是脾破裂，内出血，需要紧急输血。白衣战士张仁元、包广英、徐忠宝 3 人和伤员的血型相同，他们立即伸出了胳膊，把自己的鲜血输进了伤员的血管。女社员赵玉辉终于得救了。

全公社有特重伤员 297 人，重伤员 2002 人，轻伤员 3121 人，共 5420 人。其中特重伤员和重伤员由直升机载走 64 人，汽车运走 482 人，共计 546 人。分别运到北京、天津、石家庄、邯郸、邢台等地较大医院治疗。转县和县以上医院治疗的有 437 人，临时医院治疗的有 112 人，就地治疗的有 3861 人。其他有点头破血流，能自理、不需要住院的伤员，临时包扎换药自愈。

同时，兽医组 45 人，抢救牲畜 100 余头。

### （三）工作队

地震发生后，各级政府都派来工作队参加救援。

8日至9日，隆尧县内工作队昼夜连续过来，有县直工作队31人，东良“四清”工作队112人，南位公社工作队162人，其他工作队192人，共497人。南位公社工作队带着铁锨赶来，配合白家寨公社300余人赶修白家寨至牛家桥至隆尧的土路，保证了救灾运输车辆的通行。东良“四清”工作队以高政委为首，到各村参加救援，支持村干部工作。另外，周总理视察白家寨时，由张彪书记从隆尧西部未受灾的东良、尧山等公社调来17名优秀村支部书记，一同到达白家寨公社，当天就分赴原村干部因伤不能支持工作的各大队，分别担任村支书或大队长。到马兰任职的有韩庄高树申、南关李怀彬、东甫蔡双河；到后辛庄任职的有南位陈立庆、尧东庄祝桂海；到西阎庄任职的有尧北里张全有、东霍李狗成；到北阎庄任职的有南小河马献州、黄家营李书忠；到任村任职的有尹村前窦书文、东庄王仁山、泽畔王奎元；到前辛庄任职的有周村卜振山；到东阎庄任职的有店头路学志、石村原桂良。这些同志在周总理十六字抗震救灾方针指引下，工作干得都很出色。他们和群众同吃同住同劳动，不辞辛苦地为灾区人民重建家园做出了巨大贡献。群众说，他们是周总理派来的，县委点出来的好支书、好干部。

3月12日，周总理派来中央工作组，以国务院内务部唐尽忠处长为首，还有姚少尉、侯银元，主要任务是在白家寨搞出重建样板推广。邢台地委书记刘琦、县委书记张彪和我也主要抓白家寨。唐尽忠携妻儿一同前来，在白家寨驻了半年多，儿子就地入学。农林部长绘制了新农村规划图，卫生部张部长指示了震后防疫问题。

其间，李先念副总理，内务部长曾山，华北局第一书记李雪峰、书记处书记解学恭，河北省委第一书记林铁、省长刘子厚、省委副书记阎达开等领导同志都曾先后到地震灾区进行考察或慰问。

党中央、毛主席的关怀，中央领导同志的视察慰问，省、地、县各级党政军领导亲临现场了解灾情指挥救灾，使灾区人民受到极大的鼓舞。他们重新鼓起生活的勇气，增强了战胜困难的信心，在“自力更生、奋发图强、发展生产、重建家园”救灾方针指引下，踊跃地投入到波澜壮阔的抗震救灾斗争中去。

## （四）救援物资

地震当天，白家寨至隆尧县城土路紧急填平修通，全国各地的救灾物资大米、白面、席箔、竹竿，以及锅碗刀勺、筷子、盆罐等生活用具陆续运向灾区。白家寨公社共接受支援粮食 53 万斤（每人 15 斤），面粉 7000 斤，大米 395 斤，熟食 69 029 斤，饼干 10 417 斤，粮店供油 800 斤（重病号每人每日照顾 2 两）；无偿棉布 8840 尺，布票 4600 尺，棉花 3300 斤，困难户补助棉 5500 斤，线 45 斤，衣服 789 件，单衣 150 件，鞋 40 双，被套 21 个；“红宝书”682 本。同时还有铁锨、镢头、锄头、排子车、大车轮胎等生产工具支援，帮助灾区迅速恢复了生产。

各地的慰问信如雪片般飞来，还有个人寄的财物，有署名的，有不署名的。5 月份的一天，一个人从邯郸骑自行车送来 100 只小鸡支援灾区孵鸡生蛋，分别送给马兰 60 只，北哈口 40 只，累得满头大汗。问他时，既不说住址，又不说姓名，既不休息，又不吃饭。后来经查询才知道，他是邯郸奶牛蛋禽厂五好职工李舍田。我们去了电话表示感谢。

9 月间，西藏代表团十几人送来 50 匹马，在牛家桥召开授马大会后，分发各大队，分给白家寨公社 12 匹。其中一匹枣红大母马送给马兰大队，生了一匹小马，一蹦三跳，粗壮肥胖，真令人喜爱。西藏路途遥远，代表团有时乘车，有时步行，越过唐古拉山，穿过冰川草地。西藏一位老大娘花 50 元刚买了一匹好马，听说河北闹灾了，抚摸着自己的马说：“你去支援灾区人民重建家园，到那里要听使唤，好好地拉，好好地干，以表示我的心意。”

广宗支援马 17 匹，和其他地区支援牛 10 头，连西藏马 12 匹，都分配到了各大队。

## （五）大食堂

3 月 8 日以来，全国各地来支援救灾的人每日不下数千人，有的白天，有的夜晚，往来不断，吃饭喝水都有困难，怎么办呢？为解决吃饭问题，根据地委书记刘琦同志电话会中所讲的“可搞公共食堂”，我们 9 日晚上将供销社杀猪的一口大锅移到公社，烧水蒸馒头，每人发两个馒头，解决了临时吃饭问题。随着物质条件的改善和形势的需要，这个公共食堂搭上了大棚，副食等一应俱全，生活日益改善，因此很受欢迎，群众叫它万人公共大食堂。在这个食堂吃饭，给粮票和钱款就收，不给一律不要。但是全国各地的干部、工人都自觉交付粮票或钱款，谁也不要求多吃多占。大食堂一直坚持到麦收以后，最后结账，不余，也没大亏损，收支基本平衡，可见当时干部、工人觉悟之高。

## 六、周总理在白家寨

邢台大地震后，党中央、毛主席对灾区人民非常关怀，周总理更是亲自到隆尧灾区视察慰问，令广大干部、群众备受感动、鼓舞。

3月9日晚，周总理先乘坐专列到冯村车站。接到通知，邢台地区公安处长刘云川、卜永善、赵振明做保卫，石家庄驻军4部战备车（嘎斯69）停在车站西边广场接站。当时车站站台上没有电灯，工作人员提着马灯接站。站台上还有一洼洼的水坑，他们急速用手捧沙土填了下。周总理从第6节车厢下了火车，换乘第二部嘎斯69汽车，飞速奔往隆尧。刘云川等乘坐旧美制吉普跟在后面，过东尹村就看不见总理车的尾灯了。刘处长着急了，叫司机开快些，一踩油门，颠簸得碰头顶。刘云川叫司机："跟着走吧!"等他们到达隆尧县委大院，周总理已和地、县负责人谈情况了。周总理正讲话时，突然一次强余震来袭，大楼颠簸摇晃，吱吱响起来，房顶掉下泥块。大家都很惊慌，想背总理出楼。公安处保卫干部也建议周总理转移到南边平房比较安全，但是周总理摆摆手说："接着谈吧。"周总理面对地震，将个人安危置之度外，镇静传达党中央、毛主席的指示，听取地震工作汇报，这一沉着镇静、临危不惧的伟大形象，使大家都钦佩不已。

当晚，周总理又回到省会石家庄。

3月10日凌晨5点，张彪书记给我打来电话说："今天有中央首长到你们那里去。"我问："哪位首长?"张彪说："可能是总理。赶快安排下工作，重点是马兰、白家寨，主要是安全保卫。同时通知各村来3—7名代表到白家寨公社。"我问："什么时间到?"张彪书记说："可能是8点。"我立即报告了谷政委。谷政委可能已知晓，他说："你赶快去安排工作吧。"我急速到马兰大队，主要布置治安保卫工作，重点是监督坏人，保证安全。为了加强保卫，我返回公社时让党委秘书王桂辰同志留守马兰，继续安排工作。

回到公社，白家寨的工作更加严密，部队已放了岗哨。

8 点时，一架银灰色直升机在白家寨空中盘旋一圈，按地面红旗摆动的标记降落在白家寨村北田野上。沿田野是村周围寨沟的苇坑。下飞机的是国务院秘书长周荣鑫同志。我和谷政委迎上去后，周秘书就地坐在苇坑边上，我和谷政委蹲在苇坑坡下。谷政委汇报了抗震救灾情况后，问我：“你还有什么?”我只补充几句，说：“就是谷政委汇报的情况。”汇报中，周秘书长飞笔速记在本子上。我说没有别的意见时，周秘书长也没有表示什么态度和意见，只是说：“行，行!”抽笔合上本子，和我们握了下手告辞，急速登上飞机走了，时间不超过 20 分钟。这可能是为了在周总理到来之前了解情况。

这时，参加会议的各村群众代表和地、县的负责同志都陆续赶来了，有邢台地区地委副书记师自明，公安处长刘云川，隆尧县委书记张彪、卜永喜、赵振明等同志，还有给周总理当过警卫员的赵行杰（当时任任县公安局长）也赶来了。白家寨支书靳景印、大队长武玉田等人都汇集在广场迎候周总理。

张彪书记向大家讲了几句话：“党中央、毛主席非常关怀我们，今天中央首长来，可能是周总理来……”大家都非常激动，眼含热泪，抬头仰望，心向北京，等候周总理的到来。另外还有不少群众闻讯赶来，人越聚越多，有几千人。中午已过，在场的干部和群众心急如焚，顶着凛冽的北风，迎候周总理，谁也不愿回家。张彪书记知道群众的心理，对我说：“老杨，让大家吃点东西吧!”我说：“行!”在场的人，每人分给两个馒头，但是我和地、县的负责同志和工作人员都没有吃一点东西。

下午 3 时许，沿京广线一架黑灰色双羽飞机，往东拐直到白家寨上空盘旋两圈，探明航线，了解地面情况后，转向西北方向去了。时间不长，仍是这架飞机领航，后边三架银灰色直升机跟着飞到白家寨上空。领航机旋转一周后折返回去，银灰色直升机按地面红旗标记降落了。第一架降落了，第二架、第三架同时降落在白家寨村北田野上。周总理就乘坐在第二架银灰色飞机上。机舱门打开了，周总理站在机舱口，向群众招手致意。大家一看，都认出是周总理，全场沸腾了。大家心胸澎湃，情不自禁地就喊起来：“是我们敬爱的周总理!”“周总理来了!”“我们欢迎周总理!”周总理向群众招手，下了飞机。随从周总理来的有省委书记处书记阎达开、两位军官、记者和 1 位戴眼镜的秘书，共有 10 余人。秘书挎着周总理的大衣，跟随在周总理身边。大家都眼含热泪，向周总理围拢过来。我和地、县领导还有村干部一起走过小石桥，上前迎接周总理。

周总理在凛冽的寒风下，不戴帽子，不穿大衣，身着青蓝色呢制服，青皮鞋，踏着泥泞的大地，步伐稳固健壮。赵行杰先跑到前和总理说了几句话。总理问："小赵，你也来了?"赵行杰答："我和刘云川处长一大早就来了，等候总理。"我们迎上去后，都含着激动的热泪，周总理的眼睛也湿润了，注视着我们走来。我们做自我介绍，总理和我们一一握手。周总理问我们："你们记得抗日战争吗?"我们答："记得，那是打日本鬼子。"周总理说："抗战打败了日本鬼子，那是和阶级敌人做斗争。"随又指着地说："这次是地球底下的敌人，要和地球底下的敌人做斗争。"总理这句话非常坚强有力。

这时会场上的群众激动地高呼："毛主席万岁!""共产党万岁!""热烈欢迎周总理!"大家都眼含热泪，向前拥挤，争先恐后地向周总理簇拥而来，都想争先跟总理说几句话，因之秩序比较混乱。我和靳景印、武玉田维持秩序，让大家安静，不要拥挤。可是群众心向总理，哪听这些招呼，会场秩序实在不好维持。周总理理解了群众的心意，向群众招手致意，绕场一周。大家都自动地平静下来，有的坐下，有的蹲着，后边的人站着，自动形成一个开大会的场面，仰首望着总理，静听总理讲话。周总理当即说："开个群众会好。"当时灾情严重，连个桌凳都没有，同时事前也没有料到，听到周总理说要开群众大会，谁也不知怎么办。还是解放军同志搬来两个救灾的旧木箱，并在一处作讲台。周总理就站在木箱上给群众讲话：

"同志们！乡亲们!

"你们受了灾，受损失很大，毛主席让我来看你们。(大家流着眼泪高呼毛主席万岁！万万岁!)

"这次地震来得很突然，党中央和政府都很关心你们。昨天夜里我到了隆尧城，听了地委和县委的汇报，今天又来看你们。20年前打鬼子也受了损失，那是和阶级敌人做斗争，这次是和地球底下的敌人做斗争。每个村庄，每家每户都有很大损失，付出了代价，就取得了经验。你们这个地方是地震中心，从邢家湾到耿庄桥。听到了这个消息，解放军来了，地方工作队也来了，重伤的得到治疗，轻伤的也得到治疗，牺牲的被掩埋起来。我们要继承他们的精神，我们要和地球打仗。毛主席告诉我们，既要和阶级敌人打仗，又要和自然打仗。(大家含泪鼓掌，高呼口号)

"你们这个地区是洼地，改造得不错嘛！我们要改造自然，重建家园，光靠你们自己不行，你们县西部有很多没受灾的庄子，巨鹿、宁晋、任县都有些没有受灾的庄子，可以互相支援，互相帮助。过去打日本就是这样。

“重建庄子要分散一点，矮一点。共产党员、青年团员、少先队员要带头。你们组织起来，办法就一定会出来。国家当然要支援你们。你们这个地区有 30 个公社，34 万人受灾，现在又开进解放军 2 万多人，地方工作队和医疗队 1 万多人，共 3 万多人。一个人有 10 个人帮助，一人有难大家帮，这是社会主义中国，是毛泽东时代。你们不是学过愚公移山吗？愚公能移山，这个困难更是一定能战胜。死了人当然难过，但是不要低头，你们是毛泽东时代的农民，大家一定要团结起来，团结就是力量。你们老年人家里没人，我们帮助他，娃娃没人带，我们要替带，这个靠青年，靠壮年去做。我不能到每个庄子去看，让你们庄子做代表来看你们。你们要把毛主席的关怀和我讲的这些传给别的庄子，把劲儿鼓起来，用七八天的时间把生活组织起来。过几天还要搞生产。隆尧的要和巨鹿、宁晋的比嘛！恢复了生产，恢复了力量，就对得起死了的人。（周总理振臂高呼，大家跟着高呼）自力更生！奋发图强！发展生产！重建家园！

“（周总理接着讲）这次地震受损失很大，要记录下来，传给后代。下代再发生就会受损失小。这样就对得起死了的，也对得起后代。

“重建家园后，再来看你们。”（会场掌声如雷鸣）

以上讲话，是邢台地区公安处卜永善同志当场记录，亲自交给我的，已抄录交县存档，县地震局亦有存档。

周总理讲话完毕，在我们的陪同下顶冷风冒雪寒，踩着泥泞的大地，踏着倒塌的废墟，钻窝棚串小巷，不顾余震的危险，亲自视察灾情，慰问灾民。周总理还未走出会场，就跟站在半坡上一位白胡子老头王老齐谈起来。王老齐集中精神聆听讲话。周总理用手比画问：“你多大岁数了？”王老齐捏起 3 个手指答：“我 70 岁了。”这时我们说：“这是大队贫协主任王老齐。”周总理说：“啊！你是贫协主任嘛！代表贫下中农嘛！”我们说：“他还是党员。”王老齐露出 3 个手指说：“我入党 30 年了。”周总理说：“啊！你是老党员嘛！”周总理把两只手插成一个圆圈比画着说：“你要把大家组织起来，力量就大了。老党员要带头嘛！力量大了，抗震救灾，重建家园就一定能胜利。”周总理还说：“老年人要关心下一代，下一代就关心老年人。老年人要带好娃娃，长大继承我们的事业。”王老齐连连点头，“是！是，是真的，是真的。”

进村后，周总理钻进一个群众窝棚，问受伤的妇女于小俊：“你受伤了吗？怎么样了？毛主席让我来看你们了。”我说：“周总理来看我们了。”感动得于小俊眼含热泪地说：“毛主席多关心我们哪！”别的也不知说什么好，赶快爬起来给周总理磕了一个头，以表示对毛主席、对周总理的无比尊敬和感谢。周总理赶忙把她扶起。我们说：“这是个军属，她儿子正在部队服役当兵哩！”总理说：“好啊！你要好好休养啊！你养好病，你儿子在部队会放心。”

总理视察时，见小孩摸摸头，见社员握握手。走到大街，见路北一街门里半截墙前坐着一个老太太，周总理上前安慰说：“你也受伤了吗？受损失很大吗？毛主席让我来看你们了。”我们介绍说：“这是一位贫农老大娘，武保印娘。”大队长武玉田说：“她年纪大了，耳朵背。”我说：“周总理来看我们了，很关怀我们。”这位老大娘抬头仰望周总理，含着热泪说：“好，好，好。多么好哇！”说着就爬起来，迎向周总理。周总理扶着老大娘安慰说：“你好好休息吧。年纪大了，别起来，休息吧。”

继续往前走到国小街，当时街口路西有一栋几乎已倒下的残墙，碎砖烂垣还在墙上支架着，一触即会落地，很危险。我们都很担心，但是周总理丝毫没顾忌残墙倒下的危险，一直稳步通过。我们紧跟在后面，心情非常紧张，恐怕出危险。周总理过后，我回头一看，有很多群众已靠住这座残墙，形成一个人墙铁壁，自觉地保护着周总理的安全。过了这柱残墙危险区，我见国永禄正在挖刨埋在废墟下的财物，周总理指着他说：“你是挖物资吗？”国永禄手扶三齿耙柄站起来，望着总理答：“我是挖财物，弄东西。”我们介绍：“这是民兵副连长，叫国永禄。”周总理说：“你是民兵连长嘛！你是青年嘛！你要带好民兵，要带头嘛！坚决与地球做斗争嘛！”国永禄连声回答：“是，是，是。坚决斗争！坚决斗争！”

周总理走到街东路旁一眼小井前，井周围冰滑泥泞，我们非常担心，急得我和支书靳景印赶忙站到井旁。但是周总理不顾冰滑泥泞的井台，站在井前，一面看一面指着井水，问我们：“这是个水井吗？”我们说：“是！”总理问：“这是吃水井吗？”我们说：“这里都是盐碱地，井水是苦水，只能洗洗衣服，喂喂牲口。”总理问：“你们哪里去吃水啊？”我们答：“我们吃水只能到河边去担水。”周总理说：“你们吃水也有困难嘛！吃水的问题也急需解决。”这口水井位于国振清院旁的牲口棚，社员国振清站在窝棚旁边。周总理过了这口水井，指着国振清说：“你就住在这里吗？”国振清答：“是，我住在这里，是解放军帮我搭起来的庵子。”总理问他：“你家几口人？”振清答：“5 口。俺老俩，儿子、媳妇，小孙子。”总理问：“你家损失大吗?”振清答：“受点伤，不要紧。有吃的了，生活也不要紧。总理放心吧。”我们介绍：“这是第三生产队老队长。”总理说：“好，好，你要把社员组织起来，重建家园嘛!”国振清连连点头：“一定照办。”

站在国振清院内，周总理向四方瞭望了一下，走进部队帐篷，阎达开、师自明、张彪、靳景印、武玉田、我，还有随从周总理来的两位军官和秘书、记者等 10 余人也随着进了帐篷。帐篷里只放着一条长板凳，大家都看到周总理疲劳，让总理坐。周总理没有坐，我们都在一旁站着，围着周总理。有人拿来一个竹皮暖壶，倒了一碗白开水，放在板凳上。张彪说：“老杨，你给总理汇报一下吧。”我说：“行!”但是心情很激动，有些紧张，将 8 号受灾说成 7 号。周总理用手比画着说：“8 号，8 号。”立即做了纠正。周总理是多么亲切和蔼，平易近人啊! 周总理问： “有多少重伤?”我答：“2430 人。”别人说：“还多。”又问：“你说特重伤员多少?”我答：“特重 1100 多。”总理又问灾情时，我说：“西边西阎庄、南吴町旁边一条南北大裂缝。滏河河边裂缝最多，河堤塌陷，靠近马兰一条大裂缝。”总理说：“你说是滏阳河吗?”我说是的。我又说：“地震后地里冒黑水，群众情绪不稳，怕地陷。”总理说：“黑沙，冒黑水，科学家正在研究，你们要坚持斗争嘛!”我答：“坚持斗争，斗争到最后胜利。”我又简短地汇报了几句，总理插话说：“从邢家湾至耿庄桥，你们这里是地震中心。400 多年前，这里就有过大地震。”我们都赞叹周总理通晓历史，我们当地人还不晓得，周总理就一清二楚，真不愧为人民伟大的总理。

周总理讲：“地震是自然灾害，世界上还没有过关，我国科学还落后，美国、日本正在研究，我们也正在研究，专家正在研究探索。我们搞地震要专群结合，土洋结合，群测群防，以土为主，依靠、发动群众。”

周总理又讲：“你们东边有巨鹿，还有宁晋、任县，你们要互相帮助嘛! 一人有难大家帮，这是社会主义中国毛泽东时代，光靠你们不行，国家当然要支援你们，你们组织起来力量就大了。”

正讲着，周总理又问：“群众的生活安排得怎么样了?”我回答：“安排好了，每户一口锅，每人一个碗一双筷，都安排好了。”周总理又问：“一些孤儿怎么办呀?”张彪书记回答：“我们包起来了，已寄托亲戚、邻居抚养。”总理说：“好，好，过几天还要搞生产嘛! 要发展生产，重建家园嘛!”周总理又问：“受灾的有多少个公社?”当时在场的一时都答不上来。总理从兜里掏出一个小本子，用手一捻，看了一下说：“有 34 个公社。”

这时周总理讲话有些过多，有些口渴，端起碗喝水，漱了下口，又接着给我们讲起来。周总理说：“你们还要备战备荒，要学愚公移山嘛！这次灾一定要战胜它。”这时随从周总理的一位军官扯了下总理的衣襟，轻轻说：“该走啦！”周总理看了一下手表说：“还有时间。”又继续讲起来。周总理生怕我们听不懂，又反复讲：“过去打日本是和阶级敌人做斗争，这次是和地球底下的敌人做斗争。”我们都聚精会神地仰望着周总理，聆听教诲。周总理注视着大家，特别面对注视着我。周总理讲着，伸出手来，紧紧地握住我的手，用洪亮的声音对着我说：“要与天斗！要与地斗！坚持斗争！斗争到底！”我们大家都随着周总理一句一句地喊起来：“要与天斗！要与地斗！坚持斗争！斗争到底！”周总理握着我的手，使我顿觉一股暖流，心情激动。这是誓言，这是周总理亲自赋予我的巨大精神力量支援。我感到浑身是劲儿，有党中央、毛主席的英明领导，有周总理的亲切教诲和嘱托，还有周总理亲自指示的“自力更生、奋发图强、发展生产、重建家园”16 个字抗震救灾方针，有方向，有目标，天塌地陷，再大的困难也不怕，坚定信心就一定能战胜这次地震灾害，取得更大胜利。这些教诲、嘱托、誓言、鼓舞使我终生难忘。

到了要离开的时间，周总理走出部队帐篷，我们都紧随不舍。周总理上飞机时，我们和广大干部、群众都激动地含着热泪依依不舍。周总理登上飞机，站在机舱口，还向我们频频招手。我们大家也向周总理招手，表示再见。总理说：“重建家园后再来看你们，再见吧！再见，再见吧！”

护航机来了，在空中盘旋着，3 架直升机陆续起飞了。我们和广大群众一直仰望着 3 架银灰色直升机徐徐向西北方向而去，当飞机慢慢消失在天边看不见机影时，大家还凝视仰望，回味着周总理的伟大形象和周总理对灾区一点一滴的无微不至的关切，总理的身影仍在我们脑海里。我们都心向着北京，直至天已黄昏时人们才散。

周总理走后，我们和贫下中农、广大群众座谈，大家都对周总理抱着浓厚的无产阶级感情，回忆着总理在灾区视察的点点滴滴。周总理一下飞机，就脸色沉重，两眼湿润，注视着我们走来，这是多么同情灾民，理解灾民的心哪，周总理真是和灾区人民心连心啊！当他了解到灾区人民吃水困难时，自己也舍不得喝一碗水。劳累了一天，晚上还接见日本客人，真是呕心沥血，为国为民，赤胆忠心。大家回忆旧社会，1942 年遭灾，白家寨大队贫下中农有200多户逃荒在外，妻离子散，家破人亡，有103人无家可归，至今还杳无音信。现今我们在新社会遭了灾，党中央、毛主席派周总理来看我们，全国各地四面八方支援我们，对我们吃的、住的等生活生产各方面的问题想得都很周到，关怀备至。这真是新旧社会两重天啊！3月15日，文学作家劫夫夫妇到灾区慰问，谈话中深深体会到灾区人民对党中央、毛主席和周总理的深情厚谊，编了一首歌："天大地大不如党的恩情大，爹亲娘亲不如毛主席亲。千好万好不如社会主义好，河深海深不如阶级友爱深。毛泽东思想是革命的蜜，谁要是反对它，谁就是我们的敌人。"这首歌在灾区干部群众中广为流传歌唱。

周总理提出的"自力更生、奋发图强、发展生产、重建家园"十六字抗震救灾方针，更给了我们巨大的鼓舞和力量，使我们有了依靠，有了奔头，有了希望。总理说："重建家园后，再来看你们。"因为有这个约定，所以在最艰苦、最困难的处境，我仍深感自己肩负着重大任务，必须坚持到最后胜利。曾有人劝我："别那么吃苦了，调下工作好了。"但是我始终没有动摇，始终没有这样要求，觉得实现不了周总理的嘱托，一定会内疚。这点，县委书记张彪、武装部政委桑跃最清楚、最了解我的心意，白家寨公社广大干部和群众最了解，看得最清楚。

## 七、发展生产

3月14日，抢救阶段基本结束，群众生活已安排好。按照周总理"过几天还要搞生产"的指示和"要与天斗，要与地斗"的教诲，白家寨公社党委在县委指导下召开了"战天斗地"誓师大会。参加大会的各大队领队扛着毛主席巨幅画像，打着语录牌，抬着抗震救灾英雄人物的光荣榜步入会场。

大会上，我做了动员报告，系统总结了前段抗震抢救工作中的辉煌成绩，表彰了500余名有显著贡献的来自部队、工作队、医疗队、各级干部群众的英雄人物。如北哈口党员周大新抢救8户43人（死12人），副支书牛大掀抢救17人等，不胜枚举。同时也批判了个别见死不救、逃避灾难的坏人坏事。中央工作组唐处长、部队首长等也都做了重要讲话，安排了下步工作，公布了中央工作组在白家寨蹲点的具体规划，并号召全社干部、群众"死的掩埋好，活的站起来，化悲痛为力量，挺起腰板，继续战斗"，"劳力少了靠集体，牲口少了另繁殖，工具坏了配起来，倒了旧房建新房，家里丢了地里找”，全党全民总动员，坚决贯彻周总理的“自力更生、奋发图强、发展生产、重建家园”十六字抗震救灾方针，排除万难，苦干3年，恢复并超过灾前生产水平，建设社会主义新农村。

大会上掌声如雷，口号喧天，大家的劲头儿鼓起来了，人民精神振奋，原来认为没有希望的悲观情绪逐渐消失了。大家都在说，有党中央、有毛主席、有周总理给我们撑腰，天大的困难也不怕，天塌地陷也能顶得住。当天下午，白家寨大队支书靳景印、大队长武玉田、民兵连长国锁成等同志带领200余名民兵和580余名群众，扛着生产工具，喊着战斗口号，下地参加集体劳动。随后，马兰、任村、北阎庄及其他各村、各队，都有村干部带头组织群众陆续恢复了生产，全社范围内开展了轰轰烈烈的生产建设运动。他们豪迈的口号是：“你震你的，我干我的。”“党中央、毛主席、周总理是我们的贴心人，天塌地陷何所惧，地动山摇志更坚。”“你冒水，我浇地。你喷沙，我盖房。”“家里丢了地里找。”每个人都献计献策，全心全意为发展生产做出自己的贡献。马兰社员何小白把自己的排子车献给生产队，段生田用废铁锨头修理好10余辆坏排子车，并暗暗地把自己的车胎安在集体的车上，不声名，不计报酬。任村社员赵保林为增强生产队牲口体质，把自家的黑饼和谷壳喂了队里的牲口，不计工分，不要报酬。

在广大群众热火朝天的干劲儿下，白家寨公社各大队虽然受到地震的严重破坏，生产上还是得到大发展，由原来的缺粮社变为余粮社。1962年我到白家寨公社时，他们得吃国家统销粮105万斤。1966年遭灾后，仅白家寨大队就向国家交售征购粮9万斤。1969年全年，公社向国家交售爱国粮114万斤。

## 八、重建家园

3月10日周总理走后当天晚上，县委即着手研究重建家园问题。县委书记张彪、副县长李孟笔等有关科局人员10余人来到白家寨公社，代表县委在白家寨大队连夜召开了党员、干部、贫下中农、群众等各种不同类型的座谈会，并进行了个别访问。主要是按照周总理的指示，对如何建房、建什么样的房、建什么样的村庄等问题广泛征集群众意见。调研整整进行了一夜，谁也没有休息。

第二天碰头汇报时，县委、公社党委总结了座谈会和走访群众的不同意见，归纳起来有两种：一是自力更生，各盖各的；二是依靠生产队集体建房，建好后统一分配。一些房子多、木料多且劳力多的上中农或中农户主张自己建房。有的人说："国家别管我，好坏就盖几间房。"这是一种意见。一些房子少、木料少、劳力又缺乏的贫下中农户，或没有劳力的烈军属户感到发愁，主张依靠集体力量，集体盖房。这又是一种意见。当然，持后一种意见的人占绝大多数。县委争取我的看法和意见，让我表态。我在调研过程中已经胸有成竹，表态同意统一规划集体盖房。理由是周总理讲话中已经指出"团结起来力量大"，这是社会主义中国的优越性。按照大多数群众意见和现实灾难情况，我还提出了 3 点意见：第一，要有利于统一领导，统一由生产队支配劳力；第二，要有利于贫下中农困难户、烈军属，及无劳力的困难户；第三，要有利于社会治安。因为震后倒塌的砖瓦木石纵横交错，避免不了争执。最后大家统一了思想，一致同意统一规划，集体盖房，木料砖瓦折价归公，拆土坯换砖房，既抗震又防洪，冬暖夏凉。建房标准按周总理指示的"重建底子，分散一点，矮一点"，坐北朝南，6 间一栋，每栋两院，左右开门，排排房有屋有院。

灾后全公社人口 11 160 人，每人规划住房 0.7 间，共 7812 间。县财政按 7800 间，每间 52 元补助款，向公社拨款共 40.56 万元（差 12 间，欠款 624 元）。公社按各队砖瓦木石等物质基础情况分别拨到各大队（村）。另外还有高中、初中、小学、大队办公室、牲口棚等，由各大队自行安排。

一切准备就绪，但盖房过程也并不是一帆风顺的。土坯换砖房，烧砖怎么办？木料怎么办？瓦木技工等一系列问题迫在眉睫。还有新农村图形规划等，都需要解决。大伙捧柴火焰高，有群众的智慧和力量，有中央工作组指导，有地县各级领导的具体帮助和指导，还有全国各地的支援，各项工作迅速展开。公社在山口建了一个石灰窑，由专人负责崩山烧灰，解决了盖房用灰的问题。内务部唐尽忠处长带领的工作组（内有建筑工程师）长驻白家寨，首先在白家寨村东建起了大窑、小窑。其他各村也都陆续建窑烧砖。在各村支部领导下，各村的烧砖、烧灰、瓦工技工等都组织起来了，以师带徒；石家庄、邢台、邯郸的建筑部门都派来了专业技术人员，很快培养出一批又一批的技术人员，积极投入到生产建设上来。在劳力安排上，生产建设一齐抓，大体是 30％劳力搞建设，70％劳力下地生产。白天下地，晚上拉房土，清宅基。大部分是以生产队为主，有些大队搞专业队、建房班，脱坯烧窑、运输、拉石拉沙拉灰等，都有合理安排。

建设过程中涌现了数不清的好人好事、无名英雄。白家寨第一个小窑的第一窑砖刚停火，雷锋式的民兵于 4 月 18 日一晚上就把 6200 块砖全搬出来了。并留言："深夜漆黑天，我们来搬砖，鏖战两小时，换来一身汗。不觉苦和累，浑身尽舒展，感谢共产党，此事理当然。"有的人烧破了手，有的人烧破了衣服，但他们不图名，不图利，一心为集体（后来听说是民兵连长国锁成带领 14 名男女青年民兵，学王杰、学雷锋做的好人好事）。住前辛庄的一名解放军战士，大家都叫他小邢，帮助群众烧砖，昼夜守候在窑口。他烧破了手，别人劝他休息，他却说不要紧，始终不下火线。像这样埋头苦干的先进集体和个人不计其数，仅白家寨就有六棉姑娘、十二姐妹、英雄小八路等先进团体 11 个。

到 1968 年 11 月，统计完成建房任务 9069 间，包括社办、队办白家寨，后辛庄两所高、初中学和 11 个大队办公室，74 个生产队牲口棚，11 所初级小学。同时公社、社直信用社、诊疗所、粮站、供销社等陆续建设起来。社办拖拉机厂、修造厂，队办果园、养猪场，一排排新砖房拔地而起，防风防雨，防震防洪。到 1970 年我离开白家寨公社时，已全部完成任务，人们搬入新居，同时公社也随之搬入新居。道路四通八达，绿柳成荫，社会主义新农村展现在眼前。灾区人民发出肺腑之言：还是党中央、毛主席好，人民的总理好，人民解放军好，危难时刻伸手支援，帮助我们重建家园。总之一句话，是共产党领导得好。

作　　者：杨世英

走访整理：中共隆尧县委党史研究室　张建青

# 回忆地震救灾工作

高峰

我叫高峰，1934年12月出生于东良乡泽畔村，1966年地震时任隆尧县委组织部副部长，1995年自隆尧县人大退休。

1966年3月8日，我住在隆尧县委机关。当天黎明时分，我正在熟睡中，忽然觉得房屋摇晃，隆隆作响，桌子上的零星东西被甩在地上。当时人们都慌忙跑到了院内。县委书记、“四清”工作团政委张彪与东部公社电话联系不通，感到情况严重，上午即带领“四清”工作团有关工作人员到旧城了解情况。当时我任县委组织部副部长、县“四清”团政治处主任。下午我和张书记到莲子镇公社，接着到了马兰大队。大家一看都惊呆了，除村西头两间砖房之外，其余房屋全部倒塌，整个村庄都已变成了废墟。一排排尸体摆在废墟上，不断传来群众的哭声，惨不忍睹。大家心情十分沉重，含着眼泪慰问群众，安定群众的情绪，并投入到抢险救灾工作中。

在这次地震中，有些公社干部、县直下乡干部被砸死，另外还有新河县在隆尧参加“四清”工作的10多名干部以及天津工学院搞“四清”的8名学生遇难，其中一名华侨女生才20多岁，非常令人惋惜。新河县遇难干部尸体直接由灾区送回本县，8名学生尸体被拉到县油棉加工厂院内。我和政治处有关人员以及县医院赵成志医生为每位死者擦干了血渍，包扎了伤口，整了遗容，使他（她）们干干净净回到天津。之后，为8位学生开了追悼会。参加追悼会的有“四清”工作团、天津工学院学生、县直单位代表，还有地委组织部部长李良才，宣传部副部长李登坛（二人均系“四清”总团政治部负责人），天津工学院副院长、县“四清”工作团领导成员胡文亮，系总支书记、县“四清”团政治处副主任张玉峰。受县工作团委派，我主持了追悼会，胡文亮致悼词。当时我们心情十分沉痛。

地震发生后，党中央、毛主席、国务院和各级党政领导对灾区非常重视，对群众十分关心。周恩来总理、李先念副总理亲临灾区视察灾情，慰问群众，内务部长曾山带领中央慰问团来到隆尧灾区慰问，华北局、省委、省人委、邢台地委、行署领导相继到灾区视察、慰问，指导工作。

记得3月9日晚9点左右，周总理来到隆尧，在县委会议室听取抗震救灾指挥部和县委有关灾情和救灾工作的汇报，县委书记张彪参加了汇报，代县长薛宝珠在县委办公楼西门值班，我们“四清”团政治处和办公室有关人员在楼西边等待服务，如果需要什么资料，交由薛县长传递。正在汇报时，发生了强余震，当时在院内执勤的解放军战士都急忙跑进了楼道。周总理走后，张彪对我们说：“发生余震时大家很紧张，总理说：‘不要紧，大家沉住气，咱们继续谈吧。’看到总理很安静地坐在那里，大家也就不紧张了。”3月10日下午，周总理由石家庄直接坐直升机到白家寨村视察灾情，慰问群众。这次我没在场。

李先念副总理来时，我在牛家桥，亲眼看到李先念副总理在牛家桥村东走下直升机的情形。印象中，李副总理身穿中式棉袄，缓缓走下飞机，地委书记刘琦对群众说：“李副总理看望大家来了。”副总理向大家招手慰问，之后向抗震救灾指挥部走去。在牛家桥村路南一个场地，我还聆听了内务部长曾山在群众大会上的讲话。他说：“党中央、毛主席派慰问团来慰问你们了。”广大群众情不自禁地高呼：“共产党万岁！毛主席万岁！”

人民子弟兵为灾区人民做出了巨大贡献，得到人民的拥护。发生地震的当天，在县委机关看到驻石家庄某部军政委和徐信副军长，带领、指挥人员携带电台、帐篷来到县委机关大院，听取县委汇报后，立即开展工作，成立了指挥部。开始指挥部设在县委院内，后迁到牛家桥。石家庄驻军、邢台驻军指战员有的乘车，有的徒步急行火速赶到灾区，顾不上休息，顾不上吃饭，就投入了抗震救灾战斗，哪里需要就到哪里去。不少战士手被冻裂了，磨破了，流着鲜血继续干。群众看在眼里，疼在心里。

全国各地医务人员争先来到灾区，抢救伤员，忘我工作，各地区、各单位热情关怀，给地震灾区很大支援。

为了支援灾区，县委“四清”工作团党委9号上午召开了各公社“四清”工作分团主要领导会议，对救灾工作做了全面安排，提出紧急抽调西部公社领导干部和大队支书、副支书，到灾区村庄参加救灾的任务，要求10日上午9点以前来县工作团报到。会后，张彪书记让我具体负责安排组织分派。10号上午，所有抽调人员都骑车带行李提前到县里报了到。人员到全后，公布了名单，提出几点要求，大家就马不停蹄地赶往灾区。

灾区人民亲身经历了党中央、国务院、地方各级党政机关对灾区的无比关怀，人民军队、各地各级医务工作者对灾区的全力救助，以及各行各业、各界人士在人力、物力和精神方面的大力支援，让灾区人民从内心感受到了“天大地大不如党的恩情大，爹亲娘亲不如毛主席亲，千好万好不如社会主义好”，振奋了精神，鼓舞了斗志，“你震你的，我干我的”，房倒志不移，家里损失，地里找回，以实际行动投入到了抗震救灾的战斗中，取得了最后胜利。

作　　者：高峰

走访整理：中共隆尧县委党史研究室　镡立格　张建青

# 抗震生产两手抓

任增山

我叫任增山，1938年11月出生于隆尧县东张村，1966年地震时任柏舍公社书记兼东张大队党支部书记，1999年退休于任县林业局。

1966年3月8日5时29分，隆尧地带发生强烈地震。大地震震起了全社人民，房倒屋塌，地动狼烟，哭叫声响彻一片，大街上赤脚露体的人满街乱跑。我当时是柏舍公社书记，马上回公社向县委打电话报告。县委值班人员说："隆尧城里也一样，县委领导正召集开会。"随后我向邢台地委打电话。地委人员说："领导正在开会。师书记说马上去隆尧，他叫你8点到公路见面。"听后我就立即集中公社全体人员，安排大家分头到各村查看灾情，安定民心，首先抢救受伤人员。同志们早上没有顾得上吃饭，马上分赴各村去了。8点前我到柏舍村东口公路上，正好师自明书记等地委同志赶到。真是人到难处想亲人，一见书记，我不由得双眼泪流。师书记安慰几语，指示："组织社员，防余震，离开危险房屋地带，抓紧抢救受伤人员。"我说好，就坐车进隆尧县城了。根据地委指示，我和社长张辰山等公社领导以公路为线，分包东西两片，马上下村查灾情。

## 一、灾难中互助互救

我到柏舍村查看，南柏舍灾情特重，房屋倒塌80%以上，人员伤亡20%，停火断炊；而北柏舍灾情较轻，房屋倒塌60%，人员伤亡较轻。北柏舍村党支部书记闫志文听说南柏舍灾情惨重后，主动组织人员为南柏舍蒸馍馍，送开水，送干粮，带人员到南柏舍帮助抢救伤员，使南柏舍人深受感动。南柏舍村支书张老泽、大队长张四廷深表谢意，使1961年分村时两村结下的疙瘩一下化解了。张四廷当面向北柏舍来帮助救援的人员说："亲不亲是乡亲，打断骨头连着筋。"

天黑我们都回到公社，汇报汇总受灾情况。晚上饭在公社食堂，架起锅点火，蒸了玉米面饼子，煮的白菜疙瘩汤。晚饭后，大家总结表扬了北柏舍帮助南柏舍，轻灾户帮重灾户的典型事例，又向各大队推广，组织全社开展了大讨论大落实，在社员中鼓舞了士气，增强了人们之间的感情。东张大队党员谢海申主动包管了一名老烈属——80岁的老太太李连心，谢混章包管五保户艾氏的生活起居。

## 二、全国人民来援助

当大地震造成大灾之时，人民解放军连夜派来抢救队、医护人员，并派飞机运送受伤人员到解放军医院或大城市医院，使受重伤人员得到及时治疗。东张大队66岁的老太太常金缺、赵九兰，因房倒砸断腿，及时用飞机运往军队医院抢救治疗。伤者本人不能自理，军医、护士端屎端尿，一口口地喂饭，使老太太深受感动。出院后，汽车送回家。老太太常金缺、赵九兰见人就讲："解放军像亲儿女一样，照顾得十分周到。我们一辈子不会忘记解放军亲人的大恩情。"

全国同胞伸出援手，捐款捐物，大力支援了我们灾区，灾区缺衣少药的情况得到缓解，人们还吃上了南方水果和蔬菜、大米，北方莜麦、大豆，解决了生活上的困难。西藏送来的宝马，更增强了民族大团结。

劳动模范、临西县东留善固党支部书记吕玉兰，"文革"后任省委副书记，以收件人任增山的名字寄来学生用品铅笔5000支、本子5000本，还有一大包衣物。我让公社中心校区发到全社小学生手里，人手一支铅笔，一个本子。其他还有很多书包，都根据具体情况及时送到学生们手里。这些援助大大地鼓舞了小朋友们的学习热情，小朋友们纷纷向吕玉兰阿姨表决心，要好好学习，当好建设社会主义的接班人。

## 三、地震挡不住生产热情

9日，敬爱的周恩来总理来隆尧灾区慰问，带来了党中央、毛主席对灾区人民的关怀。人民群众非常激动。公社党委抓住这一机遇，及时组织广大党员干部和社员，有针对性地学习毛主席著作。毛主席说："我们的同志在困难时要看到成绩，要看到光明，要提高我们的勇气。"这次学习讨论，提高了人们的思想，激发了人们抗震救灾的热情，大家一致表示，坚决贯彻周总理提出的"自力更生、奋发图强、发展生产、重建家园"方针，与地震灾害做斗争。当前正是春耕生产关键时刻，争主动抢时间，才是夺取全年大丰收的关键，才能为重建家园奠定物质基础。公社党委向全体干群提出了"你震你的，我干我的，灾区人民心向党，毛主席教导记心里"的口号，组织人们掀起了大生产高潮。地震震倒了房屋，老房土正是庄稼的好肥料，我们变废为宝，借麦苗返青的好时期，男女老幼人背肩抬小车推，掀起了追肥浇水的热潮。

东张大队是河北省委、省政府决定推广的"学大寨，赶南会，向东张看齐"的红旗单位，行动在大家前头。我抓住这一样板，提出了"一帮一、一对红，一带二、一片红"的倡议，首先在东张地头开现场会。各大队学东张，鼓干劲儿，掀起春耕生产高潮。原来宋村大队干群抗震情绪较差，人们光顾着弄自己家，不愿下地。宋村大队党支部书记张贞贵、大队长常牛子，主动组织干部、群众向东张学习，壮精神，鼓干劲儿，迅速掀起了春耕生产高潮。宋村老汉宋焕子在干群大会上说："一年之计在于春，人误春一时，地误人一年。生产上不去，怎么建家园?"常永华说："建窝重要，春耕生产更重要。总理指示，发展生产，重建家园，咱就应当照办。"通过学东张，兵分两路，抽出30%的社员，主要是能工巧匠搞建房，70%的社员抓春耕，人员齐发动，掀起了一个"男女老幼齐上阵，大干春耕建房双不误"的运动，大家热火朝天地干起来了。西张村看到东张、宋村干起来了，支书路小申讲："西张过去不落后，现在更要直追东张，超宋村。"社员们异口同声地说："人争一口气。不能落后!"于是大家也拼命地干起来了。其他村见此情景，谁肯落后，各自发动，全都热火朝天地行动起来了。

大地震后，余震不断，但人们习以为常，生产热情毫不减弱。3月22

日，又一次发生强烈地震。七旬老汉刘双田正推着小平车推房土，刚到地头，一阵轰隆隆震动，连人带车倒在地上。女社员黄全敬马上近前去拉他。刘老汉笑着说："自己震倒自己爬，不给别人添麻烦。"大爷爬起来，又推着小车干起来。记者正在东张地里采访，突然地下响起了一阵轰隆隆的声音，大地强烈地震动起来。56岁老汉刘正有正牵牛拉水车浇麦，牛吓得停住了，刘正有笑哈哈地拍了一下牛背，喝了声："怕啥！它震它的，咱干咱的。"水车又哗哗地响起来。

正当春耕生产搞得轰轰烈烈之时，地委代书记带领各县领导来到东张大队召开现场会，推广我们实施的"高举毛泽东思想伟大旗帜，贯彻执行周总理提出的'自力更生、奋发图强、发展生产、重建家园'抗震救灾方针"的经验。并在邢台召开抗震展览动员大会。展棚大门中央张贴着3月31日的邢台日报，整张报纸头版头条报道我们公社的先进事迹，并加社论。文章标题是：《毛泽东思想是战胜灾害的根本保证》。署名：柏舍公社党委书记任增山。在大会上，我做了典型发言，介绍先进做法。

全区学柏舍，柏舍怎么办？会后，我们发动全社党员干部和社员群众认真讨论，借地委鼓励之东风，更高地举起毛泽东思想的旗帜，积极贯彻周总理抗震救灾十六字方针，春耕生产更扎实，建设新农村更主动，从而夺取了农业大丰收。

作　　者：任增山

走访整理：中共隆尧县委党史研究室　镡立格　吴胜林

# 我所经历的1966年大地震

黄曾炤

我叫黄曾炤，1958年10月出生于大张庄乡黄家庄村，2011年任村支书。

1966年3月，我正上小学，正好休学在家，亲身经历了3月8日和3月22日两次大地震。当时灾害发生突然，现场极其惨烈，至今想起来还心惊肉跳，久久难以平静。

我的家乡——隆尧县黄家庄村，原是一个水寨古村，村庄四周水寨环绕，村边杨柳依依，荷花芬芳，鱼虾成群。明朝万历六年（1578）建村，以姓氏命名。村民以农耕和渔业为主。1966年全村不过500户人家，1900多人，是一个美丽而和谐的村庄。

我记得那年的3月，还是春寒料峭的时候，树木还未发芽，大地一片萧条，河里的冰还未融化，人们还穿着厚厚的棉衣。3月7日凌晨，也就是大地震前一天，天空蒙蒙地下起小雪，地上足有一铜钱厚。早饭后，我们在屋顶上扫雪，忽然觉得屋顶震动了一下，房上的人齐声喊："地震了，地震了!"听老人们说，我们这里过去闹过地震，但很轻，也说不上什么几级几度，只是看到门吊晃动几下，或是吊在屋顶上的油灯微微摇摆，这就是地震了，还传说地震后是个丰收年，所以人们并不在意。3月8日5点29分，人们还沉睡在甜蜜的黎明觉中，我突然听到从东南方的地下传来隆隆的响声，由远及近，像万马奔腾，接着地面上的东西左右拉扯似地摇摆起来。听到房屋咯吱吱不停的响声，人们都被惊醒，从屋里跑出来。这时，我听到满村的呼叫声，加上鸡鸣狗叫，鼠蹿猫跳，骡马嘶鸣，就觉得要天塌地陷，大难来临了。

我睡的里屋的界墙摇晃了几下就倒了，散落的砖压在被窝上，差一点砸到我的头上。我赶忙爬起来，披上衣服跑出来，睡在外屋的父母和妹妹已经跑到院子里了。父亲被屋檐上掉的砖砸在头上，破了个口子，还流着血。我们都跑到大街上，看到人们有的赤身露体，有的披着棉被，天气十分寒冷，有的年轻人抱着棉衣棉被披在老人身上。这时余震不断，人们难以站立，互相抱在一起瑟瑟发抖，脸上露出绝望的表情。稍有平静，我急忙到邻居家，推开被门板挡住的门，从屋里炕上背出老奶奶，又拉出一位本家婶子，然后又到别的邻居家救人。这时天色微明，地面上的雪还未化尽，人们都来到大街中心，大队的门口已经集合了许多人。支部书记黄在玲，大队干部黄在书、黄春林、黄贞彦、黄贞阳等已经在那里了，他们敲响了大椿树上的大铁钟，召集基干民兵紧急集合。简要问明情况后，他们迅速分队包片，开始行动，重点是组织抢救被埋人员。大队部原先是一所老私塾学校，建筑结实，还没有倒掉，这时还在接连不断地发生余震，大队支部书记黄在玲就在街里临时办公。他不停地调度村干部和民兵，指挥他们去挖被埋群众，救治被砸伤员。当天下午，他动员社员群众到空旷的地方搭席棚，到晚上，全村群众全部居住到简易棚里。

由于黄家庄经过 1963 年特大洪水，多数是新建的房屋，所以抗震能力较强，多数伤员都是被掉下来的砖木砸伤的，死亡的仅一个 80 岁的老人和一个未满月的孩子。可是房屋损坏严重，有的彻底倒塌，有的歪歪斜斜地在那里支撑着。后来我们才知道，这次地震震中在我县的白家寨公社马兰一带，震级为 6.8 级，震源深度为 10 公里，震中烈度为 9 度。

地震的消息传到中央，毛主席和周总理紧急调动医疗队和部队战士迅速赶到灾区救灾。很快，医疗队、解放军战士就奉命来到了杨家窑公社所在地。接到通知后，村里派干部黄元智前去领人。公社书记王顺太、医院院长刘海印早已分配好任务，医疗队和解放军战士早已整装待命，火速来到黄家庄村，投入到抗震救灾中去。医疗队在大街上设立帐篷，安排好医疗器械，随时救治受伤的群众，为了防疫还在街道喷药消毒。解放军战士立即清理坍塌的房屋。那时候也没有机械设备，有的战士都挖掉了指甲，十指流着血还在坚持，带着伤不下火线。战士们把伤员迅速送到医疗队的帐篷内，立即进行治疗，伤势严重的辗转送到各大医院进行救治。民兵连长黄宝辰脚骨重伤，送到邯郸医院进行治疗；杨喜缺老人腹部受伤，从邢台又转到河南进行抢救；还有十几名伤员被送到附近的医院进行救治。

更为严重的是，在全村干部群众的紧张情绪刚刚平静一些的时候，3 月 22 日 16 时 19 分又发生了强震，这使人们陷入了更大的恐慌当中。当时我们第三生产队的社员正在离村 6 里地的南泊子春耕，忽然看到东北方向地光闪闪，接着震声隆隆，地面摇动颠簸，地表开裂，黑水喷出，黄沙成堆，远处的村庄烟尘四起，房倒屋塌，鸡鸣犬吠，一片恐怖。人们蜷伏在一起不敢动弹，就连耕地的牛驴也四腿岔开，不敢动一动。生产队长黄长书和社员们都哭了，连声说："这次全完了！"我们赶忙从地里往回走，腿上像绑了铅袋，一步一步挪动着，短短的 6 里路就像万里长征。人走得慢，心已经飞向家里，担心家里人的生死安危，步子更加沉重。

这两次地震彻底把村庄夷为平地，就连 1963 年特大洪水中保持完好的财主家的砖房也倒平了。鸡犬在街道上乱跑，全村一片狼藉，村庄的北边裂开一尺宽的大缝，直通到村东边的泜河边，社员们都发出无奈的叹声。地震幸好发生在白天，人们有所准备，没有人员伤亡。据统计，两次地震共造成全村 2254 间房屋倒塌，有 24 间房屋严重倾斜，损坏严重。在大队干部和解放军的帮助下，人们用大绳把危墙拉倒，以免发生事故。社员们都被安排到安全的地方，搭庵棚居住，然后在解放军和工作队的帮助下，慢慢清理自己的东西。

震灾发生后，周总理 3 次亲临现场，体察灾情，在地震中心白家寨与 3000 多名群众见面，并提出了"自力更生、奋发图强、发展生产、重建家园"的指示。随后李先念副总理和中央慰问团赶到灾区视察灾情，慰问灾民。党中央的深切关怀令灾区人民十分感激。省、地、县等上级领导都亲临现场指挥抗震救灾，组织灾民发展生产、重建家园。一方有难，八方支援，各地的慰问信和救灾物资纷纷送到了灾区人民的手中，灾民们感激涕零。

两次地震后，省、地、县在白家寨召开了现场会，各村派代表参加。会议总结了经验教训，重申了周总理的指示，开始了新农村建设。我们村迅速落实会议精神，商讨谋划，绘制图案，制作新农村模型，然后又建起烧砖窑，划分 60 亩地作为窑场。上级源源不断地拨来救济款，送来建房物资。全村干部、群众群情激奋，干劲儿十足，人人参与，把全部心思投入到新农村建设当中。当年 6 月份开始，到 1968 年 3 月，大队集体建房 83 排 498 间，陆续分给困难群众。以后又把建房任务下放到生产小队，由小队组织建了一部分房屋。到 1970 年，全部完成新农村建设规划任务，一座崭新的新农村代替了过去的水寨古村。

这次地震使灾区人民难以忘怀的是党和人民心连心，干部群众心连心，全国人民心连心。一方有难，八方支援。这正如灾区人民的一首歌，唱出了他们的心声："天大地大不如党的恩情大，爹亲娘亲不如毛主席亲，千好万好不如社会主义好……"

作　　者：黄曾炤

走访整理：中共隆尧县委党史研究室　镡立格　吴胜林

# 忆 1966 年地震

齐保玉

我叫齐保玉，1949 年 3 月出生于隆尧县千户营乡千户营村，1966 年地震时任千户营大队会计，2009 年退休于隆尧县财政局。

时光荏苒，光阴似箭，转眼间已过去半个世纪，当时的惨烈情景及党和国家的亲切关怀令我终生难忘，至今追忆起来，仍心潮澎湃。现在将那些难以忘怀的事情，出自内心的感受记录下来，作为纪念。

## 一、突发地震

1966 年 3 月 8 日，大地震突然发生。地震过去被人们说成“地动”，以前只是听说而已，没经历过，更不知道它的威力了。其实 3 月 8 日前就有预震，但没有引起人们的重视，认为再震也不会把房震倒。预震较重的是 3 月 7 号，这天下着大雪，气温很低，早晨人们都在房上扫雪。这时发生了预震，感觉很强烈，质量差的房子出现了裂缝。就这样也没引起大家的警觉。

3 月 8 日早晨 5 时左右（后公布确切时间 5 时 29 分），大地震突然发生了。当时我和齐金仓共同睡在大队办公室，我俩一起从熟睡中惊醒。略迟了几分钟，还未来得及穿衣服，主震就来到了，好像晴天霹雳，整个大地都在抖动，颠翻，我俩连滚带爬地从屋子里逃了出来。好险啊！多亏是新盖的砖房，我俩前边出来，后边就倒了一个东北角。金仓比我大几岁，就比我沉着，他跑到窗边把我俩的衣服拉出来，随便穿上就往各自家中跑。

往大街上一跑，可不得了了，好像到了另一个世界，前两天的平静和存在了数十年的房屋荡然无存，到处一片狼藉，只听得大人喊，孩子哭，在黑夜中更显凄惨。我边往家中跑，边投入到救人的行列，帮别人挖埋在土中的人。我家的房子也倒了，我叔叔被砸在了房土中，他一个人住在河边的家中，整个房顶被甩到了河心。叔叔被救出后，砸坏了胸部，断了5根肋骨，肋骨刺破胸膜，形成血气胸，非常危险，多亏了赶来支援的医生紧急救护。救护车把他拉到隆尧县医院，又转乘直升机到石家庄省院救护，才得以活命。像我叔叔这样的重伤员还有许多，大部分都是被转移到省医院救治。

这天的震级6.8级，千户营死亡104人，伤300余人。此后余震频发。

3月22日下午5时许（确切的时间为16时19分），又发生了一次强烈地震，震级为7.2级，比8日震级更高。这次发生在白天，人们亲眼看到了地震情景，树梢来回大幅度摇动，人站立不稳，真是地动山摇，惊心动魄。因为先发生了3月8日的大地震，人们都住在窝棚里，这次地震人是砸不住了，但人们仍心有余悸。

震后，大地冒水冒沙，井水上涨，异常现象很多。之前，自然界也有异常现象，只是无人注意观察。后来才发现，震前表现最灵敏的是狗，表现为狂叫不止，乱跑乱窜。鸡也有表现，晚上不上窝、上树栖息。

## 二、抗震救灾

地震的消息直达党中央、国务院，毛主席、周总理和人民心连心，立即命令部队投入抗震救灾，号召全国人民支援灾区，抗震救灾开始了。在中国共产党的英明领导下，在社会主义大家庭里，全国一盘棋，一方遇难，八方支援，毛泽东思想一根红线贯穿，颗颗红心相连。

部队首先行动，接到命令立即奔赴灾区，战士们跑步前进。3月8日早晨（5时左右）发生灾情，上午10时部队即赶到灾区。他们顾不上休息，顾不得吃饭，马上投入救灾工作，晚上露营野外，为抢救伤员生命赢得了时间。

全国各地的救灾物资源源不断进入灾区，空中、地上双管齐下。直升机空投了当时急需的物品，包括药品、熟食等，保障了灾区救援的第一需求。锅碗瓢盆等日常用品随后由汽车运来，样样俱全，保障了灾民的生活需要，稳定了人心。人民自发地唱出“天大地大不如党的恩情大，爹亲娘亲不如毛主席亲，千好万好不如社会主义好”的歌声。

## 三、中央首长亲临视察

周恩来总理受党中央、毛主席委托，于大地震的次日就直达隆尧，听取了县领导的汇报，3 月 10 日又亲到重灾区白家寨慰问受灾群众。他老人家冒寒风和群众见面，发出了“自力更生、奋发图强、发展生产、重建家园”的伟大号召。后来，李先念副总理等国家领导人也多次来灾区慰问。

## 四、西藏同胞送来了宝马

邢台的地震灾害牵动了全国同胞的心，边远的西藏人民也加入了抗震救灾的行列。藏族同胞不辞万里之遥，挑选了上好的 240 匹藏马，历时一个多月，千辛万苦将宝马送到我们灾区。千户营村分得宝马 2 匹。为养好马，我们大队专门挑选了最好的饲养员喂养。

1966 年 6 月 7 日是值得纪念的日子，就是在这一天，我们全村为迎接藏胞送来的宝马举行欢迎大会。我记得有藏胞给我们表演了跳舞、唱歌。藏胞还参加了我们的新农村建设，搬砖、和灰、垒墙，在南北大街东面墙上用汉藏两种文字写下了“民族团结之花”6 个大字，永远镶嵌在汉藏两族人民的心中。西藏同胞送来的不仅是宝马，这些马匹象征着中华民族团结一心，体现了各民族大团结的高尚精神。

在社会主义温暖的大家庭里，灾后的人民仍然幸福，广大人民响应周恩来总理的伟大号召，迅速掀起生产自救热潮。当时救灾工作队和公社领导共同组成指挥中心，开展生产自救工作，建设社会主义新农村的大工程开始了。当时的住房统一规划，统一高度，大部分资金是国家无偿拨给的，同时也充分利用了原有的旧材料。新建房屋以抗震为第一标准，高度较低，一般都在 2.8 米以内。最后分配住房，平均每人能分得 0.7 间。

由于灾民情绪稳定，生产盖房两不误，那年农业是个丰收年。

# 五、排起长队送亲人

部队来救灾有两个多月的时间，期间他们做了大量的工作，留下了无数感人肺腑的事迹。难忘部队来后一天没吃饭，夜晚还露宿；难忘战士们白天帮助灾民搭建简易房，晚上又巡逻放哨，保卫灾民平安；难忘战士们帮建标准房，又帮助农业生产；难忘战士们把自己的帐篷让给灾民，而他们却挤在一起；难忘……难忘的事太多了。但部队毕竟是武装力量，肩负着保卫祖国的任务，随时准备歼灭来犯之敌。灾情稳定、生产恢复以后，部队陆续撤走。群众得知部队要走的消息，几乎所有的人都从家中出来了，排起长队欢送部队。群众纷纷拿出家中最好的东西送给部队，但是战士们都不要，让群众自己留着吃。大家依依难舍，送了一程又一程，充分体现了军爱民、民拥军，军民亲如一家的鱼水关系。军民团结如一人，试看天下谁能敌?

半个世纪后的回忆，让我又回到了那个时代。当时在大队工作的几个人，我们谁也没有吃一块救灾的饼干，没拿过一件公家的物资，这些东西就在身边，但我们视而不见。当时认为，这些物资是党和国家救济灾民的，是全国各族人民支援灾民的，应该送到灾民手中，我们的责任就是保管好，分配好，让群众满意。

作　　者：齐保玉

走访整理：中共隆尧县委党史研究室　镡立格　吴胜林

# 党的恩情永难忘

薛孟岐

我叫薛孟岐，1946年4月9日出生于隆尧县莲子镇马兰村，1966年地震时任马兰村贫下中农代表协会主任，后曾任马兰村党支部书记。

20世纪60年代，我们马兰村在刚刚经历了1963年特大洪水之后，仅隔两年多的时间，大自然又给马兰村民带来了一场严重破灭性的大地震，房屋全部倒塌，人员伤亡极为惨重，财产损失不可估计。刚刚20岁的我，亲身经历了这场大灾难，虽然时隔50年，仍记忆犹新。

## 一、地震惨况

这次地震，我们马兰是受灾最重的一个村。地震发生的3月8日凌晨5时许，人们都正在熟睡中，灾难突然发生，瞬间全村房屋全部倒平，绝大部分村民被埋在屋内，只有少数人侥幸逃出。埋的浅的拼命自救，埋的深的只能等待救援，而侥幸逃过一劫的人则在外面拼命地挖着自己的亲人。因为是黑夜，工具也都被埋住了，只有靠两只手挖，手被席箔割破了，流着血，不顾疼痛，继续挖。因为能够参加救援的人太少，很多人在土下压埋时间过长，被闷死了，也有少数人是地震当时就被砸死了。

这次地震，有的人失去了父母、祖父母，有的人失去了妻子或丈夫，有的人失去了儿女，有的人失去了兄弟姐妹……当时我们全村1800多人，死亡人数达502人，几乎家家都死人，绝户的就有37户，轻重伤员也有很多。天亮后走在村里，到处是一片哭声，人们的精神面貌无法形容，对今后如何继续生活完全没有任何希望。当时的情景，至今无法再回首。

# 二、紧急救援

地震发生后，在以毛主席为首的党中央的领导和关怀下，当日中国人民解放军4595部队全团指战员就急速跑步赶到灾区参加救援。就在3月8日深夜，先头部队骑着马匹到达了我们村东南角的一片空地。我家就住在东南角，一听到马叫声，我就主动前去了解情况，并介绍了自己的身份。随后，我领着部队的领导找到村支部书记段二黑和大队长赵如山，一同查看了解了村里的基本情况。部队用无线电向首长汇报完灾情后，立即先行参加救灾。9日白天，部队全部到达，在马兰村滏河桥东北角的一片空地上扎下帐篷。同时，县委书记张彪带着救灾工作组李春田、陈秘书、马书墨（公安局民警）等几个同志赶来，和部队团领导共同安排部署对白家寨公社各村实施全面救灾工作。

当时分管我们马兰的是4595部队五连，连长高金玉，指导员朱学智。五连各排战士们分组包片包生产队，首先对死去的村民结合当地民俗进行埋葬，同时对今后的恢复生产——春耕、播种等一包到底。当时其他村挖掘压埋村民的抢救工作已经结束，而我村受灾太重，还有没挖出来的。

在伤员救治方面，医疗队逐一检查，根据每个人的伤情，轻伤员就地包扎治疗，重伤员由直升机分别运往石家庄、邢台、峰峰等医院，都进行了及时救治。在治疗过程中，当地的党委、政府都分别派人前去看望、慰问。医生、护士对伤员们十分关心，不分白天黑夜，分班守候护理，直到伤员身体康复，用飞机送回家中。比如薛孟申腰椎、腿被砸断，到医院后，医生马上给他进行了手术，在其皮下植入钢板进行固定。在医生的精心治疗和护士的细心护理下，薛孟申康复得很好，出院后能自己站立行走，还能参加田间生产劳动。薛常贵被砸得不能大小便，在医院接受治疗时，医生、护士轮流看护照顾，不分男女给他往外挖粪便，用导尿管插入尿道给他排尿，有时还用嘴往外吸尿液。他们从来不叫一声苦，不说一声脏。这些医护工作者高超的医术和高尚的品格，大公无私、全心全意为人民服务的精神，我们灾区人民永远不会忘记！

## 三、全国支援

3月12日前后，周恩来总理、曾山部长、北京军区司令员杨勇国和中央其他领导同志陆续来到灾区慰问，视察灾情，看望灾民。他们在余震频发的情况下，在废墟上和灾区人民交谈，问长问短，发表讲话，鼓励群众振作起来，与自然做斗争。周恩来总理在现场提出了“自力更生、奋发图强、发展生产、重建家园”的十六字救灾方针，给灾区人民指明了今后生活的方向。

震后，我们党、政府将救灾物资源源不断运往灾区，有饼干、大米等食品，有锅、碗、勺子等炊事用具，有搭建庵棚用的木料、苇席等，还有排子车、铁锨、锄头、镢头等生产工具，对灾区恢复生产建设起到了决定性作用。当时马兰救灾物资收发点就设在桥头南边滏阳河东堤埝两侧，由我负责签收并向村民发放。

河北省委、省政府也非常关心我们灾区群众，号召石家庄市民和各单位食堂，不分白天黑夜，分班为灾区人民烙饼、蒸馒头，把热腾腾的食品用直升机不断地运往灾区，解决了灾区无法做饭、没东西吃的问题。

之后，河南省委、省政府和军区的领导也带着慰问品到地震灾区进行慰问，并把河南人民对灾区人民的关心、支持和慰问带给了我们。

还有西藏自治区党委、政府和军区领导，他们带着马匹、物资来到灾区，带来了藏族同胞们的关心、支持和慰问。仅马匹一项，我们马兰村就领得了3匹。其中一匹枣红大母马还生了一匹小马，一蹦三跳，粗壮肥胖，真令人喜爱。

党中央、国务院、各级政府、全国各族兄弟同胞对我们无私的关心、援助、支持，让灾区人民不由得发自肺腑地高歌唱出：“天大地大不如党的恩情大，爹亲娘亲不如毛主席亲，千好万好不如社会主义好，河深海深不如阶级友爱深。”

## 四、发展生产，重建家园

我们马兰是受灾最重的一个村，县委、县政府也十分关心、重视，县委书记张彪亲自带队进驻马兰，在我村蹲点，搭建了临时办公的地方。为了贯彻落实周恩来总理提出的十六字救灾方针，张彪书记和部队领导、大队干部、生产队干部共同商量制订了农业生产和新农村建设方案，并召开群众大会进行讨论，征得全体村民一致同意。

在农业生产方面，全村群众在县委工作组领导下，在解放军和上山下乡知识分子的大力协助下，顺利地完成了春耕春播的各项任务。当年夏季，我们村粮食产量 5 万斤，白家寨公社评出 10 个先进生产队，我们马兰就有 3 个。其中有第八生产队，队长何所坤；第七生产队，队长段全景；第三生产队，队长由我挂职担任。在大会上，领导提名表扬并颁发了奖状。

在新农村建设方面，首先解决了村民的临时住所问题。利用国家支援的席子等救灾物资，解放军帮助各家各户很快搭起了简易棚屋。根据各户的具体情况，有的靠着墙，有的就在平地上，基本做到了每家一个席棚。

下一步就是新房建设，参照河北省委《关于灾区新农村建设的“试行草案”》指示意见，新农村建设方案打破了原有的一家一户住宅格局，重新规划了街道、胡同和院落，并对各家各户原有的砖、大梁、檩条、椽子、门、过木统一折价归公，作为新农村建设所用资源，个人不得私自占用。同时组建了物料评估小组，由我负责，每个生产队派出群众代表，对各家各户灾后物料进行评估再利用。还有物料收集、烧砖、建房等都成立了小组，派专人负责。除物料评估外，我还负责收集各户的大梁、檩条、椽子、过木等一应木料，作为新居建设之用。

新农村建设规划将原来的土坯房、表砖房统统废弃，未倒的也要拆除，全部改建为砖房。这需要大量的砖，马兰大队自力更生，自己建窑烧砖，在原有的大窑四角建了 4 个子窑，烧砖进度很快。这项工作由大队干部张德成主抓。

马兰大队成立了两个突击建房队，分别由老支部书记薛书印和支委刘存申主抓，互相开展竞争比赛，建房进度很快，获得了各级领导的认可。在建房过程中，出现了很多好人好事。比如说砖不够用，民兵和积极分子自发组织起来，晚上加班出砖、拉砖，不记工分，不要任何报酬；沙子不够用，各排民兵也是夜间跑到十几里外的店头村西去拉沙子，同样不要报酬。我和袁桂所当时都在民兵连，我们两个人就组织了一批人，做了很多这样的事。

为了支援我村建设，县委、县政府协调，给我们村拉上电，上了变压器，每家每户也安上了电灯，还建立了粮食、油料、木料加工点，这不仅方便了群众吃饭，解决了建房木料加工问题，同时也缓解了大队经济紧张问题。这项工作也是我参与负责的。

为了宣传党的方针政策，宣传人民解放军在抗震救灾中与我们马兰村民结下的鱼水之情，宣传在新农村建设和农业生产方面出现的好人好事，我们村专门组建了文艺宣传队、黑板报小组，并安装了广播喇叭，大力开展宣传工作。该项工作也受到了县委的认可和好评。马兰文艺宣传队有时在县里召开的大型会议上进行表演，还曾多次到 4595 部队慰问演出。

因为我们马兰人民的努力，在建房、生产方面做出了一定的成绩，在县召开的农村工作会议上，我曾代表马兰大队多次发言。还参加了邢台地区召开的发展生产、重建家园大会，代表马兰大队做了汇报和发言，得到了领导的认可和好评，马兰村被评为邢台地区先进村，为我县和马兰人民争得了荣誉。

作　　者：薛孟岐

走访整理：中共隆尧县委党史研究室　张建青　镡立格　吴胜林

# 照着父亲的路走下去

我叫袁英林，1960 年出生于隆尧县白家寨公社马兰村，1984 年至今在铁路通信段工作。

1966 年邢台大地震已过去 50 周年，地震那年我才 6 岁，回想当年的地震灾害带来的重大人口伤亡和财产损失，那悲惨的一幕幕刻骨铭心，至今历历在目……可怕的地震！

袁英林

## 一、地震纪实

1966 年 3 月 8 日凌晨 5 时 29 分，摧残人类生命的死神，向我们悄悄走来。可怕的一声巨响后，地动山摇，山崩地裂，瞬间房倒屋塌，全村被夷为平地，活人被掩埋……邢台地区隆尧县发生大地震，震级 6.8 级，烈度 8—9 度。

当时我全家都被砸在屋下，死神随时会将我们带走。我哭叫着："救救我吧，我还小，不想死去。妈妈呀！这是怎么了？房子怎么倒了？压住我了。"地下的空气越来越少，房屋倒塌形成的尘土气旋憋得我呕吐不止。时间一分一秒过去了，我呼叫得嗓子都哑了，妈妈在我身边说："儿子，别哭了。"面对死神，我好像懂事了。大约在 3 个小时之后，我都不知道是谁把我救了出来。父亲被砸成重伤，全家 6 位亲人被地震夺走了生命，其中我一个小妹妹死去时才 4 岁。

灾后的马兰村，到处是废墟，受伤的人躺在地上呻吟，死去的亲人就放在旁边，人们悲伤的哭喊声响遍全村。恐怖的一幕幕使童年的我胆战心惊，每到夜晚就躲在大人怀里，只露出惊吓的眼神……悲伤、恐惧、失去亲人的疼痛，撕碎了我幼小的心灵。

3 月 8 日大地震，马兰是地震中心，死伤人数最多，受害最为严重。在我的记忆中，全村除两间卧砖房和一间土坯房震裂未倒外，其他房屋全部倒塌。地震不但给全村造成生命与财产重大损失，而且对地表破坏特别严重。村内到处是地裂缝，一般宽20—30厘米，上下错动30—40厘米，最大的一条裂缝宽达1米。

极震区辐射周边范围，北起宁晋县的徐家庄、史家嘴，东至巨鹿县的北哈口，南到隆尧县莲子镇，西到千户营、刘通庄，主震区在滏阳河两岸，面积300平方公里。

## 二、党的关怀

地震发生后，党中央、毛主席非常关心灾区人民，国务院总理周恩来3月9日上午由北京乘专机抵达石家庄。陪同前往的有内务部长曾山、北京军区副司令郑维山。总理3次亲临地震现场视察慰问，部署抗震救灾、恢复灾区人民生活和重建家园的工作。

听父辈们说，总理第一次到隆尧县慰问，在隆尧县委办公室，正在谈话时，突然发生了强余震，只见房屋摇动，门窗响声骤起，墙上有尘土和白灰掉落。大家立刻起来，让总理出去避一下，总理镇静地坐在那里，不慌不忙地说："不要紧，大家要沉住气，这座楼是新盖的，它要倒了，群众的小屋不都平了？还是继续吧。"看到总理镇定的神情，大家的紧张情绪很快消失了。这充分体现了一个无产阶级领导人在危难、危险、紧急关头临危不惧的冷静。总理说："我是代表党中央、毛主席来慰问地震灾区群众的，我觉得地震灾害既成事实，我们进一步的工作，主要是怎样克服灾害问题，我们今后的工作方针是不是这样?"接着，总理就提出了"自力更生、奋发图强、重建家园、发展生产"的抗震救灾方针。

## 三、神奇"古井"

村中有一口不起眼的破落"古井"。震前3日，井水暴涨，犹如大鱼翻腾，百米之外可以听见。大震前，井水外溢，硫黄气味浓厚。震时，井水喷水柱4米有余，持续6小时，随后喷涌黄沙300余方。震后，井水由苦变甜。说起来也很神奇，中国很多大地震都和马兰这口“古井”地下水异常变化有联系，近区地震和远区地震这口井都有预前异常反应。这口井还成功地预报了中国云南昭通地震、河南安阳地震、辽宁的海城地震，都是 6 级以上地震。

## 四、地震研究

周恩来总理对灾区十分关心，并对地震研究做出指示：“这次地震我们付出的代价很重，损失很大，必须从中吸取经验教训，不能依然停止在只有记录而没有经验的地步。虽然地震的规律问题是国际上都没有解决的问题，但我们应该发扬独创精神，来努力突破科学难题，向地球开战。这次地震给予我们很多观察地震的条件，要很好地利用这样的条件。”

隆尧县委按照周总理指示，迅速地成立了地震预报预测研究队伍。马兰村是地震重灾村，是地震观测预报条件最好的，这些原因促成马兰村最早建立了一个地震群测、群防，科研土洋结合的研究小组。我的父亲袁桂所任该小组组长，成员由 6 名群众组成。

父亲认为村里那口神奇的“古井”与地震有着密不可分的联系，他就以观测“古井”为突破口，带领科研人员和群众，细心跟踪研究地下水与地震的关系。当年我只有 7 岁，就跟随父亲踏上了漫长的地震观测预报工作，自然也就成了父亲的地震观测情报观察员。我一边向父亲学习，一边为父亲提供井水有价值的异常反应信息。别看那时候我只是个 7 岁顽童，因父亲忙，我在观测上特别勤快，数次井水异常反应情况都是我在第一时间通知父亲的。父亲认真听过我的汇报，再去细心观察分析，并通知科研小组人员，分析、研究、会商，得出结论就立刻上报。就这样有代表性地成功地预报了中国云南昭通大地震、河南安阳地震、辽宁的海城大地震，都是 6 级以上地震。成功的地震预报轰动了中国地震界专家学者，引起了党中央的高度重视。从此马兰成为地下水预报地震的发源地，那口“古井”成了全世界第一口能预报地震的“古井”，我父亲也扬名世界，成为用地下水预报地震的创始人。

神奇的“古井”与父亲相伴一生，父亲和地震预测研究结下了一生之缘。他以观“古井”测地震数十年，兢兢业业研究，寻找规律，掌握了“地下水与地震”预测办法，对本区 3 级以上及外区 5 级以上地震均能做出准确的分析和预报。父亲创编了《地下水与地震》科技成果，享誉国内外。多次受中国科委邀请出席全国科技代表专家会议、全国地震工作战线会议。《地下水与地震》论文荣获金牌，父亲被授予“金扣——地球的眼睛”称号，并和国家领导人合影留念，受到地质部长李四光、地球物理所长顾功绪的高度评价和赞扬。

## 五、总理接见

父亲生前曾受到党和国家多位领导多次接见。曾受到周总理 4 次亲切接见，其中在石家庄单独接见 1 次。总理对父亲说：“袁桂所同志，你在地震工作上敢于找前人没有的地震经验，了不起呀！你是中国历史上‘地下水与地震’预报创始人，也是世界上的创始人，很好，再接再厉，继续发扬，坚持下去。你有后代吗？要找好接班人，把你的经验祖祖辈辈传下去。”并给父亲一个去清华大学地球物理系学习的名额。我父亲听到总理这番话很激动，说：“总理放心，我一定办好这件事情，在地震战线上为人民站好岗，放好哨。”但我父亲没实现总理的话，没把当年 15 岁的我送进清华大学，辜负了总理的心意。父亲在病重期间经常说：“儿子呀，你是父亲最优秀的儿子，是父亲地震研究信息情报员，是整理资料、誊写做得最好的秘书，也是地震战线上的宝贵人才。父亲已不能在地震战线上为人民服务了，我死后你要听党的话，记住我给你讲的周总理周伯伯的话：‘地震预报经验要一代一代传下去，传给子孙后代。’儿呀，你从小跟父亲研究地震，一定要把地震观测预报坚持下去，为人民站好岗，放好哨，盯住咱家那口‘古井’，它是观测地震的一宝呀！”

作为儿子，我为有袁桂所这样的父亲而感到骄傲和自豪。在地震研究上，我从小跟着父亲做过事，现在我有责任接过父亲手中的接力棒，守好“古井”，把地震观测研究继续进行下去，使邢台大地震给人们带来的重大灾难不再重演。

作　　者：袁英林

走访整理：中共隆尧县委党史研究室　镡立格　张建青

# 党最伟大，解放军最亲

王宏恩

我叫王宏恩，今年 76 岁，隆尧县东关村人，退休教师。

1966 年 3 月 8 日，河北省邢台地区隆尧县发生大地震，我当时在隆尧二中任高中数学教师，并担任高二（6）班班主任。

3 月 8 日凌晨，人们还在睡梦中，忽然间地动山摇，门窗响动睡床摇晃，桌上茶壶、茶碗、暖水瓶摔落在地。我从睡梦中惊醒，跑出屋外。此时天色蒙蒙。人们惊慌失措，人声噪噪，聚集在院内，方知是大地震。我赶紧跑到我班男生宿舍，查看学生受伤情况。学生中有少数几个人在慌张外逃时撞伤，但只是擦伤、碰伤，没有重伤号。

不久，学校领导让各班清点人数，查看学生伤情，汇报给学校领导，然后安定师生情绪，投入抗震救灾。

3 月 8 日上午，人民解放军有的乘汽车前往县城东部重灾区，但大部分都是跑步驰援。一方有难，八方支援。救灾物资从全国各地源源不断运来，大米、白面、蔬菜、锅碗瓢勺，还有搭棚用的木料、苇席、油毡、铁丝……应有尽有。满载救灾物资的汽车，大小车辆，车水马龙，从隆尧二中门前路过，送往重灾区。

第二天，人们听说敬爱的周总理代表党中央、毛主席来慰问灾区人民，大家欢欣鼓舞，感到无比温暖，增添了抗震救灾的信心，坚定了重建家园的决心，热烈欢呼，齐声高唱："天大地大不如党的恩情大！千好万好不如社会主义好！"

为了不让学生失学时间过长，学校领导组织师生自己动手，用木板、苇席搭棚，建造教室和宿舍。师生们不怕苦不怕累，有的手上起了血泡，仍坚持起早贪黑搭建房屋。因为高三（5）班暑假毕业要参加高考，学习时间仅仅剩下4个月，高三师生心急如焚。这时，解放军赠送了一顶军用棉帐篷作为教室。绿色棉帐篷很快搭好，有两间屋子那么大，有门有窗。高三学生喜出望外，欢呼雀跃，鼓掌叫好，盛赞人民解放军是最亲的亲人，没过3天学生们便开始上课了。

更让人难忘的是，3月8日上午，解放军军医在二中操场搭建救伤医院，设有医务室、急诊室、住院部等，很是齐全。当日便有不少伤病员被送来，手术、输液、打针、吃药，医生护士不停地忙碌着。血库血少，医生和护士们就把自己的血输给重伤员。特别令人感动的是，有一位男性重伤员不能排尿，叫苦连天，一名女护士用口吸尿，帮助病人排解痛苦。不是亲人胜似亲人啊！她们无愧白衣天使的美誉。

地震不久，学校放假两天，让学生回家。返校后，由于重灾区房倒屋塌，大量人员伤亡，学生思想混乱，情绪低落。在这个时候，深入细致地做学生的思想工作，让学生安下心来学习是极其重要的。我班有一位女学生，她家在重灾区，父母姊妹在地震中遇难，成为孤儿，见到我便痛哭起来，说自己上不起学了，要求退学。我多次劝解："要相信党，相信国家一定会帮助灾区人民渡过难关，重建家园。""你自己一定要化解悲痛，勇敢地站起来，跨越难关，坚持学习，高中毕业考上大学。"并且让她享受最高助学金，使这位学生定下心来，刻苦学习，成绩优良。

隆尧二中所有教室、宿舍、办公室等房屋都是砖质结构，没有受到大的损坏，不属于危房，所以很快便恢复了正常的教学秩序。

从灾区回来的人讲，灾区震后房屋全部倒塌，一片瓦砾，很是荒凉，人们心中茫然不知所措。感谢党，感谢毛主席，感谢亲人解放军为我们重建家园，才有了今天我们的幸福生活。

今日回想起50年前的往事，仍历历在目，更倍感我们党的伟大，国家富强的重要。

作　　者：王宏恩

走访整理：中共隆尧县委党史研究室　镡立格　吴胜林

# 地震亲历记

齐荣景

我叫齐荣景，1948 年 5 月生于隆尧县千户营村，中学高级教师，曾任隆尧一中校长。

1966 年邢台大地震的时候，我在老家千户营村住。我村距离地震中心点白家寨十几里远，是地震重灾区。地震已经过去 50 年了，但那时的情景还记忆犹新，那时抗震救灾的集体主义精神和全国人民对灾区的无私支援还历历在目，让人终生难忘！

## 一、地震前兆

大地震是有前兆的，1966 年的大地震也有前兆。比如鸡飞狗叫、老鼠搬家，这些现象都有。我亲眼见到的预兆是一条狗的反常行为。我所住的千户营村在滏阳河的东岸，河的西岸是东王庄村，两村只有一河之隔。我家住在千户营村的西头，每天早起，我都要到村西滏河岸边的水井去挑水。地震前的一周左右，东王庄的一条狗每天晚饭后就蹲在河的西岸上向东吠叫，直叫一夜，一刻也不停歇，到太阳出山，才停下来，到了晚上再到原地吠叫。这样一连六七天，到了大震的前夜，这条狗却停了下来，没有再到河岸上吠叫。再一个反常现象就是我家的鸡在地震前几天不定什么时候就会惊飞，晚上打鸣也不按时刻了。由于当时地震知识匮乏，这些反常现象并未引起人们的警惕。

## 二、地震经历

第一次有感觉的预震发生在 3 月 6 日早晨。5 日夜里下了一场大雪，早晨我正在房上扫雪，房子突然摇晃起来，晃得我蹲在房上，这次预震有 5 级左右。我家的房子是 1963 年洪水后盖的新房，这次预震把房子前墙震开了一道 1 米多长的裂缝。这次预震之后，小的预震就频繁发生起来，有感觉的地震一天发生 10 多次，一般都在三四级之间。这样的地震本来应该引起人们的警觉了，可是由于我们地震知识的缺乏，谁也没有往大震方面去想。当时有一个村民，从外村听说这次会有大地震，会死人，“四清”工作队知道了，还把这个村民教育了一顿（当然这个村民的说法也是没有根据的）。因为下了大雪，天特别冷，驻村的“四清”工作队为了安定人心，怕群众在屋外过夜受冻，在 7 日晚上还以生产队为单位召开群众会，给大家讲地震知识，做工作，要大家不要害怕，说不会倒房，劝大家都不要在屋外睡觉。记得驻我们队的工作组干部有个天津工学院的焦同志，大家都叫他老焦，老焦说话幽默，在会上给大家讲地震知识。他说，大地早期形成的时候，就像是卤水点豆腐，有的地方点得老，有的地方点得嫩，点得老的地方不容易地震，就是地震也不会倒房；点得嫩的地方就容易发生大的地震，容易倒房。日本、我国的台湾是点得嫩的地方，那里容易地震，也会造成灾难；我们这里是点得老的地方，不会倒房的。他刚说到这里，又发生了较大的预震，把桌上的马灯也震灭了，引起一阵哄笑。那天的会开到很晚，群众也都觉得咱这里从未听说发生过大的地震，也不相信会有灾难性的大地震发生。

那天晚上，我们 3 个年轻人在生产队的牲口棚里睡。牲口棚外间是喂牲口的地方，我们睡里间，里间是一个大土坯炕，我睡在中间。睡到天快亮的时候，突然发生了大地震，大地颠动得很厉害，但是因为心里有了不会倒房的意识，我仍想不到会倒房。我队的牛棚是靠着河堤建的，后墙依靠在河堤上，比较稳固，所以并没有倒塌。我们都被震醒了。我说：“震得好厉害，把我颠翻身了。”他们两个也说，把他们颠得趴过身了。这时外面异常的寂静，没有鸡叫，也没有狗咬，静得令人毛骨悚然。大约有 1 分钟，突然一声救命的叫喊打破了寂静，接着就是无数的叫喊声。这时我们才意识到事情不妙，我喊道：“不好，倒房了！快往外跑！”谁也顾不得穿衣服，抱起衣服就往外跑。跑出来后，第一个想到的就是把队里的牲口牵出来。我们顾不得牛棚随时可能倒塌的危险，赶忙把牲口牵出来，然后赶忙去救人。当时没有被砸着的人都加入到救人队伍里，没有人想到吃早饭，一直到中午，才把人都挖出来。因为村里的大部分房子是在 1963 年的洪灾之后重建的，这些房子虽然遭到严重的破坏，但彻底倒塌的较少，人员伤亡不太严重。伤亡严重的集中在洪灾中没有倒塌的老房子里，这些房子都有上百年的历史，在地震中倒塌得十分严重，人员伤亡也严重。千户营村共死亡 103 人，其中两人是工作队的同志，他们和群众同吃同住同劳动，最后牺牲在工作岗位上，灾区人民永远不会忘记他们。特别令人难忘的是工作队队长王志国同志，他是新河人，好像才 42 岁，平易近人，生活俭朴，关心群众，深入群众，非常受群众爱戴。地震时，他让和他同室的一个同志躲在桌子底下，自己去开屋门，房子倒塌了，那位同志保住了，王队长却牺牲了。我还清楚地记得他安详地躺在门板上的样子，脸上没有一点痛苦，身上穿着补了两块补丁的旧棉袄。王队长是那个年代干部的典范。

3 月 22 日下午又发生了一次大震，这次地震比 3 月 8 日更厉害，由于是白天，群众都在地里干活，又因为倒塌的房子都清理了，排除了危险，群众又有了防范意识，所以没有造成大的伤亡。

## 三、抗震救灾

3 月 8 日地震发生后，当天下午，人们在废墟上搭起了窝棚，晚上睡在窝棚里。夜里两三点左右，我被叫醒，当时我是生产队的会计，有人通知我立即到大队领取第一批救灾物资。救灾物资是按受伤人数发放的，每个伤员一包饼干，要求立即送到伤员手里。我领到饼干就趁着月光，冒着严寒，翻过一堆堆废墟，挨家挨户地把饼干送到伤员手里。完成任务刚躺下，又接到通知，让领第二批救灾物资。这时天已大亮，我叫上队长一起去领。这次的救灾物资是大饼，领的时候还冒着热气。大饼是一包包分包的，每一包里都有一个纸条，写着是石家庄市某社区做的，对灾区人民表示慰问。据说是全石家庄市的居民动员起来赶烙大饼、蒸馒头，连夜送到了灾区。当人们领到这热饼时，有的激动得留下了热泪！此后，救灾物资源源不断地从全国各地运来。各样点心，饼干、蛋糕等；各种粮食，大米、面粉、大豆、玉米、莜麦等；各种蔬菜，从白菜、萝卜、土豆到菱角、莲藕、荸荠、芋头等，应有尽有。当时通往灾区的公路都被运救灾物资的汽车堵塞了。救灾物资来自全国各地，好多粮蔬是我们这里从未见到过的。有些蔬菜品种灾后还在我们这里种植起来，小麻叶白菜和心里美萝卜就是救灾物资留下的蔬菜新品种。真是一方有难，八方支援。灾区得到了全国各族人民的无私支援。藏族同胞不远万里从喜马拉雅山脚下送来了马匹。在交接仪式上，他们跳起了藏族舞蹈，唱起了藏族歌曲，表达了藏族人民真挚的友谊。他们还参加了建设新农村的劳动。我们把藏族同胞参与修建的新房舍命名为“民族团结之花”，用汉藏两种文字雕刻在墙上。新疆维吾尔族同胞送来了骆驼，这些骆驼也可以耕地拉车用。

地震后的第二天，也就是 3 月 9 日上午 10 点左右，村外河堤上来了一队解放军，他们在村外安锅造饭。当时我刚走到村边，一辆小面包车驶过来，车上下来一个解放军同志，问我：“这是什么地方?”我说：“这是千户营村，这里发生了大地震。”解放军的车又返了回去。不一会儿，解放军列队跑进了村里，立即投入到清理废墟的战斗中。一问才知道，他们是从石家庄来的，夜里 1 点接到紧急命令，打起背包就出发了，他们一路跑步行军，到现在还没有吃早饭。这天晚上，他们就露天睡在村外打麦场里，打麦场里有麦秸垛，但是他们没有动一根麦秸，就睡在硬邦邦的冻地上。解放军在村外场里安营扎寨，搭起帐篷，帮助我们搞生产，建家园，每个生产队有一个班。解放军在这里住了很长一段时间才撤去。地震后，救灾医疗队很快进驻到我村，还派了直升机，把重伤员送到省城大医院救治。

地震发生后，敬爱的周总理冒着严寒到白家寨慰问，提出了“自力更生、奋发图强、发展生产、重建家园”的抗震救灾方针。消息传出后，群众备受鼓舞。

在解放军的帮助下，在工作队的领导下，灾区人民很快就展开了热火朝天的生产自救。一方面大力发展生产，把废墟运到地里当肥料，加强麦田管理。一方面脱坯烧砖，建设灾区新农村。生产队还搞起了各种副业，我所在的生产队搞的副业就有织席、扎笤帚、黑白铁业、自行车修理铺、熬盐等。到了年终决算，那一年的工值达到 6 毛多，是常年的两倍多。粮食也获得了大丰收，比常年增产 1 倍多。新农村建设日新月异，一座座新砖房建起来。

50 年过去了，地震的遗迹已经荡然无存，但是抗震救灾期间形成的自力更生、奋发图强的抗震精神将永远激励我们前进！

作　　者：齐荣景

走访整理：中共隆尧县委党史研究室　镡立格

# 中学生的地震记忆

我叫张记军，1951 年 1 月出生于隆尧镇东柏舍村，1966 年地震时在隆尧二中读初二，1971 年参加工作，2002 年从隆尧县卫生局退休。

张记军

1966 年 3 月 8 日邢台大地震时，我刚 15 岁，正在隆尧二中读初二。在这里，我亲身经历了这次终生难忘的大地震。

## 一、黎明惊魂

3 月，本来已到了仲春，但仍春寒料峭。地震前两天刚下了一场小雪。人们在扫雪时，感到大地微微动了几下。当时自己年纪小，不知道是怎么回事。有人说是地动，有人说是原子弹实验，也有人说是鱼精翻身，但人们谁也没有太在意。

3 月 7 日是星期日，傍晚，回家休礼拜的同学都陆陆续续回到了学校。那时的学生生活都非常艰苦，从家里到学校，近则几里，多则四五十里路，多数人都是步行，也有骑自行车的。回校时，每人要背一袋子干粮和老咸菜。熄灯后，同学们因走路累了，都早早进入了梦乡，睡得比较香甜。凌晨 5 时，睡意正浓的我，突然感到大地和房屋一阵剧烈的抖动，宿舍的梁檩、门窗和身下的铺板，也嘎嘎作响，我急忙睁开眼一看，只见房顶上的灯泡正在空中来回晃动。这时，只见一个同学边喊着“地震来了，快跑”，边从被窝里爬出来往外跑。

我们班的男生住的是三间大宿舍，大通铺，房间里并头放着两排铺板，足足住了近 30 个人。听到喊声，惊慌失措的同学们纷纷爬起来向室外跑。慌乱之中，不知谁把小便用的尿桶踢翻了，满桶的尿水流了一地，大家光着脚丫子，踩着湿漉漉的尿水往外跑。因人多门口小，同学们在门口挤作一团，还有人因心情紧张或地滑摔倒在门口，一时不能出去。经过一番紧张的挣扎和互相拉扶，同学们才一个个跑出屋外。

等大家出去后，才发现地震不知什么时候停止了。当时，很多学生慌乱之中没顾得穿衣服，被冻得瑟瑟发抖。这时，偌大一个校园的空地上，到处是惊慌失措、赤身露体的学生。幸好学校所在地震级较低，宿舍及各类房屋未受到大的破坏，被冻得发抖的学生们只好冒着危险，返回宿舍拿衣服穿上。

待校园内稍微安静下来后，我们听到学校周边的村庄传来一阵阵狗吠声、大人们慌乱的喊声，以及孩子们的哭叫声。这时我们的班主任孟炳文老师来到同学们中间，询问大家都跑出来没有，有没有伤着，然后招呼大家到空旷的地方躲避。

吃过早饭后，学生们正想到教室上课时，孟老师到教室前传达学校通知，称当地东部发生强烈地震，让学生们放假回家。到家后要注意安全，服从村里的安排，参加当地的救灾活动。

## 二、家乡的地震创伤

听到学校放假的通知后，我邀上比我低一年级的堂弟张占舟一同回家。

我们的家在县城南 6 里地的东柏舍村。出校门后，我们沿着县油棉厂围墙外的一条人行小路南行到隆尧—邢家湾的公路上，走到东河村和北和村村边时，我们就看到了地震造成的破坏，一些老的房屋被震塌，空气中弥漫着浓烈的陈腐的灰土味道。颠簸不平的石子公路上，急匆匆地走着一些到邻村探望老人、亲戚的人，或抬着伤员送县城医院的人们。

刚走近我们的村边，就听到一阵阵撕心裂肺的哭声。原来东柏舍村是附近震灾最厉害的，很多家庭的房屋被震塌，很多人被埋在废墟下，死伤多人。我们到村里时，各生产队的自救、互救工作已基本结束，被埋在废墟里的人，经过亲人和乡亲们的救助，已被挖出来。但有的因掩埋时间过长或砸到致命处，挖出来时，人已经窒息死了，受伤严重的人也已被送到县医院或公社卫生院。

我们柏舍村是个有 2000 余人的大自然村，分东、西、南、北 4 个行政村，其中我们东柏舍和西柏舍是一个大村，是当时的柏舍公社驻地。街道宽阔、整齐，房屋建筑不错，有各式各样大小不一的门楼，还有几处古色古香的清代建筑，村东口有个大哨门。出哨门不远，有处高大的元代古庙遗址。听老人们说，村里历史上比较繁华，有集会、戏院、饭店、商业铺面，是城南的一处物资交流中心。在我小时候的印象中，我们村是个非常美丽的乡村，现在呈现在我们眼前的却是一片狼藉、凄惨的景象。

进入十字街往东走没多远，我们看见街北很多人围在那里，原来是二队张老忠家里出了事，其妻子和两个儿子被砸死了，亲人们正围着死者痛哭，乡亲们正帮着处理后事。见到此番情景，我们心里顿时紧张起来，家里人出事了没有？于是就赶紧向家里走。到了家门口，只见新建的南屋尚好，而东屋、西屋、北屋的墙壁都已倒塌，惨不忍睹。幸好前人建房时，出于坚固、安全考虑，四周都留有立柱和大梁连接，屋顶没有塌下来，母亲和妹妹正从屋里往外收拾吃用的东西。占舟家里有七八口人，也无大碍。这时我们的心里才稍微松了口气，我小心翼翼地从残墙断壁中穿过去，帮着母亲往外收拾生活用具。

我家位于村中心路北，是北方传统的老四合院。临街开有一个大门，宽阔的大门间上方有块蓝底金字的大牌匾，上书“福禄寿”3 个大字。门前有两棵老槐树，一棵非常高大，另一棵则斜靠在它的身上，就像一个娇小的女人，依偎在一个高大健壮的男人肩膀上，因此，有人戏称这两棵树是“夫妻树”。我们小时候常在这棵斜长的树干上跑上跑下，玩得很开心。大槐树下的大门间和南屋，在新中国成立前和新中国成立之初曾做过糕点作坊。我依稀记得我爷爷和一个姓吴的爷爷，在家里做糕点和在树荫下摆着玻璃匣子卖糕点的情形。我对我和小伙伴们在糕点柜台前玩耍的记忆非常深刻，但丝毫没有享受糕点美味的记忆。20 世纪 60 年代初，在一度政策放宽，允许生产队和个人搞“小自由”、搞副业生产的时候，生产队又在这里“重操旧业”，加工过几年糕点。

地震前，这个百年老宅院的院子并不大，但屋子不少。南屋是 1963 年洪水后翻建的，北屋是 1962 年从一个本家伯母家买过来的（历史上这些房子原本属于一户人家）。地震时，这个大娘还住在这儿，被砸在里边。母亲说：“北屋倒塌得最厉害，把你大娘埋在里边，是你爹和工作队的二妮，又喊来北院的两个叔叔，把她挖出来的。现在已送到了医院。”原来由于我家的房子较多，父亲又在外工作，公社卫生院和县里下乡的女同志，到村里演出的女演员经常在我家里住。地震时，“四清”工作队中一个叫二妮的女同志，正住在西屋，发现地震砸住人后，奋不顾身地参加救人。挖出我大娘后，她又去其他地方组织抢救工作。

听说父亲昨晚在家里，我问："我爹呢?"母亲说："把你大娘挖出来后，他就往毛尔寨上班走了。"我爹在毛尔寨公社粮站工作，前一天在县城开会后住在家里。地震后，他不放心粮站的事儿，把人挖出来后，从邻居家借了一辆自行车急忙走了。

这天，仍不断有小的余震袭来。街上到处坐着、站着恐慌的老人、孩子。我也和家人呆呆地站在街上空旷的地方。母亲望着眼前的残墙断壁，暗暗流泪。这是她和我父亲多少年的心血啊！南屋是新盖的，一天未住，北屋买来四五年，不但一天未住，1963 年洪水后，还大修了一次。"打井盖房，活见阎王。"他们这几年的心血都花在了盖房子上。父亲工资不高，母亲在家省吃俭用，养猪养羊、织布卖布，千方百计挣点小钱，偿还借款。现在钱也花了，房也没了，债也没还清，今后的日子怎么过啊?

这时，我在街上又看到了更加令人震惊、悲痛的一幕：只见从东边一个胡同里拉出几具棺木和木箱子，一群人跟在后面号啕大哭，围在街头的人也满眼含泪，一脸悲戚。原来是我的一个本族哥哥张周子一家遭到了不幸，全家 6 口人，除一个女儿在外地上学幸免于难外，其余 5 口人包括夫妇俩和 3 个儿子全部遇难，生产队正张罗着为他们送葬。这两位本族哥嫂才 30 多岁。他们的 3 个儿子，大的十三四岁，小的五六岁。之前一天我在家里过星期日，还见到他们蹦蹦跳跳的样子，仅仅一夜之间，就阴阳两隔，再也见不到他们了。当时我刚 15 岁，感到这件事非常恐怖，一想到他们的样子，心里就紧张，后背上就凉森森的。多少天过去后，一从他们的胡同口过，我脑子里就会出现他们的样子。

这次地震，我们村共死亡 20 人，受伤 40 余人。从死亡原因看，多数是被埋压窒息死亡的，也有的是在逃生中被掉落下来的砖木砸死的。有的同在一间屋里，逃生的人被砸死了，没有跑的却平安无事。我们一个本家，姐妹俩同睡一个炕上，地震时，妹妹坐起来想跑，被砸成重伤；姐姐吓得在被窝里向后缩，却躲过一劫。五队雷家的小外孙女，从北京回来看望姥姥，也被无情地夺去了如花的生命。张计宽的父亲是县直部门的一个干部，地震时正在毛尔寨公社驻村，也不幸遇难。但蹊跷的是，四队一户人家，地震时，房顶坍塌在炕上，几个人全被砸住，但没有一个人受重伤。

公社卫生院在我家斜对过，地震后医院的几个医生，马上分布到灾情较重的村救治伤员。院长颉彦恒是个体格魁梧的年轻人，他从震坏的房屋跑出来后，顾不得挖找腰带，用一件秋衣系在腰间，冒着危险穿行在张牙舞爪的街巷里，抢救伤员，几乎一天没吃东西。

家里的房子不能住了，村里的乡亲们纷纷用秫秸、席子搭个棚子暂住。我父亲不在家，于是我利用街南一块闲地方，搭了一个草棚子，晚上一家人就住在里边。

中午时分，天空上忽然传来一阵阵直升机的轰鸣声，一架架直升机在天空中飞来飞去，向灾区投送食品，有些麻袋中的馒头、大饼还是热的。村子东边的公路上装载着救灾物资的汽车，也开始向灾区疾驰。看到这些情景，乡亲们都感动得流下了眼泪，心里默念着，党中央、毛主席想着我们，还是共产党好，社会主义好啊！人们聚集在一起，向着空中飞来的飞机一遍遍高喊："共产党万岁！毛主席万岁！"

第二天救灾的解放军和解放军医疗队就来到了村里，并在大街上搭起军用帐篷，建起一所临时救治所，收治附近各村的伤病员。同时，派出医护人员到各村巡诊，慰问群众。村里的几名重伤员也被转送邯郸、邢台、石家庄等大医院治疗。

10 日上午，人们纷纷传说，周恩来总理昨天晚上到了隆尧，在招待所冒着余震危险，听取了灾情汇报。11 日，"四清"工作队召开群众会议，不但证实了这个消息，还介绍了 10 日下午周总理到白家寨视察灾情、慰问群众的情况，并传达了周总理在群众大会上提出的"自力更生、奋发图强、发展生产、重建家园"的抗震救灾方针。党中央、毛主席和周总理对灾区人民的亲切关怀，像黑暗中的一把火炬，给全村乡亲带来了巨大的鼓舞和力量。

后来，村里派人拉回一批批救灾物资，各家陆续分到了粮食、衣物及锅碗等急需的生活用具，群众的情绪开始稳定下来。

我家的东邻是个南北方向的大胡同，往北有条道路连接公路。人们去县城或到村北种地，都从这里经过。胡同里的人们去大街上，也要从这里经过。地震后，位于胡同口的我家房屋虽没有完全倒塌，但张牙舞爪的残墙断壁，都像随时要倒掉的样子，令人望而生畏，影响着人们的出行。

为了疏通交通，村里决定将其拉倒，来和我母亲商议。母亲毫不犹豫地答应了。生产队安排了十几个劳力，找来几条大绳，拴在大门间的柱子和大梁上，然后"一、二、三"一齐用力，拉倒一间房。其后用同一方法，将东屋和北屋先后拉倒。仅半天时间，这所建有上百年，中间又经我父母费尽心血翻建的老宅院，在“一、二、三，拉!”的喊声中，轰然坍塌，变成一片废墟。我望望身旁的母亲，只见她瘦小的身躯，就像一尊雕塑，静静地站在一旁，眼里噙着泪水，但没有流下来。

地震过去几天后，村党支部和“四清”工作队开始组织群众清理房屋废墟，疏通街巷道路，搭建比较牢固的能“防震、防风、防潮、防雨”的临时住所，群众叫它“抗震棚”。生产队派人也帮助我家利用清理出来的半截房基和一些木材，搭了一间。此后，我家在这间简易房里一住就是两年多，直到 1969 年夏，才搬入集体建的新房。对这样承载着地震记忆的“抗震房”，有些地方的人一住就是十几年。直到 1976 年唐山大地震后，我所工作的油棉厂，还有几户职工住在里面。

## 三、午后恐惧

1966 年 3 月 22 日下午 4 时许，我经历了一生最难忘也是最恐怖的灾难，即第二次强震。之所以这么说，因为第一次地震，我是在睡梦中蒙蒙眬眬醒过来的，且学校所在地受灾较轻。这一次则是在光天化日之下，我眼看着地动山摇，房倒屋塌的。

这天午后，我正和生产队的乡亲们一起在街上清理砖石，忽然感到脚下的大地猛烈抖动了一下，并发出隆隆声响。“地震了!”几个人同时惊呼起来，干活的人们急忙涌向大街中间的宽阔地带。这时大地抖动得更厉害了，先是上下颠动，接着前后左右剧烈晃动，颠簸的人们站都站不稳，一些老人和妇女只好趴到或坐到地上，四周的残墙断壁也发出阵阵墙倒屋塌、砖石飞落地呼呼巨响，一些孩子和妇女被吓得哭起来，有的老人跪在地上祷告。站在我身边的本家哥哥张增国，是个大小伙子，曾亲手挖出和掩埋了张周子一家 5 人。也许那个场面给他造成了极大的刺激和恐怖，他也被吓得大哭起来。

由于这次地震是白天，我目睹了地震对房屋的破坏。我们聚集的对面是一座砖木结构的清代建筑，青砖黛瓦，飞檐斗拱，古色古香的门楼上有很多砖雕饰物。门楼两边是抱厦，抱厦下的墙壁上嵌着拴马的铁环，门前立有上马石。据老年人说，以前门前还立有旗杆。由于其结构比较坚固，上次地震主体建筑没有遭到大的破坏。在这次地震中，它首当其冲，时而被高高地颠起来，时而又南北晃动，由于其门楼高大，晃动的幅度也大。有时一下子被甩出去一米多远，眼看要倒下去了，但瞬间又复回原位，就这样反复了几次后，突然“轰隆”一声巨响，整个门楼的上部坍塌下来，飞落的砖瓦落在我们脚边，紧接着一股狼烟向四周弥漫扩散开来。就这样，仅几十秒的时间，一座精美的、历经二三百年风雨的古建筑，化为了一片废墟。与此同时，村里各家各户的房屋也都经受了再次劫难，遭到了更大的破坏，全村除几座新建的房屋外，几乎被破坏殆尽。人们的心里都恐怖地想着，这地震什么时候是个头啊！

## 四、复课以后

3月下旬，学校通知复课。我们又回到了学校。这时，只见学校的大操场上搭建了一座座草绿色的帐篷。原来是解放军救灾部队在这里设立了一个接治灾区伤病员的医院。劫后重逢，老师和同学们既欣喜又难过。欣喜的是，全班同学都安安全全回来了；难过的是，多数同学的家里都遭受了地震的破坏，还有少数同学的家人在地震中受伤或遇难了。

我们38班近50名同学中，有半数同学家居耿庄桥—白家寨一带重灾区。李书华、李树英、刘印山、张春计、支忠恩等几位同学所在的白家寨公社，死亡1600多人。在全班同学中，马敬霞等几位同学的家人有不同程度的受伤或遇难。马敬霞同学家居重灾区的连仲村，地震中，她的母亲和弟弟遇难。她的父亲当时是千户营公社卫生院的院长。地震发生后，他不顾家人安危，全力抢救群众，被树为抗震救灾模范人物，广泛宣传。我们班的同学，特别是女同学，从生活、学习等方面热情关心马敬霞同学，帮她尽快从失去亲人的悲痛中走出来。同时，老师还在班里组织学习马怀仁叔叔的英勇事迹。我们都深深为马怀仁叔叔舍己救人、无私无畏的高尚情操所感动。

回到学校的当天，我就听到了同年级隔壁37班一个姓杨的同学在地震中不幸遇难的消息。这位同学个子长得比较高，白白净净的，其父亲是县委的一位领导干部。因我父亲在他们的家乡工作，让这位同学给我捎过几次口信，因此比较熟悉。原来地震前几天，他患感冒回到家里，不料3月8日凌晨当地发生强烈地震，不幸遇难了。

5年后，他妹妹和我同到一个工厂工作。有次遇到他母亲，他母亲还非常难过，说他儿子如果在学校就不会出事了。真是世事弄人，人生难料啊！

为了让学生们能有一个安全的学习、生活环境，国家给学校调拨了一批批竹竿、桦木杆、苇箔、席子等物资，用于搭建临时教室、宿舍，恢复教学。不久，学校还组织学生到临城县南盘石村的河滩里筛选河砂石，支援灾区打井。我们班在这里劳动了半个月时间。

回到学校上了一段课后，各级报纸上开始对戏曲《海瑞罢官》和“三家村”进行批判。不久，中共中央又下发了《五·一六通知》，号召开展“无产阶级文化大革命”。随之，学校的“文化大革命”运动也逐步开展起来。学生们开始在地震棚里或院落的树荫下学习报纸、写大字报，批判《海瑞罢官》、“三家村”等所谓的“大毒草”，到社会上“破四旧”。后来发展到停课闹革命，批斗学校的领导和老师，到北京、天津、石家庄、延安、井冈山等地开展“革命大串联”。天灾加“人祸”，给教育事业和广大教师、学生的身心造成了极大伤害。

在复课初期，我们一些年幼的同学出于好奇，有时还到大操场上的解放军临时医院旁边去玩，远远地观察里边的情况。只见解放军医护人员每天忙碌地为伤病员医治伤病，并像儿女亲人一样为重伤人员喂水喂饭，端屎端尿，进行精心护理。有的还耐心地安慰伤病员，为他们做心理疏导，坚定他们战胜伤病的信心。

解放军同志严明的纪律、热情的服务、精湛的技术，以及一些指战员年轻英俊、活泼可爱的风采，给我们留下了深刻的印象，树立了良好的榜样，很多人心生羡慕，把参军入伍当成了自己的人生理想和追求。但也有极个别高年级学生，把解放军女护士对学生的热情和友好，错误地当成对自己的好感，竟想入非非地向人家写信，想同人家谈恋爱，理所当然地被女护士拒绝，女护士向部队领导进行了汇报。学校领导得悉这一情况后，在全校大会上对该学生进行了批评。

从 10 月下旬开始，我们学校的学生也汇入了全国红卫兵大串联的洪流，纷纷打起背包，扛着红旗，到外地进行“革命大串联”。在串联中，我们也深深体会到了各地人民对地震灾区人民的关心和爱护。

邢台是新中国成立后第一个发生大地震的地方。各级报纸、广播电台的报道，以及全国各族人民的关心、支援，使这个本来名不见经传的地区，一时成了全国关注之地，很多人是从地震报道中才知道邢台、知道隆尧的。地震，成了邢台、隆尧的一张名片。隆尧学生串联所到之处，大都受到了热情的接待，很多人关切地询问隆尧的地震情况，学生们也责无旁贷地向各地的群众、学生讲述地震及抗震救灾情况，宣传党中央、国务院对灾区的关心，宣传人民解放军抗震救灾的英勇事迹，宣传全国人民对灾区的无私支援等，俨然成了一支支邢台抗震救灾的业余宣传队。

## 五、毛尔寨见闻

3 月 8 日凌晨震后，我父亲从家里赶回工作单位——毛尔寨公社粮站时，因自己的自行车被砸坏了，临时骑走了一个邻居的自行车。一个月的时间过去了，因毛尔寨是个重灾区，调运发放救灾粮的任务很重，父亲也没有把借用的自行车送回来，于是母亲请人把砸坏的自行车修好，并让我给父亲送去，换回邻居的自行车。

4 月初的一个星期天，我早早地吃过早饭，骑上自行车就出发了。毛尔寨离我们柏舍村大约有 40 里路，我从来没有去过，但行走路线大体还是知道的。

我首先从村里骑到县城，然后顺着隆尧—南宫的公路一直向东。在走到澧河旧城大桥前，沿途所见村庄还没有柏舍村遭受的破坏严重，地貌也没发现大的异常变化。过往的路上，都是来来往往运送救灾物资和人员的车辆，有北京、天津、山东、山西等外地的，也有部队的。但走到旧城桥附近及其以东后，地震造成的破坏就比较明显了。公路两边的麦田和路沟里，地震形成的裂沟及喷发出来的水、沙，随处可见，并且越往东走，情况越厉害，公路两边道沟里的积水越来越多，田地里的地震裂缝越来越大，有些大的裂缝在公路上仍然依稀可见。走到梅庄、舍落口、毛尔寨等村时，地里到处都是一个个新添的坟堆，有些坟头上的白幡还随风摇动，看得人心里发凉。好在这时，春耕已经开始，各村群众都恢复了生产，才未使我感到过分的孤独和害怕。田间，一拨拨的解放军指战员正在帮助群众劳动，很多村的村边上搭着一座座军用帐篷。指战员身上的绿色军装以及军帽上熠熠生辉的红五角，成为灾后滏澧大地上一道亮丽的风景线。他们用自己的勇敢、忠诚，用自己对人民群众的无限热爱，为这片古老的遭受重创的土地播种着生机和希望，书写着军民团结如一人，试看天下谁能敌的壮美篇章。

将近中午时分，我到了毛尔寨村西口，远远看见村边一些未倒塌的墙壁和一些临时建筑的墙壁上书写着“天大地大不如党的恩情大，爹亲娘亲不如毛主席亲”“自力更生、奋发图强、发展生产、重建家园”等大幅标语。

走到村中，瓦砾遍地，满目疮痍，全村房屋除少数几间没震倒外，几乎全部坍塌，一些东倒西歪、摇摇欲坠的房子，令人望而生畏。沿着两边堆满废墟的街道，我来到位于西毛尔寨村东口的公社粮站。粮站内外，人来车往，一片忙碌。几辆运送粮食的汽车停在院内，一群人正忙着往下卸粮食，工作人员紧张地过磅，收发粮食。来自各村的群众赶着马车、牛车，拉着排子车往回拉救灾粮。在运粮的队伍中，我看到了同校高中班的同学王桂英，他是本公社孔家庄人，是利用星期天参加生产队运粮的。我们互相询问了对方家里受灾的情况。他说孔家庄受灾也很严重，死了不少人。现在在政府的领导和解放军救灾部队的帮助下，群众情绪和生活都稳定下来了，春耕生产也开始了，他说完就匆忙和运粮的乡亲一块儿走了。

下午，我见父亲又忙于工作，就到村里想看个究竟。毛尔寨村分东、西两个村，分别坐落在一个大土台上，四周比较低洼。两个村中间是个很大的坑塘，积水多了，像个小湖。拉运粮食和救灾物资的车辆，先要从一方村口的大坡上爬下，跨过中间的道路，然后再爬上对过的大坡，非常吃力。我站在村口，向东毛尔寨的方向望去，目光所及也是房倒屋塌，一片狼藉。

走到街上，一拨拨的群众正忙着干活，有的清理废墟中的砖、石、木料；有的装运旧房土，作为肥料，给小麦追肥；有的搭建窝棚。在这劳动的人群中，有不少穿着军装的解放军指战员，正和群众一起劳动，有的边劳动边和青年人一起说笑、唱歌，用革命乐观主义，感染群众，激发群众战胜灾害、重建家园的信心。我发现这里虽然是地震最严重的地区，但有党和国家的关怀，有全国各族人民的无私支援，有亲人解放军在最危急时刻同灾区人民肩并肩、手挽手的共同战斗，当地群众已初步从地震创伤和失去亲人的悲痛中走出来，树立起了战胜灾害、重建家园的信心！这个村还有个叫马平果的小姑娘，在地震袭来的危急时刻，还不忘保护毛主席画像，其事迹在当时被各种媒体广为宣传。

## 六、参加欢迎大会

学校复课后的 6 月 8 日，根据县抗震救灾指挥部的安排，我们学校组织学生参加欢迎西藏人民千里送马大会。

邢台地区发生强烈地震后，全国各族人民纷纷伸出援手，对灾区人民进行支援。远在西南边陲的西藏人民也决定援助灾区人民一批藏马，帮助灾区恢复生产。为此，他们精心挑选了240匹良马，并派50多人的代表团翻山越岭，历尽艰险，整整走了26天，行程万余里，终于把马送到了邢台。

为了答谢西藏人民的深情厚谊，省、地、县领导决定举行隆重的万人大会，欢迎西藏人民的使者。大会会场设在地震中心地区牛家桥村。这里离县城20余里。天还未亮，学校就组织学生乘汽车出发了。

到了牛家桥村，只见红旗招展，人山人海，人们从四面八方向这里汇集。参加人员有省、地、县领导，有本县的工人、农民、民兵、学生代表，还有任县、宁晋、巨鹿、新河、南宫等灾区县的代表。一队队参加抗震救灾的解放军也排着整齐的队伍走来。人们怀着敬佩和感激的心情向解放军行注目礼，“向解放军学习”“向解放军致敬”的口号声此起彼伏。

大会主持人宣布欢迎仪式开始后，一队身着藏袍的西藏人民代表，牵着一匹匹高大雄壮的藏马从我们面前走向主席台前。会场爆发出了一阵阵热烈的掌声和口号声。激动的人们一遍遍高呼：共产党万岁！毛主席万岁！天大地大不如党的恩情大，爹亲娘亲不如毛主席亲！全国各族人民大团结万岁！向西藏人民学习！向西藏人民致敬！

会议正式开始后，省、地、县部队领导以及灾区代表梅庄村女社员四平珍先后讲话，对西藏人民的无私支援表示衷心感谢。决心不辜负西藏人民以及全国人民的无私支援，牢记周总理的指示，“自力更生、奋发图强、发展生产、重建家园”，夺取抗震救灾的最后胜利。西藏慰问团团长也发表了热情洋溢的讲话，对灾区人民进行亲切慰问。

大会结束后，我们又乘车返回学校。多少年来，欢迎西藏人民千里送马这一幕，仍然萦绕在我的心头，它不但充分体现了社会主义新中国的无比优越性，彰显了全国人民一方有难，八方支援的全国一盘棋精神，更给我们广大青少年上了一课，社会主义祖国是个温暖幸福的大家庭，每个人都必须跟着共产党，坚定地走社会主义道路。

## 七、重建家园

地震后不久，中央有关部门和省、地、县按照周总理“自力更生、奋发图强、发展生产、重建家园”的指示，开始安排灾区新农村建设——建设长久性抗震房屋。我们村里也根据上级的要求，拟出了规划草案，组织群众讨论。生产队讨论时，要求每户去一个人。那天我正好在家过星期日，也参加了讨论。村里的规划草案说，新民居按抗 8 级地震设计，由国家补贴，大队统一规划，分生产队建设。新民居横成排，纵成列，每排 10 间，东西长 29 米、宽 4 米，房屋高度 2.67 米。院落宽 10 米，每条巷道宽 8 米。据说当时的设想是，两边的房屋都倒向中间，中间仍可行人。新房建好后，人均 1.2 间，按各家人口和辈分平衡后分配。

具体要求是：旧的房屋一律拆掉，原有的房基地统一使用，各户的木料、砖石、门窗等建筑材料统一清点作价，充分利用。

规划经讨论确定后，生产大队、生产队都组建了建房领导小组和烧砖、烧灰、木工、瓦工等专业队，开展了轰轰烈烈的新家园建设。

在新农村建设中，全村男女老少齐上阵，八仙过海，各显其能。老人妇女清理旧砖、石；壮劳力烧石灰、拉运物料、制砖；有技术的人当木工、瓦工、铁匠。大家都摽着膀子干，谁也不说苦累，一些年青的女劳力和男劳力一样，到砖窑上干重体力活，在建筑工地上运砖运灰，甚至登上脚手架砌墙，真正发挥了“半边天”作用。由于建房投入了大量劳力、工时，生产队除粮食、棉花外没有其他收入，当时每个生产队的工值只有二三毛钱，但社员们为了早日实现“重建家园”的愿望，干劲儿依然很大。

经过几年的艰苦奋斗，村里矗立起了一排排新砖房，乡亲们陆续从低矮潮湿的防震棚中乔迁新居。新屋子虽然低了些，但牢固、坚实，是按抗 8 级地震设计的，人们住在里边心里踏实。原先村里很多人家住的是土坯房、表砖房，年久失修，不坚固。现在住上红砖到顶的新房，村民们心里都非常高兴。搬入新房的人们，都把毛主席像贴到厅堂的正中间，从心里感谢共产党，感谢社会主义。我家两代 4 口人，先分到了 3 间新房，后来村里考虑我到了结婚年龄，又调给了 3 间。数量虽然没有震前老房子多，但父母亲都很高兴，他们说，以前为房子紧张辛苦了几十年，吃尽了苦头，现在遭遇这么大的灾害，要不是国家和集体的力量，还不知道到什么年月，吃多么大的苦，才能把房子建起来呢！

在新规划中，我家1964年新建的南屋和门前两棵100多年的大槐树，被划到街道中间。南屋在做了几年生产队仓库后拆掉了，而这两棵见证了村里百年沧桑，春天为人们送上一街槐花清香，夏天为人们送上大片阴凉儿的老槐树，也被刨掉了。大街上其他部位的十几棵大树，也先后被伐去。此后，村里的街道上，几十年间栽了无数次的树，但都没有成活。现在村里修了水泥路面，房屋也越盖越漂亮，但大街上鲜见树木，更没有大树，略显得缺乏生机。我常常想起地震前我家门前的两棵老槐树和大街上的十几棵大榆树、椿树，什么时候村中大街上的树木，还能像地震前那样高大、繁茂、生机勃勃，和不断建成的漂亮庭院相互媲美、相映生辉呢？

作　　者：张记军

走访整理：中共隆尧县委党史研究室　吴胜林

# 中华民族一家亲

齐金仓

我叫齐金仓，1945 年 10 月出生，隆尧县千户营乡千户营村人，1963 年高中肄业后在村里参加农业生产，1966 年地震时任本村生产大队大队长。隆尧县卫生局退休干部。

西藏人民慰问团万里送马到邢台时，我有幸参加了接待喜马拉雅山光荣使者的活动，亲眼见证了中华民族一家亲的动人情景。

1966 年 3 月 8 日邢台发生大地震后，全国各族人民纷纷伸出援助之手，对灾区人民进行无私支援。远在西南边陲的西藏人民为了帮助灾区尽快恢复生产，精心挑选了 240 匹良马，并派出了慰问团，翻山越岭，不远万里将马送到了邢台。

到达灾区的第二天，即 6 月 7 日，慰问团首先到我们千户营村进行慰问。

千户营村位于滏阳河岸边，是千户营公社驻地，历史上是个水陆码头，交通便利，商业繁荣。由于地处地震中心，全村房屋全部倒塌。当时全村 2100 口人，被砸死 101 人，砸伤 100 余人。

地震后，中国人民解放军 4593 部队的指战员跑步赶到千户营公社各村救灾，我们村也来了十几名同志。在全国人民的大力支援和解放军救灾部队的帮助下，全村干部、群众积极抗震救灾，恢复生产，重建家园。村里村外，一片忙碌景象，社员们有的在准备麦收，有的从废墟中清理砖、石、木料，有的在建筑工地建设新房。

听到西藏慰问团要来村里的消息，公社、大队和驻村工作队分头进行了准备。村里把街道清理打扫得干干净净，并张挂了彩旗和欢迎标语。公社在千户营中心小学搭建了舞台，让各村准备了文艺节目。

6 月 7 日这天，晴空万里，热风袭人。地、县、公社领导，村里干部、群众以及附近各村的群众代表齐聚桥头。人们手里高举着毛主席画像和标语牌，敲锣打鼓，载歌载舞，热情欢迎西藏代表的到来。

9时30分左右，慰问团在团长张英的带领下到达村口时，邢台地委、行署的领导同志刘琦、师自明、张双英，以及县委、县政府和千户营公社的领导同志迎上前去，和代表团成员一一握手，欢迎的人群爆发出一阵阵欢呼声、口号声，欢庆锣鼓敲得震天响，代表团的同志频频向人们点头致意。人们簇拥着远方来的客人来到欢迎会场。

在隆重的欢迎仪式上，地县和公社领导先后讲话，向慰问团全体同志表示热烈的欢迎和感谢，并介绍了抗震救灾情况。代表团负责同志也发表讲话，对灾区人民进行亲切的问候和鼓励。随后，由各村的文艺宣传队表演了丰富多彩的文艺节目。能歌善舞的藏族同胞也登上舞台表演了带有浓郁西域风情的歌舞。

欢迎仪式结束后，代表团分成3个小组，到村里参加劳动。一组到地里参加麦收。那年虽然遭受了严重的地震灾害，但由于震后很快恢复了生产，管理及时，农家肥充足，小麦长势很好。西藏同胞和我们肩并肩，喜开丰收第一镰；一组帮助群众搭建防震、防风、防雨、防寒的“四防”简易房屋，改善灾民的临时居住条件；一组到建筑工地参加新房屋建设。

在建筑工地上，藏族同志干劲儿十足，有的和灰，有的运砖。几位藏族同胞还登上脚手架，破天荒地拿起瓦刀，当起了泥瓦工。为了让他们掌握砌墙技术，社员齐树方等人手把手地为他们做示范、指导。他们也干得非常认真，每砌一块砖，都按标准线比了又比，照了又照，生怕把墙砌歪了。这时，有人拿出笔墨，请西藏慰问团张英团长为这所新建的房屋题个词，张团长略一思索，挥笔用汉藏两种文字写下了“民族团结之花”6个大字。此后，社员们用水泥将这幅凝结着汉藏两族同胞友谊的大字，镶刻在这所临南北大街的新屋的外墙壁上，以作永久纪念。

时近中午，乡亲们热情邀请藏族同胞到震后临时搭建的简易房家中做客，拿出当时最好的食物白面馒头、烙饼、炒鸡蛋等招待他们。我邀请到的客人叫强巴廷觉，30来岁，黑红的脸膛，长得比较健壮。虽然经过一个多月的长途跋涉，但精神很好。我们边吃饭，边聊天，语言不通，就打着手势比画。他问我地震中，亲人们受伤没有？生活怎么样？我问他，西藏冷不冷？主要食物是什么？然后又指着墙上的毛主席像和震后发放的生活用具，说地震后党中央、毛主席对灾区人民非常关心，全国各地运来了大批救灾物资，生活、生产恢复得很快，请西藏人民放心。他高兴地连连点头，也指着毛主席像说："毛主席、共产党领导西藏农奴翻了身，我们也很感谢毛主席，感谢共产党……"

吃过午饭后，为了表达对西藏人民的感谢之情，我向强巴廷觉赠送了一张毛主席像，下面工工整整地写了一行字：隆尧县千户营贫农社员齐金仓敬赠。然后，我们依依不舍地将客人送到公社集合。

第二天（6月8日），省、地、县在牛家桥隆重召开了欢迎西藏慰问团大会。会后，救灾指挥部将240匹良马分给了灾区各县。我们千户营村也分到了一匹高大的白马。我们大队对这匹象征着汉藏友谊的白马非常珍惜，专门安排在志愿军部队当过驭手的复员军人齐景玉驯养了几个月，然后分给了一个模范生产队使用。

几天后，《人民日报》第三版用整版篇幅刊登了邢台抗震救灾的长篇报道，其中有一段记述了西藏慰问团在千户营活动及我向强巴廷觉赠送毛主席像的情况。《解放军画报》也刊登了西藏代表和我村社员齐树方一块儿砌墙建新房的照片。

为了永远纪念西藏人民的深情厚谊，更好地发扬中华民族一家亲的光荣传统，20世纪六七十年代，我们村于每年6月7日都开展一次纪念活动。1968年村里还委托在京工作人员从北京购买了40本藏文版《毛主席语录》寄给西藏自治区办公厅，请他们转交代表团成员。期间，我还给强巴廷觉同志写过一封信，汇报村里抗震救灾、重建家园的进展情况。

现在，时间已过了半个世纪，我也从一个年轻小伙子步入老年，离开了工作岗位，但欢迎西藏慰问团万里送马一幕，仍记忆犹新，成为永远不能忘记的记忆。多年来，我经常把这一感人一幕，讲给一代代青年人听，希望他们好好珍惜这份深厚的民族情谊。

口　　述：齐金仓

走访整理：中共隆尧县委党史研究室　吴胜林　张记军

# 我为抗震献力量

我叫白新英，今年 80 岁，大地震那年我 30 岁，在隆尧县总工会工作。当时，“四清”运动还在继续，我和同事宋步环，还有一个张庄的张某某，记不清名字了，3 个人组成工作队到舍落口驻村工作。驻村期间，我得了羊角风，嘴歪眼斜，于是请假回家看病。我家是旧城公社大兴庄的，3 月 7 日回家，第二天就发生了大地震。

白新英

## 一、地震经过

3 月 8 日那天凌晨地震发生时，我正在睡梦中，心里疑惑着怎么床又晃，床头座柜上的尿盆也洒了？一下惊觉，地震了！我赶紧喊孩子娘，带着 3 个孩子往外跑。一边跑，一边还晃晃悠悠，亏得房子没倒，要不都得砸住。我家里一共 11 口人，住着 5 间北屋，是 1963 年洪水以后新盖的砖房。父亲想着，先把北屋盖好，我们弟兄仨结婚就都有地方住了，配房可以以后慢慢再盖。这 5 间北屋，中间 3 间住着父母和我们一家 5 口，老人住外间，我们住里屋；东耳房住着我大兄弟两口子，西耳房住着我二兄弟两口子。那时候盖个房不容易，一大家子能这么凑合着住已经算条件好的了。刚一地震完，慌慌张张清点了一下，一家子谁也没受伤。忙乱中也不了解外边的情况，也没听着哪儿喊救人。后来天明了，这才开始四处帮着救人。谁家有人埋住了，还没挖出来哩，互相喊着都去帮忙挖。

后来得知，震中心在白家寨、马兰一带，我所驻的舍落口村也是重灾区，全村房屋大部倒塌，灾情严重，工作队住的房子也倒了，和我一起驻村的两个同事都被砸埋到屋内，一个不幸遇难。我算是因病得福，侥幸躲过一难。遇难的同事是张庄村人，记不清名字叫什么了，年纪比我和宋步环大一些，但身体挺好，平时很灵活。后来听宋步环讲（他俩住在一个屋里），发生地震那天凌晨，他们正在睡觉，屋子突然剧烈摇晃起来，两人被惊醒后都意识到这是地震了，马上向外跑。张庄那个同事一下就从床上蹦下来跑到门口，正开门，房子倒了，把他砸在门口，砸死了。宋步环近视，没有眼镜就看不清东西，从床上下来先找眼镜，不然连路也没法走。正找眼镜时，房子“呼塌”一声倒了，他顺炕沿往下一蹲，倒下来的房梁被炕沿架住，救了他一命。宋步环是宋村的，高个子长方脸，戴着眼镜，后来在教育局工作。村干部很快组织几名群众赶来救他们，先后把张庄那个同事的尸体和宋步环挖出来。村里只知道工作队有3个人，不知道我请假回家看病去了，挖出两个人来，还有一个长短找不着了，一直又挖了好久找我，费了好大力气。后来宋步环清醒过来，告诉他们情况，这才赶快转到别处去救援。到第二天处理后事，忙乱间还出了个大乌龙，给死者家里报丧时报错了。死的那个同事是张庄的，结果报丧报到宋村宋步环家。宋步环的儿子一路哭着到了舍落口，一看他爹活得好好的，砸死的是另一个。我当时不在村里，这都是宋步环后来亲口跟我说的。

3月22日第二次地震时我已经回县里上班了。那天地震是在下午，我好像在韩庄。站在村边地里，地面突然剧烈晃动起来，到处狼烟动地，人根本站不住，我就搂住一棵树。眼看着地里正在耕地的牛撅着尾巴才跑哩，一边跑着，“咣”就摔倒在那儿了。地震过后，地上裂了很多大缝，有的地方宽得我蹦不过去，过路要绕到窄的地方跳过。有的缝一边高，一边低，往底下看深不见底，还冒黑水，夹着沙子。

## 二、中央慰问

地震前一天，各公社书记都在县里开会，因会开到很晚，书记们都没回去，就住在城里。凌晨发生地震后，县里立即下达紧急通知，所有干部全部集合，立即抽调人员赴东部重灾区救灾。那时电话还不普及，只有县和公社里有，县里下通知都是写成文件，像烽火台一样一站一站往远处传。比方说一个通知要送到我们村，就得从县里送到丘底，丘底送到马头，马头再到我们村。当时的干部责任心特别强，一说是上级通知，每个人都很积极，赶紧就去送了，所以我很快就接到通知了。当时正病着，歪着嘴就上班来了。到了县委，大家也不敢在屋里办公了，所有工作人员就在院子里搭起帐篷，白天办公，晚上就睡在帐篷里。

地震的第二天，国务院总理周恩来亲自带领工作人员到我县来视察灾情，上午9点在隆尧县委办公楼里听取了县委书记张彪的汇报。那时我们都在外面院里，突然发生一波余震，房屋摇动起来，楼里人都乱往外跑，而在门外站岗的总理警卫却纷纷往屋里跑。警卫请总理暂到院里帐篷避一避，周总理摆摆手说“没关系”，让张彪继续汇报。当天晚上总理回到石家庄住了一夜，3月10日又来到重灾区白家寨亲自查看灾情，慰问群众。

总理回到北京第三天，又派来慰问团，团长由内务部唐近忠司长担任。慰问团来后，在白家寨住了多半年。那时房子都倒光了，哪还有地方住，他们就一直住在群众的帐篷里，和群众同吃同住，领导群众抗震救灾，重建家园。

慰问团还带着建筑工程师，到各受灾村调查了解建筑情况，重点去了马兰和大兴庄。我是大兴庄的。说起来，我们村离震中心并不太远，受灾也很重，全村房子倒了2/3，为什么我家房子没倒呢？这得感谢我父亲，他特别爱钻研，1963年闹水灾时我家房子被冲毁了，他考虑新建房必须够坚固，能防洪，自己设计了一个建房计划，不料还没防了洪，先防了震了。我们建新房时，把老地基都拆了，重新挖了一米深的坑，底部垫上洋灰夯实，上面再用砖垒地基。这个地基整个呈现为一个下宽上窄的梯形，底部宽，往上逐渐收窄，至地面剩一砖宽。垒墙时也只垒一砖宽。盖成的房子不高，矬乎乎的。整个房子的设计就跟后来建的避震房标准一样，但这是我父亲自己琢磨出来的。父亲说：“这样水淹了可以上到房顶上，倒不了。”建筑专家在我村里调研，最后总结，我村有些房子没倒的经验就是：宽宽的，窄窄的，高高的，矬矬的。就是宽宽的跟脚，窄窄的墙，高高的跟脚，矬矬的房，每间留个垛，沙子打顶一个盖。以后统一规划建防震房都是按这个标准。我家房子虽然没倒，但也裂了璺了，加上不合乎统一规划，后来拆了。

## 三、筹办地震展览

唐司长带领的慰问团回北京不到半月，北京中央美术馆举办了邢台地震图片展览，展出了中央慰问时随队摄影师在灾区拍摄的地震灾情照片。听到这个消息后，县委决定把这些照片搬回隆尧县，在我县重展。

县委把这项任务委派给我和宣传部干事赵连城，并派当时全县唯一的一辆汽车——县医院救护车送我们进京。县医院司机白永棠开着救护车，拉着我们两人就出发了。白永棠是从拖拉机站调到县医院的，当时没人会开汽车，他会开拖拉机，调到县医院做专职司机，后来一直在县医院工作直到退休。出发的日期我记不清了，只记得是在冬天，天气很冷。那天是星期二，早上出发，一路土道颠簸，走了八九个小时，天黑前就到了北京。到北京先找住的地方。我们俩商量着给国家省一分钱是一分钱，就一路打听找到了河北省驻京办事处，住到办事处宾馆。

第二天一早，我们就去找内务部。来之前县委指示，说内务部有一个唐近忠司长，曾在白家寨慰问过一段时间，可以去找他办这件事情。我和赵连城都是第一次到北京，谁也不认识路，就一路走一路问，打听到内务部在国务院西边那个街路西。天气很冷，白永棠开车从天安门前经过，冻得牙齿打战，战抖着声音说："简单看了看天安门。"结果刚过天安门不远，车子熄火了，停在西长安街，怎么也打不着火。白永棠修了一会儿也修不好，油都冻住了。正在不知所措时，一个不认识的同志主动过来问我们出了什么事，说他会修车，帮我们修了修。修好后，那个同志又说："你们急着办事，这只能临时先开着，说不准什么时候还要出毛病，要彻底修好得换零件。"并热心地和我们约定好明天在某某时间某某地见面，他带我们去买要换的零件。我们万分感谢，他只说了句"应该的"，就走了。

到了内务部门口，我和赵连城心里犯了怵，也不知道唐司长在哪儿办公，我们从小县城里来，怕人家那么大的官，见不着可怎么办？后来我把心一横，对连城说："反正咱已经到这儿了，咱就把自己当成普通的农村老农民，也别充聪明人，就当自己不懂礼数呢，咱到门口有啥问啥吧。"结果到了门口一问，人家说上接待室吧，把我们送到接待室。接待室态度也挺好，说："你们找谁呀？"我一紧张，把唐司长的名字忘了，县委、白家寨村里都告诉过我叫唐近忠，可当时怎么也想不起来。连城也想不起来。这怎么办啊？当时铁道部一个部长叫滕代远，我一慌，我给人家说："找唐代远。"我把两个名字混到一起，记成唐代远了，给人家编了个唐代远。接待人员在本上翻找了一遍，说："没这个人。"我心里更慌了，这可怎么办？连人也找不着，更不要说办事了！看我俩急得团团转，接待人员又耐心地在小本上翻了两遍，问："是不是唐近忠啊？"我脑子一亮，对，就是这个名字。我和连城都赶紧答应：“嗯嗯嗯，就是这个名！俺给记差了，人家是领导，俺哪好意思光问人家的名呀，光知道唐司长，唐司长，谁好意思光问人家那名哎。”接待人员说：“让我联系联系，看是不是他。”一联系，是他。接待人员就领着我们往唐司长那个司办公的院里走。

半路走着，我脑子里琢磨这事，赵连城也琢磨这事，到唐司长那儿，咱说跟人家认识，咱跟人家也没见过面，谁知道人家认不认咱哎？结果都暗自想了个办法，俩人不谋而合，一齐问：“你们厕所在哪儿？”接待人员说：“前边就是，你们去吧。我在这儿等着你们。”我俩在厕所商量：“这怎么办啊？咱俩谁也没见过唐司长，咱认不得人家，人家也不认识咱，不给咱办这事怎么办？怎么才能把这事办成呢？”商量了一会儿，我说：“咱就装老百姓吧，唐司长自己说他在白家寨蹲过点，让咱们来吧来吧。等会儿他把咱领到唐司长屋里去，咱一进门，把屋里门帘一撩，咱就说，‘唐司长，还认识我不？’咱就装认识他，村里那么多人，他能记得清吗？谁起来给咱握手，那就是唐司长。”俩人商量好了，就去了。一进门，我就照之前想好的大剌剌地说：“唐司长，还认得俺呗？”这一下把唐司长问住了：“你们人多，我记这么多名记不清，坐坐坐。”

唐司长没急着问我们来办什么事，而是先给倒水，让座，问灾区情况。

“现在地震灾区避震房建得怎么样？”

“白家寨建得怎么样？”

“白家寨的支部书记还是××吗？”

“县委书记还是××吗？”

那么大的北京领导，对我们这样的基层干部这样平易近人，对灾区人民殷切挂念，让我们从内心感到特别温暖，感到之前的担心真是自己瞎操心。来时县里还给我们开了介绍信，一路过来，谁也没看过，一听说是隆尧灾区来的，都特别热情。

问完了灾区情况，唐司长问：“你们来做什么？有什么事啊？”我们就把县委的计划向唐司长汇报了一下：“听说地震救援时拍的照片在中央美术馆里展览了，我们想把这些照片弄回去，在我们县也盖一个展览馆，展览地震的照片等，作为纪念。”唐司长马上说：“好好好，这事跟小姜说一下就行了。”我们没接话，不知道小姜是谁。唐司长问：“你们不认识小姜吗？”我心想小姜肯定是和唐司长一起在白家寨蹲点的，不可能说只认识唐司长，不认识小姜，赶紧回答：“认识，认识。他是哪个单位呀？”唐司长介绍是新华社的摄影师，具体部门现在我记不清了。唐司长马上给姜摄影师打了电话。一说地震灾区来人了，要弄照片，电话里姜摄影师就说："好好好，唐司长说的这事，保证完成。这样吧，今天星期三，到星期日，让他们在中央美术馆门口等着，准备 13 卷胶卷。我派人去。"

在内务部办完事，第二天星期四，我们按约定和帮忙修车的那位同志见了面，买了零件，他又帮我们安装好。他就是一个普通的北京人，会修汽车，当时留了姓名，可惜现在想不起来了。回县以后我把这件事汇报给张彪书记，张书记还以县委的名义给人家写了感谢信。

星期五我们出去买胶卷，还是在西长安街，车又坏在路上，打不着火了，检查了一回，也检查不出是哪个地方的毛病。这次遇着一个大修厂的工人，也是主动上前帮忙，但还是查不出故障位置。他又打电话给修理厂，让该厂职工开车来把我们的车拖到大修厂。6 个人围住汽车查找故障，进行修理，不到一个小时就修好了。我们要给钱，他们一分钱也不要，说："这是支援了灾区，应该的。"

来北京的一路上，像这样无偿的支援和帮助时时处处都有。隆尧大地震，那是新中国头一回大地震，多少年没闹过那么大的地震，全国报纸都登遍了，谁都知道隆尧县闹了地震了，受了灾了。我们开的车上印有隆尧县字样，在公路上、街道里，行人和车辆看到我们的车都主动给让路，使之畅行无阻。当我们表示感谢时，每个人都说："这是应该的。""这是支援灾区的一片心意。"

星期日，我们按照姜摄影师的要求买好胶卷，早早就去美术馆门口等着。大概是上午 9 点左右，美术馆门口来了 8 辆车，姜摄影师带着 7 名摄影师来了，每人都拿着一部相机。姜摄影师接过我们准备的胶卷，给每个摄影师发了一卷，分配了每个人负责的区域，说："谁的胶卷照完了，再来我这儿拿。"一切安排好，8 个人分头到美术馆内，不一会儿就把所有地震照片全部翻拍了一遍，总共费时 1 个小时左右。姜摄影师把胶卷交给我们，说："资料交给你们了，我完成任务了，回去你们自己放大吧。"临走，姜摄影师说："别的也没什么好留念的，我也没给你们准备纪念品，来吧，咱照个合影吧。"我们 3 人站在美术馆门口一起照了个合影，可惜那张照片后来弄丢了。

这天回到驻京办事处，第二天就启程回了隆尧县。经邢台地委研究，决定在隆尧县建一座地震展览馆，展览馆前边立一纪念碑，上面刻上周总理在白家寨讲话中提出的抗震救灾十六字方针和李先念题词。我们回来时，展览馆还没盖好，第二年才盖好。盖好以后，县里把我们翻拍回来的胶卷都按原尺寸放大，举办了地震照片展览。

口　　述：白新英

走访整理：中共隆尧县委党史研究室　张建青

# 周总理，灾区人民永远怀念您

国所成

我叫国所成，1935 年 4 月出生，世代生活在白家寨，1961 年在村里当民兵连长，后来又当革委主任、农机站长，一直干到 1995 年退休。

## 一、多灾多难的家乡

合作化时期，我们隆尧县东部成立的这几个公社被叫作“东八社”，以后很长一段时间，只要一提起“东八社”，人们第一个想起来的就是贫穷、多灾多难。我们这地方，因为是古大陆泽遗址，地势低洼，农田大部分都是盐碱地，少部分是胶泥地，种什么庄稼也长不好，历史上就多灾多难。有句老话叫：经过淹，经过旱，经过蚂蚱滚成蛋。虽然有滏河、澧河、漳河 3 条河流经，在当年落后的水利条件下，浇地却是个大问题，历来只有沿河的河滩地较为肥沃，靠人力舀河水浇一点地，或有富户家里有一辆笨水车浇地，大部分土地不但贫瘠，收成也只能靠天。特别是 1942 年大旱，地里颗粒无收，还有日伪军四处抢劫，逼得这一带 1/3 老百姓举家外出逃难。记得当时吃的主食是高粱面，但 1 升高粱里要掺 10 升糠，就是花籽皮也得掺到高粱面里吃了。

新中国成立后，虽然灾害照旧，但有了社会主义大家庭的帮助，老百姓的生活在灾荒年也有了依靠。1963 年闹洪水，全村房子一下子全都倒了。没办法，老百姓穷，家家都是土坯房，水一泡就垮。平时一下雨，家家户户赶紧找单子、破席、门板，忙着苫墙，不然雨水溮进去，渗透了，那墙就倒了。洪水过后，所有东西全部泡了水，老百姓少吃没穿，国家第一时间拨来了救济物资，全国各地人民纷纷捐款捐物，还写来慰问信，帮助我们渡过了水灾。村里人编了个顺口溜：白家寨，好闹荒，一年四季白茫茫；春天播下种，秋季不还仓，年年靠吃救济粮。

## 二、大地震来袭

1966年3月，洪水过去才两年多，很多人家的房子还没翻盖好，突如其来的大地震又将人们开始新生活的美好希望无情击碎。

3月5日下了一夜小雪，第二天一早，家家户户都在房顶扫雪。俗话说，瑞雪兆丰年，人们心里都美滋滋的，互相谈论着今年肯定是个好年景。我家是3间北屋，东西两间配房。我和妻子早早起来，她烧火做饭，我到西屋房顶上扫雪。正扫着，突然感到房顶抖动起来，接着整个房子向西猛地一晃，我身体向前一栽，差点摔倒，同时眼看着对面东屋的墙往这边扑过来。我心里不禁一紧，“这家伙，还倒了哩!”正在担心，那堵墙又“呼”一下回去了。我向后仰了一下，站立不稳，赶紧蹲下扶住房顶。这样来回晃了几次，房子不再动了，我才赶紧下来。这次地震时间不长，但震级不小。村里的老人都说，过去也闹地动，但从来没有经过这么大的地动。以前老百姓的干粮馒头都放在篮子里，在房梁上拴个绳挂个钩，把篮子挂在钩子上，防潮防老鼠。一闹地震，篮子像荡秋千一样，忽悠忽悠来回直打晃，门、桌子也来回晃几下，咣当两声，就没事了。这次震了以后，老百姓也认为和以前一样，都说：“没事了，没事了，没经过这么大的地震，肯定震完了。”也有迷信的村民说：“这是鳌鱼翻身哩，是吉兆。地震好年景，今年能丰收。”这是6日早晨发生的前震，但人们一片喜气洋洋，期待着好年景，谁也没有预料到即将到来的那场大灾难。

3月7日晚上我很早就睡了，家里没有养狗，也没有听到什么奇怪的动静。但后来听大队干部说，那天晚上他们开会开到很晚，商量第二天浇地的事，散会时已是半夜，听着村里狗乱叫。我一家6口人，母亲和大女儿在北屋睡，我和妻子、二女儿（才几个月）在东屋睡，大儿子十几岁了，在牛家桥公社当分机话务员，不在家住。8日凌晨，没有任何预兆，一瞬间地动山摇、房倒屋塌，我们一家于睡梦中全被砸埋到屋内。我从睡梦中惊醒，想要从床上坐起来，一起才发现全身都被土埋住了，根本无法动弹，用力之下，把我鼻子、嘴里呛的都是土。也不知过了多长时间，我躺在那里，动不能动，喊不能喊，连喘气都困难，憋得头晕目眩，感觉肺都快要炸了。

这时，武洪恩和武双计到我家来了。我当时是村民兵连长，每天带领村里二三百民兵跑操、训练、刺杀。那段历史时期，村里18—40岁的男性都是民兵，30岁以下是基干民兵，30岁以上是普通民兵，冬天农闲时进行训练。国家还发给我村两挺轻机枪，12支步枪，每人3颗子弹，每年到村南窑上打一次靶。武洪恩才16岁，但也参加了民兵，每天跟着我训练。他住在村东，把自己家安置好以后，先过来找我，知道我在东屋睡，和我南邻家14岁的儿子武双计一起把我和妻子挖出来。幸运的是，我们两人和孩子都没受伤。我们的床上方有一根大梁，房倒时正好竖着砸在我和妻子中间，没砸到人，要是砸歪一点就要命了。被挖出来以后，我赶紧看北屋的情况。一看，前墙没倒完，还支着点，马上松了口气，床挨着前墙呢，人应该没事。又赶紧挖我母亲。她身上压的土不多，几个人很快把她挖了出来。我问母亲："小芹（大女儿）哩?"母亲哭着说："小芹在里边，大概是不沾了。喊她也不言声。"妻子说："沾不沾也得挖出来呀。"我也顾不得管了，也没顾上穿衣服，就赶紧跟洪恩和双计到别处救人去了。后来妻子和母亲把大女儿挖出来，也没受重伤，只是在往外拽的时候把腿磨破了皮。这么大的地震，我们全家无一遇难，真是万幸!

我被挖出来时，天就不早了，大概是上午10点左右。村里总共3条大街，我们就沿着这3条街转，看哪家还没挖出来，听哪里有动静，就到哪里去挖。第一个去的是我西邻家。那家是个军属户，兄弟两人，弟弟在外当兵，哥哥嫂子也不在家，就老太太自己在家。我们到那儿去了，发现南墙倒了，北墙没倒，架着半边房顶，老太太蒙着被子靠北墙躺着呢，身上并没有多少土。我们把她挖出来，但老太太已经死了。可能是地震时害怕，用被子蒙着头，被闷死了。随后我和洪恩两个人就沿着街继续向北转，陆续又有不少人加入到我们的救援队伍。这时，能挖的人差不多都挖出来了，还埋着的基本也没有生还希望了。在街上走着，听到到处都是一片哭声，有哭老人的，有哭孩子的，那场面真是凄惨。

我村当时2000多人，死了300多，伤了500多。全村的房子倒了大半，只有村西南角盖的3间表砖房没倒，但墙上也震出了裂纹。土坯房子盖得都很矬，只有八九尺高。垒墙时，为了防潮，在地基上先铺一层麦秸再垒砖坯。但麦秸铺多了，墙就不够稳固，地震中这样的房子都倒了。麦秸铺的少的，情况就好点，倒得没那么严重。

## 三、救援队及时救援

地震当天下午，外边救援的就来了。最早到的是邢台军分区邵明部队，他们驻在内丘北，离我们最近，是直接跑步过来的。部队里有个刘连长，和我们一起布置救援。这时还有些人没有找到，部队又组织进行了一次挖掘抢救，虽然大部分被挖出来时都已经死了，那也都挖出来。医疗队也来了，挨家挨户检查伤情，救治伤员，轻伤就地包扎处理，重伤送往外地治疗，特别严重的伤员当天就用飞机送走了。还有飞机空投了一些饼干、面包等吃的东西，未受灾公社、临近县赶制熟食，烙了饼送到灾区。当天下午，部分群众开始掩埋遇难亲属。因为事发突然，没那么多棺材，有条件的用柜子，没条件的用草席裹一裹就埋了。有些人家有亲人在外工作，一时回不来，家里愿意等亲人回来看看遗体再埋。救灾指挥部怕尸体腐烂可能引发传染病，要求村里干部动员群众尽快处理后事。这样，群众压抑着悲痛低落的情绪，两三天内基本就把尸体全部掩埋了。

当天晚上，人们就睡在倒塌的废墟上，就算房子没有倒的，也不敢进到屋里去睡，一波波的余震，仍然令人心有余悸，不敢稍有放松。虽然已经立春，但仍然是零下四五度的气温，我们一家人躺在废墟中清出的一块平地上，裹着从土堆中挖出的被褥，在寒风中瑟瑟发抖。一天的奔波忙乱，身体已经极度疲劳，但闭上眼睛怎么也睡不着。身下大地不时地颤抖，让我对以后的生活担心又茫然，脑子里思绪万千——如果地一直这样震下去，总也不停，该怎么办呢？我们世世代代生活在这里，这是我的家乡，房子虽然倒了，还有地，还有亲戚朋友，周围是一切熟悉的环境，如果逃到别的地方，我们一家怎么生活？好不容易迷迷糊糊睡着，地一震，浑身一哆嗦，又惊醒了，又怕地上突然裂开一条缝或者塌下去。就这样时睡时醒，昏昏沉沉过了一夜。

第二天，席子等大批救援物资就都来了，解放军开始帮着老百姓搭席棚，同时挖掘被埋压的粮食、炊具、衣物和被褥。各家就在各家的废墟上，像搭帐篷一样，两边各支两个棍，互相交叉，中间架一根横棍，席子往上一盖，就是个席棚。有些群众家里有没倒的墙，就靠着墙搭棚，情况稍好一些。这是最早搭建的简易席棚，基本上一户一个棚，满足了群众临时居住的需要。后来又按照“四防”（防震、防寒、防雨、防潮）和“四有”（有门窗、有炕或床、有走道、有放东西的地方）的标准改造了防震棚，建造了简易房。就是在这些简易房里，有许多人一住住了好几年。

## 四、周总理亲自慰问

3月10日下午3点左右，在省委副书记阎达开陪同下，周总理乘直升机到我村视察灾情。飞机降落在村北寨河外，那里有一片空场，总理从那儿下的飞机。一共来了3架飞机，周总理坐一架，阎达开坐一架，还有一架白色的安全机没有降落，一直在头顶盘旋，保卫总理的安全。听说周总理来了，社员群众自动地聚集起来，人们激动地高呼：“共产党万岁！毛主席万岁！”总理从飞机上下来以后，白家寨的群众呼啦一下涌过来把总理围住了，村干部和总理的随行人员拉着手围成圈，喊着：“大家不要挤，总理要讲话！”人群自动向后退出一个大圈，有人不知从哪里找到一个木箱子，总理就站到箱子上准备讲话。一站上箱子，总理发现自己是背对风向的，群众迎面顶着寒风，总理又从箱子上下来，调整了一下方向，使自己迎着寒风，群众背着风向，这才开始讲话。周总理讲话时间不是很长，不超过20分钟。讲话的内容大概是：同志们，乡亲们，你们受了灾，党中央、毛主席让我来看你们。你们受了灾，党中央很关心，一方有难，八方支援，我们是社会主义国家……你们这里是革命老区，在抗日战争中就有革命传统……大家一定要坚强，要团结起来，老的带小的……发展生产，重建家园……总理的讲话深深感染了灾区人民，党和领导给我们指明了方向，群众的情绪一下由低落悲痛转为斗志昂扬。当总理讲到“发展生产，重建家园”时，武清华跟着喊了一句，接着群众也自发地跟着一起喊起了口号。“发展生产！”“重建家园！”“毛主席万岁！”“共产党万岁！”“感谢共产党！”热烈的呼声此起彼伏，一浪高过一浪。

我是民兵连长，要保卫首长安全。总理讲话时，我站在人群的最后边，正面对着总理。隆尧县地震纪念馆陈列着一张周总理在白家寨讲话的照片，从照片上能看到我，家里存的照片太小，看不清楚。我旁边还有其他的民兵，当时安排保卫工作，也不知道谁死了谁还活着，也排不成队了，只能是见到谁通知谁，因此去的人并不是很多。

讲话以后，在省委副书记阎达开等人的陪同下，由村支书靳景印当向导，周总理跨过纵横交错的地裂缝进村视察，访问了 7 户受灾群众。强震后的村庄，到处是残垣断壁，破碎的瓦砾之间，不时还有未来得及掩埋的尸体。余震不断，街两旁的墙土、残砖都是松动的，随时有掉下来的可能，但总理毫不介意，在碎砖烂瓦中深一脚浅一脚地走着。和群众见面后，总理的第一句话总是说："乡亲们，你们受灾了！是党中央、毛主席派我来看望你们、慰问你们的。"总理深情的问候、热情诚挚的谈话，把党的关怀送到灾区人民的心坎上，温暖着灾区人民的心，使多少心情悲伤沉重的人们抬起了头，使一些失去亲人都不曾掉过眼泪的人们激动得痛哭失声。每当总理离开一个地方，那里的群众都簇拥着总理，依依不舍地送别。村民于小俊在地震中失去了一个孩子，当总理到她家慰问时，她激动得不知如何是好，扑通一声跪下，就要给总理磕头。总理连忙扶起她说："大娘，快不要这样，你们受苦了，党和政府非常关心，派我来看望你们！有党和政府的帮助，一定能够战胜困难！"于小俊感动得半张着嘴，凝视着风尘仆仆的总理，半晌说不出话来，两行热泪在她那沾满尘土的脸上，冲出了两道泥痕……走到三队队长国振清家，国振清看到总理干裂的嘴唇，情不自禁用自家的粗瓷大碗倒上一碗白开水端给了总理。风沙中，周总理吹了一下水面上的浮尘，一饮而尽。

慰问一圈，周总理和杨书记（白家寨公社党委书记杨世英）、大队支书（靳景印）等一行十来人进到大队临时的办公席棚里谈了会儿话，总理详细地询问了受灾情况，并鼓励干部们带领群众战胜灾害。天快要黑时，周总理才乘机离开白家寨。立在机舱门前，他向我们挥着手说："等重建家园后，我再来看你们！"

带着总理的嘱托，我们振奋起精神，迅速投入到了"发展生产、重建家园"的建设中。如今，在当年周总理下飞机的地方，人们建起了一座纪念亭；在当年周总理视察过的村头，人们植上了长青的松树，那是灾区人民对敬爱的周总理最深情的怀念。

## 五、恢复生产，重建家园

震后 3 天，救援工作基本就结束了，村里开始着手平整土地，修配农具，恢复生产，我也开始参加生产队劳动。由于人员伤亡严重，缺乏劳动力，村里对劳力进行了统筹安排，大部分劳力从事生产活动，一小部分人搭建房屋和安排生活。参加救灾的部队、医疗队、工作队也积极参加到春耕生产中，帮助恢复农业生产。

3 月 22 日下午，我在解放军帮助建立的讲习所学习，又闹了一次地震。讲习所的位置在街北，原来是一户人家，房子倒了，只剩下南墙，解放军就着这截南墙用席子搭了个席棚作为讲习所。那天我正趴在桌子上写字，一地震，我赶紧抓紧桌子，坐在那儿没动，眼看着南墙上的土坯呼啦呼啦往下掉。这次地震较轻，又是白天，基本上没什么伤亡。第二天，人们照常到田间进行春耕生产。

毁坏的房屋需要重建，人民的生活还要继续。为了建设出能抗震防震的新民居，中央有关部门派工程技术人员深入灾区进行了考察，研究制订了严密的方案，对房屋、街道、胡同的布局实行统一规划，合理安排，对房屋的结构形式进行科学设计。同时，往各村拉了电线，支援了制砖机器、煤炭，每个村里都建了砖窑。我们村的砖窑在村南，现在还是一个大坑。这一带的村子，每个村周围都有这样的大坑，这是震后建设留下的痕迹。人们一边烧砖，一边就开始建房。村里组织了建房班，把废墟中清理出的梁、檩、椽子、门窗都充分利用起来，轰轰烈烈地开始重建家园。新房全部是砖房，白灰砂浆砌缝，统一结构，一排 4 间或 6 间。大概两三年后，所有房子才全部建好。按每家人口数分配住房，标准是每人 0.7 间，根据情况灵活调整。全村群众欢天喜地，乔迁新居。我家现在住的房子就是地震以后分的地方，6 个人分了 4 间房。那时的房子太矬，只有 8 尺高，现在早已翻盖了。重建后的村子比先前大多了，也长了，往外扩展了不少，地面也比原来高了。

口　　述：国所成

走访整理：中共隆尧县委党史研究室　张建青

# 党的恩情铭记于心

张自修

我叫张自修，今年 67 岁，隆尧县东毛尔寨村人，检察院退休干部。

在宇宙间，一个人几十年的人生是短暂的，但过程是漫长的。人的一生既有欢声笑语，顺顺当当，也有悲欢离合，坎坎坷坷。一生中经历的事，有的随着时间流逝，慢慢地忘却，但在我个人经历中，有一件事是终生难忘、刻骨铭心的，那就是 1966 年 3 月 8 日的大地震。

记得 1966 年 3 月 8 日那天凌晨，我正在毛尔寨老家房屋中熟睡，睡梦中忽听得轰轰隆隆声声巨响，顿觉地动山摇、天旋地转，顷刻间房屋全部倒塌。我也被深深压埋在倒塌的房屋之下，痛苦绝望地挣扎在死亡线上，无奈地等待着救援。

我们这个地方在历史上就是一个多灾多难的地方，滏阳河、澧河、小漳河南北走向，横贯这片土地，本该是沃野千里，实际却是盐碱地连片，赖年景颗粒无收。抗战时期，日本人使用霍乱细菌导致许多村庄病毒大流行，再加上灾荒，我村 10 户人家有四五户逃荒的。1963 年 6 月的洪水，我们村处于滞洪区，房屋几乎全部倒塌。1964 年沥涝，1965 年又旱，抗旱中地震来了。由于自然灾害频繁，经济基础薄弱，这里群众所建的房屋大都是土木结构的，房子的主体结构是土墙。这样，倒塌的房屋形成的尘土封住我们的口、鼻，很难呼吸，由于自然缺氧，很难自救，很多人就是在无法呼吸中慢慢离去的。我当时 17 岁，本该在学校上学，1966 年过年后，由于父亲有病，我在家伺候父亲，没有去学校，正赶上地震。地震时，我和父亲、母亲在一个炕上睡觉，慌乱中我本能地跑到门口希望能够打开屋子的门，跑到院里以躲避这场灾难，但由于大地强烈地晃动，我根本无法站稳，屋门也未能打开。这时房顶全部塌下来，父亲、母亲在炕上被塌下来的梁檩压在底下不能动，我被迫缩在门口。由于房屋倒塌形成的尘土埋压，我很快就处于半昏迷状态，一动鼻子、口就吸进大量的尘土，呛得无法呼吸。这样一直持续到下午 4 点多，在十几个小时与死神的抗争中，一种自然求生的本能让我在偶尔清醒中还能敲一敲门框，是党和政府派来的解放军救灾工作队和亲朋好友把我从死神的手中拉了回来，他们在倒塌的房屋废墟中找到了我，从乱木碎砖中把我挖出。医疗队的工作人员在亲友的配合下，对我身体进行了检查和包扎处理，用夹板固定了我的左腿，还让我吃了止疼药。万幸的是，父亲、母亲都是轻伤，经过医生处理后也无大碍。这样，在一片瓦砾中，我们这些受伤群众只能在寒冷中期待政府的再次救援。天黑前，飞机开始在各地空投面包、饼干等食物，灾区群众在一天的救援和紧张中终于吃到了食物，在高度恐惧、寒冷、饥饿中的人们才稍稍安定下来。后来人们从废墟中挖掘出一些棉被、衣物，用于夜间御寒。乡亲们在极度的紧张、恐怖中度过了震后第一天。

第二天，随着大批救援物资的到来，锅、碗、筷子等生活用品的分发，灾区人们的心绪才逐渐安定下来。解放军、医护人员、工作队不停地穿梭于各家各户之间，把党和政府的关怀送到每家每户，人们在感受党的温暖时也迅速地开始了恢复生产，搭建帐篷、清理废墟，整理各类能吃、能用的物资，重建家园。之后，各类救灾车辆拉着大米、白面、煤炭、棉被、棉衣、帐篷等各种救灾物资开始源源不断地来到我们村，同时村干部也迅速将物资发放到群众中去。没有受伤的群众和解放军帮助受伤人家搭建帐篷，安置家具，直至恢复生活。

看着人们繁忙、紧张地开展救灾工作，我一个 17 岁的小伙子却爱莫能助，只能成为一个旁观者。一颗蠢蠢欲动的心和一条受伤的腿在交织着、纠结着。正在这时，我得到一个好消息，党和政府要安排我们重伤员到大医院治疗。不记得是第二天的下午还是第三天的下午，直升机停在我们村南距城墙门不远的打麦场上，医护人员把我的身体固定在担架上，送上了飞机。当时只知道飞机上安排了 10 个人，都是在担架上固定着的各村的重伤员。平生第一次坐飞机，我是以一名伤员的身份乘坐的，对于年少的我来说没有一丝兴奋感。在辽阔的天空中，飞机平稳地飞行着，我默默地期盼着只要能够让我再次站起来，我一定用百倍的热情去回报社会。大约过了半个多小时，飞机降落在一个小型广场上，医护人员把我们抬下飞机，又把我们抬上了汽车，最后停在邢台市第一医院院内，也就是现在顺德路上的那所医院。医护人员把我安排在4楼的一个房间里。那时这所医院住着许多来自北京解放军301医院的医生。他们对我的身体进行了全面检查，给我左胯骨及时做了手术治疗。首先是牵引、正位，然后用夹板、石膏固定。经过医护人员的精心照顾，我的伤病逐渐好转，并恢复了活动功能。这时，3月22日的大地震再次摧毁了我们的家园，我所住的医院也受到波及，震感明显。为了安全起见，我们这些伤员再次被转移到医院大院搭建的帐篷中。一个半月以后，为了使我们这些伤病人员尽快恢复健康，政府又把我们这些伤员用汽车拉到隆尧县医院。当时，县医院专门成立了康复科，让我们进行康复疗养。俗话说，伤筋动骨100天，我在医院经过半年的治疗，伤病已痊愈，身体完全恢复了健康。地震中一个受了重伤、无法行动、被担架抬走的我，在半年后健康地回到家中。在治疗期间，我们的一切费用全部是免费，是国家为我们承担了一切，如果不是有着无比优越的社会主义制度，这一切能够设想吗?

当我再次回到阔别半年的家乡时，我的眼前一亮，曾经满目疮痍的家乡啊，现在处处是一片生机！田野里，一望无际的高粱、玉米，绿油油的着实让人欣喜，棉花的长势叫人那个安心。我们的生活啊，处处充满了希望！瓦砾中的家乡不见了，曾经的废墟变成了一排排有序的简易房子。这就是我的新家，是党和政府给了我一个家，我怀着无限感激的心情住进了我的新家。这时，父亲、母亲的伤情早已痊愈，曾经在焦虑、恐惧、无助中的那个噩梦已经远离了我们。家人的再度团聚，这种幸福感，是党和政府给予的，我的生命也是党给予的。回家第二天我就开始积极地参加生产队的各项劳动。凤凰涅槃，浴火重生。经过这次大地震，1971年新农村建设基本就绪，一排排整齐的砖瓦房建立起来，一个个崭新的农村矗立在华北平原。生命得到重生，灵魂得到升华。

由于我上过两年高中，在村里也算是有文化的人，更是改变家乡的热情感动了乡亲们，两年后的1968年，不到20岁的我就进入了村委会领导班子。第二年县里成立贫下中农宣传队，我被抽调参加宣传队，并担任旧城工作队队长。1971年“文化大革命”砸烂公、检、法，革委会成立“三部一室”，我在保卫部工作。“文革”后期再次组建公安局，我是其中一员。后来转到检察院工作，直到退休。1966年大地震已过去50年，我也从当时十六七岁的小伙子变成了60多岁的老者。每每想起此事，我都记忆犹新，历历在目，感慨万千，真真切切感受到了“天大地大不如党的恩情大”。

回顾自己走过的50年历程，是党和政府给了我第二次生命后，我才有了一个幸福的家庭，才能够参加了工作，加入了中国共产党，当上了干部，并走上了领导岗位，兢兢业业为党和人民工作服务了 40 余年。如今虽退休在家，但我还有义务和责任教育子孙后代：要永记党恩，要世世代代听党的话，永远跟党走，奔向更加美好的未来。

口　　述：张自修

走访整理：中共隆尧县委党史研究室　镡立格　吴胜林

# 隆尧大地震亲历记

张更申

我叫张更申，1932年2月出生于隆尧县杨家窑公社张家口村，隆尧县政协离休干部。

1966年3月8日，邢台大地震主要发生在滏阳河两侧，南至任县邢家湾，北到宁晋县耿庄桥一带是重灾区。该区域自然灾害接连不断，1963年发洪水，1964年沥涝，1965年大旱。这次大地震震源深度比较深，因此给这一地区造成了史无前例的重创。

1966年我在县委农工部工作，因为1965年大旱一直延续到1966年开春，旱情严重，我领导3名组员成立抗旱小组，驻牛家桥乡舍落口村组织村民抗旱。3月7日晚上7点，县委再次召开抗旱会议，由县委书记张彪主持，一直开到深夜两点才结束。由于会议结束得太晚，再加上地上还有下午下的一层小雪，我就暂时在县委的办公室休息了。

3月8日黎明时分，我被剧烈的大震动晃醒，慌忙穿上衣服从办公室跑出来，站在县委大院中不知所措。当时县委书记张彪在招待所居住。6点多，他再次召开县委紧急会议，我和赵连成等5人被分配到千户营公社枣驼村帮助救灾。由于没有自行车，我们一行5人徒步前往，越往东走灾情越严重。上午10点左右，我们到达枣驼村。枣驼村地处滏阳河东岸，受灾情况相当严重，一到村子，我们就迅速投入到救援工作中去了，村子的自救活动开展得也比较好。该村房屋结构几乎都是土木的，墙土本身比较松散，经过强烈的震动之后，房顶、主体墙面都已坍塌，我们看到的都是一个个土堆，一个土堆就是一个家庭或者是一个农户。我们开始对每个土堆进行挖掘。为了预防伤员二次受伤，救援时不能用工具，只能用手挖，当挖到房顶上的苇箔时手指很容易受伤。震后72小时应该是最佳救援时间，为了在有效的时间内营救更多的群众，许多同志都是在受伤后继续坚持救援的。被埋群众在下面呼吸的是墙土坍塌下来形成的强烈尘土气旋，有的被尘土封住口、鼻，造成窒息死亡。时间就是生命，这更加催促我们加快了抢救行动。10点多，解放军到达救援现场，人民子弟兵成为救灾的主要力量。他们动作迅捷，给受灾群众增添了生存的信心和希望，增加了战胜地震灾害的勇气。

1965—1966年是我县"四清"运动达到顶峰的时期，县委领导除去张彪书记外全部"靠边站"，也就是领导干部的实际职务由各地派来的"四清"工作队接管。隆尧县当时有28个公社，只有东面牛家桥、毛尔寨、大张庄、白家寨、莲子镇5个公社没有被"四清"队接管。这5个公社也属于原来说的"东八社"，这里由于受地理位置的影响，环境比较恶劣，经济基础差，农业生产最薄弱。加之这时农村政权也被"四清"工作队接管，各村大都处于新旧干部交替阶段，所以组织自救能力比较差，不能有效地组织实施救援，甚至出现了外地来的"四清"工作队人员被砸死、砸伤的情况。

1966年初，因为旱灾比较严重，我领导3名同志在舍落口村帮助抗旱。3月7日我在县委开会，没能回去，有两个组员地震时就住在舍落口村，大地强烈的震动把他们晃醒后，一种强烈的求生本能促使他们跳到地上，希望能逃到屋外去。一个同志戴着眼镜，在忙于找眼镜时，房梁坍塌了下来，他因为在土炕边附近，炕上放着个柜子，把落下的大梁正好支住了，才幸免于难。另一位同志跑到门口时本想打开屋门，由于大地剧烈地颤动，房门很难被打开，房子坍塌时把他砸在了门口。地震发生后，大队干部首先想到的是驻村工作队员的安危，他们在第一时间得到了营救。

在这次地震中，我对造成群众死亡的原因进行了分析，主要有两种状况：一是直接由房屋塌陷、墙体倒塌，对个体身体造成重要部位的损伤直接危及生命的；二是在房体、墙体塌陷中形成的强大尘土气旋，不停地冲击个体身体的口、鼻，由于人的本能需要呼吸，致使口、鼻最终被尘土完全堵死窒息死亡的。面对这次地震中伤亡的群众以及恶劣的实施救援环境，我们这些施救者无不是泪流满面。特别是救援的前3天，我们的眼泪和受灾群众的眼泪几乎整天都在流淌；看到一个个个体生命的终结，挖掘现场排列的一具具冰冷的尸体，以及他们曾经对生命的强烈渴望，还有生命最终被定格的姿势，失去亲人悲痛的哭声，曾经的家园荡然无存的惨状，这些无不交织着、纠结着每一个在场人的心灵。

3月9日下午4点左右，各地的医疗队陆续赶到。解放军、医疗队、"四清"工作队、县委领导不停地穿梭于各家各户之间，广大受伤群众的心才得到一定抚慰。天黑之前我所在的枣驼村救援工作已基本结束，之后就是对生活资料、生产资料进行挖掘和修复工作，帮助群众掩埋亲人的尸体，从倒塌的房屋废墟中寻找能够再利用的搭建帐篷所需的基本物资，旧席、苇箔、门窗、梁檩等。大家以家庭为单位搭建帐篷，由于天气比较寒冷，为了保暖起见，帐篷的搭建像地窨子形式，在地下挖一两尺后再搭建。这种帐篷具有防震、防风、防寒的功能，但不具备防雨的功效。后来各地的救灾帐篷陆续被送到，这样加固后帐篷开始才具有防雨的功能。

3 月 10 日，我接到通知，到县委接受新任务。3 月 10 日县里成立了“隆尧县抗震救灾指挥部”，办公室设在牛家桥中学院内，县武装部部长任抗震救灾指挥部主任，我任抗震救灾指挥部副主任，主要职责是管理各地无私支援的各项救灾物资，并及时向县领导汇报工作。这时，解放军救援人数已高达 20 000 人，医疗人员有 8000 多人。河北省军区也在牛家桥成立了“抗震救灾指挥部”，军区司令员是总指挥，地委书记是副主任。天津调来警察负责分发救灾物资，指挥道路交通。同时，从任县架接过来了输电线路，直接接到牛家桥一带的重灾区。

周恩来总理在白家寨视察灾情后，各地运往重灾区的救灾物资源源不断。这次地震对通往灾区的主干道上的澧河大桥破坏并不严重，但是大型救灾车辆的碾压，使得这座土石结构的桥梁岌岌可危，已经“靠边站”的副县长李梦笔发现后，迅速组织人员用了半天的时间对大桥进行了修复与加固，使得这座桥梁能够再次为灾区人民服务，保障了载有救灾物资车辆的安全通行。

3 月 22 日下午，地震灾区又迎来了一次更加强烈的地震，这次地震比第一次地震震级还要大，因为发生在白天，人员伤亡并不严重。我当时在牛家桥抗震救灾指挥部帐篷内，强烈的地表颤动，使得我这个年富力强的男人扶着桌子竟然无法站稳。走出帐篷，我看到地震震出的裂缝有的在往外冒黑水和白沙。地震形成的断裂带宽的有 1 米多、几米长，小的像泉眼一样，在不停地冒水。走在牛家桥的街上，除了卫生院那几间砖体结构的房屋没有倒塌外，所有上次地震剩下的残垣断壁全部被夷为平地。望着眼前的一切，我的心在剧烈地颤抖着。

3 月 22 日地震后，李先念副总理来到隆尧、宁晋查看了灾情，在党中央的号召下，各地把大量的救灾物资源源不断地送来，为灾区群众正常生活、生产提供了极大的帮助。上级领导要求我们，一条线抓农业生产，一条线抓重建家园。我们根据实际情况做了如下安排：农业生产上主要靠妇女、老人来承担，重建家园主要由强壮男劳力来完成。按照周总理防震减灾的要求，省科院领导建议在邢台建一座石灰厂，便于各灾区建房；用石灰和沙子混合凝固力更强，建造的房屋更结实。经过认真选址，确定在我县山口建厂。于是在宣务山旁修建了许多石灰窑，窑址大都是依山而建，一个公社一个窑。为了赶制建房所需的砖，省里支援我县两台制坯机，一台安装在白家寨村，一台安装在千户营村北，电力的使用不但加快了制砖进度，也大大减轻了人们的体力劳动。当然，两台机器远远不能满足灾区的需求，各村迅速建造了许多小型砖窑，极大地提高了砖的生产量。各地支援的排子车也纷纷发放到各村，在一定程度上减轻了农民肩挑背扛的劳动强度。重建家园的工作，轰轰烈烈地搞了起来。

许多文化界人士、文艺宣传队等也纷纷来到灾区，给灾区群众送来了精神食粮，他们把自己的所见所闻创作成文艺作品，用不同的形式表演出来，深受灾区群众喜爱。一位词作者，被灾区的救灾现场感动后，创作了一首“天大地大不如党的恩情大，爹亲娘亲不如毛主席亲……”的歌曲，后在大江南北不断地传唱着。

这件事情已经过去50年了，我已由壮年变成了80多岁的耄耋老人。回想起这次抗震救灾工作，我一方面深深为党和国家对灾区人民无微不至的关怀所感动，为全国人民和解放军的无私支援所感动，为能生活在这样的社会主义大家庭感到幸福，又为能在这样一次强大的自然灾害中，帮助群众救灾、重建家园、贡献自己的一份绵薄之力而感到欣慰。感谢我们伟大的党，正是社会主义制度的优越性，才能够使得广大群众在大自然灾害面前凝心聚力、不离不弃，走向明天、走向辉煌！

口　　述：张更申

走访整理：中共隆尧县委党史研究室　镡立格　吴胜林

# 震后校园

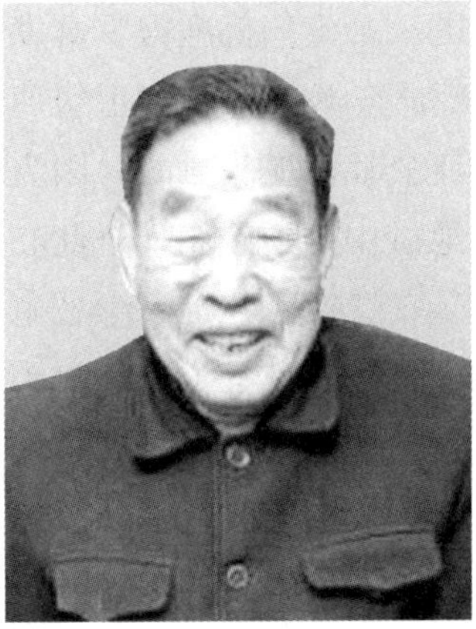

孟炳文

我叫孟炳文，今年 79 岁，隆尧县魏家庄公社西庄头村人。我是师范学校毕业的，地震时在隆尧县第二中学（也就是现在隆尧县城西关河北隆尧师范学校的旧址，俗称“老二中”）教学，担任初二班主任。

在 3 月 8 日大地震以前，就不断有小的地震发生，学生和老师们都在私下谈论这件事。当时感觉自己年轻，个子比较高，且房屋普遍比较矮，我从心里感觉地震不会对我们造成伤害，没有任何恐惧心理。7 日上午全县普遍下了一场小雪。尽管已经是农历二月份了，我们这地方下雪也是正常的事。下午，我在教室给学生们上课时，又有一次地震。这次我和同学们都感觉到了，我还在心里暗自兴奋，这次我可算知道地震是什么感觉了。

当时，学校领导对地震不够重视，没有在师生中宣传防震、抗震知识。不像现在，从小学就开始做防震、抗震教育和演习，教育学生从小就学会自我保护，培养安全防范意识。

3 月 8 日 5 点多那场大地震发生时，我正在睡觉，感觉到床在晃。尽管比昨天晃动的幅度大了一些，我仍然在床上躺着没有动，心里想，也就是晃晃罢了，不会有什么问题。宿舍北墙边放着一个学生课桌，上面放着一个热水瓶，在地震中被晃倒滚落地下摔碎了。我心里还在想，也就这点损失罢了，依然躺着没有动。这时，同排宿舍的教师们纷纷起床了，学生们也纷纷跑到了操场里，院子里一片嘈杂。因为是班主任，我感觉应该到操场里看看学生，才慢慢地穿上衣服。正在围围脖时，王沛英校长跑到我的宿舍门口急匆匆地大喊：“孟老师！还不赶紧起床，闹地震了。”在学校，我是最晚一个从宿舍里出来的。从校长的口气中，我听出问题的严重性了，就急忙跑到操场里，看看学生们有没有受伤。只见许多学生衣冠不整，还有个别学生披着被子就跑出来了，倒是没有受伤的。看到这种慌乱的场面，让人有点哭笑不得。

学生宿舍都是平房，也没有震倒，地震过后就比较安全了。等学生们情绪稳定下来后，学校领导就安排学生们回到宿舍把衣服穿好，并拿出几条被子来取暖。当时天还没有完全放亮，春冬交替的季节，早上还是比较寒冷的。师生们都冻得瑟瑟发抖，在凛冽的寒风中度过了一个不安的早晨。早饭后，学校领导接到上级通知，要求学校全体师生放假，回家救灾。我是魏家庄公社西庄头村的，因为距离震中白家寨比较远，家中的房屋也没有在这次地震中受到破坏，至此心里感觉依然是平淡的。

又过了几天，学校通知要求我和其他几位老师带领两个班七八十名学生，到临城县王盘石村附近的河道里捡石子。我们一行人，带着炊事员，带着宿营的帐篷，来到王盘石河道。每天的工作就是把河道里大小不一的鹅卵石分成不同的石堆，以供隆尧受灾村庄打井抗旱使用。我们把大的鹅卵石拣出来，小的用铁条筛子筛过，只剩下比较匀称的。具体打井哪个地方使用，我也不知道，每天都有来自隆尧的排子车，石子都及时运走了。

后来，学校把我和赵广领、王汉民等5位教师抽出来，到地震受灾最严重的马兰村支援农业生产。到了马兰村我才知道地震破坏力有多么大，尽管地震已经过去了一段时间，马兰村仍然是一片瓦砾场。唯一一座没有倒塌的房屋是3间表砖房，尽管房体没有倒塌，但外面的那层表砖也大都脱落，换成现在的说法就是危房。站在高处俯瞰马兰村，我深深地被地震的力量所震慑，偌大的一个村庄，已经没有一处完整的房屋，残垣断壁显示着房屋曾经所在的位置；一个个土堆是曾经的一户户人家；村外的田野里一个个新堆起的坟茔，告诉我那是一个个曾经鲜活的生命。当我看到如此惨状，曾经不知恐惧的我，双腿开始不停地颤抖。大自然灾害是不可抗拒的，人的力量是多么的渺小，生命又如此的脆弱。

口　　述：孟炳文

走访整理：中共隆尧县委党史研究室　镡立格

# 抗震精神永不倒

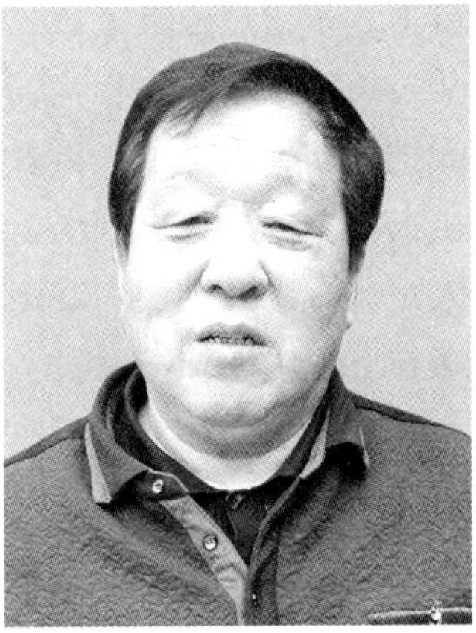
武永桂

我叫武永桂，1945 年 11 月 6 日出生，隆尧县白家寨村人，曾任白家寨村党支部书记。

1966 年隆尧县大地震已经过去 50 年了，对于我们这些古稀之人，并没有因为时间的流逝而渐渐忘却那场地震，反而更加刻骨铭心。在经历了一场大的自然灾害之后，在经历了生与死的考验后，灵魂得到了升华，特别是党和政府无微不至的关怀，周总理亲临白家寨视察、慰问灾情，把我们这里一代一代群众的心紧紧联系在一起。这场灾难夺走了我村 200 多人的生命，也在我们活着的人中逐渐形成了一种抗震精神：自力更生、患难与共、艰苦创业。逝者如斯夫！幸存者更应该在地震中学会生存，学会如何面对自然灾害，减灾、防灾，美好的生活、和谐的社会才是我们的最终追求！

白家寨村地处华北平原腹地，历史上是滞洪区，先民们自古居住在滏阳河东岸，抗战时期在大漳河西部湿地又挖了一条小漳河，我们村子处于两条河流之间。20 世纪雨水比较充沛，经常导致滏阳河流域水灾。一方水土养一方人，由于滏阳河上游流经邯郸，下游经天津注入渤海，沿途两岸商业繁荣，过集会时山东、天津、河南等地的商人纷纷来此，经营洋布、漂染制剂、陶瓷、酒类等。这次地震带主要是沿滏阳河两岸，南至任县邢家湾，北至宁晋县耿庄桥。灾情最为严重的是我们邻村马兰，它在滏阳河西岸，并且处于板块边缘，地震形成的次生灾害断裂带比较严重，所以伤亡重大。时任党支部书记的靳景印和民兵连长国所成两个人年纪都大了，健康状况也不是太好，老书记靳景印闹了几次中风，思维不太清晰了，国所成前段时间刚刚住院。我在白家寨村任支部书记 15 年，也可以说是 3 届，去年深感体力不支，强烈要求退下来，放手让年轻人干，他们的思想更适合这个时代的发展。

我小时候常住姥姥家巨鹿县柳洼村，距我们村 8 里。那时农村家庭普遍贫穷，家里弟兄六七个，姥姥家人少，又有房子住。那年我 21 岁。姥姥家有 3 间北屋，地震当天，我在东里屋睡，那是表砖房，东边就是过道。我睡着觉得晃了两下，心里觉得很稀奇，这是做啥呢？不知道发生了什么事，年轻也不知道害怕。又晃了几下，哗啦一阵响，房子整个朝东倒过去了，我也被甩到东边过道里了。我从檩条缝里爬出来，只是屁股受了点伤。紧接着就从过道转回家。一看，3 间北屋倒了东边两间，姥姥、姥爷睡的西里屋没倒，我把他们架出来了。再看我睡的炕，两根檩条东西方向砸在上边，如果没甩出去，不砸死也得砸伤，这是巧合，也是幸运。柳洼村房子也倒了，但死的人少，有二三十人。姥姥、姥爷也没事，我就去救东邻家了，他家两个闺女砸在下边，挖出一个来，另一个怎么也找不到。大家都泄了气，有点想放弃。先挖出来那个叫孟花，孟花在旁边一直说："她就挨着俺睡哩，她就挨着俺睡哩，就在这块。"实际地震形成的强烈颠簸把人甩到别处了，已经不在她所指的位置了，后来又挖了好长时间才挖出来，埋了 1 尺多深，出来就半死了。

现在我们都知道震后 72 小时是救灾最佳时机，这是针对砖瓦房体的，只要不被砸中重要部位，或者说失血过多，个体的生命体征会保持 72 小时，甚至更长。但那时农村房屋的主体结构大都是土坯房，即使是表砖房，因里面夹杂着土坯层，也会在地震中因房顶塌陷，墙体倒塌形成强大的尘土气旋迅速冲击到任何一个角落，同时冲向空中。黎明时分的冀南平原，天气乍寒乍暖，前天的一场小雪，又带有几分阴冷，没有任何风力，使得形成的尘土久久弥漫在村中，滞留在低空中。凭借着人类本能的求生力量，许多人紧急逃生，破门逃到屋外，而更多的人却是在睡梦中就被倒塌的房屋砸在屋内。被困在屋中的人们，空间小，氧气有限，挺的时间很短，有的挖着这个人，转头再挖那个，就晚了，挖出来就死了。这次地震的最佳救援时间是半小时，时间就是生命啊！地震中大多数人是闷死的，砸死的很少，有的两口子一块砸到下边，一边聊着天，等待救援，一会儿一个就没动静了，闷死了，挖出来，脸是黑紫的，缺氧导致窒息。

那时村里盖房烧砖都是小土窑，人工扣坯子，装到里边用火烧，时候到了再用水洇，烧出来是蓝砖。后来国家给了我们这儿一台制砖机，国务院内务部唐近忠处长联系从邢家湾拉来了电线，在村东建了砖窑。唐处长是周总理视察以后到这儿的，带着工作队待了多半年，主要是代表总理帮助咱们这儿重建家园。那个人很贴近群众，现在叫接地气，带着人在砖窑上劳动，出了窑高兴，自己花钱买冰糕、买东西犒劳大家，他那时大概是45岁。

地震后，解放军、医疗队都来了，国家不停地调拨救灾物资，各方支援源源不断，老百姓特别受感动，劲儿头特别足。村里的基干民兵除了训练，每天都在窑上义务劳动，我那时年轻，也是民兵，积极性很高，所有人都主动去参加劳动。口号就是：甘当革命的傻子。那时都是默默做好事，窑上计划第二天出多少砖，有人前一天晚上就悄悄把砖背出来了，砖烫的把衣服烧坏了也不顾；建房的沙子拉来了不用喊，自动有人就卸了，都是无名英雄。那时候村里出了许多模范人物，像“铁姑娘”“六棉姑娘”，先进人物、先进事迹太多了。“铁姑娘”顾名思义就是干活不知苦和累，有国敬存、武存芬等10个姑娘。“六棉姑娘”是6队上6个姑娘，名字里都带一个棉字，国连棉、武胜棉、苗春棉、国英棉等。

群众生活安定后，工作队、解放军就帮着恢复生产。特别是解放军，待的时间很长。国家也不停地支援，那时国家派了好几个打井队，打了好几眼井。经过两年的努力，恢复了生产，重建了家园，一排排新房子建起来了。一个个崭新的农村矗立在华北平原，广大群众的战天斗地的精神再次被发扬光大，谱写了抗震救灾史上壮美的篇章！

口　　述：武永桂

走访整理：中共隆尧县委党史研究室　镡立格　张建青

# 我记忆中的隆尧大地震

魏路田

我叫魏路田，1939年3月29日出生，牛家桥乡梅庄村村民。

1966年3月8日的大地震不是突然发生的。地震前夕，小型的预震闹了好长时间，有时一天晃一次两次，有时一天晃三五次。3月8日那一天，大约是五更时，猛一下来了个大震，稀里糊涂就把我砸到炕上了。

## 一、地震自救

我家的房子是表砖房，墙体里面是土坯，外面是青砖，房顶是椽子和苇箔，比较坚固，所以在地震中并没有立刻坍塌。刚一震，落在身上的泥土不是很多，我心里清楚，一翻身爬起来，也不敢跑，身体向前跪下，支了个罗锅，马上一拉被子把脑袋蒙住了。紧接着，身下感觉跟坐船一样，忽悠忽悠不停地晃，上面房顶呼啦呼啦不停地掉，墙皮也噼里啪啦往身上砸，房顶顺势塌下来了。塌下来以后，还有东西不停地往下掉，砸得越来越实在，越来越深。我还保持着原来的姿势，但心里很急，大声向外喊了几声。可能是因为蒙着被子，很快喘不上气了，不能再喊了。心里想，也不能光等着啊，用手杵杵吧。怕用拳头杵阻力大，我把手伸展，用手刀往外一点儿一点儿杵，捅了个洞。哎呀，一下透过风了，不憋得慌了，能出气了。心里又想着，得做个手势，不做手势，也没声音，别人怎么能看着我来救我呀？我就不停地来回摆手。结果据救我的人后来说，他当时并没看见我的手，我的手夹在两块土坯缝中间被挡住了，他是估摸着大概位置挖的。

来挖我的净自己家的兄弟们，又是一块儿住的邻居，平时的生活起居都了解。有永年、书田哥哥，还有三大伯家的哥哥。他们的房子都没倒，赶紧到我家来看情况。这一来，就救了我全家。当时我家房子全倒了，我和孩子、孩儿他娘住在东屋，父母和弟弟、妹妹住在北屋。因为来救的人多，我们都是一块儿被挖出来的。我和父母都没事，孩儿他娘刚挖出来时没气了，但缓了一会儿缓过来了。可惜我 2 岁的女儿，已经能走了，什么也懂了，被闷死了。弟弟、妹妹也没砸伤，都是憋死的，挖出来时身上还是热的。北屋的房顶都飞出去了，他们主要是被墙土闷的。那时候倒房子，叫我总结，主要是顶梁柱不稳固。过去因为是土坯墙，扛不住房顶的重量，一下雨特别容易坍塌，所以家家盖房先立顶梁柱，大梁架在顶梁柱上，跟墙不是一体。地震时来回一晃，大梁就被柱子顶出去了，整个屋顶也随着甩出去。所以倒房子都是向屋门口方向倒，往自家院里倒。

我出来以后，天就亮了，又参加挖胡同东边的邻居王喜顺。他家 4 口人，两口子和俩孩子，死了一口。他媳妇砸住半截身子，上半截露在外面，身上也没伤，但挖出来就没气儿了。这时候天就晚了，各家里基本上都挖出来了。所以说，越是受灾小的地方，因为有人活着，又了解情况，施救及时，救出来的人就越多；越是受灾重的地方，因为逃出来的人少，越没人去挖，救援不及时，死的人就越多。人们都是就近互救，你要上远处去挖，你知道人家在哪儿住？知道人家里什么情况？人埋在哪里？后来部队来了，也是村里熟悉情况的人领着到各队去挖的。

地震当天，部队、医疗队就赶来了，一面继续挖刨救援，一面把村里受伤的人都送到城里，重伤员从城里转外地医院治疗。我父亲那时有胃病，医疗队也给治好了。

## 二、灾后重建

地震时，我们村正在搞“四清”，村里原来的干部都“靠边站”了，大小事务都由工作队来管。我村“四清”工作队是从新河县来的，有 13 个人，每人抓一个生产队，带队的叫王殿文。地震中被砸死 3 人，有王殿文、老杨，另一个记不清名字了。老杨还是个大学生。震后，3 个人的尸首都运回新河县了，工作队其余人员仍主持工作，组织救援。新河县委副书记宋文明，公社安部长、白书记等还来我村慰问过。

震后主要有两个事，一个是房子都倒了，要慢慢挖刨东西，安置生活。

地震发生以后，大多数家庭基本上啥也没有了，幸运的是我家的锅没砸坏，挖出来了，还能做饭。我家临着大街，就在大门口支起锅，连着开了3天火，街坊邻居都在这儿吃饭。那时候什么也没了，人们也不分你的我的，能吃口饭就行。我家也没什么好东西，挖出来半袋黍面，每天做黍面粥。另一个是抓紧掩埋死者。我们全村9个队，大概七八百人，死了57个人。工作队安排各家埋人，必须当天掩埋，不能用棺木，也没车子，穿身衣裳，搁在门扇上，抬到地里就埋了。有的埋到自家坟地，有的一时找不着坟地，在村西南角埋了一片，后来才又各自起回自家坟地。

之后，按照上级要求，我村开始了灾后重建工作，全村统一规划，集体建设。首先，全村群众一起动员，收集整理废墟中的门窗、梁檩、砖石材料。3月22日，我正在佛爷庙前收木头，又发生了一次更大的地震。这次，我亲眼看到了地震发生的全过程。我正站在庙前清点木头呢，突然听到东北方向一阵“呼噜呼噜”的响声，接着地面像浪头一样一起一伏从北边过来了，到处尘土飞扬。到我脚下，地面一鼓，一陷，人都被颠起来了，根本站不住。有人不服气，颠倒了又站起来，啪一声又摔倒了。当时，我心里感到特别的恐惧，那场面我是刻骨铭心的。

后来，县里、公社建了砖窑和石灰厂，大队干部、群众都按情况做了分工，烧砖的烧砖，盖房的盖房，还有从事农业生产的。牛家桥公社建起一个大砖窑，要求各村派人参加劳动。我是生产队干部，有点文化，在村里也经常管点事儿，村里就安排我带领10名群众去砖窑劳动，吃住在工地。干了不到一年，村里又把我抽调回来了。我村大队在村东也建了砖窑，部分生产队建了小窑。因为建房进度太慢，大队盖房班盖了两排房后就解散了，由各小队独立成立盖房班，各盖各的。我是一队的，参加了队上盖房班，负责垒墙。那时也不说把式不把式的，几乎是男人就能垒墙，老把式带新手。有的手艺好的，盖的房子质量就好些；手艺差的，盖的房子质量就差点。抗震救灾的部队官兵这时还没有撤走，也都参加了新农村建设和农业生产。进入20世纪70年代，新农村建设才基本完成。

口　　述：魏路田

走访整理：中共隆尧县委党史研究室　张建青　铧立格　吴胜林

# 可怕的两次大地震

王香喜

我叫王香喜，1935 年 11 月 4 日出生，牛家桥乡梅庄村村民。

1965 年后半年，我村开始搞“四清”，村里成立了贫协会，我被推选为贫协会主席。

1966 年 3 月 8 日地震时，我家在村子东北角，两位老人在北屋住，我们 3 口在西边耳房住。凌晨，睡着睡着，来了一次预震，比较轻，但也被晃醒了。媳妇说：“地震哩。”没多大一会儿，大的震动就来了。我感觉一开始地震不是晃，而是颤颤。不大一会儿，晃了两下，把房子晃倒了。当时，老人住的那个北屋没有倒，他们都跑出来了。西边耳房是土坯房，也比较低矮，被震倒了。两位老人一边哭，一边奋力抢挖我们。幸运的是，虽然我们 3 口被砸在了下面，但都没有受什么大伤。被挖出来后，我马上穿好衣裳，就往村里办公地方跑。那时候太阳已经出来了，基本上砸住的人都被挖出来了。因为我是贫协会主席，虽然官职不大，但觉着自己应该多操点心，想知道全村整体受灾情况，村里到底倒塌了多少间房，砸死、砸伤多少人。街上不断传来哭声，就是死了人的人家也不是痛哭，因为太恐惧了，感觉大地好像快要塌陷了。

在这次地震中，俺媳妇侥幸逃过了一难。我们住的那个耳房是土坯房，又矮又小，里边盘了个土炕，刚能睡下我们 3 人。房子一倒，房顶一根檩条掉下来，刚好插在枕头上。一开始房子颤颤时，我把媳妇往下拉了拉，整个身子离开了檩条坍塌下来的位置，如果不动，檩条可能要砸在她头上了，就会有生命危险。当时，大地和房体都在颤，谁也不敢动。

为了维护好社会治安，村里每天都安排七八名民兵值夜班，防偷防盗。大队里还有两间房子没有被震倒，剩一个大房间和一个小房间。后半夜有在街上转的，有在屋里睡的。因为大小余震不断，大家心里都害怕。通过抽签，有的人在大屋里睡，有的在小屋里睡。这次大地震大房倒了，睡在里面的孟彬、三林等4个人全被砸死了，睡在小房里的躲过了一劫。

3月22日地震又来了一次，那天的地震波及面比较大。那时，我在大街上一边收集、整理建房用的木材，一边清理废墟。我村在滞洪区，历史上十年九灾，由于柳树不怕水，根基扎得比较深，大水冲不走它，我村子周围栽的都是杨柳树。农村都说："九九加一九，河边看杨柳。"这时杨柳已经开始泛绿了。这次地震发生在白天，我看得很清楚，杨柳树随大地剧烈地摇晃，而且摆动的幅度相当大，树枝啪啪被撞断而掉在地上。在上次地震中没有震倒的房子，这次基本上被震毁了，大部分被夷为平地。看到整个村子狼烟四起，房体的倒塌声、人们的哭喊声与各种动物的嘶鸣声交织在了一起，令人十分恐惧，我的身心在不停地颤抖。这次地震发生在白天，房屋倒塌十分严重，但人员伤亡情况较轻。地震惨状给人们心灵造成的创伤难以在短时间内得以抚平，我至今都不能忘却。这次地震发生后，上级领导要求我们把原来分领的救灾物资捐献出一部分，帮助受灾更为严重的地方。这样，乡亲们把原先发的锅、席子等救济物资又捐献出一部分，马上运往了重灾区。

地震发生后，村里为了解决群众住的问题，村集体就在村外搭起庵子让群众过夜，有的人家自己找地方搭了庵子。刚开始是用秫秸搭的庵子，用来防风、防寒。后来，救灾物资运来了，改用席子搭建庵子，加上从倒塌房屋中挖出的梁、檩、窗户、门子等，来防风、防寒、防雨。庵子的数量也有所增加，有几户结合搭建一个大的，一户人家就搭建一个小的。

这次大地震后，我村按照上级精神，开始了新农村建设。经过统一规划，原来的街道和院落都发生了改变。村里房子大部分倒了，没有被震倒的，按照统一规划也拆了。俺家北屋没倒，却变成了危房，也按新规划拆了。村里建起了一排排新砖房，乡亲们陆续搬进了新居。

口　　述：王香喜

走访整理：中共隆尧县委党史研究室　张建青　铧立格　吴胜林

# 地震惊魂

四文海

我叫四文海，1951 年 8 月 3 日出生，牛家桥乡梅庄村村民，现任梅庄村计生主任。

1966 年 3 月 8 日地震时，我在本村上小学三年级。大地震前夕，一直就有预震。不断的地震，我们小孩子因恐惧而不敢睡觉。晚上，一群小孩点着煤油灯，经常聚在一块儿玩，都说："地震哩，害怕房倒。" 6 日晚上下了一场小雪，7 日早晨，大人们都上房扫雪，我也在房顶上玩，这时发生了一次比较大一点的地震，我被晃得前仰后合的。白天，在学校里再次议论地震这事，大地震如果房子都倒了咋办？老师听见了还给我们训话，说是造谣，把学生都叫到一起，训了一顿。

8 日凌晨地震时，我和父母住在南屋，3 间房倒了两间，幸运的是我们睡的那间没被震倒。剧烈的地震，房屋大部分被震坍塌，砸的锅盖等物品叮当作响。那时我年龄还小，反应特别快，感到地震就窜了出来，连外衣都没穿，光着脚丫，穿着裤衩。姊妹们中数我年龄最小，哥哥、姐姐都没在家住，家里就我和父母 3 人。那时住的是老房子，都是土坯结构的，房屋的坍塌形成的尘土迅速冲击到各个角落，使人无法呼吸。由于地震前的预震造成的恐惧心理，我始终没有注意到父母在干什么，地震一发生我就以迅雷不及掩耳之势冲到了院子的大门口，只想着迅速打开街门，尽快逃到更远的地方，避开房屋被砸，但街门根本就打不开。我们这里的街门都是朝家里开的，街门的下面已经被掉下的房土堵住了。我就马上挖土，一边挖土，街门道上的土一边哗啦哗啦地往身上掉。逃出后，我就一路跑到村外，感觉安全了，才停下来。后来才知道，我父母就在屋里待着没动，父母没被砸住。那时候我还小，跑出去了也顾不上管别人了。他们喊我，我根本就没有听到，光脚踩着雪就奔跑出去了。

那天中午，我绕村转到村东北角的姐夫家，俺姐夫家支了锅在做饭。我在他家吃了点饭，又继续在村外转悠，幼小的心灵哪里经受得住剧烈的地震造成的恐怖现状。后来，碰到当大队干部的二哥四根海，他说："怎么你还光着脚呢?"他给我弄了双靴子穿上。我一天没敢回家，看着村里房子倒的倒，没倒的也歪扭变形了。大人们都在村里忙于救人，村外没被砸住的孩子们都是一伙一伙地聚在一起谈论着可怕的大地震，谁也不敢回家。直到晚上9点多，才有人往家里走。那天晚上，只要听到鸡扑棱翅膀的声音，人们就心惊胆战。在这次地震中，我们的小玩伴运国、运小被剥夺了生命。现在回想起来，如果当时我们人人都有防震、抗震知识，好多在这次地震中失去生命的人们，可能还活在人世间，我也不会失去那么多的小玩伴。随着年龄的增长，我时常在梦中与他们一起玩耍。1966年的大地震，真是我一生中难以忘记的噩梦。

大地震后的第二天，我家在街里搭了一个庵子，算是我家的暂时住所。之后不久，学校也恢复上课了，同学们又来上学，但是这次上课不是在村西南的原来的教堂里，而是在教堂东边解放军给搭建的帐篷里。

22日下午4点多，发生了一次更大的地震，是在课间。我们正在教室外面跑着玩呢，突然听到大地发出了"嗡嗡"的巨大响声，紧接着我就站立不住。第一次大地震发生时，地里被震裂出很多裂缝，并往上冒沙子、冒水，黑得像木炭一样，地里到处是水坑。我村村南地里还震出一个大裂缝，走向是东北—西南方向，估计这曾经是个古河道走向。裂缝正好穿过志房家街门中间，当时我感到好奇，就跑过去看了看，裂缝约有1米宽，街门塌陷得一边高，一边低，完全成为扭曲的形状，地震力量真是巨大。在这一条裂缝带上，地面整个塌陷了2尺宽，近1米深，村西一二百米处是姓四人家的老坟地，在南边就能看出那个塌陷。冒水的大都发生在靠近滏阳河一带，我们村西的裂缝冒水比较多，村东较少。这次地震后，地里又开始冒水了，但不如上次冒的水多。

后来10余年，这一带村庄的余震仍时有发生，不过都没有超过5级。经过那次大地震，我们村现在就像在一个锅底里，中间洼了，实际上是地震塌陷形成的。

口　　述：四文海

走访整理：中共隆尧县委党史研究室　张建青　镡立格　吴胜林

# 少年的记忆

段长军

我叫段长军，1956 年 11 月 18 日出生，牛家桥村村民，现任牛家桥村党支部书记。

1966 年 3 月 8 日地震时我 10 岁，上小学一年级。地震头一天，也就是 7 号下午，放学时，我们几个关系不错的小伙伴开玩笑说：“看明天上学谁来得早!”没想到第二天谁也甭起了，全砸在底下了。当时我们村砸死了 100 多人，跟我差不多年纪的砸死了不少。我们班有一个同学叫王良达，学习挺好的，就是在那次地震中被砸死的。

我姥姥家是本村的，住的地方大门口一个门楼，挂着一块大匾，是道光年间朝廷赐的，村里人都叫牛家门楼。进门楼往西走，南北 4 个大院，住着牛家一大家子人。我们家房间少，小时我和二姐经常住在姥姥家。地震那天晚上，正睡着觉呢，大人喊：“地震哩!”我醒来也没觉得怎么样。那是预震，震级小。正醒着，还没睡着呢，感觉整个人往南一晃，往北一歪，房子呼塌倒了。我在床上躺着没来得及动，就被砸到底下了。我和姥爷、姥姥、二姐都在一个屋里睡，姥爷头顶上刚好被掉下来的檩条支起一个空，他很快爬出去了。当时还有我老姥爷，一个人住在北屋。姥爷出去以后，听到我和姥姥、二姐一个劲儿喊，判断我们暂时没有生命危险，就先到北屋挖我老姥爷去了。他一边挖一边喊，一个人把老姥爷挖出来，回头又来挖我们仨。这时我已经不能喊了，老房子倒了都是土，一张嘴全灌进嘴里了。我被挖出来时，满嘴都是土，呼吸已经很困难了，如果时间再长点儿，可能就没命了。所以说，地震造成的人员伤亡，一部分是房梁倒塌伤及身体主要部位导致死亡；另一部分是房屋倒塌形成的尘土封住口腔、鼻子，无法呼吸窒息而死；还有一种是因本能的恐惧，用被子把整个人盖住，结果救援不及时，导致人员活活被闷死。

我家的情况，当时我并不知道，但后来听大人反复讲过很多次。我父母和大姐3个人住在家里，地震时房子倒了，都砸到下边了。他们本能地喊人救命，但喊了好一会儿也没人答应，明白外边没有人，决定自救。3个人商量："咱仨人一块儿使劲儿，往起拱吧，看能把檩条拱起来呗?"喊着"一二三"，3个人就一起使劲儿拱。我母亲和大姐在一个被窝，大姐在母亲怀里，往上一拱，刚好顶到我母亲的肋骨。当时我大姐年纪不是很大，大概是13岁，有一股蛮力气，把我母亲的肋骨一下就顶折了。母亲疼得受不了，喊："别拱了！再拱就把我拱死了。"后来只好作罢。但他们被埋得不深，天亮时能看到外边的亮光，说明跟外面是通风的，不至于被憋死。缓了一缓，父亲一摸头上湿乎乎的，说："下雨了吗?"实际上那是血，檩条掉下来砸伤了头皮，但慌乱中不觉得疼。后来他们又一直喊，直到天津"四清"工作队的老吕过来。老吕叫吕一正，平时为人可好了，是他把我父母他们3人挖了出来。"四清"结束后，老吕就回了天津。后来医疗队也过来了，军医把我母亲的伤治了治。她这算比较轻的伤，没往外地医院送。

我父母他们3个人住的是南屋，当时北屋里还住着我爷爷、奶奶和我二叔的女儿。父亲被救出来以后，赶紧去挖爷爷、奶奶。二老很幸运，都没有伤及性命，爷爷腰部被砸受伤，当天就坐飞机到后方医院去了。最可怜的是我二叔家的小妹妹，被砸死了。我二叔是南下干部，战争时期在部队负了伤，住在邢台休养院疗养，后来死在那儿。我二婶儿在邢台服装厂工作，上班时发生意外，被电烙铁电死了。他们两人就一个女儿，没人照顾，回到老家跟着爷爷、奶奶住，结果也在地震中不幸早夭。

爷爷在医院住了好长时间，直到完全康复后才回来。回来的时候带着医院送的洗脸盆、牙膏、茶缸，还有一个方铁锨头，说是叫回来参加生产劳动用的。

口　　述：段长军

走访整理：中共隆尧县委党史研究室　镡立格　张建青

# 邂逅地震

苏印申

我叫苏印申，牛家桥村村民，1941 年 8 月 21 日出生，退休前在航天部工作。

1966 年，我从部队转业到北京航天部工作。正式上班前，领导让我回家探亲，结果赶上了 3 月 8 日大地震。地震前两天下了一场小雪，天气是阴冷的，扫雪时微微听到有乌噜噜的声音。当时年轻，也没多想。结果 8 日早上 5 点多钟就发生了大地震。

我家有 6 口人，住两间北屋，一个大炕睡不下，我就和金华、林海 3 个人住在林海家。他家也是两间屋，我们住在西边那间，西头是炕，我们 3 人就在土坯炕上睡，头朝东。正睡着，感觉地开始晃，房子也开始晃，摆了三摆，只觉得房子的地基被掀起老高。我们 3 人睡的那间没倒，东头那间房子倒了，一下子拍下去了。幸亏睡梦中我们 3 人谁也没动，如果往外跑，就被拍死了，许多人就是在逃生中被迅速坍塌的房屋砸死、砸伤的。

地震以后，我赶紧往家里跑，我家住着 5 口人，都被砸在房屋下边了。我们这一带有好几条河，村西就是滏阳河，到处长满芦苇，冬天收割了，家家编织苇箔，可以铺炕、盖房顶。把苇子分成一绺一绺的，互相交织编成人字形大箔，韧性很强，盖在房顶上，既承重又保暖。本来是很好的东西，现在却成了大麻烦。我一个人挖全家 5 口，又没有工具，苇箔编织紧密，很难用手撕开，挖得特别慢。我心里急得不行，也没有办法。后来我两个叔叔来了，帮着我一起挖，这才把家里人都救出来了。俺爹被砸死了，大梁正砸在他脑袋上，其他人基本没受伤。

这次地震导致滏阳河两岸地层断裂，地下水不断地向上喷。村西南角的奶奶庙前震出一个大窟窿（泉眼），噗噗往外喷水，像现在我们经常看到的喷泉一样，黑水喷出很高，还夹带着沙子。惊恐的人们从地震震塌的房屋中走出来，放眼四周，又被神奇的自然现象再次震撼，我们祖祖辈辈赖以生存的大地到底怎么了？没有人能够解释，只有默默面对。

我记得部队是下午过来的，最早来的是内丘邵明兵营。由于地里到处都是泉眼、断裂带，昔日的道路也已经面目全非，部队不敢贸然前行，排成单行行进着，慢慢地跑。后来才知道部队是去马兰村的，马兰是这次地震灾情最严重的村庄。之后解放军、医务人员、工作队迅速地赶到我们这里帮助救灾。那时人们大都在搭建简易房，有的用檩条，有的把秫秸靠一靠，搭起庵子，几家子在里边住，住了有八九天。后来国家支援了各村帐篷，就分开住了，各搭各的。随着灾情不断被报道宣传，各地救济的物资越来越多，种类也越来越齐全，有大米、白面、馒头、烙饼以及各种水果，让我们这些北方人也尝到了南方水果，锅、碗、瓢、盆、筷子，生活用品应有尽有，帐篷、棉衣、棉被也纷纷发放。“河北省救灾指挥部”“隆尧县救灾指挥部”也陆续成立，就设在我们村西中学操场内。

我们这时真正地感觉到了社会主义制度的无比优越，一方有难，八方支援，是我们的亲身体会。在大的自然灾害面前，党和政府伸出援助之手，使我们这些百姓能够顺利地渡过难关，我们从心里感谢党，感谢政府。后来，宋良玉作词，劫夫谱曲的《爹亲娘亲不如毛主席亲》的歌曲从灾区传唱出去：“天大地大不如党的恩情大，爹亲娘亲不如毛主席亲……”这是我们灾区人民的共同心声。

口　　述：苏印申

走访整理：中共隆尧县委党史研究室　镡立格　张建青

# 我在砖厂当会计

牛保庆

我叫牛保庆，1942年4月12日出生，高中文化，牛家桥乡牛桥村村民。

1966年邢台大地震发生在3月8日，当时天气还是比较寒冷的。地震前，我们这儿下了一场小雪，早起我在房顶扫雪的时候，发生了一次地震。那时，我家住的房子是1963年洪水以后建的简易房。发洪水前，我家住的是表砖房，在农村家境还算不错。1963年洪水水深齐胸，土坯墙一泡，全倒了。之后我就把砖收拾了一下，在桥边垒了间简易房，也没和泥，光用砖摞了摞，老百姓叫干插缝，为的以后盖新房不用刮砖。由于房子垒得不牢固，地震时两个墙东西来回晃。从房上下来以后，我说："这要是再晃狠点，还不把房子晃倒了！"老人说："别胡说了，原先地震都是门钌铞儿呱嗒呱嗒响几下也就罢了，还能倒了房子？那不可能！"也有人说："这是鳌鱼翻身哩，今年肯定是个好年景。"这次以后，还有好几次小地震。

3月8日凌晨，我正在酣睡，媳妇捅了我一下说："你还睡啊，地震哩。"我说："知道。"没几秒，就听一阵"咕噜噜"的声响，像是刮大风，又不太像，比刮大风的声音还要恐怖一些。此时我就有种不祥的预感，心里顿时很紧张。窗户就在床旁边，我没顾上穿衣服，迅速起身把窗户往外一推，可能是顺着地震那个劲儿，一下子把窗户推出去了，我整个人也随着窗户飞出去了，脚落在枕头上。这时房上的檩条掉下来，砸在我脚上，把我脚腕大筋砸伤了。房子倒塌的速度太快了，我没有思考的时间，真是可以用迅雷不及掩耳之势来形容。我媳妇和彦申（儿子）往床里头缩了缩，没有被砸着，他们也顺利逃了出来。俺娘在东屋厦子里睡呢，我爬出来以后，看到房顶塌下来被屋里放的柜子棚住了，把她棚在里边，也没砸着。就听到她不停地喊：

“砸死人啦，救命啊!”喊声很响。俺爹在北屋住，也在喊：“保庆，保庆……”声音很微弱，听起来像在村外喊一样。我马上意识到，俺娘喊得响，她那里没事；北屋里俺爹和俺奶奶一起住，可能有事。我立马去挖俺爹和奶奶。那时候天还黑呢，也没有工具，房顶上盖的苇箔把我的手划了好多口子，我也没有感觉到疼。很快，俺爹被挖出来了，没有受伤，只是冻得浑身发抖。我给他披上大袄，也顾不上再过多地照顾，就继续找俺奶奶。我一边挖一边喊：“奶奶，奶奶……”一直没有听到回答。这时天就快要亮了，邻居永子和“四清”工作队队员赶过来了，帮助我一起挖奶奶。终于找到奶奶了，我一看，她脖子上压着根檩条，脸色也没怎么变，但是人一点意识也没有了。我使劲儿往起抬了抬檩条，没有掀动，心里想着，毁了！几个人过来一起把檩条抬起来，把俺奶奶拉出来，发现已经一点儿气也没有了，80 多岁的奶奶就这样走了。

人真正到了危急的时候，伤心、害怕、疼痛，什么也顾不上，满脑子都是先解决眼前的事儿。全家人都救出来了，眼下就是怎么处理奶奶的后事。奶奶活了 80 多岁，临走总得体体面面的。我村村东有一家公办的修配厂，平时那里卖棺材，我马上跑到那个厂里找棺材。进厂见到王会计，我说：“王会计，还有棺材吗?”王会计说：“哪还有棺材呀，这都死了 100 多人了，上哪找棺材呀!”他一边说一边用手向东边仓库里指了指。平时我跟王会计关系不错，会意地就往仓库走。进了仓库，就看到还剩下一口棺材，扛起来就走。把棺材扛到家里，喊来风祥哥哥，给奶奶穿上早已准备好的寿衣。一切安置妥当，我心里松了这口气，才想坐下喘口气。这一坐，再也起不来了，感觉全身的血一下子冲到了受伤的脚踝上，疼得立刻又搬起来。那脚肿了好几圈，鞋袜都没法穿了。后来埋俺奶奶，我也没能去送葬。

3 月 22 日下午，更大的地震发生了。整个大地就像船一样来回摇晃，人根本站立不住，不是被震趴下，就是被震坐下。当时我正路过常印娘家门口，她一个劲儿冲着我喊：“保庆，快蹲下，快蹲下！我怕，我怕!”牛家桥中学内的河北省隆尧县“抗震救灾指挥部”向上级汇报的喊话声，好像吵架一样，响成一片。这次地震后，灾区面积扩大到巨鹿县、宁晋县，灾情更加严重了。我们村的地里再次冒出了黑水、黑沙，大地的裂缝更多了，还有一些地方发生了塌陷，原来地震剩下的残垣断壁也被彻底地摧毁了，仅剩下公社卫生院那几间矮砖房没有倒塌，其状惨不忍睹。已经陷入绝望的村民，再一次受到重创。

地震过后，各级党委、政府对我们灾区非常关心，大量救灾物资源源不断地运来。政府给我县调来两台制砖机，分给牛家桥公社 1 台，还从邢家湾拉来了电线，安装了 180 千伏变压器，在牛家桥村南成立了一个机制砖厂。县里指派张银成为砖厂厂长，书记姓崔，还有一个人不记得叫什么了。公社负责人是李自新。邯郸新生砖厂的高级工程师吕师傅和两个徒弟一起，把制砖机安装起来。他们利用震后收集的大梁搭起架子，把机器固定起来，然后启动、调试，一次就获得成功。石家庄、邢台、衡水的技术指导人员和制砖师傅也陆续赶来，支援灾区建设。全公社 9 个大队，牛家桥、南杨家楼、北杨家楼、营村、梅庄、林家庄、东清湾、西清湾、杨家庄，每个大队都由一个负责人带领十来人到砖厂参加劳动，共 200 多人，男女都有，吃住在厂里。当时，我们村指导员找到我说："公社准备让你去砖厂当会计。"我脚踝的伤还没好，地震后一直卧床，只好说："我不能走呀。"他说："不能走，拉着你去。"就这样用排子车把我拉到那里，当了机制砖厂的总会计。

以前都是土窑烧坯，没见过机器制砖，人们怀抱着重建家园的希望，向往着美好生活，兴高采烈，干劲儿很足，在师傅的指导下，学得特别快。现在回想起来，还记得有这么几道工序。先搅拌原料，然后制砖机出一个长坯，再运到切割机处切割。切割工序有专人负责，用脚一蹬，钢丝把长坯切成几块，就是砖坯。把砖坯用排子车运到晾晒处，叉到晾干架上，用草包闷住，晾晒成形后即装窑烧制。晾晒过程需要好几天，期间需要格外留心，下雨天如苫盖不及时，几天的劳动成果就可能付之东流。一天晚上，眼看马上要变天下雨了，厂长一吹号，已经休息的工人立即紧急出动抢救砖坯。杨家庄九姐妹是厂里有名的先进人物，平时劳动很积极，这天因为起慢了，被崔书记狠狠批评了一通。

砖厂一直维持了好几年，到七几年震后建设全部结束才关闭。那时砖厂产量很大，供应周围几个村庄建房用砖，为我们公社的新农村建设做出了巨大贡献。

口　　述：牛保庆

走访整理：中共隆尧县委党史研究室　张建青　镡立格　吴胜林

# 奋力抢救众乡邻

牛秋林

我叫牛秋林，1949 年 7 月 3 日出生，小学文化，是牛家桥乡牛桥村村民。

1966 年 3 月 8 日凌晨，邢台地区发生了大地震。当晚，俺娘和妹妹在北屋里住，她们住屋的房顶向北甩出去倒了，有窗户的那面墙向南倒了，就这样她们逃过了一劫。我与大哥还有二大伯家的梦舟哥哥在俺家东屋里一起睡。我家东屋是 1963 年闹水灾后建起的简易房，后墙与牛家桥中学的房子伙着一堵墙，房顶的檩条上没有使用苇箔，就用秫秸秆简单铺盖了一下。这次地震，把我们 3 人都砸在了倒塌的房屋下面。俺娘逃出来后，马上就去挖我们，我在中间睡，俩哥哥在我两边睡。我们 3 人中属我情况严重，因为被子全压在我身上，上半身不能动，只有腿可以屈伸。说实在的，我们这次还沾了秫秸房顶的光了，我被塌陷的房顶砸住后，感觉憋气得受不了，就用右拳头贴着右脸往上一杵一杵，感到外面的凉气进来，才终于能透气了。我嘴正好对着那个口子，可以喘气，但胳膊缩不回来，就一直那么伸着。俺娘想先把我挖出来，可是她一个人抬不动檩条，于是就先挖我哥哥。哥哥出来后，跟俺娘一起抬檩条，俩人还是抬不动。他们又去挖梦舟哥哥，最后他们 3 个人一起把那个檩条架起来，我才从里面拱出来。

我们出来以后，都没有受大伤，就迅速去挖俺邻居小洪一家子。那时先逃出来的人，都是先挖挨着的邻居家。小洪被挖出来时已经没气了，三胖马上给他做人工呼吸，最后他竟然奇迹般被救活了。而被挖出的祝坤娘和玉花没有活过来。紧接着又跑到小缺家和小勇娘家挖人，小缺被砸死了。到西林家挖人，西林有个兄弟被砸死了。最后又跑到黑小爹家挖人，把他们都挖出来了。那时已经到半头晌了，静下来一想，俺奶奶和俺妹妹住在老家里呢，不知道怎么样了，因为她们距我住的这个家比较远，我一时没想起来。结果到那里一挖，发现都被砸死了。当时废墟连着废墟，瓦砾挨着瓦砾。强烈的大地震使人们心里充满恐惧，逃生、救援都是出自本能，面对眼前突然发生的一切，无法，也来不及考虑周到。我在慌乱中竟没能想起奶奶和妹妹来，现在回想起来，我心里始终对她们抱有一份愧疚。她们住在村子的南头，被挖出来后，也看不到哪里有大伤，只见口鼻塞满了灰尘，应该是因救援不及时窒息而死的。

3 月 22 日发生大地震时，我正在甄中森家和解放军一起搭建庵子。这次地震比前一次还厉害，人根本站立不住，我向前一栽趴在了地上，怎么爬也起不来。那时，我是村里的民兵，一直跟着解放军（邵明部队）参与抗震救援工作。这次地震过后，村里来了更多的解放军、医务人员。为了满足外来人员的基本生活，各村都盘起了大锅做饭，为救援人员和受灾群众提供伙食。22 日大地震把砖垒的锅头都晃散了，我村只能支起锅来做饭了。“河北省抗震救灾指挥部”和“隆尧县抗震救灾指挥部”都设在我们村，各级政府送来的救灾物资，都集中到村西路北的一块空地上，这里成立了接受救灾物资的站点。然后，按照指挥部安排进行分发，让各大队或生产小队领回去，再发放到受灾群众的手中。为了支援灾区人民发展生产，藏族兄弟也给我们送来了马匹。我县组织了接收大会，在我村村北就是现在学校操场那块地召开的。后来，这些骏马对灾区人民恢复农业生产起到了很大作用。

地震发生时，我们这里还在搞“四清”，还大讲“地、富、反、坏、右”。地震后，党和国家领导人来了，抗震救灾的解放军来了，救护医疗队来了，各地救援物资也不断运来了。那时牛桥村是救灾物资的集中点，东部 8 个公社都到这里来领取救灾物资，上级支援的喂牲口草垛也在这里。为了保卫人民安全，防止阶级敌人搞破坏，当地领导指示，安排专人看守救灾物资，防止有人放火破坏，每村群众吃水的井都必须 24 小时有人看守，以防投毒。我在井边站过好几次岗。李先念来我村慰问时，我也参与了安保工作。李副总理是坐一架白灰飞机来的，下飞机后，在我村开了会，并讲了话，周边一直有解放军保护。因为当地领导在安全方面做了周密安排，救灾工作中没有发生任何事故。

口　　述：牛秋林

走访整理：中共隆尧县委党史研究室　张建青　镡立格　吴胜林

# 救命之恩永难忘

牛小旭

我叫牛小旭，1942年6月25日出生，小学文化，是牛家桥乡牛家桥村村民。

1966年3月8日凌晨，大地震发生了。刚开始，有一次预震。我家里的北屋分里外屋，当时我就在北屋的里屋居住，为了能迅速逃生，我在身上裹了被子，准备从窗户那里拱出去。还没来得及拱呢，房屋瞬间就倒塌了，一下子把我砸在了炕上，我家的其他成员也被砸在倒塌的房屋下面了。我当时就昏迷了，不知道过了多长时间，才被人挖了出来。后来，听说是邻居郭小三把我挖出来的。刚被挖出来时，我已经没有意识了，人们都认为我死了，就把我放在一边不管了。后来我竟奇迹般地苏醒了，但头脑还不清楚，浑浑噩噩的，也分不清方向。救援医疗队用飞机把我送到邯郸军队野战医院，进行救治。地震的第二天，我二哥牛保运也被送上火车，到石家庄一个医院接受治疗，他的左腿被砸断了。

我被送往医院时，意识还没有完全恢复，当天9点多了还不是十分清醒，连怎么到医院的都不知道。等完全苏醒后，发现已经躺在医院的病床上了，和我住在一个病房的有附近枣驼村、黄家庄的。当时，医院的管理十分严格，我们除了得到医护人员的精心治疗和护理外，生活方面也都被照顾得非常好。早上有馒头、米粥和菜，中午、晚上有馒头、大米饭，顿顿饭两三样菜，并且是荤素搭配，有时还有鸡蛋汤，营养很全面。饭菜都是由专人送到病房的，入院第一周，不分轻伤、重伤，全部由护士来喂饭。枣驼村的那个人是腿部受伤，胳膊、手都能活动，一点儿事没有，但也是由护士来喂饭。我的骨盆被砸坏了，医护人员为了让骨头长对位置，把我的一条腿一直悬吊在空中，吊了3个星期。我躺在床上不能动，一日三餐都是由女护士喂饭吃，我心里很别扭。特别是遇到大小便，更是尴尬得让我接受不了。俺不让帮忙，护士说："这是医院里的统一规定。"住院时间长了，我觉得身上非常脏，不舒服，想洗洗澡。一开始医生不同意，经过反复申请，医生对我的身体做了一次全面检查，才同意让洗澡。我连着洗了 3 次，居然能勉强下地活动了。后来，经过医生的精心治疗，我的身体完全恢复好了，一点后遗症也没有留下。说句心里话，在医院住院那段时间，对我这个普通农民来说，那简直就是进了天堂。我是一个农民，从来没有享受过这样的待遇。通过这次大地震，我深深体会到了党对我们灾区人民的亲切关怀和支援，真正体会到了社会主义制度的优越性。

在邯郸医院住了两个月后，我非常想念家人，挂念我哥哥受伤的情况和家里的情况，坚持要回家，医生不同意。后来，医生看到我拄着拐棍勉强能活动，生活已基本能自理了，才勉强同意让我出院，并且给我买了火车票。我坐火车到冯村车站，后又转汽车回家。

这次大地震砸死了我家 3 口人，有我 4 岁的儿子、二嫂和侄女。我能够死里逃生，是邻居郭小三把我从废墟中挖了出来；我的身体之所以能很快康复，是医疗队及时把我送往邯郸医院和医院的医护人员精心治疗与护理的结果，是他们给了我第二次生命。这件事情我终生难忘，永远铭刻在心。

口　　述：牛小旭

走访整理：中共隆尧县委党史研究室　张建青　镡立格　吴胜林

# 我经历的大地震

薛永英

我叫薛永英，莲子镇马兰村民，今年 80 岁，曾任本村小学教师。

我们村处于滏阳河西岸湿地地带，自古就是滞洪区。1963 年我们这地方发洪水，全村房子都倒了，我家用旧砖垒了垒墙，棚了棚顶，沙子、泥什么也没用，当时那叫干插缝，凑合着住了 3 年。还没有盖新房呢，又地震了。

这次地震，由于周围没邻居，房子瞬间倒了。全家有七八口人，俺爹娘、俩姐姐、仨兄弟，没停顿就爬出来了，就是我叫檩条给压住了。那时我在床上正翻身，翻到一半，姿势是跪着的，檩条掉下来砸到我的腰上，亏得檩条两头还担着砖，没砸伤我。这时候我心里清楚，本能地想用力往上拱一下，看能把檩条拱起来不。拱了一下，拱不动，把腰硌得疼了好几天。后来想到檩条下边有梁架着，就从旁边那个空里爬出来了。因为没有泥、坯倒塌形成的尘土，呼吸也比较畅通，全家人没有造成伤害。我想这也是地震后政府要求全部用砖建房的原因吧。

爬出来以后，一家人没有停顿，大街以南就是俺大娘一家，我和爹娘、俩兄弟 5 个人就去挖他们。那时候那房都是土坯房，一块大坯有 20 多斤，将近 1 米长，一户一户住得又近，房挨着房，地震一晃，甩不到外面，墙一倒都往屋子中间倒，人在底下埋了有一人深。土坯大炕有将近 1 米高，墙体半米厚，房顶 1 尺厚，我们一家子一直挖到中午。那时没有工具，也没法使用工具，整块的坯子，就得用手拽，挖一个人就费好大劲儿，最后手疼得不能拿东西了。全挖出来，他家死了 5 口，一半多。我们村是这次地震伤亡最严重的村庄，处于震中位置，震源深度浅，断裂带严重，共死亡 500 多人。

上午 8 点多，解放军就来了，马上到最严重的地方支援挖刨，到天黑也没顾上吃饭。人被挖出来以后，村里支起帐篷了，伤情较轻的病号送到帐篷里开始治疗，重病号就用汽车、飞机运走了。医疗队不只是救治地震中的伤员，老百姓平时有个什么病痛，都给治。那时医疗条件差，我二姐姐右手腕长了个疮，整天流脓。地震时医疗队给看了看，说是骨头坏了，安排她去了邯郸骨科医院，在那里手术开刀治好了。这次地震，政府的救援及时、到位，使广大群众深感党的关怀。是党在最困难时帮助我们走出困境，迎来了崭新的生活。

口　　述：薛永英

走访整理：中共隆尧县委党史研究室　镡立格　张建青

# 地震梦魇

袁德印

我叫袁德印，1936年10月20日出生，莲子镇马兰村民，曾任本村小学教师。

1966年3月8日大地震前几天，就不断有预震发生，震级较小，可是我家房檐瓦却震掉下来了。群众缺乏防震、抗震意识，没有引起足够的重视。地震时，我家里共5口人，分住在两个院子里。我这个院里3口人，在北屋住，土落下来，房顶塌陷了，把我家3口人一下子闷到底下了。农村当时房屋结构一般以两间或3间居多，进门是客厅，旁边一间基本都是土炕，条件好的炕北边放一个柜子，房梁正处在炕沿上方。如果房梁照直落下来，会直接危及生命；如果被柜子架住，形成梁与人之间的空隙，就会躲过一劫，但时间一长还是会缺氧窒息。塌陷下来的房梁正砸中我妻子的脑袋，擦伤了我的头皮。邻居们把我一家挖出来的时候，天已很亮，我被砸得够呛，妻子被砸死了，女儿全身都成了紫色，差点闷死。另一个院里俺娘和我兄弟住，我兄弟是司机，在牛家桥农机站开“铁牛55”拖拉机。晚上有个领导对他说：“这两天有动静，注意天气，可能发洪水或者闹地动(震)。”他心里惦记着这事，一晚上没怎么睡，五更就起来了。地震没砸住他，但把俺娘砸死了。

那时我们这里盖房都在房顶铺一层苇箔，因为条件差，我家铺的是秫秸箔，它相对比较薄，好挖，苇箔非常难挖。我村处于滏阳河湿地，村子周围长满了芦苇，人们大都就地取材，用芦苇编织苇箔，条件好的，以前房顶铺的苇箔都是按照房顶大小编一整张，而且很厚，好几根苇子一绺绺编成八字，大约3公分厚。因为它韧性好，又厚，房顶坍塌下来，苇箔也不破，人们用手根本挖不开，苇子又锋利，把手划的一道道口子，用铁锨铲，一下两下也铲不开。这个苇箔大部分是自己编的，也有少数家里是买的，这样，土坯墙、苇箔房顶使自救、互救的速度大大降低，导致闷在底下的人窒息死亡。

把我挖出来以后，我一时缓不过来神，母亲、妻子瞬间离我而去，几个月大的女儿嗷嗷哭叫，悲伤、畏惧、焦虑啄食着我的灵魂，我守在母亲、妻子的尸体旁边欲哭无泪。我家的天塌了，周边的地陷了，满目疮痍，极度的恐惧和无助使我难以自拔，甚至在以后很长一段时间我都无法走出地震的阴影。后来我舅舅过来，帮着把我妻子和母亲掩埋了。

地震当天上午解放军就来了，之后大批的解放军、医务人员、指挥人员纷纷来到我村帮助救援、掩埋尸体。各级政府发放的大批救援物资也源源不断地运过来，饼干、布、棉衣、棉被等应有尽有。我们村受灾最重，村民都自救不暇，好多户全家被砸。能自己爬出来的，把一家都挖出来，是很幸运的，有的压埋太严重，自己出不来，根本无法实施自救。解放军来后，与村干部配合救援，速度自然就加快了。那时都是土房，而且村子中央房子很密集，一倒，整个村子成了一大片土堆，根本分不清被埋人员的具体位置，有的地方土层一人深。每个屋子里都有大炕，大约两尺半高，房子主墙大都是用坯子盖的，当时用的都是大坯，一尺半厚，再加上房梁、房顶，就有六七尺厚了。如果是苇箔房顶，挖掘难度就更大。村干部和解放军紧密配合，村干部带路，解放军挖掘，进行了高效、及时的救援。解放军来时都拿着铁锨，但是为了防止被压埋人员二次受伤，大都使用双手挖掘，几乎每个人的手都受了伤。救援一直持续到第二天，全村有 30 多户全家遇难，绝了户。

这场巨大的灾难，致使许多个体生命被永远地定格在那一刻，有的人在逃生时被塌陷的房顶砸在门口，有的人在睡梦中被甩到地上，还有的人半截身子跑出屋外，下半身却被砸在屋内……我村前街一家姓薛的，大人逃出来了，挖自己的孩子们，挖出一个，往旁边一放，挖出一个，往旁边一放，放了一排，最后数了数，还少一个女儿，哪儿也找不着。后来发现，女儿就埋在放家人的这片地方下边，实际埋得很浅，但因为救得不及时，也闷死了，后悔啊！地震中，我村震出一条南北大裂缝，正好经过前街段全科家。天黑看不见，段全科往桌下躲，一下掉进裂缝。他吓得赶紧跟妻子说："快拉我一把!"他妻子是个慢性子，说："等会儿，叫我给孩子穿上鞋。"结果鞋还没穿好，裂缝啪的一下又合上了，把他活活挤死在里边。后来把尸体挖出来，妻子深感对不住他，一直没改嫁，带着两个女儿一起生活。直到现在，我村个别地块形成的裂缝仍然无法愈合，农民浇地时仍需用塑料布盖住裂缝，否则会形成漏斗。

口　　述：袁德印

走访整理：中共隆尧县委党史研究室　镡立格　张建青

# 突如其来的灾难

柴计春

我叫柴计春，1936 年 7 月 15 日出生，莲子镇马兰村村民。

我村地处滏阳河西岸，属于湿地地带，村子周边长满芦苇。20 世纪雨水比较充沛，澧河、滏阳河、小漳河西南东北走向，横亘于东八社。这里在历史上就是滞洪区，灾害不断，盐碱地成片，自古就有俗语：白家寨（与我村相邻，属于同一地质地貌）好闹荒，一年四季白茫茫。春天播下种，秋天不还仓。四周都是盐碱地，年年靠吃救济粮。贫瘠与自然相伴，灾害与贫穷相连，这是我们当时农村生活的真实写照。

大地震是 1966 年春节过后农历二月十七，那时我是第八生产队队长。记得地震前，原来我们村围村有个护城河，那时候我家刚分家，我搬出去到村外护城河边住。当时大队晚上经常开会，大概是地震前七八天的晚上我开会回来，地上的积雪有二三指厚，河面上一层雪，那是晚上十来点，借着月光我一看河面上一片白茫茫的，心里好奇，这是怎么回事？跑到跟前仔细看了看，什么也没有，一片长宽大概五六米的河面上雪都变成了冰，映着月光，亮堂堂的。那时我不知道怎么回事，地震发生后，我想起这件事，那可能就是地震的预兆，地下有热气冒上来，把雪化了，又结了冰。大地震前震了三四次，地下已经活动了，但是我们那时没有文化，没有防震、抗震意识。

地震前，我住的是 3 间土坯房，有家属和两个小孩，俺们 4 个人住。地震使得我家房子全倒了，因周围没有邻居，西墙往西倒了半截，北墙往北倒了，东墙往东倒了，只有南墙没倒。我和老婆还有俩孩子在炕上躺着没动，大炕对面是灶台，房顶坍塌下来，大梁南墙支着一头，灶台架起一头，为我一家的生存留下了足够的空间，房顶土又少，我们很顺利地逃出来了，老婆没事，俩小孩也没事，是南墙和灶台架起了房梁，保住了我们一家的性命。因为住在村外，四周没有邻居，大墙在反复的摇晃之后，有可能被甩到外面，而村里人口聚集，密度相对较大，在地震摇晃之时，大墙互相撞击，最后只能倒向内部，这样直接造成人员重压，伤亡惨重。

大地震后的几分钟，我们村那真叫死一般寂静，一点动静也没有，静得让人恐惧，毛骨悚然。片刻的寂静之后，生还者、伤者发出撕心裂肺的呼救声，和各种动物的嘶鸣声交织在一起，在瑟瑟的寒风中低沉地颤抖着。我把小孩安顿了一下，让他们又睡了，就迅速跑到父母住的那个院里。我有1个哥哥，1个妹妹，1个姐姐。待到把俺爹娘挖出来了，俺爹死了，俺娘也死了，就在那一刻我父母双双去世。俺哥哥家，死了4口，1个儿子，2个姑娘，跟俺嫂子，俺家一共死了6口人。俺三弟、四弟在西屋住，都没事。地震瞬间导致我家6口逝去，巨大的悲痛充斥着我的胸膛，家园的残垣断壁、满目疮痍的周边，让我感到人的渺小、自然力量的不可抗拒……

现在再次回想这件事，一方面，我因自己的无知和没有能够在第一时间去营救更多的乡亲感到羞愧；另一方面，家里突然出现6个死人，对于任何一个有感情的人来说都是很难接受的，面对院里放着的6具冰冷的尸体，极度的悲伤与严重的恐惧使人无法释怀，恐怖的现实使人深感不寒而栗，一切的不祥在一步步侵袭，我不知道该干什么，可以说是被灾情吓傻了。后来解放军来了，也不知道什么时候来的，巨大的灾难和家庭的不幸使我失去了时间意识和生活下去的勇气。直到后来解放军和工作队多次登门慰问，国家给我们发放救灾物资，帮助我们恢复生产、重建家园，我的精神创伤才渐渐恢复。

口　　述：柴计春

走访整理：中共隆尧县委党史研究室　镡立格　张建青

# 就是想救人

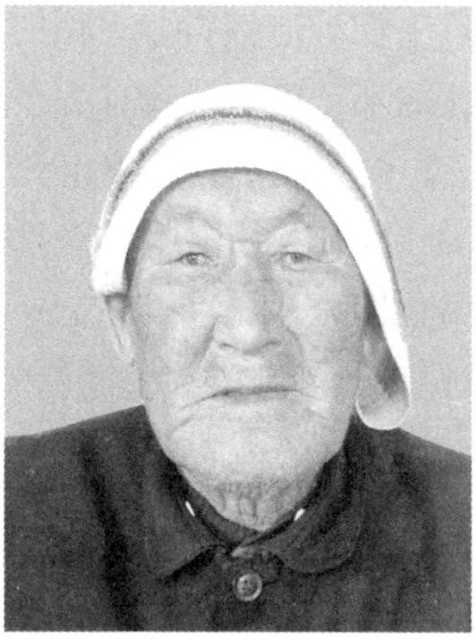

何老富

我叫何老富，1923 年 12 月 4 日出生，莲子镇马兰村村民。

隆尧大地震已经过去 50 年了，我却记忆犹新。我们这一代人，经过淹、经过旱、经过蚂蚱滚成蛋，见过地球打战战，经历过旧社会，迎来了新中国，活了多灾多难又丰富多彩的一辈子。我现在老了，耳朵聋，眼又花，话也说不清，但还是愿意讲讲那时候的事情。那时候年轻力壮，天不怕地不怕，旧社会什么苦没有吃过，再大的灾，再大的难，也要挺起腰板扛起来。

1966 年 3 月 8 日大地震，谁也没有料到，全村就那么一瞬间倒平了。那天凌晨，我们家平静的生活随着房门“咣当”一声巨响被打碎。我惊醒之下，马上对妻子说：“你赶紧侧身！”她问：“侧身干啥？”我说：“地震了，我护着你，不能把咱俩都砸死。咱俩人都死了，孩子怎么办？”妻子看了看倒向外边的房门说：“你赶紧出去吧。”我也顾不得细想，拉了一个被子把小女儿一包，带着她从门里出来了。

出来后，天黑蒙蒙的，什么也看不清，但依然能感觉到这场大灾难的严重性。刚把女儿放到一个安全的角落，我就听到有人喊“哥哥”。循着声音，我找到邻居二小家，把他挖出来。他一家都被埋住了，我只挖出他一个人就走了，有他一个人，他全家就有人救了，不用担心了。我又到南边去挖人，南边那家叫小东，他家里 7 口人，他两口子，仨孩子，还有父母。正挖着小东呢，小庆过来了，跟我说：“快上俺家来吧，眼瞅着俺爹不行了！”这边挖的也差不多了，看情况接下来他自己出来问题不大，我就跟着小庆去了。到了小庆家，我说：“先挖玄子。”把玄子挖出来了，把他爹也挖出来了。去小庆家路上路过薛子家，他在房屋废墟底下一直喊，我也没顾上挖他，主要是听声音知道他情况不严重。回来的路上，我把他又挖出来。继续往南走，挖的是景振一家，他们两口子和一个孩子。再往南，还挖了密粉一家……那时什么也不想，就是想救人。现在老了，到底挖了多少人已经记不清了。

这么一圈转下来，村里那个惨况真是让人难受。我是什么灾都见过了，但从来没有哪次像这样一下子把整个村都毁了。

口　　述：何老富

走访整理：中共隆尧县委党史研究室　张建青　镡立格

# 千好万好不如社会主义好

何兰坤

我叫何兰坤，1937 年 2 月 20 日出生，莲子镇马兰村村民。

1966 年大地震，我家的房子一下子就倒了，一家全都砸到底下了。我当时住的是西屋，家里共 5 口人。北屋里住着俺娘和大孩子，西屋里住着俺两口子和一个孩子仨人。地震那天，好像五更里震了一回，把我就震醒了。那时抽那个烟袋，我趴在床上抽了一袋烟，正装第二袋哩，刚装好，还没等点呢，房子一下子倒了，土呼噜呼噜一下把我就埋到底下了，就是那么快。那时候老辈子都说地动是好年景。都不认为是坏事，更想不到地震房子能倒。其实大地震前一些日子大地就晃悠开了，但是当时谁都没想着要往外跑。北屋里，掉下来那梁斜歪着，在炕上担着，我娘和孩子在梁底下，离梁就一尺来高，差一点砸着人。

我们村里受灾最严重，各家各户房子都倒了，砸绝了几十户，只有何秋旭家 3 间砖房裂了璺没倒。当时谁挖谁呀？都是自己拱出来的。解放军来时，俺一家子就拱出来了。那些自己拱不出来的，解放军可挖的多了。天明的时候，我自己一家才鼓捣出来，也没精力去救别人了。我先出来的，又挖的北屋俺娘他们。我没受伤，俺娘原先有病，这次腿被砸伤了，但不是很严重，没住医院。村里那时住过医院的现在也不剩几个人了。

地震当晚没地方睡，就露天在房屋废墟上睡的。过了一两天才开始搭棚。解放军来了以后，给了席子，那才开始搭庵子。头两天晚上就是露天睡，把挖出来的被褥一扔一裹，就睡了。

那时候党中央对咱们特别关怀，给这给那，各种东西不停地往这儿运。给的救济物资我都领过，凡是生活需要的，什么都发过，饼干、锅碗瓢盆、席子……猛一下说不上来，记不清了。那时谁家受灾最严重，上级就先尽着谁领东西。在党和政府的关怀下，很多人和家庭从绝望中看到了光明和希望，增添了生活下去、战胜灾难的信心和力量，投入到抗震救灾、发展生产、重建家园之中。

新农村建设分房时我家分了4间，比原来的还多，原来是2间房，一下子解决了大难题。

现在回想地震往事，更加感到党的温暖，社会主义制度的优越性。如果没有党的关怀、全国人民和解放军的大力支援，这次劫难肯定是过不去的，还不知有多少人逃荒要饭，有多少人妻离子散，有多少人饿死、冻死。我的感受还是那句老话：千好万好不如社会主义好。

口　　述：何兰坤

走访整理：中共隆尧县委党史研究室　镡立格　张建青

# 我是“铁姑娘”队队长

武存芬

我叫武存芬，1948 年 10 月 16 日出生，莲子镇白家寨村人，后嫁到前辛庄村。

1966 年大地震那年，我 18 岁，还没出嫁，正是朝气蓬勃的年纪。那时村里组织民兵，有些家庭比较开明的年轻女孩都参加了，我们村南这一带人家比较封建，都不让参加，我自己也觉得那些女民兵都是些“野丫头”。再者，我家里负担比较大，父母年纪大了，弟妹们都还小，需要我照顾，确实不愿意参加。平日里，四邻八家的女孩们凑在一块儿纺花，一听见大队里挨家挨户来喊我们参加民兵训练，大家都慌忙躲藏，有藏到厕所的，有藏到立柜后边的。现在回想起那个情形，还挺好笑的。地震以后，我的生活完全变了样，为重建家园出了力，也参加了民兵，后来还入了党。

## 一、地震

当年农村里普遍穷，一大家子挤在一个炕上睡，有的还挤不下。那时我晚上都是在书棉家睡。她家里情况稍好点，房子多，但也谈不上多好。我们一帮年轻女孩 3 个人，书棉、新棉和我，就在她家西屋地上睡，没有床，在地上用土坯盘了个池子，里边铺了些麦秸。地震前天晚上，我和新棉在屋里正说笑，书棉从俱乐部回来了，说：“赶紧睡吧，别嚷嚷了，人家说一会儿叫淘哩。”我们谁也没听懂是什么意思，只说：“别闹了，别闹了，快睡吧。”

凌晨震了一下，我醒了，随后地面来回晃了几下。我挨着书棉，心想我们两人在一块儿重量大，可能就晃不动了，我说：“书棉，快点搂住我！”结果，我搂着她，她搂着我，我俩一块儿来回滚开了。接着地面又颠了三四下。我们这几个人真是命大。我们住的那是个土坯房，又矮又破，墙上碱的都是圆窟窿，地震中竟然没倒。这时密栾就从她那个屋跑过来了，她那个屋倒了，把她砸底下了，土薄，她就拱出来了。她说："快叫我钻到你们被窝里。"还没钻稳，书棉爹就喊："赶紧出来，又晃哩!"密栾跑过来时，我就穿上衣裳了，她俩人都没起。书棉爹一喊，我们就跑出去了。我说："俺那房子不好，我得去看看俺那房子倒了呗。"这时才发现只穿了袄，没穿裤子，她俩也没穿衣裳。等到不晃了，我们又跑回屋里拿了衣服。

穿上衣服，我就往俺家跑。回去途中，砸住的人都还不能言声，街里静悄悄的，天空暗红，尘土飞扬，天昏地暗，也看不清日头。我急着回家，什么也不顾，就那样深一脚浅一脚，叽里咕咚跑回去了。

到家一看，房屋都倒了！家里人一点声音也没有，都砸底下了。我赶紧喊："爹！娘!"一喊，俺娘说："在这儿哩，你快从窗户这儿挖吧，叫小孩先出去。"那儿薄，俺娘可能看到明儿（亮光）了。这么着，我就从窗户那儿挖，把窗户撕开，把两个兄弟和一个妹妹一个个都拽出来。拽出来以后，接着就拽俺娘。俺娘说："我不能出去，我出去你爹就不行了，那土哎，一个劲儿往他嘴里流。"当时一根檩条压在俺爹嘴上，俺爹不能动，檩条上的土不停地往他嘴里漏，俺娘就在那儿不停地往旁边拨拉。她怕自己出来了，土把俺爹鼻子嘴堵住，人就憋死了。我又从上边挖，挖着挖着，一看南邻家房子没倒，我就喊："老爷爷，老奶奶，你们快来挖俺家里人吧，俺家人都砸底下了。"两位老人都过来了，可是他们年纪大了，檩条压着俺爹，上边土又深，他们整不动。这时正好书田过来了。书田是个残废军人，在场里住，房子是砖房，没倒。之前我们两家关系不好，按理我该叫他叔叔，可平时都不打招呼。见他走过来了，我就喊："叔叔，你快来挖俺一家子来吧，俺家人都砸底下了。"这个人真好，完全不计较以前的事儿，马上过来就挖。还有南院里俺一个老奶奶，她兄弟年前到这边走亲戚没回去，这时也过来了。我们几个人挖，把土都清了。后来队长双田也过来了，他四处转着看队上的情况呢，走到这儿了。我们几个人，抬檩条的抬檩条，往外拽俺爹的拽俺爹，总算把人救出来了。俺娘还不肯出来，说："俺没穿衣裳。"大家就劝："还顾得羞丑哩，快出来吧。"这才把她拽出来。那时候，家里就我能动。俺爹伤的腿，主要是往外拽时抻的，多少日子不能动。俺娘也砸伤了。

我是 15 队的，我们队损失倒不大，基本上都挖出来了，只砸死了一个老头儿。还有就是东邻家保福姐姐的孩子被砸死了，这不算我们队里的。他姐姐那会儿也是走亲戚在这儿住着没走。地震发生后，他弟弟保印出来了，可是人有点呆，光知道转悠，不知道怎么挖，救得不及时。

数3队死的人多。3队在村西北角，那片都是好过的主，都是好砖房，房子高，过道窄，人家又稠，一个院里挤着多少人。地震时房子倒得密，埋得深，不好挖。我们队这儿地面洼，发大水时房子基本上都漂了，都是才盖的新房。这有一个好处，就是尘土少，人埋的时间长点也能扛住。

5点多地震，到天亮，8点多部队就来了。那时候部队一来，拿着小铁锨，背着被子，村民都不知道是怎么回事。不像现在有电视，整天哪儿闹灾了，部队上这儿救援，到那儿救援，经常看，都熟悉。那时没见过兵，只看过电影上部队打仗，不知道人家是来救援的，大家都说："这地震了，怎么又打仗哎?"老人们心里都害怕，解放军到谁那儿挖，也不叫挖，光以为是那几年的兵，怕人家抢东西。大队干部也宣传，俱乐部也宣传，动员了一回，人们思想才通了，才叫挖了。实际解放军来了以后，大多数人死也罢，不死也罢，都挖出来了，解放军主要是帮着挖东西，掩埋尸体。

## 二、建设

地震发生后，毛主席派来救援的人一波又一波，又给吃的，又给喝的，人们从心底感谢共产党，觉得社会主义真好。那时的思想，真是党叫干什么就干什么，党叫往哪儿走就往哪儿走，丝毫不犯犹豫。哪怕眼前有个坑，让我跳我也敢跳进去。我们参加灾后重建，积极性高得不行，党这样关心支援我们，我们能不甩开膀子干吗?

那会儿，我们就不知道什么叫累。别看我现在胖乎乎的，那时日子穷，个儿又小，人又瘦，一个人推着排子车清街，干得可猛了。一个小排子车，自己装一车土，再推到村外，到地方"蹬蹬蹬蹬"紧走几步，猛往上一抽，就倒了。

后来国家支援了制砖机，白家寨建起两座砖窑，我被抽到窑上劳动。全村抽了10个姑娘，我是队长，装窑、出窑，干的都是力气活儿。一大一小两个砖窑，大的一次烧10万来块砖，小的一次能烧6万块。那时各村里都建房，一台制砖机供应不上，开着机器，同时人工也扣坯子。扣坯子还念着歌，叫“一块坯子六弯腰”，弯六弯腰这坯子才能上架哩，挖泥蛋，往上甩，往下扣，扶坯子，上架。我用车往窑里拉坯子，一拉五六板，一板少的 12 块，多的 16 块，一块六七斤，一干 12 个钟头。从窑坑里往上拉坯子，困得眼睁不开，拉着车就睡着了；上厕所解手，解着手就睡着了，往前一栽才惊醒了。记得有一回过国庆节还是什么节，窑上说“今天放假了”，我一天没出门，睡了溜溜儿一天一夜。这就歇过来了，第二天接着干。

出窑更快，盖房等着砖呢，这一窑烧好了，砖烫得还能烧破衣服，晚上一伙人不言不声自动把窑就出了，不留名不留姓，都是义务的。像这样的事儿，我记不清做了多少次。有一回，福来还写了一首诗，干完活临走搁在窑里。国福来是民兵连文书，整天教我们学文化，学吕玉兰，还为我们 10 个姑娘编了首歌，整天唱。现在记不清歌词了，大概是“太阳出来放光芒，主席思想闪金光……我们烧砖为革命，硬汉子，铁姑娘”。从那以后，大家都叫我们铁姑娘，我们成了一个先进模范集体。村里还有一个六棉姑娘，是 6 队的 6 个姑娘，名字里都带一个棉字，有国连棉、武胜棉、苗春棉、国英棉、国永棉（还有一个带“棉”字的人记不清是谁了），当时也很有名。

在砖窑干了将近两年时间，1968 年我嫁到了前辛庄。但那时都是集体饭，在哪儿都一样，我就一直住在娘家，直到 29 岁才真正搬到辛庄住。后来白家寨分房子，还分给我一间。

## 三、入党

1969 年村里发展党员，有两个指标，那是地震以后发展的第一批党员，阶级成分、社会关系，挑得特别细。我在村里是有名的先进人物，我们那个生产队又是先进红旗队，农业、副业都搞得好，在全村排第一。大队干部就到我家找俺爹，俺爹是贫民代表，让他动员我入党。我当时已经结婚了，虽然户口还在白家寨村，但老思想总认为我已经不是这个村的人了，我又没文化，心里很犹豫。后来想到这是党给我的荣誉，我还是决定入党，写了申请书。

入党时全村投票，我和自申两个人都是全票通过。自申是 10 队的会计，认识人本来就多。我们村大，我原先只在生产队里劳动，南北街以东的人都不认识。地震以后，参加大队劳动，在砖窑干活，外出开会、慰问，在集体场合待得多了，大家都认识了。一说选我入党，全村都认可，都给投票。

现在老了，回想起那段热血沸腾的青春岁月，是一段很美好的回忆。我和国敬存都嫁到了前辛庄，两个人闲时坐在一起聊一聊以前的事儿，说一回，笑一回，很开心，很怀念。那时的生活虽然苦，每个人内心却很充实，很自豪，对未来充满了希望。

口　　述：武存芬

走访整理：中共隆尧县委党史研究室　张建青　镡立格　吴胜林

# 妇女能顶半边天

我叫国敬存，1947 年 5 月 9 日出生，莲子镇白家寨村人，后嫁到前辛庄村。我是 1965 年结的婚，因为一时不习惯，婚后一直住在娘家，反正那时候户口在哪儿，就在哪儿吃饭。1966 年大地震时我在白家寨，灾后重建也在白家寨，整个青春都献给了那里，我的家乡。

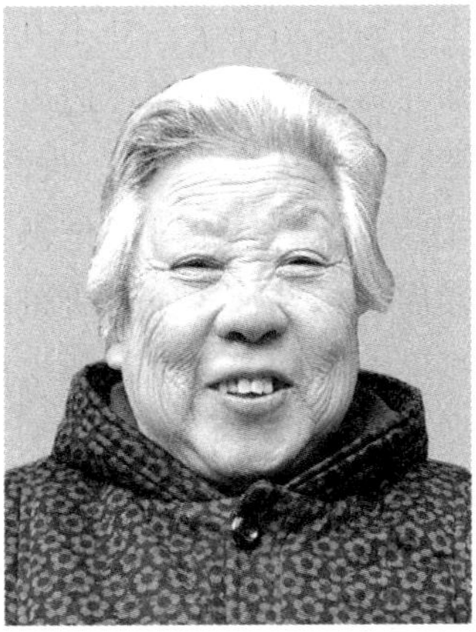

国敬存

## 一、地震

农历二月十五（3 月 6 日）是头一回震，十四下了一场雪，十五早起正扫雪哩，那房子晃悠开了。地震以前的老房子都是坯房，有的家里墙头晃倒了，有的家里墙皮震出裂璺了。我们小姑娘们见了面闲聊，有人说："谁谁家房子裂了璺了……"有人就呛声："别瞎啰啰了，要动都动哩，那房子还能裂璺呀?"那时候年轻，把这全当是稀罕事，就是说说，谁也没在意。

到二月十七（3 月 8 日）五更里就震得厉害了，倒的倒，砸的砸。头天晚上民兵连开训练会。我在 1963 年刚一组建民兵连时就加入了，表现很好，还是尖子排，一到冬天就整天训练。那晚散了会，我和连里关系比较好的几个女兵没立刻回家，一块儿坐着说了会儿话。芬棉坐下就说："再玩一会儿吧，今儿个有咱，改明儿谁知道有咱没有哩!"一半是开玩笑，一半心里确实有些不安。回了家，我躺在床上还没睡着，就听着队上的钟一个劲儿响。我家住在街北，东西两个过道，一边是 3 队，一边是 4 队，两队的钟都挨着我家。那天晚上大队里也开会，这是散了会了，会计敲钟传达会议精神呢，喊什么"上级来了指示，叫往外淘哩"。当时也没听懂什么意思，后来才知道是叫抗旱呢。那是大社长传达的指示，地震把大社长砸死了。计坤是大队上的会计，在那儿喊的，地震把他也砸死了。

我家里是在北屋盘的大炕，也没生火，我和父母、两个妹妹一块儿睡，我挨着窗户。刚一睡着，就震了。昏昏沉沉中，房顶、墙上那个土坯块照着我脸上、头上噼里啪啦摔打成一个劲儿，我闭着眼喊："娘！不行了，你打俺干啥!"还以为是我妈妈打我，让我起床哩。俺娘说："别喊了，别喊了。快点！震哩，起吧！起吧!"我就清醒了。俺爹起来开门，一开，说："毁了，门给堵住了，开不开了。"我家3间北屋，东西两间都倒了，东边架梁那儿露出一个窟窿，透出天来了，还有月亮地儿。俺爹说："就从这里边爬吧，就能从这儿走。"我们一家子就都从那个窟窿里边爬出来了。一边往外爬，也不管哪跟哪，把被子也拽着拉出来了。出来以后，俺俩哥哥和嫂子都在底下砸着哩。俺大哥哥在东屋住，二哥哥在西屋。俺娘就喊他们。俺大哥哥那个屋南墙没倒，他出来了，正挖俺嫂哩，还有一个小侄女。俺二哥哥那儿倒平了。我过去问俺大哥哥："没事哎？哥哥，能挖呗？"他说："能，别管我了，沾，快去，你挖你二哥哥去!"我在那儿挖了一回，挖错地方了，没挖着人，只挖出床上铺的被褥来，又返过来往另一边挖。这时俺大哥哥把嫂子挖出来了，不知道从哪儿摸了个铁锨，到这边来帮忙。那时候房子都赖，房顶上土很厚。他把土剜了几下，剜出被子来了。反正知道头挨着窗户哩，他摸着被子一拽，那时候谁也不知道有多少力气，"哧溜"一声，把被子连里带表带套扯断一截。这一下拽出个口子，俺二哥哥在里边说话了："哎哟，我快不行了。"这是透风了，他能说话了。出来以后他就哭，说："再晚一会儿，我就不行了。"我们都劝他："别哭了，别哭了，都成了这个样了。"这算都出来了。俺大哥哥那时候是大队干部，二哥哥是小队会计。因为闷的时间长，二哥哥嗓子哑了好些日子，不能说话。俺二嫂娘家是马兰的，那天和小侄女回娘家走亲戚去了。虽然马兰灾情更重，但幸运的是，她们都没出事。

## 二、救援

地震以后，党和政府派的宣传队、医疗队、工作队，还有部队，来了好多！

3月8日8点多，部队就来了。我家在村北，临着大街，早早就看到部队从老供销社那儿跑步过来，背上背着枪，上边挂着刺刀，明晃晃的。我们年轻人没见过兵，不知道这是干什么呢。老人家经过打日本，受过惊怕，以为趁着地震，世道又乱了。俺娘说：“毁了，这又跟跑日本一样了，谁有谁没的，砸不死也得捅死。”老年人害怕，谁也不让解放军到自己家帮忙挖掘。宣传队、俱乐部就做工作，搞宣传，人们这才平静下来。

部队来时，人差不多都挖出来了，受灾小的家庭帮着受灾大的，这个挖那个，都互相帮着挖出来了。我家的人都出来以后，我到南边又挖了花芬的兄弟小马。热天的时候，我们一帮闺女们晚上都在她家睡。在她家挖了一回，小马挖出来已经死了。然后我又去了俺婶子家挖了一回，她也在南边住。俺哥哥就在俺邻家挖。那会儿凡是能动的都去救援去了，我挖土挖的10根手指都磨破了，指尖露出红肉芽来。俺后邻家孟刚砸到底下了，后边挖出来，都说死了，不沾了，抬到一边，一直放到日头出来，该吃早饭的时间了，又活过来了。人刚一醒时，千万不能喝水，嘴里鼻子里都是土，容易呛死，俺村有这样的事儿。

10号周总理来的，在村北下的飞机。我去了，民兵们头晌午就集合到那儿迎接。中间好像还换了几个地方，一会儿说在这儿下飞机，一会儿说在那儿下飞机。一直等到中午还没来，每个人先发了份干粮充饥，我领了个热腾腾的大馍馍。后来周总理终于来了，就在下飞机的地方讲了话，又到村里老百姓家慰问，一直待了好长时间。人们都激动得不行，周围马兰、任村、阎庄的都来了，几千人围着总理喊口号……

## 三、建设

周总理走后，内务部的唐近忠司长来到我们村，在这里驻了多半年。唐司长来时带着妻子、儿子，儿子就在这儿上学。他带领我们村搞建设，从任县邢家湾给我们拉来了电线，建起砖窑，上级还支援了一台制砖机。村里从各生产队抽人到砖窑参加劳动，每个队出一名女同志。我是4队的代表，武存芬是15队的，还有国永存、国棉缺、国春芬、薛芹花、武芬花、刘雪巧、靳景端（靳景印的妹妹）、武永芹，一共10个人，武存芬是队长。我们专管装窑、出窑，往里拉坯子，往外背砖。装窑是个技术活，那时候村里有两个窑，一个大窑一次能烧10万来块砖，一个小窑一次也能烧6万块砖。所以装窑时坯子的排法很有讲究，老王成天说：“四角八棱六面光，顶三挂六卧二十。”

我也不懂那些，只管卖傻力气。年轻时我力气大，一帮人扳跟头谁也扳不过我，一块坯六七斤，我能背 52 块坯上窑顶。这说的是那个大圆窑，可高哩。我背坯跟别人不一样，有专门的排法，下边窄，往上逐渐加宽，到中间两边伸出好远，往上再逐渐收窄，把坯子排成乌龟壳一样的形状。这样才能背 52 块，要是 4 块 4 块地排，排到头顶也排不到 52 块。真是什么活儿累干什么活儿。跟别人一块儿抬板，一板 16 块坯，100 多斤，一抬抬一天。有人也是开玩笑，说我“傻瓜”，“光卖傻力气”，但我听了不生气，心里特别高兴！那时学文化，学吕玉兰，口号就是“甘当革命的傻子”，“精神变物资，主席思想变力量”。

中午休息一小时，食堂里蒸的高粱面馍馍，煮的白萝卜片汤，每天吃那个。萝卜片子全是虫窟窿，煮那么一锅，放点盐，你一碗，我半碗，都高高兴兴抢着吃了。吃饭、休息就在这一个小时内，有的人吃得慢，还没撂碗哩，就吹哨集合又开工了。紧张得呀！但是人整天乐呵得不行，每个人的荣誉感都特别强，争着抢着干活，真正是一个团结和谐、昂扬向上的大集体。

就因为我们这几个姑娘干活卖力气，精神昂扬，大家都叫我们“铁姑娘”，我们成了远近村有名的人物。当时邢台展览馆展览大地震图片，还有我们背砖的照片，我去看过，大街的广告牌上也是，动物园也有。后来还去邵明兵营慰问，我和存芬也不会表演，就是作为先进模范代表去的。

口　　述：国敬存

走访整理：中共隆尧县委党史研究室　张建青　镡立格　吴胜林

# 第二编　宁晋县

本编收录文章52篇，为地震当时身处宁晋县的亲历者讲述的地震经历。

1966年3月22日16时11分和19分，河北省邢台地区宁晋县接连发生了6.7级和7.2级强烈地震，震源深度9公里，震中烈度X度。相比于3月8日隆尧地震，此次地震强度更大，造成的房屋损毁程度更为严重。宁晋县全县倒房率达74%，受灾最严重的东汪镇原有15 000间房屋，震后全部倒塌，宁晋县城关绝大部分房屋倒塌。宁晋县城里的石家庄国棉二、三、四厂，化肥厂，水泥厂，面粉厂，华北制药厂等单位因厂房损毁全部停工。不过，由于隆尧地震的经验教训，基层干部、民兵和群众的警惕性较高，准备较充分，加之地震发生在白天，此次地震的人畜伤亡相对较轻。全县共计有1587人死亡，9810人受伤，222头大牲畜死亡，191头大牲畜受伤。

为安抚群众情绪，1966年4月1日，周总理再次来到邢台地区，亲赴宁晋县东汪镇视察慰问，带给灾区人民巨大的鼓舞。

# 3 月 22 日的记忆

田中建

我叫田中建，1955 年生于宁晋县营台村，今年 60 岁，在国有企业退休。

一生最难忘的事，要数 1966 年 3 月 22 日的大地震了。那年我 11 岁，正上小学四年级。

1966 年 3 月 8 日的凌晨，大地的晃动把人们从睡梦中惊醒，听大人喊："地动哩！地动哩！快起来!"我们几个孩子被大人连提带推地从窗户爬到了配房的房顶上，就听到左邻右舍的房子上都有声音。等到天明，人们都到了街上。说谁家的房檐掉了，谁家的门头秃噜了。总之，无人受伤、死亡。但大人们说，这是他们记事以来地动得最厉害的一次。等到上午 10 点多，在医院学赤脚医生的远房叔叔回来，说那里的房子都倒了，还死了很多人。他还说："可能还有大地震。"大人们听说，都吓得够呛。

3 天、5 天、10 天过去了，大地震没来，人们的心放了下来，生活也恢复了正常，然而，更大的灾难正悄悄向人们靠近，人们却一无所知。

1966 年 3 月 22 日下午，当我们上到第二节课快下课时，地又开始晃了起来。同学们在老师的组织下从教室跑了出来。有的教室门头上的房檐砖掉了下来，正是这次预震，让很多人逃过一劫。

我们村的小学，是原来一家地主的大四合院。一溜儿北屋建在高台上，记不清当时的台阶有几级了，是老师们的办公室及宿舍。东配房 6 间，分为两座教室；南屋 3 间，为一座教室，当时有 200 多名学生。

预震过后，稍稍平静，开始上第三节课了，不知当时是老师们的有意安排，还是应该上音乐课，全校学生都集中在院子里上音乐课。正在老师教唱歌时，就听到闷闷的隆隆声，犹如夏天大雨来临前的雷声，紧接着大地就开始上下颤抖起来，抖了几下，就听到四面的轰隆声和哗啦声，灰尘向天上冲去，人们来不及反应。稍后烟尘散去，四面的房子全倒了，老师清点人数，全校师生无一人伤亡，多亏了此前的预震，多亏了这节音乐课。

3月8日地震，大地是摇晃的，而这次地震，大地是上下颤动，足见其剧烈。事后才知这次地震为7.2级。

据震后统计，营台村4000多人，死亡仅两三人，伤几人。房屋大都倒塌，仅存的也摇摇欲坠，不能住人。我们小队上的王奶奶，在地震中砸伤了腿，后被直升机送到了石家庄治疗。

震后的第二天上午，解放军及医疗队就赶到了我们村救灾，在村西南角的一片场上，解放军的帐篷搭了一大片。

因房屋倒塌，吃的东西都被埋在废墟中，人们无吃又无喝。党中央、毛主席派了飞机，给我们送来了烙饼。当解放军把饼分发到我们手中时，饼还是热的，人们吃着饼，含着热泪。大人们说："多亏了新社会，多亏了共产党、毛主席，要在旧社会，遭这么大的天灾，不知得多少人妻离子散、逃荒要饭呢!"

分至我们小队救灾的是两名解放军战士，一个大个儿，是四川人，脸黑黑的，还有点蚕沙；小个儿的脸白些，记不清是哪儿的人了，他们来后，哪儿危险到哪儿，把那些欲倒的墙推倒，把未塌的房檐上快掉的砖瓦用杆子扒啦下来，以免掉下伤人。他们顾不上吃喝，把埋在废墟中的吃的、用的东西挖出来。大家伙儿感慨地说："解放军真是咱们的亲人哪!"

在以后的抗震救灾、发展生产、重建家园的日子里，国家给予灾区很多优惠政策及物资。灾区各村都进行了统一规划，把原来的不规则的街道，规划成了棋盘街，房屋按统一标准盖成卧砖房——标准房，以提高抗震能力。这项利民工程，只进行了一半，就因"文化大革命"的开始，而画上了句号。对灾区人民而言，不能说不是一大遗憾。

作　　者：田中建

走访整理：中共宁晋县委党史研究室　乔艳丽

# 邢台大地震记忆

王继臣

我叫王继臣，1958 年生于宁晋县金家庄。在宁晋县林业局工作。

地震那年，我 8 岁，刚上小学二年级，对这次灾难只有一些不清晰的记忆。

3 月 8 日早晨的隆尧地震，因发生在清晨 5 点 30 分左右，我还在睡梦中，没有太多印象。只记得天还很黑，我迷迷糊糊地被母亲急促的喊声叫醒，没顾得给我穿衣服，父亲用被子包裹着将我抱到了大街上。大人们纷纷议论，说是地动了。天明以后，我问我三奶奶，什么是地动，为什么地动，三奶奶虽然不识字，却给我绘声绘色地讲了地动的故事。其大致意思是，我们生活的地球，是由一条巨大无比的鳌鱼驮着的，我们都生活在鳌鱼背上，由鳌鱼驮着我们在宇宙中穿梭，在时光里往来。鳌鱼累了的时候，就要舒展舒展筋骨，活动活动身体，他是千年一活动，万年一翻身，他平时活动时非常温柔，所以我们凡人没什么感觉，大地也很平静，只有他翻身时，才会地动，我们才有感觉。这次我们是遇上了鳌鱼大翻身，地就会动，门钌铞儿会响，房上挂的干粮篮子会晃，还有的人家的孩子因为不孝顺老人，鳌鱼让他们家的房檐砖都栽了下来，让他们破费钱财再修。我从三奶奶的故事里，知道了地动是鳌鱼大翻身的缘故，并且知道了鳌鱼是每隔万年才翻身一次。同时，这故事让我朦胧地知道要孝敬老人，否则，鳌鱼会让你破费钱财，修房盖屋。因为隆尧地震震中离我老家金家庄较远，所以这次地震给我们村基本没有带来什么损失，只有几户土坯房栽了房檐砖。

3 月 8 日地震以后，党中央、国务院极为关心，共和国第一任总理周恩来在地震第二天，就冒着强烈余震到了隆尧县，他亲临灾区，听取汇报，查询灾情，慰问灾民，安排救灾，发出“自力更生、奋发图强、发展生产、重建家园”的号召，要求各级党委、政府迅速做好抗震救灾工作，将损失降到最低限度。邢台地委、行署迅速将周总理的指示传达到各县，公社干部们都下到各村，安排防震救灾工作，并要求要特别防范余震可能造成的危害。为防万一，切实保证学生们的安全，我们村决定，学校上课一律撤出教室，由学生自带凳子，搬到村西北角六队打麦场上课。麦场有四五亩地大，南面是村庄，北、东、西三面是麦田，在北面麦田里，离我们上课的麦场约 500 米处，是灌溉村北所有农田的一条大河。

记得 3 月 22 日，天气阴沉沉、灰蒙蒙的，既不像阴天，又不像雾天，就跟现在的雾霾天气差不多。当时学校下午共上 4 节课，每节课 50 分钟，课间休息 10 分钟。下午 4 点整，我们刚上第 3 节课，语文老师领着我们朗诵课文：“秋天来了，天气凉了，一群大雁往南飞，一会儿排成个人字，一会儿排成个一字。”刚刚念了两遍，突然就地震了，我们都很害怕，像散了的羊群一样，一窝蜂地跑散开来，有的往地里跑，有的往村里跑，有的哭，有的喊，乱作一团。这时学校的赵进林、韩文周、徐藏珍等老师将所有学生紧急集合起来，围成一个圈，学生们在里边，老师们在外边，老师让我们不要乱跑，不要惊慌，等候老师分班将我们带回村里。刚刚集合完毕，突然地声隆隆如闷雷滚过，但响声没在天上，而是在地底下，显然不是打雷，师生们都被这奇怪的声音惊呆了。正在我们纳闷之际，大地猛然剧烈地晃动起来，震惊全国的“3·22”大地震发生了。

大地颤抖，房屋摇晃，人无法站立，不能行走。我们趴在地上，彼此紧紧地拉住身边的小伙伴，撕心裂肺地哭喊着，无助又害怕地颤抖着。抬眼望去，只见村北的大河像蛇一样来回扭曲着，再看村里，乡亲们跌跌撞撞地跑到村外，有的趴在地上，有的抱住树木，有的几人抱作一团，房子像簸箕簸粮食般上下颠簸，瞬间就倒塌了，整个村庄就像原子弹爆炸一样，腾起漫天黑烟。尘土飞扬，遮天蔽日，什么也看不到了，金家庄村就此消失，顷刻之间变成了一片废墟。

伴随着强烈地震，地裂缝和喷水冒沙的地面破坏现象出现了。在我村东头有一个大水塘，水塘边有一眼水井，震前一直是村子东半部村民的饮水井，地震发生后，井水全部成了黑沙浊水，且水位由原来的约地下 3 米，上升到了地面，直到震后 3 天才恢复到原来水位，半月后才由浊变清。村东路南是一片洼地，地震当天，从地下像泉眼一样喷水冒沙，浑水伴着泥沙灌满了洼地，最深处将近 1 米，几乎漫过道路。在村东路北一队地里，喷出的则是较清的清水和白白的细沙，究竟喷了多长时间，我们不得而知。震后的第三天，我和几个胆大的小伙伴来到现场，这里已没有了泥水，只有白白的细沙泛着银光，非常好看。我们大着胆子，踩了上去，竟然没有了水分，于是我们小心翼翼地走到泉眼边，趴在边上往里看，只见泉眼像一个长椭圆形裂口，中间宽两头细长，现在想来，当时可能是一个深深的裂缝，水伴着沙子从地壳深处喷出，兴许温度还是很高的吧。我们拿来砖头坷垃（土块）等投进去，还能听见下面的水声呢。大人们知道我们去了泉边，狠狠地教训了我们一番，我们没敢再去。直到数天后，我们再去，泉口已经闭合，大自然像一个高超的魔术师一样，又使地面恢复了原来的面貌，只有积存在那里的细沙还默默地保留着那场灾难的痕迹，记录着这里曾经的躁动。

在那场灾难中，我们全村约300间房屋几乎全部倒塌，只有三五家十几间房屋未倒平，但也是檐栽窗破，墙裂顶歪，无法居住。全村虽然房屋倒塌，财产损失惨重，但人员伤亡很小，听说只死亡2人，重伤1人。究其缘由，我问了我92岁的老母亲，老人家现在神康体健，头脑清晰："你问的这事，都得济你巧改婶子。那天，你婶子正在村东磨道（房）里磨面，大震前先有一回小震，震倒了磨道（房），好多人都去看她，她那会儿正好从磨道（房）里出来拿箩，没有砸在里面，全村人都跑去救她，才躲过了接着来临的大震，是她救了全村!"老人如是说。老人家说的固然正确，其实，大震前的小震，使人们得以从屋里逃出，3月8日的隆尧地震使人们提高了警惕，应该也是这次地震伤亡少的主要原因吧。

下午4点30分左右发生地震，等大家醒过神来，天已黑了，没有食物，没有光亮，有的只是恐怖和惊慌。3月的晚上天气很冷，人们是担惊受怕，又冷又饿，不知这日子该怎么过。每家每户只好找一些秫秸、棒子秸、柴草等临时搭成草铺，让老人小孩暂且休息避险，暂避风寒。家里的顶梁柱、主心骨们，也都没了主意，他们围在一起，抽着仅有的一点旱烟，唉声叹气，不知所措。

解放军来到村里已是第二天中午时分，由于没有食物，加之余震不断，又不敢回村挖找食物，乡亲们从地震发生到现在，都基本没有吃饭。解放军的卡车开到三队打麦场里，没等汽车停稳，战士们就立即跳下车，扔下背包，马上投入到救灾中去。炊事班在场里架起大锅，给全村做了一顿白面疙瘩汤，这是地震后近20个小时，全村吃的第一顿饱饭。

而解放军官兵顾不得吃饭，他们找来大队干部和各小队长，召开紧急会议，并规定，先由解放军战士进村探明情况后，乡亲们方可进入；再是回家挖东西由解放军和大队干部统一组织带领，谁家也不得单独行动；三是搭建窝棚，安置群众。对救灾工作做一简单部署后，救援行动迅速展开。解放军一部分官兵冒着不断的余震，不顾个人安危，先头进入村庄，将还没有彻底倒塌的断壁残垣推到，彻底消除安全隐患，然后由一部分官兵陪同，由大队干部小队长带领，每家出一人，逐家逐户查看灾情，挖出部分食物、日用品及被褥，暂渡难关。

学校停课了，大人们去救灾了，没有大人陪同，没有心思玩耍，孩子们倍感寂寞。解放军的到来，驱散了灾难在其脑海里形成的阴影，给我们这些孩子们带来了很多乐趣。我们长这么大，从来没有见过这么大的饭锅，解放军的饭锅，可以让我们 3 人在里面洗澡；从来没有见过这么大的炒菜铲，解放军炒菜用的不是我们家里用的炒菜铲，而是用和我们学校和煤泥用的一样的小铁锹做炒菜铲，真是稀罕极了。每到做饭时辰，我们就跟在炊事员身后，穿梭于饭锅中间，饶有兴致地看解放军叔叔用铁锹炒菜，用洗澡锅做饭，有时解放军叔叔给我们馒头吃，我们便会高兴得像过年一样，地震给我们带来的恐惧也荡然无存。

解放军里有一个长得细高挑、白净脸、欢眉大眼很好看的叔叔，他多才多艺，会唱歌吹口琴，会跳绳讲故事，且能跳出各种花样。我们等他一回来，也不管他救灾一天饿不饿，累不累，就将他团团围住，让他给我们吹口琴，讲故事，而一些女生，则让他教各种花样的跳绳，大家围着他像小鸟一样叽叽喳喳，男生要听口琴，女生要跳绳，有时还为此闹点小矛盾呢。

为及时解决灾区食物问题，国家动用了直升机参加抗震救灾。地震发生后的第二天下午，我们一群孩子正在打麦场玩耍，突然看到西北方向飞来一架直升机，还没等我们缓过神来，就见飞机开始空投物资，我们看着不远，就在我村村西。于是，大家就奔跑着前去接东西，可是往西跑到离我村近 3 里的沙洼里，看到飞机还在西面，我们看追不上，只得悻悻而归。第二天一大早，大陆村公社给我村拉来一车大饼和馒头，分给各家各户。原来，我们昨天看到的直升机，正是往大陆村公社空投大饼、馒头的救灾飞机。

灾后的短短几天里，伤员就得到了妥善救治，轻伤员由当地医院或赤脚医生治疗，重伤员则转到县里或外地救治。

解放军在我村住了大概半月，和村里人结下了深情厚谊。他们要走时，乡亲们恋恋不舍，一大早就煮好了鸡蛋，拿来了红枣、花生等，慰问亲人解放军。解放军战士高唱“三大纪律、八项注意”歌曲，首长们则说：“我们是人民子弟兵，全心全意为人民服务，不能拿群众一针一线。”乡亲们真心赠送，子弟兵坚辞不受，就这样互不相让，推来推去。出发的时间到了，解放军官兵陆续上车，老人们在车下默默流泪，年轻人拉着战士的手依依不舍，小朋友们则紧紧抱着叔叔们的腿，死活不让他们上车，鱼水之情，手足之谊，溢于言表，感人肺腑，催人泪下。

车子开动了，突然有人将鸡蛋扔给车上的战士，于是，乡亲们纷纷将鸡蛋、大枣、花生扔向车厢，而战士们又将此扔还群众，你来我往，地下落满了慰问品。车子开动了，乡亲们跟在后面，奔跑者，追逐着，愿意多送子弟兵一程；子弟兵则挥着手，抹着泪，心怀不舍，不愿离去。子弟兵缓缓走了，带走了乡亲们的无限思念，留下了他们的无尽情意。

作　　者：王继臣
走访整理：中共宁晋县委党史研究室　乔艳丽

# 地　震

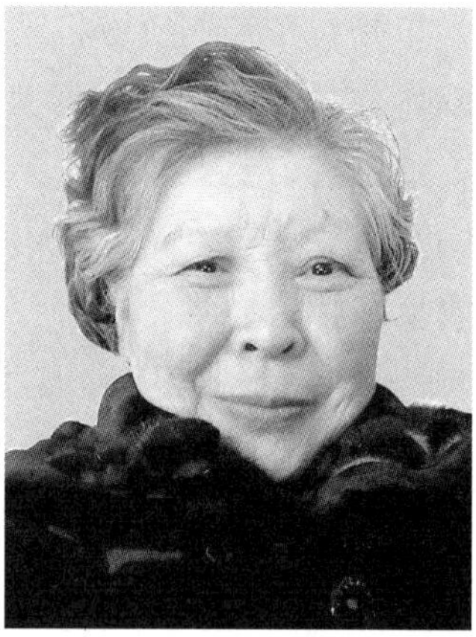

张文巧

我叫张文巧，今年64岁，出生于宁晋县双井村，现已退休。1966年3月8日凌晨5点30分左右，我们正在熟睡，突然，土炕剧烈地摇晃起来，窗户呵哒哒哒、呵哒哒哒响个不停，村里喊成一片："地震啦，地震啦，赶快出来呀！"街坊邻里互相敲门呼叫！汪汪汪，汪汪汪，全村大狗小狗狂吠不止；咕嘎，咕嘎，鸡叫声连成一片；养猪的，猪在圈中乱跑乱哼；养羊的，羊在栏内又咩又蹦，整个村里一片混乱。

我记得朦胧中被母亲拉起，披着外衣赤脚跑到街里。刚站稳，就见对门本家嬷嬷（伯母）赤着脚，裸着膀子，披头散发，慌慌张张从家里跑出，先是怀中抱个枕头，大家还未醒过神，只听"哎呀"一声，她把枕头扔下拼命往家跑，须臾倒提着3岁的丫头来到大街上。嬷嬷惊魂未定，孩子的哭声让她发现自己是倒提着孩子的！尽管非常戏剧性，但是竟然没有人笑得出来！父亲冲到屋内取出了两床被子，我们一家人和全村乡亲在街头度过了寒冷而又恐惧的凌晨。第二天，各家各户在大队村委会统一指挥下都搭起了简易帐篷，有的挖了地窨子。此后每天夜里我家和村民们都宿各自家的简易帐篷内。每天有余震数次到十数次。渐渐地，人们也就习以为常了。

22日下午4点左右，我们在操场上体育课，突然感觉大地在颤抖，眼瞅着教堂顶端在空中前后左右大幅度摇晃，好像风刮绳上晾晒的被单一样，紧接着没等大家反应过来，"呼啦"一声巨响，教堂顶端的两只锥形建筑倒塌了，随着飞扬的尘土和大地剧烈的颤抖，我们先是惊呆了，后来个别女生就吓哭了，当然我没哭，因为我天生胆大。老师马上组织大家原地站好或坐好不要乱跑。

这次地震据后来报道说是7.2级，而3月8日凌晨是6.8级。这次地震持续了 10 多日，每天都有大大小小的多次余震惊扰着怯懦的村民。我家的门洞倒了，北屋也裂开了一条大缝，西屋塌陷了半边。我们全家和村民一样，都在帐篷和地窖子里度过了担惊受怕的一年。据后来报道："河北邢台 3 月 8 日隆尧 6.8 级地震和宁晋（宁晋地震，首推东汪最厉害）3 月 22 日 7.2 级地震，这两次大地震是新中国成立后发生在我国人口稠密地带，造成严重破坏和人员伤亡的第一次大地震。整个邢台地区共有 8064 人丧生，38 000 余人受伤，受灾面积达 23 000 平方公里，经济损失 10 亿元（那时候 10 亿元可是天文数字啊），在国内外引起巨大反响。敬爱的周总理三下灾区，指导邢台人民抗震救灾，重建家园。"

作　　者：张文巧

走访整理：中共宁晋县委党史研究室　乔艳丽

# 地震那年我9岁

王娜

## 一、不知道是地震

我叫王娜，今年59岁，出生于宁晋县城，现已退休。外婆家住县城内团结村，我在外婆家出生并在那里长大。1966年的大地震，在我幼小的记忆里有些模糊。只记得3月8日那天凌晨，全家都还在睡梦中，突然从山摇地动中惊醒，房屋咚咚响着，上下左右胡乱抖动，屋门上的铁环门吊嘎嘎作响，外婆凭经验大喊一声："地动哩!"就招呼姨姨、舅舅们快穿衣起床，我吓得早已钻到被窝底下，拿被子使劲儿裹严，任谁叫也不出来。

等了一会儿，地好像不摇了，外婆和姨姨、舅舅穿衣坐在炕沿上，像是不知所措，又像是观察等待。外婆满怀疑惑地自言自语着："老年里见大人们说过地动，莫非这是地动啊!"这时，小姨的一个要好的伙伴，邻居家的姑娘王保娥跑来，一边敲门一边喊："你们怎么还敢在屋里呀，地动都砸着人啦，街里都有从城外抬过来的人，血里糊啦往大医院那边去了。"说着，果然就听见街上隐隐约约传来人们嘈杂的脚步声和说话声。

后来才得知，那就是邢台大地震的前奏，3月8日这次是以隆尧为震中心的6.8级地震。

## 二、3月22日那一天

3月22日那一天下午，可以说是惊心动魄。当时我们正在教室里上课，忽然，山摇地动的地震又来了，老师一声“快跑”，护着我们跑到操场。脚底下的操场左摇右晃，吓得操场上的我们哇哇大哭，哭声一片。老师用尽全身力气大声喊道：“同学们不要哭，都蹲在地上，不要站起来，大家互相拉住手……”我们听了老师的话，都紧紧地抱在一起，身子随着脚下的大地颠啊！晃啊！我想调整一下身子，刚站起来半身，就被晃倒在地。不知道过了多长时间，周围才渐渐地趋于平静。

那时候，县里的干部子弟都在繁荣小学读书，我外婆家是团结村，所以学校离家不太远。其他同学也许有被家长接回家的，我不太清楚，反正我是一个人往家走。一路上看到到处是一片狼藉，倾斜的墙头，倒塌的房屋，劈了半块的房檐上横三竖四的檩条、窗框，张牙舞爪，面目狰狞，我恐惧地一路狂奔。

这次大地震，是以我县耿庄桥、东汪为震中的7.2级地震，破坏力极大。当时周恩来总理亲临东汪，发出了“自力更生、奋发图强、发展生产、重建家园”的号召。

地震过后，原来的房子是不敢住了，外婆家就在院里挖了半阴半阳的地窨子，很是湿潮。再后来，才在地面上建了檩条苇箔材料的“防震棚”。由于年龄太小，我不太懂大人们的事情。在南城角外面的空旷地，随着奔涌欢呼的人群，仰头追着飞机空投的物资奔跑的情景，时常在我脑中显现。还有在城东北方向的空地上，有直升机嗡嗡响着停在那里，硕大的轮子煽起阵阵狂风，救护人员用担架抬着受重伤的群众，顶着风送上直升机。看着越飞越远、越飞越高的飞机，人群里有人就说：“嘿，还坐了直升机了。”

作　　者：王娜

走访整理：中共宁晋县委党史研究室　乔艳丽

# 地震散忆

耿增华

我叫耿增华，1953年5月出生于宁晋县孟村，今年63岁，已退休。50年前的经历，大多遗忘，但那场大地震聚焦在脑屏上的几个镜头，虽几经岁月风雨的侵蚀，却仍如刀刻似的，印象极深，清晰如昨。值此纪念大地震50周年之际，在这里，我将我的地震经历和所见所闻告诉大家，以便后人从不同角度了解地震，也了解那代人在灾难面前的人文情怀。

## 一、教堂高塔

1966年3月8日，耿庄桥一带所发生的6.8级地震，也波及县内许多村庄，我家孟村的房屋裂缝、倾斜。许多人家都搭了窝棚，不敢在屋里睡觉。人们谈论最多的是地震，各级政府部门也都把防震当成大事。那一年，我13岁，正在刘路读高小，学校老师也带我们演练抗震，好在当时的教室都是平房，虽是四合院，院子可是够大的。老师讲了，院子中心有棵枣树，若是一地震，大家都集中在枣树周围，无论哪边的房子倒了，都伤不了人。

3月22日下午，我们正在上课，突然就觉得脚下的地颤动起来，不知是谁喊了声，“地震哩”，大家不约而同地冲出教室，来到院子中央的枣树周围。地震仍在持续，房子就像海里的大船，来回晃动，女生们乱成一团，坐在地上，又哭又嚷的，男生们是天生的男子汉，站在那里，瞭望周围的情景，有男同学说：“快看，教堂的塔！”刘路是公社所在地，天主教堂高塔是唯一标志性建筑。早在读高小之前，在我们村田野里割草时，遥望高高矗立的塔，心里就想，多美的景色，啥时我能近前儿看看呢？等到上了高小，高塔近在咫尺，天天都能看到，心里那个高兴劲儿就甭提啦！人们虽称它教堂，但当时那儿并不是天主教徒诵经的地方，而是刘路粮站所在地，每年的夏秋季节，运送公粮的车马络绎不绝，在等待过磅的当口儿，人们仰头赏塔是必不可少的。我们同学们也三五成群，经常到那儿去耍，绕着高塔转一匝，胆大些的还要攀塔呢！而眼下，高塔就像霸王鞭似的，来回甩动，当时我想，塔好好的，你可别倒下，说时迟，那时快，只见那高塔甩动几下以后，就上下颠簸，眨眼之间就不见了，高高的塔，我心中最美的风景线，因为那场地震，永远从我的眼前消失了，这一情景成为我人生中再也抹不去的痛。

当我把视线移回到学校时，熟悉的教室、教工办公室变成一片废墟，房屋倒塌的尘烟弥天蔓延，使蓝蓝的天空变成一片灰黄。在老师的指导下，同学们无助地望一望已变成废墟的学校，各自走上回家的路。那一天，我落泪了，从心里诅咒大自然的无情，也哀悼我的学校、我心中永远矗立的陨落的高塔！

## 二、震奇

回到家里，我给父亲讲了地震的经过，路上地面不断有裂缝，宽处有30多公分，我和同学们生怕漏下去，就像运动员跳远似的，铆足了劲儿，从上面跳过去。父亲也给我讲了发生在他身边的奇怪事情，屋后的井，水都冒出来了，把我家的自留地都浇了，地里裂了好多好多缝，冒出一堆一堆的黑沙。

缓口气，父亲又讲了他亲身经历的奇怪事情，前邻景书林妻子正坐月子，大地震前，有许多次小震，她执拗地坚持在屋里照看尚未满月的儿子，谁劝也不出屋。此刻，她丈夫、我父亲、小黑伯伯仨人一块儿规劝，说了好半天，她才答应出屋，可话音刚落，地震就开始了，可怜天下父母心，在房屋剧烈摇晃之际，她还坚持要把孩子抱出，我父亲和小黑伯伯不由她说，连拉带推把她弄到院子中央。

这时，地震更加剧了，先是大晃，站在院里，你能看到房子后山的房脊，接着是上下颠簸，我父亲站在小黑伯伯身后，小黑伯伯还以为父亲给他拍土呢，其实是人在随着地面的颠簸做垂直于地面的运动。这样的运动持续了不到两分钟，四面的房子全都倒了，父亲他们站着的地方，仅仅剩两平方米的样子，好险哪！

待尘埃落定，大家想起孩子被闷在屋里，一个未满月的小生命，生还的希望几乎等于零。但孩子的母亲坚决要把孩子挖出来，于是，左邻右舍和闻讯赶来的本队社员，搬动散落的檩梁，清理土坯瓦砾，直到找到放置孩子的土炕，可炕上并没有孩子，在场的人都目瞪口呆了。突然，横亘在土炕上的檩条儿引起大家的注意，待轻轻搬动檩条儿，发现檩条儿把炕砸了一个窟窿，看到这情形，人们心里说，这下完了，如此弱小的生命，甭说是檩条儿，就是一根擀面杖也吃不消啊！人们屏住呼吸，想听听生命的迹象还有没有，但一点声音也听不到。看看黑乎乎的檩条儿，再看看沉重的土坯，都觉得希望缥缈，可就在此刻，炕洞里传出孩子的哭声，那是一个健康宝宝有力的呼喊，一听见哭声，妈妈的愁容顷刻烟消云散，大家伙儿也都高兴起来，轻轻地用手把土扒开，然后抱出孩子。奇怪，孩子毫发未损，这到底是怎么一回事呢？在场的人像编导推理电影一样，演绎了孩子生还的全过程：

房子震倒以后，檩条儿落到炕上，把炕戳了一个有一定斜度的窟窿，小孩顺斜坡儿滑到炕洞，于是安全脱险！这个窟窿在哪儿戳，即使专家在此，也是要经过周密计算的。戳得靠前了，形不成孩子滑行的斜坡；戳的靠后了，就伤着了孩子。大自然的鬼斧神工不能不让人兴叹不已，父母有感于孩子的地震奇遇，为孩子取名震奇，后改为振奇。

## 三、直升机

1966 年 3 月 22 日下午 4 点 11 分，宁晋东南部发生 7.2 级地震，这在距县城 6 公里的孟村，震感非常强烈，房子几乎要倒的样子，就在这个时候，李小四一家 3 口正待在家里，因余震频发，他们都站在院子中央，不敢进屋，也不敢出去。5 岁的小荣花还不知道趋利避害，眨眼之间，就脱离大人的视线，跑到门外去了。门外的街道很窄，经过地震后，墙体坏损严重，随时都有倒塌的危险。小荣花的爸爸、妈妈在屋里没找见孩子，非常着急，就双双冲出门外，费尽周折去找，待找见孩子，正欲回家时，那场有名的 7.2 级地震就像恶魔般扑了过来。跑已是来不及，急中生智，爸爸、妈妈就合成保护伞，抗拒地震，保护孩子。但他们无论如何也不会想到，顷刻之间，房子倒了，墙头也倒了，重重地把这一家 3 口埋在街道里。此时此刻，就是有擎天之力也难以支撑如此大的灾难，更何况是一家老小！

灾难发生后，前来救援的解放军，从土堆里把这一家扒出。其中，李小四砸成特重伤，其妻砸成重伤，小荣花由于父母的保护，伤情最轻。后因小荣花的爸爸、妈妈伤势极其严重，由解放军抬上直升机，转送到北京解放军某医院进行救治，经过全力抢救，小荣花的爸爸终因伤势过重，不幸离世。小荣花的妈妈经过很长一段时间治疗才转危为安。小荣花大腿部伤得厉害，进行了多次植皮手术才治愈。在邢台大地震发生 10 周年的 1976 年，唐山发生特大地震，当时，小荣花正在读高中一年级，我是她的班主任，一提地震她还心有余悸哩！最近见了她，她对第一次乘坐直升机进北京印象极深。她说："我终生难忘的，是国家帮了俺家的大忙，挽救了妈妈的生命，治好了我的伤。"虽然事情过去了 50 年，小荣花已成为 55 岁的老太太，但仍可从她的表情中看得出来，她那颗感恩的心永远是炽热的！

## 四、棋盘街

一说棋盘街，就想起陶渊明笔下"阡陌交通"的桃花源。其实，在人们心中，大地震后建起的新农村，就是一处桃花源。七纵七横的街道，将村子分割成棋盘状，故名棋盘街。前不久，回村拉亲属去石家庄看病，因天还未亮，竟走错了街道，以致往返数条街也未到达目的地。司机取笑我在自己村里找不到北，我说，地震后变化太大了，在 48 年前，村里统一规划了棋盘街，纵横街道都是一样宽，如没有电话联系，我们恐怕要跑到天明！

孟村始建于明朝永乐年间，大地震以前，3000 多人的村子，只有两条一纵一横的十字街道，此外，断头街，死胡同无数。老房子的结构，多是坯木结构，只有少数房子是坯砖砌墙、木结构屋顶的，破旧的房子，每年雨季，都有倒的。逢上连阴雨，外面下雨，屋里漏雨，往往外头雨停了，屋里还滴滴答答下个不停，打我记事起，没有一年房子不漏水的。

大地震使房子全部倒塌，为避震害，人们在院里、场里、大街里，建起了"U"型、"A"型窝棚。这些居住场所，只能解决一时之需，住得久了，会给人们造成风湿等各类疾病。灾情和灾区人民的衣食住行一直是党和政府关怀的事情，震灾期间，国家从空中、陆路运送了大量救灾物资。灾后，在重建家园上，又拨了专款，运送了苇箔、油毡等大批建房物资。大家也响应国家的号召，积极搞生产自救。我们生产队建了砖窑，一些青年人学会了扣坯子，出装窑。大概用了两年多时间，全村都建成了坯砖木结构的新房。当我家搬进地震后的新房时，母亲非常激动，她回忆 1963 年发洪水时，屋顶就像筛子似的，漏的水都没过了脚，只能用盆子往外泼，家里唯一的雨伞让我在屋里打着……

街道和住宅就是村里的脸面，在灾后重建的新房子里，在纵横畅达的棋盘街上，有多少人和我的母亲一样，怀着感恩的心沉浸在新社会的幸福和欢乐中……

作　　者：耿增华

走访整理：中共宁晋县委党史研究室　乔艳丽

# 父母把我忘了

吴俊彩

我叫吴俊彩，今年58岁，出生于宁晋县城，已退休。发生在宁晋的大地震过去50年了，我至今记忆犹新，地震时的场面仍历历在目，那年我8岁，是个刚刚背起书包的小学生。

1966年3月22日下午4点左右，我们正在繁荣小学上课，突然，地就开始晃动，也不知道是怎么回事，只听老师说："跑，往操场跑，不要乱跑!"同学们都跑出了教室，跑到了操场。在路过厕所和教室中间的过道时，墙上的砖被震得不断下落，老师在后边不断地催促我们快跑。此刻，倒塌的教室、围墙，在操场上尘土飞扬。老师让我们围在一起坐在地上，不要走动，不要哭。坐在地上感觉地还在摇晃，同学们不知道发生了什么，吓得都哭成了一片。老师一遍又一遍地说不要哭、不要走动，可是，我们仍然都在哇哇地大哭。

地震过后，家长都陆陆续续来学校，接走了他们的孩子，最后只剩下我和老师们。记得有位老师姓王，她家离我家很近，王老师说："你爸爸、妈妈怎么不来接你？跟我回家吧!"我眼里含着泪跟着老师往她家走，到家看到我们家属院的大门口房顶塌了，姥姥和妹妹不知道去哪儿了，又剩我自己了，这次我没有哭，心想我一定要去找妈妈。走！去医院。我自己走在街上，一会儿跑一会儿走，地震倒塌的房屋土坯、砖头、瓦块把我绊倒了，我爬起来继续跑，一路上也不知道摔倒了几次。到医院门口，父亲、母亲正要出去找我，看到我满身是土跌跌撞撞地跑过来，父亲拉着我的手说："你在哪儿？你怎么回来的？我们以为找不到你了。"我见到他们后就委屈地哭了。

后来听母亲说地震发生后，她们医院就投入了抢救伤员的紧急工作。母亲虽然不是医生，但她工作的科室是供应室，负责各种医疗器械、医疗用品的消毒。母亲在她的岗位上为抢救伤员紧张地工作着，把我忘了。父亲在招待所负责接待省市来灾区的领导，上传下达、汇报灾情，也把我忘了。父亲、母亲这种工作态度，一直影响着我。1996年宁晋发洪水，父亲就嘱咐我说："水来了一定首先去你工作的单位抢险救灾，不要管我们。"父亲的话虽然不多，但我懂得这话的分量。

大地震以后，记得姐姐领着我，在繁荣村的麦地里，看直升机降落运送伤员，几个身穿白大褂的护士抬着担架，把伤员抬上飞机，飞机起飞时那隆隆作响急速旋转的轮子，旋起一阵阵的黄土、树叶，刮得我和姐姐趔趔趄趄地站立不稳。还有解放军的医疗队到我妈妈工作的医院，医治地震砸伤的病人，医疗队的女兵们，她们穿着绿色的军装，红五星帽徽、红领章，和我母亲并肩夜以继日地抢救伤员。这些在我童年的记忆里留下了深刻的印象。

1966年的大地震，使学校不能正常上课，我也不能正常上学。那时，我们家住在位于县城的光复村农林局家属院，我们姐妹仨跟着姥姥。县城没有自来水，吃水得去有井的地方挑水，我姥姥的那双脚是裹的小脚，走路都是一摇三晃的，姐姐才11岁，父母都忙于抗震救灾，顾不上回家照顾我们，那些日子的吃饭喝水都成了问题。

3月22日的地震过后，老家的舅舅听说宁晋发生了大地震，不顾余震不断，来宁晋把姥姥和我们姐妹仨接回了老家，父母依然在宁晋专心地抗震救灾。

作　　者：吴俊彩

走访整理：中共宁晋县委党史研究室　乔艳丽

# 解放军帮助我们重拾信心

我叫王学印，1945 年出生，今年 71 岁。邢台大地震那年 21 岁，一直在史家咀村里，我村共 12 个小队，当时村里有 2600 多人，我是小队会计。

王学印

发生地震的那天是 3 月 8 日，我和几个民兵在村委会值班。离现在村委会西边 100 米左右，用帆布搭了个防震棚，我们一个小时出来在街上喊一次话，让村里群众睡觉警惕一点，不要睡得太死，有地震赶紧往院里跑。那时开会也多，我们小队连续值了好几天班。

群众对地震没有认识，前辈人也没有经历过那么强烈的地震，盲目地认为地震是好年景。记着地震时房顶啪啪响，我就上去看，也不知道是怎么回事。后来上级说是地震，但我们谁也不相信地震能把房子震倒。

当时，我值班已经好几天了，搬着被子，地上铺着麦秸，突然听到声声巨响，我们就赶紧跑，跑着跑着就看到房子倒了。当时都是坯房和表砖房，不耐震，一会儿就听见了喊叫声，我村死了 30 多个人，都是砸死的。王银锁的妹妹和邻居的老人做伴睡，挖出来就不行了，人们都吓傻了。当我跑回家里时，我家里人都出来了。地震把我妹妹砸着了，砸着后背，脑袋也被砸破了，但是伤不重。听说孟庄桥最惨，死了 200 多人，冯家台大概死了 100 多人，第二次地震我村没有死人。

那时，重伤往医院抬，轻伤就管不了那么多了，抬人的人都没有。大震过后，邢师的学生最先赶来，来得不少，一个队四五个学生，我在小队领着这五六个学生，给老百姓搭棚，建简易房。解放军第二天来的，六七个解放军在俺这个小队，他们有时候到地里帮忙干活，帮助生产；有时候给老百姓建棚。人们都不想干活了，一点生活下去的信心都没有，解放军就给老百姓扛着耙，带着我们到地里干活，帮助我们重拾生活下去的信心。

很快救灾物资也都来了，生活用品基本都有，尤其是吃的，解放军每天给老百姓发饼干，每人一斤半斤的。3 月 22 日下午，解放军和我们正在地里干活哩，大地震又来了，我们站都站不住，就看到东汪一带都是一团烟雾。这次地震东汪最严重，我们村没倒的房这次都倒完了，这次地震波及面积大，包括隆尧白家寨、牛桥、毛尔寨一条线，长百十里地。

周总理 4 月 1 日来到灾区，“自力更生、奋发图强、发展生产、重建家园”的口号是周总理提出来。

本来我们建设新农村的方案都给安排好了，又来了一次地震，一下子安排不过来了。后来我们就以生产队为单位，建设新农村，统一规划。生产队安排，震后能用的就尽量用，旧砖用完了，打申请，再去拉新砖。干活记工，春天冬天建房，夏秋两季搞生产，生产队统一给盖房。那时上级给钱买炭，自己烧砖，各村建砖窑，集体盖房。建了六七年的时间，在 1970 年、1971 年建的房最多。1976 年还在建，后来集体就不管了。

说起地震，都过去快 50 年了，我到现在还记忆犹新。

口　　述：王学印

走访整理：中共宁晋县委党史研究室　乔艳丽

# 我看到的周总理

赵景诗

我叫赵景诗，男，71 岁，宁晋县东汪镇六村党支部书记，时为东汪公社社员。

1966 年 4 月 1 日，周总理再次来到邢台地震重灾区，第一站就是我们东汪镇。3 月 22 日，宁晋县又发生了里氏 7.2 级地震，而这里是地震“中心的中心”。

当时，整个镇子已经是一片废墟，房子都倒平了，站在镇东，一眼可以看到镇西。可想而知，我们是多么悲观和无助。

就在这个时候，周总理来了！那天上午 10 时左右，东汪上空出现了两架直升机，我们几个年轻人赶紧点燃打谷场上早已准备好的柴堆，指引飞机降落在三大队的寨墙外。

周总理穿过寨墙豁口，健步走来时，我就想，这是不是做梦呢？我离周总理那么近，连他有几根白头发都看清了。周总理来到我们中间，他那么亲切慈祥，那么朴素，就和俺们庄稼人一样。

周总理站到一张只有三条半腿的桌前，发表了暖人肺腑、振奋人心的讲话，他鼓励大家要有战胜灾害的信心和勇气。人们几天来紧绷的脸舒展开了，面对房倒屋塌也没有落泪的硬汉们泪眼模糊了。

会后，总理步行看望受伤的灾民。在地里的小道上，总理走的是“一”字步，还特别嘱咐随行人员：“清明节快到了，麦苗正在返青，注意不要踩了麦苗。”

在伤员帐篷，总理蹲在地铺前，握住一位位伤员的手，嘱咐他们好好养伤，早日恢复生产，有的老人耳背，总理就凑到他们耳朵边跟他们说。就这样，总理一连慰问了 140 多名伤员。

在村民姜书奎的铺前，总理蹲在地上，轻轻地把他扶起。

书奎问："你是谁啊？"

"我是恩来。"总理回答道。

随从人员介绍说，这是周总理。

"周总理！"老人激动得想起身，总理急忙说："别动，别动，安心养伤，这里治不好就到石家庄、北京去治。"老人眼含热泪，感动得说不出话来。

口　　述：赵景诗

走访整理：河北日报记者　翟楠楠　刘秀礼

# 发生在地震中的点点滴滴

我叫董明胜，今年63岁，宁晋县东汪村人。地震时我在本村高小读书，后来参加工作后任东汪镇副镇长，人大常委会副主任。父亲董保顺，地震时任东汪三村支部书记。小时候，我经常听父亲讲他一辈子都不能忘记的亲身经历的东汪大地震。成年以后，父亲唠叨的话题仍然是东汪大地震，现在地震就像昨天的故事一样历历在目。

董明胜

## 一、我的父亲

我的父亲董保顺，地震时任东汪三村支部书记。地震灾情发生后，我的父亲走在了抗震救灾的第一线，用他的实际行动发挥了一个党员的模范带头作用。

地震那一年，我的父亲上有70多岁的父母，下有6个子女，地震时，我的小妹妹才刚出生十几天，家里的房屋全部倒塌，但他心里仍然装着全大队的乡亲们。地震后，他只是把家人安慰了一下，就带领民兵连长刘顺义、治保主任刘志生等大队干部和民兵去巡查灾情、救助保管员去了。他们首先去了大队里的“五保户”家中。军烈属家中，村民王民奎一家只有他和老伴，尽管幸运地没有受到伤害，但他们被吓得不轻，不知如何是好。父亲他们帮二老拍了拍土，收拾了一下东西，又帮助二老临时支了一个简易的小棚，把二老托付给人口较多的邻居照看，就又到其他地方了，根本顾不上我们一家。

一大队支部书记路同山、副支部书记鲁保群也始终走在了救灾的第一线，查看灾情，抢救伤员，安置群众。在这次抗震救灾工作中，党员、团员都发挥了先进模范作用，得到了广大群众的认可，得到了上级领导的表扬。

## 二、人民的“保护神”

在抗震救灾中，我记忆深刻的是中国人民解放军，可以说他们是东汪人民的“保护神”。3 月 8 日下午，解放军部队就来到了东汪，下车后，他们不顾途中劳累，就投入到抗震救灾中去，抢救伤员，帮助安置灾民，一干就是十几个小时，顾不上吃饭，顾不上喝水。特别是在 3 月 22 日的那一次地震中，他们没有躲在安全处，而是跑到最危险的地方救人。

22 日地震那天，有 3 名解放军在东汪六大队巡查灾情，地震突然发生了，眼见在离他们不远处有一个村民被埋在了土下，他们立即冲上前去，把那名村民（贺全胜）挖了出来。又见一墙体就要倒下，正好一个小孩子站在那里，其中两名解放军战士不顾危险，跑上前去，用自己的身体护住了那个孩子。又一名孩子得救了，远处的群众看到，没有一个不感动的。就在他们想问一问解放军战士的名字时，战士不见了，他们又忙着救助其他人去了。

## 三、领导关怀与各地的无私奉献

地震发生后，党中央、国务院以及省、市、县马上就做出了安排，解放军和空军直升机到东汪抢险救灾，各级领导亲自到东汪了解灾情，指导救灾。特别是县委组织救灾工作队很快就进驻到东汪，同我们一起抗震救灾，恢复生产。

4 月 1 日，周总理亲自来东汪视察灾情，慰问干部、群众，指挥抗震救灾工作。那天的风有六七级，总理站在风里讲话，我父亲当时是东汪三村的支部书记，有幸与一村支部书记路同山一道在县委书记赵安芳和公社书记李皂印的带领下，参与了周总理的接待工作。我父亲见周总理讲得嘴唇都裂了，就用解放军发给我家的一只粗瓷碗，倒了一碗白开水，送了过去。这时，一阵大风刮过来，碗里落下了一层浮土和干草叶，旁边的工作人员怕水不干净，用眼睛示意总理不要喝，但总理没有犹豫，端起碗，轻轻吹了一下碗里的浮土，一口气把水喝完了。

父亲接过碗，哽咽了。在场的群众看到总理和他们同甘共苦，共患难，也深受感动。那天回家后，父亲找出了一块红绸子，把总理喝过水的碗精心包好，珍藏起来，这一藏就是 11 年零 8 个月。直到 1977 年底，这只碗作为革命文物，捐献给了中国历史博物馆。

会上，周总理发表了感人肺腑的讲话，并提到了抗震救灾的十六字方针“自力更生、奋发图强、发展生产、重建家园”，得到了与会 1 万多名群众的积极拥护。总理讲话时，发生了一次余震，会场上出现了骚乱，总理抬起手平静地对大家说：“别怕，别怕，有党在，有解放军在，有全国人民在，一定会战胜困难的。”散会后，周总理接见了东汪六大队的贫协主任刘香保，对他说：“你应该把贫下中农团结起来，发动起来，把生产搞好，重建家园。”总理还接见了曾在总理身边工作的赵茂峰的大伯，详细询问了他们的年龄、受灾情况和生活安置情况。

随后，总理从会场步行到在东汪中学临时搭建的医院里看望了伤员。

周总理离开东汪之前，再次嘱咐人们：“我相信，你们在党中央的正确领导下，在全国人民的支援下，在当地党组织的带领下，一定能够战胜地震给你带来的困难，恢复生产，重建家园，等你们重建家园之后，我再来看望你们。”

从 3 月 10 日开始，就有大批物资运到东汪灾区，有成品粮及熟食、蔬菜、筷子、席子、苇箔等物品。公社接到物品后，就及时分到各大队，再由大队分到各小队和农户手中。西藏送来了好马，仅东汪一大队就分了 5 匹。当时正值夏收夏种，这 5 匹马可以说是雪中送炭。

宁晋县城受灾较轻的社队，干部也给送来了救灾物资，有衣物，有粮食，特别是当时我们领到的大饼还散发着热气，让大家非常感动。

解放军自 3 月 8 日下午就陆续到达，他们始终坚持在抗震救灾的一线，抢救转送伤员，帮助安置灾民，常常一干就是十几个小时，顾不上吃饭，顾不上喝水。他们还与东汪人民共同经历了 22 日的地震考验，帮助灾区渡过了一个又一个难关。

3 月 8 日上午，河北医学院的医疗队及时赶到了东汪，当即进行了紧张的抢救诊治工作。下午，石家庄和平医院医疗队也随后赶到，在东汪中学搭起了帐篷，组建了病房和手术台，开始了诊治和手术。开始，由于病号较多，医疗队的工作人员常常通宵达旦、超负荷工作，有力地保证了东汪灾区对医疗人员的需求，对灾区的灾后重建提供了保证。

## 四、发展生产，重建家园

“房倒志不倒，地动志不移”是宁晋县委书记赵安芳在周总理东汪讲话后，代表宁晋人民向总理表的决心，也是对东汪人民的鼓舞和鞭策。

东汪村的救灾工作首先是从安置临时住所开始的，随后开展的是恢复生产和重建家园工作。在灾后重建中，我们没有被困难吓倒，也没有在灾难面前低头，家里损失一间房，地里多收一仓粮是东汪人民抗震救灾、发展生产的真实写照。

东汪一村支部书记路同山当时有一句话是这样说的：你冒水来我浇地，你冒沙来我盖房，你把房震倒，我来做肥料。也正是因为有这样的抗震精神，我们的麦收和秋收不但没有减少产量，反而增加了收成。在恢复灾后生产的同时，灾后重建工作也做得不错。东汪村制订了新农村的规划，街道加宽，墙体采用内坯外砖，每个大队建一个砖瓦窑，日夜突击制坯、烧砖。每个大队还组织泥瓦匠，组建了专业的盖房班，全面展开了灾后重建工作。

地震过后，东汪中学的建设速度也是全县最快的，在解放军的帮助下，我所在的高小于4月中旬就搬到了具有防震、防风、防雨的简易教室中，恢复了正常的教学。

口　　述：董明胜

走访整理：中共宁晋县委党史研究室　巨力宁

# 我们经历的大地震

我叫刘国彬，出生于 1947 年，1966 年时任东汪三村赤脚医生。

刘国彬

我叫刘景学，出生于 1947 年，1966 年时为东汪三村社员。

3 月 8 日凌晨，当时我们正在睡觉，只听见轰隆隆一阵响，四下开始晃动。我没见过地震，听街上人喊叫地震了，就赶紧跑了出去，只看见有的房檐掉了，有的房子倒了，后又听说砸死了一部分人，有的是在屋里直接被砸死了，有的是在往外跑的途中被砸死了。后来，我们到地里一看，有的地方裂了大缝，达 15 厘米之多，有的地方塌陷了，也有的地方开始冒黑水、冒沙子。总之，地震以后的境况非常惨，大家都吓傻了，不知道怎么办才好。

刘景学

3 月 22 日地震时，正是下午 4 点左右，大部分人没在家，有的在地里干活，有的外出，有的在学校上课，大地震之前正好有个小的地震，人们都跑出来了，所以这次人员伤亡比较少，但房子全倒了。8 日地震时，我们村来了解放军，来了空军获鹿医疗队，第二次地震后，天津医疗队也赶来了，帮助村民治伤治病。再后来，北京医疗队也来了，搭建了临时医院，我当时作为村赤脚医生参与了医疗队的工作。帮助村民包扎伤口，帮助村民消毒，并做好卫生防疫工作，为灾区灾后重建打下了基础。

地震后，全国各地的救援物资不断地涌到灾区，吃的有大饼、饼干、糖渣、大白菜等，有力地保证灾区人们的伙食供应。

4 月 1 日，周总理来到了我们村，大伙心里非常激动，那种高兴劲儿，不是用语言能表述出来的。特别是总理讲了十六字方针“自力更生、奋发图强、发展生产、重建家园”，对我们触动比较大。总理讲完话后，到村里临时医院里看望了病号（这个医院设在东汪中学里）。周总理能看望他们，并与他们一一握手，病号们都感到非常感动。我们这里的人们对总理的感情非常深，后来总理去世，人们都非常悲痛，专门设灵堂加以纪念。在看望病号的途中，路过一片麦地时，总理提醒人们不要踩了麦苗，足以看出总理对人们的关心和爱护。

在灾后重建中，我们东汪村重新进行了规划，按 6 个大队划分，统一标准，统一物资，以现有的标准，各大队盖各大队的房子。在盖房子过程中，国家给了救灾物资，又给拨了专门的经费，再加上县里、公社里、村里的统一管理，盖房进行得比较顺利。我们房盖的时间比较长，主要是贯彻了周总理的指示，先抓生产，后建家园，主要是利用秋闲脱坯，烧砖盖房子。所以说我们是一边抓好生产，一边盖房子。

口　　述：刘国彬　刘景学

走访整理：中共宁晋县委党史研究室　巨力宁

# 地震的烙印

我叫董群山，今年81岁，宁晋县北鱼村人。地震时任北鱼二大队大队长。

董群山

1966年3月8日前，我们这儿就有点震感，只是听说隆尧白家寨地震了，感觉离我们还远呢，大家就没有太在意。公社要求我们不在屋里睡觉，注意安全。一开始，我们都注意了，后来感觉应该没事，就大意了。结果3月8日凌晨，开始地震了，我也不知怎么回事，听见街里有喊地震的声音，我就跑了出去，只见有的村民连衣服都没来得及穿，有的抱着被子，有的光着脚丫子，什么样的都有。这时我看见公社的干部跑过来，边跑边喊："别靠墙，到宽阔的地方去。"这时我也赶紧到村四周转了转，看了看村里的情况，只见有的房子已经倒了，一大队房子倒得还厉害一些。地震后，我们大队的房子倒塌的不多，人员伤的也不多。

3月22日下午，天快黑的时候，我们正在地里干活，又开始地震了。只见大地有的地方裂了大缝，有的地方冒水、冒沙子，大家非常惊慌，只听有人喊："快拉住手，趴下。"稍好以后，我们赶紧往回跑，跑到村里一看，一片惨景，房子基本上都倒了，就听同村的村民说，眼见房顶上的檩条从房顶上窜出去了，只见大伙有的身上流着血，有的脑袋上流着血，前几天来的医疗队忙着跑来跑去地救治伤员，我领着大家也赶紧投入了"战斗"。

这次地震后，国家给我们拨了一部分钱，我们按照公社里的规定，对我们二大队进行了统一规划，建了一个砖瓦窑，队里统一管理，所有人员统一记工分。村里把瓦匠、木工都集中起来，统一建房。其他人员有的到地里干活，有的配合建房。在建房中，我们大队自己打坯，自己烧砖。在解放军的帮助下，我们先给军烈属盖了房，然后是困难户，再就是普通户。

口　　述：董群山

走访整理：中共宁晋县委党史研究室　巨力宁

# 记忆中的地震

王印领

我叫王印领，今年72岁，地震时任史家咀村小队会计。

3月5日左右，下了场雪，很多人都正在房顶上扫雪，就感觉地开始晃动了，人们都赶紧从房上跑了下来。这一次地震不大，我们村没有倒房，几乎没有损失。后来，公社、村里给人们下通知，让人们都不要在屋里睡觉，注意安全。过了几天，大家都认为没事了，就陆续回到家里。

3月8日，天还没有明，大概就是四五点钟，地震再一次来临。这一次地晃得更加猛烈，人们惊慌失措。我家前院的老闷，人们把他从家里抬出来后，放在屋外面，结果他被余震震倒的墙给砸死了。眼见地裂开了一个缝，一头猪在吓得乱窜时掉在裂开的缝隙中，人们后来只听见猪的哼哼声，看不见猪的踪影。在这次地震中，我们村有80%的房子倒塌了。地震后时间不长，解放军和医疗队很快就来了，帮助大家搭棚，帮助大家从废墟里面往外救人、包扎、治伤，记得我们村有两个人被飞机送到外地去救治。

3月22日下午，大地又开始震动了，这一次比上一次更加猛烈，村里的房子全倒了，幸运的是地震赶在了白天，人们伤亡不大。恐慌再一次笼罩在我们村，人们都不知道该怎么办才好，大家都认为，世界末日来临了。后来在村里和公社的帮助下，人们恐慌的心情才逐渐好转起来。

地震后，听说周总理来了，李先念副总理来了，要求大家发展生产，自力更生，重建家园，我们村统一进行了规划，大队里建起了砖瓦窑，按每户2000块砖分配。在盖房时，全村统一规划，统一行动，优先给烈军属盖房，再给困难户盖房。在这次灾后重建中，大家不分你我，所有的物资大家伙统一调配，统一使用。

这次地震后，我们的总体感觉是，沿滏阳河两岸的村庄震得比较厉害，在后来几十年中，我们盖房都不敢把房子盖得离河近了，这也算是地震给我们的一个经验教训吧。

口　　述：王印领

走访整理：中共宁晋县委党史研究室　巨力宁

# 我的地震经历

张文岗

我叫张文岗，今年75岁，宁晋县杜贾庄人，地震时在北鱼粮站任会计。

1966年3月5日早上，大约是在5点30分，第一次地震，这一次地震不大，有的房屋开裂，没有房屋倒塌，也没有砸死人。也就是从这一天开始，公社下通知，要求人们不要在屋里睡觉，并且要做好值班工作。

3月8日凌晨，地震再一次来了，我在粮站，听到声音后，就跑了出来，后来跟随公社的同志们到村里救人。到村里一看，大约有40%的房子倒了，人们都非常恐惧。我们一方面安抚群众，一方面救人。上午11点左右，解放军赶到了北鱼，没顾上吃一口饭，没顾上喝一口水，就投入到救灾中去。

在我的记忆当中，是一位军区里的领导来了以后，要求我们粮站给灾民发放成品粮（面粉和玉米面），没有车，他就从部队给我们调派车。为了把成品粮尽快发放到灾民手中，我们给每村下通知，要求村会计按村里实际情况造表，按村拉过去，再由村里统一发放，经过我们紧张的工作，到天黑以前粮食全部发放到位，临时保证了灾区人们的吃饭问题。

在我们给耿庄桥中心粮站报我们工作进展情况时，我看到从各地来的车辆在道路上都停满了，没办法很多人就在车里过夜，村里的老百姓就在雪地里用苇箔临时搭的“人字棚”里过夜，赶来救灾的解放军和医疗队就直接在雪地里露天睡觉，非常艰苦，这样的情况大概持续了3天。3月9日的时候，上级把锅、碗、筷子等救灾物资拉过来了，慢慢地稳定了人们的情绪，抗震救灾开始逐步走向正规。

就在人们情绪稍稳定时，22日下午，第二次大的地震再一次来临，这一次比上次来得更加猛烈，所幸这次是在白天。人们看到河里的水就像脸盆里的水一样左右晃动，甚至泼出去很多，我们也根本站不住脚。当时我正在粮食囤上封囤，一下子就把我甩下来了，村里房子这一次连墙头都没有剩，全倒了，恐慌的情绪再一次笼罩在人们心上，甚至有人传世界末日要来了。据事后统计，这次地震，耿庄桥片 51 个村，共砸死 1000 多人，砸伤 5000 多人，震级达 7.2 级。

地震后，根据工作需要，我又临时到公社帮忙工作。期间，我听说，在 3 月 10 日，周总理到了隆尧白家寨，提出了“自力更生、奋发图强、重建家园、发展生产”的十六字方针。4 月 1 日，周总理又来到东汪把十六字方针的顺序做了一下调整，提出了“自力更生、奋发图强、发展生产、重建家园”的十六字方针。河北省根据总理的指示，制订了重建灾区的文件，共提了 4 点要求，并指出灾后重建要达到“四统一”，即统一规划，物料统一归公、折旧归公，统一使用，统一分配。按照“四统一”的原则，宁晋县又制订了办法，公社和村都按要求做了要求——到 1967 年底完成新农村建设（人均 0.7 间房）。事实上在灾区的重建过程中，灾区人民一方面生产，一方面建房。当时盖房以生产队为单位，一家一家地盖，老婆孩子齐上阵，人和人之间互帮互助，共同建设新家园。尽管如此，但由于当时是处于“文化大革命”这一特殊时期，党支部工作受到了一定的干扰和一定的影响，新农村建设没有如期完成，直到 1968 年才基本结束。

地震过去这么多年了，有一些事给我的印象非常深刻。一个是由于我在外面工作，家里老婆带着 3 个孩子，很不容易。地震后，我又不能回家，后来等我能回家看望他们时，才知道房子也倒了，亲人解放军第一时间帮助他们建起了地窨子，让他们有了临时住处，帮助他们渡过了难关，这让我非常感动。后来听说在这一次地震中，我们村死了 17 人。再一个是地震后，天津医疗队来我们这儿支援，带队的队长是胡×荣（时间长，记不太清楚了），是当时全国有名的内科专家，按当时的规定，应该享受白面、香油供应，但他坚持不要，要跟灾区人民同甘共苦。医疗队的其他医生，在他的带领下，从不与灾民抢吃的。还有一件事就是，解放军来北鱼后，自带铁锹，没带吃的，来了以后立即投入“战斗”，当天因来得急都没带吃的也不与灾民抢吃的，直到第二天中午从耿庄桥背来吃的才吃了第一顿饭。他们来了以后就露天睡在村西场里，后来才建起了单层帐篷（天冷的时候里面冷，后来天暖和后里面又热得受不了），就是这样，也没见他们叫过苦。

口　　述：张文岗

走访整理：中共宁晋县委党史研究室　巨力宁

# 地震歌曲唱响全国

韩春林

我叫韩春林，1945 年出生于宁晋县贾家口镇白木村，今年 71 岁，已退休。

五六十岁以上经过邢台那场大地震的人们，一定还清楚地记得《你震你的，我干我的》《爹亲娘亲不如毛主席亲》这两首歌，它传唱于灾区农村城乡，大灾面前鼓舞了人们的斗志。

尤其后一首，从灾区传到全国，从农村传到城市，从大人传到儿童，从社员群众机关干部传到解放军战士，集会晨练、劳动休息、行军训练，天天唱，成为仅次于《东方红》的革命歌曲之一，一直唱到“文化大革命”结束，几十年了，人们都还记得歌词，唱得出曲调。但很少有人知道，这两首歌曲是著名作曲家李劫夫、词作者洪源在宁晋、隆尧地震灾区体验生活时创作的。

作者 1966 年 4 月 6 日的日记，是这样写的。“《邢台日报》报道，著名作曲家李劫夫、词作者洪源来宁晋灾区考察后合作两首歌曲，《你震你的，我干我的》：‘为了革命来种地，灾区人民心向党，毛主席的教导记心里：下定决心，不怕牺牲，排除万难去争取胜利……’；《爹亲娘亲不如毛主席亲》：‘天大地大不如党的恩情大，爹亲娘亲不如毛主席亲，千好万好不如社会主义好，河深海深不如阶级友爱深……’”

最近网上转载《中国音乐学院学报》梁茂春的文章说得更详细：“李劫夫是 20 世纪中国最有影响的歌曲作家之一，是一位伟大的、难得的旋律大师。他一辈子专写声乐作品，一辈子在政治风云中谱写音乐，留下了大量的能够体现 20 世纪时代特点的歌曲作品。”李劫夫为《毛主席语录》谱曲开始于 1966 年 3 月。当时，河北省邢台地区发生强烈地震，他对夫人张洛说：“毛主席号召我们深入生活，现在我年纪大了，下去生活只能走马看花，但是看花一定要看壮丽的花，走！到地震灾区去！”李劫夫和张洛及歌词作家洪源一起奔赴邢台体验生活、创作歌曲。据张洛的回忆："我们在邢台见到了正在那里慰问受灾群众的周总理。劫夫对周总理说：'总理，我们保证每天写出一首新歌。'他谱写了《爹亲娘亲不如毛主席亲》（震区群众歌谣词）等歌曲，写完后立即就教群众唱，当时大地还在抖呢！在他谱写《你震你的，我干我的》一歌时，怎么结尾都觉得不够劲儿，一抬头，毛主席的语录牌就立在我们身边，上面写着语录'下定决心，不怕牺牲，排除万难，去争取胜利'。词作者洪源就采用了毛主席的这四句话结的尾。"以上两首曲谱刊载于河北省地震救灾指挥部（1966 年 4 月）编印的《抗灾革命歌曲集》。

## 韩春林地震日记摘录

### 1966 年 3 月 8 日（农历二月十七）

最近听说 3 月 1 日、3 日、6 日我县连续发生了多次震动，由于震级较小，大多数人都没感觉到。

今天早晨 5 点 30 分左右，较大的地震发生了。开始，地下由远至近传来类似载重车发出的"轰轰轰"的沉闷声，随之关得紧紧的宁晋中学宿舍玻璃门窗也发出"嗒嗒嗒"的碰撞声，像有人在外面用力击打一样。接着睡觉的铺板前起后伏，南北落差有一尺多高，像摇篮一样反复颠簸摇晃不止。被惊醒的同学们不知究竟，顾不得穿衣，本能地夺门跳窗蜂拥逃至室外，有的碰破头，有的崴着脚，谁也顾不得喊痛，全都猫在房前比较宽阔的地方，校园内死一般的寂静。震感过后，同学们陆续回到宿舍。或许大脑过于紧张急于发泄，或许不寻常的经历忙于对外传播，每个人都异常兴奋，你学我走路一瘸一拐，我笑你头碰疙瘩手脚挂彩，你说我怕死，我说你胆小，大家手舞足蹈，嘻嘻嘻哈哈哈，这屋串那屋说，那屋到这屋说，谁也不入睡，整个校园沸腾了。

早晨发现 22 班教室的日光灯棍儿掉在地下；在学校院内隔房向西北方向远望，县面粉厂 30 多米高的铁烟筒有了十几度的倾斜。上午 10 点以前又接连发生了 10 次略有感觉的小震。一天来，虽然学校大门紧闭，学生不准外出，但外面的小道消息还是不断传来：

“县医院西边的石牌坊震倒了半个”；

“石家庄来了好多汽车”；

“北京派来 11 位科学家”；

“东汪、小刘村、大杨庄、纪昌庄、侯口、贾家口死伤很严重，房屋倒塌 80%”；

“贾家口东街冒青泥”；

“耿庄桥砸死 200 多人，砸伤不知有多少”；

“汽车一天未停地运输伤员，县医院、县政府屋里院里都躺满了。”

晚上 12 点左右，学校敲响紧急集合钟，学校领导组织全校男性师生每 4 人一块铺板当担架去抬伤员。我们排队走出学校大门一看，大街上汽车一辆接一辆，人群挤挤撞撞，行走匆匆忙忙，人人少言寡语，个个心情沉重，各个路段交叉路口都有解放军在亲自指挥疏导交通秩序。赶到广场大楼招待所，屋里院里、铺上地下一个接一个躺满了伤员，这里是临时设置的医务鉴定站，确诊为特重的立即转往石家庄，较轻的暂时转到县直其他地方。伤员一批批地被转走一批批地又运来，全是从灾区地下挖出来的骨折伤员，疼痛的呻吟声、发生余震引起的惊叫声，几位解放军战士和军医不断为大家鼓气壮胆。我们的任务是将特重伤员抬上汽车立即转送外地治疗，将较轻伤员转移到中学等院落较宽敞的单位暂作停留。到天明，校园临时腾出的宿舍和院内操场全都躺满了伤员。眼前宽敞的院落、防震的军用帐篷、来回巡诊的军医、嘘寒问暖的学生，使伤员们比住在大楼招待所里情绪稳定多了。

听伤员们说史家咀、铺头一溜台子（史家台等村名）数耿庄桥最严重，地震中心在隆尧县的白家寨，房屋大部分倒塌，人员全部被砸在地下。死伤人口占 45%，轻重伤不计其数，顺滏阳河地出裂缝，冒水带泥沙。

听说石家庄元氏调来了大批医务人员和生活用品。

## 3 月 9 日

伤员占满了师生腾出的 40 多间宿舍。院内操场搭满的临时帐篷住进伤员，满院灯火通明，晚上 8 点至凌晨 1 点，我们班大部分同学被安排在院内负责火灾消防和护理伤员的任务。伤员流动很频繁，半个晚上转到石家庄各医院 200 多名特重伤员，一批刚走，新从灾区运来的又占满了位置。值班的学生不停巡视，替伤员盖盖被子、提提水，帮助他们翻翻身，并警惕临时灯火引发火灾。

## 3月11日

学校各班组织座谈会讨论：

（1）对地震灾害的认识。

（2）如何对待自然灾害？

（3）通过这次灾害你对党和社会主义制度有什么新的认识？

传闻：

各地支援的救灾物资源源不断运向灾区；中央、省及地领导已深入灾区；石家庄最高领导说："你们宁晋要人有人，要物有物，要什么有什么。"

今天《人民日报》刊登邢台地震的文章，照抄如下：

河北邢台地区发生强烈地震

新华社10日讯：8日早晨5时29分2秒，河北省邢台地区发生了强烈地震。据本报记者现场报道，这次地震的震级为6.7级，震中烈度为9度左右。在这个地区，有30个公社、350个生产大队，人、畜、房屋遭不同程度的损失。

报纸第二版刊登《关于地震的知识》：

地震本身能量的大小以震级来表示，震级由仪器测得。地震影响的程度以烈度表示。地震烈度分12度，2—5度为有感地震，人感觉到并发现家具摇晃，房掉土。从6度起，房屋遭到不同程度的破坏。10—12度则引起大范围破坏，地面裂缝变形，建筑物被破坏造成灾害。假如发生一系列地震，最大的地震通称主震，主震前的为前震，主震后的为余震。前震由小到大，余震波浪式地减小。

十几天来发生有感地震不少于30次。

解集珊副校长在全体学生大会上介绍：县志记载我县唐朝、清朝发生过3次大地震，房屋有倒塌，人员有伤亡，但都没有今年这一次严重。

## 3月12日

今天，病人又有增加，来源是开始几天不能挪运的特种病号和初诊误为轻病的重病号。许多同学自动买来糖果或饼干进行慰问。一位远方的解放军战士寄来20盒饼干送给伤病号。

学校准假让重灾区的同学回家探亲。

### 3月13日

重灾区探家的同学返校了。他们汇报一路看到的景象比我们想象的惨得多："路上来往的都是救灾车辆，到处都是破砖烂瓦和倒塌的房屋。"

傍晚，班主任传达了3月10日周恩来总理在隆尧白家寨慰问灾民的讲话：

同志们、乡亲们：

毛主席叫我来看你们，从耿庄桥到邢家湾你们是重区……

这次受灾的有20多个公社，34万多人……可是有国家和没有受灾的地区支持你们……现在调来军队2万多人，医务人员1万多人，平均10多人有1人支持……你们要在几天之内组织起来……重建家园……房屋要矮一些，分散一些……

（呼口号）

自力更生、奋发图强、发展生产、重建家园……重建家园之后，我还要来看你们……

听说，受灾的有宁晋、隆尧、巨鹿及任县，宁晋伤3万多人。

### 3月19日

昨天（3月18日）《人民日报》第五版刊登文章：

今年世界各地地震多

2月以来发生10多次6级以上的强烈地震

新华社17日讯：最近世界上许多地区发生地震。据本社记者从有关方面获悉：今年2月以来，发生在6级以上震中烈度在8度以上的强烈地震达10次之多，其中包括3月8日在我国河北省邢台地区发生的强烈地震。

这些强烈地震有些发生在太平洋地震带，还有的发生在大西洋和巴基斯坦。最新的一次强烈地震是3月23日发生在我国台湾东北的海区，震级为7.8级，震中烈度为10—11度。

世界各地每年发生地震十分频繁，平均每年发生的6级以上的强烈地震就有二三百次，5级以上的有一两千次，而四级以上的则在一万次以上。

3月6日以来，在阿联酋东北部、土耳其东部及日本都曾发生过不同程度的地震。

### 3 月 20 日

今晨 1 时左右，又发生一次四五级的地震，门窗都有撞击声，随后又发生两次较小的震动。

听说，今天又有 3 架直升机从县医院将重伤员转向石家庄。

### 3 月 22 日

上午，学校安排今天下午第二节课后到高庄沙河河滩去背维修建筑用的河沙。我们每人一个背袋，工具准备好了正准备出发，通知又来了："沙子不运了，都去搭防震窝棚。""地震过了，还搭防震棚干啥?"话音未落，"嗒！嗒！嗒!"门窗俱响，地震又来了，震级不大。有的同学跑出门外，多数同学因为有了半个月的经历，只是心中一惊并未行动。停震后，出去的同学们悄悄返回教室，有的写作文，有的做化学实验，又恢复正常。过了约 10 分钟，从未发生过的剧烈震动开始了，门窗巨响，墙体倾晃。这次同学们真的怕了，跟斗趔趄地窜到院内。大地急剧颤动，教室墙体前扑后仰约有二十几度，砖瓦哗哗乱掉。同学们被晃得东倒西歪，顺势搂在一起依然站立不稳，被重重地甩在地上砸在一起。随着大地摇过来晃过去不停地滚动，地下的轰鸣声，房屋的吱吱声，同学们的惊叫声，恐怖极了。大地越晃越剧烈，东邻高大的房屋一下倒塌在地，我们 21 班教室在东头与倒塌房屋间只有一过道之隔，砖块溅到脚下，满院浓烟旋转骤起，同学们个个眼内无神，全被惊呆了，没了喊声没了叫声，半死一样地任其颠簸任其晃动。十几分钟过后，大震停了下来，开始清醒的同学们立即跑出学校南大门外。余震仍在继续，门口外原文庙的木牌坊不停地摆动着，解放村民房有的被震裂，有的被震倒。

傍晚学校组织同学将课桌搬到城墙外南操场搭起临时宿舍棚，晚上风大气寒，漆黑一片，课桌四周做围墙的床单被刮得飞起、飞落，啪啪作响，同学们难以入睡，围着棉被躺着坐着，轮值出棚巡视做保卫工作。

听说这次地震家乡白木一带特别严重。

### 3 月 23 日

学校通知放假 7 天。吃过早饭，我和马家庄、魏周庄、周家庄的几位同学急忙往家里赶，一路之上看到中曹、孟村受害不太严重，一进魏家庄，房屋全部倒塌，村这边能看到那边，树木和瓦砾上救灾解放军贴满了红绿标语：“自力更生、奋发图强、发展生产、重建家园”“我们的同志在困难的时候……要看到光明”。大街两旁废墟上蹲满了惊恐未定、神情呆滞的人群，见我们一行生人走来，纷纷上前打听：“你们从哪里来的？城里倒房多不多？”“听说还震不震？”“俺村死了十几人！”

回到白木村，村中的房屋全没了。到村西口，第一队社员东一伙西一伙正在村外建起的临时居住棚前支锅做饭，见我回来都慌忙招呼：“你们家人没事，你们队的人在村北。”从村外转到村北真武庙旧址前，庙基高台四周上下空地上全是简易棚，乡邻争着说：“你们家里人没事。”“还在家中那边没搬出来。”“大街堵了过不去，绕着进去吧，小心点。”从乡邻的表情上我深深感到“大灾来临人倍亲”。

村中房屋没有了，街道不见了，到处是高低不平的破砖烂瓦，上上下下绕来绕去，费了好大劲转到大概是家的地方。我家的房屋院墙全没了，一堆堆一人多高的破坯烂砖，一两堵没倒完的断墙张着大嘴歪斜着，风一刮尘土呼呼乱掉，几根黑乎乎的檩木斜插在砖土里向天矗着，砸断的门窗半截在土里半截露在外面，撕破的窗纸随风嗒嗒、嗒嗒地响着，要不是看到父母和妹妹等家人，我真不敢相信这就是自己的家。

原来的四合院没了，家具没了，平时空闲的南院里只有几棵还没发芽的干枯枣树照旧陪伴着怎么也精神不起来的家人，其他一切都没了。亲人相见，都表现出放心的表情，但是谁也没有了平时的那种欢乐和喜悦。

晌午了，母亲在较宽敞的猪圈前用 3 块砖支起从土里挖出来的小铁锅，用嘴吹火煮了一些薯片，这就是一家人的饭。

吃饭时，父亲介绍昨天的地震情况：

“小刘村公社 8 个大队，其他大队都死了 30 多人。白木砸死 7 人，7 队耿小黑的母亲伤势严重，用直升机转到石家庄医院了。

“昨天下午，前震过后不久大震来了，大地晃了三两下房屋就倒了，围墙倒得晚，墙上的土坯嗒嗒嗒来回拍打，眼前一片黑暗，烟雾腾腾。浓烟过后，从村里一眼能看到村外，村里房屋围墙全都倒了，当时静得很，过了好一阵人们才乱喊乱叫呼救连天。大难来临人心齐，发现有人被砸在下面，几个人抓住檩条连土带顶箔一喊号就抬起来了。

“昨天下午，我和你二哥正在家中修理西屋房顶。前震来了，我们停下工来向南院宽敞地方搬些怕砸的东西，头一趟搬了个水瓮，第二趟搬立柜座。刚搬过南院门口大震来了，我们都摔在地上再也爬不起来，大地晃了三两下房屋就倒了，烟雾腾腾，墙头的坯嗒嗒嗒来回拍打，烟雾过后村里房屋全都倒塌，一眼能看到村外，当时静得很，过了好一阵人们才乱喊乱叫。这时你母亲和你妹妹都在南院空地上，也不知她们是什么时候从狭小的北院过来的，要在北院一定得砸在底下。

“四周邻家倒塌的房屋把我们堵在当中出不去，逃到村外的人一清点整个二队就缺我们一家，派来打探的人也进不来，通过喊话听说没伤着人才放心回去了。今天上午，才开出一条通往外面小道。

“8 日，我们这里倒房不多，22 日公社组织大小队干部到耿庄桥进行慰问，下午回来快进村时大地震发生了，一行人齐刷刷地连人带自行车全被摔在地上，路旁的柳树被震得来回晃动，树梢一下紧接一下地拍打着大地。人们清醒过来一看，整个村子冒起了青烟。

“震后一两个小时赶来的解放军不顾危险挨家挨户帮助抢救伤员，挖取砸在底下急需的生活用品，为各队挖取粮食种子和生产用具。有两名战士下地窖为咱队取出了几百斤种子山药，应该及时阻拦，不该让人家下去，余震还在发生太危险了。”

邻居宋记瑞说：“前震过后，我到房上看房顶有没有被震坏，正在这时大震又来了，三下两下像坐飞机一样随房顶被甩在地下。”宋进学说：“地震时房向北晃我向北跑，房向南晃我向南跑，房倒时我一下子被甩在地上。”

村西直径两米多的大口饮水井带着青沙整井筒地向地面冒水，井旁一亩多的洼地被泥沙淤了一尺多厚。村内村外沿着滏阳古河道走向到处冒青沙。全村近百眼井全因冒水冒沙坏了。

主震时，白木西口正往小刘村开的一辆汽车在地上上下颠蹦不能前进。

傍晚一位部队首长乘直升机到小刘村慰问灾民。

今天发生两次 5 级以上地震，由于防备好，人畜无伤亡。

## 3 月 24 日

在晋县工作的大哥从晋县赶回来，下午在空闲地方做了两个半阴半阳的防震棚，地下挖坑一尺多深，地上两坯碰头垒一尺多高围墙，上面用秫秸盖顶，抗震抗风又安全。

### 3月25日

晚上7点30分左右发生一次三四级的地震，后面余震接连不断。

国务院副总理李先念乘直升机来宁晋县，视察宁晋县城后说："你们受了自然灾害，党中央、毛主席、国务院很关心你们，我相信你们一定能够把自然灾害抗过去。"

### 3月26日

晚11点30分左右发生3次大震，窝棚巨响，来回晃动，村里敲起警钟，社员们连喊带叫地逃出窝棚。

国务院副总理李先念第二次来我县耿庄桥等村视察说："党中央、毛主席叫我来看望你们，希望大家搞好生产嘛。庵子房很好，能防震、防雨、防风，也能过冬。"

### 3月30日

开学了，一进校门，同学们就在学校北大院内搭建教室宿舍两用抗震棚，长10米，宽5米，3行立柱，木杆做檩，苇箔抹泥做围墙，油毡盖顶，既防震又抗风。里面两排地铺，上课睡觉都在里面。

### 4月1日

上午第三节课后，1架大型直升机由3架飞机护航在头顶盘旋一会儿向东南方向飞去。（后来证实是周恩来总理到东汪和耿庄桥去慰问灾民）

### 4月5日

今天班主任传达了周恩来总理4月1日视察东汪和耿庄桥时的讲话：

（一）视察东汪时的讲话

社员同志们：

8号你们这里损失小，22号损失大了，第一次我到了隆尧没到你们这个庄上来。22号以后，党中央、毛主席派代表团来慰问你们，当时因为我忙，由国务院副总理李先念同志来宁晋，没到你们这个地方，今天我来补看你们。你们受了灾，你们的情绪还很好，这是你们高举毛泽东思想伟大红旗，敢于向困难斗争。

地震是个自然灾害。是不是没有办法对付它呢？不是的。你看，3月8号地震范围小，损失大。8号以后，天天有些小震动，22号，大家提高了警惕，有了准备，损失就小了。第二次地震面积大，有巨鹿，有宁晋，有新河，有邢台专区，有邯郸专区，有石家庄专区，有衡水专区，但因大家有了防备，虽然房子倒了，但伤亡很小，同一件事情，有了准备和没有准备不同。毛主席早就有预见，他说要随时准备打仗，准备灾荒，我们把它简化了，就是“备战备荒为人民”。你看，毛主席的话不是说明了吗？战争还没有来，我们就做准备。美帝国主义，看我们强大了，就敌视我们。开始我们把日本鬼子打垮了，我们又打垮了蒋介石，在朝鲜战场打败了美帝国主义。我们7万万人口的大国，如果美帝国主义打进来，就打不出去，就把它消灭在中国，所以我们有备不怕。

我们这里受灾多，1963年大水灾，房子倒了不少，1964年沥涝，1965年又旱，现在抗旱中又来了地震，当然受了灾，有很多困难，但我们防备些就好些。这一次，你们这里地震比南边隆尧来得晚，所以损失就小。对自然灾害，不管是天上来的气候，地下来的震动，只要有了准备，就有办法对付。我们派来很多人，研究地震规律，地震怎么对付，我们积累了不少经验。你们这个专区，同周围其他专区的经验，就使河北有了预防地震的办法。盖房子现在还不忙，先打个篷篷，以后盖什么样的房子防震，要通过试验，这和你们种庄稼一样，要经过试验，种什么品种，推广先进经验。盖房子也要先试验。毛主席时代的人对自然灾害是最有办法的。毛主席告诉我们，每一件事情都要和大家商量，和农民商量，和贫下中农商量，和工人商量，因为我们是为人民服务的，是为工农兵服务的，我们做得对不对，有意见大家就提出来。

东汪是个大公社，你们这个村子有6个大队，7000多人，在这里开会的仅是一部分。你们可以讨论，这次救灾做得公道不公道。救灾主要靠自己，国家要帮助，8号我到白家寨，他们提出首先靠自己，自力更生，大家帮助。国家是大家的，要依靠大家的力量搞好。你们是新中国的人民，是社会主义的农民，是有志气的，现在恢复生产要靠大家。过去我说的4句话需要颠倒，现在看来要先搞生产，再搞建设。大家说的“家里丢了从地里拿回来”，这符合毛主席思想。

麦子返青了，地该种了，干部要带头，党团员要带头，贫下中农要带头，把生产搞好，特别是党的支部，要带头把生产搞好。我说的4句话应改为："自力更生、奋发图强、发展生产、重建家园"。把生产搞好了家园就会建设得更好。你们说对不对？

今天是1号，5号就是清明节，该播种了，你们都懂得嘛，你们都知道种什么。经过灾荒，更要依靠集体力量，男同志、女同志，老的少的，大家一同来干。你们公社有10个大队，14 000多人，是宁晋最大的一个公社，这是一个很大的力量，特别是小伙子、姑娘们，要带头搞好生产。我代表党中央、毛主席来慰问你们。就讲到这里了。

（二）视察耿庄桥时的讲话

社员同志们：

我现在代表党中央、毛主席和国务院来看望你们，来慰问你们。

你们这个地区是地震首先发生的地带，从3月初就开始了，3月6号发生了一次较小的地震。党中央就派中国科学院地球物理研究所来到你们这里，8号来了个大地震，你们这里是个中心，由于你们有了准备，虽然8号地震较大，但比白家寨马兰损失小一些。22号的损失就更小。当然房子都坏了，但人畜伤亡得少，所以说一件事情有了经验，有了准备就好办了。你们付出了一些代价，但引起了邯郸、石家庄、保定、衡水等地区的注意，如果他们也遇到地震，就不会有大的损失了。

毛主席去年提出了个口号："备战、备荒、为人民。"备战就是准备和国内外的阶级敌人作战……以上是和阶级敌人作战，我们还有自然界的敌人。我们这个地区大前年闹了洪水灾害，去年闹了大旱灾，今年又闹了地震灾害，地震灾害过去有，这次是很大的。毛主席提出的备荒，就是要防备旱涝等灾害，只要有了准备，就什么也不怕了。第三是为人民，比如过去打日本鬼子，子弟兵好不好，共产党好不好，你们都知道。现在备战也好，备荒也好，都是为了人民。现在是人民当家做主的时代嘛，你们是国家的主人嘛，大家对我们的工作有什么意见都可以提，农村贫下中农和党团员要起带头作用嘛，现在要靠自己，过去打仗也是靠自己，靠"自力更生、奋发图强、发展生产、重建家园"。房子倒了要盖的，砖瓦要烧，但不是几天要盖起来，盖什么样的牢固，什么样的防震，要研究研究。

春播季节到了，现在不是快到清明了吗？你们不要误了农时，只有生产发展了，才能重建家园。现在是公社时代了，是毛泽东时代了，生产要靠集体力量，盖房子也要靠集体力量，国家支持你们，因为地震面积很大，所以要一步一步地搞，解放军不能长住在这里，但他们要留一部分帮助你们搞好生产，要照毛主席的话把生产搞好，所以天大的困难也是能够克服的。

老乡们，你们要家里丢了地里拿回来，这次来看你们就是鼓舞你们好好生产，重建家园。

## 4月6日

学园内1000多间房屋全部出现裂缝掉檐，不少成为危房。

今天县委组织人力和东方红拖拉机拉倒6座跨街石牌坊和一些邻街危房。

著名作曲家李劫夫、词作者洪源来灾区考察后合作两首歌曲，《你震你的，我干我的》："为了革命来种地，灾区人民心向党，毛主席的教导记心里：下定决心，不怕牺牲，排除万难去争取胜利。"《爹亲娘亲不如毛主席亲》："天大地大不如党的恩情大，爹亲娘亲不如毛主席亲，千好万好不如社会主义好，河深海深不如阶级友爱深。"这两首歌很快唱遍整个灾区。尤其后一首唱遍了全国，一直唱到10年以后的"文化大革命"结束。

今天收到的《科学园地》杂志1966年3月26日第四版刊登的两篇地震文章：

今昔地震

我国是一个多地震国家，历史上可以考察的地震有3500多次，据不完全资料记载，天津市比较确切的有史可查的地震是从1615年4月3日以后陆续记载直至今年3月。在这350多年中，人们能够感觉到的地震20多次，除1679年即清朝康熙十八年较为强烈外，其余的地震对人们生活并没什么影响。由此而看，天津在历史上是一个受地震影响不大的地区，即使从现有地质资料上看，天津也不是处在易活动的地球断裂带上。

地震是如何形成的

地震是一种自然现象，当地下岩石受到的作用力超过它的强度时，岩层就会破裂或沿原来的断裂面错动而引起构造地震；地下某些岩层、石灰岩、石膏岩等易被水溶成空，洞顶因支持力不足坍塌而冲击引起陷塌地震；火山喷发时会引起喷口附近的强烈地震叫火山地震。后两种地震一般力量不大，影响度小。90%以上的地震是前一种，威力大，波及面广。

## 4月15日

今天收到《中国青年报》刊载邢台地震灾区的系列报道，以《人民自有回天力》为题目的编者按如下：

我们的时代是伟大的时代！我们的人民是英雄的人民！听吧，在我国华北大平原上，又响起一曲震撼人心的共产主义赞歌。它赞美那里的人民在地震面前英勇战斗的革命英雄主义精神；它赞美人民子弟兵和各地人民“阶级弟兄心连心”“一方有难，八方支援”的共产主义风格；它赞美伟大的毛泽东思想武装起来的人民的强大战斗力和革命英雄气概。这一曲战歌如春雷滚动响彻云霄，给我们带来了巨大的鼓舞和战胜一切困难的信心。千百年来，人们遭受过多少水旱风火、种种天灾，这些天灾加上反动统治阶级趁火打劫，大肆搜刮，曾使得广大劳动人民流离失所，家破人亡，沦落于极为悲惨的境地。1920年甘肃一次连续两分钟的10级地震死亡20多万人，流亡之人不计其数。

在资本主义国家呢，英国一个地质学家曾经对一次发生在资本主义国家的地震做过这样的描述：在那里，资产阶级冒险家们“不是去援助他们垂危的同胞，而是去抢劫，他们不顾一切危险，向动摇的墙壁和堆满灰尘的街道奔走，践踏着受伤和半掩埋的人，剥取垂危者的衣饰。”

今天在社会主义的中国，完全是另一种情景：党和政府是那样的无微不至地关怀灾民。我们的人民在地震面前绝不是软弱无力、无所作为，而是紧紧地团结在一起，并肩作战，胜利地克服着自然灾害带来的各种困难。正如灾区老贫农说的：“爹亲娘亲不如党和毛主席亲，千好万好不如社会主义好。”生活在毛泽东时代的人民是多么值得自豪。

这次邢台地区的抗灾斗争，是我国人民共产主义风格的大发扬，说明了我国人民精神达到了多么高的境界。自然灾害只能震坏我们的房屋，但震不垮我们的革命精神。“六亿神州尽舜尧”，这一切说明，用毛泽东思想武装起来的中国人民，不怕天不怕地，能战胜阶级敌人，也能战胜自然灾害这个敌人，用毛泽东思想武装起来的人民是不可战胜的！

1986年宁晋县委公布地震资料：

“1966年3月8日5时29分14秒，位于隆尧县的马兰至宁晋耿庄桥一带发生 6.8 级地震，震中烈度为 9 度。最严重的是沿滏阳河两侧的耿庄桥、孟家庄、长路、徐家河、艾辛庄、东汪、北鱼、贾家口”等 8 个公社 63 个大队。全县死亡 1153 人，伤 17 354 人，倒房 106 598 间，死牲口 148 头。受灾较重的还有尧台、小刘村、大陆村、纪昌庄、刘路、周家庄 6 个公社 51 个大队。”

“1966 年 3 月 22 日 16 时 14 分 16 秒，位于东汪一带发生 7.2 级强烈地震，震中烈度为 10 度，极震区以东汪为中心，地震面积为 137 平方公里，震后普遍地裂，冒水冒沙，最大冒沙孔直径 1 米多，喷砂积厚 1.3 米，最大裂缝宽 0.7 米，最长达几公里，裂缝上下错动几十厘米，艾辛庄滏河桥桥面与桥墩发生位移 1.8 米，此次地震重灾户 630 584 户，245 268 人。”

“两次地震砸死 1617 人，伤 19 678 人，发生其他各种病 17 407 人，上级派来医疗队员 2270 人。”

两次地震“轻灾两个公社：曹伍疃、李家营。重灾 11 个公社：边村、换马店、河渠、白侯、东南汪、孙家庄、苏家庄、司马、双井、高庄窠、唐邱。特重灾 28 个公社：耿庄桥、孟家庄、长路、徐家河、艾辛庄、东汪、北鱼、贾家口、尧台、小刘村、大陆村、纪昌庄、刘路、周家庄、侯口、北圈里、大杨庄、百尺口、雷家庄、营台、素邱、东陈、北河庄、中曹、大曹庄、北鱼台、城关、四芝兰。”

3 月 8 日以后，国务院总理周恩来、副总理李先念、内务部长曾山、国务院副秘书长杨仿之、省委第一书记林铁、省委第二书记刘子厚、省委秘书长王笑一等各级领导先后来灾区慰问。石家庄市机关门诊部、赵县医院、天津医疗队、白求恩医院、河北医学院、首都 261 医院、河北医疗队等医务人员先后到达灾区。

作　　者：韩春林

走访整理：中共宁晋县委党史研究室　乔艳丽

# 我记忆中的东汪地震

刘岭若

我叫刘岭若，今年 78 岁，时任宁晋县东汪二村支部副书记。

1966 年 3 月 8 日的早晨，我突然感到脚下有些晃动，周围的房屋哐哐地响了起来，有一些老房屋瞬间倒了，有人紧紧张张地喊：“是地震，快点跑!”那时候人们对地震也没什么认识，但这次地震只造成一些老房屋倒塌，对人的生命危害不是很大。22 日下午，大地剧烈地摇摆，摆幅很大，周围是哐当哐当、哗啦哗啦的响声，房屋全部倒平，那时很吓人，不幸的是，我村有 1 人被倒塌的房屋砸死。震后，全村各生产队组织人们，把埋在房屋里的人积极救出来，展开自救。

周恩来总理来东汪的具体时间我记不清楚了，那时在村北口的广场上召开了东汪公社群众大会，我担任村里的副支书，带领村里的群众参加了大会。当时，周总理站在村边的寨墙上给群众讲话，提出了“自力更生、奋发图强、发展生产、重建家园”的思想方针，听完总理的讲话后，全村的百姓热情高涨，把劲儿都鼓足了。“周总理都来了，咱们更应把家园建设好，还得准备周总理再来看的时候，比原来更不一样了!”这是群众的一致呼声，也是群众重建家园的精神劲头儿。

震灾后，国家给了我们救灾的物品，吃的全部是国家供应，部队、医生等人员也都来了，在广场上把帐篷都搭好，让受伤群众能够得到及时救助，让群众有住的地方。县里也组织帮助重建家园的工作队来村里指导修建房屋(把倒塌的房屋旧砖挖出来，砌上泥缝，垒上一人多高)，同时也积极找白灰、苇箔等物品。在村里重建家园中，全村每个生产队有多少户，安排多少房屋等方面，都做出了计划。那时候，除了抓好地里生产，就是修建房屋，村民能自己解决的，尽量不给上级添麻烦、要东西。我记得入冬的时候，

99％的家庭已全部住进了临时房屋，这一切都归功于国家。房屋建好后，部队、医生等人员才陆续离开。

口　　述：刘岭若

走访整理：中共宁晋县委办公室　单观朝

# 总理与东汪地震

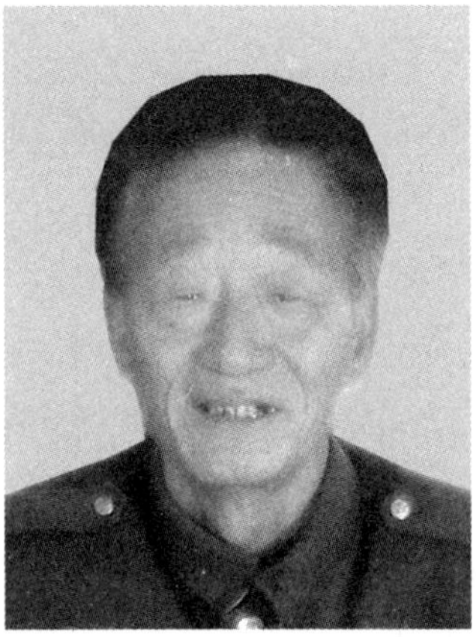

姜俊林

我叫姜俊林，今年 64 岁，宁晋县东汪四村人。

地震那年我正好 14 岁，正在上高小。事后群众回忆，地震前确实有过狗叫、鸡叫、驴叫等现象。3 月 7 日，人们曾接到过地震预报，说是晚上 12 点前有可能发生地震，但人们等到后半夜里，也没发生地震，人们就放心了，以为不地震了，都陆续回家睡觉了。但在 8 日 5 点多吧，就发生了地震，我家的房屋倒了，但不严重，房屋门变形了打不开，我父亲想法儿把门硬打开。村里的房屋倒塌的不多，那天下起了小雪，村里的哭喊声一片，惨状非常吓人，人心惶惶，人们都没经历过地震。

8 日后，每天的余震很多，在 22 日又发生了地震，但这次地震比 8 日的要大，感觉把人颠起来又摔下去，就这么厉害。我当时正在东汪高小上学，在院子里上课用的桌椅全都倒了。

东汪镇的四一广场的来由，就是纪念周总理 4 月 1 日来到东汪，看望受灾的群众。我当时作为学生，学校不让我们参加大会，可能是因为我们年龄小，怕扰乱了会场秩序。周总理提出了“自力更生、奋发图强、发展生产、重建家园”的思想方针，这 4 句话对人们的思想影响是最深刻的，总理还说：“10 年以后我再来东汪看你们。”这句话为人们重建家园、战胜灾难鼓足了心气，提升了信心。人们觉得，东汪这样小的一个村庄，国家总理亲自来看望慰问我们，对我们这样关心，我们都无比感动。同时，总理还接见了我们 6 大队的贫民代表贺全胜（音），有人还给总理倒了一碗水，这个过程是听大人们说的。

村里在重建家园过程中，大队自力更生，每个大队建 1—2 座砖窑，组织民兵和年轻人打坯烧砖，把倒塌房屋的木梁、檩条都集中起来，然后进行分配，队里做出规定，优先给烈军属和五保户修建房屋，我家当时作为军属，是第一个修建房屋的，之后，村民们逐步都住上了房屋。在土地生产上，人们把原来的土坯炕、倒塌的土坯房、街里的土都拉到地里——那时候叫“高温积肥”——积极进行土地生产，抓好粮食生产。

口　　述：姜俊林

走访整理：中共宁晋县委办公室　单观朝

# 亲历宁晋地震

巨志更

我叫巨志更，今年 60 岁，出生于宁晋县东曹庄。1966 年春，邢台发生了罕见的大地震，宁晋地震是邢台地震的一部分。3 月初至 4 月初，该地震持续一个多月。其中仅 4 级以上地震就达 30 余次。3 月 8 日、3 月 22 日，以耿庄桥、东汪为震中先后发生了 6.8 级、7.2 级两次强震，人民的生命财产遭受惨重损失。当时我还是侯口公社东曹庄学校三年级的小学生，但对于这场地震我记忆犹新。

## 一、灾难突然降临

3 月 22 日下午，第二节课的课间，我正在看一本早已想不起名字的连环画小书。巧得很，当看到天气恶劣、风雨交加的故事情节时，突然，大地颤抖，树木摇曳，校园一片骚动。我们这些小学生不懂得这种异常情况，有的感到奇怪，有的不以为然，有的惊恐地瞪着眼睛，有的感觉很舒服，说和“坐轿”一样好。不久，从校外传来消息，说学校对面居住的孙老太太被房上掉下来的砖块砸伤了。这就是史料已有记载的 1966 年 3 月 22 日以东汪为震中的宁晋大地震前的预震。

学校校长知道事态的严重性，也许他已经了解到 3 月 8 日宁晋的邻县隆尧县地震的灾害情况。于是，安排班主任老师以班为单位带领学生向村外“突围”。很快，我们就转移到离学校最近的村西南角的空旷地带。然后，我和比我小一岁的叔伯弟弟巨志桥与许多同学结伴，在村子的西部外围地带由南向北往自己家里迂回。走着走着，耳边传来隆隆作响的声音，接着大地猛烈跳动，四面摇晃。随着剧烈的颠簸，我们的腿就像突然没有了筋骨一样不听使唤，一个个都突然倒在了地上。回过神来，我看到我村东面和南面的邱头、城北两个村子上方突然腾起滚滚浓烟，像电影画面上的核爆一样震撼。后来才知道，这浓烟滚滚的是房倒屋塌后，古老房子的灰尘随着立春后阳气上升向天空中散发而形成的。当时我村也是这样，到处是尘烟弥漫，残垣断壁，废墟一片，鸡飞狗跳，惊恐的哭声和凄惨的求救声响成一片。

这时，一种恐惧感突然向我们袭来，结伴而行的同学们大多数已经哭了起来。有个叫小珍的女生不断地大声地叫着“奶奶”，盼着早一点让奶奶把她接回去。

在回家的路上，我们看到地面上出现了一些四五公分的裂缝，有的地方还冒出了黑水，有的地方涌出了黑沙。我和弟弟志桥相互对视着，好像在问：“这是怎么了呀?”我曾想：这难道就是鬼故事中的天塌地陷吗?

天快黑的时候，父亲在村西北角处找到我和志桥。我们踏着散在地上的破砖烂瓦，艰难地回到自己家中。我的家早已随着地震的袭击被破坏得不成样子了。两间西屋已经倒塌，留下了一大堆不到 1 米高的废墟。3 间北屋的墙壁开裂、门窗扭曲、檩梁错位，摇摇欲坠，根本就不敢进去居住。当晚，我的父亲和伯父在院子的东南角用秫秸箔和席子搭起了一个窝棚，由于空间狭小，母亲、伯母、我和我的妹妹，以及我伯父家的志环、志桥姐弟等人住了进去，父亲和伯父只能待在窝棚一边，披着个破棉袄在乍暖还寒的夜色中瑟瑟发抖。

这天晚上我们都没有吃到晚饭，睡到半夜，弟弟志桥饿得“哇哇”大哭了起来。母亲想了想，快要倒塌的屋子内还有没吃完的高粱窝窝头。当时余震不断，随时还有大震的可能，谁还敢进屋去取东西。在这样的情况下，母亲迈着柔弱的步子，一点点向房门靠近着、观察着。突然，她像发疯一样，拼命冲进将要倒塌的屋子里，把那半篮子窝头抢了出来。伯母赶快接了过来，递给我和弟弟吃。由于窝头上沾满了地震震落的老房子的尘土，用毛巾擦也擦不净，牙齿一咬，就像吃到土块一样。虽然窝头不干净，但是它的主要成分是粮食，吃了它总比干饿着好得多。因此，我和弟弟硬着头皮大嚼几口，伸了伸脖子将它咽到肚子里。

## 二、国家大力救援

我们受灾了，党中央、毛主席牵挂着我们。解放军火速调派兵力支援灾区，天快黑的时候，有一个连的部队从石家庄赶到我村，负责侯口公社 5 个自然村 9 个大队的抗震救灾。

解放军舍生忘死地抢救人民生命财产，奋力营救压在废墟中的村民，向外转移受伤较重的伤员，把灾害的损失降到了最低的程度。北京、天津、石家庄等地及时选派精干医疗队，为受伤者包扎施救。我村除了巨群路的母亲——一位 60 多岁的老太太抢救无效身亡以外，其他几十名受伤者都获得了救治，挽回了生命。

灾后第二天，解放军送来了空投的馒头、烙饼、饼干等食物，解除了我们断粮断炊的燃眉之急。后来，在我家的院子里挖了个圆坑，埋上一口几十人吃不完的大锅，扛来一袋袋面粉在这里做饭。大家你一碗、我一碗，吃得很香、很甜。人们盼到了救星，看到了希望，许多人流下了激动的热泪。

为了解决灾民的居住问题，解放军帮我们在空旷的地方，开挖出 3 米宽、8 米长、两尺多深的大坑，在大坑向阳的南边留下一个 1 米宽的门口，大坑四周培上两尺多高的土，形成围墙模样，顶上用木棍支起三脚架，搭上秫秸箔或苇箔，再盖上一些谷草。坑里面铺上麦秸、席子、草苫，这样就建成了一个半阴半阳的简易防震大棚。

一个 100 多人的生产队一般建两个这样的大棚，男女各住一个。尽管几十个人住在一起拥挤一些，但人们有了安身之处，能够避风御寒了。记得在防震大棚居住的时候，晚上还有一些解放军战士来到这里，带领我们学唱革命歌曲，给我们讲一些小故事，激励我们的斗志，提高我们的勇气，使绝望的灾民找到一些乐趣，调整好失魂落魄的心态。后来，又陆续建起许多小型防震棚，能够以家庭为单位居住了。

一方有难，八方支援。在党中央、毛主席的号召下，举国上下纷纷伸出支援灾区之手，支援灾区的抗震救灾物资源源不断运到村子里。既有现金、粮食、煤炭、蔬菜、衣服、被褥、锅碗、筷子等生活物资，还有种子、牲口、化肥、生产工具等生产资料。长江下游的菱角、江浙的藕、山东半岛的甘蓝菜、安徽一带的荸荠等闻所未闻的稀有产品首次出现在我们的餐桌上。

全国各地的小朋友也积极捐款捐物，他们拿出了自己的零用钱购买了书包、本子和铅笔运往灾区。老师在课堂上向我们分发这些东西，我曾经得到两个本子、3 支铅笔和 1 块橡皮。记得全国各地的小朋友还给我们寄来了许多慰问信件，鼓励我们克服困难，渡过难关，好好学习，天天向上。我们切身感受到了党和政府的关怀和全国人民的大力支持，进一步加深了对社会主义制度优越性的理解，由衷地唱出了“天大地大不如党的恩情大，爹亲娘亲不如毛主席亲，千好万好不如社会主义好，河深海深不如阶级友爱深”。

## 三、重建美好家园

上语文课的时候，老师在黑板上写上“自力更生、奋发图强、发展生产、重建家园”16 个大字，说这是周恩来总理在东汪视察灾区的时候对我们的鼓励。还告诉我们县委书记赵安芳说过的话：“房倒志不倒，地动心不移。”我们村遵照党中央、毛主席和周总理的指示办事，按照当时全国农业战线的一面旗帜——大寨村“先治坡，后治窝”的基本路子，在县委、县政府的正确领导下，积极开展抗震自救。

首先是发动群众恢复生产，家里丢了地里找。男女老少齐上阵，土洋工具一起上。抓革命，促生产，打好小麦管理和春季播种两个硬仗。在夺取小麦丰收的基础上，积极抗旱播种，排涝保苗，扩大棉花、高粱、玉米、谷子、薯类、小杂粮等秋季作物播种面积。动员妇女、儿童参加集体生产劳动，积肥追肥、除草灭虫，提高田间管理质量，夺取全年农业大丰收。其次是重建校舍，恢复上课。我们在解放军的帮助下，就地取材，土法上马，运来房屋倒塌后残存的旧砖块，用土和泥砌砖，在村西南的空地里建起了两排简陋的临时教室。教室内垒起了一排排砖砌的台子，替代被砸毁的课桌。这样全村几个年级的学生，全部搬进了防风防雨、安全可靠的简易教室，恢复了正常的教学秩序。

随后，村里开展了轰轰烈烈的建设社会主义新农村活动，规划建设新房屋，县委提出的“农闲大建，农忙小建，大忙不建，抓住农业生产空隙进行突击”的办法，使生产劳动、重建家园紧密结合。那时候我父亲是村民兵连长、副支书，后来他又当上了村党支部书记，是新农村建设的主要参与者，我目睹了他和村干部制订规划、召开会议和手拿草图、带领群众施工建房的许多场景。

我村统一规划了 2 纵 2 横 4 条主要街道，几条小街和许多两米宽的胡同。新农村房屋属于低矮的抗震房，沿用传统平房样式，东西 15 丈长为一排，南北排与排距离是 4 丈宽。一丈 1 间，一排 15 间，间宽 4.5 米，屋内高度从室内地面算起是“顶箔 7 尺”，墙体外面是表砖砌墙，里面垒的是土坯，墙壁共两尺多厚，冬暖夏凉，非常结实耐用。每建一间房，国家给予一定的补贴。每人按 0.7 间分配，我家 4 口人，得到了 3 间房子。

为了支援灾区建房，国家调拨了木材，运来了白灰。成堆的木头堆积在我家附近。从兴安岭运来的松木结实笔直，是做檩、梁的好材料。还有我从来没有见过的直径 1 米多的大木头，木工“拉大锯”把它解开，制作门子、窗户。白灰在当时是少有的建筑材料，在砌表砖墙“摸砖对缝”的时候才肯用它。用白灰砌出的房子美观结实，经得起风吹雨淋。

为了解决新农村建设材料匮乏问题，我村还在滏阳河畔修建两座“土砖窑”，用自制的模子“扣坯子”，制出的“五面光”的砖坯，缺少煤炭就弄来麦秸烧窑。还发动群众在麦场里脱土坯、打秫秸箔，不断满足建房的物资需要，加快了建房进度。到 1968 年末，用了不到两年时间，新农村建设基本完成，全村 2900 多口人、近 1000 户村民重新开始了安居乐业的新生活，抗震救灾、重建家园取得了重大胜利。

如今，距那场空前灾难已有半个世纪了。在这几十年沧桑岁月中，在这块神奇的大地上发生了巨大的变化：一些先富裕起来的农民盖起了漂亮的小楼，当年那低矮、狭小的抗震房早已被宽敞明亮、高大结实的新砖房所代替。偶尔能够找到的抗震房也早已少人居住，已成为那段难忘历史的见证。

如今，宁晋人民在党中央的正确领导下，大力发扬自力更生、艰苦奋斗、不屈不挠、敢于胜利的抗震精神，为把宁晋建设得更加富裕美好、实现富民强县的宏伟目标而努力奋斗。

作　　者：巨志更

走访整理：中共宁晋县委党史研究室　乔艳丽

# 亲历邢台大地震救援工作

李世凡

我叫李世凡，1945 年出生于湖北天门，今年 71 岁，已退休。我曾亲身经历过 20 世纪 60 年代中期发生在河北邢台地区的大地震，并参与了震灾救援和灾后重建工作。至今回忆起来，当时的情景仍历历在目。

1964 年，19 岁的我中学毕业后响应国家号召在家乡报名参军入伍，分配到北京军区某部，随部驻河北省石家庄市。我们每天除了参加训练，还进行政治、军事等业务学习。

1966 年 3 月 8 日清晨 5 点多钟，我们突然感觉到床在晃动，房梁在摇动。有战士说：“不好，可能发生地震了！”我们马上起床。这时紧急集合的号声响起，我们迅速跑到操场上集合。这时师参谋长走上前台向我们传达了军部的命令：邢台地区发生地震，部队立即奔赴灾区救援！后来我们得知这次地震的震中在河北省隆尧县，我们的目的地是离隆尧县不远的宁晋县。我们马上背上背包登上汽车，连早饭都来不及吃就上路了。

汽车行驶了两三个小时到达了宁晋县一个村庄，村庄里的民房很多被震垮，当地的民房多为土墙或砖墙结构，不少人被压在了土砖下。我们一到那里就展开救援，从倒塌的房屋里寻找幸存者。不少人在地震中受伤，还有的被埋在土墙瓦砾中。那时没有什么救援工具，因担心伤及埋在瓦砾中的幸存者，我们不敢用镐、铁锹等工具，全部用手去挖，很多人手上挖出了血。部队卫生员全部出动了，与当地卫生站的医生护士抢救伤员。没有担架，我们就用树枝或门板做成简易担架，将伤员送到用帐篷搭建的临时卫生院，将重伤人员用汽车送往医院进行治疗。残垣断壁中到处是血迹，我们抓紧每分每秒寻找被埋在土墙或瓦砾中的幸存者，甚至忘了饥渴。

在我们官兵和村民们的共同努力下，到下午 2 时左右，大部分幸存者被救了出来，这时我们才感到有些饿了，炊事班送来了食物，我们狼吞虎咽地吃完饭，又继续投入到搜救中。我们一间屋一间屋地进行搜救工作，在一间倒塌的屋里，我们发现了一位老大娘，她正蹲在墙角里嘤嘤哭泣。担心还有余震袭来，我们赶紧清理出一条通道，救老大娘出来，但她哭着不愿出来，有熟悉的村民告诉我们，老大娘是因为太伤心，而且她想就“死”在自家屋里，不愿离开家。我们马上安慰老大娘：我们是毛主席派来的解放军，一定会帮她重建家园的。老大娘闻言破涕为笑，在我们的护送下到达安全地带。

那时正是春季，地震过后下起了雪，气温十分低，这也给搜救工作带来了难度。我们是第一次进行地震灾害的救援工作，没有什么经验，当时物资也十分匮乏。我们将带来的帐篷让给了村民，但帐篷远远不够。我们就想了个办法，就是挖坑道，向地下挖1米来深，然后在上面架上树枝，再铺上茅草或油布，可以防寒、防雪，这样人待在里面比较暖和。

最让我们惊心的是运送尸体，很多尸体被砸得血肉模糊，有的断胳膊少腿，其状惨不忍睹。有胆小的战士不敢上前。指导员大声喊我：“小李，我们带头!”我和指导员扒出埋在土堆里的一具遇难者的遗体，将他抬到村头一块平地上，其他战友见状也跟着我们寻找其他遇难者的遗体，并将他们送到指定地点。

这次地震过后，几乎每天都有余震，为了防止再有村民受伤，我们建议村民都住到帐篷或挖好的坑道里。3月22日，地震再次袭来，这次地震震中在宁晋县，幸而我们早有准备，这次地震发生后，基本上没什么人员伤亡。村民们都心有余悸地说：“幸好我们听了解放军的话，没有住到屋里，否则后果不堪设想。”

3月10日上午，在第一次地震发生后，我们敬爱的周恩来总理就来到了受灾严重的隆尧县，我们师部领导赶到隆尧县迎接周总理。虽然我没有亲眼见到周总理，但师部领导回来后传达了周总理的指示。

后来我们得知，河北省邢台地区这次发生的强烈地震为6.8级，是新中国成立以来在我国东部人口稠密地区发生的第一次大地震，造成了重大的人员伤亡和财产损失。在此之后余震不断，3月22日又发生了7.2级强震，使灾区灾民雪上加霜。严重的灾情震动了党中央和国务院，周恩来总理在震后数小时就做出指示，下令解放军部队迅速奔赴灾区救灾。3月10日周恩来总理乘直升机到受灾村镇进行慰问视察，并鼓励灾区人民自力更生，重建家园。震灾过后，全国人民给予邢台地震灾区大量支援，解放军医疗队抢救了许多人的生命。解放军战士一边进行抢救，一边对群众进行宣传，并帮助他们恢复生产。全国各地也给灾区调运了大量生产生活物资，让灾区人民深切感受到党和政府的关怀。

我们部队在震灾地区待了一个多月时间，期间除了抢救人民生命和财产，让村民们的损失减少到最低限度，我们还帮当地村民恢复生产，重建家园。当情况稳定后，我们部队返回石家庄。走的那天，村民们自发地为我们送行，很多人哭了，大家依依不舍。有一位老大爷大声对我们说："解放军叔叔，再见!"我们说："您年纪大，怎么喊我们'叔叔'呢?"那位老大爷说："解放军的辈分最高，我当然要喊你们解放军叔叔了!"大家一听都乐了。

作　　者：李世凡
走访整理：中共宁晋县委党史研究室　乔艳丽

# 卫生战线上的抗震救灾实录

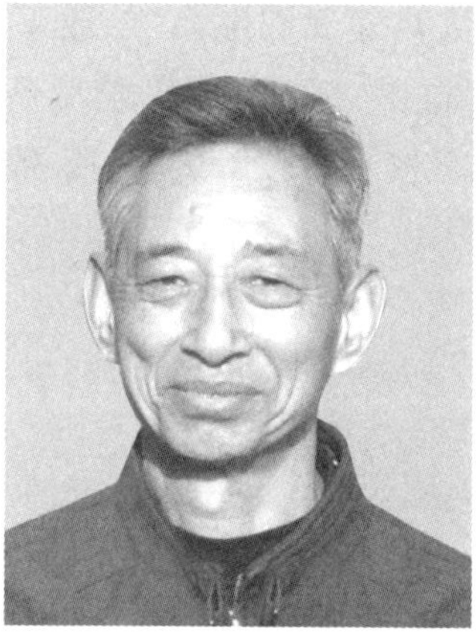

杨兴茂

我叫杨兴茂，1938 年出生，在宁晋县医院退休，今年 76 岁。1966 年 3 月 6 日 8 时许（早饭后）医院职工上房扫雪，忽然感到“忽悠”两下，随着有人喊“地震了”，但未引起太大注意，人们只管扫雪。

时间不长，政府通知医院，派两名医生跟随县慰问团到耿庄桥一带进行慰问（医院派周增贵和我带急救药随行）。慰问团由主管文教卫生的副县长范慎良带领，由粮局高彦文等诸多单位 20 来人组成，乘坐一辆货车出发到耿庄桥工委。

慰问团在耿庄桥工委办公室听取了工委负责人的汇报：“电灯线晃动，窗台上的暖水瓶掉到地上啦！水瓮里的水迸出来啦！耿庄桥有一户街门的瓦把老太太的头砸破了！”随后，慰问团到街上查看，见到群众情绪很低落，都在大街上站着，有的人家也不做饭了，买一角一个的馒头，那时是比较贵的。当时天还下着小雪，看到群众在街上冻着，慰问团就动员群众回家，当时由于没有经过大地震，并说地震是常有的事，就让群众不要在街上冻坏了。

之后开车到耿赵庄，在大队部支书做了汇报（办公室是新盖的蓝色卧砖房，已震得裂了一道璺），汇报间，一阵隆隆声响，屋里的人都跑到院子里，只剩下了范县长一人。地震停止后，慰问团员又回到屋里，范县长说：“没事，你看，我都没跑。”在耿赵庄村的情况是：群众在自己的院子的中间，离屋子较远的地方挖了像农村的粪坑或菜窖样的坑，1.2 米见方的地窨子，里面铺上草、被子，把孩子放在里面，坑口盖上席子来保证孩子的安全。下一个去的村子是孟家庄，震灾的情况大致相同。顺大坝到晚上过崔官庄到艾辛庄，已是晚上十来点啦！第二天，也就是 1966 年 3 月 7 日，原班人马继续慰问。我因为晕车厉害没去，慰问团当晚住在孟家庄中学，就遭遇了 3 月

8 日凌晨发生的大地震。

地震发生后，石家庄市三院、二院、四院、和平医院等医院的医疗队立即赶到一线抢救伤员，陆续来的还有天津骨科医院、重庆四军医大、张家口等医疗队。和平医院住在宁晋中学，254 部队医院住在澡堂。大量的伤员被运往医院，根据伤情分组治疗。

## 一、白衣战士

石家庄市三院的医生没吃早饭、没脱白大衣就上车来宁晋基层抢运伤员，直到下午 3 点还没有吃早饭。我在接待组，见此情景，让他们到伙房吃点饭再下去，他们不肯，我好说歹说，他们刚想吃点东西，正在此时，一位穿呢子大衣的干部问："你们是哪个医院的?"答："石家庄市三院。"那人说："我是石家庄市卫生局肖局长，我命令你们要像雷锋、王杰那样，一不怕死，二不怕苦。"三院的医生立刻上车要走，见势不妙，我说："你们等一下"，我立刻到伙房用笼布包了十几个馒头，扔到车上。

## 二、廉洁公仆

一日，石家庄市卫生局肖局长和部队黄团长来医院，医院为尽地主之谊，为他们准备了一桌酒席，当二人一步迈进屋里时，一脚门里，一脚门外，肖局长就退出来，说："我们是来救灾的，这样的饭我们不能吃!"随后拉着黄团长说："走，到和平医院食堂吃去。"医院虽然尴尬，却也很感动，就把酒席撤了。肖局长为了不给地方添麻烦，晚上睡在 212 车上，那时天气还很冷，车内又没有暖气，真是廉洁的好干部。

## 三、五人医疗队

一日，我们几个人在接待室值班，凌晨 1 点多钟，听到小车喇叭响，我急忙出去迎接。到接待室后，来人拿出介绍信递给王士彦书记，打开信一看，原来这5人是重庆七军医大陈仁亨教授为首的医疗队，他们是从重庆坐飞机到石家庄，又开车过来的。我们让他们到伙房去吃点饭，他们说不饿。话音未落，住澡堂的部队医院有重伤员要求和平医院会诊，此时正值深夜，和平医院住在老宁中，加上又不熟悉，我们正踌躇是否打搅和平医院的主任时，陈仁亨教授说："是否让我们去?"真是一场及时雨啊，我们连说："好好好!"由姜建生带路前去，当时澡堂住着87名伤员，只用了半个多小时就检查完了，之后告诉医生：几床几床是一类伤员，伤情如何，几床几床应注意哪些，治疗方案等交代得一清二楚，真让县级医生看得惊眼，不时赞叹他们的医术之高明。

来后的两三天，他们5人从不吃医院的饭。我因为有照顾他们的任务，心想：是否他们嫌下面的饭菜脏？于是偷偷看他们吃什么，原来他们带来一大箱散装饼干，几个人吃点饼干喝点开水。通过和他们交谈，我知道他们是因为不忍吃灾区的粮食。经劝阻后他们才到医院食堂去吃饭。

他们5人除陈教授外，有一个病区主任、一个主治医师、一个化验师、一个放射医师，同时带来透视、化验试剂和好多急救药品，在医疗中都无偿给病人用了，剩下的留给药房，药房说："给打个条吧。"陈教授说："不用了，回去就说给阶级兄弟用了（当时别的医院，用一只药都得打个条）。"

陈教授医术高明，是全国一流教授，和平医院的医生包括主任见他都喊老师，因为他们都是陈教授的学生。陈教授的手非常灵巧，两手捧住病人骨折的地方，一揉一揉地让放射师透，放射师说"正好"，然后打石膏绷带送病房。陈教授讲课深入浅出，常用日常生活中的事举例子。他是解放军总后卫生部的知名专家，很多医书他都是主编之一（救灾后给县医院寄来很多他编的书作为赠书）。医院后来学习的《医疗护理常规》就是他主编的，这本书使医院医疗护理走向了规范化，大大提高了县医院的医疗水平。

陈教授高大魁梧，手术室最大号帽子戴在他头上都下不去，他的脚一尺多长，鞋子都是订做的。可他治病非常细心，当时民主村有一学童，圆珠笔帽不慎吸进气管，孩子一会儿没气，一会儿没心跳，他两次开胸按摩，并说，输每一滴液体要带多少药进去，都计算地非常精确直至取出异物后将孩子送入病房。

陈教授道德高尚，亲自到病房为病人端屎端尿，待人和气，作揖还礼。在医院当时办的小报上，连续3天都是他的先进事迹。他还是一个多面手，在让木匠给骨折病人做牵引架时，木匠做不成，他说他给做个样。他用锯子锯，刨子刨，不一会儿就做好了。

1966 年 3 月 22 日上午，他们去石家庄买了飞机票准备回重庆。忽然听闻宁晋发生大面积地震，又退票返回宁晋。

## 四、周恩来总理心系灾区

3 月 8 日，总理知道邢台发生地震，指示："自力更生、奋发图强、重建家园、发展生产。"3 月 22 日发生更大面积地震后，灾区牵着总理的心。总理飞往东汪，在野外广场大风天里做了"自力更生、奋发图强、发展生产、重建家园"的指示，并且喝了一大碗群众端来的白开水，群众含泪看到了总理的人格。这是广为人知的，但有一个小小插曲可能少为人知：听说总理要来宁晋，很多人都想看看总理本人，为了总理的安全，县里传言总理到耿庄桥，很多人都骑自行车从县城往耿庄桥赶，到耿庄桥后，传言总理不来耿庄桥，去县城；当人们返回县城，消息说，总理到东汪了；等到骑车到东汪，总理的飞机已经起飞了。不知安排，还是巧合，都是为了总理安全。

当时的县医院医生马智辉和总理握了手，感到终生荣幸。

## 五、3 月 22 日地震

宁晋地震指挥部成立后，我在地震指挥部卫生组分管全县住院和死亡数字统计，3 月 22 日上午接指挥部通知要搬到抗震一线耿庄桥。我提前骑车到耿庄桥，当时住在耿庄桥医院。药房是在院子里搭的席棚，瓶瓶罐罐都在棚子里。吃过午饭，电话刚接通小刘村乡（在那时接通一个电话很费力），就听到咚咚的地震声（地下上下震动的声音），随后就是剧烈的摇动，药瓶药罐"唰"的一声，洒了一地。男女医生勾着臂膀也站不住，最后都坐在地上，其中还有省卫生厅长韩启民。

大震过去医生立刻外出巡诊。就见地有裂缝，往村外看去地里一片一片的水，有冒出的黄沙和黑沙。远望县城方向的村庄，空中升腾着尘烟。有人见到震时的河堤像蛇行一样，汽车在公路上弹跳，不能前行。幸好，耿庄桥的群众都住在三角庵子里。房子都已经倒了，个别没倒的房子也没人住了。

又因为是白天，所以没人员伤亡。这样县城也就成了一线，我奉命又回到县指挥部，此时得知，我住的房子全塌了。衣服、被子、吃饭的家当都埋在废墟里，爱人和孩子只能在房廊下过夜，这样，我依然坚守岗位，顾不得家中私事。

作　　者：杨兴茂
走访整理：中共宁晋县委党史研究室　乔艳丽

# 我记忆中的邢台大地震

王金锁

我叫王金锁，今年 67 岁，退休于宁晋县广电局。1966 年 3 月 7 日那天，正值初春的季节，然而并没有出现温暖的天气，却出乎意料地下了一场小雪。当时，我正在宁晋中学高中 26 班读书，学校实行住宿制，紧张学习了一天之后，我在自己班的男宿舍里，钻进薄薄的被窝里，很快进入了梦乡。

然而谁也没有想到，就是在这天晚上，确切地说是在 3 月 8 日凌晨 5 时 29 分，一场罕见的灾难降临到我的家乡宁晋。

此时，正在熟睡中的我，突然被一阵隆隆的声音惊醒，那声音似乎是拖拉机发动的声音。开始，我下意识地把被角掖了掖，以为是房后食堂来了辆拉煤的车，然后又感到不对头，怎么突然之间房子会晃动？床板也被颠得咯吱咯吱地响了起来，被窝里的我似乎像簸箕里滚动的元宵，这时，不知是谁喊了一下，有地动！

此刻，我的脑子突然闪出了奶奶常对我讲的鲤鱼大翻身的故事，说什么，地底下有一条大鲤鱼，只要一翻身，会引起天塌地陷，一不小心就会把你埋到地底下。这时，已有同学光着身子往外跑，我也一轱辘爬起来东倒西歪冲到了屋外的小院里。记得同学们由于高度紧张，不知是谁绊倒了尿盆，一盆尿全都倒在了屋子里。

当时，我班男生的宿舍住的是北屋，东屋、西屋住的是初三的男生。这时，大家几乎都是穿着裤衩、光着脊梁、赤脚踩在雪上，冻得直发抖，过了五六分钟，我们的头脑清醒了过来，于是又纷纷跑回了房子里，急急忙忙地穿上衣服，准备坐到天亮。过了半个小时以后，学校传来了话，让同学们不要着慌，早饭后照常上课。

我们班上午第一节课是语文，上课时，我发现教语文的李老师一边看讲义，眼睛总是盯着教室的灯管。忽然灯管晃动了两下，他大喊一声快跑，说着一个剑步跨到了室外，当时同学们都成了惊弓之鸟，见此情景，一窝蜂跑到了室外，就这样一节课跑了两三次，哪还有心思上课。此刻，老师和学生都感到非常无奈。

邢台地震由两次大震组成。一次是发生在3月8日凌晨5时的大地震，震中心在隆尧县的白家寨，震级6.8级，震中烈度9度；另外一次发生在3月22日下午4时的大地震，震中心在我县的东汪、耿庄桥镇，震级7.2级，震中烈度10度。据当时统计，这两次地震死亡人数8000余人，轻重伤38 000人，经济损失10个亿，受灾面积2300平方公里，在国内外引起了巨大的影响。

第二次大地震时，我正在宁晋县中学南操场（现上城小区），我利用课外活动跑5000米，忽然一阵狂风沙扬，地声隆隆，在操场上锻炼的同学都被震得东倒西歪，我们都清楚，这又是一次大地震的到来。于是，我们稍微平静下来后，纷纷往学校跑，一群人刚刚迈进学校的南大门，又一次强烈地震到来，我感觉到这次震得比刚才操场上锻炼时更为强烈。当时前有更高尖顶的教室，后有一排低矮的平房，一群人都被拥挤在两房中间的空地上。这时平房上还站着一位男同学，大概刚才地震后，他跑到房上往校外看情况，见此情形，大家都很焦急，杂乱地喊着，让他快下来！可此时，房屋晃动?嘎吱嘎吱地响，这位同学趴在房顶上，如何敢动？我们这群人拥在一起，在院中间像滚动的麦浪……忽然一声炸雷，前后教室的房檐塌了下来……

地震发生后，党中央对此极为关切和高度重视，周恩来总理3次亲临灾区，查看灾情，慰问群众，部署救灾工作。同时做了一系列指示，向灾区人民发出了“自力更生、奋发图强、发展生产、重建家园”的庄严号召，极大地鼓舞了灾区人民战胜自然灾害的信心。

在周总理的关怀和支持下，解放军石家庄驻军63军189师，这个在解放战争时有“铁脚板”之称的英雄部队，接到抗震救灾的命令后，立即扛起背包上了路，凭着铁脚板，当天下午就赶到了邢台灾区，他们饭不吃水不喝，放下背包就开始地震的抢救工作。

与此同时，全国各地800多辆汽车和38架飞机，满载粮食、药品、建筑材料等各种物资，源源不断地送往灾区，形成了一方有难，八方支援的动人场面。

解放军战士在我灾区抢救工作的感人事迹太多了，其中有一件小趣事儿，我至今记忆犹新。说的是我宁晋县重灾区耿庄桥某村，解放军某部战士在为一户群众清理房屋废墟时，挖出了一个完整无缺的泥塑菩萨，他知道户主人的老母亲是个虔诚的佛教徒，于是小心冀冀地用手捧着这个泥塑送到了老太太的面前："请问这位泥塑菩萨放在哪里?"老太太双手接过泥塑菩萨，嘴里喃喃自语："我供了你几十年，满指望危机时刻，你会保佑俺全家，谁知道地底下那条神鲤鱼翻身闹地震，把俺的一家都砸伤了，桌椅板凳，锅碗瓢勺都砸坏了，粮食也都埋在废墟里，要不是老乡亲、解放军帮助俺，今后的日子真不知道咋过哩，你说我供香你有啥用处?"说完将泥菩萨摔了一个稀巴烂。

这件有趣的故事，后来被编成了山东快书。

地震后，在党中央的关怀下，考虑到灾区医疗条件不足，部队的野战医院和地方的医疗机构先后派来了 7000 多名医务人员，各灾区卫生院、县医院都驻进了不少医务人员。由于伤员较多，我宁晋县中学的院内操场上，也成了医疗中心，搭了临时帐篷。为了解决人手不足的问题，我校一些学生组成了一个救护队，专门做一些抬担架、送物品等服务工作，我本人也是其中一员。

记得那一天晚上，我和同学们都忙到夜里 12 点，为了犒劳我们，学校食堂免票给每人两个馒头，尽管我们都累得腿酸腰疼，但我和同学们都非常高兴。那个年代，定量供应粮食，人人吃不饱，每月 9 块钱的伙食，还有人吃不起，细粮更是很少见，每月只有两顿馒头。那天晚上，我非常感谢食堂，其实后来才知道，那是县政府地震粮食补贴，它来源于全国人民的无私的援助，我们真正感谢的，应是党和全国人民。后来一连几天，我们参加救助的同学，都是免票吃饭。

一方有难，八方支援。邢台地震后，为了解决灾区人民遇到的生活困难，石家庄不少机关、企业，干部、职工、群众组织起来，连夜烙大饼，用飞机空投到灾区，据灾区群众讲："大饼拿在手里，还冒热气哩。"

全国各地也为灾区送来了不少粮食和建筑材料，以解决群众生活中的困难，灾区的牲畜死了不少，为了发展生产，西藏为灾区送来了马匹，内蒙古为灾区送来了黄牛、毛驴和骆驼。记得我们北及桥村，分到了两匹鹿花马和两头骆驼，经训练，骆驼也学会了拉车耕田，一时在当地成为奇闻，引来不少人看热闹。

还有全国各地不少人给灾区捐款捐物，至今记忆犹新的是，某市一位工人家庭来信，他捐了 2000 多块钱。信中说，他全家人省吃俭用，几年来就攒了2000多块钱，看到灾区生活困难，毅然捐了过来，这些钱也许对灾区人民微不足道，但总算是一份心意。这封信是我在观看地震展览时看到的，展览现场在当时的西关城墙外，也就是后来的县社生产资料公司大院，即现在的民乐园广场。当时我在这块展板前十分感慨，2000多元在现在算不了什么，在当时可是天文数字。要知道，当时的职工工资也就是30元左右，一家人省吃俭用节省出2000元，谈何容易？

地震后灾区流行过这样一首歌曲："天大地大不如党的恩情大，爹亲娘亲不如毛主席亲，千好万好不如社会主义好……"

这是著名作曲家劫夫在视察灾区、体验生活时，根据灾区群众发自肺腑的几句顺口溜，也就是当时常说的最多的几句话而谱出的。由于反映了广大人民群众的心声，这首歌很快在灾区唱红，在全国也产生了较大的影响。

地震期间，当时的副总理李先念、内务部长曾山亲自视察县城灾情，听取了县委领导的汇报。尤其令人感动的是敬爱的周总理亲自到东汪、耿庄镇两个镇视察灾情，由于处于地震中心，当时的东汪镇基本被震平，成为一片废墟，从镇东一眼就可以看到镇西。在一个临时搭建的台子上，周总理说："我代表党中央、毛主席慰问你们，灾情越大，干劲儿越大，你们东汪公社要做宁晋县的模范公社。"会后，周总理在县委书记赵安芳的陪同下，访问了受灾的群众，鼓励受伤的群众早日恢复健康。

临走时，一位老大伯倒了一碗白开水端到周总理面前，总理接过后，一边喝一边表示谢意。据说这个老人把这个碗保存了11年零8个月，后将此碗捐给了中国历史博物馆。

作　　者：王金锁

走访整理：中共宁晋县委党史研究室　乔艳丽

# 我离周总理一米远

田金怀

我叫田金怀，1947 年出生，今年 69 岁，东汪二村人，大地震时我 19 岁，当时在邢台师范上二年级。

3 月 8 日晚上，我们坐车就赶到了耿庄桥，有好几次余震。3 月 9 日到马家台救灾，邢台师范党委书记、校长李丰亲自带队，全校学生出动，三个年级 20 多个班，近 1000 人，每班班主任带队，救灾指挥部设在耿庄桥。马家台有 267 人，死了 79 个人，我们的主要任务是挖尸体、埋尸体。

我作为团宣传委员，组织指挥同学们分组到各户查找尸体，当时也不害怕，还自己起火做饭，一边到户里做工作，一边做学生工作。学生家里也有死难的，但是没有人请假回家，谁也不知道自己家里遭灾多严重。

我们隔天就开一次团的干部会，稳定群众情绪。墙头快倒的，把它推倒，防止地震再砸死人。22 日下午 4 点发生了大地震，马家台一个人也没有被砸死。因为大震没有出现伤亡，我们得到上级表扬。

当时的群众情绪低落得很，我们就用木板抬着尸体，到村外埋，家属都傻了，都不知道哭了。马家台一共 4 个生产队，200 多人，我们帮助他们搞好生产，搭棚子，保暖防震。22 日我也在马家台，不知道家里的情况，没有音信，没有想过回家，一个心思救灾。当时有个巨鹿的同学，老哭，我就做工作，不让他请假，让他必须全力以赴投入救灾。

我们班来了 47 人，全部出动，一共待了 47 天。

4 月 1 日那天，我们因发展团员，到东汪调查入团人员情况。回家后看到房子都倒了，我问奶奶父母去哪里了，奶奶说周总理来了，我父母都去了广场。我们就往广场处走去，我远远地看到了周总理，他穿着深蓝色的呢子制服，很威武。大约 10 点 30 分（当时也没个表），总理讲话以后，在赵安芳的陪同下，到东汪中学（野战医院）看望伤员，总理不让扶，我们就喊，周总理就摆左手说："不要喊了，我们一起往前走。"当时陪同的有东汪 6 个村的支书，省里还有个人，周总理还见了他的机要秘书赵茂峰（庆华）（赵茂峰就是我们三大队的人）的大伯（赵无须）和大娘，周总理就用左臂挽着他的右臂一边往前走，一边说话，意思是说赵茂峰也下来了，没有跟他来宁晋，有没有困难，有没有什么要求。他们说没有要求，就是愿意让茂峰回来看一看，周总理说可以。总理是讲话以后到的医院，然后见的各村的支书和赵无须。在东汪中学总共半个小时左右，当时得知东汪 6 个大队，60 个小队，死了四五十个人，伤了 600 人。

将近 11 点时，周总理准备要走，有个人一喊，总理要走了，人们马上围了上来，总理说等你们重建家园后再来看你们。他在人们的簇拥下登上了 3047 直升机，上了机还挥手告别。这短暂又重要的场面，让我一辈子都在回味，总理的慈祥、和蔼让我一辈子不能忘记，尤其是我不知道哪来的力量，喊了声"周总理"，他说："不要喊了，咱们一块儿往北走。"这些我一辈子都刻在心里，我当时离周总理一米远，周总理脸上有青青的胡子茬，双眼特别有神，个头很高，有白发有黑发，眉毛很长，也是黑白交加的。近距离地见周总理，感觉很不一样，看总理非常清晰，总理的气质非常好。这个记忆太深刻了，我永远忘记不了他的光辉形象。11 点多总理就走了，我父母在广场听讲话，我们一起回家。我家房子都倒了，没有死人，下午我调查完返回。

口　　述：田金怀

走访整理：中共宁晋县委党史研究室　乔艳丽

# 我所知道的宁晋大地震

石华东

我叫石华东，今年 65 岁，退休于宁晋县贾家口镇。

1966 年 3 月 8 日凌晨，我县发生大地震，那时我正在县边村中学读书，当时都是住宿生，睡梦中听到宿舍外有人喊："快起来，地震啦!"我和几位同学没穿好衣服就跑出来了，我们的班主任是郑老师，他问道："你们没有感到地震吗?"我们答道："只听见铺板晃荡晃荡地响，不知是怎么回事。"后来我们得知，3 月 8 日的地震，我们所在的县城西部虽有很大的震感，但房屋没有倒塌现象，只是个别土坯房有裂痕，学校可以正常上课。地震中心在耿庄桥和隆尧县白家寨一带，那里地震最为严重，房屋倒塌了不少，也有不少人员伤亡。

3 月 22 日下午，我们正在上课时又发生了一次地震，这一次比上次要大，学校房屋晃动得严重，同学们都从教室里跑出来了，房檐有掉落房瓦的现象。随着地震越来越厉害，大地也抖动得越厉害，眼看着，学校的 30 米高的钟楼开始抖动，接着砖瓦也开始哗啦哗啦响了起来，并"轰"的一声倒了。此时校园一片混乱，钟楼倒塌的黄色尘土弥漫了整个校园，对面十几米看不清人影，许多女同学哭喊着抱住树干不敢动。只见有几位胆子大的男同学在院子里乱跑，其中有一位同学，跑着跑着一个跟头翻过去，又站起来，翻过去，又站起来，好像武戏中的翻跟头。过后，我想大概是他跑时借地震的动力无意中就翻了跟头吧。我们学校有个小插曲，就是 22 日上午，学校考虑到最近余震不断，让十几个学生去钟楼上，把钟楼上悬挂的一口大铜钟（约 100 公斤，上面刻有法文，据说这座教堂是法国人在传教时盖的，大铜钟也是那个时候安上去的）给卸下来，不想下午就发生了地震，如果下午去卸钟，那十几名同学将葬身于废墟中，真是不幸中的万幸啊!

3 月 22 日地震后，学校组织同学们搭起了简易棚，在民工和同学们的共同努力下，用泥巴、秫秸和苇席搭起了简易教室，吃饭睡觉均在简易棚内，上课就在简易教室内。3 月 22 日大地震后，上级就送来了大批抗震救灾物资，先是从石家庄、邢台方向来了大批解放军，他们整齐地站在车上，个个表情严肃，军容整齐，他们后面的大长车装的是救灾物资，有稻草袋、苇席、各种竹竿及简易帐篷等。此后的日子里，全国各地的抗震救灾物资源源不断地运到县城及重灾区，充分体现了社会主义大家庭的温暖，真是一方有难，八方支援，全国一盘棋呀！

当时，我们初中学生，在继续上课的同时，根据县、公社的指示和安排，学校组织了一批同学到换马店公路两侧欢迎解放军。当军车和运输的救灾物资经过时，我们高呼口号：欢迎解放军叔叔抗震救灾！感谢全国人民的无私支援！共产党万岁！毛主席万岁！当时在社会上、在学校传唱的主要歌曲就是《天大地大不如党的恩情大》《爹亲娘亲不如毛主席亲》《你震你的，我干我的》《灾区人民心向党》《抗震救灾志不移》！

震后从春到夏，我县震区农村全面开展了抗震救灾工作，人们积极贯彻落实党中央、国务院关于“自力更生、奋发图强、发展生产、重建家园”的抗震救灾总方针，开展抗震自救。首先搭建简易房，解决吃、住问题的同时，不忘在农时积极做好春播、夏管、夏收工作。到夏秋之际，全国各地又为我县灾区送来大批救灾生活物资，派来大批医疗队到灾区治病防疫。当我县灾区人民分到藕、菱角、大米、海带及各地捐献的衣物时，都感动得热泪盈眶。那时候，咱这里哪能吃到大米、藕、菱角呀，小孩子见到这些东西不知道怎么吃，一些上了年纪的人更是激动地说：“要不是共产党、毛主席的英明领导，我们一辈子也吃不到大米。”

1966 年的大地震至今，转眼已 50 周年，但那一幕幕抗震救灾的感人事迹犹如在眼前。全国人民的无私支援，从治病救人到吃、穿、用的供给，再到修房盖屋，宁晋人民深深感受到党中央、国务院和全国人民的无微不至的关怀。正是这样，我县灾区人民顺利渡过难关，也切身感受到共产党领导的社会主义制度的无比优越，人民解放军不愧为人民的子弟兵。

作　　者：石华东

走访整理：中共宁晋县委党史研究室　巨力宁

# 回忆宁晋大地震

王玉彬

我叫王玉彬，今年 64 岁，在县民政局退休。1966 年 3 月 22 日，宁晋县遭遇了 7.2 级大地震，房倒屋塌，我所在的宁晋县城成为一片废墟，只有几座石牌坊、庙宇大殿、北招楼等建筑矗立在废墟上，想起来已过去 50 年的光景，许多事情难以忘怀。

那个时候，我刚好 14 周岁，在宁中上初一。因我自幼生长在宁晋县城，熟知震前的县城，也非常喜欢这座古老的县城，城虽不大，但我们玩的景点不少。如凤凰单展翅的古城墙，虽说没有城门楼子、窝铺、垛口等建筑，但土城墙完整地存在，地下是壕沟，连接城内三大自然流向水域（解放西花园、光复、团结大坑），宽大的城墙上还生长着多种野生动植物，很是有趣。1963 年发大水，就是这古城墙救了城内外数万群众。城内的古建筑首先是数座高大恢宏的石牌坊，尤以古楼底下（新华书店处）以南的 4 座跨街坊最为壮观（有震后新华社记者所拍照片为证），其规模、造型、雕刻以及用料考究、精致，走遍全国难出其右（我曾在县机械厂跑外几年，观摩多地牌坊得出的结论）。其次是庙堂，我所在的宁中是古代孔庙学宫旧址（今实验初中），其主殿大成殿高耸台上，古朴典雅，当时我校图书室藏书甚多，负责人是及林贵老师。还有其他较完好的古建筑，如县衙正堂（县人委办公室所占）、东大寺主殿（县医院门诊部所占）。新中国成立后所建的主要建筑如电影院、招待所大楼等。当时县城基本没有楼房，大都是平房，3 种建筑结构：一种是机关、学校、工厂、仓库之类的砖混木瓦结构的尖顶、平顶房；一种是旧社会传留下来的表砖木顶结构的平顶房；一种是土坯房。我们学校的教室多是砖混结构，有一小部分表砖房。

1966 年 3 月 22 日 16 时 19 分 46 秒（这是后来知道的精确时间），我们正在教室里上自习课（初一的 4 个班正在学校最西边的岗上，教室是砖混结构的瓦顶房），突然脚底下颤动，灯棍儿晃动。因为经过 3 月 8 日以隆尧为中心的地震，大家已有防备，同学们以最快的速度往操场上跑。操场在大成殿北面，大约 10 秒后，我们跑到操场中心，远离了房屋，但震动的幅度越来越大，感觉就是大地起伏，带着旋转。同学们都非常害怕，有的女生哭了，大家惊恐地抱成一团一团的。回想起来，当时我两眼直望着大成殿的屋脊和飞檐斗拱，因为上面烧制的小动物（张嘴兽等）一个个地往下滚，所有房屋整个地摇晃。不知过了多长时间，地震停止了，此时漫天的黄土飞扬，什么也看不清，余震不断，脚底下不时地旋转一下，过了不知多久才尘埃落定。我们初一的宿舍是表砖房，基本倒塌，砖房没倒，大成殿没倒。此时解放村一群众被砸伤，抬到我校医务室救治，老师也开始组织我们震后的安排。此时想到家，我家在石坊路北关（得胜村）与西关（民主村）接合部路西（今城关供销社北邻），这一带全是表砖房，板打门商铺，我意识到这肯定是经不住这场地震的。当时父亲在海河工地当管理员，哥、姐在外地务工求学，家中只有母亲和弟弟、妹妹，我不回去他们是没有办法的，因此我请假往回跑。

就是这回家的路上，让我在第一时间详尽地观察了县城主要街道南北大街（今石坊路）震后的情况。从宁中北门出来，正北小路是解放村民房，全部倒塌堵住了路，向右拐到南北大街，大街稍宽，中间能走路，站在街口往北看去，整个县城被夷为平地，只有孤零零的几座石牌坊和个别未倒的砖房矗立着，街两边成了废墟，也没有什么人，可能人们都到宽阔场地等待救援了吧。我走到牌坊跟前较仔细观察了一下，一是对牌坊素有敬仰之意，二是尚有余震，怕牌坊倒。我清楚地记得，几座牌坊除个别石块和小型装饰物掉下来，主体都直挺挺地立着，当时有着心灵上的震撼，至今不能忘怀，后来知道其中的两世司农坊是我们王氏十一和十二世祖的，如此大的地震对石坊莫能奈何，我对先辈及石坊的设计和建设者们由衷地敬佩。

我到家时，家对面的百货公司仓库冒着烟，街上停着消防车，几位消防队员正在收拾工具。一问得知，仓库的火柴被砸着，燃起了熊熊大火，石家庄和邢台的消防队刚将大火扑灭。此时，许多群众上去拣拾尚能使用的日用品。到家一看，房子全部倒塌（我家的房子和左邻右舍的房子全部是表砖房，都倒平了），所幸一家人安然无恙。见天色已晚，我马上带领弟弟、妹妹在倒塌的房子里挖东西，冒着余震的危险挖出了炉子（行灶）、铁锅、煤、米面、被褥、衣物等，母亲支上炉子就烧水做饭，到天黑就按时吃上晚饭了。我家是个大杂院，后院是一大片开阔地，几家子都在那儿学着我家的样子自救，晚饭后露宿在那儿。这时大人们缓过神来各自诉说自己的遭遇，人们谈的最多最惊险的是我家最小的5岁的小弟。地震开始后他在后院，一边震着一边往东穿过最窄的夹道往大街上跑，他刚跑过后，两边的房子就倒在夹道里，都说好险啊。后来听说城里一共砸死1人，伤得也没几个人，大人们都在庆幸震在白天，如果赶到晚上，那就不可想象了。人们一个个都心有余悸。后来有村干部过来说了一些安慰的话，同时说解放军明天就到，人们才有了主心骨。

第二天，我告别家人和乡亲返回学校，那时纪律性都很强，同时，我也惦记老师和同学们。

庆幸的是我们学校没有伤人（当时学生1080多人，教职工100余人），震倒的房子不多，大成殿完好，大食堂完好。后来，各班在操场和开阔地带搭建防震棚，在解放军的帮助下，不到一周时间，草棚式的宿舍都已建好，很快恢复了上课。

我第二次回到家里时，解放军还在忙着帮我家和邻居盖简易棚，他们利用倒塌房屋的木料和建材，因地、因材制宜，搭建了好多各式各样的棚子，我在我家棚子一边的门板上由衷地写下“感谢解放军”5个大字，这时家里也吃上了救灾粮等食品，我更加放心地回到了学校。

当时来宁晋救灾的解放军很多，有一支部队驻扎在我校南操场（今上城嘉苑和环保局的全部），记不得部队番号了，只知道是陆军。他们不仅帮助救灾，同时把人们从恐惧和悲伤中解脱出来，不断给人们以鼓舞和力量。在家里看到的是解放军与群众说笑（我第二次回家刚到家，一位解放军就大声说，咱们的大秀才回来了……），在学校看到的是这支部队过硬的作风。他们在救灾之余还与我校师生打篮球，搞联欢，演节目。有一位解放军快板说得特别好，我经常向他求教，他也虚心教授，我硬是跟这位解放军学会了打快板。一直到他们撤离，欢送解放军时，许多同学恋恋不舍，还有掉泪的。

1966年3月25日下午，李先念副总理乘直升机视察宁晋县城，慰问群众就在我家附近。当时我在学校里，很遗憾没赶上。

1966年4月1日上午，周恩来总理乘直升机莅临东汪慰问，并召开群众大会讲话。当时我父亲在海河工地当保管员，工地距会场不远，他曾亲眼看见总理的护航战机在空中盘旋。他虽然没能见到总理，但回来后向人们讲述总理的事时，其幸福溢于言表。我也没能见到总理，但总觉得是亲耳听到了总理那“自力更生、奋发图强、发展生产、重建家园”的时代强音。那时候人们心里都有了主心骨，用百姓的话，就是有了毛主席为我们作主，天大的事情也不怕，有周总理带领我们干，就什么困难也能克服。所以我们很快恢复了以生产为主的各项事业。虽然地震灾害大，但人们精神面貌很好。

由于简易棚不能过冬，需要向简易房过渡，这也是一项非常大的工程。此时，全国各地支援的建筑材料陆续到达（如木材、苇席等），生产队组织各家各户清理出能使用的砖瓦、木料，用泥缝垒墙盖房，同时，将落房土、坯拉到地里肥田（这项工作干了 2 年才将城里的土坯房清完，人拉、手装、进度很慢）。1966 年冬天，灾区人民就住上了简易房。我们学校也是一样，到冬天即能生火过冬。原来的机关单位也是表砖房，后都是建设能防震的防震房，据说是按照总理要求，卧砖到顶，8 尺高，如邮电局（由北京市援建）、银行、看守所等。后来，老百姓的房子也按照这个标准建设，由简易房向防震房过渡，规划成一排一排的，叫排房，到 20 世纪 70 年代初完成。建筑材料来源于各村建一砖窑烧砖，白灰由隆尧山口供应，资金多是由国家负担。所以说，当时的歌曲“天大地大不如党的恩情大，千好万好不如社会主义好……”确实是人们发自内心的心声。

作　　者：王玉彬

走访整理：中共宁晋县委党史研究室　巨力宁

# 邢台大地震杂忆

刘战锋

我叫刘战锋，今年 61 岁。我的故乡是宁晋县四芝兰镇段家庄村，北圈里公社的一个大队，也是 1966 年邢台大地震的重灾区。屈指算来，已经整整 50 年了。

1965 年仲秋，我刚 10 岁多，母亲喂着一头猪和几只鸡。如果连阴几天，鸡就没精神，钻到草棚里，咕嘟嘟、咕嘟嘟地叫，母亲说，鸡发愁呢！奇怪的是，有时连续晴天，鸡也发愁。母亲心中疑惑，叫我注意看，我当然是什么都不知道。

秋后，我们村里的吃水井，出毛病了！村里决定重新打井。选中村子中心，开槽，垒井筒子，超出地面有 7 米，跟大粗烟筒相似，庞然大物也。上搭架子，安装辘轳。11 月 23 日，落盘，就是从里边挖泥，绞出来，井筒子自动下沉。中午放学后，我去现场看热闹，当时正是好事的岁数。是日有风，空中有浮尘，但不是 PM2.5，阳光是白色的。杨记堂先生，按乡亲辈我喊他爷爷，拉住我让我看太阳，只见太阳的南部，有一个黑色月牙状的影子，约占 1/5。这是我第一次见到日偏食。

这年冬天，雪大，贼冷贼冷的，后来查记录，气温低至零下 19 摄氏度。说话到了 1966 年，有一天夜间下雪，早晨母亲上房扫雪（父亲不在家），我做早饭，突然大地抖了几抖。谁见过这个啊，母亲说这是地动。还说，老年哩地动，到村外搭窝棚。之后，就看到大人们聚到一起议论这事，我偶尔听几句，也不大懂，该玩还是玩。

3 月 7 日的后半夜，准确地说是 8 日的黎明，我正在梦中，母亲拍我，迷迷瞪瞪听说又动了，可不是嘛，咚咚咚，咚咚咚，吓得我使劲儿往被窝里钻，把头蒙住……工夫不大，后院的老奶奶——名叫姜桂花的，砸我家的街门（大门），喊我们快快起来。我们穿上衣服到街上，天还没亮，西天边有月亮，农历二月十七，满街筒子都是人，谁谁家房檐子秃噜了，谁家瓦口掉了，谁家房子裂缝……总之我受惊不小，回家吃早饭，还要上学呢。上学了，头号新闻，头等大事，谁也说不清楚，问老师——李青林，四芝兰人，很稳重的一个老头儿，他也不知道，更说不清楚。

大概过了三四天，传说地震中心是隆尧，房子都倒平了，吃的用的，都埋在土里。还有邪乎的，说是不算完，还有厉害的，云云，注意初一、十五，说得有鼻子有眼的，着实吓人。老师上课，先讲防震，尤其是带弟弟、妹妹的学生，要紧看好他们。我们的正常生活并没有受到太大影响，起码我是这样的感觉。

3 月 22 日下午，我们正在上第二节课，突然有人喊："地动哩，快跑，快……"李青林老师把我们班，一、四年级，疏散到操场，看到二、三年级的学生，也到操场了，我们村子小，实行的是复试班，还是初级小学，只有一到四年级。一、四年级一个教室，二、三年级一个教室。李老师到屋里推出自行车，还没有放稳，大震来了，我感觉就是颠，看到房子一上一下，一上一下，大地裂开缝，大概有五六厘米，开开合合，站立不住，吓得小孩们哇哇大哭……我大喊"趴下"，随手把妹妹摁在地上。也就几秒钟的工夫，教室和办公室就冒烟了，灰尘消散，举目所及，不但我们村房子基本倒平，东边的北圈里也冒了烟。奇怪的是，离我们村一里地的李家庄，还有离北圈里更近的南圈里，房子没有冒烟。这一天，正是农历三月初一——后来查到的。

课，是不能上了，操场上哭声一片。老师不让走，我们等家长来领。母亲抱着小妹，领着大妹，来接我。满街筒子破砖瓦块，新打的井，水都流到街上。村边地里，不远一个，不远又一个，冒着黑水。

盘点人数，当场死了 4 个人。刘小明的母亲，瘫痪在炕，他家的房子倒是没有倒，爬到街门洞，被砸死了。刘根生的妻子和三儿子，他儿子那时还吃奶呢，本来娘儿俩跑出来了，一想火炉子上还有正炒的花生，回家拿去，就被塌下的影壁砸死了。还有就是刘庆记的大女儿，死在大街上。

家，是不能回了，到村东的场院，聚集了很多人。壮劳力忙着搭棚，傍黑儿，大人们开始支锅做饭，也不知道从哪儿找来的水和米，暂时实行共产主义吧。晚饭后，刮起了大风，吼哇吼哇地叫唤，吓人得很，起码我没有见过这样的风。本家叔叔刘国安，部队转业，大概是通信兵，架起天线，收音机就是没有信号。草窝里，我就慢慢进入梦乡。

一夜余震不断。第二天中午时分，从北方飞来一架大飞机，在头顶上转来转去。下午，投放食品的直升机，在四芝兰空投，看得清清楚楚。傍黑，分到我家的大饼，还是温的。大概 5 点，北圈里村西，并排七八辆军车。在夕阳的照耀下，绿光闪闪。

第三天早晨，我站在我家的破院里，百无聊赖之际，有两位解放军叔叔到来，询问情况。母亲抱着小妹，指着我说："他爹在外头工作，家里就我们娘儿四个。"记得他们还问我家是什么成分，母亲说是下中农。他们二人简单交谈几句，决定给我家搭抗震棚。在后邻居家的西院，选择一片高地，搭上一个窝棚，棚顶稍高出地面，进出要弯腰，在炕上只能坐着脱穿衣服。有了栖身之处，当晚我们就住进棚里。连续几天，各地援助的物资陆续运到，我们度过了震后的最初一段难熬的时光。

天气逐渐转暖，听说有人肿痄腮，我也被掩进去，左脸肿起来，不能说话吃饭。后来听说这是急性腮腺炎，厉害时影响将来的生育。所幸我这不厉害，几天就过去了。

也不知道过了多久，父亲回来，在我家的南墙根底下，盖起一间小屋，我们住了进去。转眼到了雨季，一天下雨，院里积满雨水，往小屋里灌。没有办法，水来土屯，在门口屯土。刘喜红老爷爷——当时在大队当会计，披着布袋转到我们家，一看不行，相度地形，挖沟排水，解了围。对了，晚间余震发生时，他到我们家及与我们情况类似的人家，提请注意。好人啊。

顺便插一句，大概是 4 月中下旬，有派下来的工作组，搞规划设计的，住进村里。灾后重建，有两种意见，一个是就地恢复，另一个是排排式，统一规划，建设新农村。我就问工作组，排排式有什么好处？工作组真有耐心，详细解答，并没有把我当成孩子。简单地说，就是整齐美观，对将来发展好，我就记在心里。等到村里开会，讨论决定重建方式，大人们都闷头不吭声。我就喊了一句，排排式！还是没人吭声，主持会的大队干部说，没有不同意见就排排式。为此，我还落下埋怨。有闲话说，都怨铁锤（铁锤是我的小名，父老乡亲都这样叫我），要不是排排式难盖，早把房子盖好了。

我们村虽然小，但街宽，胡同宽，房基地大，南北长达 28 米，号称宁晋县第二大房基地，不知道第一是哪个村。我当时想，既然排排式，就不如搬出去，村南五六百米，就是宁（晋）辛（集）路，离公路近点，交通方便。最主要的是，躲过猪圈——如果不巧遇到猪圈，还要加固填平。可惜这一点没有被采纳。

作　　者：刘战锋

走访整理：中共宁晋县委党史研究室　乔艳丽

# 我带领大家烧砖窑

杜明法

我叫杜明法，1941 年出生，今年 75 岁，耿庄桥公社杜贾庄村人。当时我村 1580 人，5 个小队，我曾在村里窑上当会计，1964 年在南宫搞社教，1965 年在内丘搞社教，1966 年第一次地震，我还在内丘，没回来，22 日第二次地震回来的。8 日地震时父母都被砸在屋里了，但是没有死，媳妇和孩子砸到院里了，没什么大事，只是我家房顶掀走了，舅舅被砸死了。那天村里大概死了 17 个人。

当我从内丘回来，我舅舅就埋了，也没见着。回来后村里的光景就是一马平川了，一个村里只剩下了 3 间卧砖房没有倒，那是 1963 年洪水后杜庆刚家新建的，现在家里没人了。22 日那一次地震没有死人，其他人没有事。

22 日回来后，家人就向我诉说村里人的事，村里死了多少人，没有听说谁重伤，送到外面医治。我回来后就为一家 7 口建大棚，当时 26 岁，正是好年纪，用旧木头搭架子，用秫秸搭起棚。

我们都没有什么想法了，只要活下去就行，砸不死就行。当时没有挨饿，救灾物资不断送来，大部分都是大米白面，给菜也很多，除了外面冷一点，别的没什么。

我村来了很多医疗队，住在村外的大棚子里，每天最少 3 个医生到户里查病情或疫情，有病就给药。大概住了不到一个月，没有传染病，医疗队就撤走了。孟庄桥死人最多了，他们村里宅基地密集，小胡同多，所以死人也多，跑也跑不及。

1966 年我回村后去了窑上，我当时算是会计，也做过具体事，但是体格不行。1967 年我当上了村里的民兵连长，当时每家每户都需要盖房，我一边忙村里的事，一边带着一帮人在窑上烧窑。村里出资建的窑，我领着烧砖，扣坯子、烧窑都是计工分。一窑装两三天，出窑两三天，连续烧七天，一窑砖出来需要半个月的时间。窑上最多时 30 多个人一起忙，白天晚上不停地烧，那时还供不上用，有时烧得质量也不好。一直到 1969 年，烧砖任务小了，我就回到了大队（村委会）。

口　　述：杜明法

走访整理：中共宁晋县委党史研究室　乔艳丽

# 死里逃生

王全印

我叫王全印，1941年出生，今年75岁，退休前在县粮食局工作。1966年3月8日邢台大地震，宁晋县耿庄桥为重灾区，我当时任耿庄桥工委工作人员。那一次我经历了死里逃生。

3月1日至6日耿庄桥连续发生4.4级、4.5级及5.2级地震，部分房屋已出现裂缝，不少群众已经露宿街头。此情况逐级上报，已经引起国务院领导的重视，随即派中科院地球物理研究所一些专家和工作人员于3月7日到达耿庄桥，任务是研究地震监测预报工作。到后立即安装地震测报仪。

当时工委副书记郭月峰负责安排中科院人员食宿问题，把工委一排北屋全部让给中科院住。工委的几个人自找住处。

7日赵进琛同志下乡不在，郭月峰就找我与我同住两间东屋。由于我对地震知识的无知，认为中科院一来，就能预报地震，就可以高枕无忧了，于是就按时睡觉，由于月峰还要回来睡，门只能开着。此时，郭永泽推门进来，打听中科院来人和地震有关情况，我将同样无知的想法告诉他："回去该睡就睡吧!"殊不知到8日5点29分发生了6.8级大地震，我被震醒后顾不上穿衣服，从床上跳下来就往外跑，由于月峰一夜未睡，门又半开，才没有影响逃生的速度。即使这样，当我跨出门时，房屋正在倒塌，侥幸的是没有把我砸倒，当我跑到院中央回头一看，两间东屋已成废墟，尘土还在飞扬。月峰他们几个人认为我可能被砸在屋里了，看到我时又惊又喜。再看我头上脚上都在流血，好在伤都不重。当他们给我挖衣服时，发现房梁正好把我睡的床砸为两段。穿好衣服后，我突然想到范慎良副县长还在南屋里睡，尽管余震不断，我还是到南屋去找他，看到他还在穿袜子，就拿着袜子和鞋把他扶出了屋。

震后，轻伤都不下火线，投入到紧张的抗震救灾之中，我负责地震后全工委 5 个公社的死亡人数和倒塌房屋的统计。据统计，耿庄桥 5 个公社死亡绝对数最高的是孟庄桥，有 187 人，死亡比例最高的马家台村，4 个生产队死亡 148 人，占总人口的 24%。

震灾发生后党和政府的各级领导极为关心重视，周恩来总理、李先念副总理、内务部长曾山先后到灾区视察和慰问，省委李雪峰、刘子厚、天津市委万晓塘、赵武成都曾到灾区视察和慰问，邢台地区副专员刘晓波常驻耿庄桥指挥抗震救灾，食品、衣被、建房材料等物资都源源不断运到灾区……

至今每提到地震，联想到死难的人和自己逃生的经历仍然不寒而栗，人的生命在自然灾害面前显得那么脆弱，那么不堪一击，原来人的生和死只在一瞬间。

抚今追昔，世人应当珍惜生命、珍爱幸福的今天！珍惜身边的一切，更好地面对未来。

作　　者：王全印

走访整理：中共宁晋县委党史研究室　乔艳丽

# 忆 1966 年地震

魏德真

我叫魏德真，今年 90 岁，宁晋县退休干部。1966 年 3 月，宁晋、隆尧发生了罕见的大地震，史称邢台地震（因在邢台地区），地震中心在宁晋的耿庄桥、东汪和相邻的隆尧千户营、毛尔寨一带，震级高达 6 级多，四周波及 100 多里，房屋普遍倒塌，人员伤亡，生命财产遭受重大损失。宁晋死亡一千五六百人，伤约 2 万人；隆尧死亡 1 万多人，伤数万人，损失惨重。

当时我在“四清”队，在隆尧西董搞“四清”，指导员（队长）是乔文行，队员有十五六人。进村不久便发生地震，我住贫农团主席韩老万家，睡在南屋东山头炕上。8 日黎明 5 点左右，突然大地颠簸震动，我在炕上躺着被摇晃得左右滚动。我的胆子大，把被子盖住头未动，墙上泥皮乱掉，震动两三分钟稳住了，不一会儿又震起来，我仍未动。天亮后，我下炕，满屋烟尘，房子四角裂开，透着亮光。屋门倒歪，我感到后怕，屋子若塌了就把我砸到底下了。我出门到街上，指导员乔文行也出来了，他说：“走，我们一块儿去看看队员们有受伤的没有。”我二人到队员住处查看一遍，有一位队员在地震时往外跑，房上砖掉下来把脑袋砸破了，其他人员没受伤。

3 月 12 日下午 2 点多，我们正在屋里开会，又震动起来了，出屋到街上看到有几处房子倒塌，狼烟冲天。我们去村外地里看到大地裂缝两三指宽，地下冒出来的泥浆像坟头一样，一堆一堆的。当天解放军就赶到重灾区，开始抢险救人。地震发生后，“四清”停止，转向救灾工作。总团通知队员坚守岗位，不准回家，帮助群众生产救灾。队上派了一人回县结合公社，到队员家里看了一遍，回来告诉我说家里住的北屋（1965 年才盖的）东山的房角显点裂缝，门上边的砖震掉了一片儿，不碍大事，人都安全，这我也就放心了。

我家（疙瘩头）离地震中心 100 余里地，房子都遭到损坏，可见这次地震灾害之重。震后，周恩来总理到隆尧、宁晋灾区看望伤员，慰问灾民，在宁晋东汪召开了群众大会，号召发展生产、重建家园，鼓舞了群众情绪。我们也就帮助群众修整房屋，安排生活，开展生产救灾。

5 月转入“四清”，年底结束。我回家后把房屋墙用铝线从两边牵住紧缩合拢得没有缝了。

口　　述：魏德真

走访整理：中共宁晋县委党史研究室　乔艳丽

# 在地震的日子里

武改国

我叫武改国，今年 71 岁，退休教师。老家大杨庄当时是公社所在地，我在大杨庄小学是民办教师，当时还没有结婚。当时村里有 4000 多人，我们这里是重灾区。3 月 8 日是个预震（第一次大震），是个凌晨，我们没有经过地震，睡着睡着，就听大人喊叫："地震哩，地震哩！"我就赶紧起来没再睡。早上我去上班，看到大部分的房檐都掉了，那时的房檐都比房顶高一点，不是很坚固，基本上每户的房檐都掉，但不影响居住，有个别户，房子不牢固的，有一两户倒塌的。

从那以后，各级领导就给人们传达上级精神，说这是地震了，以后要注意，不要在屋里住了，搭个棚，在院里住，防止再有大地震，走路不要靠房根走，不要走小路，走大街。我们给学生也这样讲，走路走大街，不要靠墙根走。房檐都掉了，国家提倡不要在屋里住，我村大部分人都在棚里住，那是初春，天还有点儿冷，胆大的还在屋里住。

学生们上课也不让在教室里，在打麦场里，有树的林子里，一片一片，挂着小黑板上课。3 月 22 日，刚下第二节课，4 点左右，学生们都在操场里，群众在离房子远一点的地方，有的在地里干活，这时地震又开始了。先是晃了几晃，然后一起一伏一起一伏，跟起了狼烟一样，看什么也看不见了，地里的水就从缝里冒出来了，地震时老师们说："趴下。"同学们都趴下了，老师们也不敢动地方。有的地方裂开了地缝，得有 5 寸宽，人们怕陷进去，房子也都倒没了，我们在操场里上课，邻居有个病人，不敢向棚里抬，老师们守着学生不敢动地方。公社的干部们都去挖，孩子们喊爹叫娘，吓得直哭。我们就说："家人一会儿就领你们来了。"大人们就去学校领，领完后老师们才走。

第二天凌晨解放军就来了，解放军就住在供销社的大院里，是原来的一个大车店，来了大约一个连，百十个人。学生们不能上课了，我们挨着供销社，老师们就给供销社帮忙。解放军来了，医疗队也来了，我们就给人家做饭。我们学校有十几个老师，白天做饭，晚上安慰群众，群众就挨着大队空地上搭棚，解放军就下去给老百姓挖东西，主要是吃的，米、面等。

第一次地震有被砸死的，两口子一块儿死了，他们是韩长安的爹和娘，地震起来了，他们把孙女扔出去了，人都走到外屋里了，结果被里屋的墙砸死了。那天死了 2 个人。

22 日这天，豆拴蕊娘被砸死了，人们救去就不行了，那天只有她一个人死了。这一次还有个姓王的男性把鼻子砸掉了，飞机接走治好了。我就想，他信教那么顽固，还是多亏党对人民的关心关照，没有党，谁管啊！他思想虽然不是很先进，党还是给他送到石家庄治疗。解放军还帮人们搭棚，挖食物，震后第二天飞机就给人们送来锅碗瓢席箔，食物有饼干、菱角等，有的食物我们都没有听说过名字。一方有难，八方支援。解放军医疗队都来了，食品、用品都送到了，上级就叫人们搭棚，解决生活问题，有病的，都给看，不要钱。现在我的孩子在学校当老师，他思想先进，知道党和国家对人民的恩情，我常给他们讲这事，我教学这么多年，也经常给我的学生讲，幸福生活来之不易，长大要报效祖国，为社会做贡献。

22 日地震后三四天，直升机落到了大杨庄，因为救灾物资都在村北。他们以为是四芝兰，结果不是，向东走还有 5 里地才是四芝兰。我们在给解放军帮忙，就跑村北去看，跑到村北了，才知道人家打听道呢。

这么多年过去了，为什么我对这 1966 年地震记忆这么深？因为我不但是受灾者，我还是救灾者。当时社员们没经过这样的地震，不懂得那么多科学道理，害怕得很，人们不敢睡，更别说组织生产了，我们学校就组织老师们每天到棚里安慰社员："那是自然灾害，现在出来了，不在屋里，就不会有什么危险了！"

很快，人们重新树立了信心，还编出了歌曲，"千好万好不如毛主席好，爹亲娘亲不如毛主席亲"，走到哪唱到哪，社员们唱，我们也唱。感谢周总理给提出重建家园的口号，感动的人们牢记周总理的号召，抓紧生产，重建家园。

周总理提的口号，人们就照做，没有房子了，亲自动手，两个生产队建了一个窑，扣大坯子，扣小坯子（就是假卧砖）。妇女老少生产，壮劳力、年轻人就盖房，安排很合理。那时村里人都是把式，都会盖房。我村 24 个生产队，国家给了部分支持煤炭，大概用了两年的时间，盖的是地震房。咱这是中等灾区，10 里内属大杨庄最严重，受灾最大，铺头那片儿比我们这儿重，北齐家庄附近较轻，都有没倒房的，我们一个村里只剩下了田二申分的地主的房子，抱厦子 4 个立柱子顶着顶没有倒，其他房子都倒了。

学生们没有怎么耽误课程，天热了就在树荫里上课，冷了就在棚里上课。那时我初中毕业，当的是民办教师，上课虽然很辛苦，但是积极得很，每天都是早早就来到教室。

口　　述：武改国

走访整理：中共宁晋县委党史研究室　乔艳丽

# 记忆中的宁晋大地震

石和中

我叫石和中，今年 76 岁，在宁晋县人行退休。大地震从 1966 年 3 月 8 日 5 时 29 分开始，距今整整 50 年了。那次地震是新中国成立后第一次发生在我国大平原上，而又在人口稠密地区，余震持续时间很长，且破坏严重、人员伤亡巨大的自然灾害。

地震发生前都是有预兆的，只要留意，都会发现一些反常现象。3 月 8 日的前一天，人们发现，井水普遍上升，那时农民大都吃井水，只要从井中提水，就会发现水位上涨。另外，那天晚上动物表现异常，鸡鸣、狗叫、鼠窜，牲畜起卧不停，整夜不得安宁。地震时，人们还在熟睡之中，突然听到地下隆隆作响，好似雷声从远处传来，然后房屋颠簸，灯泡摇摆，门窗作响，房屋倒塌。那天晚上，我住在农村老家，睡梦中我被地震惊醒，随即赶快爬起来，跑到大街中心，看到人们惊慌失措，听到人们议论纷纷。还有几位早起外出赶路的人，在村外看到了远处地光闪闪跳动着。听上辈老人讲，我们这里历史上没有发生过大地震，但有几次轻微小地震，人们略有感觉，只是门窗响几下就没事了。

3 月 8 日地震后，余震不断，屡有发生，其中最大的一次就是相隔 14 天后，于 3 月 22 日 16 时 19 分发生在我县东汪镇的 7.2 级强烈地震。那时我在县农业银行工作，农行下辖 7 家营业所和 41 家农村信用社，地震前几天，全县党政总动员，各部门明确分工，不留死角，全部投入到抗震救灾工作中去。当时，农行要求各基层单位做好抗大震的准备，检查危房损坏程度，并从危房中尽快搬入坚固房内，有的单位用竹筒、苇席、木料搭建了帐篷，作为临时办公场所。地震那天上午，我从县农行骑自行车到东汪营业所和信用社检查抗震安全保卫工作，确保银行资金不受任何损失。下午返县途中，大约下午4时多，好像有人从背后推了我一把，自行车即刻倾倒在公路边，我爬起来时，地壳还在摇晃，公路上奔驰的汽车大都停靠远处，各村尘烟四起，灰黄的尘烟冲天飘扬了近20分钟，麦田中的牲口、羊只四处乱窜。同时，我看到田间出现了裂缝，有的裂缝中喷黄沙或冒黑水，有的裂缝纵横交错绵延数十米。听人们讲述，地震时，地光闪闪，地声隆隆，大地颠簸，瞬间，万间房屋变为废墟，公路桥梁突遭损毁，人员伤亡惨重。回到县城，我路过鼓楼大街和石坊路交汇处，亲眼看到闻名各地的宁晋石牌坊受到了损坏，牌坊顶层的石块落地，有的发生了倾斜。

宁晋地震发生后，消息迅速传到了北京，党中央、毛主席闻讯后，命令驻石部队和驻邢部队迅速赶到宁晋重灾区，大批解放军当晚就投入到救人抢险之中。在党中央的关怀下，地震区开创了“一方有难，八方支援”的先河。大批解放军来了，各地医疗队来了，装满救援物资的车队源源不断从全国抵达灾区。灾区人们深感党的温暖，对各地的无私支援感激不尽，人们自编自唱的歌曲：“天大地大不如党的恩情大，爹亲娘亲不如毛主席亲，千好万好不如社会主义好……”唱遍了地震区，唱到了北京城，人们精神振奋，在废墟上创造了奇迹，建成了一个个新农村。

作　　者：石和中

走访整理：中共宁晋县委党史研究室　巨力宁

# 难忘的邢台大地震

武书清

我叫武书清，今年 62 岁，宁晋县小河庄村人。1966 年的地震情况至今回忆起来仍历历在目。

3 月 22 日，一场突如其来的特大地震发生啦，村子里多年的老房子冒起了黑烟，眨眼间，变成了废墟，地震给人民群众的生命和财产带来了重大灾难和损失。幸运的是这天下午，村里很多的劳力，都到村南地里去修渠道，所以减少了人员的伤亡。我家邻居郭大旺的腿被砸成重伤，党中央派来的直升机接送他到石家庄大医院就治，痊愈回来后，70 多岁的老人就像换了个人似的，拄着双拐，在街上转悠、锻炼，曲不离口，见人就唱《天大地大不如党的恩情大》《骑马要骑千里马，唱歌要唱跃进歌》《戴花要戴大红花》等。

地震后，周总理代表党中央、毛主席亲临现场视察慰问地震灾区，飞机在东汪降落之后，灾区人民热烈欢迎，全场沸腾了，人们激动得热泪盈眶，就像看到了亲人看到了救星一样。等场面平静下来，周总理发表了重要讲话，提出了“自力更生、奋发图强、发展生产、重建家园”的十六字方针。十六字方针给了灾区人民战胜困难的百倍信心和最大鼓舞。当时去东汪参加现场会的人，大部分都是各村派去的先进代表，我们生产队去了两个，其中有我二哥。二哥回来后，讲那激动人心的场面，很难用语言来表达的。县委书记赵安芳也参加了迎接，并发表讲话，得到了总理的认可。

在我的记忆中，地震后党中央随即派来了解放军，给我们生产队分配了两名，一个叫郭小生，一个叫袁子才。他们白天帮助群众挖压埋的东西、建帐篷，干劲儿十足；晚上挨家挨户走访，问寒问暖，拉家常，真是像亲人一样。救灾临结束时，他们恋恋不舍地告别了乡亲，回到部队后，寄来了《毛泽东选集》四卷，并多次来信询问新农村建设情况，体现了人民军队爱人民的优良传统。

尽管地震已经过去50年了，但那惊心动魄的情景，在我脑海里，是永远磨不掉的。感谢党、感谢毛主席，灾区人民永远怀念周总理！

作　　者：武书清

走访整理：中共宁晋县委党史研究室　巨力宁

# 地震的印象很深刻

李瑞子

我叫李瑞子，今年 65 岁，地震时为北鱼一村村民。

大约是在 1966 年 3 月 1 日后，村里给下了通知，可能有地震，要求大家注意。过了几天，大家都认为没事了，结果 3 月 8 日凌晨，正在睡觉时，地开始晃动，我当时赶紧扒住了我家窗户。我家房子是 1963 年发大水后盖的，矮，没倒。地震一停，公社里、粮站里、大队里干部开始在街里喊，组织大家出去救人。我出去加入了救人的队伍。在这次地震中，张彦凯的母亲抱着一个孩子跑到门口没跑出去，给砸死了，张彦凯的父亲一看地震了，就把另外 3 个孩子像老鹰护小鸡一样护在身下，他和孩子幸免一死。拴锁的父亲用脚支撑住一个掉下的檩条，使躺在被窝里的拴锁没被砸住，我们把他和他爹从废墟里挖了出来……

地震后，解放军、医疗队等各级支援力量很快就到了，解放军和医疗队来了以后，就在村西场的雪地里露天住下来了，连他们自己的简易棚都没有搭，就到村里帮助抢救灾民，帮助灾民搭建简易棚去了。

这次地震，我们一村倒了一部分房子，像我家的房子一样的小矮房和一些盖得好一些的房子，没有倒，其他的全倒了。就在村里忙着帮助大家修建房子的时候，灾难再一次来临。22 日下午 4 点左右，大家正在地里干活的时候，大地又开始晃动了，人们站都站不住，都趴在地上，不敢动。地里有的地方开始裂缝，随着大地的晃动一张一合的，有的开始冒水，把人们都吓得不轻。后来我们回到村里一看，村里的房子这一次全倒平了，没家了，很多人都哭了。总之，这次地震发生在白天，再加上有上一次地震的经验，死伤人数并不多，这也算是不幸中的万幸吧！

地震后，村干部、公社干部在一起把我们村重新进行了规划，按大队把全村划了划片儿，每个大队又按小队进行了划片儿，对全村进行了一个规划。要求每个大队建一座砖瓦窑，自己烧砖盖房，我们一大队（一村）建了两座砖瓦窑。在具体建房过程中，一大队是以小队为单位，全体动员，全体出动，按县里统一规划，到隆尧茅山的凤凰台统一自己烧制白灰，再统一拉回来。要求全体社员都参与，干活的人都给挣工分，谁干得多，谁记的工分多。到冬天来临的时候，我们一村的房子基本上就盖好了。

地震尽管过去这么多年了，但是给我的印象非常深刻。那时在我们盖房时，经常会有一些无名英雄帮助我们，有来自部队的，有来自医疗队的，也有来自乡亲们。我们计划第二天要盖哪一处房子时，头一天晚上就有人把沙子给拉过来、砖给倒腾过来的事常有发生，这样的好人好事数不胜数。最让我难以忘怀的是有一次三村的人“偷偷”来给我们帮忙，被我们“逮住”了，我们把他们的事迹报到三村后，三村对他们的事迹加以宣传，并要求全村村民向他们学习。村民都说，要是把这事搁在旧社会，我们就不能活了，还是共产党好，还是社会主义好。

口　　述：李瑞子

走访整理：中共宁晋县委党史研究室　巨力宁

# 我的地震回忆

我叫史凤山，生于1943年，今年73岁。宁晋县北河庄人，宁晋县文联退休干部。

史凤山

## 一、地震后在家里“办公”

1966年3月8日的地震我们村不太严重。那天凌晨5点多吧，正睡着觉哩，觉得“晃悠”哩，我一下子就爬起来啦，当时我家的房子是三间，两个小房。我起来后，村里就都开始搭铺，用秫秸搭棚，让晚上在棚里睡。我当时在第三生产小队当会计，就在家里弄个桌子算“办公”吧，就不去小队部了。县广播局李志书局长当时是大队会计，也在家“办公”。

## 二、下军棋遭遇大地震

22日那一天下午，上级让调查3月8日地震的情况，吃完饭我们就去大队会计家，当时是盖了个半阴半阳的棚，上半截有顶，从一边钻进去，到那儿开会。当时都不在高房子里住啦，家里的房子有裂璺的，有掉几块砖的，损失不太大。22日这一天，在大队北屋里开着会，要求各小队调查群众受灾的情况，在大队会计李志书家，各小队会计都去啦，大队会计让设计一下表样，包括姓名、几间房、受损情况等，划个表，挨家挨户地调查，当时都没拿着纸，就去买吧。有两三个小队会计和大队会计一块儿去买纸了。剩下两三人在家说，这没事干，干什么呢，下军棋吧。我和二队、五队的会计，一个当裁判，两个人玩，军棋不是不让看吗？走到哪儿一碰，一看军长，对方是师长，就把对方的师长吃了。玩着玩着军棋，这次大震的预震来了，五队的会计就往外跑，当时志书的爷爷还活着哩，他险些把老头子给撞到。他们都跑出去了，我拾掇好军棋，从北屋里出来，绕到门这儿，刚走到十字街，大震来了。正好志书的父亲往回赶哩，也走到这儿了，人都立不住，地忽悠忽悠，来回地晃，厉害得很。我俩相互扶着，扶了会儿，等不晃了，眼看他家的一个西屋晃悠晃悠。当时都是土坯房，尘土黄天，几乎看不见村子。等不震了，我就撒腿往家里跑，家里不知道怎样哩。我看了看家里还没大事，俺那北屋是表砖房，前山墙抹下来了一截子。当时我自己买的晶体管安装的再生来复式收音机在屋里，我就先到屋里把收音机拿出来。

## 三、和母亲走了两岔

那天上午，我母亲去我姥娘家，我姥娘家是褚家庄的，到我村 5 里地，都是走着去的。当时我爱人抱着我 3 岁大的孩子在一个宽阔的地方，她们在那儿哭，我也顾不上她们了。我就骑着车子从我们村去褚家庄了，到褚家庄后，我妗子说："震得厉害的时候，你娘在这扶着椿树等了会儿，她惦记你孩子，等震轻了后，你娘走啦。"我说："怎么也没碰见呢?"在路上我们走的不是一条路，走了两岔子。我赶紧就回去了，见我母亲已经安全到家里了。

当时我父亲在房上，他下来时，刚到墙头上，大震来了，他扶住了一棵椿树，墙头是南北向，晃也是南北向，他没事，下来后他说，晃得厉害得很。

口　　述：史凤山

走访整理：中共宁晋县委党史研究室　张满福

# 中学生的地震印象

刘秋华

我叫刘秋华，今年 67 岁，宁晋县东汪镇东汪二大队农民。1966 年东汪发生地震时，我是东汪中学初中二年级的学生。

## 一、地震前后

1966 年 3 月 8 日大地震发生前，3 月 5 日左右，地“忽悠”了那么一下，门钌铞儿“哗啦哗啦”地响，人们喊：“地震哩，地震哩。”人们从前讲“地动好年景”，有好的兆头。当时都不合乎（没想到）地震。到了 3 月 8 日地震闹得厉害，呼呼地往外一颠，地一错固（方言，即地面断裂未愈和）一错固的，听到外面“呼隆隆”地响，门钌铞儿来回“哐当当”地响，地“呼扇呼扇”（方言，地面高低起伏）地动，乱七八糟的，狗叫鸡也叫，说不清的乱，那房子都“呼隆隆”的倒塌了，稍微好点的房子没事（倒），但当时条件差，大部分是坯房子。当时据说是 5.5 级还是几级地震（注：实际是 6.8 级地震），我说不清了。3 月 8 日地震时约 1/3 的房子倒了，3 月 22 日地震后，房子大部分倒了。房子倒了后，晚上大家都先到场上睡。

3 月 8 日地震发生在五更（即凌晨）四五点左右，伤亡的人比较多。这次地震发生时，地里裂大缝、冒黑水，俺在中学上学，屋子没坏，校长接到上级通知，不让学生在教室里上课。3 月 22 日地震时，我正在操场上上体育课，时间大约是下午 3 点（实际是下午 4 点 46 分），这次比上次（3 月 8 日）厉害了，可能是 7.5 级地震（实际为 7.2 级地震）。东汪中学的机井的水也喷涌而出，地面上裂开了大缝，像开了锅似地不断地冒白沙，一片一片的，黑水也“咕咚咕咚”地冒，井里的水也不停地向上冒，顺着满大街向外流。

中学校长为了学生安全，立即给学生喊话：“趴下，趴下！”学生们赶紧趴到地上。地震时也听到“呼隆呼隆”的巨响，看到地“呼扇呼扇”地动，一错固一错固的。好房子也都散架了。这次地震发生在下午，壮劳力去地里干活了，基本没死伤，一些老年人和小孩子备不住有被砸死砸伤的。

地震后，党中央派来解放军，给挨家挨户地挖，抢救受伤者并进行治疗，挖出遇难者进行掩埋。

## 二、周总理到东汪慰问灾民

周总理是 3 月 10 日去隆尧慰问，那一次隆尧马兰、白家寨一带震得比较厉害。3 月 22 日地震后大概是 4 月 1 日，周总理来的咱这儿。当时我是初二 14 班学生，每个班 50 人左右，班主任是肖同贵老师（现年 82 岁）。俺们在操场上坐着，正在这时校长通知大家站队，没说是干什么，让去北边场里，一队一队地让站着。我记得有个老师叫王会元，北京大学毕业的，家庭成分好像是大资本家，这个老师没让去。

我们看到飞机飞过来落在寨壕外面，周总理从寨壕上的豁口走过来，当时我站在前边，大部分老百姓也能看到周总理。现在回忆起来还非常激动，你想想周总理在百忙之中，管理那么多国家大事，代表党中央、毛主席来咱这儿慰问，那可是国家总理啊，国家也不容易，什么社会国家总理来咱这儿啊？这说明共产党领导英明，对老百姓关心。周总理到后在咱这儿三大队场上讲话，周总理提出“自力更生、奋发图强、发展生产、重建家园”的十六字方针。然后去医院进行慰问，震中砸伤的都在那儿疗伤。之后，总理在村里转了转，离开东汪后又去冀县、耿庄桥等地慰问。

## 三、救灾与重建家园

那时国家经济还比较困难，救济物资到了后先分给大队，大队再分给小队，小队再分给个人。

在重建家园方面，有一点需要说的是，当时上级规定是六间一排房，还让上面提到的王会元老师做建房规划，王老师设计的是“棋盘街”，其主要特点是街道既直又宽，如果按此设计建设，今天的东汪村的街道会四通八达。

口　　述：刘秋华

走访整理：中共宁晋县委党史研究室　张满福

# 从邢师奔赴家乡抗震救灾

曹彦伦

我叫曹彦伦，1945 年出生于宁晋县曹伍庄，宁晋县纪委退休干部。1966 年 3 月，宁晋县发生大地震时，我在邢台师范学校读二年级，当时邢师一个年级 6 个班。3 月 8 日以前，我们没感觉到地震，也没听说过地震。

## 一、误以为是原子弹爆炸

3 月 8 日凌晨，我们都正在学校宿舍睡觉。当时学校安排学生早晨跑操，跑操以前，宿舍的灯就亮了，8 日凌晨黎明，发生震动，我们就看到灯来回地晃。当时也不知道什么是地震。因为当时中国和俄罗斯（苏联）的关系比较紧张，就想是不是苏联扔的原子弹形成的冲击波？当时我们学生不仅不动，而且还蒙着被子往回抽，谁也不知道到底是为什么晃的？我们没经过地震，也闹不清。那是第一次经历地震，也不知道往外跑，也不知道害怕。等到天明，才知道是地震啦。我们县耿庄桥大概是 6.8 级地震。当时我们班咱县有 6 个人，3 个男生，3 个女生，男生有高计贵、艾步周和我；女生有曹桂欣、刘秋菊，还有一个女生叫刘秀英（现在在北京）。当时吴宗盛任邢台师范学校校长，学校实行一年级男女分班，二三年级是男女混合编班。

## 二、向解放军学习

9 日上午，学校奉命安排学生赴灾区抗震救灾。当时我们的带队老师是班主任吴朗爱老师，有大约 45 个人吧。我们坐着卡车，带着被子等行李，经过一路的颠簸，晚上到达了宁晋县耿庄桥，在那儿住了一宿。

第二天，我们从小道步行到了冯家台。去了以后我们就用玉米秸、高粱秸搭了个窝棚，底下垫点柴火，当作休息的地方。那几天黑夜白天都不能脱衣服。那简易棚是两头进人，晚上挂个单子用以避寒，全班男生一个挨一个，都挤在一个大棚子里。那会儿也没有说苦啦、累啦，我们班主要在冯家台救灾，没到别处去救灾。吃饭也是自己做，学生们轮流吃饭。

我们到达冯家台时，那儿已经有解放军在救灾了。我们就和解放军战士并肩战斗，男同学和解放军一起抬伤员，挖、埋尸体，当时不让用工具，只能用手挖，也不觉得害怕。女生做相对轻松点的事，先是挖埋在废墟下的粮食等物资，后来帮助搭简易棚。村里的房子基本上都倒了，没倒的也摇摇坠坠，不能住人了。

我记得是 3 月 10 日到的冯家台。到了 20 日，村里的简易棚该搭的都搭了。还有的房子摇摇欲坠，有的房子只剩下半个房顶，为了群众安全，就把这些危房就都拆了。

期间记得深刻的事，主要是解放军纪律严格，热爱群众，最感动人的是有的群众解不下大便来，解放军就用手给群众掏大便。解放军不怕苦，发的吃的东西有时候不吃，有时候吃得少，让给别人吃。当时国家号召学习解放军，解放军的行动确实让我们受到了深刻的教育。“天大地大不如党的恩情大，千好万好不如社会主义好”的歌曲，确实唱出了人们的心声。

## 三、探家途中遇地震

到了 22 日，灾区也没什么大事了，当时也没什么主要任务了。这天上午，老师说离家近的可以回家看看。下午，我就步行往我老家曹伍庄走。4 点多，我快到铺头了，地就开始晃了，当时就我自己，晃得不能站了，我就趴到地上，一会儿就看到地裂的缝很宽，还开始晃动，那会儿我非常害怕，万一掉到缝里就完事啦。水也开始往上冒，等了一会儿，晃劲儿不大啦，能站啦。当时村里的房子大多数是坯房，很少有卧砖房，要是表砖房就相当不错了。我一看村里的尘土很高，也看不见，凡是有土的、冒黑烟的地方都是村。遇到村了村里也不能走了，我就从村外过，从铺头到城北，再到东曹庄、侯口，然后才是我们村，到了我们村，天就黑了，村里的房都平了，但没死多少人，主要原因是地震发生在白天，就是有伤的，有的人被砸住胳膊、腿的。有的房子一倒，檩条或者梁支住了，没砸住人。人在地下有点空间，没伤着。后来找到我家后，当时我父母还年轻哩，房子倒了后，找个地方好赖（歹）平平，家里有檩条，挑个好搬的，或者找椽子吧，又把柜挖出来，搭个简易的小屋。又把锅挖出来，烧了坏柜，晚上做了点饭。我在家就晚上吃了一顿饭，也顾不上管自己家里的事，第二天一早没吃饭就返回冯家台了。那时的组织纪律性还真是强，老师说的让回家看看，第二天一早赶回来，我们都严格遵守纪律。

## 四、火线入团

我觉得那会儿在学校入团非常难。你干不出成绩来，那是不可能入团的。不但要政治清白，还要在学习、工作等方面成绩突出。我因为在冯家台救灾工作中表现突出，也是“火线入团”。原先我是预备团员，在这次救灾中团组织批准我为正式团员。当时的团委书记是巨国栋（巨鹿人），班干部还有张向芬等。当时我觉得心里挺高兴，很自豪，因为俺班里一共有十几个团员，唯独我自己是在这次救灾中入的团，也算是团组织对我救灾工作表现突出的肯定吧。后来回到邢台师范学校后，我和其他班级入团的同学一起举行了入团仪式。

## 五、“一方有难，八方支援”

救灾期间，人们平时没吃过的、没见过的东西，国家都给运来了。大米、香蕉、菱角等人们没吃过的粮食和水果等食品都运来了。当时谁吃过大米啊？吃的、穿的，全国人民都支援了，真体现了“一方有难，八方支援”的社会主义优越性。

3 月 22 日以后，我们又在冯家台做了一段时间的救灾工作，具体什么时间回的邢台，我记不清了。重建以后，我们就回去了。来时是邢师全体学生一起来的，回邢台时我记得是我们班自己回去的，没和其他班一起走。

口　　述：曹彦伦

走访整理：中共宁晋县委党史研究室　张满福

# 由“四清”运动转入抗震救灾

我叫郭英昌，1928年出生于宁晋县耿庄桥村，今年88岁，宁晋县人大离休干部。

郭英昌

1966年3月8日地震的时候，我正在隆尧搞“四清”。当时“四清”队基本情况是：借干一个月13元工资，其中9元要交到（吃粮）户里，一顿饭一毛钱，剩下的4元钱零花。一年放两次假，五一一回，十一一回。五一是放暑假，放下棉衣服，拿单衣服。十一放假是放下单衣服，拿棉衣服。一干就是半年。一回家休息一个礼拜，集体来，集体走，汽车接送，我带队时一般都在东汪集合。

## 一、在隆尧亲历大地震

3月8日地震前，我率领工作队在隆尧县冯村搞“四清”。3月7日，地震前一天，“四清”工作队总团在隆尧县城召开各分团团长、政委会议，开会开了好几天，7日晚上散会后当晚我没走（没回冯村），住在隆尧。当时我和张星是冯村分团，张永和与李雅如是城关分团。睡到五更里开始地震了，其实头几天就一个劲儿地震，震得人们也不害怕了。当时张彪是隆尧县委书记，是“四清”总团的政委，当时的会议办公室有5间房，是个两层楼，屋里有一排灯棍儿，有时候开着开着会灯棍儿就晃起来了，人们就喊：“又动哩，又动哩。”3月8日的头四五天就开始地震了，灯棍儿常常不停地晃动。但人们都习以为常了，也不害怕。7日晚上散会后，冯村离隆尧城里还有40里地，我和张星说：“今儿咱不走了，咱去城关分团睡吧。”

城关公社的办公室主任为了照顾我们，给我们腾了里间屋，放了两个床，让我们在里间屋睡，他在外间屋睡。在城关睡着睡着，天还不明的时候，也就四五点左右，地开始晃动了，那天晚上下了点小雪，当时我挨着隔断墙睡，张星挨着那边墙睡，外面的狗也开始汪汪地叫。我们穿衣服也来不及了，都晃成一个了（不停地晃），我们光穿着裤衩子掂起衣裳赶紧往外跑，跑出去又因为那天晚上下了点小雪，在外边冷得受不了，等不震了又回屋里拿衣服。拿出衣服后，不大一会儿，又开始震了，我们睡觉的那扇隔断墙便倒塌了。因为上边有梁，隔断墙往西倒了，如果往东倒就把我砸死了。当时我们看到周围各村里房子倒塌后就开始冒烟了，也听不到人哭。在屋里穿了三回衣服，也没穿好，后来我们在院里穿的衣服。我和张星穿好衣服后，就到车站坐车去冯村了，回到了我们分团。

## 二、梅庄遇险

到了冯村后，第二天上级召开了电话会议，要求一个分团抽掉一半人，各分团团长带队也行，政委带队也行，各大队大队长带队也行，指导员带队也行，就是抽一半人，像我们分团抽了 200 多人，那时冯村有汽车站，就雇了 8 辆大车。那时候没有轿车，都是大卡车，一个车上坐 30 多人，每人带一个被子，2 斤饼，到隆尧城里报到，看看让到哪儿抗震救灾。报到后，人家说你们去毛尔寨。从隆尧城里向牛家桥走，车走到离牛家桥还有三四里地的时候，这车就过不去了，两边都满了，沟里的水一个劲儿地往外冒，冒得不能走了，我说：“咱们都下来。”下来后，我让车回去了，带领大家步行到毛尔寨。从离牛家桥还有三四里的地方开始步行，我记得最清楚的是，一个人背着一个铺盖卷，2 斤饼，到了梅庄村东时，挺害怕的，当时有一个井，还有一个大坑，水一个劲儿地呼呼地往外冒，将大坑灌得都是水。那个村是东西大街，顺着那个街一会儿呼地一下张开一个大缝，一会儿又呼地合上了，把人们吓得要命。我说：“都坐下，都坐下。”当时一个劲儿地震，每天震很多回，有大震，有小震。

# 三、与解放军并肩作战

我们到了毛尔寨后，部队也到了，是一支空军队伍，带队的政委姓姚。军队是每一个大队驻一个团，由团长或政委带队；一个小队驻一个排；当时“四清”工作团我是团长，我带着七八个人，带着个帐篷。到了以后，部队就开始拉电线了。部队支了个大架子，是通信设备。拉了电线后，姚政委说：“咱转转去吧。”人家都带着车哩。转了以后，我记得11日吧，我们到的第二天，开了会，成立抗震救灾指挥部，指挥部里姚政委是领导，他是正职，副职有我，有隆尧县委副书记冯文海，还有公社的张书记。我们4个人成立抗震救灾指挥部，姚政委主要是指挥军队，我主要是指挥“四清”队，那个公社姓张的书记和县委副书记冯文海的职责主要是有什么具体事，该怎么做，我们再告诉他们。

前三天先挖人，开头挖人时，都从户里找铁锨或三齿开始往外掏，掏的时候有时掏着人了，后来我和姚政委下去转的时候，群众开始提意见说：“俺这个人都砸死了，还得掏到身上。”后来姚政委说：“马上下命令，一律用手挖，停止用一切工具挖。”部队从电话里听的这个命令。说了这以后，部队一律停止用工具，都用手挖。随后，我又召集“四清”队员说：“咱‘四清’队和部队一样，咱也用手挖。”挖人挖得手烂哧哧（方言，血肉模糊），毛尔寨的房虽都是土房，还有箔啊席的等等，那样挖得手都烂呼呼的，即使那样也不敢用东西掏。头三四天就光挖人，挖人时我记得毛尔寨这个公社一共9000人，后来到俺走时统计，死了2000多人，剩了7000。我记得有20多户不到30户一个人也不剩全家死光了。

挖的时候，部队的条件好，有的开始搭帐篷，部队搭的是棉帐篷。群众都没地方（住），村里所有的房子都倒了，就剩下供销社的六七间房，那是用白灰和沙子盖的，没有倒。全村除了这几间房3月8日都倒了。军队搭帐篷的时候，姚政委边走边说：“不行，这样太脱离群众，群众都整得没地方住。”“四清”队就俺分团拉去了一个帐篷，别的也没有。村外各场里有麦秸垛，都在麦秸垛周围，坐了几个人，把脚伸进麦秸垛里，用一个被子盖住，别的你说怎么着（也没有办法）。后来下了命令，群众住不上简易房，部队不能搭帐篷。“四清”队也不能住房，也就在麦秸窝里。我们后来也下了命令，在村里的工作队始终就在麦秸垛周围坐这么一遭（圈）。

后来也想不起怎么着来了，部队在村里能做饭，他们做的大米饭，稀大米饭。这“四清”队（的伙食）是天天从冯村给送200斤饼，每人1天1斤饼。后来姚政委说：“我给各部队说说，你们‘四清’队就跟着部队喝饭算了。”从这以后我们就喝部队点汤，吃从冯村送来的干粮。在那儿住了一个来月，都是这么吃的。20多天以后，我们分团在粮站的院里搭了个篷，就用苫布搭的，在那儿支了锅，支了锅以后，每天一个汽车给送饼，送二三百斤饼。一个人一天1斤多点饼。

在那儿可受了罪了。毛尔寨是苦水，苦得不行，那也得用苦水熬点儿汤，就那样喝一点。那儿送的饼在中午和晚上可以在锅里熥熥，熥熥就这么吃。

## 四、想说探家不容易

那时纪律很严。毛尔寨到我家耿庄桥12里地，任何人都不能回去，我是带队的，就更不能回去了，那怎么办呢？我记得到毛尔寨的第一二天，我在毛尔寨村边场沿儿转悠，转悠时俺村有一妇女，骑着车子，从那边来了，我不认识人家，可是她认识我。她说：“你怎么跑到这儿来了？”我说：“俺在这儿救灾哩。你是谁啊？”她说：“俺是北头儿哩，俺爹叫杜宝成。”她爹我也不认识。我说：“咱那儿震得厉害吗？”她说：“咱那儿南头儿震得厉害，北头儿还轻。挨河沿的重，不挨河沿的还轻。”我说：“俺家里死人了吗？”她说：“俺不知道。俺家在北头住，俺闹不清。”我说：“你到这儿是做什么哩？”她说：“俺婆家是这儿的。家里要是死了人，我在家里待两天。要没死人，我今儿就回去了。”我说：“你回去给我捎个信，行吗？”俺家里的她娘家在北头儿住。她说：“你小孩姥娘家没死人。你家死不死人俺闹不清。”我说：“你回去可给我捎个信，就说我在这里，让他们来这儿一下看看。”我记得，第二天，俺一个妹子和一个妹夫，驮着俺家里的，还有俺小闺女，上毛尔寨看了看我。

那时地震后，我们在毛尔寨搞救灾，也都想回家看看。但是当时纪律严明，你想从毛尔寨到我老家耿庄桥仅12里，也不能回去。尤其是3月22日地震后，俺们“四清”队好多人都是宁晋的。都稳不住心，各队的指导员、队长乱（方言，都）找我，他们要求总得想法让大家回家去看看啊。我说：“这么着吧，让大家轮休轮假。如果家里死了人，必须给我汇报，可以放 3 天假或者 5 天假。如果家里没死人，放一天假，头一天走，天黑必须赶回来。”这样的话十几天就轮完了。比如这个村有“四清”队驻扎 20 多人，一批走（放假）5 个，剩下十几人救灾。我记得有一个跟我搞“四清”的，是宁晋马家台的，是个借干，叫郭小九，他家死人了。我记得他请假在家待了三四天。我家离毛尔寨那么近，我就在家待了一天。

## 五、谁也不能搞特殊

前 3 天是挖人，挖人以后就开始埋，埋时由部队和“四清”队合伙埋，大多是男性群众（事主）领着我们去埋，他们记住埋的地方，都没有往远处埋，也都没埋到自己家坟地里，离村大约有多半里地。转遭（周围）不远一个，不远一个，就这么埋了。当时老百姓都吓傻了（心理上受到了严重的创伤），毛尔寨死了那么多人，也听不到人哭，打击太大了，家里死了人也不知道哭。一开始用的办法还笨，用的是村里的小胶车，一个小胶车上面搁一个门子，把砸死的人用席圈好后弄到门子上面，前面两个人拉着，后边一个人推着去埋。后来上级又运来了小胶车，办法就改了，就是头里一个门，中间一个门，后边车尾巴处一个门，一次可以拉 3 个死人。到后来，又给送来了一部分席，又运小胶车，又运吃的。谁家死了人，给一领苇席，一律不能做匣子（棺材）。一家可以给个被子，用被子一裹，用席一圈。事主家里领着部队和“四清”队去埋，村外一片一片都是。你看转遭（周围）净这（坟）了。你想毛尔寨一个村死了 700 多人啊。

我记得一个宣传部长姓阎，是隆尧县委的常委，他家就是毛尔寨的，他有一个闺女和一个小子被砸死了。他从西边（受震灾影响较轻的隆尧西部村庄）找来了几个木匠，（为他孩子）做匣子，后来让抗震救灾指挥部的人知道了，姚政委狠狠地把他训了一过（一回），说：“你怎么还闹特殊呢？你是个宣传部长，是个头儿，群众都这么埋，你怎么还整匣子呢？马上弄回去。不弄回去就处分你了。”这位宣传部长马上说：“行，行，我和群众一样。”姚政委说：“也给你两领席，你闺女、小子一个人一领席，你家里困难可以给你两床被子。”然后让这位宣传部长领着部队的人和“四清”队的人去埋的。

## 六、搭简易房

开始主要工作是挖人，把人挖完以后，就开始帮群众整简易房。整简易房就是用檩条、棍等这么一搭。也不让垒高墙，就垒这么一个低墙头儿，用席等往上一搭。

部队就组织群众用震倒的旧砖盖简易房，简易房不用灰垒，垒这么高一点（约1米高）就用棍之类的插住，再地震就倒不了。群众有了住的地方后，部队就开始搭帐篷，俺们“四清”队也开始用苫布搭了个帐篷住。

3月8日地震时毛尔寨的房子全倒了，3月22日地震的时候，我们正在毛尔寨帮群众搞简易房，实际上就是临时搭的棚。反正房子已经倒了，简易房那么一点也没事，也砸不死人。当时几乎是天天震，群众也就不怕了。所以3月22日的地震对毛尔寨的影响不大。不过22日那次地震也挺厉害，也有七八级，大地颤动得呜呜的。3月8日地震涉及面小，主要是隆尧和宁晋东南一带。3月22日地震涉及面比较大，宁晋、巨鹿等都涉及了。

## 七、曾山部长亲临毛尔寨

我记得内务部曾山部长去过毛尔寨，他下了飞机以后，姚政委陪着他转。他到户里一看，看到群众渴得那样（很），也没有盛热水的地方，有的户用小锅烧点水，当时没有别的暖壶，都是竹子皮暖壶，当时有的户里用竹篾子暖壶。曾山部长说：“每个户里发两个暖壶。”群众说：“那你得说话啊（下指示）!”曾山部长说：“我马上给北京打电话，明天就到了。”第二天暖壶就送过来了，不管大小户每户2个，还有的一户3个。曾山部长还说：“缺什么东西，你们说，我马上给调拨。”公社书记给曾部长说了灾区急需的东西，不久就送来了。那时运来的东西是部队送的，非常快，像各种吃的、席、小胶车等一个劲儿地运，直升机在天空不停地呜呜地飞。从3月8日到22日，上级送来的救灾物资很多也很快。

## 八、总理到隆尧慰问

8 日凌晨地震后，9 日天黑时周恩来总理就来隆尧慰问了。来隆尧后就在张彪（隆尧县委书记）的屋里听取汇报，我记得张彪的屋子是个两层楼。后来俺就回去了，到隆尧开会的时候听说的。听汇报时，本来住的两层楼，还一个劲儿（不断）地晃悠，有人主张让总理出来躲避一下，总理在那儿始终一动不动，就在那儿一个劲儿地听汇报，听了汇报后就返回石家庄了。

总理从石家庄回来后，有一个和我在一块儿搞“四清”的邬天柱，这人是河北省建筑设计院的总工程师，他在日本上了 6 年学，学习工程建筑，像北京的人民大会堂等八大建筑他都参加了设计。俺们“四清”队里有河北省建筑设计院里二三十个人。周恩来总理来隆尧县慰问，“四清”总团把邬天柱调过来了，让他陪周总理转悠了转悠，研究地震房怎么盖。3 月 8 日地震后，周总理提出的四句话是：“自力更生、奋发图强、重建家园、发展生产。”即先建家，后生产。3 月 22 日地震后，地震面大了，咱们宁晋、巨鹿等都地震了，根据国家经济形势，应先生产，后建家，后来总理把四句话的后两句给颠倒过来了，即“自力更生、奋发图强、发展生产、重建家园”。即先发展生产，再建设家园。原来地震范围小，国家给投一部分资，建设家园。后来地震范围扩大了，国家也有困难，要求震区先发展生产，再建设家园。当时国家领导人经常来灾区慰问，总理来过隆尧城里、白家寨慰问过。还来过咱们宁晋县的东汪、耿庄桥等地慰问过。后来我们就按总理指示开始安排群众生产。

## 九、幸与不幸

有一个是千户营的供销社主任，我忘了他叫什么了，他跟我们搞“四清”，去毛尔寨救灾时他和我在一起。他说：“郭团长，我就是毛尔寨的，去了以后，家里别管怎么着，你得在我家吃顿饭啊。”我说：“行啦，去了到你家啦还不好说。”他说：“进俺村以后，我先去俺家看看，然后再找你。”我说：“行，你去吧。”到他家看了以后，随后他就找我了，一见我，他哇哇地就哭了。我说："你哭什么哩?"他说："我家有 7 口人，死了 5 个，就剩下俩人。"他说，他爹他娘死了，他媳妇死了，就剩下他和一个闺女两口人。我安慰他说："你别哭啦，这是天灾人祸，又不是别的，谁也抗拒不了。让部队和'四清'队帮你埋埋，处理处理。'四清'结束以后，给上级反映调你的单位离家近点。"他说："行。"

在毛尔寨临街的地方，一户有 5 个小孩，孩子后来回忆说："俺爹要不出来啊，俺们几个人（他娘和 5 个孩子）就都闷死啦。"在紧挨粮站的地方，不记得是三间北屋还是西屋，地震震得厉害了，他爹赶快跑出来了，跑出来以后那房"扑嚓"一下就塌了，把他爹半个脑瓜子都砸破了。砸破以后，他爹就在那儿挖，（幸运的是）梁倒下来后担（搭）在瓮上。挖出人来以后，有一个小孩子有这么高，他说在里头差点憋死。一会儿挖透气了。他爹把俺娘几个一个个拽出来啦。

## 十、救灾分包到户与分发救灾物资

当时还有这么一个规定，一旦地震厉害了，部队一个排包一个小队，"四清"队的十几个人各管一个小队，有时候吃着吃着饭，遇到地震了，我们马上撂下饭碗，快速到自己负责的小队，到每家每户调查，看看有没有死人伤人的。

搞简易房以后就是恢复生产。这时候就开始运东西了，给群众分东西。分东西时，分给哪个户多少，都用本子记着，"四清"队根据群众每户人口的多少，给群众分锅、碗、瓢、勺，还有小胶车等。

## 十一、恢复生产

在毛尔寨待的时间长了，和群众有感情了，部队走时群众齐哭乱嚎的。我们走时，群众也是齐哭乱嚎的。当时死了人以后，死者家属就在墙根底下坐着，耷拉着脑袋，也不知道哭，也不言声。本来"四清"队经常搞这个（救灾），和各家都搞熟了，哪家有几口人都清楚得很，常到灾民家里，说："给几斤馍馍。"他们就说："撂下吧。"然后就放下了。分配物资时该给什么东西就给什么东西。后来相互熟了以后，我们就说："反正人死了也没办法回生，咱们还得吃饭，光这样可不行，以后地里该捅捅的捅捅（方言，行动、干活的意思），这就是震过一个多月了，麦子该锄的锄锄。"群众说："行，你们说怎么办就怎么办。"这时生产已经恢复了，已经开始盖房了。那时候开始烧砖，上级给运输灰（白灰或洋灰）。我们就回来了。

## 十二、与亲人解放军挥泪告别

我记得救灾的空军比我们走得早。他们驻了 20 多天，就开始换防。这个部队来，那个部队走。走前姚政委给我们说，走时不让群众送，要不群众齐哭乱嚎的。我们打算半夜动身。就那样（保密），部队走时全村的群众都去了，齐哭乱嚎的，不让部队走。姚政委解释说："新部队马上就来了，我们这是部队换防，我们在这待了个数来月了，新驻扎部队已经来了。新驻扎部队已经和原驻扎部队接茬（交接）了，原驻部队才走的。"

口　　述：郭英昌

走访整理：中共宁晋县委党史研究室　张满福

# 记忆中的地震

师根茂

我叫师根茂，1947 年出生于宁晋县城里，今年 70 岁，宁晋中学退休高级老师。1966 年邢台大地震时我在隆尧中学上学。

## 一、地震了

1966 年 3 月 8 日凌晨，我们还在睡梦中，宿舍的床就晃动起来了，开始还有同学在体验大地的晃动。前一天他们从家里回到了学校，我们住校的同学告诉他们，星期日，在教室里坐着，课桌晃动起来了，一时还没反应过来，当意识到是地震发生了，吓得都不知道怎么开门了。教室的门本是向里开的，有的同学却使劲儿往外推。说起这些，那些回家的同学觉得没有体验一下山摇地动，是一种遗憾。现在真的感觉到了，可是，还没有顾得感受到地动的兴奋，大地又一次晃动起来了。这次床铺不再只是左右晃动，兼有上下颠簸。有的同学大叫：“不好，房顶都往下掉土了。”睡在窗户边的同学，也顾不得外边还有些清冷，只穿着个内裤就跳到了窗外。霎时间，整个学校乱作一团。

天渐渐亮起来了，同学们仍还在惊慌中。虽然我们学校没有倒塌房屋，但在清晨的混乱中，有的崴了脚，有的被玻璃扎了。最严重的是一位老师，慌乱中用手砸窗的玻璃，玻璃划破了手的动脉血管。

## 二、去马兰救灾

人们在议论着，也有消息从地震中心灾区传来。白家寨是地震的中心，那里的几个村，房屋都倒塌了。往那里已经派去了军队，帮着挖被埋在废墟里的人。

我们的班主任是隆尧马兰村的人，他家那个村在地震的中心区。同学们打算去老师那个村，帮着救灾。

经过一番准备，我们出发了。

到了那里，真不敢想象，整个村一片废墟，有些村民精神恍惚。部队已经开进村了，正在紧张地为村民挖人，挖埋在下面的粮食。

据说整个村一点伤没有的就两个人，一个是早晨起来去拾粪的老头，一个是起来准备推碾子的妇女。那妇女端着一簸箕玉米，刚走出房门，大地便颠簸起来，她赶紧扶住了院子里的枣树，才没有被砸伤。

我们在那里帮着老师家挖了一天东西，怕我们在那里如再有地震出现事故，那里负责灾区安排的工作人员就让我们回学校了。

## 三、操场里搭简易棚

教室、宿舍经过地震这么一折腾，学校不让随便进去了。其实就是让进去，我们也不敢。课桌搬出来，我们在教室前的空地上课。睡觉总不能也在空地里上盖天下铺地吧。学校组织同学们把自己的床单、褥单拿出来，连在一起，在操场里用竹竿搭成临时窝棚，暂时住在里边。

虽然还春寒料峭，窝棚四处透风，但毕竟是在特殊的时候，有能休息的地方我们也觉得满足了，总比重灾区人们要好许多。

## 四、周总理来了

地震后的第二天，消息从隆尧县城传来：周总理来了。

周总理去了白家寨，看望了那里的受灾群众。

据说那天周总理站到木箱上说："乡亲们，你们受了灾，受苦了，损失很大，毛主席让我来看望你们。"接着，周总理鼓励大家不要害怕自然灾害，要团结起来，依靠集体，依靠群众来战胜自然灾害，自力更生，重建家园。周总理在讲话结束时，还带头高呼口号："自力更生、奋发图强、重建家园、发展生产。”

从此，“自力更生、奋发图强、重建家园、发展生产”成了救灾中的一个很重要的口号。

这个口号在后来又改为“自力更生，奋发图强，发展生产，重建家园”。

## 五、又晃动起来了

3月22日，正在教室前的空地上上着课，只见教室的房顶上屋瓦上下颠起，随着尘土飞扬。本来坐着的我们也随着地震的颠簸，晃动起来。毕竟有了3月8日的经验，我们谁也没有惊慌，只是向站在教室跟前讲课的老师喊道：“快！快！来这儿来。”

一阵震动后，大地平静了，我们也舒了一口气。

不过，不久就传来了消息，宁晋这次地震可厉害了。

家里房倒了吗？奶奶可否受伤了？是那几天萦绕在我心头的问题。

总算盼到了家乡的消息，在尧城镇搞“四清”的一个干部，是我家的朋友。他告诉我，家里一切平安。

## 六、那天家里危险的一幕

过了几天，我告假回家。来到城里（县城），简直让我惊眼了。整个城里一片废墟，家里早都房倒屋塌了。奶奶在院子里坐着，一点也没有地震灾害后的惊慌，慈祥地问我在学校地震时伤了没有。

妹妹告诉我，22日那一天，她正和奶奶在院子里，震得很厉害，她和奶奶互相搀扶着才没有摔倒。房子倒了，家里什么东西也没有拿出来。

我庆幸，地震在白天，我的奶奶没有受伤害。虽然，我们赖以生存的房子没有了。

作　　者：师根茂

走访整理：中共宁晋县委党史研究室　张满福

# 记忆深刻的几件事

郭振波

我叫郭振波，1933 年出生于宁晋县北鱼公社郭家台村，今年 83 岁，宁晋县人大退休干部。1966 年 3 月发生大地震时我任宁晋县委办公室副主任。

1966 年 3 月宁晋发生的大地震，重灾区主要在耿庄桥、东汪一带，宁晋县城倒塌的房屋不多。

## 一、宁晋牌坊

宁晋县南北大街原来有 3 座牌坊，主要分布于从县城新华书店到县城北边，大地震发生后，牌坊也受到了影响，比如有的牌坊裂了璺，但没有被震倒。县委书记赵安芳为了安全起见，担心再发生地震时牌坊砸着群众，便决定派人把牌坊拉倒。拉倒前让人专门照了相。后来隆尧县在东关建立邢台地震纪念碑时，这些照片被存放到那里。

## 二、总理用过的大碗

1966 年 4 月 1 日，总理到东汪慰问时，条件很简陋。开会时，一位群众用大碗端了一碗水，水里有一些灰尘，当时总理接过这碗水，也不嫌脏，毫不犹豫地喝了下去，这一点充分说明了总理和人民群众同甘共苦，从不脱离群众。20 世纪 70 年代末，为了纪念周总理，国家博物馆派人到宁晋寻找 1966 年周总理来东汪慰问时喝水用过的碗。当时县领导安排我陪同国家博物馆的来人到东汪，我记得找的是东汪六大队的董明顺，我们一起寻找 1966

年给总理送水的群众。几经周折，终于找到了这只见证历史的大碗。

## 三、总理在隆尧

周总理到隆尧慰问时，给总理汇报的是县委书记张彪（曾在宁晋任职）。当时余震不断，张彪劝总理到安全的地方躲避一下，总理不为余震所动，依然听取汇报。总理的这种胆识是我们永远要学习的。

## 四、李先念来宁晋

李先念到县城慰问群众，又到耿庄桥慰问群众（到长路公社孙家庄慰问群众）。由于当时从宁晋县城到耿庄桥的交通条件非常简陋，基本上都是土道，后来修的石渣路。石渣路在现在不是什么好路，可在当时就是比较好的路了。

## 五、重建家园

我老家在北鱼公社郭家台，地震发生时，村里的房基本上都倒了。地震后，重建家园时建房基本上还是按原来的街道胡同建设的。耿庄桥工委片只有马家台在地震后的建房做了大的调整，没有按原来的街道建设。

口　　述：郭振波

走访整理：中共宁晋县委党史研究室　张满福

# 地震回忆

我叫黄文海，1952 年出生于宁晋县北鱼乡黄赵台村，今年 64 岁。宁晋县农业局退休干部。

黄文海

1966 年 3 月大地震的时候，我正好从初小考上高小，还没去报到，还算是“游民”，哪儿也没去。

3 月 8 日那天凌晨地震时，我在西屋睡，屋里锅台那儿垒的那烟囱“哗哗”地就砸着我啦。一地震俺爹就点着灯啦，说：“快起，快。”我怎么起也动不了。我说：“砸住啦。”俺爹说：“没倒，没事，快起吧。”我听到后也就有了劲儿，就起来了。东屋也掉房檐了，我就往南屋跑，门洞是前插门的墙倒了，门没倒，都堆住了，我又跑回去，俺爹又让我跑到房“克郎”（方言，指没屋顶的房子）里，俺姊妹们 7 个人当时都在西屋睡。

3 月 8 日大地震发生时，大家都光着身子跑出来啦，也不分男女，现在听起来像笑话。当时下雪啦，人们都团缩成一团。等地震停了，才找衣服穿。

3 月 22 日那一天，我去我们村南头学对骨牌去啦，以前都是玩三角，这是第一次学骨牌。玩了会儿，正往回走着哩，走到最南边街的东头，当时那儿有一个防震铺，一晃我“啪”地一下就摔在铺上了，我就爬起来赶紧往回跑，跑了一会儿到了小学，小学原来的老师不让我走了，我就和别的小孩蹲在一块儿，老师还说，不让看，让合住眼。我毕竟大些，合了会儿眼，就睁开了。

地震前确实有预兆，在 2 月后半月里，咱们这儿下雪啦，我们都起来扫雪，门钌铞儿来回地悠，我们还说俏皮话哩，这挺得（好玩）。过了这么几天，在五更里，就开晃啦。当时屋里都有烟囱，烟囱也开始往下掉土，房檐的砖也开始往下掉。1963 年发洪水没倒的老房子这次都倒啦。这次地震俺村里房子倒了 1/3。

到了3月22日下午，这次一下子晃开啦，当时听着声音也过来啦，呼呼的，响得很，我抬头向北一看，狼烟动地地过来啦。学校一个东屋，有一个截断墙，像拍钹似的，“啪”一声挨地了，一会儿又“啪”一声起来啦。震波是从北往南跑的。那劲头儿挺大，那截断墙厚，两排7公分宽的砖，后来一直也没倒。学校原来是大地主的房子，3个院子，可能还有地下室。后来也不知道是不是有地下室。

3月22日大震时，人们大都在防震铺里，学生在院里上课。

当时对地震觉得是又可笑又害怕。

3月6日地震时，我们村砸死一个老太太，绰号“瞎太太”。她住的那儿是个老北屋，挺高。她长期行好（信佛），闹地震以前她就喊：“都到我这儿睡吧！我这儿没事，有佛祖保佑着哩!”结果就把她砸死啦。在她那儿睡的还有俩人被砸伤啦。其中一个人和我同岁，是用直升机运走的。

3月8日即第二回地震又砸死了一个大队长，他是去耿庄桥开会回来了，他说：“没事啦，地震已经过去啦，都回屋里睡吧，别在铺里啦。”他一家子回屋里睡了。大地震时，他跑出来啦，他孩子和媳妇还在屋里，他回去救人，被砸死了。一根椽子砸在了他的要害部位，肠子都砸出来了。他媳妇和孩子命大，被挖出后都救活了。

3月22日大地震又砸死了一个老婆儿，岁数大了，她成分高，在村外住，她一进门，正好被影壁墙（泥墙）砸死了。

另外，在盖排房时，我们学生也参与了盖房。解放军也帮助盖房，分到各队的都有。下乡知青也参与了抗震救灾，听说在北鱼村南镇有一个下乡知青病死在那里，不知确否。

口　　述：黄文海

走访整理：中共宁晋县委党史研究室　张满福

# 我为解放军带路

闫考彬

我叫闫考彬，1941 年出生于宁晋县徐家河乡榆树庄，今年 75 岁，宁晋县教育局退休教师。

## 一、丹心护校

1966 年 3 月，宁晋发生大地震时，我在耿庄桥工委徐家河公社宋家庄小学任教。当时高小已经搬到了徐家河。宋家庄 3 个大队小学合校后，我任学校负责人。我的党组织关系在 3 大队支部。

3 月 7 日晚上公社里开了个会议，散会后我就回家了。第二天就是 3 月 8 日，早晨发生大地震了，家里的房子有倒的，有没倒的。作为校长，我也担心宋家庄小学的事，心想学校里怎么也得有个人啊，也顾不上家了，当时我的大女儿也还很小，在此大难之际，家里确实也很需要我，我把家里的事简单地安置了一下，马上去宋家庄小学，看看学校的房子倒了没有。我骑着车子往学校去了，在路上看到地里裂了缝，冒了水，喷了沙。到了学校后，我立即组织老师把学校的物资从屋里拾掇出来，当时还有余震，房子有倒塌的，有没倒的，学生没有受伤的。

当时作为小学，主要是组织学生在防震棚坚持上课，保证学生的安全。

22 日大地震发生时，我们正组织学生在院里的防震棚里上课，学生没受伤。

## 二、给解放军带路

我记得，抗震救灾期间的有一天晚上，我跟着解放军的车去过耿庄桥。当时往耿庄桥运送救灾物资的解放军的车可能迷路了，司机让我带着他们去耿庄桥。当时我还问他们："在晚上打仗，你们的车怎么开呢?"他们告诉我说："怎么开啊，一样地开，一有灯不就有目标了嘛。不开灯，要关着灯。"我记得有这么回事。

解放军去宋家庄救灾的也不多，因为那儿不是重灾区。也有医疗队过去，有砸伤的就给治疗。

口　　述：闫考彬

走访整理：中共宁晋县委党史研究室　张满福

# 铺头村遇地震

寇玉卿

我叫寇玉卿，今年 79 岁，宁晋县城人，宁晋县农业局退休干部。我 1957 年毕业于保定农专，1959 年回宁晋，在宁晋县农业局工作。

1966 年宁晋县大地震时，我在宁晋县农业局任技术员，当时铺头村是县委书记赵安芳蹲的点，主要是抗旱，挖土井，我也作为工作队员在宁晋县铺头村下乡。

3 月 8 日和 3 月 22 日两次大地震时，我都在铺头村。

## 一、我们骑树跳出来

3 月 8 日地震时，当时的下乡工作队在铺头村住着一个四合院，北屋是赵安芳书记住，县委办郭振波主任等领导都在那儿，我和张保进、刘保聚 3 人住在东屋，西屋是厨房，在那儿烧水，东屋是四间，中间一个截断墙（房屋隔开的墙），俺在北边住着，北边是一溜子铺板，大体上住的情况就是这样。3 月 7 日晚上，赵书记、郭主任到东汪开会去了没回来，就剩下我、张保进、刘保聚 3 个人没去。3 月 8 日这一天早晨，我们睡着睡着就觉得床上的铺板来回晃悠，一晃把我们 3 人晃醒了，醒来一看这个截断墙上的土就哗哗地往下落，往下砸，砸到铺底下了。我们就坐起来了，这时候听到“呼腾”一声，我们这儿不是两间嘛，那一边还有一个屋，那个屋“呼呼”一声就落地了。北屋是没事，光晃悠没倒，西屋也没倒，就我们相邻的那一间“呼咚”落地了。土“哗哗”地往我们脚下砸，土砸了有大约一尺厚，我们就起来了，起来后打算出去，一看门也开不开了，后来又“哗哗”地晃，把窗户晃下来了，窗户前有一棵树，我们仨骑着树跳出来了。

跳出来以后，我们就站在倒的土堆旁边，南边两间房子也倒了，我们住的北边的那两间房子没倒。我们就站在土堆旁边看，这是怎么回事啊？也不知道怎么回事。后来知道这是地震啦。北屋和西屋之间是一个夹道，震得夹道“呼”一下子就挨住了，“呼”一子又张开啦，来回反复。房子光呼扇也没倒了。俺住的地方是个长过槽（由大门通向院子的过道），我们想出去看看老百姓怎么样了，结果是出不去。

## 二、查看灾情

等清静以后，我们就出去看群众了，当时这个村里死了 11 人，伤了有三四十个，我们就马上组织群众处理死伤人员，村里没医院，伤员就往东汪运，房子倒了有 70％—80％，不是塌了就是有裂璺的，将要倒了，100％的都受损了。我们住的地方是卧砖到顶的，过去大地主的房子，比较结实，没倒。后来我们去了户里，有的户里冒黑沙子，户里的房子里有一堆堆的黑沙子，还有水，咱也没统计具体有多少户。有的群众也说光冒黑沙，我们也见过几户。街里也有裂璺。3 月 8 日地震的情况就是这样。

## 三、公路像玩龙灯

到 22 日下午两三点钟，社员们都下地耕地啦，当时耕地还用牛哩，我和刘保聚下午没事就去地里转悠，走着走着就觉得震哩，一开始震得不厉害，到最严重的时候，地里有裂璺。3 月 22 日地震震级大了，地里的裂纹缝也大了。当时我记得有刘保聚、朱恒瑞（公安局的）在那儿，他拿着照相机就照，当时他也不害怕，长的裂璺有 30 公分宽，一个裂璺没影子就远了，他就用照相机照下来了。可能是相片他都有，档案室也有。震时裂开了有 30 多公分的大裂璺，合住了也得有 10 公分左右。我估计那个村的裂璺得有二三十条。俺正好走到那儿唉？铺头前边有个公路，我们刚好过公路，那公路像玩龙灯似的，曲溜曲溜就像这样啦（作龙形状），像蛇一样曲溜。最后不震了，公路呈阶梯状啦，一蹬（方言，指阶梯）一蹬的，一蹬有 30 公分。公路成两截啦，这一部分高，中间有一个 30 公分的裂璺，再往下就下去啦。

多处是这样。我亲眼看到两个蹬，后来零碎零碎震就震平了，但是印痕还显。公路就是这样。

地里干活的牛，全都卧倒了，晃得它们也站不住啦。

## 四、社员爬上电线杆子

人也站不住啦，都在地下趴着。村里的社员也都出来了，他们以为是天塌地陷啦。你猜怎么样？公路边不是有电线杆子吗？有些人就开始爬电线杆子啦，都乱爬，我们到了以后就劝他们，不要爬，都爬电线杆子干什么？天塌地陷不了，不要害怕。后来群众都稳定住了，不爬电线杆子啦。那时他们就是傻了眼啦，以为要天塌地陷啦。要是天塌地陷，爬电线杆子也不行啊。当时有五六个社员爬电线杆子。这也是我亲眼见的。22 日没伤人也没死人。

## 五、帮助群众盖简易房

回村后，我们看到家里的房子都倒平啦，相当厉害。

在抗震救灾中，村里当时也没有帐篷。3 月 9 日后，救灾的解放军带着帐篷就到了。我们工作队就住在解放军的帐篷里，也帮群众盖简易房子。22 日以后我们就回县了。

## 六、车子侥幸未被砸坏

3 月 8 日地震时，赵安芳书记的自行车在东汪被砸坏了。我们的自行车原来放在南屋里，南屋倒了。地震那天我们正好放在赵书记的北屋里，房子没倒，车子没被砸坏。

另外，我们农业局有两名兽医在耿庄桥下乡时被砸着了，幸亏都没生命危险。

口　　述：寇玉卿

走访整理：中共宁晋县委党史研究室　张满福

# 周总理来到了耿庄桥

李成群

我叫李成群，今年87岁，宁晋县耿庄桥村农民，老党员。先后在生产队、生产大队任干部。

## 一、经历大地震

1966年3月5日地震时我在第六生产队任干部，县里的驻村工作队给我们解释，地震是自然现象，不要害怕。地壳有岩浆，流空了就会有地震。

1966年大的地震是3月8日的地震。3月8日地震以后，国家派来了地震队，观测地震。

7日那天下了雪。为了防震，老百姓在外边睡，工作队劝老百姓挪到屋里睡，在外边太受罪。

7日晚上我们在外边转，转着转着就回家睡了。那时我说头朝北睡吧，睡着睡着我觉得一晃悠，我想这是不是就要死了。一晃就看到天啦，檩条给立起来啦，俺家里的（妻子）是梁压在她身上啦，我给她拨拉开的。外边就开始喊啦，这个哭，那个叫。俺娘在街西哩，我就往那儿去，恰好她去厕所，解手回来走到门口那儿啦，乱七八糟的东西把她给围住啦，我就给她挖。当时俺爹在炕上，那儿有一个瓮，他躲在瓮边倒没事。我娘受了点轻伤，我也受了点伤。后来，我还在县里住了几天，回村后当时工作队有好医生，每天给我按摩一下，就不痛了。

当时是轻伤在村里治，重点儿的就拉走医治，我们村一个重伤员是用飞机运走的。那时他生着火，火没灭，地震时把他砸得不能动了，火烧了他一下子，挺严重的，去石家庄治的。

我们南边这一片死了20多人。我哥哥家死了两口人，砸死的人大都在顺河街（村子依河而建）。

当时街里的房子都倒啦。3 月 8 日顺河街倒得更厉害，西边没事。地震造成街一边洼得很，多少年下的雨都流到沟里了。原来村南有一个涵洞，也斜啦。

3 月 8 日地震后，国家给运来了救灾物资，准备重建。

3 月 22 日又震了一次，耿庄桥街里裂缝、流水，“咕咚咚”冒水，地里净沙疙瘩。树也晃动，人们不害怕地震了，都害怕掉到沟里。

当时的余震多啦，经常像在船上一样。

## 二、总理来到耿庄桥

关于周总理来耿庄桥的事，听说周总理的飞机在耿庄桥一开始落错地方啦。在村东有一户晒着红被子，飞行员误以为那是迎接的地方，落了以后一看不是原先说的地方，后来又落在村南了。

我是在远处看的周总理。当时也不是大队上组织去的，都是群众自发去的，一说周总理给讲话，谁不去啊。周总理是在我们村村南，站在一辆大卡车上讲的话，具体讲的内容我也记不全了，主要是代表党中央表示关心。地震啦，要自力更生、艰苦奋斗、重建家园，鼓起精神来重新搞建设。

讲完后周总理在街里转了转，进行慰问，没到户里去。在街里我也近距离见周总理啦。不过他看起来有点疲惫。

后来，李先念副总理也来过一次。飞机落在村北，李副总理当时穿着对襟衣服。

在救灾物资上，国家是一个生产队给了一个电机。任县给了一个制砖机，帮助重建家园。原来大队有砖窑，后来各小生产队也有砖窑，烧砖建房。

口　　述：李成群

走访整理：中共宁晋县委党史研究室　张满福

# 宁晋有难全国支援

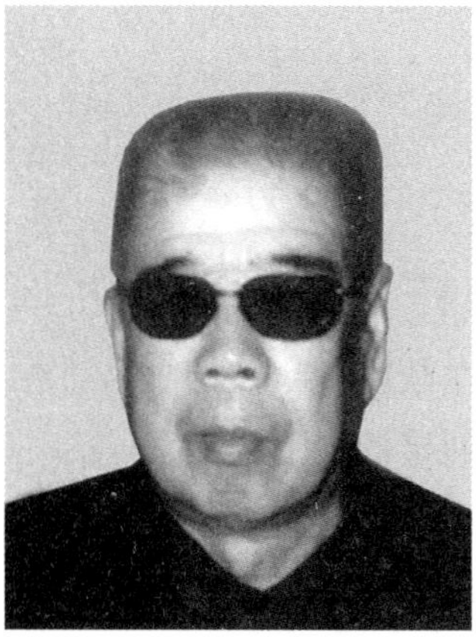

李景森

我叫李景森，1936年出生于宁晋县北鱼村，今年80岁。宁晋县政协退休干部。

1966年大地震时，我是宁晋县委书记赵安芳的秘书，3月份连续几次闹地震，我都记忆在心。

## 一、地震前兆

3月5日耿庄桥地震以后，谁也不知道怎么回事，便请示县里，县里也闹不清。当时民间说60年前闹过一次地震，60年一个周期，60年前（的事）一般的人谁知道这唉？都闹不清怎么回事，县委书记赵安芳让请示上级。当时谁也想不到地震，包括公社书记甚至县委书记赵安芳都不知道地震是怎么回事。

3月5日8点12分，耿庄桥发生5.3级地震，房子普遍裂缝，部分倒塌，有些人受伤，县委一方面请示中央，一方面派副县长张增云赶赴耿庄桥视察灾情。7日，在耿庄桥完全小学召开了耿庄桥片党支部书记会议，讲清地震是自然现象，要求破除几种迷信说法，当时说什么的都有，什么神啊鬼啊。村里通知人们提高警惕，做好防震工作，别管大小，不是地震一次（后来闹了有几百次，有的感觉不到，有的重），要注意防震，做好安置工作。给中央汇报后，7日，中国地球物理研究所科学研究人员带着仪器连夜赶赴耿庄桥安装测震仪器。当时带队的是个老头儿，他在南招住宿，白天就去耿庄桥了。周总理来了以后还去慰问（地研所人员）哩。

## 二、侥幸脱险

3 月 7 日，我跟随县委书记赵安芳在东汪召开工委书记会议，会议内容是已经知道 3 月 5 日耿庄桥是发生地震啦，汇报下边的工作情况。会议就是这么安排的。

赵安芳是公安处处长出身，他的经验多。东汪是老区，我们住的是原先地主的高房子，外头是表砖，里头是坯，高得很。7 日，他说："景森，今天晚上不能在这儿睡了。"前头的平房，矬得不行，我们在信用社找了一间房子。俺俩挪到那儿睡的，不挪就毁了。第二天又闹哩，他给我说，（地震时）实在跑不出去了，别往床底下钻，连被子带人滚在床边这儿，床边不是还结实吗？实际上那样也不准当，闹得大了怎么也不行。

3 月 8 日早起下了小雪，在五六点钟，呼隆呼隆闹了一阵子，人们都从屋里出来啦。当时东汪驻着工作组哩，东汪的工委书记是安保俭。邢台地区工作组有两个女的（长期驻东汪工作组，半年或者 3 个月），其中一个身材高的，还有一个可能还没结婚哩，在一个大高东屋里住着，一下子被闷在了屋里。地区工作组闷在了屋里，要是闷死了（怎么办）哩？我们先救的她们。衣服都砸在里面了，她们出来的时候披着被子，我们后来给她们找的衣裳。救出来她们以后，这两个女干部都吓傻了，待了 40 分钟，不说话，问什么都不知道了，后来才缓过来。我们一问，原来是有一根大梁掉下来，支在地上，没砸着她们，所以她们也没受伤。

## 三、两次大震

8 日凌晨 5 时 29 分，全县发生强烈地震，震级 6.8 级，声若闷雷，山摇地动，地面倾斜断裂，房屋倒塌，河床下陷，桥梁破坏，地面裂缝，冒黑沙，喷黑水……地一裂缝，就 2 尺多宽，看不到底，冒着黑水。耿庄桥有一个女的没躲开，一下子给出溜（滑）到裂缝里边了，还好后来又把她拉出来了。那地缝一张一抿（合），一张一抿（合），一会儿张开了，一会儿又挤住了，挤到里边就完了。

22日下午又闹了一次地震，这次闹得家伙（厉害）。当时我在县城，早点跑出来了。我家里的（爱人）睡午觉哩，睡着了，出不来。去屋里拉她去，又怕砸着了，我就大声地喊，然后她就出来了，幸好没被砸住。县委会的瓦房颤悠的，没倒的房顶也被掀了，也不能住了。22日下午4时20分（实际为19分），在宁晋东汪一带又发生一次强烈地震，震级7.2级。这次涉及范围广，从任县到城里，一直到四芝兰、北圈里那里，司马还好，还保留了一些房子。全县损失更为严重。房子基本上都倒了，房子损失、人口伤亡、牲口伤亡等都有记录。在此期间余震不计其数。

地震总结经验吧，震前都有预感。在耿庄桥和群众座谈哩，什么预感唉？狗叫，鸡叫；老鼠都就窜出来了，蛇就顺着道跑到街里了，那些动物都有预感，这是事后总结出来的经验。

## 四、领导关怀

3月10日，由中央各部、中国人民解放军、北京市领导人组成的中央慰问团，在中央委员、内务部长曾山率领下，带着药品、食物、帐篷和其他物品到宁晋慰问灾民。

23日，中央委员、内务部长曾山再次到灾区慰问，在宁晋城西慰问群众，城西有个旧公路，他在那儿讲了话，意思是说毛主席叫来哩，慰问大家，怎么抗震，怎么救灾。这次也是临时组织的群众参会，也在500人以上。讲话以后他还到县医院看望了病号（伤员）。

24日，华北局第一书记李雪峰、书记处书记解学恭、省委第一书记林铁、省长刘子厚到宁晋慰问，分别听取了县委书记和基层干部的汇报，同受灾群众进行了谈话。这次是城关镇民主村3个支部书记汇报了工作。

26日，国务院副总理李先念，省长刘子厚，副省长杨一辰、郝田役慰问宁晋灾民，听取了县委书记的汇报。李先念副总理在城西给干部群众讲了话。

4月1日，周恩来总理代表党中央到宁晋东汪进行慰问。在城西驻着个38师，师长姓崔。4月1日早晨，他的警卫员到县委会找我去了。咱也认不得人家，人家部队的人来了。他是跟着通讯员来的，见了我以后他就说："你是李景森吧，是跟着赵安芳书记当秘书的吧？赶紧通知你们县委书记，坐我们的车，和我们的师长去东汪。”也没说什么事。坐到了车上以后，那会儿公路上的尘土很多，又有坑，那（车）颠嗒颠嗒，开得很猛。8点钟给支部书记说，9点通知群众，总理要来了。许多群众都去了。艾辛庄没通知到的群众也去了。大概有万数来人来开会。去了以后，这得准备唉。飞机来了往哪儿落唉？在宁晋县插上红旗作标志。有一个护航机，护航机9点就到了，在空中来回地飞，飞得很高，也不下来。快10点的时候，3个飞机飞过来了。第一个是灰色的，第三个也是灰色的，中间的是白色的。我们估计总理怎么也不能坐白（色）的（飞机），后来看到实际上总理就在这架白色飞机上。总理来了以后就讲话，提前我都安排了，那时找不到录音机，有录音机就省事了，总理说话再清楚，究竟不是北方人，我从县委会等各单位找了12个人，都是写材料的，写字快的，总理说一句记一句，有时有一句你没听清，他听清了，就这么碰了个材料。那时候别说录音机了，僵僵扭扭（勉强）从县委会弄了个扩音机，当时扩音机也挺少。不这么弄，一两个人可不沾（行）。

总理讲了有半个钟头，接着赵安芳讲，赵安芳讲了有七八分钟。讲了以后，大家都鼓掌。总理把赵书记的肩膀一拍，说：“小伙子，有前途。”总理从哪儿来的，我们不知道，有的说是从石家庄，有的说从隆尧。不过看情况不可能从隆尧来，从方向看应该是从石家庄过来的。部队上有个大个子，当保卫。

周总理在村北向干部群众讲了话，提出“自力更生、奋发图强、发展生产、重建家园”的号召。总理在隆尧提出的是“自力更生、奋发图强、重建家园、发展生产”。到东汪把发展生产往前提了提。之后，慰问了灾民，看望了野战医院的伤员，对伤员进行慰问。讲完了以后，人多得不行，没法走。东汪那儿有个中学，中学的门口都侧（方言，倾斜，不正）得那样了，没法走，就从底下走，部队“轰”一下就去了，不让总理从那儿过，总理不在乎那个。就和在隆尧一样，还闹着余震，在大礼堂里开会，大家都说让总理出去躲一下，总理说：“不，你怕什么？都坐下。”

在看望群众的过程中，总理对东汪六大队贫协主席说：“你应该把贫下中农团结起来，发动起来，把生产搞好，重建家园。”总理又打听了个在总理办公室里工作的一位姓赵的家，把他爹他娘叫里去啦，说：“我给小赵安排了特殊的事哩，要不就跟着我来啦，来看看你们。他不来啦，我来问问你们，看看家里有什么事。”两位老人激动地掉下了眼泪。总理又和东汪6个大队的支部书记谈话。

在帐篷里，总理蹲在地铺前，仔细询问了伤情，然后和每个伤员握手，并嘱咐大家好好养伤，早日恢复健康。结束后，总理乘直升机飞往束鹿王口。

下午3时，周总理的专机从冀县码头李飞到耿庄桥，当时起了大风，总理在村南的一辆大卡车上向群众讲了话。他说："地震后没来过这里，今天是补看大家的，希望大家要家里丢了地里找回来。这次来看你们，就是鼓舞你们好好生产，重建家园。"总理又观看了中国科学院地球物理研究所观测地震的设备并了解了工作情况，指导他们抓紧解决地震预报问题。这一次是由县委副书记王占元负责安排和汇报工作的，我和赵安芳书记没有去。

4月2日，河南省委办公厅主任，省民政厅厅长带领慰问团到宁晋慰问，为灾民带来20万领苇席，5万斤麻和其他慰问品。

3日，卫生部副部长张凯带医疗队到宁晋，对参加抗震救灾的医疗队和伤病员进行了慰问。

24日，华北局第一书记李雪峰，书记处书记解学恭，河北省委秘书长王笑一乘直升机到宁晋视察慰问。省委第一书记林铁，省长刘子厚从石家庄乘车赶到，他们共同听取了县委书记地震灾情的汇报。尔后，李雪峰、林铁分别到城关公社民主大队、大曹庄公社小马大队进行慰问，并找了4个支部书记进行座谈。

在地震期间，为了救灾，赵安芳书记等县领导7天7夜没合眼，我们作为县委工作人员，也是这样。

口　　述：李景森

走访整理：中共宁晋县委党史研究室　张满福

# 我是抗震救灾的亲历者

李振芳

我叫李振芳，1941 年出生于宁晋县徐家河村，今年 75 岁。宁晋县人大退休干部。

原来每 10 年举行一次抗震纪念活动。1976 年，我正在耿庄桥工作，那会儿王会勇（曾任宁晋县委书记）的父亲王庆仁（时任地委宣传部的宣传科长，后来任邢台卫校校长）和一个人去耿庄桥，那会儿老的少的对地震的场景都历历在目。以后时间越长，亲历者越少。再一个是即使亲历者，随着年龄的增长，记忆也不是那么清晰了，也不一定很准确。地震 40 周年的时候，我看杜修林在宁晋报上发了一篇文章，他倒有资格说，因为总理去东汪时他跟着去的。其他人参与抗震救灾的，也不多了。

好多事我也不是很清楚，尤其有些时间也记忆不准，但是我确实是抗震救灾亲历者。

## 一、震后被“失联”

那是 3 月 6 日还是 5 日，在耿庄桥有一次预震，那次并没有引起人们太大的注意和警觉，更不用说恐慌了，因为它震级很小。3 月 8 日，震级就大了，当时我在家里睡觉哩，我在城里住，实际算人委这边的人，正好赵安芳书记来了，成立了一个学习毛泽东著作领导小组，我就在县委那边帮忙。3 月 8 日地震发生时，我就赶紧起来啦，我那闺女妍慧才 3 个月，一震我倒是反应挺快，当时年轻，抓起小闺女的小腿就跑出来啦。后来等了会儿不震了，又回去啦。回去后，一会儿有人敲门子哩，是县委那一边，通讯员骑着车子下通知，那时家里也没电话，我记得也不是礼拜天，反正是都正上班哩，工作人员不是城里有家，就是在机关宿舍里，虽然通信不方便，但人也好集中。跑到俺家里敲门时，我知道是县委那边通知哩，人家让拿着铁锨。我拿着铁锨就出来啦，我准备往县委那边跑哩，人委的车从鼓楼底下开着正往南走，因为熟，就招呼我上去，我说是县委那边通知的。车上人说，一回事，上来吧，硬把我拽上去啦。到车上，他们才告诉我去耿庄桥，震灾比较严重。到了耿庄桥，工委书记是沈建文（邸亮庄人），我们 20 多人，他见了我们，安排安排。上午，去得挺早，大概 9 点吧，我们分了几组，查看灾情，看看有没有埋到底下的。确实是有埋到底下的，就找人，挖人，这是上午。

下午，我们 20 多人就分开啦，我去的长路，先到公社里。当时还有一个笑话，公社社长经历过 1963 年洪水，地震时因为正睡觉哩，他的第一反应就是发洪水了，往高处跑，就爬树，他自己说，这是条件反射。

到了长路以后，分了分，一共去了俩人，我走北路，他走南路，我去的南庄、贾庄等村。

我先到大疙瘩，大疙瘩灾情比耿庄桥严重，当天晚上我们在大疙瘩，就我俩人。到了以后，我们分了分，我们跟大疙瘩支部书记阎计会，一个晚上巡查了几回，天又相当冷，3 月 8 日房子基本上都震完了，都成了瓦砾啦。家家户户破砖烂瓦上面都有人躺着，都盖着被子，有的还苫着席。你得看看，一看睁开眼啦，这是活人。有时一看是死人。晚上转了几圈，才知道哪儿是活人，哪儿是死人，一般是死人上面盖着席，大疙瘩死了几十个人。

第二天，他去的南路，南北周等。我去阎庄、贾庄、东庞庄等。在那儿待了有四五天，记不太准啦。这时，我正在东庞庄哩，公社派人骑着车子找我去啦，让我回去，我就骑着公社的自行车回长路公社啦。人家说："县委正找你哩。不知道你去哪儿啦，失联啦。叫你马上到耿庄桥去。"我就从长路去了耿庄桥。宁晋县生产抗震救灾指挥部最早是在耿庄桥成立的。到了以后，他们还问："你去哪儿啦？还敲你门子哩。答应啦，没你啦。"我说："我出来后，人委说一回事，把我拉到耿庄桥了。"

## 二、救命之恩

什么时候县抗震救灾指挥部搬离耿庄桥？大概就是 23 或 24 日吧。为什么我记得这么清啊？我从耿庄桥去小刘村，当时那一片地震都轻，就一个村里重，破坏比较大，就是延白。所以22日那一天我骑着自行车从耿庄桥跑到延白，地震以后，那会儿有“十个红大娘宣传队”，宣传抗震救灾。小刘村公社也有“十个红大娘宣传队”。那儿地震延白最重，所以那儿有一个公社的抗震救灾指挥部，就建在延白村东。我去了以后，公社书记搞“四清”去了，有代理书记赵金凯、社长赵文华，还有李跃进、军分区一个人、武装部一个人，反正人不少。下午有四点钟吧，有预震，在指挥部的帐篷里边感觉非常明显，“噔噔”几家伙。这伙人都非常警觉，一共七八个人，就赶快出来啦。出来后，因为延白村东是个沟，直接出不去，所以人分了分，进南口的出北口，进北口的出南口，进东口的没说出那个口，见机行事吧。

我和李跃进等进的东口，到了十字街，我没听见，有人听见了说有“哼哼”的声音，就在这一堆破砖烂瓦里，我们想是人吧，就赶紧挖吧。我们几个人就开始用手挖啦，没挖到底，就清出来啦，是砸到底下一头猪。本来我们可以及时跑出去，结果是因为在这儿耽误了会儿，就往北跑吧。我们一边跑，在街里沿途一个劲儿地喊，到胡同口喊，叫老百姓都出来。我们走到北口北街里，主震来了，你没亲历没有这种感觉，它“噔噔”是个什么方向唉？从西南向东北震，颠你。感觉太明显了，太强烈啦。延白在头一次地震是比较重的，和耿庄桥、东汪比它轻得多，它那两边的房都是表砖的，完全是砖房的很少，又不矬，街又不是很宽，走到中间耽误了会儿，大震来了。好家伙啊，就是明显地往东边方向颠，我根本就控制不了自己，瞬间我感觉我自己完啦，非砸到底下不可，虽然这个瞬间不到1/10秒，在这个时候，我也不知道是谁，一家伙就把我扑到地下了。等尘土落个差不多啦，能站起来啦，所有的人都成了“土人”啦。再一个就是房两边碰头，俺几个人就在两边房碰头的地方，又滚出来一些砖，那个地方也就一两米。万幸，家伙（厉害）吧。当时我也没问是谁，当时咱也年轻，就赶紧接着走，继续救灾，没问谁救的我。

这是后来李跃进告诉我的。我在耿庄桥工作的时候，他到耿庄桥下乡去啦。我说：“跃进，我老想问，那天救我的扑倒我的是谁唉？那算救命恩人吧。”他说：“是保安主任，现在他有病了。”我说：“跃进，待几天你跟着去看看这个治保主任，有救命之恩。”还没等着去哩，跃进从城里给我打来电话说：“别去啦，我听说老头儿已经死了七八天啦，都埋啦。”所以说没看了他。

## 三、编救灾简报

从延白回来，指挥部让我编抗震救灾简报，所以从一开始到结束，我都参与了救灾简报的编写，我就管这件事。在耿庄桥待了有十几天，救灾指挥部就搬到县城啦，就在物资局西库，院子也大，机构就比较完善啦。搭着好几个部队的帐篷。县委书记、常委们是一个帐篷，有物资供应组，抢险救灾组，还有资料组，好几个组。俺资料组常有三四个人，另外还找了七八个采访员，如杜修林，郭永胜（宁中的党支部书记、教导主任），刘铁仁（县委过来的、后来和我搭伙计），刘连生（后来在邢台市当组织部长），七八个、八九个人吧。他们就每天下去搞采访去，他们回来后，采访材料给了我，我负责凡是有用的，单篇的修改修改，发在简报上，不够一期，把材料综合一下，以后再出一期。那会儿赵安芳书记要求很严，他提出每天编两期、四期，甚至六期，每天的资料不能漏掉。俺去了以后，都是垒着两行砖，里头就是麦秸，被子就放在地铺上。赵书记在俺组就是强调，小睡，中睡，大睡，或称小休息，中休息，大休息。大睡即穿着衣服在地铺上盖着被子睡一觉，中睡即在桌子上趴着睡一下，小睡即在椅子上坐着打个瞌睡就行了。县委就一个美国吉普，采访员每天骑着自行车去采访，多辛苦啊！去耿庄桥、东汪等绕村子转。我在指挥部负责编辑，整理好后装订起来，一共有多少期，我现在也记不清了，反正是不少，有大几十期吧。现在档案馆应该还有，那些资料不能丢。每期保存几份，赵书记、王占元书记各有一套，这都凝结了我的大量心血。指挥部一直到 6 月份才撤销，各项工作也陆续恢复正常。俺从 4 月份一直坚持到工作结束。我知道情况多，是因为我经历过一个完整的救灾过程。

## 四、社会主义好

当时老百姓也不简单。当时有个作曲家叫李劫夫，《社会主义好》不是李劫夫写的吗？他挺有名，写了好多革命歌曲。他和他夫人叫张什么，他两口子一直在西库帐篷里住。李劫夫这个老头儿大高个子，他的好多当时即兴写的歌词就是参考简报里的内容，就用的老百姓的原话，如“天大地大不如党的恩情大，爹亲娘亲不如毛主席亲”，这在简报里肯定有。这就是李劫夫从老百姓身上汲取的，这也不是我编写出来的，这是老百姓讲的，还有“你震你的，我干我的”，李劫夫也写成歌了。还有“你冒水，我浇地；你喷沙，我盖房”。当时，老百姓有好多豪言壮语，从简报都能找到。

另一方面，老百姓经得起考验，在灾难面前不屈不挠的精神也是难能可贵的。那会儿，地震灾区的老百姓，对政府、对共产党那种感情强得不得了。那会儿的干部，不管是公社、县、地区，到省、中央，都全心全意为人民服务，那时的党员干部也都非常廉洁。发灾难财的，借机耍滑的，就没听说过这种事。那会儿谁要反对共产党，你试试，你别吭声，老百姓就上了。

地震发生后，第一时间，解放军就来了；第一时间，医疗队就来了，主要是省医疗队。

这救灾物资第一时间就到啦，源源不断，帐篷、吃的、用的、衣裳……解放军运得都非常及时。

## 五、领导关怀

那会儿上边来人来多了。往大里说，总理；再往下说，李先念；再往下说，李雪峰；再往下说，刘子厚等。这每天不停。你像内务部长曾山（曾庆红的父亲，老革命家，原来是新四军的领导人之一，华东局的领导人之一）来过两次。他第一次就在西环路东侧，那儿是西城墙，他就站在西城墙上，底下站着许多人，他代表中央讲话。

副省长有民主人士叫高树勋，他是个起义人士。你像高树勋省长来了后，他根本就没见县委的人，就是这么忙，没有、也不忍心打扰县委的工作。到了南招（县委招待所）后，他的秘书叫南招工作人员用盐水煮了 3 个鸡蛋，他吃完后就直奔耿庄桥了。那省长自己都觉得不能打扰人家的工作。县委、县政府也好，指挥部也好，都忙。刘子厚也来过。那会儿李雪峰是华北局的书记，他至少来过两次。

总理来了是讲话啦，在东汪、在耿庄桥，为此东汪还建了一个台，在总理讲话的地方，4 月 1 日吧，要不怎么叫“四一广场”唉？杜修林亲历的什么唉？人家通知资料组赶快去一个人上车，因为就一个破吉普，他去的东汪。

到 4 月 1 日，总理来了，还到巨鹿的何家寨，我记得总理提出了 4 句话："自力更生、奋发图强、发展生产、重建家园。"查查简报上有。建排房是总理指示，当时也叫建设新农村。不过新农村的标准就太低啦，要重新规划，建排房。以后的建筑怎么抗震，也是从宁晋大地震以后才注意的，你像打圈梁也好，浇灌也好，都是汲取了地震的教训，不过建的排房质量不高，建排房也搞了点"平调"。

口　　述：李振芳

走访整理：中共宁晋县委党史研究室　张满福

# 忆宁晋县小刘村1966年大地震

刘其昌

我叫刘其昌，1936年出生于宁晋县素邱村，今年80岁，宁晋县支油办退休干部。1966年3月宁晋大地震时我在宁晋县小刘村公社任公社秘书。

## 一、第一次大震

1966年第一次大震是3月8日早晨四五点吧，反正（天）似明似不明的。当时住的办公室是一个西屋，第一次地震的时候，我感觉到震了，就起来到院里了，到院里不大的工夫，第二次地震又来了，“咚咚”地开始响了，我住的房子塌了，把我睡觉的床砸了个两半截，想起来有点后怕啊。

当时的小刘村公社的书记是赵金凯，副书记是赵文华，（代理）社长是范同修，地震后公社成立了抗震救灾领导小组，主要是组织人员看看群众的房子倒了没有，死伤人了没有。当时的房子倒得不多，大部分是裂缝了，房子的损失不大。死人了没有？好像没有，即使有（被）砸死的也就一两个，受伤的也不多，但群众的情绪受到了一定的影响。公社的办公房子也裂缝了，后来公社也就挪到了小刘村村西，就开始搭席棚啦。

后来，北京军区就派来了解放军抗震救灾。医疗队也来了，还有地球物理研究所的，都陆陆续续到了。开始群众的情绪很低落，房子都倒了。后来解放军一到，该挖的挖，该弄的弄，该治的治，群众的情绪一下子高涨起来了。后来又喊口号，又唱歌，宣传总理提出的“自力更生，重建家园”号召，群众情绪开始活跃了。

那一年地震以后，风刮得挺多，俺们在席棚睡了一晚上起来后，一个人睡的地方周围基本都是土了，头一次地震大体上是这么个情况。

## 二、第二次大震

那一次（3 月 22 日）地震，耿庄桥是重点，宁晋县在耿庄桥开会，开会的重点内容是自力更生，重建家园。当时的公社书记赵金凯，还有大陆村工委书记王世岑（后任县委副书记、地委秘书长）去耿庄桥参加会议了。会议结束后，因为 3 月 8 日地震时小刘村在小刘村公社受灾相对来说较严重，22 日以后延白成了受灾重点村，救灾指挥部就搬到了延白村。震后延白村的平地里就开始向上冒水、冒沙子了，在地里形成一堆堆沙子，像一个个坟头似的。当时还有那个大口井（因为井周围要放水车，井是一两米见方），也开始向上“咕嘟咕嘟”冒水了。这时抗震救灾指挥部就挪到延白村东了，因为解放军已经到延白了，我们的帐篷用的是解放军的帐篷。3 月 22 日第一次地震的时候，为传达全县耿庄桥抗震救灾会议精神，指挥部搬到延白后，就开始由王世岑传达会议精神，研究做个规划，怎么建设新延白，怎么建设新农村。我、王世岑，还有赵金凯等就在帐篷里研究这个问题。在 3 月 22 日下午的三四点的时候，正念着哩，大地震又来了，“噔噔”地响，俺就不念了，撒腿就往延白村里跑，叫村里的群众赶紧跑出来。我记得当时的分工是一人一条街，绕着街跑，叫群众赶紧往外跑。我从原来的大队部（现在的村委会）房子后头过去，后面有一个两米宽的过槽（胡同），我刚一跑过去，大队部的房子就倒了。大队部的房子是里坯外砖的结构，以前大地主的房子，房子倒了以后，在过槽里有两米多深。要我被砸在那儿了，挖都不好挖。当时地震的情况是，我们在开会时，用的煤油灯，还得用一个手扶着，要不就倒了。

## 三、解放军到了

后来解放军也多了，医疗队也增加了。比头一回（3 月 8 日）多多了，当时小刘村也有，延白也有，这就使救灾队伍扩大了。解放军、医疗队、地球物理研究所等方方面面的人在那儿驻了一个多月吧。该挖的挖，该治的治。反正 22 日那次伤人也不多，因为地震发生在白天吧，大部分人在地里劳动。但房子比 3 月 8 日地震时倒得多。解放军来以前，群众心里觉得没底，房子倒了，（死伤的）人没人挖，这可怎么办啊？

解放军一来，群众觉得有依靠了。解放军宣传得也很到位，那时经常有欢迎、欢送解放军的事。

## 四、周总理用过的大碗

周总理来东汪时，工委、公社书记去了东汪，领导安排我在小刘村公社留守阵地。后来，根据他们（公社领导）汇报的内容，周总理来了，下飞机以后，先去医院帐篷看伤病号，然后就打听赵茂峰的家。赵茂峰是总理办公室的工作人员，总理打听这个人，打听着以后，又到赵茂峰家看了看。然后在东汪村北寨墙那儿开了个群众会，听他们（小刘村与会者）回来说，开会的会场就一张桌子，搁在那儿一个吃饭的粗饭碗，群众给总理倒了一碗水，水里面刮了一层土，反正不是很干净，跟着总理的人不愿让总理喝，做了个手势意思是别喝了，总理却毅然喝下了这碗水。后来过了多少年，我在县委办公室工作，历史博物馆派人（不知是馆长还是副馆长）来找这个碗来啦。我当时主管县委机关行政事务，包括档案、信访、车队等事务。我陪同人家去东汪以后，找到三大队支书董什么顺家，他开始是说没见，后来意思是说保存起来了，不愿意上交，我就开始反复地给他做工作。我说："你拿出来吧，这是总理使用的碗。"后来，他拿了个红绸子布包着这个碗，交给了历史博物馆的人。历史博物馆的人拿走碗以后，人家给我寄过来一个收据，博物馆就正式收藏了这只碗。

## 五、重建家园

关于县城的情况都是听说的，国务院副总理李先念、华北局李雪峰等视察县城的情况，我没有亲眼看见。

在贯彻周总理的"自力更生、奋发图强、发展生产、重建家园"指示时，主要是开大小队干部会议进行宣传，再一个是通过军队宣传队、地方宣传队，如俱乐部等进行宣传，如通过快板、三句半等形式，使总理的指示深入人心。让老百姓自力更生，重建家园，不能光依靠国家，这就是当时的救灾方针。当时建房子也是就地取材，用震倒的房子的砖重建家园。

口　　述：刘其昌

走访整理：中共宁晋县委党史研究室　张满福

# 地震无情　人间有爱

我叫刘学礼，今年 75 岁，宁晋县东汪镇南丁曹三村村民。

那是 1966 年，从阳历 3 月初，大地就时不时地晃几下，那时大家没经历过大地震，谁都不会想着这么大的地震会降临在自己身上。可是，眨眼间房子塌了，地面裂了，好多人都没了，现在想起来都后怕……

刘学礼

## 一、地震中的温情

3 月底的一天，俺们正在地里干活，忽然大地剧烈地晃了起来，把俺们都晃倒了，还没明白过来地震有多强，就看到村里的房子晃了几下，一股脑儿地全倒了，夹杂着倒塌房子尘土的大黄风随着就刮了过来，地面还一开一合的，看到了都害怕。大家扔下家伙就往家里跑，赶紧看看家里的人有事儿不！当我刚跑到一个高房子下的时候，又震了一次，还好我跑得不快，不然就被砸下面了。那时候房子几乎都倒了，没有胡同，连自己家在哪儿都差点找不到。

俺老伴平时没事都和孩子在邻居家的大院子里，院子大了地震的危险会小点。回到家，俺老伴告诉俺，当时她正准备和孩子去邻居家院子里，忽然大地一晃，把她娘俩给晃倒了，路边就是大水坑，大地晃得很严重，她娘俩根本就站不起来，如果再不离开，有可能就被摔进大坑里了。就在这时，邻居小华子一个箭步跑了过来，平时很瘦的他也不知道是哪里来的一股劲儿，迅速把她娘俩抱离了水坑边，放在了安全的地方，他是俺老伴和孩子的救命恩人啊。

因为平时都会有小一点的地震，村里各个队的队长都会每家每户地转，给大家讲讲地震时的注意事项，看看有没有人一直在屋子里。当时老王的老伴对地震的警觉度不高，把她 8 个月大的女儿放在了桌子底下，觉得房子塌下来有桌子顶着没事儿。后来她被大队长训了一顿，说孩子这么小即使房子倒了砸不住孩子，就是呛也能把孩子呛死。听了大队长的话，老王的老伴赶紧把孩子抱在了屋外面，刚抱出孩子不久，大地震就发生了。

老王家有 4 个孩子，地震发生时只有最小的这个孩子在身边，当时，他难过极了，心想孩子们肯定不会全部都回来了。地面刚刚平静下来，有个同村的老乡把他两个孩子平平安安地送了回来，还开玩笑说“不要你孩子了”啊。当时老王对这个老乡有说不出的感激，我觉得我这个当爹的能体会到老王的心情。另一个孩子在老王的哥哥家，也没事。事后，老王总说“多亏了大队长和热心的老乡啊”。

地震过后，上级派解放军来俺们公社，为大家发放了救济粮、衣服、钱等各种救济用品，帮助大家搭帐篷，就跟自己家人一样，真是帮了俺们的大忙。还有啊，老张的儿子张寅虎地震那几天得了脑炎，急需去大医院救治。因为地震，房子都倒了，几乎连门都出不了，更别说出村去大医院看病了。当时解放军把他儿子带到了部队的医院给治好了，他就把他孩子的名字给改成了“党生”。开群众大会时，他还编了个顺口溜，表达对党的感恩之情：“党的恩情说不清，我把寅虎改党生。”

## 二、周总理来慰问

4 月 1 日早晨，大喇叭就喊村里的党员、团员、全体干部去镇里。我当时有二十几岁，是个团员，就去了公社里，后来听说是总理要来，其他的群众也纷纷来到了东汪。

上午 10 点左右总理来到了东汪，那天有很大的风，飞机在空中盘旋了好几圈才降落。见到周总理，大家都很激动。和群众亲切地握手后，总理站在寨墙边上的临时会场开始讲话了，首先说的是：“党中央、毛主席让我来看望大家来啦!”并发出“自力更生、奋发图强、发展生产、重建家园”的号召。后来就把总理到过的广场称为“四一广场”。

总理讲话的时候，有人怕总理口干，给总理送了碗水，当时风大，刚倒的水就飘了一层尘土，可是总理不嫌脏，简单吹了一下表面的尘土就把水全部喝了。他可是总理啊，这个动作，让俺感觉他在和俺们同甘共苦，感觉他和俺们的心好近！讲完话后，总理还到群众的窝棚里去看望受灾的群众，详细了解他们的身体状况和受灾情况，希望他们振奋精神，重建家园。

总理走后，俺们公社的人响应总理的号召，自己建立土砖窑，自己烧砖，俺还在砖窑烧过坯子呢。直到现在，东汪人民都牢记总理的话，一直在自力更生，奋发图强……

大地震发生后，有支歌就在俺们公社流传了开：“清清的水，蓝蓝的天，喜鹊飞来把信传，毛主席派来咱亲人，周总理来到了宁晋县……”俺们村好多人都会唱。

口　　述：刘学礼

走访整理：宁晋报社　刘云佳

# 灭顶之灾犹如昨日

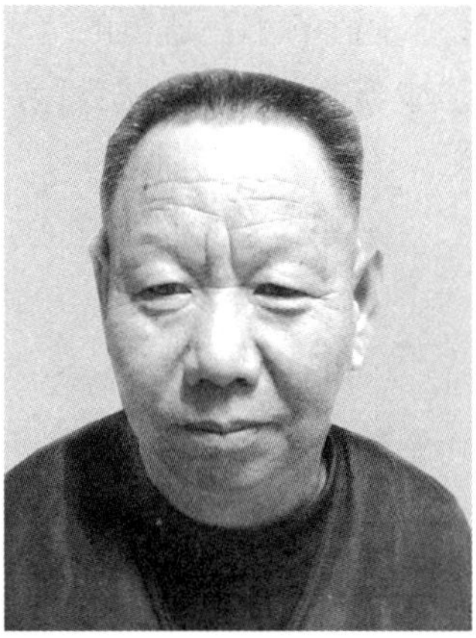

米存军

我叫米存军，今年 61 岁，宁晋县大曹庄村中镇人，农民。

1966 年春，积雪满地。某夜，大地震颤，房梁房顶上下跳动，我随父母仓促外逃，衣服都来不及穿……此次地震，房屋稍有破坏，但村庄原貌依旧。

不久后的一天下午，我在校内课堂上，课时将至，突然地跳房颤，学生们慌忙跑到院子里，但地震仅有两三分钟就过去了，于是，仍如前一样照常上课。

当天下午课间，学生们都在中镇完小前院大操场上玩耍时，突然之间，人都扑倒在地上，当时什么也看不见了，感觉却是十分清醒的，当时大地在震颤，上下颠幅在几尺？在一米？在上下颠簸一阵以后，身下大地由上下颠簸变箩筛般剧烈晃动，不管是颠簸，是晃动，反正当时身卧地上，俯着，眼睛闭着，不敢睁开，即使睁开，什么也看不见，不得不趴在地上，任其颠簸，晃动着……

当时，地震有多久？10 分钟、20 分钟或 30 分钟？这就很难说了，当我最初睁开眼时，人还俯在地上，身下大地之动，由最初上下颠簸，变为箩筛晃动，又变为后来的如坐船般晃动着。此时，地震虽由剧烈转为缓和，缓慢，却仍在摇摆着，晃动着……当学生们大都尚未起身时，就听见校长王同方喊着："快，快，各位老师，快去救牲口。"之后，老师们向西去抢救四队的牲口。我和其他学生们也都陆陆续续地站起来了。

随着余震渐去，尘灰落地，极目四望，房子没了，大曹庄千年古村没了，原有的一切、一切，均随着几十分钟的强烈地震，村庄变废土，东西四五里地的村子消失了……

在全村老少、男男女女惶恐不知所措，不知往下吃什么、住哪里时，生产大队的大喇叭声响了：各家各户听着，咱村地震了，闹灾了，党中央、毛主席派来了解放军，飞机就在村外地里，现在各家各户都来领白面、领油、领锅来吧！快来领吧，各家各户，人人都有。

晚上，我吃了烙饼，睡在领到的席上，盖着挖出来被子。当时，我年仅12岁，和往常一样，一觉睡到天亮。

“起来，快走，咱去看解放军，他们都在村北麦苗地里哩!”当我们跑到村边时，当兵的都在吃饭，但他们很快就列队进村了。

在亲人解放军的帮助下，各户都领到了材料，每户都有一个窝棚。后来我们才知道，全村房子都倒了，但没有人受伤，也没有死人。虽经灭顶之灾，出现了一时的慌乱、惶恐，甚至有的吓傻了，但那只是暂时的，随着当天大批中国人民解放军的到来，大批救灾物资的发放，党中央、伟大领袖毛主席对广大人民群众的关心，如春风吹遍了万户千村。上年纪的老人跪在地上，双手合十，闭着眼睛念叨着：“毛主席，您比神好，比神灵，我们都托您的福啊!”当时我们到处转着，看着那些跪地默念者。

大灾地震以后，村中心十字街上关帝庙没了，米氏家庙没了，李氏家庙没了，震前的旧村旧街没了。大曹庄村梁姓、米姓二家立村，始于南宋的千年古村没有了。

在党委、人民政府指导下的“新农村规划”，随着震后重建开始了，邢台大地震，先隆尧，后宁晋，而宁晋则是耿庄桥（人民公社）在先，即本文初始之夜。随后则是东汪（人民公社）、大曹庄、素邱（公社）、北河庄（公社）。地震之后，在大曹庄，军队、飞机、救灾物资陆续到来。国务院总理周恩来的专机落到东汪，周总理受毛主席的委托，代表中共中央、国务院，亲临地震灾区东汪公社。周总理一下飞机，即徒步而行，从西到东目睹了被全部摧毁的东汪村庄。在救灾动员会上，周总理代表党和政府，号召我们“自力更生、艰苦奋斗、发展生产、重建家园”。总理登机时无数村民恋恋不舍，飞机升空时，他（她）们泪流满面，毫无秩序地喊着“感谢党中央，感谢毛主席”！飞机升空远离灾区久矣，男女老少的泪还在流，他（她）们仰望西北天空，虽不见飞机，却迟迟不肯归去……

“阳春三月桃花开，总理到咱灾区来。”1966年的大地震，至今50周年了，但毛主席的使者周恩来的东汪灾区之行，灾区人民仍记忆犹新，犹如昨日。

得人心者得天下，党中央、毛主席急灾区人民所急，想灾区人民所想，随着“发展生产，重建家园”的号召，随着“新农村规划”的实施，人民公社建窑烧砖，大批的新农村建立。新房建设所需的材料源源不断地到来，一座座规划整齐的农村新房建成了，整个农村，土坯房墙全部换成了从里到外、从下到上的砖墙新房。从 1966 年到 1976 年，历时 10 年，人们恢复了完全的农村住房，送走了瘟神“大地震”。

作　　者：米存军

走访整理：中共宁晋县委党史研究室　张满福

# 目睹大国总理风采

温同豹

我叫温同豹，1925 年生于宁晋县耿庄桥公社刘丰头村，今年 91 周岁，离休干部。

1963 年大水淹了以后，我记得当时我在县里组织部工作。1963 年 10 月，组织上调我到艾辛庄公社工作，接替艾辛庄公社社长楚世勋和公社副书记张焕申，他俩都是东南片的。当时第一书记刘顺通是东汪的，1964 年 10 月，搞“四清”去了。公社由公社社长和副头儿主持工作。1966 年 3 月 8 日和 22 日，宁晋大地震时，我正好在艾辛庄公社当社长兼代理书记。

1966 年是多灾多难的，地震发生时，我家里死了 3 口人，我母亲被砸死了，还有我妹妹、妹夫。我是有觉悟的，强忍悲痛，在大灾面前，亲人生死离别之时，也顾不上家里的事。公社的大多数脱产干部都担心自己家里的事，也是人心惶惶的，不安心工作，我觉得我头脑还清楚，召开了一个公社全体干部会议，我说：“咱谁也不能回家，我家里也有老人，也有老爹老娘，咱要坚守阵地，谁也不能当逃兵。1963 年大水淹的时候我来的咱们艾辛庄公社，原来的公社领导当逃兵了，结果都受了处分。现在发生地震了，可要坚守岗位。”地震时齐哭乱嚎的，这家砸死人啦，那家砸死人啦，日子可不好混哩。那时还不断闹余震啦。

闹地震后，上级通知说，中央来领导人到东汪看望灾民，叫指定的人去，叫我去；还有谁去哩？还有武装部长。反正一共去了那么两仨人，不能都去。先来了护航机，护航机来了以后，先在那儿转了一圈。然后上级宣布，周总理要来看望灾民。说了这以后，头里那什么护航机就回去了。回去后工夫不大，就来了 3 架飞机，有护航机，还有一个总理的专机，直升机在东汪北门落下来后，总理下来，就打手势向大家问好，我记得很清楚。

总理好像说：“毛主席派我来看望灾民了。”还说了几句话，比如说了

“自力更生、奋发图强、发展生产、重建家园”的十六字救灾方针。说了几句后好像去耿庄桥了。在耿庄桥也看望了灾民，讲了讲话。

周总理离开宁晋后，我们马上回到工作岗位，根据周总理提出的十六字救灾方针，我带领艾辛庄公社干部、群众投入到紧张的抗震救灾工作中。

口　　述：温同豹

走访整理：中共宁晋县委党史研究室　张满福

# 地震中的“土记者”

张枫林

我叫张枫林，1934年出生于宁晋县解放村，今年83岁，宁晋县政府办退休干部。

1966年3月8日宁晋大地震时，我在宁晋县城解放小学任教。城里这儿不是很危险，地震时，家里和学校里的房子没受到大的损失，当时人们防震的警惕性很高。我们主要是带领学生在安全的地方上课，并做好防震工作。

3月22日那次大地震，当时我正上课。根据上级领导安排，让我到耿庄桥灾区参加抗震救灾。我记得去的时候是我们两个人一块儿去的，具体名字我也记不清了，我俩拉着个小推车，我拉他一截，他拉我一截，基本上是“半步行”到的耿庄桥，沿途也有好多抗震救灾的人，还有诸多运送救灾物资的车。当时地里裂了好多大缝，不断地冒着黑沙、黑水。

到了耿庄桥，我们看到耿庄桥村的房子基本上都倒了，解放军在紧张地抗震救灾。上级给我安排的主要任务是做“土记者”或“半记者”，杜修林和我是一批，我们主要写抗震救灾的情况，也就是跟着耿庄桥公社救灾指挥部的人在一块儿，他们召集人开会时我也参加，记录一下当时的典型事迹，当时都是实干，不是光说。公社也给我们部署任务，完成的情况，有时是一天一汇报，有时是一周一汇报。当时一开始吃的是“派饭”，即轮流到老百姓家吃饭。搭个简易棚居住。后来，认识的熟人多了，就在朋友的简易棚里吃饭、住宿。每天8点开始工作，一直到很晚才休息。当时是半开会，半工作；边救灾，边采访。

关于1966年4月1日周总理去耿庄桥的事，因为当时我已经回到县里了，就更不知道了。

其家人赵胜萍回忆1966年宁晋县八里庄地震片段：

我叫赵胜萍，今年71岁，宁晋县八里庄农民。

1966年3月，当时我所在的生产队是由原来的4队和9队合并而成的，当时群众就称“四九队”，后来又分开了。

3月1日，就有小地震了。下雪了，我们扫雪时还能听到门钌铞儿晃动。当时也挖地窖住，后来放在里面的立柜也发潮了，防了好几天也不地震，人们就麻痹大意了，就搬到房子里住了。3月8日大地震时，人们又后悔了。

3月22日下午那次大震时，别人去地里砸坷垃，我正在家里炕上纺花，我一感觉到发生地震了，也顾不上穿鞋了，看到暖水瓶晃到了地上，也顾不上扶了，赶紧跑出去了。

3月22日下午地震时，八里庄砸死了两个人。那天下午生产队群众都在地里干活，预震发生时，这两个人从地里跑回家拉晾晒的被子，回家正好赶上大地震，他俩看北屋、西屋都挺高，不敢往屋里躲，一时也不知道哪儿更安全，他们看到厕所挺矮，便躲到里面，没想到他家前边邻居家的房子不结实，倒塌了，后山墙正好往后倒，把他俩砸死了。事后人们挖时找不到他们，后来在厕所里找到了这俩人，被挖出来时已经死了。如果躲在他家北屋里，应该是没什么事，他家房子是土改时分得的地主家的房子，卧砖到顶，都没震倒。

被砸死的孩子的父亲也因为悲伤过度自杀了。后来，这妯娌俩也改嫁了。

口　　述：张枫林　赵胜萍

走访整理：中共宁晋县委党史研究室　张满福

# 抗震救灾队伍中的“学生兵”

靳春贵

我叫靳春贵，1949 年出生于宁晋县东沙良，今年 67 岁，宁晋县教育局退休干部。1966 年 3 月 8 日地震时，我在邢台师范学校（现在的邢台市委驻地）一年级上学。当时邢师有 3 个年级，一个年级 6 个班（4 个男生班，2 个女生班），一个班里 50 个学生，共 1200 多人。邢台抗震救灾时，邢师师生全部出动了。另外，还有卫生学校，卫生学校去的巨鹿县官厅进行抗震救灾。

## 一、错把地震当坦克车开过

1966 年 3 月 8 日那一天早晨，我们还没有起床哩，那时上学住宿条件比较简单，我们睡的是大铺板，地震时那铺板一颤动就“哐当当”地响个不停，我们一下子都被震醒了，但不知道这是怎么回事，还以为过坦克车哩。因为前几天学校组织我们搞了个军事培训，我们到坦克兵团里去参观，并且我们还到坦克里面钻了钻。这坦克车路过时也是“哐当当”地响。结果这次早晨一地震，和那个声音（坦克车）一模一样。人们都不知道怎么回事，都醒啦，（但）谁也不动。忽然间，一个孩子喊：“地动哩！”他不说地震哩，他说地动哩，然后“轰”地一下我们都往外跑，那会儿我们都穿着裤衩子，光着脊梁，就跑到院里去了。有的还撞得碰头摔跤的，还有的人是从窗户里跑出去的。

## 二、回宁晋抗震救灾

随后时间不长，学校宣布：地震啦，并且是宁晋大地震。

我们的老家都是宁晋的，听了这以后心里“轰”一下子。谁知道家里都怎么样了？后来又说是隆尧地震了，反正是隆尧和宁晋这一片儿。3月9日，校里开了个动员大会，就分配学生们全部救灾去。有一部分（学生）由老师领着去了隆尧，有一部分去了巨鹿。我们由付宝仁领着，男生班和女生班搭配。全校学生都坐着大卡车，从任县、南和到巨鹿转了个大圈，天黑时从巨鹿转到宁晋县耿庄桥。当时道也不知道怎么走，也没公路，可不像现在公路这么通顺，过去都是破土路。

地震以后，从咱县到耿庄桥，不远一个解放军，不远一个解放军，我也不知道解放军是从哪儿调过来的，老团长带着部队从宁晋县城一直跑着到耿庄桥去救灾，跑得都上气不接下气。当时的第一任务是上前线，开赴前线。到哪儿都是用手挖，没有家当，有家当也不能使，挖得手上都是血。可死了人啦，咱县是耿庄桥，隆尧是马兰、白家寨。

## 三、首战徐家河

到了耿庄桥以后，天已经黑了，还不知道往哪儿去。领队的说临时在桥头那儿等着。也不知道方向，黑灯瞎火的。当时岁数小，（以前）也没去过耿庄桥，我们就在那儿等着，后来通知说我们这个班都去徐家河。另外几个班不知还去哪里。俺这个班夜里步行着从耿庄桥到了徐家河，到了徐家河以后，夜里也不知道从哪里弄的饭，先吃了点儿。第二天前半晌，我们先把住宿的地方弄好，挖了个一尺多深的坑，上面搭了个棚，铺了一点儿麦秸，这先有了睡的地方啦。再在一边垒个大锅，用来做饭。然后就把俺们学生分配了分配，谁去哪个队确定了一下，就开始帮助社员们干点活，就是从屋里往外拾掇物件，或者先搭一个住的小棚。也是先挖一个地窨子，一个1尺多高的坑，挖好以后用砖垒起来，就垒1米左右，不敢高了，然后用木头和其他的乱七八糟的棚搭住。那时候找块塑料布很难，都穷得很，就用草苫子等材料。学生们3个人一组，5个人一组，每天这么干这个活。那时候解放军在耿庄桥救灾时挖得手上都是血，每天挖出多少死人。当时学生小，不让学生去挖，因为还有女生，怕吓着她们，光叫往外弄物件。或者有墙危险就拆墙，推倒它，或者有的房子房顶还没有塌哩，学生们年轻，就上房掀房顶，干得也挺欢。

## 四、飞机误落徐家河

我在刚到徐家河救灾时（大约是3月10日），内务部长曾山来了徐家河。在徐家河村北麦子地里落的飞机。曾山为什么去徐家河唉？他是去耿庄桥哩，不知道道儿，落下飞机来打听道哩。落下飞机后，飞机上下来好几个人，他们打听说这是耿庄桥呗？后来人们回答说，去耿庄桥再往头里走，还有十几里地。俺都在老远里，也不让上跟前去。学生们都遵守纪律，老师一说，谁还往跟前去啊？后来听说是他们走错路了，是去耿庄桥的。飞机在那儿停的时间也不长，有十几分钟吧。当时徐家河一个疯子，非得上人家的飞机不可，后来大队支书等人把他拦下来了。当时站岗的解放军，不远一个，不远一个，道上都是。后来飞机又开起来去耿庄桥视察了。

## 五、转战冯家台

在徐家河干了有十几天，上级又让我们去冯家台，又挪地方了，又站着队，跑到冯家台了。在冯家台又干了好几天，到了22日后半晌，又一回大地震，那上下一颠，“呼噔噔”地乱响，我在现场哩，它不是左右晃，而是上下颠。有十几个学生在街里，拉住手也不行，那一颠“呼咚”一下就都坐在那儿了。这是在街里，当时在街里反正也没有高房子了，都震倒了。还有一座房子比较结实，有七八个学生在房顶上正掀房顶哩，“呼腾”一下就坐了“土飞机”啦，那一下就颠过去了，都没砸着人，因为人在房顶上，在塌下来后，那黑烟、黄烟一下子冒出来，就跟放了原子弹一样。3月22日，东汪大地震就是那一天。要不过了后柏房有个老头唱了个顺口溜：“六六年，闹地震。房子倒塌地裂璺。周总理，李先念，坐着飞机到咱县……”后头还有哩，我记不清啦。

在冯家台就是见天（每天）拆那破房子，往外挖物件，就是干这个活。当时在冯家台时，那河埝裂的璺多么宽，都两半了，小猪子都卡在里面了。地里的黑水“咕嘟咕嘟”往外冒。有许多地方冒，不远一个泉眼，不远一个泉眼，冒的都是黑泥白粥。浇地吧，当时都用这水浇地。我到冯家台救灾时，我们还把落房子土拉到地里作肥料。3 月 22 日下午地震时，拉土的牛“咕咚”就跪在那儿了。

后来，周总理去的东汪慰问，当时我们在冯家台救灾。后来咱们县有个歌曲唱到：“总理三到咱灾区来，叫咱挺腰把头抬。”

## 六、终战周家庄

干了十天半月，俺这一班，又去了大曹庄公社周家庄。到这儿又驻了十天半月。到这儿一开始还给人们盖了小屋子，把这里盖得基本都有住的地方了，老百姓们能吃饭啦。就是挖个地窖，烧点柴火，做点饭，就住在小房子里。后来也没别的活了，就去麦地浇浇地啦，锄锄地啦，拔拔草啦，干点儿这活。

## 七、终于可以回家啦

救灾期间，离家近的，都步行着回家看了看。我也回家看了看，老人们都没事，就是房子的前山都被震坏了。老家的房子大部分都破损了，不是说都倒塌了。坯房都塌了，不能住了。后来党中央号召自救，家里丢了地里找，国家号召自力更生，也给拨了款，建设新农村，建设新家园。实际上是又一次平分。不管谁房子多，谁家里房子少，一律重盖，按人口分。原来没房子的也有房子了，原来有房子的也分的是地震房。地震房不像现在盖这么高，基本上一摸手高。

后来普及地震知识时，有了地震观测员，观看河里水位的变化，水是否混浊，看老鼠等的活动，或者听狗、猫的叫声。

# 八、地震留下的阴影

我们在周家庄又待了半个月，情况稳当了以后，我们就回学校了，又到邢台县南会担水抗旱了。

抗震救灾给有的人留下了心理上的阴影。当时有个学生叫段芝，后来从曹伍疃退休的。我们都在冯家台救灾，她受到了惊吓，回学校后晚上睡着睡着梦里就喊："地震哩。"这一喊不要紧，各宿舍的人都往外跑，跑得人们都碰头摔跤哩。实际上她是做梦哩，把各宿舍的人吓得不轻。

口　　述：靳春贵

走访整理：中共宁晋县委党史研究室　张满福

# 在纪昌庄抗震救灾

王增贵

我叫王增贵，今年65岁，宁晋县大营上人，退休教师。1966年3月8日大地震时，我在宁晋县纪昌庄职业中学上学。

## 一、震情记忆犹新

想起1966年大地震，至今我记忆犹新。

我记得有感地震是3月6日早晨，当时我们正在房上扫雪，突然感觉房子一颤，大家都一惊，不知怎么一回事，和我们在一起扫雪的老师说这是地震，给我们讲了传说中“鳌鱼翻身”造成的地动的故事，所以我们对当时的地动不以为意。

3月8日凌晨又一次地震，这次震感强烈，我们正在睡梦中，突如其来的震动把我们都惊醒，起床后老师组织我们几个同学，冒着余震的危险，去村里查看灾情。村里的房子没有倒，只是有抹房檐的。我们走访了几户，看看有没有受伤的。去过一家，一个小伙子说：“这一地震，我‘嗖’地就窜出来啦，想下炕往外跑，正好又颠了一下子，就把我甩倒在那儿了，就是这个时间，房檐掉下来啦。老房檐不是重吗？如果不甩这一下，我窜出去就正好被砸住了。”

22日地震时，我们学校正在搞课外活动，对整个地震的情况看得比较清楚，你像学校的房子，一排排的，一起一伏，大烟囱，一悠一悠的，“啪”的一声倒下了，村里的房子，“咕咚”一下，“嗖”的一声冒起一股烟，倒成一片。不用说人，地里的牲口，四条腿，都站不住。地里“呼哧”一个大裂缝，“咔哧”又合上了。后来，就冒水冒沙子。

## 二、参加“学生抢险队”

地震后，房子基本上都平了，纪昌庄中学的校长张明辰组织了“学生抢险队”，老师带领着，我们带着铁锨，到纪昌庄进行救灾。我记得当时“扑喳”“扑喳”的，余震不断，房子不断有倒塌的，也挺危险的，这人得机灵点，得眼疾手快。我们十几个人下去以后，整个纪昌庄村都兜了一圈，碰见一个老婆儿，她不是震伤啦，她是吓着啦，吓得在那儿躺着不能动啦，后来我们就把她架到村外的场里。场里还广阔吧，不怕震。别的都是磕磕碰碰的，纪昌庄基本上没什么事。

## 三、震后重建

地震后学校放假啦。开学后，震后重建方面，学校就抽调了十几个学生用了两个星期的时间搞基建，挖沟，离地皮不到 1 米，盖简易房教室。还挖沟，为了稳当，垒成斜坡，搭上东西，这就是宿舍。原来的宿舍老师也不让住了。当时教室就是简易棚。

1966 年 4 月 1 日，周总理去东汪慰问灾民，召开现场会，号召群众要“自力更生、奋发图强、发展生产、重建家园”。当时的豪言壮语就是：“你冒水，我浇地。你冒沙，我盖房。”

后来麦子返青了，学校配合农村搞生产，帮助村里搞虫情预报，当时麦子“锈病”也较厉害，我们帮助村里治理，提供农技支持。

口　　述：王增贵

走访整理：中共宁晋县委党史研究室　张满福

# 隆尧人民替我探家

张森林

我叫张森林，1922 年出生，今年 94 岁，宁晋县冯家台村人，宁晋县粮食局离休干部。

1964 年 10 月去南宫搞“四清”，后来又到隆尧搞“四清”。1966 年 3 月邢台大地震时我作为宁晋县棉麻公司负责人，在隆尧县城关公社西关村搞“四清”，李雅如当时任隆尧城关分团团长。

## 一、就地救灾

1966 年 3 月邢台大震时，我没在隆尧大地震中心，我在城关公社西关搞“四清”，暂住在一个农户家里。3 月 8 日五更里，正睡着哩，开始地震啦，屋子晃得了不得哩，俺们“四清”队就赶紧起来啦。他们住的是旧西屋，我们住的是新北屋，我们赶紧把群众喊起来，当时男房东没在，我们把女房东和她小闺女喊起来。当时震得也挺厉害。我们就着手解决群众的生活问题。看看群众的房子怎么样，主要是安排这个工作。弄了好几天帐篷，群众都到外边去了，不敢在屋子里住了。当时上级的救灾物资也不多，条件也不像现在这么好，群众就地取材，主要是在闲地方，远离房子，用席等搭帐篷。城关公社没见说砸死人，倒房子不多，不是很厉害。工作队和政府都投入救灾。原来在宁晋工作过的张彪在隆尧任县委书记。

当时隆尧县城东边厉害。到了 3 月 8 日晚上，白家寨就喊动了，问题就大了。主要是白家寨一带，以白家寨为主吧，干死了 8000 多人。后来公布了这个数字。俺都知道，挺惨的。小时候也听说过地震，可没这么厉害。隆尧城关虽然轻，但是也是眼看着房子开始晃动。

## 二、总理风范

3月9日晚上周总理就去了隆尧。先上的政府大楼，开会哩又震哩，又震时部队就上去啦，那意思是说部队把楼托住，楼倒了也不能把周总理砸住，那还了得？周总理对大家（县级干部）的教育太厉害了，余震那么厉害，周总理当时一点惊乍都没有，领导人做出了榜样。当时虽然我们离得会场远，但都知道这个事。周总理去是坐着车去的。第二天，周总理去的白家寨，我们没去，这个事我就不知道了。

## 三、替我“看家”

当时隆尧城关虽说很害怕，实际没这么厉害，别的村可能还轻。我们把隆尧县西关村的群众生活安置好后，生活有序了。听说咱们这儿挺厉害，耿庄桥是重灾区，我老家在这一片哩，但是回不了家。当地（救灾点西关村）的群众没言声，他们去宁晋县耿庄桥冯家台，替我看了看家里的情况，我都不知道。我光在他们这儿抗震救灾，为当地老百姓服务，上级又不让我们回去，他们听说我老家耿庄桥一带是重灾区，我们村又是重点。他们觉得我撇家舍业帮助他们救灾，也担心我家里的情况。他们去时也没给我说，以前也没去过我们村，就摸（打听）着路去了。他们到我们村后说的我的名也不对。他们说的不是张森林，他们不注意我的真名是什么，到冯家台一问张什么林，都闹不清。他们问的地方也不对，他们不是到我家住的附近地方问的，他们在村子偏南桥头那边问的，后来问的工夫大了，一说是搞“四清”的，村里人这才知道找谁了，俺们村搞“四清”的就我一人，村里人说是张森林，他们说，对，对。后来就找到我家了。当时我家里震得挺厉害，那一片里一共死了60个多，光俺村里就死了30多个，我家里算是死了两口，我大哥16岁的闺女，我兄弟一个月子里的小儿子（可能由于当时紧张，大人抱着孩子哺乳时不小心憋死的）。他们到我家里以后，我家里人都给他们说清了。回去以后他们也没给我说（死人的事），也没给我说家里的情况，他们去我家以前我也不知道。

我回隆尧以后，人家说我搞“四清”的点隆尧城关公社西关村民给我看家啦，还给我说了看家的经过。

## 四、探家途中遇地震

在隆尧县西关村救灾救了七八天，后来都安排好了，人们都有了睡的地方。后来上级安排凡是宁晋的都统一批准回家看看。

我回来探家，回去了家里房子都倒啦。咱们那一片的房子基本上都倒了。我家西屋倒了，北屋也倒了。我父亲和母亲在西屋里睡哩，地震一震一晃，把房顶子溜出去了，房子矬得不行，没有倒，一颤一颤，他们老了行动也不便，行动得也慢，睁眼一看怎么漏了天哩？房顶上西边了。我回家后在冯家台弄了三四天简易棚，给他们搭的铺。

后来东汪又震了一下子，震得挺厉害。当时我家属在东汪居住，后来我就去东汪看家属和孩子。我是上午去东汪，下午 3 点多，快到东汪村了，到了东汪寨墙边，又震了一下子。我骑着车子就倒了，就不敢骑了。倒那儿以后，我也有经验了——和过去不一样了，都经过地震啦——我就把车子放到场里，没骑车子我就赶紧跑到了家里。到了东汪家里，房子也错位啦。我就赶紧喊人，往宽处里喊，叫他们都出来，反正是白天哩，也好喊，叫他们到宽处的地方。这时又震了两下子，房子没有倒，就是错位了。房子的墙基也错位了。后来，不震了，又安排人搭棚。冯家台我妹夫听说东汪又震啦，他从冯家台赶紧去了东汪。他也算着这个点（地震时间）我正好赶到家里啦，估计或怕我被砸，他骑着车子去东汪看我。我也没事，人没受伤，房子凑合着还能住，我让他回去了。我在东汪待了两三天，当时我住丈人家，和大姨子一家在一个院里住，把一大家子安排好以后，我又回隆尧“四清”工作队了。

## 五、周总理来东汪

关于周总理来东汪慰问的事，我家属参加了，她是党员，坐得也比较靠前，总理的飞机落到东汪寨墙上，在那儿开了会。群众对周总理的评价很高。当时东汪有一个人跟着周总理工作，周总理还去看了看这个人的父母，说，小赵原来打算来看家，后来有事了，我代表他来看看家。这个事是我家属后来告诉我的。周总理的威信真高啊！

从宁晋回隆尧后我就继续搞“四清”。

口　　述：张森林

走访整理：中共宁晋县委党史研究室　张满福

# 惊险之路

刘贵霞

我叫刘贵霞，1938 年生于宁晋县凤凰镇团结村，今年 78 岁。我亲历了 1966 年这场惊天动地的大灾难。当时，我在北鱼台公社任副社长。

3 月 7 日那天，我随县里组织的干部参观团从遵化参观回来，住在县城团结村的家里，准备第二天参加县里的三干会，没想到 8 日凌晨发生了大地震。我顾不上照看家人，立即回到北鱼台。那场地震，震中心在我县东南方向的东汪、耿庄桥、长路一带，北鱼台虽然震感很大，但灾情轻微，只是个别不坚固的房屋有些轻微的损坏。

3 月 22 日，县里组织无灾公社去慰问重灾区。安排北鱼台公社到长路公社的大疙瘩村去慰问。22 日一大早，我和公社书记杨殿林带领 10 个村的支书、大队长、公社几名干部一行 30 人，骑车赶往 50 多里外的大疙瘩村，记得那天是晴天，但是天气很冷。

到村后看到一片废墟，整个村子房屋无一间幸存，可想当时震得是多么厉害。家家搭上了防震棚，群众说他们都不敢看檩条了，看见它就觉得它在动。所以，各家防震棚都是三角形的，像看瓜地的棚子一样。我们分工对各户探视慰问，慰问结束天已过中午，村里给准备了开水干粮，食后大家在村头一个打麦场集中，因原计划第二天在公社召开小队长以上干部会议，打算做一个布置，这时天已到 2 点多了。书记杨殿林刚讲了两句话，一阵地动山摇上来了，大家几乎站不住，这时村里孩子们的哭喊声、妇女们焦急的喊孩子声、狗叫声乱作一团，也就一两分钟震动就停下了，我们赶快跑到村里，看了看群众都安全，就又集中在打麦场里开会。

这时已是下午 3 点多了，又是刚讲了两句，更大的地震上来了，这次别说站，坐都坐不住，我们都两手扶地，身子在地上滚来滚去，不知过了多长时间才停下来。原来地上就有8日地震留下的裂璺，这次地震后，裂璺就更多了，隔两三米就出现一道裂纹，河坡上一道很大的裂口冒着黑水，田地里不少地方像钻了个眼，冒出一堆五颜六色的泥沙，这时天已是下午4点多的样子了。

我们遥望北鱼台方向，看到每个村都是一个大烟柱冲上天，大家说："坏了！我们公社完了！我们赶紧往回走。"从大疙瘩村往北鱼台要走几里地的河岸，我们推着自行车上了河岸，岸上也是一道道的裂纹，还有那道冒着黑水的裂口，大家提心吊胆不敢上自行车。我想这50多里路，光推着车子走到天黑也走不到，就鼓励大家骑上车子快走，可大家都说："如果骑车地震来了把咱弄到河里就没命了。"我壮着胆子说："快骑上车子吧，弄到河里再说，如果弄不到河里我们能快点到家。再说，我们公社也受了灾，大家还等着我们哩。"说完我第一个骑上了车，大家也都跟着骑上了车。每走过一个村，街中间都是一群大人孩子抱作一团，惊魂未定，孩子扎在母亲怀里不敢动。走到东汪村，原本清理干净的街道又是满街砖头瓦砾，很难走，公社卫生院也是满院狼藉。当时我父亲在卫生院任会计，看见我后给了我两个馒头，并告诉我说："不知城里情况怎样，我走不开，你抽空回家看看。"我口头上说行，但心想：公社也受了灾，我作为领导之一，哪能先回家呀！

走到辛寨村，天已黑下来，一看所有房屋全部倒塌，整个村子成了一个大土疙瘩。一个年轻的副支书看见我们，"哇"的一声就哭了。哪还有街和道，村里人们帮着把自行车传递过去，我们像过险山峻岭一样。走到村西头，有一堆人聚在一起，人群里传来哭声，一问是小卖部经营人的媳妇被砸死了。这是一个原本干练精神的人，有5个孩子，看见我，抱着我哇哇地哭，我安慰了几句，就急忙往公社赶。到公社一看，整个公社房屋全倒塌了，所幸8日那次地震以后，我们就住在院里搭的地震棚里了。

这时，我拿出父亲给我的两个馒头，我们4个人分了分，从一个屋角里挖出了个铁水壶，里边有半壶凉水，每人喝了一点。这时县里发来了救济品藕粉，按大小村分配后，我们就赶忙拿着分赴各自分包的村子里。我包的是赵庄村，有3里多路，拿着个手电筒就往那儿走，以往都是进北口，当我走到村口时，听见有人喊："是刘社长吗？这里危险，你从西口进村吧。"我又从地里往村西走，走几步脚下就出现一道裂纹，也有冒出一堆堆泥沙的，也顾不得害怕，就走了过去。在大队门口，村干部们等在那里，用烂木头烧了一堆火，这时才感觉到天特别冷。我的大棉袄被砸到住户里了，穿着个小棉袄，安排了一下第二天要做的抢险救灾工作，将藕粉分发给老弱病残。

村支书说：“你太累了。”找个宽敞些的地震棚要我休息，我刚躺下一会儿，有人喊说公社来了通知，我立刻钻了出来。当时通信已经瘫痪，通知是手写的，需要把内容抄写下来，传送到下一个村。在大队门口火堆旁，当时有一名县工作组干部，我念他写，他拿笔的手像鸡吃米一样抖得写不成字。那就我写他念，但他的嘴哆嗦地说不成话。因天太冷了，大棉袄都砸到房子里还没有挖出来，穿的是单裤。我勉强看着写下来，我俩做伴拿着手电筒送往辛寨村，有 5 里地远，回来天已破晓。天亮就组织安排抢险，安排群众生活等工作。那时也不知天的早晚了，走到公社通知叫去取馒头，这才感觉肚里真饿了，天已将近下午 3 点了。领回馒头，用砖支起一个小铁锅，烧了一锅开水，开水就馒头这是那一天吃的唯一一顿饭。

傍晚省里派的医疗队、部队上的救援队都到了，分赴各村援救，体现了各级领导对人民群众的关怀。

作　　者：刘贵霞

走访整理：中共宁晋县委党史研究室　乔艳丽

# 第三编　其他县

本编收录文章78篇，为地震当时身处巨鹿、新河、南宫、柏乡、任县的亲历者讲述的地震经历。

1966年3月8日和22日的两次强震不仅使隆尧、宁晋两县遭受了巨大的损失，也对周边县市造成了不同程度的危害。据统计，邢台地震受灾县共有112个，其中特重灾县4个，重灾县8个，轻灾县30个，轻微灾县70个。作为另外两个特重灾县，巨鹿、新河的受灾程度仅次于隆尧、宁晋两县。巨鹿县倒房率达54.9%，人口死亡1622人，受伤9067人，大牲畜死亡190头，受伤145头。新河县倒房率达57.9%，人口死亡19人，受伤438人，大牲畜死亡10头，受伤16头。南宫、柏乡、任县等重灾县的倒房率也分别达到40%、11.1%、8.1%。除人畜、房屋损失外，邢台地区因震害和次生灾害致使大量物资损毁、工农业停产、基础设施破坏，造成的直接经济损失高达10亿多元，间接损失无法统计。

严重的灾情，使国家和社会各界的救灾力量集中于邢台地区。解放军各兵种、铁路、交通、民航、商业等部门，全力配合医疗救护工作以及邮电通信线路、交通运输线路的抢修工作，帮助灾区群众挖掘、改造饮水井和修建房屋。全国各地各族人民群众，向受灾地区无偿支援了大量物资。在这一过程中，灾区人民也自觉开展自救互救活动，主动投入到恢复工农业生产和重建家园的活动中。

# 地震挡不住前进的足迹

王振刚

我叫王振刚，巨鹿县小吕寨镇中大吕村人，66岁，县广播电视台退休职工。

1966年3月8日凌晨，邢台地区所辖的巨鹿县、隆尧县、宁晋县发生6.7级强烈地震。霎时间，无数房屋倒为平地，上万同胞被砸死砸伤。但是，这场突如其来的灾难过后，在党中央、毛主席的亲切关怀下，人们化悲痛为力量，“自力更生、奋发图强、发展生产、重建家园”，谱写了一曲战天斗地的新篇章。当年我16岁，本文记述的是在抗震救灾中，我所见到的农村干部、群众克服困难，勇于生产自救的感人事迹。

## 一、夜间有了民兵巡逻队

震后的夜晚十分寂静，劳动了一天的人们在窝棚里睡得正香。此时，有几十个青年人正在轮流值班放哨，他们就是村里的民兵义务巡逻队。

大地震前几天的一个早晨，房梁上挂窝窝头的柳条篮子晃起来，房顶咯吱咯吱响，我感到害怕，这样晃房子能倒。我姨母说：“这是地动（地震）哩，地动好年景。地动是压得鳌鱼驮不动了，鳌鱼眨眼就地动。”

地震晃倒了房屋，也给人们心灵造成难以抹去的创伤，再加上不定时的余震，大家时刻生活在惊恐的环境里。怎样才能尽快安定群众情绪，让他们有条不紊地生活？大队党支部书记王玉粉、民兵连长张红录、团支部书记李兰周及时研究决定，让所有的基干民兵都参加夜间义务巡逻，维护村里的治安秩序。村里有基干民兵三四十人，年龄是16—40岁。四五个民兵是一组，拿着手电筒，迈过脚下高低不平的烂砖碎瓦，绕过一个个像看瓜庵子似的窝棚，串胡同穿大街，从村子西头巡逻到村东头。看看有没有火灾隐患，是否有人吵架斗殴，听听有没有人散布谣言或宣传封建迷信。

民兵们白天在地里干一天活儿，晚上分组义务巡逻，真是又累又困。特别是到了后半夜，上下眼皮直打架，经常有人合着眼睛慢慢往前走几步，然后再睁开眼。有的窝棚里点着保险灯，里边的人还没睡，我们就坐在窝棚外边的草苫上，合着眼与他们聊几句。实在支持不住，不知不觉就睡着了。有一次，我和李云英、李雪印、王俊棉等巡逻到一个亮着灯光的窝棚旁边，刚停下脚步立稳，从窝棚东头拱出一个小男孩，他还不会说话，瞪着眼看着我们。大概是他听到外面有人说话，才拱出头来。这个小胖孩太可爱了，我也精神起来，双手扶住他的头，慢慢推回窝棚。一会儿，他又拱出头来，我又把他推回去。这时，他的老奶奶伸出头来，一看都是巡逻的，老人家不由地笑了，知道我们是和她的重孙子闹着玩的。这个小孩后来起名叫王党恩，他的父亲是教师，给儿子起名“党恩”，很可能是以此来表示地震灾区人民永远铭记党的关怀，不忘党的恩情吧！

地震后民兵夜间义务巡逻一个多月，群众心里多了一份安全感，村里没发生一起盗窃案，社会治安稳定，干部群众都感到夜间有巡逻队值班，就放心大胆地睡吧。那时虽说是义务巡逻，可是民兵们从内心里愿意担当，真心奉献，一个信念是坚决听毛主席的话，跟着共产党走。辛苦付出是一种光荣，维护社会治安是自己应尽的责任，人人争当合格的好民兵。

## 二、“你冒水我浇地，你冒沙我脱坯”

大地震停下后，大地裂开一条缝，水和沙随后一起向上冒。当时，灾区流传着一句豪言壮语：“你冒水我浇地，你冒沙我脱坯。”

3 月的天气忽冷忽热，人们在窝棚里睡了一个多月，发现大地震基本停止了，家家户户开始在废墟中清理碎砖烂瓦，在原来的房屋地基上，垒一层砖，摊一层泥，上起大梁，架上檩条，摆好椽子，盖上一片片的秫秸箔、苇箔，建起夏天能遮雨，冬天能防寒的简易房。

随着天气转暖，冬小麦已进入返青期，为了夺取夏季好收成，社员们扛起锄头走进田间，开始给麦田锄划松土，除草保墒，减少土壤中的水分蒸发。我们生产队锄地劳动的场面，与电影《朝阳沟》里王银环和社员们锄地的场面差不多，一块地里二三十个人，大家有的锄地跑在前头，有的落到后边，说说笑笑，非常热闹。地震带来的灾难，人们已忘得一干二净。

说来也巧，老天爷也给出难题，该下雨时不下，旱象日益加重，直接影响庄稼生长。面对旱灾，人们并没低头，一场人工打井开采地下水的战斗开始了。当时，县委副书记董成章在我们村蹲点，通讯员是郝志强，县文教科、农行等县直单位的赵玉考、成兆文、孟凡君、张茂林等同志是驻村干部。在他们的协调支持下，我们村立起第一个人工打井架子。从此，社员们分成两班，日日夜夜摁棒打井，“轻三又三轻，轻三又三轻三来哎轻三又三轻”，翻来覆去的打井号子喊了半年多，打了三四眼机井。由于当时人们还没有浇地的习惯，再加上配套不及时，机井浇地没发挥多少效益。当年秋后，我们村西开挖了小漳河，后来有时春灌用上河水。

在党中央和各级党委的关怀下，村里绘制了新农村建设规划蓝图，社员们都非常高兴，旧房子震倒了，我们不久就能住上抗震的新房了。村西南建起公社砖瓦厂，安装起制砖机，培起烧砖窑，一车车蓝色的砖拉到村里。心灵手巧的人拿起瓦刀，登上木板架子，成了垒墙的把式。那时，村里有一位从新疆建设兵团回来探亲的人，她叫郭佩莲，是随军家属。她看到老家还是在砖上抹白灰条垒墙，就说新疆这些年都是用白灰掺沙子垒墙，粘得结实，垒得又快，还抗震。当时，社员们还不懂其中的道理，再加上运输条件差，垒墙还是老一套。生产队各自为战建房三四年后，大部分户住上新房。

## 三、“看，医疗队来啦”

地震后的第二天上午，站在大街里的人们发现，从东边走过来几位身穿白大褂的医生，他们背着药箱，迈着急促的脚步向村里走来，医生们顾不上休息，就开始给在地震中受伤的父老乡亲治疗。人们像盼到救星一样高兴，不由地奔走相告：“医疗队来啦，还免费治病！”

王建锋家的一处大闲院紧邻大街，比较宽敞，受伤的人大部分集中到这里，痛苦的呻吟声一阵阵响起。医生详细询问伤员受伤的经过，一遍遍为伤口消毒，然后轻轻地用绷带包扎好，嘱咐伤员不要随便挪动，再过两天重病号会转到大医院里治疗。我在地震中受了轻伤，原来那天凌晨发生地震时，我正在熟睡。迷迷糊糊地听见姨母大声喊：“地动哩，赶快起来！”一边把我从被窝里往外拽，从炕上朝下跳，往外跑时，慌忙中忘了屋地上搁着一个放便盆的凳子，膝盖碰到凳子上，碰开一条两指多宽的口子。我捋起棉裤，医生先给伤口消毒，然后撒上白色颗粒的消炎药，用纱布包扎好。当时，一些伤势比较轻的伤员，在村里得到了免费治疗。有一位70多岁的老人韩老聚，医生递给他几包药片说，一回喝一包。谁也没想到老人听错了，他认为医生的意思是叫一会儿喝一包，结果一会儿喝一包，后来药喝多了，头上直冒冷汗。家里人忙喊来医生对症治疗，才缓解了症状。

有一位当家子（本家）爷爷叫王志登，60多岁年纪，他平时脾气就不太好，地震砸断大腿和胯骨，小便也受到影响，夜里不能睡，直疼得又喊又骂。医生细心地给他检查受伤部位，采取临时手法固定，鼓励他咬住牙再坚持一天，党中央、毛主席会派飞机把他送到大城市的医院治疗。果然，几天后他坐着直升机去了石家庄，在大医院治疗了好几个月，身体完全康复后才回到农村。自己家里有个叔叔叫王庆春，地震时大腿砸成骨折，后来也是在邢台医院治疗了一段时间，生活基本能自理以后才回来。

地震后，衡水的医疗队来了。大概是半个月后的一天下午，我们这里又发生了一次7.2级地震，医生们好奇地来到村西芦苇坑，观看地震裂缝向上冒水、冒沙。这天，衡水也发生了地震，第二天医生都回家乡救灾了。我们村里原来有一个班的解放军战士，那天也撤走了。大队支书王玉粉由于工作压力大，经常胃痛，石家庄藁城的医生常给他扎针，麦收后才撤走。医疗队救死扶伤的人道主义精神，灾区人民永远不会忘记。

作　　者：王振刚

走访整理：中共巨鹿县委党史研究室　贾文涛

# 地震回忆录

我叫孟运芳，巨鹿县观寨乡东铜马镇村人，61岁，县社退休职工。

1966年大地震我11岁多点，正上小学四年级，是重灾区边沿铜马镇村人，地震后国家支援我们那里建设新农村，基本是10年后建成80%左右，像个新农村的样子。我有篇1977年为纪念周总理逝世一周年而写的日记，是在当时重建农村的成果之上写出的：

孟运芳

今天是1977年1月8日，我怀着极其沉痛的心情，怀念我们敬爱的周恩来总理。我们的好总理，离开我们一年了。

周总理啊，周总理！您慈祥的面容、亲切的话语，使我们不能忘记。10年前，巨鹿、隆尧、宁晋三县交界处发生了大地震，何寨公社是巨鹿的重灾区，方圆十几个村房屋倒塌、死伤无数，地震井水倒流。记得当时是农历二月十七，天气还比较冷，人民的生活、生产遇到了极大的困难，好多人失去了生活的信心。这时，是党中央、毛主席派来了部队帮我们清理倒塌的房屋，还有全国各地人民的支援，很快就有大批吃的、穿的，经过空投和汽车拉运派发给我们。

地震几天后，周总理就代表党中央、国务院来看望灾区群众，得到上级通知后，县、公社各级领导把这个消息传给各村、各户、各学校，我们感到无比的幸福和自豪。周总理要来了！周总理要来了！人们奔走相告，相互传达，把这个喜人的消息传给了各家各户。各村男女老少能动的都到了周总理要来的何寨村东头集合，那里有县领导、支援区的部队领导和战士，成千上万的人从上午等到中午，等啊等，就像孩子等待妈妈一样地渴望！

来了，来了，直升机徐徐降落，周总理下了飞机后不断地向我们招手，周总理登上了用拖拉机拖斗充当的临时主席台。那一刻大家的心在激烈地跳动，不知道如何向总理表达我们高兴的心情。啊，想起来了，我们用掌声拍着节奏高唱：“感谢党的关怀，感谢毛主席的关怀，我们向党表决心，自力更生斗天灾。”并高呼共产党万岁，毛主席万岁，唱了一遍又一遍，好像多唱一遍就能向总理多表达一份坚定的决心和意志，数万人同时高呼的场面是多么的洪亮和壮观！

微微的春风捎来了党和国家的温暖与关怀，吹走了地震灾区那刺骨的寒气。敬爱的周总理指示我们“自力更生、奋发图强、发展生产、重建家园”，使我们灾区每一个人都有了生活的勇气和希望。我们再一次向总理表达我们的决心：“地动心不动，房倒志不倒，迎着困难上，战天斗地球……”总理高兴地说：“希望你们干得好，干得成功，有工夫我会再来看望你们的。”

从此以后，在党中央、毛主席和周总理的关怀，还有全国各地人民的支援下，我们灾区人坚持周总理的十六字方针，用10年的时间建起了新农村，盖起了能防水灾、防地震的砖结构卧砖房，使好多祖祖辈辈住土坯房的人都住上了砖瓦房。在农业方面改造盐碱地，兴修水利，使粮食产量日益提高，我们的劳动成果在等待着总理的检阅。可就在一年前的今天，噩耗传来，顿时水渠的水龙咆哮，人们的眼泪比水流还急，一排排房子肃立好像在低头致哀，人们用各种形式表达自己对总理的怀念。

作　　者：孟运芳

走访整理：中共巨鹿县委党史研究室　贾文涛

# 地震记忆

王进考

我叫王进考，巨鹿县苏营乡西孟村人，67岁，县职教中心退休。

1966年大地震，那时我才17岁，正在巨鹿中学读高中，说起地震就像做噩梦一样，惊心动魄，没经过的人难以感受得到。因3月8号的大地震，学校的砖瓦教室都裂了，听说还有余震，我们都不敢在教室里上课了。上级很快在操场北搭建了简易防震教室，是油毡竹竿搭的，有两排18个教室，初中12个，高中6个，也很整齐，都在教室前边上课，后边打地铺当宿舍。伙房是个楼座，墙很宽，地震没裂，还能使用。

我记得是4月1日上早操时，发现操场南侧有十几个人，像工作人员在观察什么，我们学生很好奇，跑到近处，工作人员不叫靠近，我们就远远地看，他们在地面上铺了3面五星红旗。我们学生都觉得莫名其妙，后来才知道这3面五星红旗是飞机降落的信号。

师生之间互相转告着，都很兴奋，也没心思上课了。午饭后，各班整队到操场东侧集合，不一会儿县直机关干部、职工和县城四街的群众也陆续入场，议论纷纷。有的说中央首长来查看地震等消息，但没有一个可靠消息。

下午3时许，两架军用直升机落在铺设五星红旗的场地，天空还有一架飞机未落，大家兴奋极了，李先念副总理从飞机舱内走下来，全场人们激动高呼："毛主席万岁！中国共产党万岁！"李先念副总理从我们中间走过，站在土台子上向我们讲话："我代表党中央、代表毛主席来看地震灾区人民来了。你们要相信有中国共产党的领导，有全国人民的大力支援，依靠我们自己的力量，自力更生，搞生产，一定能够战胜地震灾害……"全场高呼"地动心不动，房倒志不倒，人定胜天"等口号。

李先念副总理等领导同志在巨鹿县委书记张玉美同志的带领下，步行视察了县城房屋倒塌受损情况。

一小时许，李先念副总理等领导同志离开巨鹿。我们高唱《天大地大不如党的恩情大》《大海航行靠舵手》等革命歌曲。

还有一事记忆深刻：我是高中19班，我同班同学郭丙辰，是何寨公社南哈口大队，全村共计八九百人。3月8日凌晨5时许我县发生6.8级地震，村里房屋全部被震倒，砸死200多人。郭丙辰的两个兄弟，一个15岁，一个12岁，全被砸死。郭丙辰同学忍着悲痛，把两个兄弟的尸体用席子头和破被子卷成两卷，借用板子车拉到自家自留地里埋了。郭丙辰同学极度悲哀，压力很大，想退学。当时我是学校团委书记、高中19班班长，我带头捐了5元钱、5斤粮票，并发动全班同学自愿援助郭丙辰同学，同学纷纷响应。全班50个同学，我记得共捐现金120多元，粮票90余斤。当时，这点钱和粮票对我们学生来说是很珍贵的。郭丙辰同学非常激动，给两个兄弟买了两口薄皮棺材，第二次葬了两个兄弟，自己也没休学。

地震期间，全国各族人民向我们灾区支援各种食品、棉被、衣服等物质，还派医疗队抢救伤员。真是有灾不受苦，有党真幸福。

作　　者：王进考

走访整理：中共巨鹿县委党史研究室　贾文涛

# 巨鹿地震回忆记

我叫付殿杰，巨鹿县观寨乡沙井村人，61岁，县人大退休职工。

付殿杰

1966年，巨鹿县发生了新中国成立后第一次大地震。我从1971年参加工作至退休共45年工龄，一生中能触动我心灵的最大一件事，就是那次大地震，使我至今历历在目，浮想不断，难以忘怀，耐人深思。当时，我虽年仅11岁，但此情此景越在闲暇之时，越是在我的脑海里回放和出现，并无时不在激励着我前进！

## 一、恐怖的地震

1966年3月8日（农历二月十七日）凌晨，大地的颤动和房屋的摇晃，将我从睡梦中惊醒，一块泥皮的落下正好砸在我的头上，忽听着父母大声喊："地动啦！地动啦！快跑！"我和家人不顾一切地向外跑去，顿时哭喊声、鸡鸣犬吠声交织在一起。外面有的赤身裸体，有的只穿衬衣，有的披着被褥，吓得目瞪口呆，冷得直打哆嗦。待惊魂稍定之后，有的经不住寒冷，冒着余震冲向屋里取出衣物和被子，甚至没有性别的区分，有的男穿女装，有的女穿男装，有的为了避寒干脆几个人聚在一起，围成一团避寒，在恐怖和难耐中等待到天亮。此时，大队干部在大队房顶上手握喇叭筒，大声喊着："全体基干民兵请注意，要赶快拿着铁锨等在大队部前面集合，赶快去南哈口、崔寨村挖人。"听到喊声，估计那里的情况肯定比我们这里严重。我二哥立即带着挖人工具和大家一道去参加挖人。到崔寨之后，看到整个村庄夷为平地，到处是一片片废墟，有的人全家遇难。他奋不顾身地挖人，回家之后就中午12点多了，他满含热泪地叙述了那惨不忍睹的场面，我赶紧给二哥端水端饭。我问他那里被砸的人挖完了吗？他说解放军来了，是从邢台急行军跑步来的，跑了100多里路，到了灾区连一口水都顾不上喝就投入了救人战斗。有的怕伤人把手都挖流血了，也不敢停下来，解放军真是人民的子弟兵，处处爱人民，太伟大了！

## 二、总理的慰问

1966年4月1日下午，我听说，我们敬爱的周总理要来何寨慰问灾区人民，我和同学、朋友，迎着西北风一口气跑到离我们老家沙井村8里地的何寨村。在何寨村东，大老远就看到红旗招展，人山人海，人们等候着总理的到来。在那里，我们看到著名音乐家劫夫站在汽车斗上，向群众高声领唱两首歌曲：一是“感谢党的关怀，感谢毛主席的关怀，我们向党表决心，自力更生，斗天灾”；二是“天大地大不如党的恩情大，爹亲娘亲不如毛主席亲，千好万好不如社会主义好，河深海深不如阶级友谊深，毛泽东思想是革命的宝，谁要是反对它就是我们的敌人”。约学唱半小时许，天上一架护航机飞来，相继6架直升机一字形自西南方向向此处飞来，全场顿时欢呼起来，万众瞩目的周总理乘坐的飞机降落在插红旗的位置。只见总理走出机舱，身穿灰色中山服，黑色大衣，向人民群众招手示意。县委书记张玉美和公社书记卢连增急忙上前迎接，紧紧握住周总理的手。接着周总理他老人家代表党中央、毛主席面对大风（让群众背着风）向大家做了长达1个多小时的讲话。我只记着周总理第一句话说：“同志们辛苦了！”他为灾区人民提出了“自力更生、奋发图强、发展生产、重建家园”的十六字救灾方针。他讲话字字句句使人民感动，许多群众流下了热泪。当他离开会场时，人们盯着他的身影，难舍难分，目送他乘坐的飞机直上天空。他的专机飞走后又返回会场上空盘旋一圈，再看一看灾区人民群众才放心地离开。此举真是感人泪下，真正体现了人民总理爱人民，体现了伟人的情怀。直到今天，他的身影仍浮现在我的脑海中。

## 三、救灾物资连夜送灾区

地震发生后，党中央、毛主席非常关心灾区人民的疾苦，调动了大批的人力物力、医疗卫生以及大批生活用品设施，帐篷、大米、白面、芋头、菱角、藕等从全国各地四面八方源源不断送到灾区人民的手中。平时吃不到的、没见到的我们都吃到了，虽然闹灾了，但在生活上没有感到困难。天明后不久，受灾群众手捧热乎乎的白馒头，一边吃着，从内心深处感受着社会主义大家庭的关爱和温暖。人们的情绪稳定，生活安定，特别是精神振奋、热情高涨，迅速地投入到发展生产、重建家园的热潮当中。大家相信只要有党中央和毛主席的英明领导，一定能战胜千难万险。这次地震后得到全国人民的帮助，也体现了社会主义的优越性，真正做到了一方有难，八方支援。

## 四、解放军的大救援

震后余震不断，给人民的生产生活带来不小的困难和影响，党中央、毛主席派来了大批的解放军，他们发扬“一不怕苦，二不怕死”的革命精神，帮助灾区人民发展生产，重建家园。他们盖简易房，搭建帐篷，还给烈军属、五保户挑水、劈柴、种粮、种菜，时刻响应毛主席“抓革命、促生产、促工作、促战备”的号召。把“军爱民、民拥军、军民团结如一人，试看天下谁能敌”当作座右铭，时刻遵守“三大纪律、八项注意”，严于律己，哪里需要哪里去，哪里艰苦哪安家，真正体现了军民鱼水情。

## 五、工作队、医疗队驻灾区

“工作队下乡来，贫下中农笑颜开，阶级队伍组织好，“地富反坏”垮了台，我们团结中农向集体，修正主义根子挖出来。”这是当时工作队下乡支援灾区、人民群众欢迎工作队的歌曲声。他们受到了广大人民群众的热烈欢迎和拥护爱戴。他们下村后与群众同吃、同住、同劳动。帮群众所忙，急群众所急，想群众所想，做群众所愿，真是全心全意地为人民服务。当时灾区各方面的人才都很缺乏，学校没教师，工作队就去执教。我记得是一个女工作队员教我们唱歌："地动心不动，山摇志不摇，毛泽东思想来武装，英雄人民志气高。抬起头，挺起腰，千难万险压不倒，家里丢了地里找，掀起生产新高潮，掀起生产新高潮。"每当想起这些往事，我都历历在目，久久不能平静。

我还清楚地记得医疗队走家串户送医送药，不管白天黑夜，随叫随到，从没说过苦和累，从没计较过个人得失。有一个姓赵的医疗队员在我们队待了一年多，一提到他，群众个个竖起大拇指，直到他离别后还回来看望我们村的病人。听说他来了，各家争抢让他到家里吃饭。那种纯洁的无产阶级感情和纯真的无产阶级友谊无法言表。

工作队住的是大队安排的集体宿舍，轮流到各户吃饭。他们的生活标准每天 4 角钱和 8 两粮票，由于阶级情谊深，他们与村民在劳动中结下了深厚的友谊。社员视他们为亲人，吃饭时好的留给他们吃，但他们决不搞特殊，饭后付钱，各户又坚决不要……一个个感动人心的故事不断演绎成美好的回忆。

作　　者：付殿杰

走访整理：中共巨鹿县委党史研究室　贾文涛

# 巨鹿地震亲历记

李振锋

我叫李振锋，巨鹿县观寨乡何寨村人，现年68岁。

说起1966年的巨鹿大地震，我至今还记忆犹新……

1966年3月8日，我们巨鹿县发生了6.7级大地震。当时房倒屋塌，人员伤亡惨重。到了3月22日，我们何寨这儿又发生了第二次地震，那时地裂1尺宽，地下的沙子都溢了出来，场面真是吓人。党中央对这次地震受灾的地方很是关心，1966年4月1日周总理来何寨慰问灾民。当时听到这一消息，整个何寨村都震动了。到了4月1日那一天，何寨公社几个村的人都聚集在了何寨村南，那里地方高，比较宽阔，飞机降落比较方便。尽管那天乌云密布，狂风大作，可是各村村民都早早来到何寨村南，还有不少教师带领学生整队过来，大概有一万来人。先来的一个作曲家劫夫给群众写了一首歌曲《感谢党的关怀，感谢毛主席的关怀》，并现场教群众唱起来了："地动心不动，山摇志不摇，感谢党的关怀，感谢毛主席的关怀，我们向党表决心，自力更生斗天灾……"歌声唱得人心振奋，许多村民感动得都流下了眼泪。过了一会儿，总理的飞机到了，我们巨鹿县县委书记张玉美等同志陪同周总理一起到了会场。总理下飞机后，人群欢呼，场面十分拥挤，总理上了汽车搭建的台子后说："别挤，别挤坏了娃娃。"当时啊，我们何寨村由于震后凄凉，总理说："乡亲们受苦了，咱们这儿连棵树也没有啊。我们这受灾了，上次没来，这次补来。我代表党中央，受毛主席委托来慰问乡亲们来了。同志们，你们这儿上一次地震巨鹿县6个公社受到很大损失，付出了代价，但是也取得了经验。你们这儿第二次地震，虽然面积扩大了，可是损失减小了，你们付出了代价，却得到经验，不管是党的领导，各级党委和政府的工作、部队的工作，都要为人民，看工作得对不对，做得对，你们就支持；做得不对，你们就批评；做得不够，你们提意见，应该把工作做好……”乡亲们听了后，掌声雷动，激动得都流下眼泪。总理讲完话后，县委书记张玉美喊了“地震心不震，地动心不摇”的口号。

时间过得真快啊，一会儿周总理要走了。总理的飞机起飞后，大风又来了，天空又暗淡下来，群众都说：“总理来了，风都避开了……”

当时，国家正是困难时期，可是还给咱们灾区带来很大的关怀。汽车运来了米、面、菜等救灾物资，苇席等搭棚子用的物品。解放军邢台部队也及时来何寨救护伤民，解放军到了之后，立即下手挖伤员，帮助村民各户搭棚屋，找安全的地方，把破房都拆除掉……他们在何寨住了很长一段时间。

在党中央的关怀下，我们何寨村民响应号召，“自力更生、奋发图强、发展生产、重建家园”。当时规划了新农村，何寨村全民动员，重新规划，不到3年时间就重新建起了房屋，家家有了新居。村里连续打了6眼铁管井，还对农田进行了改造，进行排涝治碱，村里还建了“四一”渠纪念桥、“四一”井纪念周总理来何寨。重新规划后，村民都说：“地成方，树成行，幸福不忘共产党……”在党的关怀下，我们何寨村的温饱问题当时基本解决。乡亲们时时都在念叨：“没有党中央，没有共产党，就没有我们现在的生活呀……”

如今，我已68岁了，每想起当年目睹周总理来何寨的情景，就激动得热泪盈眶，党中央时刻记着我们劳动人民，为劳动人民着想。虽然现在人民生活富裕了，但我们永远不能忘了共产党啊!”

作　　者：李振锋

走访整理：中共巨鹿县委党史研究室　贾文涛

# 地震的故事

薄宏举

我叫薄宏举，巨鹿县王虎寨镇寻虎村人，1937 年 9 月出生，地震时任县抗震指挥部资料员，现为县公安局退休干部。

1966 年 3 月邢台地区连续两次遭受了强烈地震灾害，巨鹿县是 3 个重灾县之一，全县共倒塌房屋 231 342 间，砸死 1695 人，砸伤 12 677 人（其中重伤 3995 人，最严重的崔寨村砸死 239 人，重伤 540 人），死伤牲口 415 头，砸坏胶车、排子车 1420 辆，砸坏耧、犁、耙、盖等农具 5841 件。

由于强烈地震，地面发生了巨大变化，普遍出现地裂、下陷、冒水、喷沙、水位上升等情况。何寨村南 50 米处有 63 处冒水，泉眼大如碗口，地面裂缝纵横，有的裂缝达 1 尺半宽，姚庄村南有一干坑冒出的水有 1 尺多深，西下疃村南地里冒一泉眼，自流浇地 1 亩多，该村大街有 1 尺半宽的地面下陷 1 尺深，城关西洼地有 15 处冒水，董营公社的商店和大潘庄之间喷水口 30 多处，有的泉眼喷水两三尺高。除两次大震外，当时余震不断，人们谈震色变，人心惶惶。如此严重的地震是古今罕见的。

大地震发生后党中央和国务院高度重视，周总理和李先念副总理先后于 3 月 26 日和 4 月 1 日到我县城关和何寨慰问灾民，并做出了“自力更生、奋发图强、发展生产、重建家园”的重要指示。3 月 8 日地震的当天下午，中央就派大批的解放军和医疗队来我县抢救灾民。紧接着全国各地支援的大批救灾物资运到我县。许多架飞机空投食品，运送药品和往城市大医院运送重伤员。

## 一、周总理来到巨鹿县

使我最难忘的是 1966 年 4 月 1 日，周总理乘坐直升机亲自来我县何寨慰问灾民的情景：那天午后正刮着六七级的大北风，风沙扑面难以睁眼，总理一下飞机就健步走进了集聚一万多群众的广场内，大家一见我们敬爱的周总理来了，整个会场立即沸腾起来，全体军民唱着刚学会的一首歌：“感谢党的关怀，感谢毛主席的关怀，我们向党表决心，自力更生斗天灾。”县委书记张玉美带头喊起了“地动心不动，房倒志不倒”和“毛主席万岁”的口号。当总理站到大卡车上面迎着六七级的大北风和群众见面时，会场内激昂的口号震天响，沸腾的人群如潮涌。面对这样的激动场面，总理一时难以讲话，曾几次打手势让大家坐下来，还关切地向大家说：“不要挤，不要挤，不要把娃娃挤坏了。”（当时有些抱着小孩的妇女也参加了这次大会）总理讲话时，县委责成我们办公室人员做记录，所以我坐到了会场的最前面。

周总理在讲话中说：“我代表党中央、毛主席和国务院来看望你们，慰问你们，上一次地震（3 月 8 日）你们巨鹿县 6 个公社受到很大损失，第二次地震（3 月 22 日）面积大了，人死伤少了，为什么？因为第一次你们 6 个公社为全巨鹿县、为全邢台专区、也是为河北省取得了经验，付出了代价。”同时周总理还讲了国际形势和毛主席提出“备战、备荒为人民”的口号，一是做战争准备，二是对付灾荒。他说：“天上的灾我们遇到过了，1963 年洪水、1964 年涝灾，1965 年旱灾，现在又来了地下的灾——地震，又来考验我们……”总理每句话都带着温暖和关怀，他在讲话中提出了鼓励灾民“自力更生、奋发图强、发展生产、重建家园”的抗震救灾方针，使全县人民在抗震斗争中有了更大的决心和勇气。最后总理还说：“到麦收的时候我再来看望你们。”就这样一直讲了 40 多分钟，在大会讲完后，紧接着周总理又在帐篷里同县委领导和群众代表进行了座谈。在座谈中总理不仅问灾情、问损失、问全县的人口和土地、问群众的生产和生活，就连全县种多少亩小麦、浇没浇返青水、春播的种子够不够也都替我们想到了。当他听到巨鹿是个风沙盐碱地区时，便指示县委书记张玉美要“北学于老善，南学吕玉兰”改造风沙盐碱的斗争精神。还责成在场的李劫夫（全国著名的词曲作家）说：“你把灾区人民的豪言壮语谱几首好歌曲给我寄去，在全国宣传宣传。”事后李劫夫、洪源（部队歌曲作家）很快谱写了一些灾民歌曲，印制成册。如“天大地大不如党的恩情大……”就是当时在巨鹿地震灾区谱写的，唱遍了全国。那天风卷着沙，沙裹着风，帐篷上下扇动，碗里刚倒了水就落了一层尘土，敬爱的周总理端起碗来，轻轻吹了吹上面的尘土便喝了下去。临走时周总理还和我们在场的人员一一握手告别，周总理那种和蔼可亲、平易近人的态度使我终生难忘。周总理走后我们当晚将周总理的讲话录音译制成文字，连夜送往邢台地震总指挥部，次日就在全地区专项发表了。

由于党中央的关怀和全国各地的大力支援，我县灾民的生活得到了妥善安排，并很快恢复了生产，重建了家园。特别是改革开放以来全县人民的生活水平和居住条件都发生了巨大变化。绝大多数群众都住上了较高标准的新砖房，（震倒的大部分是土坯房）有的还住上了高楼大厦。

## 二、地震中的感人故事

抗震期间，我在指挥部办公室负责资料工作，每天向地区总部汇报情况，亲历了地震劫难。同时在抗震抢险斗争中，涌现出许多舍己救人的英雄模范人物，我在收集他们的事迹时，接触了不少典型人物，并取得了第一手材料。

### （一）舍己救人的李计年

观寨公社石佛店村副大队长李计年同志在8号的地震抢险中表现了英勇顽强、舍己救人的共产主义风格。3月8日地震中该村房屋全部倒塌，整个村庄变为一片废墟，李计年全家6口均被埋在屋内，他自己挣扎出来后，急忙挖出了身受重伤的妻子，这时他听到全村群众一片哭叫声，没顾得再挖自己的家人，扔下妻子就急忙去抢救乡亲群众。他寻着哭叫声首先跑到临近的李二黑家，发现他全家6口都被砸在屋内，他拼命地将全家挖出后，发现已砸死1人，救了5人；接着又跑到马瑞祥家，挖出了8口，抢救了6口，砸死两口；继而又跑到李文修家，抢救了两口；在李仲修家抢救了3口。当时大地余震不断，他不顾个人安危，一直奋斗到中午，连续抢救了16名群众，挖得他双手破烂流血也顾不得疼痛。这时群众李焕玉跑来对他说他的二儿子李二国已被砸死，让他马上回去看看，他说："人已经死了，抢救群众要紧，不去看了。"又继续挨户检查被砸群众去了，一直到天黑吃晚饭时，在其他干部的再三催促下，他才回到家里，一看见儿子死了，妻子的情况十分危急，他向别人要了点止痛药让爱人吃了，又去大队开会了，直到半夜才回到家中，爱人已奄奄一息，经医疗队抢救无效没到天亮就死了。这时他强忍悲痛，扔下妻子的尸体又去进行抗震抢救的工作去了，直到第二天才将妻子埋掉，他擦干眼泪又投入了紧张的战斗。在严重的困难面前他没有低头，没有丧气，没有忘记群众，没有忘记党的工作，为全县党员干部树立了一个公而忘私、舍己救人的好榜样。

## （二）抗震救灾的白衣天使

3 月 12 日巨鹿县观寨公社战地医院抬来了一位 12 岁的小姑娘，这是小寨村一个贫农社员的女儿，名字叫李焕绪，在地震中头部被砸至重伤，造成严重的脑震荡，双目失明不省人事，情况十分危急。在此紧要关头，北京协和医院外科专家潘瑞琴、任祖渊、王维钧等几名大夫立即对她进行了会诊，确定为"脑血肿"必须马上做开颅手术，否则有生命危险。但做这样的大型手术，一无仪器，二无设备，是有很大困难的。经过大家讨论，他们一致表示说："毛主席派我们来抢救阶级兄弟姐妹，我们不能看着自己的亲人等死。"没有手术室就利用临时搭的席棚来代替；没有仪器大夫们就用玻璃管和针头自制代替；没有"脑压管"就用塑料管代替；没有测量尺，任祖渊大夫凭着自己多年的临床经验用手测量；在止血问题上没有"电火灼"就用酒精灯代替；在全身麻醉问题上没有氧气和其他器具就用局部麻醉加强化代替；没有剃头刀就用刮须刀代替。为防止感染他们还对医疗器械和手术棚内进行了细心消毒，经过两个小时的艰苦奋斗，手术取得了圆满成功。他们以敢想、敢干和高度负责的精神，创造了惊人的奇迹，小孩的母亲流着眼泪说："你们真是毛主席派来的好医生，救了我女儿一条命，俺一辈子也忘不了你们的救命恩情。"手术后第二天，直升机将小女孩送往城市医院疗养，几个月后听说小女孩被送回家来，完全恢复了健康，没落下任何后遗症，精神很好，也吃胖了，当地群众将北京协和医疗队抢救小女孩的事迹传为美谈。

## （三）不顾个人安危的领导干部李炳良

1965年秋后巨鹿县委根据毛主席“三大革命论述”，在小吕寨公社搞生产革命试点。地、县两级共抽调200多名干部混合编组分配到小吕寨公社15个村，河北农大近百名毕业生也来实习支援，县委书记张玉美亲自在小吕寨蹲点，当时的县委办公室副主任李炳良（原河北省委副书记）带领我和钱彭刚、孟令玉随同张书记住在小吕寨村一家农户西屋里，其他县领导也都分别到各村蹲点，吃住在农村，与群众同吃、同住、同劳动。其间炳良同志和河北农大杜主任亲自到南京和江苏启东县学习考察盐碱地改造的经验，回县后立即推广，很快在当地掀起了挖沟改碱、平整土地的高潮。因成绩突出，效果显著，地委在小吕寨公社召开了全地区各县领导人参加的现场会，推广了巨鹿经验。

正当大家干得热火朝天之际，不料一场历史罕见的大灾难降到了巨鹿县人民头上，1966年3月8日和22日连续发生了两次强烈地震，使全县人民的生命财产遭受了巨大损失。因小吕寨公社距离地震中心较近，受灾也很严重。（由于我在地震前几天被调回机关，幸免被砸）在农村居住的李炳良、钱彭刚、孟令玉和地、县工作队遭受了这次大劫难，一名县工作队员和一名河北农大学生被砸死。

3月8日5时30分大地震一开始，钱彭刚从床上被倾抛到地上，他急忙跑出屋外，得以逃生；李炳良在睡梦中被惊醒，刚爬起身来几秒钟房顶就塌了，一根粗檩条正杵在他的枕头中间，如果再晚起几秒钟后果不堪设想。因住屋全部倒塌，李炳良、孟令玉被埋在屋中，钱彭刚急忙将李炳良从废墟中挖了出来，二人又共同将孟令玉挖出。幸亏钱、孟二人都没受大伤，只有李炳良同志头部被擦伤，一根小肋骨被砸骨折，他们的衣服全部被埋在废墟中，房东大娘拿来大襟棉袄和棉裤，让炳良和彭刚穿上，令玉穿上房东女儿的花袄裤。因地震电话中断，炳良让令玉进县城汇报灾情（当时我在县委大院见到令玉满头是土，余悸未消）。李炳良同志穿着女式的大襟袄，不顾个人安危，忍着伤痛一上午走遍了所有工作队住的15个村庄，一面查看灾情，一面部署工作队抢险救灾。在抗震救灾的紧张阶段，炳良同志一直没顾得上回县城看望家属子女，忍着伤痛始终战斗在抗震救灾的第一线。

在抗震抢险中，何寨公社崔寨村民兵连长于二东，地震时全家5口被砸在屋内，被人挖出后听到全村一片哭叫声，他丢下埋在屋内的老婆孩子首先去抢救乡亲群众。他忍着伤痛一连挖出 6 个人，又组织带领群众在全村挖出 100 多人和 48 头牲口。小吕寨妇女主任刘香娥母女被砸在屋内，她挣扎出来后，忍着伤痛首先把毛主席像挖了出来，她说："毛主席是我们的救命恩人，有毛主席（像）在身边，我们什么都不怕，天大的困难也能克服。"解放军医疗队的两个女队员胡贵荣和曹文瑞均丢下自己正在吃奶的孩子来支援我县，用她们的奶水养活了灾区 7 个婴儿的生命，她们这种舍己为人的高尚风格是难能可贵的。

## 三、地震灾区人民的豪言壮语

常言说："家贫出孝子，国难出忠良。"在当年的地震中，人民的生命财产虽然遭受了巨大损失，但也涌现出一批英雄好汉。灾区人民在战天斗地的英勇奋斗中，从内心里发出了一些豪言壮语和对党中央的关怀及一方有难，八方支援的感激声。

"天大地大不如党的恩情大，爹亲娘亲不如毛主席亲，千好万好不如社会主义好，河深海深不如阶级友爱深。"

"感谢党的关怀，感谢毛主席的关怀，我们向党表决心，自力更生斗天灾。"

"地动心不动，房倒志不倒，天塌地陷顶得住，山崩地裂不动摇。"

"你震你的，我干我的，你越震我干劲儿越大。"

"你冒水我浇地，你喷沙我用沙子盖房。你震倒我的房子，我用房土做肥料。"

"家里丢的，从地里找回来。"

"用自己的双手与天斗、与地斗，生产自救夺丰收。"

以上这些豪言壮语也得到了周总理的赞扬，如周总理在讲话中说："有些老乡们说得好，'家里丢掉的，从地里找回来'，这是豪言壮语，只要有这种精神今年的生产一定会搞得更好。"在巨鹿何寨帐篷里周总理指示著名歌曲作家李劫夫说："你把灾区人民的豪言壮语谱几首好歌曲给我寄去，在全国宣传宣传。"根据周总理的指示，李劫夫和洪源（部队歌曲作家）很快就谱写了一些歌曲，印制成册。如《天大地大不如党的恩情大》这首流传全国的歌曲就诞生在巨鹿县地震灾区的帐篷里。

地震中涌现出的英雄模范人物不胜枚举，地震后根据县委指示，我带领10余名学毛著积极分子和抗震模范到各公社巡回演讲，他们在抗震抢险中不顾个人安危、舍己救人、无私奉献的精神更加激起了全县干部、群众开展生产自救、重建家园的奋斗决心和勇气。

作　　者：薄宏举

走访整理：中共巨鹿县委党史研究室　贾文涛

# 难忘的一场噩梦

牛春年

我叫牛春年，巨鹿县北哈口村人，1937 年出生，时任西郭城公社社长，现为县人劳局退休干部。

50 年过去了，至今难以忘怀的一场噩梦——1966 年 3 月 8 日早 5 时 30 分左右巨鹿大地震，人民的生命财产遭受了巨大损失。我当时在西郭城公社工作。此次大地震波及面很大，尤以隆尧、巨鹿、宁晋、新河为重。西郭城公社大部分村庄房倒屋塌，砸死 500 多人，砸伤 1000 多人。震时我从屋里往外跑两手摔伤。当时地下水位普遍上升，许多水井向上冒水，本地喷水冒沙现象普遍。

震后第二天，解放军、医疗队迅速到达灾区（公社驻地有一个团部，大村有一个营部），随即投入紧急救灾。各种救灾物资和慰问品源源不断送往灾区，形成一方有难，八方支援的动人场面。

约在 3 月中旬，地委在隆尧召开抗震救灾会议，我作为公社负责人参加会议。地委书记刘琦做了具体安排部署。

党中央、国务院对灾区十分关心。接县委通知，4 月 1 日，灾区小队长以上干部到何寨参加一次重要会议。我们 9 点前到达何寨村东南角一块平地上整队。当天刮了 8 级以上的大风。县委书记张玉美等县委、人委领导也在那里等候，说是中央可能来领导人。下午约 4 点 30 分，一架直升机落在人群旁边，走下飞机的是周恩来总理，会场立即沸腾起来。周总理站在会场南头的大卡车上，（迎着大北风）发出“自力更生、奋发图强、发展生产、重建家园”的号召，并发表了慰问灾区的重要讲话。县委书记带领大家振臂高呼“感谢党中央……”的口号。

通过这次抗震救灾，我深受教育，感受最深的是：凡是遇事要先顾国家、集体，个人的事放在最后。我的老家在隆尧白寨公社北哈口村，离震中心马兰村 10 里地，也是重灾区。我村平均 5 人被砸死一人，砸绝 7 户。我因当时工作紧急太忙，离不开，不能回家。震后 5 天，我叫一个亲戚到我家看了看父母亲，他告诉我，我母亲腰部骨折，解放军用车将她接到隆尧县医院治疗。震后一个月我才回了一趟家，母亲已出院回家。我向老人赔罪，老人说："应该感谢党和政府，在外工作不能先顾家，都顾家像我这样能去医院那么及时吗？在外工作不能先考虑小家庭，大家的利益才是第一位的。"

由于大家的共同努力，抗震救灾后公社被评为先进单位，我也被评为先进模范，这是党给我的荣誉。

抚今追昔，倏已 50 载，如今灾区已是人笑年丰，地换新颜。然地震之惨痛教训，亲人所遭不幸，终不能忘怀，党予人民之恩情，群众抗震卓绝之精神，永刻骨铭心。值此地震 50 周年之际，特此怀叙几语，以追怀亡者，激励今人，垂教后人。

作　　者：牛春年
走访整理：中共巨鹿县委党史研究室　贯文涛

# 难忘的一首歌

王振勇

我叫王振勇，巨鹿县官亭镇鱼营村人，1949年出生，县档案局退休干部。

“天大地大不如党的恩情大，河深海深不如阶级友爱深，千好万好不如社会主义好……”这是劫夫同志1966年深入邢台地震灾区创作的一首歌曲，也是当时抗震救灾的真实写照，令我至今难以忘怀。

我是一名老三届，1966年在隆尧一中读高中，时年17岁。3月8日清晨5点30分左右，睡意蒙胧的我突然在大地的颤动中和同学们的惊叫声中被惊醒。“地震啦！地震啦!”一场灾害降临到滏阳河两岸。

我的老家是巨鹿县官亭镇鱼营村，距学校60多里。隆尧一中所在地尧山是地震轻灾区。沿冯南线向东步行回家（那时条件差，大多家庭没有自行车，上学都是步行)，路过牛桥村、观寨村、官亭村，到鱼营村都是重灾区。一路走来，田地里有裂缝，大的有1尺宽，小的几公分，到处有地震喷出来的泥沙。依稀看到有新添的坟头。看到这些不免有些心酸，但同时又看到解放军大小的车辆在忙着运送救灾物资。村头路边，解放军战士在帮助群众搭建简易棚。田野里，不少解放军战士在和群众一起平整土地。看到这些心里又充满了希望。“自力更生、奋发图强、发展生产、重建家园”，村村都刷上鼓舞人心的大标语。“家里丢掉的，从地里收回来”，从上到下都掀起了生产自救的热潮。

回到老家鱼营村，在那“一穷二白”的年代，祖辈传下来的多数是土坯房，房屋大都裂缝，已不能住，部分倒塌，没有砸死人。在县委和地震抢险救灾指挥部的领导下，鱼营村和其他重灾村一样，着手统一规划，统一建设新农村。上级拨来款物，各村党支部把能工巧匠组织起来，按照防震的要求，迅速建起来一排排新房。在房屋的安排上，先是五保户、烈军属、贫下中农困难户。我家是下中农，8 口人，子女多，系困难户，首先分到了 3 间北屋，在全村第一个住进了抗震新房。1969 年我当兵入伍后，村里又按照每人 7 分间的分房标准，给我家调整了两间房，我就是在这两间房里结的婚。

“一方有难，八方支援”是当时最流行的口号，也在邢台抗震救灾中得以充分体现。邢台市、衡水市等 28 个单位派来 2000 多名医生，送来大批药品。北京、天津、新疆、安徽、山西等兄弟省市无偿支援，送来了小麦、煤炭、木材、草苫、苇席，连群众做饭用的水桶、锅、碗、瓢、勺也都一一送到灾民手中。“河深海深不如阶级友爱深，千好万好不如社会主义好”深深地扎根在我的心中。

邢台抗震救灾斗争本身就是党领导人民战天斗地的一首赞歌，我亲身经历了这场斗争，切身感受到“天大地大不如党的恩情大”。只要有党的领导，没有什么不能战胜的困难。如今我已年老退休，享的是社会主义的清福。逢年过节全家人聚到一起，我都叮嘱子孙：人要知恩图报。要听党的话，坚定不移跟党走。要立足巨鹿，胸怀祖国，为建设家乡、富民强县出力，为祖国繁荣昌盛增砖添瓦。

作　　者：王振勇

走访整理：中共巨鹿县委党史研究室　贾文涛

# 抗震救灾　党恩如山

左宝珍

我叫左宝珍，巨鹿县苏营乡东旧城村人，1930年出生，县档案局退休干部。

1966年强烈地震时，我在县抗震指挥部办公室工作，掌握地震的部分情况，了解一些感人的事例，使我终生难忘，铭刻在心。

3月8日早5时30分左右强烈地震时，我因事请假在家乡东旧城村，距县城40里，早晨上房扫雪时，北屋南北摇晃，使人惊心动魄。由于从未遇过这种情况，人们认为是原子弹爆炸，时至下午天将黑时方才得知发生地震，重灾区房屋倒塌，人畜伤亡，灾情十分严重。我身为共产党员和国家干部，理应迅速回县城参加抗震救灾，于是连夜骑自行车回县，找到同事卢泽丰同志到抗震救灾指挥部请缨参加抗震救灾。抗震救灾指挥部后改名第一线指挥部，我连续在此工作3年。

当时，县抗震救灾指挥部办公室设在县政府前后院中间甬路上的军用帐篷中，县委书记张玉美任政委，县委副书记董成章、副县长贾自章任副政委，县委常委、县武装部委员会副书记牛宗福任总指挥长，军分区副司令员贾恩高、主任李国安任副指挥长，县政府办公室副主任杨书波任办公室主任。贾自章、杨书波两位同志，平易近人，体贴同志，与我们办公室工作人员昼夜值班。内设5部电话机，像电影《南征北战》一样上下联系昼夜繁忙，指挥抢险救灾，了解救灾情况。我曾多次陪同贾自章副县长骑自行车去公社、大队了解情况，指导工作，他身为县级领导，从不搞特殊。在基层站队买饭，受到同志们的称赞。我们指挥部办公室，曾在一夜间用电话向17个公社了解以大队为单位的抗灾救灾有关数字，一夜间汇总油印出统计数字，次日上午上报县委常委会研究制订抗震救灾作战方案，鏖战一夜完成统计部门正常工作中一个月方能完成的事情。在非常时期，鼓起非常的干劲儿，创造出非常的业绩。

震灾发生后，中央、省、地领导亲临慰问指导。3 月 26 日国务院副总理李先念前来慰问，告慰巨鹿人民：“有党的领导，全国人民的支援，依靠自己的力量搞生产，一定能够战胜地震灾害。”4 月 1 日，周恩来总理到重灾区何寨公社慰问灾民，冒着六七级大风到广场与灾民一一握手，站在大卡车上向万名群众招手致意，鼓励大家“自力更生、奋发图强、发展生产、重建家园”，给予人民巨大的鼓舞。中国人民解放军 63 军两个团的兵力，跑步到巨鹿抢险救灾，创建出优异的业绩。各地的医疗队，纷纷开赴我县，带来一大批医药用品，为灾民治疗疾病，创造了许多起死回生的事迹。我所亲手办理的事就有两件。地震中，有一次回家看望老人，看到天津医疗队的救护车，我的亲戚刘俊国因难产去县医院抢救，我上车陪同前去，经过精心治疗，母女安全脱险，所生女孩杜雪芳，现已 50 岁。家乡一位 20 世纪 30 年代入党的老党员杜如珍，长期患疝气病得不到治疗，地震中，由我介绍经过会诊得到根治，解除了半个世纪的痛苦。这种事迹层出不穷。短时间内，全国各地无偿支援款项 700 余万元，粮食 500 余万斤，以及大量的生产用品和医疗用品。当时，20 万巨鹿人民高唱赞歌：“天大地大不如党的恩情大，爹亲娘亲不如毛主席亲，千好万好不如社会主义好，河深海深不如阶级友爱深。”

作　　者：左宝珍

走访整理：中共巨鹿县委党史研究室　贾文涛

# 天大地大不如党的恩情大

王平群

我叫王平群，巨鹿县官亭镇李吾营村人，今年 63 岁，城关镇校区退休教师。

1966 年 3 月 8 日 5 时 29 分，在河北省邢台地区隆尧县东，发生 6.7 级强烈地震。极震区位于隆尧县、宁晋县、新河县和巨鹿境内。从 3 月 8 日至 29 日这 21 天的时间里，邢台地区连续发生了 5 次地震。其中最大的一次是 3 月 22 日 16 时 19 分，在宁晋县东南发生的 7.2 级地震。这次地震震源深度 9000 米，震中裂度较大。这一地震群统称为邢台地震。

当时我才 13 岁，正上高小。3 月 22 日下午老师让我们提前放学。当走到董营村西，突然地面上下摇起，我眼巴巴地看到地裂出 1 尺多宽的裂缝，左右张合着。我们 4 个同学趴在地上。我的右脚被裂缝夹住，我使大劲儿拔腿，怎么也拔不动。最后两个同学帮我把右脚拔出来，我穿的戴气眼的棉鞋中灌满泥土。抬头看着李吾营村，从北向南的白尘土滚烟翻动，全村的房屋顷刻倒塌。我拖着疲倦的身躯急着回家。村东边一片瓦砾，两匹马受惊了，发出尖叫声。见状，我吓破了胆儿，用书包挡着头跑过去。余震不断，回家要紧。我老家李吾营村，西边 8 里地归隆尧县管辖，西北方向 8 里地是宁晋耿庄桥。全村当时两个生产队，336 口人，我住在村中间路北胡同第二家。胡同路西第一家是郝国霞家，卧砖房还没见倒完。我爷爷常年做生意，翻盖了四合院表砖房，东屋西屋全部倒塌，只有北屋没有倒塌。

弟弟才 6 个月，母亲抱着他住在窝棚里。我一进院就喊着："娘，怎么回事，地为什么动得这样厉害？我在放学的路上陷进裂缝里啦。"说着，余震又来一阵。天黑下来了，母亲还没做饭，弟弟哭得更猛了。父亲说："这次地震因为是白天，虽然比上次震得大多啦，但全村没砸伤人。我刚从大队部开会回来，全村成立了抗震救灾队。”父亲安排了一下家里事，又急忙去大队组织抢险去了。奶奶躺在窝棚里不敢动弹，只听叨念道：“老天爷啊，保佑俺这一方人吧。”我抱着弟弟，母亲做好了晚饭。晚上全家人在院里的防震棚中度过，天还很冷，睡不好，被余震一次次地惊醒。

我亲眼看到，村庄四周大地冒出水加沙子，开始像泥糊糊，过半天就开始利索起来，人站在沙子上也能走路。听人说这些地壳下冒出来的沙子，是地底下七八层的筋骨。我和小伙伴好奇地跑到沙子跟前瞧，跑到地里的土井旁，观看井水上涨到井沿边，原来是地震震出了水上涨。鸡上架、狗咬、马叫、蛇出洞也是震前的征兆，家里人当时总结出这些震前预防经验。

这次强烈地震破坏范围涉及石家庄、衡水、邯郸、邢台等 6 个地区 136 个县市，近两万个村庄，倒塌房屋 500 万间，并造成许多工厂、学校、道路的损毁，滏阳河、小漳河等多处桥梁、水力设施遭到严重破坏。我们村房屋倒塌了 95%以上，人口死亡 76 人。

4 月 1 日，周恩来总理乘直升机到我县何寨视察，数千人聚集在村头迎接总理。周总理登上一辆汽车向在场的群众讲话，提出 16 个字的指示：“自力更生、奋发图强、发展生产、重建家园。”喜讯传来，全村人激动万分，奔走相告。

我清楚地记得，地震后的第三天，石家庄白求恩国际和平医院院长王国璋带领的医疗队来了。有男有女，话音不同，亲切和蔼。她们把乡亲当作亲人，为受伤的大婶包扎伤口，为王大爷治疗腿疼，服务热情，令人感动。一方受灾，八方支援。我们全村老少看着直升机从空中投掷下来饼干、馍馍、热油饼等，吃上了从未听说过的食品。我跑到大队部看到从全国各地捐献来的棉衣、棉被、棉鞋、秋裤、背心、雨衣、雨伞、茶具、菱角等衣物和生活用品，应有尽有。分发时我拿的号，兑出来的是一顶空军帽，我戴上去正合适。这顶帽子我一直戴到 16 岁，到如今仍然记忆犹新。

震后，学校复课了。老师点名时全班 46 名同学全到。同学们个个领取了从全国各地捐献来的铅笔、橡皮、图书、书包和水杯。王长春老师是音乐老师，他运用老格调填写新歌词，教给我们唱地震歌《毛主席啊对咱亲》。歌词是这样的：“毛主席啊对咱亲，他比父母亲万分，咱们这里闹地震呀，全国各地来支援。毛主席啊对咱亲，他比父母亲万分，吃得穿得全想到呀，还有鲜姜暖咱的心。”学校通过多种形式宣传社会主义好，毛主席最亲。老师专门派我办墙报、黑板报、出专栏。各班自发组织宣传小分队，深入各村贫下中农户、五保户、困难户、军烈属户，问寒问暖，帮助贫困户、五保户干家务活，稳定群众情绪。

我清楚地记得，我和女同学张冬巧、杜新花为本村烈军属老奶奶唱《天大地大不如党的恩情大》，讲述周总理慰问巨鹿何寨的感人故事。老奶奶流着眼泪说："毛主席真是老百姓的大救星！俺一辈子不能忘记党的恩情。"老支书王月西回忆说："民国三十二年闹灾荒，碌碡没翻身，草籽没见，全村死去1/3以上的人。如今咱们遭遇地震灾害，却受到全国人民的支援，吃的穿的样样有，群众生命得安全，新旧社会两重天。地动心不动，抓革命，促生产，房屋倒塌，重建家园！"

是啊！我们村在县、乡政府的支持下，全村党员干部带头干，团结一心劲头添。在1966年底重建家园计划完成过半，到1967年夏季，卧砖新房全部建好，村民搬进新居，整个村庄焕然一新。

今年是邢台地震50周年，每当想起50年前的亲身经历，我都无比激动，终生难忘。特写此文，感谢党的关怀。

作　　者：王平群

走访整理：中共巨鹿县委党史研究室　贾文涛

# 我是见证人

我叫潘绍周，巨鹿县观寨乡西冯寨村人，1940年出生，巨鹿中学退休教师。

潘绍周

## 一、第一次强震

我于1964年暑期从天津师范大学数学系回故乡"接受贫下中农再教育"。国家没有给我发工资，户口还在天津，我只是作为一名普通公社社员到巨鹿县何寨公社西冯寨大队第八小队参加农业劳动，当时公社书记是卢连增。我父亲名叫潘增仁，曾是中共地下党交通站负责人，新中国成立后当过区长、区委书记、县医院院长、巨鹿县副县长和邯郸煤矿副矿长、峰峰矿务局生产处处长、邯郸焦化工厂党委书记等职。我回村劳动时，他正在巨鹿县医院养病，因为他曾在这里当过3年院长，跟医生比较熟，还有他多年的战友贾自章在巨鹿县任副县长，当卢连增书记等人去医院探望他时，他曾委托他们一定要严格要求我这个革命晚辈。这些事情这里就不多说了，我在1964年、1965年连续被评为"模范社员"，还出席过巨鹿县学习毛主席著作积极分子大会。平时我在生产队除了听从队长领导参加劳动外，还经常向公社领导和村党支部汇报情况。1965年秋天我当过"打井队"队长，还当过"积肥员"。从1966年1月开始，由何寨公社推荐，小吕寨公社税务所招聘，我做了税收员，开始由挣工分向挣工资转变。我帮助一些油坊、砖窑等小买卖建立账目，还帮助所长写"工作汇报"等事情。

1966年春天，"三八"妇女节以前一些日子，各界广大干部、群众都在开展学习劳动模范吕玉兰的事迹，还有3月5日是毛主席"向雷锋同志学习"题词4周年。在学习班里读报刊、文件、写黑板报多数是我的事儿。因为忙，很少回家吃饭，3月7日下午，我在何寨公社办公室写材料，天黑了，7点多才回我村西冯寨，回家一看，母亲早吃过晚饭串门去了。八队会计员潘忠印对我说："今晚就在俺家吃饭睡觉吧，反正我媳妇回娘家去了，正好我还有两道数学题不会做哩。"这样，大约11点时，我就同潘忠印在他小东屋炕上睡下了。

3月8日早晨天还不很明，我突然觉着炕上摇晃起来，心里一惊意识到发生地震了（我曾看过不少小说，《聊斋志异》上就有描述地震发生的情景）。当时我马上大喊一声"快起来"，忠印还睡得跟"死人"一样，我没顾得穿棉衣鞋袜，一下蹿到门口，猛地拉开门栓，一蹦跳到院子里一个粪坑里，里面还有半坑积雪，是前两天（3月6日）下的。只听"哐啷"一下，门口与其上的小窗户，还有半截砖墙都压下来了！（天明以后，我才发现脚后跟扎了一个大口子，也不知道什么时候怎么扎伤的）这时忠印还在炕上哩，他一看露出天来了！其实，炕上的屋顶并没塌落，我要不着急下炕蹿地也许扎不着。这时我从粪坑里出来又返身回到炕上穿上棉衣和鞋袜。一听大街上人声嘈杂，我俩到街上一看，天也基本上明了，有喊的、有哭的、有人抱着光着屁股的小孩，乱成一锅粥了！我还没忘拿起收税的提包跑回我家，看看母亲怎样了。母亲一见我说不成话了："你、你晚上在哪儿睡的？怎么、怎么……"我看见我家4间北屋倒了3间，只剩下一个做饭的小房子，母亲的身体没事。我暂时安排好母亲，独步从西到东沿村转了一番，只见压死了3个儿童、4个大人，房屋好点的也没人敢住啦！我在饭锅里拿了一个玉米饼子，边骑上自行车边吃着去公社汇报地震的情况了。公社办公室里有书记卢连增、副书记郝振书、社长赵文通、办公室主任杨振海、妇女主任李运芬和其他人员共十来多人。卢书记正布置任务：杨振海和副社长刘春堂在办公室收集整理情况，其他人全部分散去各村查看灾情，准备向县里领导汇报。卢书记一看我来了，很满意地说："小潘组织观念很强，来得正好，咱俩就去你村西冯寨。"说动就动，我前他后，各骑车子往南而去，那时大约上午9点了吧。我俩一进村，七队的一伙人正从塌倒的屋子里挖人，我们也动手找人。我先从一堆柴火底下拉出一位大嫂来，只见她满脸带血，哭喊着："那边压着人哩！"这时卢书记不顾个人安危，连挖带刨，很快救出一男一女。我们又跑步到支书潘怀士门口，又救出两人。这样一直到中午时分，县里来了两个人，对卢书记和支书潘怀士说："县里成立了地震抢险救灾指挥部，县委书记张玉美、县长李兴为指挥长，他们有指示。"于是，卢书记对西冯寨支书潘怀士交代了几句，就同二位回公社了。

3 月 8 日快天黑时，我辞别了母亲骑车去小吕寨税务所，见到师兴辉所长，他说：“咱所人员，压住了 4 个人，我们都顺利挖出来了，现在只有杨少峰在公社医院排队上药哩，县局里给咱所每人发两领席子，只有搭窝棚休息了。”干了一会儿活儿，师所长对我说：“今晚你可以在这儿吃饭休息，从明天开始，你就回家住吧。”

3 月 12 日，县委主办的《救灾通讯》正式出刊。我每期必读，并且，只要我知道的各村救灾情况，就尽量去写，在我记忆中刊登过 4 次。

## 二、第二次强震

3 月 22 日下午 4 点 20 分，我县再次发生强烈地震，7.2 级。这天午饭后，我步行去路家庄看望退休干部路庆森，这位老伯也是我父亲的生死战友。我到他家后，他老两口很高兴，大娘为我冲蜜水喝，还说：“这村没有砸死人，咱家房子没有倒。不过，我们也不敢在正房睡觉了！别人帮着在院子里搭了个小庵屋子，好在这几天也不冷了。”

我们坐在一块儿说了一些家长里短，然后我就告辞要走。岂料当我走到路家庄和刘家庄中间的柏树坟时，突然觉着大地颠了一下子，往柏树坟上看去，只见大柏树来回摇动，树头摔在地上又摔倒另一边了，不好！又是强烈地震。我往人行道上一看，好家伙！离我不远处，地面上裂开一丈多长、二尺多宽的大口子，一张一合，好像要咬人的嘴一样。哎呀！我一个人在这荒郊野外，要是掉进这个大裂缝中，连个尸首都找不到啦！怎么办？情急之中我张开四肢，脸面朝天，仰卧在沙丘上，一动不动。有五六分钟的工夫平静下来了。我向村中望去，尘土飞扬、鸡飞狗跳、牛吼驴叫……这时我猛地起身，也不知道哪来的一股劲儿，一口气跑了二里多，回到我村西冯寨。这次倒好，人畜无伤亡，我母亲也平安。这是因为有第一次的警觉，人们都不在危险房子里住了。

早几天，也就是 3 月 16 日，县委生产救灾指挥部成立，张玉美任政委，董成章、贾自章任副政委，牛宗福任总指挥，贾恩高、李国安任副总指挥。下设办公室、后勤处、政治处、医疗处、房建处。3 月 26 日下午 4 点 25 分，国务院副总理李先念代表党中央、国务院来我县慰问灾民。在巨鹿一中操场召开大会。县直机关干部和城关公社干部、群众参加了大会。李副总理上台讲话，指出："有党的领导，全国人民的支援，依靠自己的力量，搞好生产，一定能够战胜地震灾害。"

## 三、周总理来何寨公社慰问灾民

1966年4月1日下午，刮着凛冽的西北风，尘沙把天地搅得混混沌沌。周恩来总理要来视察慰问，县委组织人员在何寨村南公社南边搭了个坐北朝南的讲台。得知总理要来，何寨村及其附近村干部、村民纷纷赶来。总理没到来之前，从东北辽宁赶到灾区的著名音乐家劫夫上了讲台，随编随教抗灾歌曲。我一时兴起，也挤到前面学起歌来。劫夫教一句，我们唱一句。我记得有一段歌词是："感谢党的关怀，感谢毛主席的关怀，我们向党表决心，自力更生斗天灾！"

下午4时30分，迎着风沙，周总理的座机平稳降落在何寨村南。在县委书记张玉美的陪同下向棚屋走去。这时音乐家劫夫急忙下台迎了上去，总理微笑着说："呵，音乐家先到了。"劫夫张口答了一句，我没听清他说了什么。我随何寨村支书董明杰之后，也进了棚屋，庆幸得很，总理和张书记及县里来的两个领导都没往外赶我们，我全身感到暖洋洋的，我是个刚刚26岁的年轻人，离世界著名的革命家、外交家这么近的距离，这是多么幸福的经历呀！我记得总理先听了张玉美的汇报，问了群众的情绪，当得知外边几千名群众在这里等了半天时，总理决定先见见群众。

总理走向群众，频频向群众招手问候，当县委书记张玉美介绍身边的卢连增就是公社的书记时，卢连增马上迎上去和总理紧紧地握手，"你辛苦了！"周总理握着他的手说。"周总理，您太辛苦了！"他非常激动地回答。

周总理对大家说："我代表党中央和毛主席看望你们来了……你们受了灾，情绪还很好，敢于向困难斗争……"总理质朴亲切的讲话感动了所有人，有很多人流下了热泪。

"自力更生、奋发图强、发展生产、重建家园！"周总理鼓励大家团结一心，抗震救灾。大家倍受鼓舞，热烈鼓掌，一阵阵的掌声压倒了风沙声。

之后，周总理来到一个军用帐篷里，和基层干部、抗震模范、群众代表座谈。周总理和张玉美相对，靠桌子角坐下来，我站在村支书董明杰后面，我后面是重灾户年轻人张鸿福。我庆幸还是没人赶我走，我看看总理，看看张书记，又看看张鸿福。这时没注意音乐家劫夫不见了，他什么时候走的？去哪里了？我一点也不知道，而且直到现在几十年了，我再也没见过这位大音乐家。

周总理再一次提到“自力更生、奋发图强、发展生产、重建家园”。这就是长期以来灾区人民坚持的十六字方针。

接着周总理询问大家发展生产、重建家园的打算。当张玉美谈到计划3年恢复时，周总理扳着指头，跟大家商议发展生产的规划，要求多打井，多植树，平整土地，多利用农家肥，还鼓励各级干部要深入下去多和群众商量。

我一直在董明杰后面，不敢多说一句话，静静地听着看着。

走出帐篷，周总理便往直升机那边走，指着眼前的一大片土地，神色严峻地对我们社队干部说：“今后要多植树、多打井，改造旱涝碱，让人们过上好日子。”

周总理要走了，群众都涌上来送行，他老人家依次同大家握手告别。当周总理和卢连增书记握手的时候，叮嘱说：“你一定要把生产、救灾搞好！”卢书记激动地说：“我一定搞好！我一定搞好！我一定搞好！”

周总理向飞机走去，走几步一回头和送行的群众挥手告别，登上飞机后，他老人家再一次回转身来大声说：“乡亲们，大家要把生产搞好，把日子过好。过几年，我一定再来看望你们！”

1976年敬爱的周总理仙逝后，何寨支书董明杰和重灾户代表张鸿福带上花圈去北京吊唁。在天安门广场，童小鹏接见了他们。

作　　者：潘绍周

走访整理：中共巨鹿县委党史研究室　贾文涛

# 抗震救灾中的几件事

董振录

我叫董振录，巨鹿县观寨乡何家寨村人，1956年出生。

值此邢台抗震救灾50周年之际，让我们共同哀悼那些在厄运中离去的人们，谨以此寄托我们的哀思；同时，对参加抗震救灾的人民解放军指战员、医护人员以及支援灾区的全国各族人民，表示衷心的感谢，以激励后人对中国共产党的忠诚、坚定对社会主义制度的信念、弘扬中华民族“一方有难，八方支援”的传统美德，为实现中华民族的伟大“复兴梦”而奋斗。

1966年3月，我还只是一个刚满10周岁的孩子。童年的记忆本来就是不完整的，可那一次，大自然却在我幼小的心灵烙下了深深的印记。被死神追赶的人们留下了难以忘却的恐惧和追忆。

## 一、厄运突来

1966年农历春节刚过不久，记忆中那年的正月还下过一场大雪，积雪尚未完全融化，天气特别寒冷。3月8日凌晨，我和母亲在自家东屋的土炕上熟睡，殊不知，那一场噩梦正悄悄向我们走来。大地开始颤抖的那一刻，母亲最先感受到危险，立刻大声叫醒还在梦中的我：“振录，快起来，地动哩!”我听着母亲的声音从梦中惊醒，还来不及反应，她就一把抓住我朝着窗户外面奔去。伴随着一阵阵的轰隆声和嘈杂的鸡飞狗叫声，我和母亲都趴在了西屋倒塌的废墟上。回想起来，当时应该是西屋先倒塌，东屋墙往外倒，我跟母亲是被大地强烈的颤动甩到房外的。当时我又冷又怕，浑身哆嗦，只听见人们乱喊：“不行了，大地动了!”大人寻找孩子的喊声、孩子哭叫着喊爹娘的声音，乱成了一团。也就是在这时，我听见我董怀心爷爷大声喊道："没被砸着的大人都听着，赶紧插手挖自家和邻家被砸住的人，老是哭喊没用。"事后许久，我才知道"怀心"爷爷是建国初期的老党员，他在生死关头还想着乡亲群众，立即站出来组织群众自救。

天亮了，这时我才看见我的父亲。他是一个老实厚道的庄稼汉，这天，他起五更去喂生产队里的牲口。地震过去不久，他从生产队里的牲口棚赶回来，在那种危急的时候，他还从牲口棚里拽出了一头牛。回来看见我们母子平安，就赶紧忙着去帮助别人了。

当时，我什么都不懂，"地震"对于我来说还只是一个名词而已，幼小的心里只有一种莫名的恐慌和一种说不出的凄凉。此次地震达 6.7 级，是有史以来巨鹿、隆尧、宁晋三县连接地区最大的一次地质灾害。三县的何家寨、白家寨、耿庄桥 3 个公社是重灾区，何家寨是巨鹿县 3 个重灾村之一。据统计，我村因地震导致死亡 200 多人，重伤 50 余人，轻伤 300 多人，房屋倒塌不计其数。这次灾难虽然我家父母、姐姐和我没有伤着，却夺走了前后院自己家（本家）的哥哥、嫂子、姐姐、妹妹、弟弟共 7 条生命。

## 二、救星来了

中国人民解放军是社会主义新中国国防安全的钢铁长城，是中华民族的脊梁，在灾难降临时解放军是第一道防线，在灾难发生后解放军也是冲在一线的先锋队伍。

强震过去的当天，夜幕降临之时，在我们村南搭起了几顶军用帐篷，首批解放军战士和通讯人员、随军医生、护士等大概几十人就第一时间赶到灾区。在随后的两三天内，我们村南、村东南的空地里，陆陆续续多了许多帐篷，大概有四五百名解放军战士、军医和一些地方医生护士。这些人和蔼可亲，冒着余震的威胁不停地帮着群众挖找受伤人员，有的有工具，没有工具的就徒手。有帮着群众从没有倒塌的房子里抢救财物的，有的帮着群众拆除一些快倒塌有危险的房子，还有帮助群众搭建临时安全房的。

3 月 22 日的又一次强震，第四小队一个叫李国良的四五岁小孩在第一次地震损坏的房子内玩耍，房子倒塌的瞬间，一名解放军战士不顾自身危险，立刻拔腿冲入室内，在抱着孩子跑出危房的一刹那，房子就倒塌了，孩子得救了。从那以后，李国良的父母就给孩子改名为李军救，让他铭记解放军的救命之恩。

这些解放军在我村一住就是几个月，春暖花开了，劫后逢生的人们带着失去亲人的悲痛和对逝去亲人的追忆开始了一年一度的春耕生产。解放军战士也帮助乡亲们开展灾后重建和生产，田间地头经常能够看见解放军战士挥汗如雨的身影。“解放军叔叔好!”我们小孩子亲切的声音也在田间里飘荡着。

经历那一段时间，乡亲们和解放军战士结下了深厚的军民之情，直至抗震救灾结束，村里有些人还和解放军保持着联系。我也是那时对共产党、解放军产生了一种特殊的情怀，心中也有了国家的概念。

何家寨灾民永远忘不了解放军、医护人员在抗震救灾中的那段特殊情结，也忘不了全国人民的物资支援。1976 年 7 月 28 日唐山大地震后，我村群众自发捐献了很多衣被、食物和现金，及时送到了灾区。

## 三、周总理来了

3 月 22 日下午再次大地震（7.2 级）时，我们真是雪上加霜，心中的刀伤上又撒了一把盐，灾民还没喘过气来，又倒塌了一部分民房，又有一些乡亲受伤，村内村外的大地上震裂的带沟、下陷、冒水现象随处可见，虽然有解放军战士的帮助是一种心里依托，可人们心中仍旧是有些丧气。

4 月 1 日下午，我们迎来了终生难忘的一刻。寒冷刺骨的西北风呼叫着，村内村外一片尘土飞扬，天昏蒙蒙的。三年级以上的学生和大人们都集中在村外东南角的一块空地里。我记忆中等了不长时间，就有人教我们唱“天大地大不如党的恩情大，爹亲娘亲不如毛主席亲，千好万好不如社会主义好……”的歌曲，后来听说是著名词曲作家李劫夫教唱的。唱着唱着，就见一架飞机在村东的上空飞来飞去，听大人们说那是领航飞机，大人们在地上点了火，插了红旗。大概四五点钟的时候，我们激动盼望的那一刻到来了，一架灰白色的直升机缓缓地降落在人群旁边。飞机还没有停稳，一位慈祥的老人就急匆匆地从飞机门口走了下来。这时人们都情不自禁地呼喊：“周总理来了！周总理来了!”因为事先只知道是中央首长来慰问，并不清楚是周总理。

周总理他老人家走下飞机，亲切地向迎候群众挥手致意。在与县委书记张玉美、公社书记卢连增、村支书董明杰等干部见面后，总理立即登上了预先准备好的大卡车上，准备讲话前，他又让群众从迎风听讲转向了被风向，而周总理却是迎着大风给各级干部和受灾群众讲话，他很沉重地说："大家受了灾，我心里很难受，党中央、毛主席非常关心，派我来看望大家。"并亲切地号召灾区人民"自力更生、奋发图强、发展生产、重建家园"。

周总理讲话后，冒着呼啸的寒风在抗震救灾的临时帐篷指挥所听取灾情汇报，提出对灾区救援和灾后重建的具体要求。之后，周总理专访伤病员帐篷，看望伤员，安慰伤员。夜幕降临，人们依依不舍地望着周总理乘坐的直升机缓缓起飞，大人和孩子们都流下了激动和不舍的眼泪。他老人家的亲切慰问和朴实的讲话，唤醒了受了伤痛的灾区人民，振作了干部、群众的精神，鼓起了灾民活下去的勇气，鼓舞了"发展生产，重建家园"的干劲儿。之后灾民们在公社、大队干部的带领下，化悲痛为力量，积极投入重建和春耕生产，这一年夏收没有减产。

周总理在何家寨村慰问灾民的事，我们永远也忘不了，广大群众感谢党中央，感谢毛主席，感谢周总理，这些已经深深地埋在何家寨乡亲群众的心底！这 16 个字在何家寨传颂了几十年，影响了几代人。

我也是在他老人家"自力更生、奋发图强、发展生产、重建家园"十六字精神激励下，怀着学好知识报党恩，掌握本领为人民的志向，在学校刻苦认真地努力学习，以较好的成绩，于 1974 年 1 月完成高中学业，先任代课教师半年，9 月入党任副支书，12 月任村支书的。

1976 年 1 月 8 日，周总理逝世的噩耗传来，我们村搭建了灵棚祭奠，连续几天几夜吊唁。同时，在驻村工作队李洪如等同志的指导下，逐级请示派代表去北京参加周总理追悼会，但是未获得批准。没有办法，我村党支部和驻村工作队研究，派村副支书董明杰（当时任支部书记）、张洪福（当时任村团支书）亲赴北京（二人均为周总理慰问灾民时接见过的村干部），代表邢台地震灾区人民向敬爱的周总理敬献了花圈。

周总理永远活在何家寨人民心中！永远活在地震灾区人民心中！永远活在全国人民心中！

## 四、重伤“郭计辰”

3月8日地震后，砸伤的群众都一一得到了及时救治，轻伤的在就地搭建的帐篷治疗，受伤较重的送到县城和小吕寨医院治疗，危重伤号由直升机直接运送到石家庄医院进行抢救。我记忆中李福庆、董海英、董小文都是在石家庄治疗的。

我们第十一生产小队的郭计辰，40来岁，个头不高，又黑又胖，没有文化，但为人忠厚老实。地震时，头部遭受重击，从废墟中挖出来后昏迷不醒，伤势非常严重，就作为危重伤员住在石家庄医院进行治疗。几个月后，郭计辰出院，回到家里脖子上还有石膏固定着。他见到前邻后舍、乡里乡亲，都会激动地说：“我的命是共产党给的，要不是这么好的医院，这么好的医生给我看，小命早就没了，也就不可能跟大家再见面了!”为了报恩，他的伤还在恢复期，他就主动要求在生产队当管生产的副队长，整天带领着社员们干活，有时候他还起早贪黑地加班干队里的活。干活时一些社员不听他的话，他就直白地问：“你是队长还是我是队长?”大家说：“你是队长啊。”他笑着说：“那好，我是队长，就得听我的。”就这样，他带领着社员干了几年。

## 五、“山杠子”藏牛

社会主义大家庭，好就好在“一方有难，八方支援”。大地震刚过，各种生活用品从全国各地源源不断地运进来，有衣服、棉被、大米、白面、肉类和食用盐，都及时分到社员手中。就连我们当地不生产的菱角和荸荠等本来吃不到的食物也支援到了，真的是“因祸得福”。因为两次大地震和多次余震导致砸死砸伤了很多牲口，藏族朋友给我们送来了藏牛。藏牛的力气非常大，但它本身不是用来耕地、拉车的，来到这个对于它并不熟悉的地方，连“咿、喔、驾、吁”等一些基本喝号也听不懂，干农活使用起来很不方便。

我父亲和小合爷爷、海成爷爷，是生产队里的老实人。耕地、耙地、使用牲口又属于起早贪黑得干重活，都是他爷仨干。过去本地牲口听得懂喝号，这些活还算能及时干完；藏牛来了不听喝号，耕起地来粗细不均，七扭八歪。为了保证耕地、耙地能够保质保量按时干完，3 个 50 多岁的老头子，起早贪黑硬是撑着把“山杠子”调顺了，从而完成了生产任务。

## 六、老潘和“防震房”

提起老潘，叫什么已经记不清楚了。周边其他村的人可能不太了解，但是在那个时候，何家寨的每一个人都清楚。说起“防震房”，凡是重灾区重建房的村都知道，甚至使用过 50 年了，各村都还存留着当年的“防震房”。

“防震房”是党和政府在抗震救灾工作中，切实解决灾民居住问题的一项重大举措，由政府出钱买或者政府支援煤炭，各村自己组织青壮劳力动手制砖坯、烧砖，用社员自家震后的木材，盖起来的房子。过道胡同按照规划统一留出来。东西南北很直，一改过去传统的不直不通、大小院不一致的历史状况。以后这些年来都是按照规划向外扩展。我村唯一就剩下了老坑北的一条小后街没有规划改造（至今还是西北—东南方向的斜街），农户使用起来非常不方便。

“防震房”东西长 27 米，分两户人家居住，每户 13.5 米；房子和院子加起来宽 14 米，房高不足两米，卧砖到顶，白灰缝，木头都用铁钉子连着，木窗木门很狭窄，确实抗震。据说当时按照抗 8 级地震设计的。

说起规划设计，就不得不提“老潘”，他是省建委的干部，学历很高，专门学建筑规划设计，50 来岁，个子不高但是特别精神。他在何家寨住了很长一段时间，这些规划、设计都是他的“杰作”，我县地震灾区凡是统一规划建房的村都是按照这个方案实施的。

如果不是党和政府的领导及全国人民的支援，灾区重建工作不会如此快速地展开，灾民的住房也不会及时解决。

作　　者：董振录

走访整理：中共巨鹿县委党史研究室　贾文涛

# 我所亲历的1966年地震

孟令玉

我叫孟令玉，巨鹿县小吕寨镇西孟庄人，1933年2月出生，县水利局退休干部。

1960年秋末我调到县委办公室，任干事。办公室主任是董成章，副主任程磊、李炳良，办公室共有七八个人，让我主管资料，还兼管常委会议记录。这时，县委办公室的工作十分繁重，下边的情况要搜集整理上报，上边省地领导和工作组一天说不定来几班，要汇报情况、文字材料、数字统计等。

1965年深秋，县委根据毛主席关于阶级斗争、生产斗争、科学实验三大革命的教导，决定在小吕寨公社搞试点，主要是指盐碱地改造，建设台田、条田，以抬高地面，把盐碱压下去，调整作物配置，推广耐碱作物品种，试种枸杞等。县委抽调百余名干部，进驻到盐碱较重的各大队。县委书记张玉美在小吕寨大队蹲点，李炳良带领我和组织部干事钱朋刚随从张玉美书记住在一户社员家西屋里，白天同社员一起下地劳动，了解情况，晚上整理资料。

## 一、两次大地震

祸不单行，人祸连天，1966年春天接连发生两次地震，给社员群众生命财产造成了巨大损失。3月4日晚下了一夜小雪，5日早晨我们和房东在房上扫雪时，房子忽然摇晃了三四秒钟。在房上扫雪的社员纷纷大喊："地震了！地震了！"有的开玩笑说瑞雪兆丰年，地震好年景。后来听说这次地震是5级多，人们根本没有意识到这是大地震的预兆。

3月8日早晨5点30分左右大地震降临了，震级6.8级，震中强度为9

度，震源深10公里，地震中心在隆尧、巨鹿、宁晋三县交界处。小吕寨公社处在震中心南侧。

3月7日晚上，李炳良、钱朋刚和我同住在这个土坯老房里，是两间西屋，因头天张书记有事回城了。钱朋刚睡在屋子西北角张书记床上，我和李炳良睡在南半部木板支的大床上，脚南头北，李炳良在我西侧。因头天晚上加班到深夜，地震时我正在熟睡，根本不知道，事后才知道。地震开始十分猛烈，人根本站不住，钱朋刚被地震甩到地上，他清醒后随着地震的摇晃，冲出屋门跳在院里，李炳良被震醒后大声喊我，叫我快起来，我还是没醒，他就爬在我身上晃我，这时整个房顶塌下来了，把他压在我身上埋在废墟里。待我醒来时觉得身上压着很重的东西，只能出气，吸气很费劲，心想这下完了，心口觉得憋得慌，就要迷糊的时候，感到一股凉气袭来，身上顿时出了一身汗，能吸气了，听着有人喊，快挖着头了，原来是钱朋刚逃到院后就赤手挖我们。先挖出李炳良，然后他们俩只穿着裤衩把我挖出来。钱朋刚没受伤，李炳良觉着有点肋疼，我觉着右腿疼，幸好都无大伤。我们的衣服都被埋在废墟里，身上只穿着小裤衩，这时房东老大娘拿出她的一件大襟旧棉袄和一条破棉裤让李炳良穿上，房东大娘又找出她闺女的一件大花棉袄，一位邻居又送来两条旧棉裤。我和钱朋刚各穿一条，顿时觉得暖和多了。因为这时电话全中断了，为了让县委领导知道这里的情况，李炳良派我上县里报信，我穿着大花袄，骑着自行车就上路了。我走到白寨大队村西头，不少社员冲着我笑，一个小男孩大喊："你们看，这个男的穿着大花袄，像个大女人。"我到县里立即将小吕寨大队的情况向办公室主任陈振清做了汇报。下午1点左右又回到小吕寨大队开始仔细查看灾情，抢救群众。

当清理我们埋的衣物时发现一根粗檩条，一头担在墙上，另一头正杵在李炳良枕头中间，要不是他趴在我身上喊我，准把他的头砸开花，必死无疑。

3月8日强震后，全县干部群众在党中央、毛主席关怀下，全国各地大力支援下，全力抢险救灾。3月22日16时左右又发生了更强烈的地震，强度为7.2级。22日吃中午饭后我骑车到附近大队检查小麦管理情况，当走到屯里大队村北、西孟庄村西南时，两大队社员在各自麦田里正在除草松地，突然有人大喊："地震了！地震了！"这时我骑不住车了，自行车倒下了，我就大声招呼社员群众，让他们赶快蹲下、趴下。此刻看到地面就像水波浪一样一起一伏，大约过了1分多钟才停住。在地里干活的社员迅速跑回家抢险去了。我推着车子往小吕寨大队走去，看到不少地面变形了，村北有3处冒水冒沙。回到小吕寨大队后迅速到小队检查了解情况。因为经过了3月8日强震后大部分社员住进了帐篷，加上这次地震发生在白天，所以房屋虽然倒塌严重，但无人员伤亡。我老家是西孟庄大队，家有房屋15间，两次强震倒塌13间，我母亲和爱人、小孩都没有受伤。

党中央、毛主席十分关心灾区干部群众，3月8日上午邢台驻军63军一名团长、政委就赶到小吕寨公社了解实情，下午两个团跑步来到小吕寨公社下到各大队抢险救灾。3月9日上午直升机来到小吕寨公社，开始接送重伤员。小吕寨大队我4岁的外甥地震时被压断大腿骨，上午11时许在他母亲的陪同下被直升机送到石家庄一家医院治疗，半个月就治好回来了。全家为报答党的恩情，给他起名叫“党恩”，让他一辈子记住共产党的恩情。

中央、省、地和兄弟县市957名医务人员及5卡车药品于当日到达巨鹿，10日省财委主任贝仲选率队到巨鹿。26日16时国务院副总理李先念在巨鹿一中操场召开大会，提出“有党的领导，全国人民的支援，依靠自己的力量搞好生产，一定能战胜地震灾害”。

## 二、给周总理照相

1966年4月1日15时左右，我和小吕寨大队驻村工作队带领30余名干部群众去何寨公社大队参加欢迎中央慰问团大会，因为预先得知中央领导要来，我带上了老旧盒式照相机。周围大队干部社员得知中央要来慰问，潮水般地涌向何寨大队。会场设在村东南一片空地上，空地最南边放好一辆大卡车，拖斗是临时主席台。当时刮着六七级大北风，会场上已挤满了群众，周边大队的社员群众还朝会场涌流。这时不知是谁喊了一声“来了”，真的一架直升机从东北方向飞来，正在缓缓降落。我急忙双手捧起照相机，调整好角度照了3张。半个小时左右，周总理在县委书记张玉美、何寨公社书记卢连增的陪同下走在最前面，从会场的东边由北向南走，边走边谈走到主席台，周总理先上去，张玉美紧跟其后扶着总理上到主席台，张玉美站在总理右侧。这时会场上一片沸腾，群众争着往前挤，我坐在最前排，离主席台十五六米远，张玉美几次请总理坐下，总理说：“他们要看我嘛!”总理一直坚持站着，还不时地把双手伸向前方往下压，大声喊：“快坐下，快坐下，不要把娃娃挤坏了！不要把娃娃挤坏了！我代表党中央、毛主席看望大家来了。”这时张玉美振臂高呼：“共产党万岁！毛主席万岁，万岁，万万岁！”会场一片沸腾，群众主动唱起了“天大地大不如党的恩情大，爹亲娘亲不如毛主席亲……”这时会场上还是很乱，相互拥挤，总理提出让解放军插进人群，顿时秩序平稳了。总理开始讲话，最后总理指出要“自力更生、奋发自强、发展生产、重建家园”。此刻我迅速拿起相机给总理照了几张相片。待总理的飞机升上天空时，我又照了几张相片。这些照片我一直保存到1976年，地区抗震救灾展览时，我把这些珍贵的照片交给了他们。

## 三、抗震救灾

强烈地震后，县委、县政府抢险救灾任务十分繁重，常委们白天下到各社、队调查了解抗震救灾情况，晚上常委们几乎天天开会，研究情况并部署下一步工作，我是常委会记录员，每会必到。3月8日下午县委成立了地震抢险救灾指挥部，县委书记张玉美任总指挥，县委副书记、县长李兴为副指挥，下设办公室，小吕寨、观寨设分指挥部。16日又成立县生产救灾指挥部，县委书记张玉美任政委，县委副书记董成章、副县长贾自章任副政委，县委常委、县武装部委员会副书记牛宗福任总指挥，下设办公室、后勤处、政治处、医疗处、建房处，并从县、社抽调大批干部职工、医务人员深入到重点社、队抢险救灾。

3月8日、22日两次大地震，给全县人民的生命财产造成了重大的牺牲和损失，但是全县干部、社员群众都没有被震垮。在党中央、毛主席的关怀下，在全国各省、地、县市的支援下，县委、县政府带领全县干部和社员群众振奋精神，战天斗地，掀起了抗震救灾大生产运动。社、队干部一般分为两个班子，一班发动社员清理废墟，按规划建住房；一班带领社员抓紧农业生产、春耕播种、麦田管理，恢复震毁水井，修复东围堤，恢复滏阳河、小漳河震毁工程等，运动进行得热火朝天，取得了巨大的成效，为夺取全年农业丰收打下了基础。

作　　者：孟令玉
走访整理：中共巨鹿县委党史研究室　贾文涛

# 邢台地震的记忆

贾庆安

我叫贾庆安，巨鹿县官亭镇段升营村人，79岁，当时在董营公社完小教书，现已从县特教学校退休。

## 一、首次强震印象

邢台巨鹿大地震发生在1966年3月8日5时30分左右（农历二月十七日五更），震级6.8级，这是我地区、我县几百年来未有的大地震。其实在这次大地震前，早有数次大大小小的预震，大约在这次大震前农历年前十一二月份就有预震、初震。在我的记忆里，那时初震较轻，只是屋内窗户纸“呼哒呼哒”响几下，旧式老房门钌锅儿“嗒嗒”响几下，上岁数的老人说：那是“地动”，当时不说“地震”一词，并说那是地下鳌鱼翻身、鲶鱼摆尾等，并且说：“地动好年景。”人们根本不知道，大地震能危及人类的生命安全，造成财产损失，所以人们对地震的危害性、破坏性麻痹，认识性、警惕性不高。在这次大震前不仅预震次数多，预震的时间长，发生次数越临近3月8日越频繁，震级越大，而且一些家畜、动物及田地里井水早有异常，只是人们不认识、不知道这是大地震到来的前兆，人们只是传传说说而已。大的预震一般发生在傍晚或晚上，鸡鸭迟迟不上窝，狗冲着空旷咬叫（白天有震也如此），老鼠出洞成群结队在屋地咬斗（白天也如此）。还有田地里的大锅锥井（那时打的井叫大锅锥井），井水水位有升有降，升降轻时，能用眼看出来，甚至能升降1—2米，有时甚至井水能溢出井口外喷，水质也有变化等现象。可那时候人们不认识这些现象是大地震的前兆和预兆，对“地动”（地震）危害根本不在乎，可能觉得是无关痛痒，也可能是无能为力吧！

3 月 8 日的前三四天，发生了仅次于后来 3 月 8 日大地震的大预震。大预震发生在下午，当时董营公社、小潘庄大队住有两名来巨鹿挖老漳河、筑黑龙港大坝的邯郸地区永年县民工，这天下午因他俩人身体不适没去工地，在民房家中屋内休息时，发生了突如其来的大预震，造成房屋倒塌，两人被砸死了。这一来，董营公社、观寨公社、官亭公社等地群众都轰动了，说“地动”（地震）了不得，能使房屋倒塌，能砸死人，从这时起人们就警觉起来了，对大地震的危害性有了思想准备，想出了许多应急应对措施。比如，地震时应逃离到什么地方能避震？如何逃离得快？同时把逃离时脚下盆盆罐罐、大小板凳等东西提前收拾利落，清出逃离通道。这时群众情绪有了些许紧张感。

就在这种紧张的气氛中，3 月 8 日（农历二月十七日）5 时 30 分左右，6.8 级的大地震发生了。村里村外人喊声、狗咬声、鸡鸭叫声不断，一片嘈杂，村里村外顿时乱成一片。这天五更大地震时，我在家中过夜，大地震时先听到雷声似的隆隆响声，伴随着窗户纸“呼哒呼哒”响，紧接着屋子上颠下动，我和妻子（妻子胳肢里夹着小女儿）迅速从屋里跑到院里，瞬间，刚才我睡觉的东屋就被震倒了。这期间从声响、房屋颠动到倒房不过 1 秒钟左右。这时我父母在北屋睡，父亲也很快跑到院里，紧接着北屋门口从屋地处到房顶被震塌了。我当时心想完了，母亲被砸住了。母亲因年纪大，脚是缠过的小脚，行动慢，又加之房屋倒塌，从当屋地到门口碎砖烂坯头，咯咯叮叮很难走。她走到北屋屋地至门口处，因吓呆了，不知所措地站在那里动也不动了，我们都喊：“快下来！快下门台！”可她被吓傻了似的，怎么也不动，不向前走，正在这千钧一发之际，在我院西屋住着的邯郸永年县挖河的 4 位民工，他们也是刚从倒塌的屋内逃离脱险跑了出来，心神还未定，一民工老张毫不顾虑自己的安危，马上把我母亲从北屋屋地上背了下来，背到院中。又有几个民工争先恐后不顾自己的安危，不顾还有余震，不顾房屋还在颤动，赶紧跑到北屋里把母亲的棉衣、棉裤、被子抱来，给母亲穿上、围上。这时人心惊恐，身上又冷，我们和民工都在院子里哆哆嗦嗦，暂时躲着灾难。天亮了，民工们要起程走了，我也赶紧回单位，那年我在董营公社完小教书。这次大地震感觉是：地震时先声响，后房屋上颠，再南北大晃，房屋倒塌，地再颤颤，最后平静下来。

## 二、党和政府对震区的关怀

我赶到董营公社，公社书记高坤云（公社抗震救灾指挥部组长）把公社社直机关、干部、学校教员、医生等都集中起来，集合到原公社所在地东边村外一个大场上，指示大家：社直机关干部要坚守工作岗位，不准擅离职守，各单位、机关、学校、各社直干部一切听从指挥。我们都在刚成立的社直机关临时集体食堂吃了口饭，领导让社直机关人员各司其职。我们教员分配的任务是宣传工作，书写抗震救灾、鼓舞人心的标语口号，如“地动、心不动”“自力更生、发奋图强”“重建家园”“抓革命促生产”等。用红绿色纸、大小黑板报等形式书写、张贴。

党和政府非常关心群众生活，一方有难，八方支援，上级很快运来各种救灾物资，棉衣、棉被、鞋袜、食品、粮食等，还有救灾防震的木料、大竹竿，都是细长、质轻防砸人的杆子、棍子，长的有几丈长，并在发放时说：搭卧铺用长竹竿、长木料铺地南北长横用，防南北地震，东西长横用防东西地震，东西南北要插划开，用杆子铺。真是无微不至的关怀和嘱托呀！

## 三、强震印象

1966 年 3 月 22 日（农历三月初一）下午 4 点 25 分左右，我县再次发生 7.2 级强烈大地震。当时我在董营，这次大地震比上次更厉害，还是先听到雷声般隆隆的响声，然后猛震，地上颠，颠后还是大晃（也是南北晃），房倒屋塌，大地颤动（这次颤动大，颤动时间长）。大震后把上次 3 月 8 日大震后剩下的屋厦子、屋壳郎（指没有房顶、仅剩下四面围墙的房子）彻底震倒了，一个都没剩，整个前后董营大队全是一马平川的大场了，比上次地震厉害多了，但是人没伤亡。因是发生在白天，再者上次地震时房屋震倒后，人都住到了减震抗震的地窝棚，窝棚多是用木棍、竹竿、苇席搭的，顶部较轻，有如瓜庵子型顶尖呈三角型，有平顶的大点窝棚，都是顶部较质软，较防震的。这次大震后，大地在颤抖，大的余震继而不断，公社地震救灾指挥部让我们社直人员回家看一下马上回来。我和我单位教师孟恒科（北马庄人）因走一路，俺俩结伴向东南方（不走原道官亭村大队）一溜小跑。大的余震还在震，向西北望去总感到天昏地暗，并且大地向上颠又是晃，站不稳脚，迈不动腿，不能直立，猫着腰，暂时圪蹴（方言，蹲）一下，总感觉脚下有波动，如大海的波纹向前行，同时地面下喷水喷沙、地裂、地下陷并且下沉，真是害怕极了。每次喷水喷沙都很猛、很急，喷柱有三四丈高，水有清亮的，也有黑污泥的，沙是明晃晃的、金灿灿的细沙，喷柱是倒三角锥形的，喷出沙落在喷口周围好似蚂蚁垒的窝似的一个圈子。喷口有大有小，小的喷口直径像竹竿那么粗，大的喷口如碗口大，地面的下沉、下陷有呈凹形的，有裂开的。地裂多是东西裂缝，长 20 米左右，很深，裂开时有大小，大的两三尺左右，小的 1 尺左右，地裂打窝、地下陷和喷沙喷水都在田地里。地面裂开后很快又合住了。我们唯恐被夹进张合的地缝里（后来听说隆尧有一妇女就在这次大震中腿被张合的地缝夹住），有的合住，有的合不住，有的合不严，在地面上留一道裂缝，裂缝南低北高，高低交错有 1 尺左右。地震时只觉得脚下如鱼鳞般向南行动，好像站在水波浪上一样颤抖，几乎要沉入水中似的，自北向南颤颤而动，但其实人和地面附着物在地面上的位置没变，脚下总有此感。之后孟恒科回他家北马庄去了，我回到段升营村，家里的人早已从家中窝棚里跑到我们村东大场上，和村里社员都坐在地上避震呢。

作　　者：贾庆安

走访整理：中共巨鹿县委党史研究室　贾文涛

# 要命的地震

张绍国

我叫张绍国，巨鹿县观寨乡观寨村人，1952年出生，县政法委退休干部。

1966年3月6日的凌晨，观寨村的人们睡在梦中。我和乡亲们一样，睡梦中经受了第一次轻微的地震。地震中我听见了房顶上木头相互摩擦的咯吱声和门钌铞儿与门板的磕碰声。东方刚刚发白，人们早早地起了床，东一伙西一伙地聚集在街头巷尾，对“地动”突然闯入人们的生活都感到新鲜和好奇。大家笑谈着议论着地震时的感受。年轻人张改军说：“正睡着哩，觉得身子底下就像车猛一停，‘咯吱’就是一家伙。”年轻人孙永贞说：“晃了一家伙把我给晃醒了，到天明也没睡着。”我家的东邻居申来爷爷说：“小的时候听老人说过，很多年以前也闹过‘地动’，门钌铞儿也是晃悠。”我爷爷接着说：“听老辈儿人说，地动是鳌鱼翻身，地动好年景。”那时无地震知识的人们，都把“地动好年景”无科学道理的说法当成了美好的必然，都为“地动好年景”兴奋不已，幸福地沉浸在美好向往的憧憬里。那年我14岁。

3月6日初震发生后，低量级的前震像病人发烧，一会儿一阵儿、一会儿一阵儿不定时地发生，而且震级一次比一次增大。是日半夜的一次前震，地震颠簸让墙窑儿里的碗摞上下撞击地“唰唰唰”作响。人们没有意识到灾难的来临，仍麻木地睡在自己的房子里。

3月7日早晨，我和同学们仍像往常一样，高高兴兴地去上学。大家在学校（民房）东屋房上扫雪结束时，又一次发生前震，先是剧烈震颤，后是飘摇式地摇晃。我看见北屋前墙上的砖跺（1963年水淹后盖的房子，砖垛比正墙宽，用以支撑房梁）砖缝一张一合地好几个来回，我和同学们在房上几乎站不住，我们都有点儿害怕了。老师关切地连声招呼：“都赶快下来！”这时地震停止了。同学们在老师的监护下一个个安全地下了房。

3月8日（农历二月十七）凌晨5点29分，6.8级的大地震发生了，大地震波及了观寨村。震中在观寨村西南方向的隆尧县马兰村，距观寨村23里。

大地震时，我被地震颠簸震醒，听见房顶上的檩条木头嘎吱嘎吱地剧烈作响，箔缝里的土呼啦呼啦地乱漏。我翻身一滚机灵地爬起，光着屁股蹿到屋门口欲打开门插管儿（门闩）出外避险。然而，大地震颤和晃扭使两扇门上下错位怎么也打不开。不死心的我，仍在拼出浑身力气在那里开门。这时，呼啦呼啦的落土溜在头上、肩膀和胳膊上，椽子、过木即将掉下，就在这时，父亲叫我："绍——""国"字还没出来，我立刻意识到父亲让我赶紧回炕上。说时迟那时快，我急转身离开原地，当左脚迈出一步，右脚刚离开站立过的位置时，坠落物催起的冰冷的风，刺向我的右脚心，随后过木、椽子、砖块儿坠砸在我刚才站立的位置。那个时候我离开原地时，本能地回了一下头，在看见坠落物坠落的同时，也看见了空中的月亮。我踏上炕时主震过去，全家人的性命没有受到伤害。心急火燎的我，快速穿上棉衣棉裤，也顾不得找棉鞋穿，赤脚前去开门。当我清开堆在门口的坠落物，打开北屋门后，冬天保暖护门（一扇独门，上半截是窗棂，下半截是薄木板）还关着，我心一急，一脚把护门踹开，那护门平平地向外倒去。我立即让路让母亲先出去。不料，母亲怀抱三弟（3岁）被门限绊倒，着实地摔倒在护门上，我急忙将母亲拉起，父亲拉着二弟紧跟其后也逃出了屋子。睡在西屋的姑姑和自己家的姐姐也逃了出来。住我家东屋挖洪益河的民工（王虎寨公社寻虎村人）也逃了出来。大家都胆怯地站在我家南屋空闲地儿的冰雪堆上（我家在街北临街）。那空闲地儿是当时我们大家唯一大点儿的避险的地方。母亲刚一站定，立即要我去生产队牲口棚看看爷爷怎么样了（爷爷是生产队里的牲口饲养员），我说："我没穿鞋。"（我的意思是街里好多冰，穿上鞋跑得快）。母亲误以为我不愿去，严厉地说："还不知道恁爷爷死活！快去！"我撒腿赤脚飞快地跑向牲口棚。从暗淡的月光下，看见爷爷用右手抚摸着头从屋里走了出来，我急忙喊："爷爷没事吧！"爷爷说："没事，檩条碰了一下我的头。"

天渐渐地亮了，在我回去的路上，看见了各家各户的房子都遭到严重破坏。有的房顶坍塌，只剩下炕头那边残缺不全的东墙和北墙；有的房梁斜斜地落了架，檩条七扭八歪地支在那里；有的房子只剩下一堵墙，房顶坍塌移位……家具被掩埋，有的箱子被砸烂，有的桌椅被砸得缺胳膊少腿，家家户户烧炕的锅头（锅灶）上堆积了厚厚的椽子和尘土，或被砸坏，烧火做饭用的风箱被檩条戳烂。逃出房屋的人们个个神情惊恐，忐忑不安，脸上沾满了灰尘，遍身是尘土。我回到大人们身旁，站在那里不敢走动。大人们的无言沉默，使我更加胆怯，我情不自禁地拉住了母亲的衣裳。

地震这一不可抗拒的自然现象，着实让无此经历的人们感到恐惧、困惑、沮丧和无奈。

地震前的1964年，观寨大队的人们通过北京新闻电影制片厂制作的电影——《新闻简报》，看到了我国原子弹爆炸试验成功。人们从中知道了原子弹的巨大威力，原子弹爆炸能使地动山摇，破坏力极强。那时的人们也了解“二战”时期美国向日本投放原子弹，让日本无条件投降。没有地震知识的人们把大地震破坏指向了美国。邻居张申来说：“是不是美国给放的原子弹啊，这么大的劲儿!”邻居张炳路回答说：“谁知道啊!”邻居孙永刚说：“美国人真坏，单等人睡得正香的时候，他给放，真孬。”张改军俏皮地回应说：“咱中国不是也有原子弹，也给他扔一个，叫他们那里的大地也动动。”当人们初步知道是地震所致，有人说：“地震这家伙真孬，先是把房子给颠酥，再一晃悠，房子不就倒快了。”

3月8日凌晨大地震，观寨大队死亡29人。这数字比起其他重灾区的村还不算大。位于西南4里的小寨村，人员死亡数字超观寨村好几倍。该村人员死亡数量多的原因是人员密度大，房子窄卡。观寨村的幸运还得说是沾了挖河民工的光（挖洪益河时，观寨村农户住了王虎寨公社西坚台、寻虎等村的民工），住观寨村的民工们，从废墟中挖救出了不少人。西坚台民工张雪堂，震时艰难地从屋里逃出屋外后，瞬间一片寂静。当看到周围房倒屋塌，胆怯地抱头蹲在倒塌过的地方，他恐惧地想：这世界上就剩我一人了，以后我可还怎么活啊！他回头一看，同屋的4个民工，成一路纵队无声地蹲在其身后。这时，房东跑了出来说，妻子和孩子砸在屋里了。几个民工二话没说立即徒手挖救，首先救起房东的妻子，又从废墟下面的被窝里救起因害怕地震而蒙上头的孩子。被地震吓蒙了的房东没能及时说出14岁的大女儿睡在另一屋，民工们在十几分钟后将其挖出，人已窒息身亡。

3月8日这天下午4点钟左右，我在观寨村第七生产队（位于观寨村集市大街的东段，7队居户西邻与公社供销社搭界）公社供销社交界处目睹了解放军（后来得知为63军的一个团）从东街口成3路纵队急行军开进观寨。

我们小孩子高兴地一遍遍喊叫着："解放军叔叔来了！"一个叫茂林的老人自言自语地说："房子倒了怎么还得打仗啊？"另一个老百姓说："是来救灾的吧？"

解放军到村后，以建制为单位区分任务立即开展救灾。有的分工帮助灾民埋葬遇难者。因天寒地冻，许多干部战士抡铁镐挖掘墓穴手被震裂，有的磨出了血泡。有的分工帮助灾民搭建简易窝棚、挖掘生活日用品、清理街障等。

震后的第一夜是一个可怕之夜。村里一片漆黑，早早吃了点东西的人们，各自钻进临时搭建的窝棚里（因怕挨砸，其高度大人只能坐着脱穿衣服）。周围没有一点儿声响，寂静得简直让人窒息。我们小孩子躺在窝棚地铺里翻来覆去睡不着。突然，窝棚北面不远处传来"呼啦"一声小木板的坠落声，我们都警觉起来，父亲拿起手电循声照去，原来是一只猫。我对母亲说："害怕。"母亲说："有大人们在你们跟前（身边），大街（有集市的那条街）那边还有那么多解放军哩，不用怕，睡吧。"

震后的一两天里，人们除了弄弄窝棚，边挖边寻找被砸在废墟下的粮食和一些生活日用品，其他就是相互打听外村亲友的情况。

地震摧毁了人们生存与生活的信心，人们情绪低落，生活迷茫，没了食欲。3 月 8 日早晨，谁都没吃早饭（也没法做饭）。地震使各家各户的锅、碗、瓢、勺所剩无几，米面里掉进了尘土，人们小心翼翼地将其从米面里分离开。到了中午做饭时分，母亲与邻居们，你拿米我拿面，凑齐炊具合伙支锅燎灶做饭。距我家远一点的邻居们少则一两家，多则两三家也都合起伙来做饭吃。人们凄凉地过着原始的生活。有人说："谁家的东西好，大家就先吃谁的，吃完好的再吃赖的。恁看看这么大的灾，有今儿没明儿的，吃到肚里先占住再说。"在那悲惨而艰苦的环境里，人们没有你我之分，也没有了私心，患难之中迸发出了相互帮助、相互搀扶和共生共存的人性之美。那些历史片段、情景牢牢地印记在我的脑海，使我终生难忘。

3 月 10 日上午 9 时，一架直升机在观寨村东着陆，人们不约而同地奔跑过去，从机舱里走出时任国务院内务部部长的曾山，他站在机舱门口，高声喊道："同志们，老乡们，我受党中央、毛主席和国务院的委托来看望你们，你们遭了灾，毛主席、党中央、国务院很关心你们，让我来看看大家，慰问大家。你们这一带房倒屋塌情况，我在飞机上都看到了，请大家放心，有党中央、毛主席的关怀，有全国人民的大力支援，这场灾难一定会渡过去，房子倒了还会盖起来，一切都会好起来!”人们听到这些温暖的话语，就像丢失了的孩子找到娘，激动地落下了眼泪。随后曾山部长走下飞机进村视察灾情，慰问灾民。

一两天后，全国各地支援的粮食、熟食、饼干、铁锅、苇席、杆子、草袋、麻绳等救灾生活物资，源源不断地运到观寨（观寨村是公社所在地，县抗震救灾指挥部设在此地），而后分发给灾民。我和邻居几个小孩子高兴地聚集在临时搭建的棚里，趴在地铺上，围着装着多半筐救灾饼干的大筐子，边吃边任意挑选着各种形状的饼干比着，看着，还不时地嬉笑打闹。

天津、北京及全国各地派来了救灾医疗队后，医疗队紧张忙碌地给伤员包扎或做简易手术。救灾医疗队在观寨建起了“战地”帐篷医院抢救伤员。3月12日这天，北京协和医院外科专家潘瑞芹，因陋就简做了29例大手术，受到灾民和各级领导的高度称赞。直升机还把重伤员运到邢台、石家庄、天津、北京等大医院治疗。我父亲的堂叔伯哥哥张新位腿部骨折，直升机把他运到石家庄大医院治疗。

3月16日，县里向观寨村派来了生产救灾工作队。

地震发生后，党和国家为震后不发生疫情，指示医疗队在村里大规模喷洒消毒灭菌药，之后又安排王姓队员身背消杀药筒，每天到村里所有的水坑边实施消杀，王姓队员在水坑边消毒灭杀的工作身影，至今留在我的脑海里。

3月22日下午4点25分左右，观寨大队又一次发生7.2级的强烈地震。震中位于观寨大队北方宁晋县的东汪镇，与观寨大队相距40余里。

当天下午，我和几个小伙伴在张家街西口路北，看第十六队生产队育红薯芽儿。突然有人说：“你们看，北边肖庄（大队）上空怎么冒起了尘土?”大家停住手里的活眺望，继而，村庄坐落位置由北向南的大王庄、小王庄村的上空依次蹿起了尘土。有人肯定地说：“地震了!”话音刚落，地震波传到了我们的脚下，大地在摇摆中震颤了几下。人们已经懂得了这现象是大地震的前震，前震过去几秒钟后便是主震。当时我觉得反正离家不远，立刻跑回家还来得及，于是拔腿就往家跑。跑到我家南屋西头儿（街北斜坡上），几个不同年龄的妇女和一位老太太（我的同辈人都管这老太太叫二奶奶）站在那里。我立足未稳，主震来了，大地开始颠簸和晃动，我们几人相互簇拥着、依扶着。此时我看到街南胡同西面的东墙，向东将倒下四五十度又立了起来，然后向西倒下时又立了起来。这时，解放军的一个连长和几个战士从西边跑来，问："有情况吗?"我们都说没事。大地还在疯狂地摇晃，只听得该胡同的南头有人在喊叫，连长说了个"冲"，几个解放军战士，硬是从街南胡同东墙又一次向东倾倒的瞬间冲了过去。他们刚冲过去东墙倒了，我们不约而同地"唉"了一声。这个时候，残墙断壁倒塌煽起的尘土腾空而起，遮住了明亮的太阳，天空一片昏暗。二奶奶大声喊着说："快合住眼!"我也不知道二奶奶让合住眼是怎么回事，瞬间跟着闭上了眼睛。几秒钟后我偷偷地睁开眼睛，看不见任何物体，仿佛在浑水中看东西，心里十分害怕。

主震过去，大地平静了下来。约 5 分钟后，暴扬空中的尘土散去，重新见到了太阳，恐慌的心情也随之平复。这次地震将上次地震剩下的残墙断壁全部变成废墟。这次地震发生在白天，加上人们有了上次地震的经历，虽然这次地震比上次震级高，但全村并没有发生人员伤亡。社员孙永起说："白天地震咱看得见，知道往哪里躲，晚上睡觉的时候闹地震，啥都看不见，也不知道往那里躲，真要命。"

3 月中旬的一天下午，一架低空飞行的大飞机在观寨村上空盘旋。全村男女老少都抬脸仰望。不知谁喊了一声："飞机空投物资来了！在小西庄儿西边哩!"（小西庄儿是观寨村的第十二生产队，位于观寨村西北角，其宅基与观寨村没有相连）我和几个小伙伴撒腿就往那边跑去。

飞机空投地域的现场聚集了好多人。现场组织者们已用一杆杆红旗拉起一道警戒线（禁止非工作人员进入）。解放军战士们分散地站在空投的地域里。一个指挥人员两手举着小红旗，不停地冲着飞机有节奏地晃动。我们站在小西庄南面场西端的那条南北向的土路上，一次次仰望着飞机围村低空盘旋。飞机从南面飞来，当接近我们头顶上方偏西的上空时，空投开始了，只见从舱门口掉出来了几个麻袋，麻袋出舱口后间隔越来越大，由南向北逐个落地溅起飞土。飞机又一次盘旋过来，又有几个麻袋掉出了舱门。当最后一个麻袋出舱门后，我看到飞机里工作人员晃动的身影，情不自禁地惊呼："我看到里面的人啦!"

飞机空投一次，人们欢呼一次，现场的人们都沉浸在一片欢乐中。

空投任务完成后，飞机又一次盘旋到我们上空突然升高，向西北方向飞走了。我们望着飞机消失在天边。

空投结束，解放军战士和工作人员用一辆辆排子车，将空投物资搬运到县抗震救灾指挥部。观看的人们也向不同方向散去。回来的路上，小西庄一个上了年纪的老人自言自语地说："还是共产党领导好啊。"

3月22日后，全国各地支援的大批救灾物资有：农具、化肥、排子车、排子车脚、水桶、牲口、饲草；有小麦（含劳动补助粮）、大米；铁丝、煤炭和木材；还有席、箔、草毡、草袋、木棍、竹竿、秫秸、水缸、碗、勺、筷子，以及旧军鞋等源源不断地运来。国家还给灾民发放了救济款、补助款和医疗款。我爷爷说："民国三十二年过饥荒年，我和咱观寨村一多半人去山西逃荒，现在观寨村还是观寨村，没有一人逃荒。咱这儿遭了大灾，上级（爷爷是旧社会过来的人，口语上仍沿袭抗战时期群众对共产党领导组织的称呼）什么都管，给咱想得全，现在的世道真好"。

在受灾的那些日子里，解放军救灾部队的战士们，隔三岔五地给观寨大队灾民及救灾工作人员演出文艺节目。有相声、山东快书、山东柳琴表演等。相声说的是《吃葡萄不吐葡萄皮》，山东快书说的是《大老王剃头》。战士们用山东柳琴曲调填词表演，唱山东柳琴时，战士化装成4个老汉，手拿烟袋边唱边表演，有说有唱，有问有答。战士表演说的是眼前的事，唱的是党的关怀。其中一段唱词是这样的：……经过淹，经过旱，经过蚂蚱滚成蛋，没经过大地颤颤颤……党中央、国务院，派来"三队"到跟前，军队、医疗队和工作队，日夜帮咱战困难，上级把吃的、喝的、住的、用的全送到，生产生活用品送个全……

4月1日的上午，观寨村第十六生产队队长张印祥接到口头通知，要他带自行车立即到大队集合，去何寨村开会。张印祥不知道周总理到何寨慰问灾民的事，他自语说："跑那么远去何寨开会，有什么事不能在观寨说啊。"下午4点30分，周恩来总理乘直升机降落在重灾区何寨大队（村）。

张印祥从何寨开会回来高兴地说："这回见到周恩来总理了，周总理冒着六七级大风下了飞机，一出飞机就向我们招手。人们一见周总理，好好的会场一下子乱了，人们一齐向周总理方向涌过去。恁没去，谁去了也得往前挤，要不看不见周总理。还是解放军有组织纪律性，坐在那里纹丝不动。县委书记一个劲儿地喊，人们还是欢呼着往前涌。周总理请解放军帮助维持会场秩序，会场很快稳住了。周总理说，代表党中央、毛主席看望大家来了，鼓励大家'自力更生、奋发图强、发展生产、重建家园'。"

4月10日学校开学了。课堂就在校南边的空地上，我们的课桌是用砖排成的砖墩，老师给上的第一堂课是——"毛主席和我们灾区人民心连心"。

5月初，学校盖起了防震教室。防震教室用木头搭成的房架。墙体1米以下是用砖垒墙，1米以上的墙体除去窗户用苇箔围起，再用泥（里外）抹；

房顶是用竹竿摆放，竹竿之上是苇箔，苇箔上用白灰和土，拌成碴灰泥抹顶防雨。

解放军营房起初驻扎在观寨公社南边第四队场，没几天改驻在观寨第六队场。第六队场北边不远处就是民宅，营房附近的民宅处有一个“五保户”，他叫王兰皋。当解放军了解到他是五保困难户后，几乎天天去帮助挑水、打扫屋内外卫生，照顾这位老人。解放军完成救灾任务撤离，战士同他告别，他说：“感谢党领导得好，我得谢谢你们这些小战士。”

解放军撤离的消息村里大多数人不知道。人们一听说解放军要走，社员们不约而同地涌向即将出发的部队，他们一声接着一声地高呼口号“向人民解放军学习，向人民解放军致敬”。大娘大婶们拉着战士们的手恋恋不舍。解放军撤离后的几天里，解放军的起床号声、列队集合声、队列行进和饭前的歌声都听不到了，村里显得那么平静安生，村里也没有了富有朝气而活泼的氛围，观寨村人们的心里总觉得空落落的。一个青年人沮丧地说：“解放军走了，没人给演节目了。”张姓老大爷说：“原来抬头就能看见的军用帐篷没了，经常站队出入的解放军战士们的身影看不见了，怪想哩。”解放军走了，给观寨大队的社员们留下了浓浓的情谊。

大地震后，周总理在何寨慰问灾区时，要求重建家园要做出规划，力争3年内搞好，把地震灾区农村建设成社会主义新农村。观寨大队也像其他受灾村一样，将原来一宅一院的土坯房，规建成一排排的卧砖房。建房的方法是：国家无偿供应烧砖用煤；生产小队负担制砖坯；烧窑制砖由大队（村）安排烧窑师傅烧制；各生产小队组织社员自己建房。

观寨村的烧砖窑位于村西北方向，距村1里左右。砖窑形似一个高大的土堆。底部直径有30多米，高3丈有余，内部为空。烧砖时窑内装满砖坯。窑的底部外有一个逐渐向下斜坡的窑洞，是用来填煤烧窑的洞。该窑洞开口向东，洞宽约2.5米，高约1.8米。窑的北侧有一个略高于地面直通窑内的小窑洞门，此门是装砖坯和往外背运砖的通道。窑西北方向还有一个小窑洞，它高于北侧小窑洞。两个小窑洞都是宽1米，高1.8米，也是装砖坯和往外背运砖的通道。烧窑时，这两个小窑洞里端处于封死状态。

窑顶填煤辅助燃烧工序是当时采取烧窑制砖的新工艺。烧窑时，以大窑洞填煤燃烧为主，窑顶填煤燃烧为辅（老式窑没有窑顶填煤工艺）。窑顶上设置了一圈数个直径为12公分的填煤四方孔。大窑洞填煤燃烧的火到窑的上部时，辅助填燃烧煤开始，每隔20分钟我就拎桶去填一次煤，每次每孔填煤 3—4 小铲儿。

经过 3 年的努力，观寨村人全部入住了新农村的排房，一排排坐落有序的房子成了那个时代社会主义新农村的标志。

地震让灾区人民饱受灾难痛苦，同时灾区人民也经受了磨难和考验，并留下了美好的记忆。灾区人民从地震中走了过来，震后什么是痛苦，什么是困难，什么是帮助，什么是感恩体会得最深。我的南邻居大娘，名叫“存”，她说：“咱受难的时候，素不相识的人帮了咱，可不能好了疮疤忘了疼，忘了疼的人是没良心。”从 1966 年地震 50 年来，全国各地方发生的自然灾害，观寨村的人都是知恩图报积极捐助。1976 年夏天，我被部队提拔为军队干部不久，唐山发生了大地震，我把部队头一次价拨给我的新军毯和发给我的一套新军服捐给了唐山灾区人民。在以后发生的自然灾害捐助活动中，我是有灾必捐。

1966 年地震后，灾区的党政军民在抗震救灾中，在中国大地上首次创立了伟大的“抗震救灾精神”，它已成为我们的历史文化。生长在这片土地的人们，永远不会忘记用血汗浇灌出来的“抗震救灾精神”。人们永远不会忘记党的领导，永远不会忘记解放军的帮助，永远不会忘记全国人民的无私支援。

作　　者：张绍国

走访整理：中共巨鹿县委党史研究室　贾文涛

# 忆周恩来总理来何寨

吉路林

我叫吉路林，巨鹿县城关镇西辛庄村人，72周岁，县公安局退休干部。

1966年4月1日，是我们敬爱的周恩来总理来何寨公社看望地震受灾群众的日子。

日往月来，斗转星移，至今已经过去了50个年头，现在我已步入古稀之年，对过去经历的事情有的已经遗忘，但对周恩来总理来何寨的情景却记忆犹新，历历在目。

3月8日凌晨，我县发生了6.8级地震后，县委和县人委领导立即组织干部群众，投入了抢险救灾工作，并成立了“抢险救灾”（后改为抗震救灾）指挥部，当时我被抽调到指挥部办公室负责勤杂工作。开始指挥部在县人委，后来为方便工作，指挥部设在何寨公社何寨大队村东南的空地里。

4月1日早饭后，指挥部召开紧急会议，会上指挥部领导传达了当天上午中央首长要来何寨的消息，并要求我们做好首长来前和来后的各项工作，对人员做了具体分工，明确了任务。我被安排的任务是做好中央首长讲话内容的记录。

会场设在指挥部东面的地里，从南向北，首长来后和群众讲话的地方设在一辆拖车上，拖车上放着一个方杆麦克风和一张桌子、一把椅子。前来参加会的有：在我县参加抢险救灾的解放军官兵、何寨公社各大队的干部群众，及全县各公社的干部群众代表，将近万人。我和指挥部几位负责记录的年轻人被安排在拖车的前面，并负责不让无关人员靠近。在我们的身后是解放军官兵方队，解放军的两边全是群众。就在大家等待中央领导到来前，在解放军队伍中来了两个人在教解放军唱歌，这两个人很受尊敬，每个解放军见到他们时都是先敬礼后握手。他们两个人中一个头戴鸭舌帽，戴一副近视镜，50 岁左右，身着便装，另一位身着军装，高高的个子也戴着近视镜。当时在场的人们就传说："穿便装的是劫夫，那个高个儿是洪源。"我听后对二位肃然起敬。李劫夫是我国著名的作曲家、音乐家，洪源是民族词作家。他们创作的歌曲有《我们走在大路上》《大海航行靠舵手》《革命人永远是年轻》《我爱北京天安门》等。在 20 世纪六七十年代唱响大江南北。后来他俩在地震灾区创作的歌曲《天大地大不如党的恩情大》在社会上广为流唱。

在会场上他们教大家唱歌，这首歌是专门为迎接周总理创作的。不一会儿工夫，这首歌传遍了整个会场。我记得歌词大意是：感谢党的关怀，感谢毛主席的关怀，我们向党表决心，自力更生斗天灾！当时会场秩序井然，气氛活跃。在一遍又一遍的歌声中，在会场上空传来了马达的轰鸣声，一架白色的直升机从西北方向飞来，整个会场变得那么安宁，人群中喊出了"来了，来了"的呼喊声。直升机由远变近，由小变大，在会场上空盘旋了一圈，缓缓地降落到会场东南边的空地上。仓门开启后，从仓内走出一个人，此人一手扶着悬梯还没有下到地面上时，在场群众同时说出："是周总理，是周总理!"当时整个会场开始沸腾，解放军战士用劲儿地唱着刚学会的歌曲。群众自发地喊出"欢迎敬爱的周总理来何寨视察""感谢党中央、毛主席的关怀"等口号。当我第一眼看到周总理时心里特别激动，流下了眼泪。心想这不是在做梦吧！这是我有生以来第一次见到这么高级别的中央领导人。因为我们敬爱的周总理在全国人民心目中是人民的公仆，是世界的伟人，是我们最最爱戴的人民领袖!

周总理当时头戴一顶深蓝色的呢子帽，身穿一身深蓝色的中山装，穿一双旧但是洁净的黑色皮鞋，看上去那么合体、俭朴、大方。在县委书记张玉美的陪同下，周总理徒步向会场走来，周总理登上拖车不停地向群众挥手致意。走到拖车前面向群众讲的第一句话就是："乡亲们你们辛苦啦！毛主席派我来看望大家来啦!"在场的群众听了这句话无不感动得流下了眼泪。也就是这句话使会场变得沸腾拥挤起来。后面的群众为了更清楚地看到周总理，更准确地聆听周总理的讲话，开始向前拥挤。这时周总理对着话筒一手打着手势喊着："不要挤，不要挤，不要挤坏了娃娃（群众中有抱小孩的妇女)!"并指着解放军战士说："解放军同志可以维持一下秩序嘛!"这时在总理身边的张玉美书记看到总理亲自指挥维持秩序的情景，不断地对总理说："总理请坐下，请坐下。"这时总理对着玉美书记说："我坐下群众看不到我了，不就更挤了吗?"说完转过身来继续喊着指挥群众。总理的举动就是为了让群众更清晰地看到他。总理的举动就是无声的命令，在场的群众无不为此感动和服从。在解放军的维持下会场很快安静下来。接着总理又讲了："你们受灾不要怕，有党中央、毛主席关怀，还有全国人民的支援，你们一定会战胜困难！"并提出了要"自力更生、奋发图强、发展生产、重建家园"的十六字方针，鼓励灾区人民战胜灾害！

总理讲完话后，由玉美书记带领来到指挥部的帐篷内接见我县的抗震救灾模范。这时在场的解放军和群众在原地没有动，一直等总理从帐篷出来登上直升机。在场群众用目光送走了我们敬爱的总理，却久久不肯离去。总理呀，您太辛苦了！您为国家日理万机，您为人民操碎了心！地震发生后不辞劳苦，满载党中央、毛主席的亲切关怀，先后两次赴灾区慰问百姓，表现出一个伟大的无产阶级革命家时时事事与群众息息相关、心心相连的崇高品格和全心全意为人民服务的高尚情操。

我们敬爱的周总理虽然离开了我们，但他对灾区人民的深情一直留在了巨鹿人民心中。他来何寨时的音容笑貌，每次想起都让人感动和震撼！他那高风亮节和无私奉献的精神将永存在我们心中！

作　　者：吉路林

走访整理：中共巨鹿县委党史研究室　贾文涛

# 震灾无情人有情

王书群

我叫王书群，巨鹿县官亭镇商店村人，1956年出生，当时在本村读小学。

1966年3月，河北省邢台地区巨鹿县发生了大地震，这是新中国成立后的第一次大地震，人民的生命财产遭受了巨大损失。在党中央、国务院，特别是周恩来总理的亲切关怀下，在中国人民解放军和全国各族人民的帮助和支援下，巨鹿人民“自力更生、奋发图强、发展生产、重建家园”，夺取了抗震救灾工作的重大胜利。

我是1966年巨鹿大地震的亲历者，地震那年，我才10岁。我们村地处冀南平原的老漳河河畔，位于巨鹿地震中心的最北端，相邻于宁晋县。当年3月8日凌晨5点30分是第一次地震，在我的记忆里，大地震发生的那一刻，整个世界地动山摇，充斥了巨大的声响，随后陷入了万籁俱寂之中。不过，这份安静只持续了很短的时间。我后来听到哭声，还有狗叫的声音，什么声音都有，无法分辨，全乱了。我到现在也说不清父亲当时是怎样把我和母亲、弟弟、妹妹从倒塌的房屋中救出来的，只记得我们一家人找不到大门，也找不到街巷，摸不着出路，我们原来所熟悉的一切什么都没有了。父母带着我们在黑暗中摸索，认准一个方向，不断从这家的屋顶爬到那家的屋顶，一直往村外逃命。现在回想起来，许多人埋得并不深，有的是被土坯砸死或被钉子戳死的。我们村在地震过程中共有11位乡亲失去了生命。

相隔半月左右，又接连发生了比上次震级还大的一次地震，余震100余次。震后四五天，党中央、毛主席派周总理等中央领导亲临灾区慰问，特别是周总理亲临我县的何寨村、宁晋县的耿庄桥、隆尧县的白家寨等3个县的震灾现场指挥抗震救灾工作。当年时任中华人民共和国内务部部长曾山亲临我们村震灾现场查看慰问。中央领导部署地震灾区要“自力更生、奋发图强、发展生产、重建家园”。后来我们县的各级领导把十六字方针作为抗震救灾的指导思想，带领全县人民群众一心一意抗震救灾，用三五年的时间将全县受灾乡村建成了新农村。

在抗震救灾过程中，我们村的干部带领广大群众齐心协力共同抗震，当年在我们这里扩挖老漳河筑黑龙港的成安县的民工们和乡亲们立即开始相互救援；随后中国人民解放军赶往村里，相互配合共同抢险救灾，使村里的乡亲们有了依靠，更增加了战胜灾难的信心。乡亲们用挖出的木头和高粱杆搭起临时窝棚；上级又给村里及时调拨运来帐篷、被褥和煤炭；全国各地从四面八方运来了衣服、饼干等日用品，使乡亲们没有挨冻受饿，显示了社会主义制度的优越性，充分体现出“一方有难，八方支援”的优良传统。

灾后重建工作成为我们村的重中之重。当年的村党支部、村委会领导和广大群众响应党中央的号召，把发展生产和灾后重建工作结合起来，相互配合共同促进，从三方面积极推动灾后重建和恢复生产工作。首先，重点抓好灾后重建工作。组织好全村两个专业队，一是将有烧砖技术的 25 个村民组成专业队，修窑脱砖坯，在麦收前烧出砖来；二是全村抽调 50 名村民组成建筑工程队，麦收前建两排集体房；三是争取在年底前让 1/3 的村民住进新房，大干两三年让所有村民住进新房。其次，抓好发展生产工作，调动全村群众的生产积极性，抓好春季生产：一方面抓好冬小麦返青浇水工作，即时抓好麦田管理，使夏季收成高于往年；另一方面抓好春季作物的耕种基础工作，保证肥足并即时播种，同时抓好田间管理，有望秋季又是大丰收。再次，利用好国家的扶持政策，把群众的思想工作做好，稳定广大群众的情绪，调动广大群众的积极性，使两项工作互相配合、相互促进。通过全村干部群众的齐心努力，灾后重建和发展生产工作有序稳步推进。在此基础上，大干了近 3 年时间，全村村民都住进了集体房。我们村的全面工作得到了广大群众的赞同，并取得县、乡各级领导的认可。这些都充分体现出社会主义祖国大家庭“震灾无情人有情”的民族精神。

地震过去 50 年了，我们的思想有了很大的进步，经过几十年的努力奋斗，特别是改革开放，人们的生活条件都有很大改善。让我们追思过去，弘扬在抗震救灾斗争中不屈不挠的大无畏精神，为今后全面建成小康社会打好更加坚实的基础，为实现伟大的中国梦而努力奋斗吧！

作　　者：王书群

走访整理：中共巨鹿县委党史研究室　贾文涛

# 人生第一个大事

任永普

我叫任永普，巨鹿县张王疃乡任李乡村人，1952 年出生，当时在本村读小学。

1966 年是一个特殊的年份，在我心里有着刻骨铭心的记忆。因为，这一年我们这里发生了百年不遇的自然灾害——地震。

第一次地震是在这一年的农历二月十七凌晨，人们正沉浸在凌晨的熟睡中，忽然大地颤动，房屋嗒嗒作响，人们都被这突如其来的震动和响声惊醒。我惊讶地问："这是怎么了?"记得父亲说："这是地震。"我对父亲说："咱们出去吧!"于是，我们急忙跑到了院子里。这时地震也停止了，这是比较轻微的一次震动，时间也很短暂。

当天，关于地震的传闻便开始了：有的说地动好年景，也有的说地震是鳌鱼翻身哩！当然这都是一些不科学的说法，也反映了当时农民文化知识水平有限。

第二天，我们按照上级指示，都在外面搭起了防震简易住所。

第二次地震，是在农历三月初一下午，我们正在教室里上课，忽然大地又开始晃动，我们急忙跑到院子里，剧烈的晃动使得我们站也站不住，立也立不稳，索性趴在地上，房屋在地震中晃晃悠悠，就像狂风中的树木。

这次地震，时间长，震级大，且又发生在白天，这是我生命中经历的第一件惊心动魄的大事，那时我 15 岁，在我年少的心灵里留下了可怕、恐惧的阴影。

幸运的是，我们这里不是震中心，没有伤及生命，房屋也未受到较大损失，而我县何家寨村则受灾较严重，听说房屋倒塌，并有人员死伤。

地震发生后，党中央非常重视，立即派周总理到何家寨重灾区视察慰问，周总理下飞机第一句话就说："党中央、毛主席派我看望你们来了!"周总理在百忙之中看望灾民，不顾自己的劳累，视察并指挥救灾，还在现场发表了讲话。他提出“自力更生、艰苦奋斗、发展生产、重建家园”抗震救灾的十六字方针，极大地鼓舞了灾区人民的信心。在场群众群情振奋，热泪盈眶。真是灾难无情人有情，大灾面前有大爱！周总理的讲话是对灾区人民的嘱托和鼓舞，它体现了党中央对人民群众的关爱，承载着党和人民血浓于水的深情厚谊。正是这样的精神，激发了灾区人民战胜灾难的信心和勇气，让巨鹿人民从灾难的阴影和困惑中走出来，看到了光明和未来。同时党中央还给我们送来了救灾物资，真是一方有难，八方支援。信心的鼓舞和物质的支援让巨鹿人民深切体会和感受到党和政府的温暖和关怀，加深了巨鹿人民对党和政府的感情。在周总理讲话精神鼓舞下，巨鹿人民投入了一场自力更生、艰苦奋斗、发展生产、重建家园的战斗。

作　　者：任永普

走访整理：中共巨鹿县委党史研究室　贾文涛

# 亲历地震记忆回顾

郝彩文

我叫郝彩文，巨鹿县张王疃乡王六村人，77岁，当时在本村生产队当会计。

小时候，也曾经历过微小地震，那只是窗户纸被震得很小的颤动，并伴有嗒嗒的响声。有时也会有点震动感，那时不觉得害怕，而是觉得新奇有趣，人们便喜笑颜开地说：“地震哩，地震好年景！今年又是风调雨顺好年景！”又有人说：“地下是一条大鱼，驮着大地，它一眨眼，地就动弹，鱼眨眼，地动弹，这是鱼眨眼哩。”如今想起，当然都是无稽之谈、无知之说、朴实而原始的唯心论，没有考究价值，不可置信，主要是因为谁都没有经历过大的地震。

然而，在1966年农历二月十七黎明时，一场史无前例的大地震发生了，人们从强烈的大地晃动颤抖中、从惊恐的喊叫声中、从房屋咕咚咕咚的倒塌声中惊心动魄地醒来，唯一的念头就是赶快往屋外跑！我和家人披着棉衣棉被跑到院里，西屋已被震倒，断墙残壁震动摇晃，南屋和正在住的北屋在剧烈地晃动，而且都已被震得墙壁断裂，我惊恐地踩着正在颤抖的废墟跑到胡同里，发现外门口也被震塌了。

人们纷纷都从家里跑到胡同里，尽可能站在安全的地方，胆战心惊地议论着自家被震的情况，充满着惊奇与恐惧。

“全村群众注意了！全村群众注意了！大家都不要害怕，都跑到安全的地方去，保护好孩子，照顾好老人，不要被砸着，注意安全，有党和政府的领导，只要人在，我们什么都不怕！房倒了，我们还会建起新房来……”喇叭响了，村干部的一番话，给群众撑了胆，群众好像吃了定心丸，不再那样胆战心惊了，情绪稳定了。

余震仍在不断，当天下午3点左右，我家北屋也被震塌了。

地震是在黎明时分，人们来得及躲避，因此有惊无险，没有人伤亡。

何家寨村地震厉害，损失惨重，伤亡人员很多。听说后来周总理去那里视察慰问，一下飞机，欢迎的群众就把他围起来，形成一个自然的会场。春寒料峭，西北风烈，周总理迎风而立，不畏寒冷，何家寨全村群众一致要求把会场方向倒过来，不让总理迎风受冻，总理却说："这样我自己受冷，问题不大，那样全村人都会受冷的。"总理的崇高伟人风范，深深感动了群众。总理提出的抗震救灾口号，极大地鼓舞了灾区人民的斗志，迄今记忆犹新："自力更生、奋发图强、发展生产、重建家园"。这响亮的口号，很快传遍了灾区，增强了灾区人民战天斗地、重建家园的信心和决心，给灾区人民注入了无穷的抗震救灾的强大力量，一直是灾区人民的精神动力和力量源泉，一直鼓舞着人民自力更生、抗震救灾、发展生产、重建家园。

地震第二天下午，我村西旷野地里插起红旗，直升机在这里空投了饼干、大饼等食品，用麻袋装着，这是党中央、国务院向灾区人民送来的慰问、送来的关爱，全村人都深深感动了，感谢党中央、毛主席！

因为余震不断，村干部轮流夜班执勤，发现险情及早报警，以保障把群众的生命财产安全损失降到最低。

闲散地方，宽阔地面，场院村边，到处是窝棚。有平顶的、起脊的、一面斜的、苇席搭的、麦秸秆草帘子搭的，有的房子还没震倒，群众也不敢住在里面，都住在了窝棚里。

已是春天了，一年之计在于春，尽管余震不断，群众还是一面防震、抗震，一面发展生产，开展生产自救，大搞春耕。脚下踏着不时微震的哆嗦颤动的大地，搞深翻土地，耙地保墒。起高垫低，平整土地、送肥、施肥、插秧、播种、除草、灭虫，人们忙得热火朝天。

春天，大雨不多，小雨连绵，有的窝棚开始漏水了，真是上天无情人有情，厚厚实实的大稻草帘子，从祖国四面八方，源源不断地运来了，发放到了灾民手中，真是雪中送炭，缓解了燃眉之急。把一个个窝棚加厚、加固，一下子解除了灾民的漏雨之忧，让灾民深深感到"一方有难，八方支援"的真诚情谊，"患难与共"的浓浓深情。

地震灾情传开后，全国各地的父老乡亲、兄弟姐妹，情系灾区，接连送来救灾物资：大米、白面、食用油、白菜、菠菜、香蕉、菱角、芋头、白莲藕等，有些蔬果之类食品，村民别说吃过，连见都没见过，怎么吃法也不知道。另外还运来了粉丝、海带、鱼虾、螃蟹等，从前没吃过、没见过的物品，带着全国各地人民的深情厚谊源源运来。另外，还有棉衣、棉被……

全国人民的支援、党和政府的关怀，更加鼓舞了全村群众抗震救灾的极大热情。在村干部的组织下，社员们夜间监感地震情况，酌情报警；白天大搞春耕生产，耕地保墒，送粪施肥。社员们个个干劲儿十足，灾区里搞得轰轰烈烈、热火朝天！灾区沸腾了！

作　　者：郝彩文

走访整理：中共巨鹿县委党史研究室　贾文涛

# 听战友诉真情感同身受

赵桂仁（左）和张坤（右）夫妇

我叫赵桂仁，今年77岁，任县永福庄乡程庄村人，邢台地区广播局退休干部。

1966年3月8日邢台发生大地震，那年我正在4595部队三营八连当兵，我所在的部队是步兵团，连长是左方银，指导员是石帮荣。地震那段时间，我在内丘县五郭公社、五郭大队搞“四清”工作，所以没有参加这次救助活动，但回到部队后听战友们谈到抗震救灾的事，心中特别感动。

我们部队师部在邢台，团部在内丘，我所在部队营房位于冯村车站西边3公里处，距离地震中心45公里，我们是距离震区最近的部队。当时是中央军委下达救援命令，部队立即组织人员轻装跑步奔赴灾区，上午八九点钟部队接到上级通知，12点钟就到达灾区，真是比打仗还紧张。

出发前，部队说是要去地震中心，但不知道具体位置，只知道大概方向，具体地方需要自己找，到达后，当地政府根据各村受灾情况把战士们分配到各个村。时间就是生命，战士们到灾区先救人，救人都不敢用铁锹挖，怕伤到群众，只能用手扒拉，他们把手都挖破了。地震后有余震，房子说不定什么时候就倒了，战士们冒着生命危险争分夺秒地干，头两三天都没合眼，有的战士一天吃不上一顿饭。听他们说那时候顾不上吃，也没心情吃。由于人畜伤亡相当严重，当时场面非常悲惨，每个干部、战士都是鼻涕一把泪一把的。

解放军到哪里执行任务都是自己带锅灶做饭，这次也一样，在灾区做好饭后还让老百姓吃，因为老百姓的东西都被砸在屋里还没有挖出来。除此之外，当时正值春天，地里有活，种地得按季节来，不能耽误农活，要做到生产救灾两不误，解放军除了救灾还到地里帮助群众干活。

地震把通信线路破坏了，为方便与外界及时联系，需要通信兵架线恢复通信。由于刚发生地震，地下喷出大量的水还没渗到地下，看不清哪里是路，哪里能走，战士干活都是哪里近从哪里走，有的一不小心会掉到井里，由于井里有水会浮上来，战士上来后顾不上换衣服，穿着湿衣服接着干，衣服是湿了干，干了湿。

灾后，周恩来总理及时赶到灾区，慰问受灾群众，要求留驻部队战士帮助群众重建家园，所以解放军 3 个月以后才撤离。我们步兵团在灾区待了两个多月，当时老百姓的情况很不好，战士们一直帮助老百姓把房子盖好，把死的人掩埋，把受伤的人治好，等群众基本能够正常生产和生活了，部队才撤离。

口　　述：赵桂仁

走访整理：中共任县县委党史研究室　孙晓静

# 我是家中顶梁柱

赵桂仁（左）和张坤（右）夫妇

我叫张坤，今年74岁，永福庄乡程庄村民。我记得1966年的第一次地震发生在凌晨。那天，我们（我、婆婆，还有我儿子）正迷迷糊糊地睡着，忽然“咕隆隆”地响，婆婆说：“怎么好像手榴弹爆炸的声音！都别动，看炸着咱们喽（婆婆见过手榴弹爆炸）。”那时候我儿子才一岁多，把我吓得不行，只害怕手榴弹把房子炸塌了再砸着儿子，所以我就把孩子放到怀里，用手支了一个弯，护着孩子的头。强震过后，不大一会儿，又是一阵余震，后来就听见街里有人说话（那是有的邻居起来跑到了街里）。我说：“娘！咱们也赶紧起来吧，你听，乡亲们都跑街里去了！”然后我和婆婆惊慌失措地跑到院子里（婆婆拿着她的衣服被子，我一个胳肢窝里夹着孩子，一只手拿着被子、衣服）。后来才知道是闹地震。比较强烈的余震还有一次，那是农历二月十七那一天白天，眼看着房子裂了个大缝，裂口一张一合的，人在院里都站不住，我一手抱着孩子，一只手和婆婆互相搀扶着，总算没有摔倒。

我们村受灾并不严重，房屋有裂缝的，没有倒塌的，也没有人员受伤。只是公社干部来村里，让老百姓都搭庵子住，都不让在屋里睡觉了。我们家是上有老下有小（婆婆年岁大了，孩子一岁多，丈夫当兵在外指望不上），我暗暗给自己鼓劲儿，一定要照顾好老的和小的，不能让丈夫分心。所以，我先是看看乡亲们怎么搭庵子，考虑到孩子小，地上潮湿，所以我决定把庵子搭在半空中（我家有个猪圈，墙不高，猪圈旁边并排有两棵树，我用绳子把粗一点的檩条拴在树干上，和猪圈的墙一样的高度。然后再把檩条、椽子一头放在猪圈墙头上，一头拴在树干上，都固定好。这相当于一个床面，上面铺上干草和铺盖。棚顶的搭法和乡亲们的一样。这些都是在乡亲们和大队干部帮助下搭建的，他们都说："你家桂仁当兵不在家，我们不帮谁帮啊!"）。就这样，我们一家老小住在这样的窝棚里，心里感觉还挺美的，邻居们也纷纷夸奖我的办法好，不怕受潮。

我丈夫是地震过了一段时间才回家看了看。等他回来后，我们一家早在大队干部和乡亲的帮助下全都安顿好了。对此，他很是内疚（当时，他在4595部队，驻地在内丘和临城交界的冯村车站，地震前他被部队抽去搞"四清"，分到内丘五郭店大队。地震后，"四清"工作队派人去了受灾比较严重的队员家里查看灾情。虽然丈夫工作地点离我们村不很远，但是他有纪律，不能随便回来），他说："可苦了你跟孩子了!"我说："不苦！乡亲和队里都挺照顾的，家里你放心，有我呢！你在部队好好干就行！也要注意安全哪!"听我丈夫说，地震后，"四清"工作队的工作重心就转移到抗震救灾上了，工作队的队员分组轮流值班巡逻，不让百姓去屋里睡，晚上防火防盗防破坏等。

还有一件事挺让我感动的，就是韩敬旭的母亲被邻居救出来这件事，老太太今年已经90岁了，在邢台市居住时，我们是邻居，她经常讲起这件事。她说地震时，她被砸住了，没有受伤，但是也不能动弹，自己出不来。后来，邻居的孩子来看望人家的父母经过她家时，听到了她喊"救命"的声音，没有顾上先去看自己的父母是否安好，就赶紧把她挖了出来。她对邻居先救她的行为是特别感激，后来邻居盖房子，她愣是让邻居把她家的梁椽、砖瓦用了不少（她家比邻居富裕）。她说："要不是你，恐怕早就没有我了！我家人少，用不着盖这么多房子，你缺什么尽管来拿!"当时人们都是互帮互助的，大家都亲如一家。

口　　述：张坤

走访整理：中共任县县委党史研究室　尼国霞

# 惊心动魄　地动山摇

我叫孔孟花，今年 68 岁，任县东甄庄村人。我娘家是牛辛寨的，1966 年地震那一年，我虚岁 19 岁（当时还没结婚）。记得地震头一天晚上，我和两个女伴（一个叫平芬，一个忘记叫什么了）在平芬家纺花。我们商量好了要熬通宵，结果纺完两把花的时候，实在是困，熬不下去了，就散伙回家（可能是夜里 11 点多的时候）。

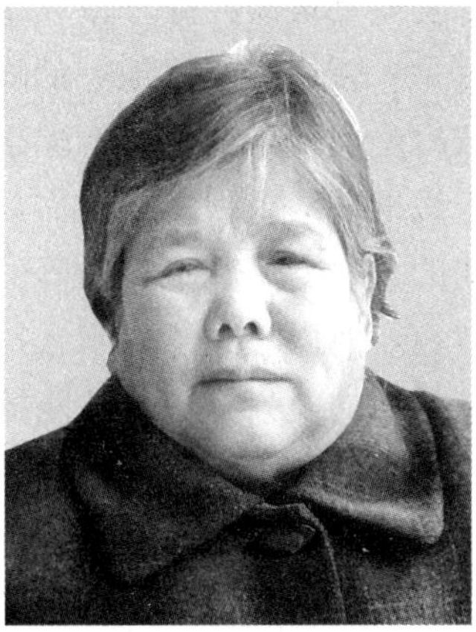

孔孟花

回到家后，躺到炕上还没睡着，我听到狗时不时地叫几声，鸡也不知为什么一直叫（公鸡打鸣，母鸡“咯咯哒、咯咯哒”地叫）。后来不知不觉睡到黎明时分，听到窗棂不住地响，门钌铞儿也“咣当、咣当”地响，人在炕上都躺不住，像擀面杖一样，轱辘过来、轱辘过去的，我们一家都惊醒了，小妹妹吓得直哭，我娘不让我们动，吓得全家人都不敢起来、不敢动。后来，我哥哥（他当时在西屋里睡）大声喊：“快起来！永东家房子倒了！砸着人了！叫救人哩！咱家西屋也裂缝了！”我爹慌忙起身穿衣，此时，我家北屋西边的里屋界山墙倒了（北屋三间，靠东山墙盘炕，西边是个里屋），土坯块儿堵住了门，我爹赶紧下炕，捡了捡土坯块儿，打开门就和哥哥一起去救人。我一手拉着妹妹（没顾上给她穿衣服），一手抱着一个被子就跑出门去。我娘也拿了一个草苫儿和一条褥子跑了出去，到院里把草苫铺到地上，用被子裹着小妹妹，大清早天很冷，但是都不敢进屋了。后来，爹和哥哥回来了，他们说，房子塌得不少，被砸住的人，邻居们互相帮忙都挖出来了，村支书指挥着挖的。永东的媳妇儿和小女儿被砸住了，媳妇儿没事儿，小女儿被砸死了（小女儿 4 岁），老书的娘、云舟的弟弟（十八九岁）也被砸死了。教书的贾存格也被砸住了，挖出来没啥事儿（她是东甄庄村的。几天后，从外地来了几个医生，听说是上级派来的医疗队。他们给村里受伤的人都做了检查，都没啥事儿，后来，医疗队就走了）。我们村那一天共砸死 4 个人，还有一个人忘记叫什么名字了。

后来听村干部说这是地震，北边隆尧、巨鹿一带的村子震得厉害，我自己家里有一个姑姑叫存格的，嫁到北岩辰村，北岩辰村震得特别厉害，牛辛寨村地震时都是晃过来、晃过去的，北岩辰村地震时是一蹦一蹦的。听我存格姑姑说，地震头一天晚上，她怎么也不能好好睡，一睡就梦见她死去的丈夫，所以她一整晚都没睡。地震的时候，她看见煤油灯一下就蹿上屋顶，随后房子就塌了，存格姑姑和她的女儿（三四岁），还有和存格姑姑做伴的两个女孩都被砸在屋子里，幸好都没有砸中要害部位。于是她们就喊“救命”，可是一喊，土就往她们的嘴里落，所以她们只好静静等待人们来救援。北岩辰村受灾严重，房屋倒塌很多，村干部带领百姓赶紧挖被埋住的乡亲们。由于被砸住的人很多，他们只好先救活着的人（喊“救命”的、伸胳膊的、蹬腿的、塌房子底下有动静的）。存格姑姑家的房子倒了个溜平，又听不见呼救声，所以等到了后来才挖的。可喜的是，挖出来一个是活的，挖出来一个又是活的，只有小女儿刚挖出来时昏迷不醒，后来，我姑姑不住地拍打她，不大一会儿小女儿也苏醒过来。北岩辰村这次地震共砸死了400来口，有的是一家一家的都被砸死了。整个村庄，房倒屋塌，很是凄惨。在村干部的带领下，乡亲们都把死者埋到地里，让死者得以安息。离牛辛寨3里之遥的大张庄也砸死了40来个人。

地震过后，听说周总理坐飞机来到受灾严重的隆尧白家寨视察了灾情，慰问了群众，鼓励百姓战胜自然灾害，搞好灾后重建。村里的老百姓听了周总理的话，都特别感动，纷纷表示，不畏艰险，重建家园。还有一架飞机飞到了大张庄村，我和几个女伴还去大张庄看了一晌。

自第一次强震之后，余震不断，每次震前，都是从西北天传来一阵阵轰鸣声，好像打雷的声音，然后就摇晃开了，有的时候，房子被震裂了，像拍手一样一开一合，很是令人害怕（奇怪的是，这样的房子如果没被震倒，等余震过后，竟然严丝合缝的，很是完整）。有的时候，房子眼看着倒得贴住了地皮，一会儿忽地又起来了。此时，树头也是一会儿贴住地皮，一会儿起来。每当余震袭来，人们都是蹲在地上不敢活动，有时蹲不住，只好趴下，震得厉害时人都是就地打滚儿。牛辛寨寨河里的冰都震碎了。听村干部说，有的村，在地震时，地也裂缝了，一开一合的，还有的地缝往外冒黑水、冒黑沙。村干部给村民说，少去屋里，看好孩子，不让孩子在墙根底下玩耍，去地里时注意地面裂缝，注意安全。

口　　述：孔孟花

走访整理：中共任县县委党史研究室　尼国霞

# 齐心协力重建家园

尼章礼

我叫尼章礼，今年75岁，任县东甄庄村人。1966年地震时，我都20多岁了，当时，我是小队会计，平时我都是睡在办公室里。头一次地震时，我正在睡觉，感觉有东西砸住脚了，一看，是块儿坯，正想这是怎么回事，就觉得一阵晃动，晃得不是很厉害，我也不知道是怎么回事，后来又睡了。第二天，听说是地震。村里房子塌了不少，没砸死人。村支书马二肥和村干部们一块儿去塌房子的人家里，同受灾户和乡亲们一起挖出能用的东西。乡亲们有的受惊了，很害怕，马二肥告诉大家："不要怕，这是地震，尽量少去屋里。"后来，他还组织村里群众开了会，让大家注意安全，不让孩子在危房跟前玩耍，去地里如果遇到地震，要趴在地上等。马二肥书记还亲自去受灾户家里指导怎么搭建防震棚，嘱咐大家把防震棚弄好，不要透风。看到书记都顾不上自己家的事，在大灾面前，乡亲们也是不分你的、我的，这家没吃的，都是东家给点儿米，西家给点儿面。搭建防震棚也是，这家给受灾户一根木头，那家给一领席，地震灾害，拉近了邻里之间的关系，大伙儿都觉得可亲了。

地震过后，上级组织各村出人去口里（隆尧山口）烧灰。我村可能是李怀存去了山口烧灰，就是把石头烧成白灰，用来砌砖盖房。上级还组织各村自己烧砖。烧红砖的窑俗称"炮楼"，就是垒一个大圆桶形状的建筑，里面铺一层砖坯，砖坯上再铺一层煤，煤上面再铺一层砖坯，就这样一层砖坯一层煤，烧到一定温度就不烧了，等砖自然晾凉就成了红色的了。村里还成立了建筑队，给受灾户盖新房。当时，我们村在上级领导的带领下，抗震救灾，生产自救，真是热火朝天。有烧灰的，有拉灰的，有烧砖的，有拉砖的，还有盖房的。盖房都不要钱（灰、砖、工都不要钱），房子都是统一样式（听说是上级设计的，又防震又防水），高不足1丈，墙体一砖厚，4个角厚一砖半，所以4个角都好像是4根柱子一样。当时，村里盖了不少这样的房子，防洪台上的房子也是那时盖的，我家也盖了6间，我结婚就结在这样的新房里了。村里的老人说："这辈子都没住过这么好的房子，感谢共产党，感谢毛主席呀！"

口　　述：尼章礼

走访整理：中共任县县委党史研究室　尼国霞

# 震后回乡慰问

陈振斌

我叫陈振斌，今年74岁，任县地方志办公室退休干部。

1966年3月8日和22日，河北省邢台地区的隆尧县、宁晋县发生6.8级、7.2级强烈地震，波及任县。那年，我在部队服役。为稳定任县籍战士的思想情绪和解除后顾之忧，团首长研究决定，命有关连队派人赴灾区慰问。我是任县籍战士，又是连队党支部宣传委员，首长让我随指导员到家乡完成慰问任务。

从天津到邢台的火车上，乘客们交谈的热点是邢台的抗震救灾情况，尤其是周恩来总理代表党中央、毛主席亲临隆尧县灾区进行慰问的事儿。乘客们坚信，有党中央的英明领导，有解放军的大力支援，有全国人民的鼎力相助，灾区人民一定能夺取抗震救灾的伟大胜利。

火车跑得飞快，几个小时后，乘务员广播，邢台车站到了。随后介绍该地区的抗震救灾情况。下车的乘客纷纷到车厢门口排队，此时，许多军人、工人、干部向素不相识的下车旅客赠送钱物，以表示对灾区人民的关爱之情，充分彰显了助人为乐的高尚风格，这种社会美德使大家深受感动。

我所在的一连有9名任县籍战友，分别在城关、章固两个公社的8个村庄。在震灾刚过、余震不断的情况下，连队指导员和我带着全连官兵捐赠的款物和诚挚的问候及任县籍战友对亲人的思念，到灾区每位战士家中拜访慰问。家长们像见到久别的亲人一样热烈欢迎我们俩。他们激动地表示，地震刚过，连队指导员亲自来家慰问，他们从心眼里感谢部队的关心和爱护。当谈到地震那一刻，他们都有同感：那时，也不知道是咋回事儿，只听到鸡犬叫声四起，门钌铞儿“叭叭”作响，一些小家具不停地倒落，人像喝醉酒似地摇摇晃晃，站立不稳，有的跌倒在地爬着出屋，人人惊慌失措。不一会儿，大队部喇叭广播，才知道是地震。3 月 8 日地震后，为保护人身安全，公社干部下乡救灾，动员大家暂时不要在屋里睡觉，各家各户在院里用高粱秸、玉米秸和干草搭庵子住，老弱病残户，由大队派人给搭庵子解决住宿问题。据他们介绍，任县邢家湾一带，受灾比较严重，死亡 15 人，还有重伤、轻伤的，房屋倒塌、断裂的不少。城关、章固公社各村地震较轻，没有死人、伤人，只是部分房屋有断裂的情况。震后，县委、县政府组织人力物力开展救灾工作，在人民解放军的大力支援下，人们战胜了困难，重建了家园。这次抗震救灾，和 1963 年邢台发生特大洪水灾害一样，国家拨发贷款、救灾款，一方有难，八方支援，很多地方捐送食品和款物，使灾区人民生活得到保障。常言道“患难见真情”，老百姓都有共同感言，很多老百姓都说，这真是像歌里唱的一样，“天大地大不如党的恩情大，爹亲娘亲不如毛主席亲，千好万好不如社会主义好”。老百姓都说：“我们感谢党，感谢人民子弟兵，感谢全国人民，我们一定种好地，多打粮，支援社会主义建设，以实际行动报答党的恩情!”

在亲切的交谈中，指导员顺便向各位家长介绍了每位战士的成长进步情况，家长们都倍感欣慰和自豪，衷心感谢部队首长对其爱子的培养教育。他们握着我俩的手，再三让我们捎个信，让他们的孩子好好听党的话，刻苦学习本领，安心保卫祖国，争取立功受奖，早日加入党组织。

结束对灾区的慰问回到连队，指导员召开全连大会，汇报了任县抗震救灾情况，一一介绍了灾区每位战友家的实情和家长的嘱托期盼，全连战士热烈鼓掌，任县籍的战友无不热泪盈眶。他们选代表在会上发言，表示了共同的决心和对各级首长的感谢。

这次震灾慰问，给我上了一堂触及灵魂的政治课，灾区人民的内心感言，就是我极其深刻的感悟。50 年来，震灾慰问的感悟，始终铭刻在我的脑海里，激励着我勤恳地为人民服务!

作　　者：陈振斌

走访整理：中共任县县委党史研究室　杨华

# 女县长冒雪查灾情

毛五生

我叫毛五生，今年78岁，任县党史研究室退休干部。1966年地震那年，我在县政府人委生产建设办公室工作。3月8日5点29分14秒，我们邢台地区发生6.8级强烈地震，那时候我们晚上都是在单位睡，大家在睡梦中被晃醒（任县城周边震感不强），起床后知道是地震了。县委在第一时间安排部署各个县领导下村查看灾情，我记得县长杨志田可能去的赵庄，我被安排和县委常委、政府副县长赵月华同志一组去大寨视察。

那个时候没有汽车，自行车也很少，路都是土路，通往大寨的只是沟沿上的一条羊肠小道，天又刚刚下过雪，赵县长决定和我步行去大寨。天刚刚亮，我们就出发了。田野里、道路上都覆盖着白茫茫的一片雪，我们踩在雪地上，积雪咯吱咯吱地响。有的地方，头一天雪化了，晚上又结成了冰，所以很滑，我和赵县长一路上都摔了好几个跟头，大概走了一个小时才到大寨村。村里的老百姓也都起来了，我们先找到村干部，由支部书记张栓林、大队长安喜红引领我们查访了房屋震裂的十来户人家。虽然这里灾情并不严重，但是每到一户人家，赵县长都详细查看受损房屋和受损用具，耐心安慰乡亲们，嘱咐大家千万注意安全、注意余震，不要在屋里睡了，都要在院里或空旷的地方搭庵子住，还鼓励老百姓不要怕天灾，要积极投入到生产自救中去，争取获得夏粮大丰收。村民们看到女县长不顾个人安危，踏雪步行前来慰问他们，都深受感动，尤其是妇女同志，一个个拉着赵县长的手，纷纷表示一定不畏艰难，搞好生产。中午，乡亲们你也拉我也拽的，非要让赵县长和我在他们家吃饭，赵县长谢绝了乡亲们的好意，表示我们不能麻烦老百姓。在我们返回县城之前，赵县长特别叮嘱大队干部要注意3点：一是要十分关注地震动向，不可麻痹大意；二是要安排好春耕生产；三是要特别注意鳏寡孤独特殊人群。

地震过后，我听说上级通知统计灾情，任县灾情不是很严重，房屋倒塌的不少，可能死了有十几个人。后来上级拨付了一部分救灾物资，我记得有席子、竹竿、棉被、衣物等东西。

作　　者：毛五生

走访整理：中共任县县委党史研究室　杨华

# 一方有难　八方支援
# 团结互助　共渡难关

## 一

王银锁

我叫王银锁，今年71岁，邢家湾滏北村人。1966年3月8日地震时，我印象最深的一件事就是飞机落在了邢家湾。我记得是地震后的一天上午，一架飞机落在了我们邢家湾木口村北门里那一片，虽然余震不断，但是当听说大官儿坐飞机来了邢家湾，好奇的村民还是把飞机围了个里三层外三层。飞机舱门打开后，下来一个人，问了隆尧白家寨的方向，后来飞机就起飞去了白家寨。后来听说是周总理慰问灾民来了（隆尧白家寨受灾最为严重，所以周总理第一站赶往白家寨），虽然飞机去了白家寨，但是邢家湾的百姓都激动万分，都说总理这么大的官儿亲自来，也不怕余震不断，也不顾个人安危，真是我们老百姓的好总理呀，都觉得党中央对灾民是真关心。

这次地震我们村有好几个被砸成骨折的村民，还有很多被砸得头破血流的，张老永的腿就被砸折了，受伤的人被乡亲们挖出来后（当时乡亲们都是用手挖，不敢用铁锹，害怕弄伤砸住的人。那个时候不管是谁被砸住了，都积极上前动手，也不管以前有没有矛盾，都是尽释前嫌，鼎力相助。大家都想：能多挖出来一个就多挖出来一个，救人的场面特别感人），当天都是在我们邢家湾医院里简单处理了一下，拿了一些药。由于害怕余震，伤员的伤势又不是很重，就都回家养着去了（听说白家寨和其他受灾严重的村，受重伤的村民都被飞机运到其他大医院去救治了）。

过了几天，上级派来了医疗队。我记得带队的是倪医生，倪医生带领好几个医生为伤员进行了详细地检查，幸好都无大碍，该打针的打针，该吃药的吃药，都不要钱，经过倪医生他们的诊治，伤员都反映好多了。除了砸伤的给看，有的老百姓也找倪医生给他们看其他的病，比如：任海诚拉肚子，在地震前怎么也看不好，是医疗队的医生给看好的；张红英的婶子，病了多少年，孩子多，家里过得又紧，也是医疗队给看好的，她家里人说，要不是医疗队，恐怕早就没有她这个人了。医疗队为老百姓治好了病还不要钱，大家都无以为报。有的送给医生点东西，可是医生们都不要；有的做了好吃的请医生们吃，他们也不吃。乡亲们都说他们是好医生，都特别感谢医疗队的医生们，医生们说是党中央派他们来的，老百姓都说："还是共产党好，还是社会主义好，要是新中国成立前遭了灾，看谁管我们!"乡亲们都特别感谢共产党、感谢毛主席、感谢医疗队！大家都把对党、对中央、对医疗队的恩情化作了重建家园的力量，当时的口号是："你震你的，我干我的。""你冒水来我浇地，你喷沙来我盖房。"老百姓纷纷用实际行动多干活、多自救、干猛点来报答国家对百姓的厚爱。

口　　述：王银锁

走访整理：中共任县县委党史研究室　尼国霞

## 二

我叫任海诚，今年 67 岁，邢家湾滏北村人。1966 年的地震，我们村房屋倒塌的很多，耕地也有裂缝的，有的裂开缝后又合拢了，只留下一些喷出的黑沙，有的裂缝比较宽，没合拢。比较奇怪的一件事就是，我们村当时没有松树，以前也没有松树，可是我在一处喷出的黑沙里却发现了松树皮和松树枝，真不知道这些东西是从多深的地底下喷出来的。

地震当天，村里的干部嘱咐乡亲们不要在屋里睡，都要搭庵子。我记得 3 月 8 号早晨强震以后，当天晚上，杆子、席子、高粱秸、箔等救灾物资都分到村里了，队里也不限制，用多少拿多少，可是有一样，搭了庵子一起住。我家搭了个大庵子就是和邻居一起住的，当时都是不分你我，一家做好了饭大家一起吃，有事儿也是一起上，大灾拉近了乡亲们的距离。上级给的

任海诚

救灾物资除了杆子、席子之外，我记得还有奶粉，和现在的奶粉不一样，都是一块儿一块儿的，我娘用簸箕端回来的，很好吃，很甜。地震以后没几天，医疗队、解放军都来了，光我们王家街就来了一个班的解放军。医疗队的医生救治伤员和病人，解放军帮助社员恢复生产。我当时是村里的团支书，和解放军战士接触比较多，得知他们是4593部队的，班长叫徐胜林，司务长叫裴金川，他俩一人送给我一本《毛选》（后来，可能是1967年村里安排我去邢台拉石子打机井，看见裴金川了，他非拉着我去他们兵营，还管了我一顿饭）。战士们帮助社员清理倒塌的房屋，把落房土拉到地里施肥（落房土很有劲儿，能当肥料用），他们就像给自己家里干活一样，一会儿也不闲着（在地里干活累了休息时，解放军就给我们老百姓讲毛主席著作），从不说苦叫累，吃住还自理，有炊事员做饭，来时都带着帐篷。我记得解放军一直在我们村待了好长时间，帮我们老百姓干的活说不清有多少，每家每户都帮，乡亲们过意不去，让他们在家里吃饭，都不吃，真正做到了不拿群众一针一线。除了医疗队、解放军来帮助我们灾区以外，从全国各地来的各种救灾物资也是源源不断地被送到我们村，村里的百姓都说："这真是一方有难，八方支援哪！"

地震时，砸住的人不少，有一个大姑娘，被砸死了，她发现地震时第一时间赶紧往屋子外面跑，后来又跑回去要穿衣服，结果被砸死了。

还有几件事儿印象较深。第一件事儿就是，卢家巷的南屋都倒塌了，一间不剩，而北屋倒得很少，有的只是裂缝了。住在卢家巷的卢占恒被砸到屋子里，他娘赶紧喊邻居帮忙挖卢占恒："我家占恒被砸住了，老少爷们儿赶快帮帮忙吧，只挖占恒，不要其他东西，快来救救命吧！"邻居们纷纷往占恒家跑去，都说不能用铁锹和三齿（一种铁制农具，像一个倒着写的山字，中间的一竖伸出来，伸出来的部分弯了大约90度的一个弯，中间是个圆洞，圆洞里安一个木棍，用来锛土，挖出土里的红薯等东西）挖。所以，乡亲们都赤手空拳，一起动手，有的被梁椽上的倒刺扎着了，满手是血，也不停歇，有的抬东西砸了脚，照样坚持，最后把卢占恒成功解救出来。占恒娘对乡亲们是千恩万谢的，乡亲们都说："谢啥哩，乡里乡亲的，换成是我们家砸着人了你家占恒不也是照样救吗?”占恒刚被救出来时，身上被砸破了几处，流了不少血，所以他身体虚弱又精神恍惚的（受了惊吓），拿着裤子一个劲儿往上身套。可是过后，等见到救他的乡亲时还开玩笑：“我听见你们挖我时还担心你们用三齿锛，心想，别再把我身上插三个洞。谢天谢地，你们是用手挖的，可是你们也不好好挖，我刚能透口气，土就流到嘴里了。”乡亲们也和他说笑：“你现在能说会道了，要不是我们，早没有你小子了。”说来也怪，同样是被砸住了，我大姨子卢唐芬和她丈夫孙梦华被挖出来后，竟然没受一点伤，连个疙瘩都没有。

第二件事儿就是苗永枝的事儿。当年，苗永枝在公路边开了个茶铺子（离村子不远），就是篷了个柴草棚子，当时赶大车的走累了，就去她的茶铺子歇歇脚，喝点茶，她也给这些人烩烩馒头或者窝窝头充饥。晚上她也住在茶铺子里。地震时，她先是听见“咕隆隆”的声音，后来茶棚子就倒了，她以为是汽车开到了她的屋顶上，破口大骂（她虽然被茶棚子砸住了，但无大碍，还能喊骂）：“是谁这么不长眼，把汽车都开到俺家屋顶上了，把房子都压塌了!”骂归骂，她也不能动弹，自己也出不来，旁边也没有人家，后来，她女儿很快过来发现娘被砸住了，赶紧叫乡亲帮忙把她挖了出来。

第三件事儿就是王梦昌（他是个老八路）的事儿。1966 年 3 月 22 日白天，又发生了强烈余震。王梦昌当时在丁字街和乡亲闲扯，他发现又震了，“噌”地一下就窜到当街里（因为 3 月 8 号地震后余震不断，所以人们警惕性很高），房子没倒，也没砸着他，但是，事后他却发起了烧，也不退，他还说：“我这么大岁数了，还能吓着（老百姓都说小孩子吓着后好发烧)?”别人叫他去看看，后来他就找了我父亲（父亲是村里的赤脚医生），最终吃了镇静片烧才退。

第四件事儿就是看砖窑时发生的余震。忘记是第二年还是第三年了，我和巨鹿的王福禄师傅（他是烧砖的把式。1966 年地震后，上级统一规划、统一部署让各村盖防震房，烧砖的煤炭都是国家供应的，各村安排人自己烧砖，当时，村里还有派人去隆尧烧白灰，我也去隆尧烧过白灰，村民盖房都不花钱）晚上看砖窑，就是在砖窑旁边的简易房里睡觉，当时警惕性都特别高。我猛然间听见咕隆隆的声音，知道地震又来了，吓得我衣服顾不上穿，被子也没拿，一下窜出屋外，而王福禄师傅稍慢一点，他抱着被子出来的（当时天还很冷），后来看着没事儿了，我要回屋里睡觉，王师傅说啥也不回屋，他说：“我在我们巨鹿是被挖出来的，到了你们任县还叫你们挖出来呀?”我说：“我回屋里睡啦，如果我被埋住了你可要挖我呀!”他说：“放心吧，肯定挖。”结果我到屋里怎么也找不着我的被子，后来发现是王师傅在惊慌失措时把我的被子给抱出去了。这件事现在讲好像是笑话一样，我当时心里可是怕得要死。我还听说滏东看砖窑的是3个人，那次一地震，他们仨一齐往外跑，到了门口挤住了，最后都逃出来了不假，但是个个受伤，有的挤得头破血流，有的碰了个大疙瘩，有的胳膊、腿蹭伤了。当时光我们村砖窑就有十几个，其他村里也有。当时烧砖都是纯手工。先是拉土，堆成长条形土堆，土堆的上面挖长条形的一条沟，然后在沟里放水，这叫洇土，大概一晚上或是半天时间，土就洇好了，再用铲从土堆的一头开始摔泥，就是用铲把泥铲起来再摔到地上，摔到头了，再从另一头开始重新摔，这样做目的是把脱砖坯的泥和好。第二道工序是脱砖坯，就是用砖模子装和好的泥土脱成砖坯。第三道工序是晾砖坯，先是把脱好的砖坯平放在地上晾晒，等着稍微硬一些了再竖起来晾晒，最后是放到架子上晾干。第四道工序是装窑，就是把砖坯背到窑里一层层摆好（砖坯都是人背进烧砖窑里去的，大家自己准备一个布袋，把布袋缝口的一端折叠套在一起，然后套在头上，剩下的部分自然下垂搭在背上，再用绳子把砖坯捆住，人再背到背上，一般都是一次背个二三十块砖坯）。第四道工序是烧窑，这可是技术活（和我做伴的王福禄就是我们村从巨鹿请来的烧砖把式），一开始火是蓝色的，等啥时候火成了杏黄色，砖就烧好了。第五道工序是洇砖，就是从窑顶上浇水，水要浇透（烧好的砖如果不用水洇就是红色的，一洇就成了蓝色的了）。最后过个两三天就能出窑了，出窑就是把烧好的砖从窑里背出来，和装窑方法一样，只不过一个是背进去，一个是背出来。

在那个时候，国家救济、各地支援，医疗队救治伤员，解放军帮忙恢复生产，村民们都是有什么本事就使什么本事，抗震救灾，生产自救，大家干得热火朝天，那个时候真是体会到了社会主义制度的优越性了。

口　　述：任海诚

走访整理：中共任县县委党史研究室　尼国霞

# 三

张红英

我叫张红英，今年 57 岁，现任邢家湾滏北村党支部书记。1966 年地震时我才几岁，好多事儿都记得比较模糊，那时也小，大人也不怎么安排干活，基本上是跑着玩。我记得大人都不让去屋里玩，嘱咐我们一伙孩子在宽敞的地方玩耍。

小孩子好奇心很重，我们有时候跟在医生屁股后边转悠，看医生把伤员裹伤口的纱布一点点地揭开，伤员有的忍不住疼痛就叫，这时候，医生们往往都是轻声安慰他们："忍一会儿，好了！好了！"我们小孩子有时就接腔了："你说好了、好了，怎么还不好?"这时候，医生就故意拉下脸说："再看！再看给你扎针！"一开始，我们往往吓得一哄而散，时间长了，知道他们是吓唬我们，也就不怕了。

我们还喜欢跟在解放军叔叔的身边，那时解放军叔叔都是帮助我们村民干活，清理倒塌的房屋啦、往地里拉粪啦、耪地啦、施肥啦，等等，老百姓干啥他们就帮忙干啥。老百姓都夸解放军就是好！我们这些小孩子也觉得解放军叔叔穿着绿军装很是神气，常常跟在他们身边问东问西的，有的解放军就说，赶快长大吧，长大了也当兵去。

最热闹的要数分东西了，我记得，刚地震那会儿，先是分杆子、席子还有秫秸、箔等，杆子有竹竿、木杆，这些都是国家拨给我们让搭庵子用的。庵子搭好后，我们这些小孩子从这个庵子里窜到那个庵子里，玩得很是开心。后来又分过莲藕、菱角、荸荠、芋头，这些东西以前我们都没见过（那时候都很穷，物资匮乏，吃的、用的基本都是自己生产的），这些东西都很好吃。上级还给发放米、面，也是在那时候，我第一次尝到了大米的味道，还有藕粉、奶粉、衣服、被子、鞋袜等。分给任海诚的是一双翻毛皮鞋，我们这些小孩子真是羡慕得不行（衣服、鞋子等物资都是按人头分，谁穿着合适给谁，翻毛皮鞋都是大人的，所以基本没小孩子的份儿）。

任海诚的哥哥当年在邢台拖拉机厂上班，地震后他抽空回家看看。听他说，藏民支援我们灾区很多马，到邢台后先把马送到邢台专署。人家千里迢迢地送来了这么多马匹（当时，马对于老百姓来说可是好东西，农民有了马，干农活是又省力、又快、又好，一匹马能相当于现在的一辆汽车了），我们邢台专署的领导自然得好好招待这些远方的朋友和亲人了。藏族同胞睡的床是弹簧床，但是他们都睡不惯，有的直接穿着藏袍睡在地上。还有吃的也不习惯，他们不会用筷子，往往是直接用手抓着吃，口味也不对口，我们这一带都习惯吃熟食，他们都习惯吃半生不熟的，所以吃了没几口就不吃了，后来给他们弄得肉不熟了他们倒是吃得很欢喜。后来，又听我们村朱银增（当时是我们村的民兵连长）说，白家寨的村民为了欢迎藏族同胞，专门在村里搭了台子，三里五乡的乡亲来看的人也很多（朱银增当时也去白家寨参加捐赠仪式了），场面特别感人。我们小队也分给了一匹枣红马，听王银锁说，还分给我们一头牛（牛不知道是哪儿捐赠的），那匹枣红马比我们这里的马个子小一些。队里的饲养员对这些骡子、马、牛可亲了，听说那些年，队里死了一匹马，饲养员伤心得都掉泪了。由此可见，马匹对当时的老百姓来说是多么重要。

那时候，真是一方有难，八方支援！虽然当时很落后，但是，啥事也落实得很快，听说为了方便及时了解灾情，只用了一天时间，就把电话线拉好了。

灾后，我们村重新翻盖了防震房。由于我们村弯儿比较多，不适合大片规划，只有卢家巷是整体规划的，盖好后特别整齐，很是气派。我记得有一个青年人（忘记是谁了），快要结婚了，地震过后新盖的防震房分给他们家几间，一家老小都特别高兴，因为孩子结婚住上了崭新的房子。老人们都说："要不是党中央的好政策，光凭着我们苦干，怎么也住不上这么好的房子！"

口　　述：张红英

走访整理：中共任县县委党史研究室　尼国霞

# 四

朱银增

我叫朱银增，今年 70 岁，任县邢家湾滏西村人，任县糖厂退休干部。

记得地震过后，大概是在 5 月末 6 月初，藏族同胞支援我们灾区 200 多匹马，准备在隆尧白家寨举行交接欢迎仪式。西藏代表团团长叫张英，邢台好像是冯世英迎接的（听说到邢台后，为了解除疲劳，招待藏民们在澡堂洗澡，这些藏族同胞在泡澡池子里你泼我一下，我泼你一下，好像傣族泼水节那般热闹）。公社让我们滏西村派一男一女两名民兵（要求带着枪）去白家寨维持会场秩序，做好安保工作，其中男的是我，女的叫高民英。

去的那天，我们起了个早，骑自行车早早到了白家寨。远远地就看见搭了个高高的台子，台子周围早就围满了人。这些人，有的是各村派来的代表，有的是本村的人，有的是周边村的人。大家不管认不认识，都兴奋地议论着藏族同胞支援我们灾区马匹的事情，有的说："路多远哪!"有的说："听说走了那么长时间!"有的说："有人说他们看这些马真是亲！有一匹马路上病了，不吃东西，他们就让马吃自己的干粮!"有的说："晚上有的藏民还把衣服披在马身上，害怕马冻着了!"听着大家的谈论，我虽然还没有看到藏族同胞和马匹，但深深的感动渐渐填满了胸腔。正当我们热血澎湃的时候，突然听到骏马的嘶鸣声，循声望去，只见一人牵一匹马，排成一队来到高台旁边。每匹马都被收拾得干干净净，马鬃修剪得特别整齐，每匹马的头上都带着大红花，显得很精神。继第一声马鸣之后，这些马好像商量好似的，这匹叫了那匹叫，嘶鸣声此起彼伏，不绝于耳。这种气氛让每个人更加感动和兴奋。

大会开始了，先是我们这儿的人讲话，后来是藏民代表讲话，藏民代表说的是藏语，虽然我们听不懂，但是依然掌声如雷，后来翻译人员给我们翻译过来。有一件事让我终生难忘，那就是，当听说我们邢台地震后，藏族同胞都积极献马，有一个藏族汉子知道后，自己骑着马，走了 7 天，赶了那么远的路（当时人家说了，现在我都忘记是多远了，反正印象中当时说的是很远很远），到了聚集的一个城市，然后他坚持亲自把马匹送来邢台。当翻译人员说到这里时，台下响起了雷鸣般的掌声，大家把手都拍红了，还是不肯停下来，还是有人示意停下来人们才停下手来（当时的场景真是感人，直到现在那种场景还是历历在目）。

大会上，我们还听说本来是 240 匹藏马，后来有一匹马生了一匹小马。在半路上有人看见藏民不远万里支援灾区而深受感动，硬是给了一头驴，让藏民捎给我们邢台灾区。那时候，我们是真真切切地感受到了毛主席号召的“一方有难，八方支援”！台下好多群众听到这些都感动得热泪盈眶，纷纷说：“共产党好，毛主席亲哪！”

会后，忘了是当天还是过后了，分给我们滏西村每个小队一两匹藏马，我们小队分了一匹红马，那匹马挺好，很听话，干活又好，队里的饲养员看这匹马可亲了，他说：“这是西藏同胞不远万里送来的，他们的生活也不宽裕，我一定要照顾好它！”后来听说邢台在地震过后回访了西藏，送给他们一些拖拉机配件，支援西藏的生产。

口　　述：朱银增

走访整理：中共任县县委党史研究室　尼国霞

## 五

我叫张二平，今年 61 岁，邢家湾滏北村人。1966 年地震那一年我虚岁 11，正上学（我上的是村办民校，不要学费），地震后，老师不让我们在教室里上课了，在一个很大的方形棚子里上课（用箔和杆子搭建的）。我记得，家里房子也不能住了，我爹搭了个庵子，我们一家人就住在庵子里，在街边垒了一个小灶做饭。记得有一天，一架飞机落在木口村，我去看了，飞机上的人还下来问白家寨怎么走，我和好几个小孩在前边都看见机舱门口坐的人是周总理（小时候各家墙上都贴着毛主席和周总理的像，所以不会看错），后来飞机起飞去了白家寨。

记得那时候发过很多东西，由于年龄小，记不清了，但是，有一件事是

张二平

至死难忘啊！地震过后两三天，我娘就病了，肚子疼得可炕打滚儿，当时天还很冷，我娘却疼得满头大汗，我们几个孩子（我兄弟姐妹9个）和我爹围在炕边，一点办法也没有（当时家里穷得叮当响，根本没钱给我娘治病）。我爹整天唉声叹气的，我们9个孩子每当娘疼起来时，都是你哭我叫的，很是凄惨。当娘好一点时，我们都是争先恐后地问娘要不要喝水，只怕娘扔下我们几个撒手而去。过了一段时间，村里来了医疗队，他们天天给地震砸伤的乡亲看病，我爹不忍心看着娘受罪，就抱着试试看的态度，找了带队的倪医生，请求医疗队救救我娘。我爹说到伤心处难免落泪，倪医生也红着眼圈安慰我爹："张大哥，你别难过了，如果嫂子能动就让她过来，我们安排医生给她看看，如果不能动，我就安排人过去你家看看！"一开始，都是医生亲自去我家给我娘看病，我记得是又打针又吃药，后来我娘的病轻一些了，我爹就扶着我娘去医生那里看。医生上门看病时，我爹借乡亲的鸡蛋给医生做好饭，医生都不吃，等我娘病好了，我爹拿着家里仅有的一点钱给倪医生，他也不要，医生们说："你们邢台地震了，党中央、毛主席派我们来救助自己的兄弟姐妹，这是我们应该做的。"我爹感动得热泪盈眶，连声说："共产党好！毛主席好！倪医生，你们真是我们的恩人哪！"

口　　述：张二平

走访整理：中共任县县委党史研究室　尼国霞

# 不畏天灾　坚持教学

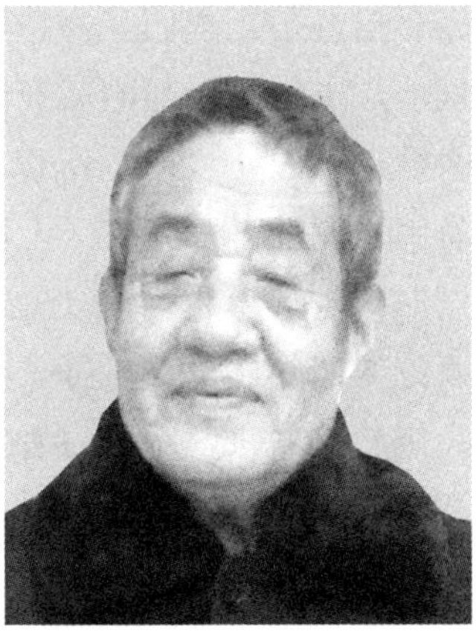
曹臣臣

我叫曹臣臣，今年 76 岁，任县退休教师。1966 年地震那一年，我 20 多岁，当时在辛益村教学，还是该校负责人。学生大部分是辛益本村的孩子，很少有周边村的，所以学生都是走读，老师们都住在学校（当时都是这样，很少回家，有时一二十天不回家）。

记得地震那一天凌晨，我睡得迷迷糊糊的，感觉有东西从办公桌上掉下来，人也在炕上骨碌、打滚，虽然黑着灯，但是感觉到灯泡也是悠过来悠过去的，才猛地意识到是地震了（以前看到过地震的知识），我赶紧大喊："大家快点起来去院子里！地震了！"我一边喊一边往外跑（都没顾得上穿衣服，只穿着一条小裤衩就出来了），就这样把大家都从屋里叫出来，有的穿了厚衣服，有的把衣服拿出来了。后来不晃了，我也回屋穿了衣服，我们把用得着的东西拿出来（被子、褥子、教学用具、锅碗瓢盆，等等），虽然感觉地震不厉害，但是都不让去屋里了。我们开了个会，讨论结果是，看着地震不厉害，准备继续上课，只是不能在教室里上，各班老师找个空旷一点的地方就行。天亮后，我们查看了教室和办公室，发现只有个别屋子裂了一点小缝，即便这样我们也不准备在屋里上课。后来到上课的钟点，学生们陆陆续续地来了，只有个别几个没来，老师们就让同学捎信儿，叫不来的同学下午都来。

当天上午（1966 年 3 月 8 日），大队支书和其他的个别干部还有几个学生家长来到学校。大队干部说，乡里领导交代，尽量不要停课了，这一片儿地震不厉害，但是一定要注意师生安全。大家商量的结果是，各小队凑苇席、杆子等物资，搭建两个大棚子和两个小一点的棚子，大棚子当教室，小棚子让老师办公和住宿。棚子搭好以前，暂时在校园里上课。同学们有的坐个小板凳，有的干脆搬两块砖坐在上面，把书放到膝盖上，作业也是在膝盖上做。老师们用一块木板当黑板，放到凳子旁边或是挂到树上。就这样在院子里上了好几天课，学生和老师还都挺开心的，纷纷说："它地它的震，咱上咱的学！学好本领，报效祖国！"在院里上课期间，我要求老师们尽量不要在屋里睡，可是女老师都不在外边睡，都是在屋里睡，她们嫌不方便。我和几个男老师在搭好棚子以前就睡在教室旁边的玉米皮上边（当时村里组织村民编提篮用玉米皮，剩下不能用的玉米皮都堆到了学校附近）。过了几天棚子搭好了，我们又商量着在宿舍棚子的地面上铺上檩条、椽子，再往上边铺一层麦秸，老师们就在上边睡（这是因为听说有的地方地震，地面都裂了大缝，有的还喷水，所以害怕裂缝后把人掉到地缝里才这样处理地面的）。教室不用铺，因为白天上课大家都清醒，即使地震也能跑出去。就这样，我们白天坚持上课，晚上就睡在棚子里，一直在学校又待了 20 多天。后来，不论男老师还是女老师，个顶个身上都生了虱子，把人痒得很是难受，所以决定轮班回家，一是看看家里啥情况，二是灭虱子。当时，辛益学校的老师都是周边村的，而周边村庄，地震灾情较轻，没有严重的房倒屋塌的现象，也没有砸死人，所以我们所有老师地震当天都没有回家。我回家以后，先是烧了一锅开水，然后把衣服扔到开水里，虱子就被烫死了。之后，我了解到，村里有的人家搭了庵子，有的人家没搭庵子，我妻子在我回家前晚上都是在院子里睡（家里只有我妻子一人居住），对此，我很是内疚，妻子反而安慰我说："只要你能把学生教好就行！我没事儿，反正我们也还没有孩子，我一个人吃饱全家不饿，再说，我还年轻，天也不太冷了，没事儿！"妻子虽然这样说，但是我坚持给她搭了个小庵子，是用玉米秸搭的，我又嘱咐她少去屋里，注意安全，然后才放心回到学校。

地震过后，听说隆尧、巨鹿灾情严重，周总理、李先念等国家领导人都过去视察灾情、指导工作，救灾物资也是源源不断地运到灾情严重的地区。我县只有邢家湾那一片儿比较厉害，听说也有解放军过来搞灾后重建工作，也有医疗队驻村救治伤病员，救灾物资也不少，百姓们纷纷念共产党的好，念毛主席的好！不说别的，看看现在我们的生活条件有多好！还不是共产党领导得好？跟着共产党走，没错！

口　　述：曹臣臣

走访整理：中共任县县委党史研究室　尼国霞

# 1966年地震见闻

孙兰春

我叫孙兰春，1938年出生，退休工人。1966年地震那年我20多岁，已经结婚，并且有了两个孩子，我和丈夫在县城南街租了老乡两间小土坯屋住。那时候我在任县南关缝纫社（相当于现在的国有服装企业，百姓买了衣料也给他们加工成衣，然后收取一点儿加工费）上班，我丈夫在南关中学教书（当时教高中，地址就是现在的任县中学）。

1966年3月8日凌晨，我在睡梦中隐隐约约听见窗户“咣当、咣当”地响，就推了推丈夫：“他爹，你听这是怎么了?”丈夫听了后说：“可能是地震，日本鬼子还在任县时就是这样，说是地震。赶紧起来吧！别砸着了!”（丈夫老家是任县滏阳河边边家庄的，1945年那一片闹过地震，所以他知道）我赶紧给孩子穿衣服，这时就听见街里热闹成一个劲儿了，我们一家也很快跑到街里。大家都说地震哩，我丈夫不放心学校的学生，就去学校了。地震当天中午，丈夫从学校回来说，学校里没啥事。过后几天，校领导接上级指示，放假几天，让学生、老师都回家看看家里啥情况，如果房子损坏了，在家能帮忙的帮帮忙（后来听说县城附近灾情不严重的小学都没放假，上级可能考虑到高中生都大了，能给家里干点活，所以才放的假，没有几天就开学了）。我丈夫是骑自行车回的边家庄。回县城后，丈夫说，边家庄房子有倒塌的，但是倒塌的不多。丈夫老家的西屋和大门洞只是各有一面墙溜了，边家庄只有王子辉（他在农行上班）家的外甥女在凌晨地震时，先是只穿着内衣跑出来了，后来觉得自己一个大姑娘家的不穿衣服（其实不穿衣服跑出来的还不少）败兴，又回屋穿衣服，结果屋顶塌了被砸在屋里，被挖出来后也没救活，边家庄除了这个姑娘以外没有其他伤亡。丈夫还听说周总理去了白家寨，白家寨离边家庄就十几里路。他骑自行车去了一趟白家寨，白家寨灾情特别严重，房屋倒了个溜平。他看见老百姓和解放军都在忙着重建，也自觉地加入到他们中间干起活来，等到天黑才回的任县。不光是我丈夫给白家寨帮忙了，当时还有周边公社的好多乡亲都是自发地去灾情严重的村庄帮忙恢复生产和灾后重建。真是一方有难，八方支援哪！那时候在党的教育下，人们真是心往一处想，劲儿朝一处使！还有什么困难是不能克服的?

3月8日当天，天明后发现我家租住的小土坯屋震裂了（那时候根本没有钱租好房子，我们租的小土坯屋每月两块钱，还要给孩子雇保姆，还要生活），其他人家的房子也有裂璺的，总的来说，灾情并不严重。吃完早饭，我去上班，到了缝纫社发现领导已经去了，厂房有裂璺。为了安全生产，领导们经研究决定把缝纫机等用具搬到好房子里去干活，领导们还嘱咐我们："如果谁家的房子裂璺了就不要住了，一定要注意安全，这也是上级领导的指示!"听说县里的领导都被派到村里或是厂里了解灾情了，后来还听说周总理和好多领导去了隆尧白家寨等重灾区。我们虽然没有亲自听到领导的关怀，但是心里都感觉热乎乎的，都觉得党没有忘记我们，所以，我中午回家后就重新找了房子。后来余震不断，记得有一天是任县集，吃了午饭我和几个女伴闲逛，又地震了，眼看着街道两边的房子一会儿往中间倒，一会儿又立起来，吓得小孩哭、大人叫的，都躲到当街里。那次地震把我家新租的房子又震裂了，由于我们那时没有多少钱，所以租住的房子都不是很好，所以震裂了好几次，我们也为此搬了好几次家，厂房也搬过几次。但是，当时上至领导，下至职工，都积极响应党中央号召，热火朝天地积极生产，那时候都是这么想的，四面八方的同胞们都在支援我们灾区人民，我们更应该全力以赴搞好生产自救。

口　　述：孙兰春

走访整理：中共任县县委党史研究室　尼国霞

# 政府救助　群众互助
# 恢复生产　重建家园

## 一

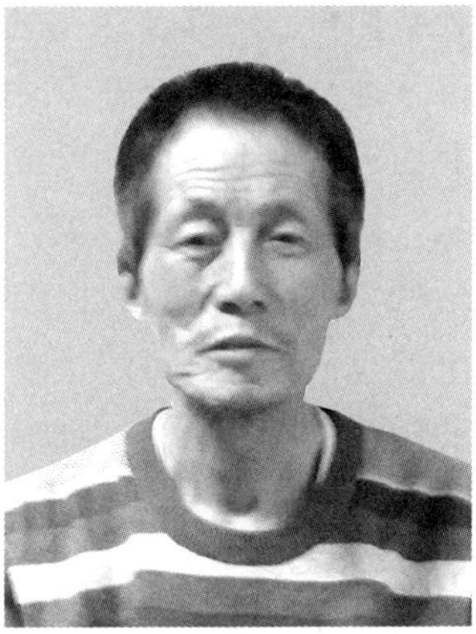

李培旺

我叫李培旺，任县牛辛寨村人，1945 年出生的，退休教师。1966 年地震那一年我 20 多岁，刚刚毕业，在我们村教夜校，学生年龄不统一，有小点的，也有成年人，我教的是初中的课程。

1966 年 3 月 8 日凌晨，我正在熟睡中，忽然觉得自己在炕上晃开了，这时还不很清醒，我爷爷的相框突然从墙上掉下来，砸在我的身上，我一下子清醒了，吓得没顾上穿衣服（只穿一个小裤衩）就往外跑，一边跑一边喊，让我母亲和弟弟赶紧往外跑。后来，晃得不厉害了，我就冲进屋里赶紧拿了我、我母亲、我弟弟的衣服穿到身上。这时街里人越来越多，有人嚷嚷着喊："永东家砸住人了，赶紧救人去（永东和我是本家，都姓李）!"我还有我们乡亲、邻居家大概十几个年轻小伙子二话不说，撒腿就往永东家跑去。永东一家人一个不剩，都砸在屋子底下。有人说："都用手刨，不要用铁锹，别伤着人喽。"我们有的合伙抬走梁檩，有的搬走压在人身上的土坯块，有的用手挖人，就这样乡亲们把永东一家人都挖了出来。幸运的是，他们一家，没有重伤，只是有砸出疙瘩的，有蹭破皮的，有砸青的。大家还把他们的衣物挖出来让他们一一穿到身上。刚刚挖出来时，他家的女儿吓得不轻，有点癔症，永东清醒，对大家来救助他家很是感激："要不是大家伙，我们一家都毁了！现在家里成了这样，咋报答大家伙呀!"永东一边说，一边擦眼抹泪的。大家纷纷说："谢啥！都是乡亲，别往心里盛这件事！大家把你们都挖出来了，天不绝你们一家，好好活！我们再把你家能用的东西也挖出来吧（牛辛寨房子倒塌的不是很多，不用急着救助其他乡亲）！"后来大家把衣被、粮食、家具等帮永东一家挖了出来。永东说："还是乡邻好哇！以后你们谁家有事我一定帮（我的媳妇儿就是在地震过后永东给说的，永东的亲戚）！"除了永东家被砸住了，还有王永周一家人也被埋在屋子底下（他家离我家远，我没有参加他家的救助活动）。听当时救助的乡亲说，王永周、王汉周、王印周弟兄仨和他们的娘都被砸住了，当时王永周喊得最厉害，所以大家先挖他，挖王永周的时候，王汉周还活着，就差那么一会儿，挖出王汉周后，没救活（他家除了王汉周以外，其他人都无大碍，在这次地震中，张增起的妹妹也被砸死了），他娘哭得死去活来的。我还听说我们村的干部领着人挖其他倒房子的人家了。

地震过后，有一段时间没上课，后来夜校又开课了，再后来，支书安排我白天去窑上帮忙（地震过后，国家统一安排，统一规划，叫各村都盖防震房，砖各村自己烧，灰各村派人去隆尧拉，各村盖各村的房子，所有干这些活的，都记工分。我白天在窑上记整劳力的工分，夜校只在晚上上课，晚上上课也记工分，可能是晚上记半个整劳力的工分）。我在窑上啥都干，脱坯、装窑、烧窑、出窑，都干过，还管过伙食。记得去砖窑的路上（我村的砖窑在去邢家湾的半路上），刚好碰上余震，地上裂了缝，一张一合的，有个别的裂缝冒热气、喷黑沙。除了在窑上帮忙，我记得我还给乡亲帮忙盖房子，有时是队里派的，这就给记工分，有时是看见乡亲盖房自己就主动去帮忙，帮忙的有时还不吃主人家的饭。家里穷的就不吃了。到后来几年，我家盖房子时，乡亲们都自发地纷纷来帮忙，还不吃我家的饭，怎么让，都不吃，好像约好了似的，我们家过意不去，他们纷纷说："地震那一年你没给我们帮忙呀？你不是也不吃饭吗？"地震那一年我们村里还给好多重灾户和特别贫穷的人家盖了防震房，都不要钱，我们家条件好得多，房子也没有倒塌，所以我们家没给盖防震房，没盖的都是毫无怨言，因为给人家盖的，人家确实是需要，当时都很公平。

我那时年轻，好凑热闹，听说周总理去隆尧白家寨慰问了，心里又是激动，又是好奇（虽然周总理不是慰问的我们村，但是我当时就是很激动，听说其他人也都很激动），所以我自己骑自行车去了一趟白家寨。白家寨倒塌的房子是真多，听说死了大概有 1/3 的人口。当时村民们有的在搭建庵子，有的把落房土推到地里当肥料，有的在整理破房的梁椽檩条，我也很自觉地加入到他们当中去。半晌里实在渴得难受，就给一个老大娘要了一碗水喝，老大娘告诉我："大官（周总理）来了我们村，叫老百姓不要怕，都叫自救，说是什么重建家园！"她还告诉我，地震的时候，解放军来了，都是跑步来的，还有医疗队，解放军给老百姓干活，医疗队给伤员看病，有的伤太重，条件有限不能救治就用飞机拉到外地治疗。村里的老百姓对解放军、医疗队都是千恩万谢的，都说，要是新中国成立前遭了灾，根本没人管，还是共产党好！还是毛主席好！

口　　述：李培旺

走访整理：中共任县县委党史研究室　尼国霞

## 二

张焕坤

我叫张焕坤，今年 73 岁，任县西黄庄村人。1966 年地震时我 20 多岁，已经结婚，俺妮儿有一周多（当时只有一个小妮儿），孩子她爹在邢家湾汽修厂上班，那一天他在厂子里。3 月 8 日凌晨，只听见"咕隆"一声响，后来人在炕上就躺不住了，好像筛箩一样，把我吓得不行，也不知道往外跑。过了没多大一会儿，孩子他爹回来了（他是地震后赶紧从邢家湾骑自行车赶回来的，邢家湾离我们村很远），他一把把孩子从被窝里拽出来，边拽边喊叫："你们不怕被砸死吗？赶紧出去！"虽然他喊得挺凶，但是，自他一回来，我觉得就有了主心骨，赶紧抓了一条被子跑到院子里，又把我大伯（我丈夫的大伯，我丈夫过继给了他大伯，他大伯没有媳妇儿、没有子女）从屋里叫出来。由于院子太小，我们一家就跑到河沿上，河沿上已经有很多人了，大街上也有很多人，都不敢在院子里待了。

我们村房子倒了一部分，震裂的不少，后来听说国家都让盖防震房，大梁、檩条、椽子、箔是自备，倒塌的房子能用的旧砖都用上，其他的灰、人工、新砖（如果旧砖不够用就用新砖，新砖都是村民在大队干部的统一安排下自己烧的）……我们村这样的防震房盖了很多，我家盖了4间，我们两间，我大伯两间。盖防震房的那段时间，我们村不管大人还是小孩，所有人都比过大年吃好饭、穿新衣还高兴。因为要盖防震房了，又不要钱，看着乡亲们有的给自己家里拉来了砖，有的给自己家里拉来了灰（灰也是大队支书派人去山口烧的），还有的给自己家里砌墙，整个村子的所有村民就好像一家人，那种高兴劲儿、那种兴奋劲儿没办法说出来。有人说：“还是社会主义好！还是共产党好！”等着我们一家人住进防震房，我的大伯，进屋瞅瞅，出去瞅瞅，摸摸崭新的蓝砖，摸了一把脸说：“我们也住上了卧砖墩子房了，这在新中国成立前可是地主住的啊！穷人怎么能住得起呀！（我们家原来住的是小土坯屋，已经几十年了，1963年发大水还给泡倒了，没办法，我们一家只好借住在我婆婆的两间小屋里，一直住到给我家盖好防震房）”我也高兴地说：“这一次再发大水也不怕了，我们全家可以躲到房顶上，在房顶上做饭吃，在房顶上搭个庵子住！”全村的人也都挺感激共产党，都说：“还是共产党、毛主席领导得好，让我们像一家人一样团结在一起，克服困难，重建家园！”

口　　述：张焕坤
走访整理：中共任县县委党史研究室　尼国霞

## 三

我叫李俊兰，今年69岁，任县牛辛寨村人。我娘家是小张庄的（属巨鹿管辖），地震那一年我还没有结婚。地震那天凌晨，只听见一声响，好像打闷雷一样，然后人在炕上好像筛箩，连颠（往上颠）带滚的，吓得全家赶紧起来了，我家的房子没倒（我们村1963年发大水泡倒的房子后来都翻新了，凡是新房子都没倒，只有几十年的破房子倒了几户），但是我们一家人都在院子里，不敢回屋。这时候，听见有人喊：“老奶奶家的房子塌了，老奶奶、老爷爷都被砸住了（和我们是近门自己家的，他的儿子在上海）！赶快救人去！”好多人都去救人了，大家七手八脚地把老爷爷、老奶奶挖了出来。刚刚挖出来时，老爷爷、老奶奶很是虚弱，大家把他们抬到街东一个闲

李俊兰

院子里，又把衣被挖出来，铺好、盖好，老奶奶家的锅、碗、瓢、盆都砸烂了，他们老两口特别难过，我们大家说："没事儿，一会儿给你家凑凑，不就什么也不缺了？"

后来，听说任村、马兰、白家寨等村灾情特别严重（我们村有与这些村或是这些村的邻村结亲戚的，地震后互相看望时说的），房子倒塌无数，人也死了很多，我们村人才觉得地震实在厉害（3 月 8 号当天，我们村房子倒塌的不多，也没有砸死人，所以大家都不怎么重视）。后来，村里接到公社通知，就在大喇叭里广播，都让搭庵子住（老弱病残的家庭，都是大队干部安排乡亲们帮助搭庵子，乡亲们也有主动帮忙的。我父亲是盖房子的好手，他就经常给乡亲们帮忙，或是修补，或是重建，遇到好过一点的，管一顿饭，遇到穷苦的，都是回家吃自己的。就是主人家百般挽留也不吃人家的饭，那时候，我们都是这么认为的。党和政府还派解放军、医疗队帮助、救治我们，连周总理都来看望我们灾民，我们村民互相帮帮忙又算得了什么？大家的觉悟都空前高涨），不准在屋里睡，不许去屋里，隔三岔五地还在大喇叭里宣传地震知识。我记得大喇叭里说什么多观察水井、河水，如果有异样可能就要地震，在地震前，狗、鸡、鸽子等动物都会有异常行动（我听一个老年人说，地震前他家的鸽子都飞出来了，平时是不会黑灯瞎火地飞出来的），还有就是如果地震时恰巧在屋里出不来就躲到八仙桌下面。村里上岁数的人都说："要是在旧社会，当官的谁管老百姓的死活？"

口　　述：李俊兰
走访整理：中共任县县委党史研究室　尼国霞

# 四

赵秀亮

我叫赵秀亮，今年 64 岁，婆家是任县前营村的，娘家是任县桥头村的。地震那一年我十四五岁。

1966 年的大地震，我印象最深的一件事就是一次白天的余震。记得有一天白天，我和我们小队的队员在地里锄地（当时，我虽然还不大，但是家里人多，又穷，我娘还有点疯，所以我经常上工，可是因为小，只给六分工），突然听见“呜呜”的声音，随后，大地就晃开了，小队长大声喊：“快趴下！又地震了！”不大一会儿，余震过去了，小队长开玩笑说：“经过淹、经过旱、经过蚂蚱滚成蛋，现在又是地晃晃！”后来他又鼓励大家说：“大家不要怕！周总理说了，要让我们奋发图强，重建家园，地不晃晃了，我们接着锄地。”我因为惦记着我的疯娘和刚刚出生两三个月的小妹妹，就给小队长告了假，赶紧往家跑。跑到家里一看，娘正在院里井边上坐着，小妹妹不知在哪里，我焦急地问：“咱妮儿哩?”娘癔症乎乎地也不说话，我赶紧冲进屋里，看见小妹妹还躺在炕上，就连忙把她连同小被子、小褥子一同抱出来，等着把小妹妹抱出来后，我的心里总算松了口气。（不过总体来说，我们村地震并不厉害，房屋没有倒塌的，只有震裂的）正当我和我娘还有小妹妹在院子里时，我的好伙伴孙兰玉来了，她说：“刚刚可把我吓坏了！地震的时候我睡得特别死，一块大土坯砸到我身上，我才醒过来，幸亏没砸到我头上，要不准没命了！她当时在永福庄造纸厂上班，那一天她上夜班，所以大白天睡觉却遇上地震。”

还有一件事就是遇到一个地震幸存者。那也是在白天，我们小队的队员在村边大路南北地里干活，到了北边地头上，队长让大家歇歇。正当我们在地上坐着时，从东西大路上走来一个衣衫褴褛的成年男子，他看起来精神萎靡，用一件又脏又破的衣服不知包了一包什么东西背在身上（后来通过交谈才知道，那是一抔黑沙，他家人在地震中都被埋在地底下了，连个尸首都没留下，他只好包了一包黑沙），一边走一边自言自语地说：“这还让人怎么活？这还让人怎么活?”队员们都觉得他挺可怜的，就拦住了他：“这位大兄弟，歇歇吧！有什么事儿想不开了，给大家伙说道说道，宽宽心!”有的队员就递给他水让他喝。他说他是东边村里的（我忘记他是哪个村的了），大地震夺去了他全家 7 口人的性命，只有他在煤窑上班才幸免于难。他听乡亲们说，他家那块地儿当时裂了个大缝，连房子带人都陷到地底下去了，说到这里他禁不住失声痛哭，有的人劝说不让他哭，上岁数的说：“让他哭！哭个够！给他准备着水，一会儿让他喝！出出毒气（老年人都知道，心里郁闷时不能憋着)。”等他不哭了，我们大家纷纷开导他：“不要难过了，该上班就上班，等对事儿了，再找个媳妇儿，这不又成一家人了?”有的人说：“虽然我们受灾了，但是共产党、毛主席、周总理都挺支持我们灾区的，全国各地的同胞们也都纷纷运来救灾物资，只要我们团结一心，自力更生，一定能熬过去！这不，我们村各个小队都抽了几个人去支援重灾区的建设了。”后来他逐渐平静下来，我们小队长让他在我们村吃了饭才回煤窑上班。那个时候，大家伙在党中央的领导下，真的是万众一心，团结互助，大家都好像一家人一样。我们村灾情不严重，没有来解放军，也没有来医疗队，但是，当我们听说东边有的村来了解放军和医疗队帮助他们恢复生产时，乡亲们都是激动万分，好像接受帮助的是我们村民一样，都说还是毛主席好，还是共产党好！

除了以上两件事以外，我记得有好长一段时间，村里都派人监督，不让老百姓在屋里睡，晚上还有巡夜的，都不让吸烟（都是用玉米秸搭的庵子，容易着火)，还有人宣传地震知识，好像是老鼠不怕人了，乱窜就是快要地震了；长虫往外爬也是快要地震了；蚂蚁叼着白色的幼蚁也是快要地震了。乡亲们都说，还是共产党的干部把咱老百姓的性命放在心上，要是新中国成立前，那些贪官污吏谁管老百姓的死活?!

口　　述：赵秀亮

走访整理：中共任县县委党史研究室　尼国霞

# 五

任朝东

我叫任朝东，今年 67 岁，任县邢家湾穆口村人。地震那一年我 17 岁，不上学了，当时在打井队上班。我记得当时是三班倒，3 月 7 号晚上 10 点我才下班。3 月 8 号凌晨地震开始了，震了三次，我晚上没脱衣服睡觉，感觉到地震后赶紧起来跑到院子里。早晨人心惶惶的，都没有吃饭，到快晌午的时候，村里传开了，说是地震，都不让到屋里去（那时候村里没有喇叭），都叫搭庵子住。我记得地震过后三两天，在我家南边一块空地上，有一个盖了半拉子的房筒子，墙体大概有一米五高，我家和我们邻居有四五家人家，就着人家的墙体，在上面搭了一些玉米秸或是秫秸箔，大家都住在里面，亲如一家。村北边地里裂缝了，又是喷水，又是喷沙，喷出来的沙子后来盖房子都用了，那时的口号是“你喷水来我浇地，你喷沙来我盖房”。

我记得我们村还来了解放军和医疗队，解放军都是帮着老百姓干活，老百姓干啥活解放军就帮忙干啥活。医疗队（刚开始来的是军医，都穿着白大褂，绿领子和红领章格外鲜艳，看着特别精神，后来的医疗队就是各个大医院抽调的骨干医生）肩上背着医疗箱，挨家挨户查问，查看老百姓受伤情况。当时邢家湾灾情并不严重，所以没有重伤，轻伤的当场给清理伤口、上药。也有老百姓请医疗队给看其他病症的，医生们都是尽心尽力地救治老百姓的伤痛，还不要钱，大家伙对解放军和医疗队都心存感激。后来，我们村还发放了很多救灾物资，穷苦的老百姓都能领到救命的东西。我记得周总理去逝的那一天，林子的娘整整一天没有吃一口东西。平时一有救济，大队上总是想着她，我们的好总理去世了，她能不伤心吗？后来她说，要不是共产党早就没有她这个老婆子了。那时候老百姓都念共产党的好。

口　　述：任朝东

走访整理：中共任县县委党史研究室　尼国霞

# 岁月荏苒　记忆犹新

张文斗

我叫张文斗，今年 64 岁，现在是穆口村老年协会会长。我记得地震是 1966 年 3 月 8 日凌晨发生的，外面飘着雪，当时我正在本村上高小。

据我回忆当年地震时比较强的震感有 3 次，先是“呜呜”响，后是“哗哗”响，跟着房屋来回晃。第二次震感来得比较猛，与第一次相隔十来分钟，因为学校老师前几天刚讲了原子弹的情况，我当时想着是不是原子弹爆发，就用被子蒙住头，在里面一动也不敢动，后来又有一阵儿比较猛。

天明后，学校暂时停课，不能上学了，我们就和同学三五成群地跑着玩，我们到村北小庄地里，看到地里有裂缝，裂缝总体呈东北西南走向。裂缝合住后还有 20 公分宽，裂缝从村北地里到村里大概有 3 里，往北还有，但我没有往北去看，也不知延伸多远。地震中心就在我们村东北方向的隆尧县尹村、白家寨一带。地震时从裂缝里喷出来黑水和黑沙土，黑水流走了，喷出的水能浇两三窨地。黑沙沉淀在井边，黑沙土中有麦秸灰和草木灰，后来村里盖简易房把喷出来的沙土用来盖了简易房。地震把我们村土井井底的井盘都喷出来了，井盘是用木头做的，直径两米半，厚度有 1 尺。

地震后，我们村房屋倒塌的不多，晃酥的较多。当时那个年代生活条件差，房子破旧，都是泥打墙、坯打墙，最好的就是表砖房，好像燕子垒窝，谁家要是能盖个鸽子窝式的房子那就很了不起了。

在地震发生当天晚些时候，政府领导到村里来了，查看灾情，慰问群众。当时下着雪，群众都忙着在街里搭庵子，搭庵子一个是群众自觉，不敢在屋里住，二是上级怕余震再造成伤亡不允许人们进屋。

地震后学校停了一个星期的课，老师领着学生干活，高年级的搭简易房，低年级的在操场空地上挖地窨子。我盖了两天简易房，地震把学校原先的房顶震裂了，只好把原先的房顶拆掉，把房屋修得低点，再用秫秸把顶棚住。这样房子矮，房顶轻，有地震发生也砸不住人。

口　　述：张文斗

走访整理：中共任县县委党史研究室　孙晓静

# 刻骨铭心　难忘党恩

张记堂

我叫张记堂，今年69岁，任县穆口村人，曾在本村任过村长。当年发生地震时我在上夜校，是大队电工。我家里兄弟姐妹多，房屋少，两兄弟，两姐妹，姐姐和外甥都在一个炕上睡。家里没地方睡，父亲在干活的磨坊睡，我就和其他几个年轻人在队里羊圈睡，晚上顺便给队里看羊。每天夜校放学后，我们年轻人会凑在一起烤火说会儿话再睡觉。那夜睡了没多长时间就发生了地震，当时也不知道是地震。我惦记着家里人就跑回家看情况，回家后，一看房屋倒了，我们家人都在院里鸡窝上坐着呢，没穿衣服冻得直打哆嗦。我到家后先进屋把被子、衣服从屋里抱出来，让他们都穿上衣服，后来，一问情况才知道地震时我娘没有及时跑出来，半个身子被砸在屋里，还是邻居老大爷听见我家哭喊声，到家里帮忙把我娘从屋里拉出来的。当时家里穷，房子也破，幸运的是我娘没有被砸伤。等过了不大一会儿，父亲回到家里，一看家里人都没事，这才放心，平静下来转身一看3间房屋全倒塌了，父亲愁得又直哭，嘴里直说："这可怎么办啊？"

当年地震后提出的口号是"自力更生、奋发图强"。我们村里队上有窑，国家拨给煤和碳，自己动手烧砖、盖房，村里规划让每家都有房住，人多的3间，人少的两间。以前村里最好的房子是表砖房，现在是单砖加垛，比以前好多了，我们全家都很高兴，也很感谢党和政府。

地震后上面来了医疗队，因为当时我岁数小没怎么操心这事，只记得我们村里没有受重伤的。医疗队到村后，老百姓的老年病、地方病等也给看，看病、拿药都不要钱，当时就觉得他们人很好。

我印象深刻的还有一件事，地震发生的当天上午大概10点钟左右，有一队解放军从邢湾经过。先是骑马的骑兵连，后来是步兵拿着军用铁锹跑步经过，他们都背着背包，在路边向村民问了一下村名，看了看情况后，看着受灾不是很严重，就继续前行往地震中心区隆尧方向跑去了。我们这里平时看见解放军挺少，乍一见觉得很新鲜，大人、小孩都在路边站着看。他们队形十分整齐，等他们跑过去我才发现他们后背的衣服都被汗水浸透了，当时天还不暖和，可见他们是从很远的地方跑步过来的，看见这些真是叫人感动。

口　　述：张记堂

走访整理：中共任县县委党史研究室　孙晓静

# 地震记忆

王不会

我叫王不会，今年 62 岁，退休前曾担任邢家湾学区穆口学校校长，邢家湾学区会计、学区教研员。我能当上老师，在很大程度上是受到李志勋老师的熏陶和鼓舞，他在我们心中是既平凡又伟大的，1966 年地震中，他给我的印象尤为深刻，那种感动至今难忘。

1966 年 3 月 8 日清晨，一阵阵“轰隆隆”的响声，把我和一位小同学（他和我一起睡）从睡梦中惊醒，我们都没顾上穿衣服和鞋子，从炕上一蹿，蹿到地上就往外跑。还没跑出家门口，邻居家一座旧土坯房轰然倒下，腾起一片土气，吓得我们又赶紧往外跑。这时大人们也从屋里跑出来，让我们蹲到院中不要乱跑，他们到屋中拿出衣服、鞋子，我和几个小伙伴在黑暗中胡乱穿了一件上衣。大家冷得直哆嗦，正在这时，李志勋老师出现在我的面前，显然，他是一路小跑过来的。他只穿了一件内衣，头上直冒热气，他看到我安然无恙，像是一颗心落到肚子里一样，温和地说：“你们不要害怕，这是地震，只要没被房子砸到就没有事。”后来，他说还要到其他同学家里看看，就一路小跑向贾俊军家跑去（李老师平时晚上经常查看我们学习小组的情况，也经常家访，所以每个同学的家他都知道在哪里）。借着白雪反射的冷光，我发现李志勋老师只穿了一件内衣（前两天刚刚下了一场雪，天还是很冷的），看到此情此景，我的心里无比感动，胸中好像有一股热浪在翻滚。天亮后，我们得知，李老师从凌晨地震发生到早上 8 点，跑遍了每个同学家，得知我们都没有受伤，他才露出一点笑容，这个笑容深深地刻在我的心中，老师真伟大！我长大后也要当老师！把欢乐留给别人，做学生的贴心人！

地震中我们基层干部也发挥了巨大作用。在我的记忆里，邢家湾人民公社的领导（年代久远，忘记叫啥名字了）和当时的大队党支部一班人马为群众跑前跑后，忙个不停。地震那天，天刚亮，公社干部就领着穆口村大队的几个干部挨家挨户地查看受灾情况，并登记造册，指定建防震棚的地点，告诉人们要远离危房，远离高大建筑，还讲了一些防震棚的搭建方法。地震后第二天，公社干部又领着解放军卫生医疗队走家串户，救治地震中砸伤的人员和一些老年病人，并送去面粉和青菜还有一些生活必需品。公社干部对群众嘘寒问暖，让老百姓感受到了共产党的英明和伟大，让老百姓感受到了党送来的温暖。我家对门李仁子的老母亲，在周总理逝世后不吃饭也不喝水，问她为什么，她说："周总理是我见到的第一位大干部，周总理不忘我们老百姓，我们也不能忘了他老人家，我要把周总理记在心里一辈子！"她一家经常领取政府发放的补助、救济，所以当听说周总理逝世后她很是伤心，她不但自己不吃不喝，也让儿孙们这样做。

地震后，我们村周围建了砖窑群。那是周总理视察了地震中心白家寨村以后不久，就发出了"自力更生、奋发图强、发展生产、重建家园"的伟大号召。所以我们灾区人民积极响应，开展了大规模的生产自救，大家科学分工，把生产队里的全体妇女和弱劳力组织起来，锄划麦地，平整地震破坏了的土地，挖出黑沙掩埋的麦苗，组织青壮年劳动力拆除地震中震坏的房屋，打坯、建烧砖窑。烧砖窑以各生产队为单位，半丘半埋，全部自己动手，建起了村子周围一连串的烧砖窑。穆口村北门以西是一队、二队、三队的 3 座烧砖窑，北门以东是五队、六队、八队的烧砖窑，村西是九队、十队的烧砖窑，村南是十一队、十二队、十三队的烧砖窑。有的生产队还发明了立式烧窑，一层坯子一层煤，不用建窑，照样烧出砖来。我们村当时大打了一场烧砖建房的人民战争。那段时间，往村边一走就能看见有拉土的、有脱坯的、有装窑的、有上煤的、有点火的、有出窑的，好一派热闹景象。人民群众有无限的创造力，什么人间奇迹都可以创造出来，在地震过后不到 3 年的时间里，一个崭新的邢家湾就呈现在世人面前，正像那首歌里唱的一样："地动咱不动，山摇咱不摇，毛泽东思想来武装，人间奇迹咱开创！"

作　　者：王不会

走访整理：中共任县县委党史研究室　杨华

# 战天斗地夺高产

王东海

我叫王东海，今年 83 岁，任县环水村人，退休干部。1966 年邢台发生大地震时我在村任大队支部书记。我记得当年地震发生后，群众心里比较乱，情绪低落，谣言四起，县委书记王周南当时一直在环水村蹲点工作，地震发生那夜他就住在环水村一户农民家里，地震发生后他组织村民救灾，从精神上鼓励大家，告诉村民别害怕。同时，组织村里的党员干部开群众会，在村里忙活了很多天一直没走。

地震发生几天后，河北省委书记刘子厚来到环水村视察灾情。到村后他走了几户，看了看情况，记得当时去的是王二彪家。王二彪家离大队部比较近，到他家里后，看了看他家的房子，问了问家里现在的情况，刘子厚安慰王二彪一家说："别害怕，有政府!"王二彪家当时住的是地主家的房子（土地改革时分的地主家的房子），房子盖的质量较好，地震只是造成房子裂缝，并没有大的损坏。后来，邢台地委书记刘琦也到村里来了，到村后先到大队部开了个会，问了问村里的具体情况。从地委书记刘琦来视察工作之后，我们村决定把村里的旧房推倒，统一规划，组织村民建设新农村，翻建防震房。我记得当时是从唐山请来的设计师，统一设计的图纸，由省委书记刘子厚帮忙拨款盖的房子，那一年一共给了 5 万块钱，最后钱也没用完。

地震前，环水村街道不正，曲里拐弯的，统一规划重建后，东西两条大街打通，街道整齐，宽有 10 米。盖房靠的是村里人自力更生，盖房用的砖是旧砖加新砖，先用旧砖，旧砖不够再用新砖，新砖是村里自建的土窑烧制而成。房子由村里人自己盖，盖房干活都挣工分，新农村房建成后群众住的房子比原来敞亮多了。盖的新房子比较矮，又防水又防震，老百姓都愿住，村里住上新房的老百姓很高兴。大家纷纷夸奖共产党好，毛主席好，那个时候队里开会，兴致高涨时大家都会情不自禁地高喊："共产党万岁！毛主席万岁！"

记得当年，地震发生后国家的救灾工作做得很及时，支援力度也很大。上级分配来的救灾物资种类很多，吃的有大米、蔬菜，像大米我们这边平时很少见，蔬菜的种类更多，有的我们根本就没见过，不知道是什么。

地震发生大概 20 多天后，西藏同胞支援灾区，千里迢迢送来了马匹，要求我们村去参加现场会。当时我们村派我去的隆尧县白家寨灾区，分给我们村一匹西藏马，我记得是一匹枣红马。开完会当天，那边派人给送到村里来的，马的个子不小，很听话，干活劲儿挺大。这真是"一方有难，八方支援"啊！

地震发生后，我们村里地形基本上没什么变化，只是地震后水位下降，水缺了，造成干旱的现象。到冬天种麦时，村里组织村民自己动手打土井，种麦子。土井一般往地下挖一丈二左右，挖土井时 5 个人，一天能挖两口井，一挖就是 4 口（紧挨着挖 4 口井，方便浇地，浇得快）。我们村一共有 12 个队，一个队上有二三十人挖土井，全村有 80 多个小组，共挖土井 2000 多个。一口土井一天能浇一亩多地，4 口土井浇四五亩地。我们附近别的村因为干旱，有的连麦子都没有种上。我们村当年因为挖土井，村里多种了 8400 多亩麦子。1967 年夏天，麦子获得了大丰收，当时其他村的麦子平均亩产是 100 多斤，我们村亩产达到 400 多斤，卖给国家 60 多万斤粮食。麦子丰收后，中央电视台新闻报道了这件事，因为当时没电视，是以电影的方式播放的，题目是《灾后夺丰收》。由于工作做得好，县里在我们村开的现场会，鼓励大家向我们村学习，说我们村是真正做到了自力更生。忘记是哪一年了，反正就是地震那一段时间吧，吕玉兰还来到我们村学习小麦高产的经验呢！那时候村民们也都特别自豪，干劲儿十足！

口　　述：王东海

走访整理：中共任县县委党史研究室　孙晓静

# 自力更生渡难关

我叫刘方兴，今年 67 岁，我和刘东喜都是任县环水村人，他比我大 4 岁。1966 年我在村小队上干记工员的工作。当年地震时我们村房子倒塌的不多，震出毛病的挺多。那是因为我们村地势较低，是历史上有名的滞洪区，村里水脉浅，往下挖七八尺深就有水，都是用辘轳浇地。经常发水，房子都盖不及，所以土坯房少，砖房、空心房多，这种房子像鸽子窝，拉扯劲大，所以地震时倒塌的少。地震把房子震得都裂了缝，老百姓都不敢在里面住了。因房子没有倒塌，村民受伤的也不多。

刘方兴

当时国家实行的政策是生产自救，地震后，村小队上组织村民盖简易房，挖地窨子，搭小屋。村里大部分人都参加劳动，妇女也包括在内，大家干得是热火朝天。地震后不久，村里决定盖防震房，打通了两道街。先盖的是街面上的房子，盖房时，大队烧砖，盖的是工字房，房上可来回走动，房子之间互相连接、拉扯（由于我们当地经常发大水，这样盖房子，方便群众在发大水时从房顶上逃到更高的地方去），这样既防震又防洪。后来“文化大革命”开始闹起来，把县委书记王周南打倒了，房子也不盖了。

刘东喜

我们村当时还有一大亮点值得一提：十二队上有 12 个姑娘（个顶个干活不要命，村里人都叫她们“铁姑娘”），吴佩玉任铁姑娘队队长，她带领这群姑娘们起早贪黑地干活，丝毫不输男劳力。吴佩玉更是身先士卒，有一次，村里盖房需要用灰，她赤脚趟灰把腿脚都烧伤了（把石灰块用水泡后，温度很高，当灰快洇好时，她以为温度不高了，就光着脚丫子在灰里来回走，为的是让灰和得匀一些，结果却被灰烧伤了）。像这样的事还有很多，人们在劳动面前根本就没有考虑过个人得失，经常是不要命地去干。她们勇于吃苦，乐于吃苦的奉献精神令我们十分敬佩。

当时那个年代我们这里的民风、村风很好，老百姓做好事从来不留名，比如说盖房砖不够，群众晚上吃过饭就去干活了。从窑上到村里有三四里地，一夜之间能背来那么多砖，谁背来的不知道，可见当时的老百姓干劲儿有多大。盖房时老百姓把自己家的檩条都贡献出去。还有，大队部门前有一块像黑板一样的东西，上面钉上钉，像钢笔什么的东西挂在上面，失物招领，村里没人领也没人认。

口　　述：刘方兴　刘东喜

走访整理：中共任县县委党史研究室　孙晓静

# 党的恩情永不忘

左根周

我叫左根周，任县邢湾镇新四村人，今年70岁，现任村党支部书记。1966年地震时我20多岁，在村任小队长。据我回忆当时地震的情况是这样的：1966年3月7日晚，村里檀占东结婚，我和本村四五个年轻人闹洞房，到3月8日凌晨我才回到家，当时家里没钟表，我是四五点钟进的屋，刚坐到炕沿上，地震就开始了。先是大地突然隆隆作响，随即剧烈抖动，上下颠簸，我就跑出屋在院里喊起来，家里的年轻人动作快，都没来得及穿上衣服就从屋里跑了出来，有的手里拿着衣服就跑到了街上。奶奶当时在东屋睡，她岁数大了，耳朵不好使，我到东屋把奶奶叫起来，一起到外边空地上。到街上一看左邻右舍的都从家里跑出来了，当时的人没经过这事也没听说过，不知道是地震，大家弄不明白到底发生了什么事。老年人按迷信的说法说："这是鳌鱼打滚呢！"整个村里大人喊，孩子叫，乱成一团。

这次地震，我们村里房屋倒塌的占1/3，房屋外墙掉砖和被晃酥的房屋占多数，有70%—80%，村里大多数老人没能及时从屋里出来。因为20世纪60年代村里大多住的都是土坯房和表砖内土坯房，房屋也不高，再加上这里不是地震中心地带，所以受重伤者不多，受外伤等轻伤者居多。村里的赤脚医生及时地为村民进行了包扎救治，之后上级派医疗人员赶到灾区支援。按当时的说法就是来了好医生，有男有女，一共四五个人。他们来后对伤员进行消毒、止血和包扎处理，指导和组织群众对伤员进行护理，并免费赠送了药品。

地震过后，村民不敢在家里睡，都到村里空地上搭庵子睡，村支书组织村里的年轻人晚上集中到三官庙的空地上搭庵子，夜晚巡视，怕有人回家里睡再地震出事。后来，村里人在街里搭庵子一直睡了一年多。

自3月8日地震后，余震不断，我印象最深的是3月15日下午1点多钟，那次的余震很大。事情是这样的，由于3月8日的地震造成村里的民房没有倒塌的也被晃酥成了危房，不能再住人，村里按照上级指示实行生产自救。那天，我和檀志华正在他家里帮忙搭架子修房子，我在砌砖，他在垒坯，余震一开始，我们就从房圈子里跑了出来，好险没被砸到里边。因为经过3月8日的地震，我们的警惕性都很高。

口　　述：左根周

走访整理：中共任县县委党史研究室　孙晓静

# 自强不息建家园

左改现

我叫左改现，任县邢湾镇新四村人，今年77岁。1966年我在村里是小队的会计。当年地震时我正在屋里睡觉，地震开始我被惊醒后就拿着衣服抱着被子从屋里跑到了街里，当时我家里有七八口人，年轻人多，没有上岁数的老人，都及时从家里跑了出来。自己家里人没事，我就去看望了本村的亲戚朋友，看他们有事没有。我家的房子是表砖内土坯房，有的外墙是砖，地震时没有倒塌，外墙的砖掉落了，房子有裂缝损坏，后来自己动手进行了修补。

村里3月8日发生地震之后，余震不断，乡亲们被吓怕了，都在村里街上或是地方大点的空地上搭庵子住。先是一个小队搭一个大庵子，不分男女，都住在里边（主要是怕再发生地震）。后来时间长了，也没再发生大的地震，这么多人住在一起也不方便，村民就自己分开搭庵子住，一户一个，各搭各的，也有挖地窨子的。所谓地窨子，就是在地上挖一个坑，坑有二三尺深，最多1米深，然后在坑沿上按照前边高，后边低，再蓬上三四尺高的砖，顶上再搭建木头、铺秫秸箔，上面再盖土、抹泥。我们一家人在村里空地上也搭了两个庵子，一直睡了一年多。

地震后村里的危房很多，所以村里决定毁坏的房屋都拆掉统一规划、重建。党和政府对灾区的恢复重建极为关心，按照上级指示，要建设社会主义新农村。村子在重建前研究制订了严密的方案，对房屋、街道的布局实行统一规划，合理安排，对房屋的结构形式进行科学设计，对质量严格把关。

在建防震房过程中，任县坚持以自力更生为主、国家支援为辅的原则。村里由大队组织劳力，在村防洪台东面窑坑烧砖，同时，组织一些村民去隆尧县山口烧灰，准备盖防震房用，资金由国家直接拨钱给大队。当时，农村实行的是生产队责任制，盖房由大队出工，干活记工分，都按满分10分记，平时下地劳动男劳力记满分 10 分，女劳力记 9 分，小孩记 5 分或 6 分。一个小队派上几个人，两三天盖一排房，一排 12 间，盖房时全村人起早贪黑地干。防震房全部是砖房，白灰砂浆砌缝，整齐排列。房子有 1 间的，有两间的，有 3 间的，最大是 3 间一个屋。由于是防震房，所以高度不能超过 3 米。新房盖好后，由大队统一分配，分配标准是按人头和家里原先房屋多少来分，最低限度保证家里几代人都能住下。面对地震后的排排新房，灾区人民欢天喜地，大家伙对党和政府的恩情铭记在心，不能忘怀！

口　　述：左改现

走访整理：中共任县县委党史研究室　孙晓静

# 一方有难，八方支援

檀志军

我叫檀志军，今年 76 岁，任县邢湾镇新四村人，是村里一名普通村民。记得当年发生地震时，村里人心惶惶，乱成一团，天明以后余震很多次。地震发生后，县、公社干部及时赶到了村里，他们冒着余震的危险，了解灾情，组织互救，宣传地震知识。村、小队干部也带头进行宣传，有的在街里写标语，还有的以黑板报的形式进行宣传。主要是怕村民迷信，他们宣讲的都是科学知识，比如说地震是自然灾害，怎样防护地震等方面的知识。这样既稳定了群众情绪，又使灾区人民振奋了精神，破除了迷信。

檀红申

我叫檀红申，今年 73 岁，当时是新四村村里的一名普通村民，地震后在村小队上任职。我记得地震时从地里往外喷黑沙土，村东的地出现裂缝，后来又自己合上，村里房屋倒塌得不多，但百分之七八十都成了不适合居住的危房，本村地里的水井当时都是砖井，全村只有一眼机井，倒是没有遭到破坏。

邢台地区发生地震的消息经电台、报纸报道后，全国人民热情关怀，给了灾区积极的支援，运来了许多生产资料和生活资料。地震两三天后，上级拨来不少救灾物资，有搭庵子用的木杆、苇席，吃的东西除了米、面、油以外，也包括很多种类的蔬菜，连南方的菱角、荸荠都有，还有烧的煤炭和衣服、棉被，真是吃、穿、住、用样样有。这些救灾物资到村后，大队按人头及时分到村民的手中。四面八方的救灾物资汇集到灾区，给灾区人民以极大的物质资助和精神鼓舞。

当时地震后，村里提倡实行的是生产、生活自救，震后大概一两个月，国家往村里发放了贷款，额度有 30 元的、有 20 元的。生产队贷款用以进行农业生产，比如买化肥、种子等农资农具，农户贷款用以自己生活所需，买生活必需品。后来，国家用以生产生活自救发放的贷款，没有能力归还的国家统一都给免了（除还贷）。

我们记得，除了 3 月 8 日的强烈地震，印象比较深的还有一次，就是 3 月 15 日的强烈余震。当时是下午一点多钟，我们和其他村民正在地里上工干活，那天好像是正在平地，突然大地开始摇晃，先是往上颠，然后是左右晃，人在地里不敢站，也站不住，趴在地上，井里的水都晃出了井口，大家往村子的方向看，村里是烟尘滚滚，知道是房屋倒塌了（当时是土坯房，这次房屋裂缝、外墙表砖掉的多，倒塌的少）。因当时没有交通工具，村民去地里上工干活都是走着去，这块地离村子也近，地震过后村民一起跑回村里。这次地震当天，县里和公社干部就下乡到村里来了，他们到村后先开了一个会，然后走访了受灾群众，看了看每家的情况，说了说注意事项。这些充分说明了党和政府对我们的关怀之情，我们老百姓打心眼儿里是非常感激的。

口　　述：檀志军　檀红申

走访整理：中共任县县委党史研究室　孙晓静

# 情注重灾区　自愿献热血

从左至右依次为：付双录、李志华、吴培本、赵占通

荆庄乡平头楼村位于我县的西北方向，距离宁晋县相对较近。在 20 世纪 60 年代，人们生活非常困难，自身的温饱都是问题，遇到灾年，生活更是艰难。1966 年 3 月 8 日，邢台发生地震，新河县也不同程度地受了灾。荆庄乡平头楼村的青年们听到宁晋县受灾较重，心里十分着急。他们把宁晋县灾区人民的困难，当作自己的困难，把受伤兄弟姐妹的痛苦当作自己的痛苦。3 月 11 日，该村 31 名青年自发到宁晋县爱心献血。他们用自己的实际行动表达了对重灾区兄弟姐妹的一片真心。

2015 年 12 月 8 日，新河县党史研究室一行三人来到荆庄乡平头楼村大队部，对当时到宁晋县献血的部分人员进行了采访。

李志华（70 岁）：当时我县有一个俱乐部在我们平头楼村，领导人是付同江。当时俱乐部的骨干和青年积极分子们，听到宁晋县耿庄桥一带遭受强烈的地震灾害后，心情十分沉重，特别着急。在 1966 年 3 月 10 日晚上，团支部书记付同江、副书记张秀果召开会议，在会上我们学习了《纪念白求恩》和王杰的革命精神，并以“阶级弟兄受了灾我们怎么办”为题，开展了一次大讨论。大家一致认为：王杰同志当时也是救了十几名阶级弟兄，奉献了自己宝贵的青春。而白求恩是个外国人，为中国人民的革命事业都流尽了最后一滴血，我们应该向他们学习。虽然我们这儿也受了灾，但受灾相对较轻，对灾区人民的困难决不能袖手旁观。他们伤在身上，我们疼在心上，他们的痛苦就是我们的痛苦，我们一定要与他们同呼吸、共命运。

吴培本（75 岁）：现在对当时的场面记忆还很深刻，我们大家越讨论心情越激动，虽然身在会场，但我们赤诚的心早已和受灾群众的心连接在一起。记得当时是吴桂菊（团员）和殷新果（积极分子）提出来，我们要怎样分担灾区人民的痛苦才是最现实的，灾区的兄弟姐妹们受伤的肯定不少，正需要输血，我们应当为他们献血，让他们早日恢复健康，早日投入到生产建设上来。与会的同志们听到这个提议，反响强烈，觉得很实用，很符合当前的实际情况。当时我们经济上没有什么力量，但是我们有热血，那就献出我们的一腔热血吧，于是大家一致表示同意，确定第二天清晨到宁晋县医院去献血。

赵占通（70 岁）：我记得当时我们开会的是 30 人，第二天献血去了 31 人，16 名团员和 15 名积极青年，其中有 9 名女同志。郭春芬因她母亲有病晚上熬药没有参加会议，听说这件事后，第二天也主动加入了献血队伍。

多年过去了，很多人都已经去世了，也有的女同志嫁到外地，现在我们村就只剩下我们 4 个人了，能回想起来的人名也不全了，能记住的只有这 25 人：付同江、付同利、付双录、李志华、殷新果、韩四果、郭春芬、吴培本、曹振波、赵吕连、吴翠芬、付样锁、付爱果、付香改、付民圣、张长岑、韩样果、吴桂菊、张秀果、赵国栋、付秀振、赵翠兰、刘样君、魏桂省、刘计改等。

付双录（70 岁）：第二天早晨 5 点，我们集合在一起，骑着自行车就出发了，有的是自己的自行车，有的是借别人的自行车。我们在路上互相聊天时得知，很多人由于心情激动，热血沸腾，头天晚上彻夜未眠。

记得当时到了宁晋县医院抢救办公室后，我们说明了来意，抢救办公室的负责同志问我们是谁叫我们来的，我记得很清楚，当时我们说："我们学习了毛主席著作，是毛主席叫我们来的。"后来我们当场验了血型，医院负责同志说："重伤病号已经运往外地医院，现在医院里住的都是轻伤病号，暂时还不需要输血，你们的血型已经验了，我们也做了登记，你们先回去吧，什么时候需要，我们再通知你们。"当时我们就是全心全意地想去献血的，所以就希望宁晋医院把我们的血抽出来再运往外地医院，但当时由于条件不成熟，最后也没抽血。我们吃了自己带的凉干粮后，就骑着自行车又返回来了，回到家时，天已经黑了。也不知是累的，还是抽血化验的原因，我们当中许多人都是一觉睡到了第二天天黑。

口　　述：付双录　李志华　吴培本　赵占通

走访整理：中共新河县委党史研究室　白敬缺

　　　　　中共新河县委办公室　王伟华

# 1966 年大地震

乞朝栋

我叫乞朝栋，出生于 1926 年 3 月，离休干部。1966 年农历三月初一地震时，我在寻寨完小任教。下午上课时忽然感到剧烈摇晃，站立不住，师生们撞撞蹦蹦地跑出教室。街里也乱声哗嚷："地震！地震！"余震还不断出现。街里早先一口填平的枯井，冒出水柱，还带着黑沙。部分房屋倒塌，不少房子出现裂缝。因震时在白天，没有人员伤亡。

第二天，4813 部队就赶来救灾，到各户帮着搭建临时简易棚，帮助孤寡老人安排食宿。随行公社干部传话说："中央首长来视察慰问，快组织学生前去迎接。"当即我率学生到指定地点，在村东边高地下面一片平地，把我们的学生安排在最前边，后边是公社干部和群众，两边是军队。在不远的地方用白布打成的十字为标志。直升机来了，旋转了两圈缓缓落地，走来了李先念副总理，我们就热烈鼓掌欢迎。我首先看到这位伟人苍白的头发，长方形的脸庞，两个明亮的大眼睛，一身浅灰色的着装，身穿对门上衣，扣子是黑布条做成的蒜疙瘩黑扣，盘龙的扣门，排列整齐，非常醒目，下边穿的是圆口布鞋，这朴素文雅的形象，令人倍感亲切。他挥了挥手用柔和的声调说："乡亲们、同志们，惊悉你们遭受地震灾害，我受党中央、毛主席委托前来看望大家（又是一阵掌声），无情的地震，破坏了你们的房屋，砸坏了家什，造成很大损失，你们要鼓起勇气，克服困难，艰苦奋斗，努力生产，'家里丢了地里找'（这指示性的名言，已在报上刊登）。"把家里丢失的从地里找回来，围绕这个中心副总理讲了许多，鼓勇气、战困难、树雄心、建家园……接着由公社领导、部队首长陪同副总理到寻寨中学和村内进行视察。学校有几段围墙歪斜，两个教室有几道裂缝，大街两旁房屋倒的倒，裂的裂，破砖烂瓦满街皆是。行至寻寨十字街时，有一口水井，溢出大片黑水，挡住了路。为了首长的安全，经当时的县委书记许世平、县长王月华等同志再三劝阻，李副总理才止住脚步。在往回走时，有的百姓还在土堆里刨东西，搭简易棚，李副总理心情激动，还流下了眼泪。

翌日，又有地质学家李四光，在省领导杨一辰的陪同下，也乘直升机在村北边落地，来村里视察、勘测灾情。他还以地质专家的权威性理论，给全县广大干部、群众讲解了相关地震知识，从而进一步稳定了群众的思想情绪。

战士们帮助清理坍塌的砖瓦土块，清扫街道，帮助老弱病残担水扫院，深入群众，宣传党的政策，党的关怀。我们学校也在村边挖坑搭起简易教室上课，9 天后我们就搬回了学校。我们师生还收集了战士们的感人事迹，编写了快板，歌颂子弟兵的先进事迹。约两周后各单位、各部门与部队进行了联欢。第二天全街的干部、群众欢送亲爱的子弟兵，都目送了老远。

作　　者：乞朝栋

走访整理：中共新河县委党史研究室　白敬缺

# 抗震救灾的伟大胜利

邢连印

我叫邢连印，出生于1934年12月，原人大主任。1966年邢台大地震，新河县是重点县之一，这是新河在经历了1963年毁灭性的大洪水灾害之后，两年多的时间又经历的一次毁灭性的自然灾害。我是两次灾害的亲身经历者。当时我任县委办公室副主任，下面我就把地震灾害的情况简要回顾一下。

1966年3月8日隆尧发生了强烈地震，新河震感也非常明显，当时我县抽调的“四清”工作队，正在隆尧县农村搞“四清”。8日上午，就接到隆尧的电话，说有十几名“四清”工作队员被地震倒房砸死，我当时非常惊慌。10日，县委派我们去牛家桥看望“四清”队员，我们见到各村房倒屋塌，死伤无数，这件事对全县震动很大。不知道是否还有大地震发生，人们晚上都不敢在屋里睡觉。

3月22日下午2点，县委正在会议室召开公社书记和有关单位领导人参加的会议，研究部署有关抗震救灾和加强防震的工作，突然天摇地动，人们连忙跑到院子里，站都站不住，只得蹲在地下，眼看着附近很多房屋倒塌，尘土飞扬。当时，主持会议的县委书记许世平宣布立即休会，命令各级党委领导干部即刻返回单位，全力以赴，抢险救人。

县委机关当时除留下了值班和要向上级汇报情况的人员外，其他人都下去救灾了。我记得县委副书记、常委各率一部分县委机关干部，分头赶赴三街、三关和附近村庄，带头抢险。县长王月华带领人委一部分干部，赶赴新河中学救火。

县委让我们几个人立即乘车，到受灾严重的北陈海大队去查看。当时，一走出县委大院门口，就看到大地震造成的残破场景，成片成片的房屋倒了，真是分不清是街道还是小院，车辆已很难通行。从屋里跑出来的大人孩子，惊魂未定，有的哭喊，有的奔跑着去别处找人，有的蹲在地上不敢站立，还有的仍然抱着树不敢放手，更有的冒着余震的危险从摇摇欲坠的危房内往外救人，各种各样的景象，一片混乱。

一路上余震不断，田间和公路上有很多裂缝，有的深不见底，不时向外冒着黑水。干部群众惊慌不安，我们随即安定群众情绪，着手搭建窝棚挖地窨子，以便临时安息。同时相互帮助，拿出现有的粮菜，支锅造饭，尤其是对老弱病残做好照顾。

几天后，国务院副总理李先念同志，受毛主席、周总理的委托来到寻寨村，对灾民进行慰问，号召大家自力更生、艰苦奋斗、发展生产、重建家园，对灾区人民鼓舞极大。

紧接着，从祖国四面八方发来大批粮、钱款、物资，使灾区人民深刻感受到党和国家的亲切关怀和社会主义制度的优越。

群众生活安定后，重建家园的物资迅速运到，有大量的煤炭、石灰、木材等，为尽快重建家园，建设新农村提供了保障。为此，县委当时还派了调查组入村入户征集群众意见，常委蹲点摸底。当时出现的问题是：盖房与当前生产发生矛盾，劳力不好安排，公私两方分头盖房，救灾款不好分配；房多人少和人多房少户，缺人少料，盖房困难；有的按原墙旧基重盖，院小胡同窄不宜防震；还有些户因多次遭灾失去了盖房的信心；等等。

后来为了推动集体盖房，我们先后在仙庄、南陈海、南张化办了建房试点。当时我是深入到南陈海村，搞建房试点，组织了统一规划组、建房班子。之后又先后在南陈海、仙庄、南张化 3 个试点村召开了现场会，总结推广了他们盖房的成功经验。南陈海的经验是：毛主席思想挂帅，支部加强领导，层层统一思想，群众讨论决定。仙庄的经验是：集体盖的有利于防洪防震，有利于调剂物料，可以解决生产和建房的矛盾，解决困难户建房和住房的困难，增强集体观念。南张化的经验是：统一思想、统一规划、统一物料。随后，又将 3 个试点村扩大为 16 个试点村，继续摸索经验。

经过一两年的努力，一个个新村拔地而起，人们开始了安居乐业的新生活，英勇不屈的新河县人民终于取得了抗震救灾的伟大胜利。

作　　者：邢连印

走访整理：新河县残联理事长　信忠申

# 经历地震

秦中元

我叫秦中元，出生于1951年9月16日，原政府副县长。1966年3月8日和22日，邢台地区发生了地震，那年我正上初中。3月8日早晨5点多钟，我刚醒，还没起床。忽然，我家的土炕连同我和哥哥摇晃起来，黑乎乎的只看见房顶也在晃，门窗响，房子也在响。我当时根本就不懂什么是地震，躺在床上一动不动，感觉很好玩，后来犹如闷雷一般的响声由近及远，拉着音好像向西北方向去了。等地震停了，人们才走出家门，在大街上议论着。有的上年纪的人说："不用怕，这是鲤鱼累了，在翻身呢!"还有的群众说："没事，地动是地神在显灵!"尽管这全是迷信的说法，但那时不少人都相信这是真的，从大人到小孩，居然没有半点害怕的样子。那天上午在学校里，大家议论的话题全是地震的感受，有的同学还感觉很过瘾。这次地震后，从村里到学校，从老师到学生，全都不以为然。

3月22日下午4点多，我们班正在学校操场上体育课，这时，只感觉大地又来回晃动，这次的晃幅比3月8日那次要厉害得多，我们在操场根本就站不住脚，只好全部蹲下来，还听到轰隆轰隆的声音，回头往村里一看，只见街里升起几股尘土，那是围墙倒了以后升起来的。第二天上课的时候，听老师介绍才知道离我们县不远的隆尧、宁晋、巨鹿因地震房屋倒塌，砸死了不少人，这才引起了人们的重视，后来遇到余震，人们没有一个还敢在床上睡、还敢待在屋里一动不动的了。当时爷爷、奶奶年龄大了，我们岁数尚小，父亲怕我们老的老、小的小，再遇地震从屋里跑不出来，就在我家院中央为我们搭起了临时"窝棚"，以防不测。

我县在邢台属于灾情较重的县之一，地震过后，全县人民在县委、县政府的领导下，开展了"自力更生、重建家园"的战斗。当时，有一首诗歌是这样描述这段经历的：地震恶妖露狰狞，陷我新河巨动中。崩裂大地花失色，人民亦遭此劫风。肝肠寸断云空黯，人间情深众志同。度难皆是铁骨汉，八方挥剑斩顽凶。

为了铭记我们邢台地震的经验教训，缅怀亡者，激励群众，垂教后人，国家地震局、河北省人民政府、原邢台地委公署、此次地震的重灾区隆尧县部分群众，共集资50多万元于1987年3月8日在隆尧县城东建立了“邢台地震纪念碑”。现将碑文的主要内容摘要于此，以还原那段历史：

一九六六年三月八日五时二十九分及二十二日十六时十九分，我区隆尧县白家寨、宁晋县东汪先后发生六点八级和七点二级强烈地震，震源深度十公里左右，震中烈度为九度和十度，波及百余县、市，尤以隆尧、宁晋、巨鹿、新河为烈。

震前，地光闪闪，地声隆隆。随后大地颠簸，地面骤裂，张合起伏，急剧抖动，喷黄沙、冒黑水。老幼惊呼，鸡犬奔突。瞬间，五百余万间房屋夷为墟土，八千零六十四名同胞殁于瓦砾，三万余人罹伤致残，农田工程、公路、桥梁悉遭损毁。灾情之重实属罕见，伤亡惨状目不忍睹。震后，周恩来总理冒余震之险三次亲临现场，体察灾情，面慰群众，提出“自力更生、奋发图强、发展生产、重建家园”之救灾方针。李先念副总理暨中央慰问团立即赶来，抚民心，励自救。党中央、国务院之深切关怀，使灾区人民没齿难忘。

对此，灾区人民无不感激涕零，由衷呼出“天大地大不如党的恩情大，千好万好不如社会主义好”并化悲痛为回天之力，重整山河、创业建功，废墟举处，当年粮棉丰登，新房排排，新村片片。

作　　者：秦中元

走访整理：中共新河县委党史研究室　白敬缺

# 我在抗震救灾中的经历与见闻

车立成

我叫车立成，出生于1935年10月，原党研室副编审。1966年春季，县委宣传部把我从新河县教师进修学校抽调去写学习毛主席著作积极分子典型材料。3月6号，我亲自去邢台地委宣传部报送，7号按领导意图做了些修改，8号清晨，我提前起身，到邢台汽车运输公司的大席棚里排队买票后，蹲在棚里候车。正在这时，忽然听到街上一阵轰轰隆隆的巨响，开始像过载重拖拉机，而声响越来越高，外边的震声还没停，脚下开始抖动，候车室里的电灯也开始摇摆。候车室里开始骚乱，有些乘客蹲下，有些乘客挤到棚外看究竟。在惊慌忙乱中，初经地震的人们开始惊惶地议论："地动了！地震了！""这是地震，可不是过拖拉机！"一阵慌乱之后，汽车站内外没有任何异常，乘客们便照常上了开往新河的汽车，离开了邢台市。

我乘邢台公交车一到邢家湾车站，便有四五个等候上车的旅客惊慌地问："你们怎么过的桥？"这一问倒引起司机和乘客们的警惕，一伙人回头再去看，见桥头木板与码头地砖已裂开半尺宽的裂缝，汽车靠冲力的惯性开过来，压下陷坑约半尺深，乘客们不禁后怕起来，都说："好险呀！"随后，从邢家湾出来的人说："地震了，村里房子有倒的，也有人砸伤了！"人们已感到地震的严重性，上车后纷纷议论。

汽车向东行进到隆尧的西廓城东车站，与往日不同，没有一个等上车的人，街道沉寂，房屋倒塌，空静无人，偶尔传来忽高忽低、断断续续的哭声。乘客们打开车窗向外看，发现街道两边有几床露天遮盖的棉被，下面盖的便是地震后刚从废墟中刨出来的死者。乘客们看了西廓城车站两边残破凄惨的场景，才觉察到这是一场大灾难，从此静悄无声，都开始联想自己的家乡，是否也遭灾了。

公交汽车没走回新河的原路，听说官厅那边灾情重，便绕道南宫公路回到新河。东边灾情小，人们的压抑情绪才放缓了些，面对窗外依然完好的村庄面露喜色，又开始指指点点地议论："东边震得轻，新河可能无大碍。"

我刚到新河下车，便有几个同志先问我邢台的灾情，随后开始介绍新河的地震情况。地震中心在隆尧；新河县的王府、荆庄两个公社受灾最重，房屋倒塌，人畜都有伤亡；沿滏阳河两岸的城关、白神、望腾 3 个公社受灾较轻，没有大的破坏。我回县不到一小时，县委机关突然传出震惊的消息：到隆尧县搞"四清"的新河工作队，有 11 名工作人员在牛家桥、西清湾等村的地震中遇难，其中有新河县银行副行长王殿文，县检察院副检察长李兰昆，"四清"队员韩桂玲、吴子林烈士的女儿等，还有一部分受伤严重的工作人员。消息传来，一片震惊，机关沉静，人们默默哀悼、惋惜。随后县委派干部赴各乡慰问遇难者家属，在县城开追悼会，最后，把烈士遗体送归故里，入土为安。

县委安排好"四清"工作队员的事情以后，随即领导分工，一方面派工作队转入王府、荆庄重灾区的抗震救灾工作，调运苇箔、帐篷、塑料膜、粮食、煤炭、竹竿等急救物资，另一方面收听各乡镇地震灾情汇报，并开始宣传防震抗震的科学知识，号召群众做好应付震灾的思想及物资准备。

万没想到，3 月 22 号下午 4 点多，更加剧烈的大地震（7.2 级）降临到我们这个历来多灾多难的新河县。这天下午，我正在新河中学宿舍看着屋门写"学习毛主席著作积极分子"的典型材料，忽然远处传来像沉雷一样的隆隆巨响，凭借在邢台车站的经验，我惊觉到这又是大地震，没顾得放下手中的蘸水笔，就一步蹿到门外，没有站稳，立即扶住门前的泡桐树，摇晃了几下，没有跌倒。回头再望中学的北大门，两边安铁门的大砖墙，先是上下颤颠，三四次上下颠动后，轰然倒塌。门口两边成排的传达室、教师学生宿舍房顶的砖瓦，随着隆隆的震动声，像大风吹起的波浪，一浪跟一浪，一高一低，并哗哗作响，东西流动三五个回合后，有的屋顶塌陷，有的砖瓦坠落，有的门窗断裂，好在这些房屋是水灾后新建的卧砖到顶新房，四面墙体没倒，只是震成了危房，屋里的人都跑了出来。

眼前骤然降临的惨烈场景，令人惊恐心跳，四周传来的房屋倒塌声，此起彼伏，更骇人听闻。抬头看天，一阵昏暗，房屋倒塌的尘土，像笼罩了整个县城的大黑旋风，遮天盖地。正当地震肆虐暴烈之时，我和校园里三五成伙的人们，都呆呆地蹲在泡桐树下和甬道上，默默地估摸着是否能躲劫避难，灾难中逃生！

剧烈的地震暂时停了，人们开始活动。我蹲在泡桐树下刚站起来，就听到南边新河中学化学教研室里不断发出嘣叭的响声，再仔细一看，南房窗户里有冒出的白烟。我知道实验室着火了，立即转弯走进实验室南门口，见教室东头的档案架上、桌子上烟雾团团，瓶瓶罐罐碰撞，跌下来摔破，不时有爆炸的声响与火花。怎么扑灭？刹那迟疑，后面赶到的中学教导主任宋秀伦老师喊："可别靠近，化学物品有毒！"理化物品不能挽救了，我们随即往外搬桌子板凳。时隔不长，中学的师生从南院赶来，很快把桌凳搬出来，火势已蔓延到屋顶。后来，县长王月华见中学起火，带着人委会的抢险人员赶来，将火扑灭。

震后稍一镇定，县委要求各公社来城里开会的公社书记，立即赶回各公社，连夜安排防震、抗震、急救灾民、汇报灾情的工作。各位公社书记、乡长立即回公社，没有一个人"先回家看看"。第二天，县委组织县直机关干部，分赴各公社、大队，指导协助抗震救灾。县里原来的"抗洪救灾指挥部"改为"抗震救灾指挥部"，成立办公室，我被抽调到办公室的资料组。第二天资料人员集中住在县委大院在震前搭起的帆布大帐篷里，在县委宣传部长（兼资料组组长）陈根录的领导下，开始了抗震救灾的宣传鼓动工作——出版《抗震救灾简报》。

我在资料组的首要任务，就是到各公社大队采访舍己救人的典型材料。大震刚过，余震频频，所经所见所闻，惊恐悲伤，至今历历在目。

震后，我骑着自行车下乡，出村进村，街道难行，残垣断壁、破砖烂瓦、檩梁物料阻塞了车子出进，本来是旧村熟路，几经问询，才能到达目的地。自行车在路上时骑、时推、时扛在肩，本来就高低不平的田间路，震后有陷坑、有裂缝、有黑水黑沙淹没的低洼地，只得绕弯荒草滩，也有鼓起挡路的沙滩。遇有一阵阵的余震，只好放倒车子，蹲在地上，稍一停顿又急忙赶路。往日繁忙的公路上少有车辆。路遇惊慌的行人，第一句话便是本村本家灾情严重，倒了多少房屋，砸没砸住多少人畜家具。从他们的言语表情中，可以看出灾区人民都在翘首期盼着党和政府的关怀与支援。

如今还记得，在那样的环境下，我采访了舍己为人的西铺村苏四喜，舍生忘死的县委副书记李忠华，全心全意为人民的平头楼村副支书付进福，托起简易棚大梁救出30多名小学生的教师付廷印，在寻寨供销社抢险救灾的解放军战士，在六户公社防疫灭病的天津医疗队……还有一些如今回忆不起来的抗震救灾的英雄模范人物和学习毛泽东著作的积极分子。

每逢下乡采访，陈部长总是反复叮嘱我们："现在是特殊时期，要和人民大众同甘共苦、共患难，时刻做好克服困难的准备，少给群众添麻烦。"

的确，震后采访遇到很多困难：一是，寻找村干部和采访对象难。村干部忙着安排大小队的救护伤员、照顾老弱病残、帮社员起锅安灶、分发救灾物资、收集向上汇报材料等工作，东奔西跑，又街道不分，不知哪里去找，若找干部，还得先找社员做向导才能找到；二是，采访对象忙着刨粮食衣被、搭简易棚，顾不上停住手中活来和人谈话。如邢家庄邢某某顾不上刨自己家衣被，却帮助一位孤寡老人刨米面和锅灶。我要和他谈谈救灾的模范事迹，他说："等会儿再说吧，今天晌午还等着做饭用锅哩！"我只得和他一起边刨锅头边采访；三是，写材料找铺纸垫本的地方难。震后县西边的村庄几乎都成了废墟，能在地震棚里挤个角落找张小饭桌、小杌凳就不错了，有时就在坍倒房屋的土堆上摞几块砖、支个门扇便成了写字台。有时采访的内容不易在本上做记录，只得在心中记时间、地点、人名和故事梗概，然后带回县或公社再完整地记下来。苏田公社西铺大队苏四喜的材料就是这样写成的；四是，吃饭难。往年的下乡干部都是百家门上吃派饭，正如民谣所说："下乡干部吃派饭，贫下中农挨户转，棒子窝窝小米饭，一斤粮票三角钱。"地震后房倒屋塌砸了锅，缺米少柴，有些社员在地窨子、在简易灶、在席棚里做饭，有"单干"的，也有合伙的，废墟上团团伙伙，不是一家，胜似一家。怎么安排下乡干部吃饭成了困难，村干部认为招待好没条件，招待不好，于心不忍。我体会到村干部的难处，一般较近村便中午到公社，晚上回县吃饭，村远了材料重，就在仨砖支起的土灶边露天吃派饭，与群众共甘苦。有一次我到王府公社曹庄村去采访，村支书仲凤印看看满村的破烂摊子，不好给我安排吃饭户，便留我在他家吃饭。我走进他第一次地震后临时搭起的简易房，北屋没门子，挂着救济的草苫，五六口人的大炕是用门扇支起来的，冲门口也没有迎宾桌凳，只是用砖泥垒起的土台当饭桌。为了照顾我这个下乡干部的早饭，不知他是从哪里买来或借来的 4 个白馍馍，往吃饭桌上一放，挺不好意思地说："困难时期，真不成敬意。"我看看这 4 个白馍馍，再看看炕上的白发老大娘，锅台边爬着的孩子，我怎忍心下咽？拿起一个想给炕上的老人，凤印立刻从我手中夺过来，先是不让给，在我一再坚持下，他才一掰两半，一半给老人，一半给孩子，还说："这是你一天的生活。"这顿饭我吃了半个白馍，和凤印全家一样，喝了一碗菜叶掺半的稀米饭。我把余下的两个半白馍留给白发苍苍的老人和营养不良的孩子。午饭我入户吃饭，留在了王府公社，思想感情却长期地留在了曹庄支书仲凤印家！

县委、县人委经过几个月的抗震救灾，人民生活基本安定下来。为总结抗震救灾的成绩与经验，表彰抗震救灾中的英雄模范人物，在八九月份，邢台地委在邢台市体育场临时搭起的大帆布棚里召开了“邢台地区学习毛主席著作、抗震救灾积极分子表彰大会”。各县的县委领导率领受表彰的积极分子参加了大会。我作为新河的积极分子，又是跟随县委领导的资料人员也参加了大会。

在大会 3 天的议程中，各县约有 30 多位积极分子发言，详细介绍了学习毛主席著作的收获、抗震救灾的英雄模范事迹。我详细快速地一一做了记录。

每一位做典型发言的人都表明抗震救灾的胜利，是党领导的胜利，是毛泽东思想的胜利，是阶级友爱、英勇奋斗、群策群力的胜利。有的党员干部发扬“一不怕苦，二不怕死”的忘我牺牲精神，冒着摇摇欲坠的危房，抢救出一个个老人和儿童；有的是满怀完全彻底为人民服务的忠心，不顾个人与家属的安危，克服种种艰难险阻，全力救助灾难垂危的伤员；还有抢救生命和财产的解放军战士，救死扶伤的医疗队。总之，每一位发言，都是一曲曲毛泽东思想胜利的凯歌。会场上人们时而静静听讲，时而发出感慨地叹惜，时而引发同情激动地抽泣，所有与会人员都上了一场生动形象的政治课。

在积极分子的发言中，有的直接背诵毛主席语录，有的引用当地民众的豪言壮语和抗震救灾的民谣，给英雄模范事迹增强了感情和表现力，有些记者都做了记录。特别是专程赶来参加会议的著名大音乐家劫夫和洪源，把当场引用和朗诵的语录、诗词以及民间歌谣配上曲谱，供大会传唱。我记得其中一首是：“地动我不动，山摇我不摇，我们有毛泽东思想武装，我们有共产党领导，泰山压顶不弯腰，天塌地陷吓不倒！”这是何等雄伟豪迈的气魄！

然而，在宣讲英雄事迹的同时，也在陈述着地震给人民带来的惨痛苦难，有人失去了亲人，有的绝了户，惨痛事例不胜枚举。在地委副书记张双英的报告中，举一例说：“某村一户 8 口之家，三代老少，一根大梁塌下来，正砸在他们头上，没有一个人逃生。”另一位积极分子报告中说：“我从倒塌的房屋中刨出死去的母子二人，这位母亲躺在炕下，临死还紧紧搂着怀里的婴儿，表现出了伟大的母爱，血肉相连、生死相依的母子情，人类赖以繁衍传承的源流！”我和在场的人听了都落下了眼泪。

回县后，陈部长叫我去给在六户的天津医疗队传达会议精神，医疗队队员们听了抗震救灾的模范事迹，悲喜交加，群情激奋。当他们听到这些惨痛的事例时，也都抽抽咽咽地哭了。最后，医疗队员们都喊出了口号：救死扶伤，为人民服务！做毛主席教导的白衣战士！

作　　者：车立成

走访整理：中共新河县委党史研究室　白敬缺

# 曾山部长来视察

宋增贵

我叫宋增贵，出生于1950年8月6日，原文化馆馆长。1966年，我是新河中学初三的一名学生。

3月22日下午，新河县发生强烈地震，大地呜呜作响，随之剧烈抖动。我在学校院里双手紧紧握住一根系晒衣绳的木柱子，还是无法站立，就赶紧蹲下。即便蹲着，也被震得上下颠动了好一阵子，就像坐着汽车从布满坑洼的路面快速驶过的颠动感觉一样。这时我们的教室，先从门窗两侧裂缝，缝隙穿过窗台从上到下，一张一合，一张一合，就像双手鼓掌的样子，接着轰隆一声倒下，随即灰尘腾空升起，然后慢慢四散。这次震后，地面裂缝，喷水冒沙，倒塌房屋68 958间，幸存房屋也四处开裂，成为危房。

震后的第三天，学校组织学生到附近村庄宣传抗震救灾。那天上午，我和另外两名同学出东关向西北，沿着田间小路朝北关走去。一位女同学说，老师说今天中央要来人。话音刚落，只见正西方向的天空飞来几架飞机，两架军用直升机，一架客机。飞到县城上空，直升机悬停空中，客机围着直升机转圈。看到这般情景，我们还没走到北关，就赶紧往回跑，从东关穿过狭窄的小胡同，来到县城大街上。

当时那不是县城，也不是大街，而是东城墙外东边的一条南北走向的土路。城墙西边是新河中学，城墙东边到土路之间，是学校的操场。震后，操场的东围墙从南到北全都被震倒了，操场与土路就隔着一道烂砖堆。

我们抬头一看，一架直升机就在学校操场上空正缓缓降落，于是我们直奔操场跑去。大约10点钟，这架直升机落地。扬尘散去后，我们来到飞机跟前。

机舱门打开，先出来一位身穿藏蓝色旧棉大衣的人，胸前挂着照相机，他转身拿起相机面对舱门拍照；随后走出一位老年干部，他穿着黑色棉制服，脸盘儿方正，平头短发，黑白相间；之后又走出两三个人。

后来听说，那位黑白头发的老年干部，是内务部部长曾山。

震后，人们惊魂未定，各自忙着自己的事情，县城冷冷清清，偶尔有人从土路走过。他们见飞机落到操场上，就跨过围墙倒塌后的烂砖堆，向飞机围拢过去，最多不超过50人。

曾山站在飞机一旁，面对群众，大声说："乡亲们，社员同志们！"

这时，十几名驻新河城的解放军，排着队，挎着冲锋枪，顺着斜坡跑下城墙，来到操场。

曾山说："你们新河，发生了强烈地震，受了灾，党中央惦记你们，关心你们。今天，毛主席派我看望你们来了！"

话音一落，人群中有一位社员握着拳头、伸直胳膊，大声呼喊："感谢党中央！感谢毛主席！"紧跟着几十名群众也振臂高呼："感谢党中央！感谢毛主席！"

那位社员继续呼喊："共产党万岁！毛主席万岁！"

群众高呼："共产党万岁！毛主席万岁！"

那场面，令人惊讶；那声音，令人感动。没有县政府的精心组织，也没有哪个公社的提前发动，更没有任何领导的预先安排，那一阵阵回荡在操场上空的口号声，是灾区人民发自内心的激动，是情不自禁的感激之情。

这时候，从城墙南边刚刚打开的豁口走来七八个人，那是县里的领导，他们匆匆赶来。

曾山继续讲："地震，我们不要怕；房倒了，也不要怕。我们有党中央的领导，有毛主席的领导，我们还有全国6亿人民，我们什么灾也不怕，什么困难也不怕！"

群众热烈鼓掌。

曾山说："党中央要派解放军来，帮助你们重建家园，帮助你们恢复生产，全国人民都来支援你们！"

热烈鼓掌。

曾山说："社员同志们，党中央、毛主席相信你们，你们要挺直腰杆，坚定信心，用自己的双手，自力更生，艰苦奋斗，与天斗，与地斗，与灾斗，尽快恢复农业生产，一定能够把我们的家园建设得更好！"

群众热烈鼓掌，继而高呼："共产党万岁！毛主席万岁！"

县里的领导走过来，曾山与他们一一握手，并与他们在群众的围拢之中，商议着重要事情。

曾山一行和县里的领导坐上飞机，升空，在新河上空巡察灾情。

飞机落到操场后，曾山一行和县领导走下飞机，走出操场，一起去县政府研究抗震救灾工作。

有两位新河人，其中一位是陈忠信，另一位可能是文化馆的李牧夫，他们带着相机，坐上了飞机。陈忠信是新河中学高二的学生，他的家人在县城开照相馆多年，他学会了摄影。飞机起飞后，他们在空中航拍，我们几个人离开了操场。

作　　者：宋增贵

走访整理：中共新河县委党史研究室　白敬缺

# 党的恩情永远不会忘记

付双录

我叫付双录，出生于1946年2月24日，平头楼村人。我的父亲叫付福运，出生于1895年。1966年地震的时候我父亲70多岁，由于生过病，他的腿脚不太灵活，平时行动比较缓慢。

当年地震发生的时候，我正在我村的西北地里干农活，忽然，那地就开始晃，晃得人都站不住。当时也不知道什么叫地震，也没有那个概念，就一个劲儿晃，一晃一晃的，那幅度大得能把人晃倒。我想到父亲一人在家里，不知道情况怎么样，就飞快地往家里跑。在村外我就看到村里的那个烟，跟打仗时起的一样，都是黄烟，树木也看不到了，所有的东西都被一片烟遮起来了。

进到村子里，我看到各家房子倒的都不少，尤其是土坯房，基本上都倒平了，各家各户的锅碗瓢匙、被褥全都被埋在底下了。还没到家，就在大街上看到了我父亲。原来当时地震，父亲向外跑，但由于行动慢，还没跑出去，就被土块砖瓦砸到了身上。邻居街坊们知道他行动不方便，所以都跑到我家去看他怎么样了，发现父亲被砸伤，他们就把父亲从屋里抬到了大街上。当时父亲身上基本没有外伤，但他就是不能动，说是腿疼，大家都说去医院吧。那时村里也没有车，自行车他又不能坐，我就骑着自行车沿着塔子口路（308土路）向前找车。正好有一辆外地的货车开了过来，我就赶快截住，告诉司机师傅我们这儿地震了，我父亲被砸伤不能动，我想借用人家的车送我父亲到医院。那个好心的司机二话没说，让我坐在车上领路，就这样把我父亲送到了县城的人民医院。直到现在我经常告诉我的孩子们：如果当初不是那位好心的司机，你爷爷指不定还要多遭多少罪，你们一定要做个好人，能伸手拉人一把的时候就拉一把，别人会感激你们一辈子的。

到了医院后，我记得当时医院的南边有一排搭的棚子，把我父亲抬下车后，医生就过来看情况。当时医生一摸，就说是骨折了。因为县医院医疗条件有限，我父亲骨折的地方又是大腿，所以医生们就商量，要把我父亲用直升机送往天津去治疗。直升机来了以后，由于有一个妇女伤得比较严重，就先把她拉走了。后来，我父亲被医院用车拉到了邢台市人民医院，在那里接受治疗。期间，我去看望过一次，政府把我父亲照顾得特别好，吃的用的政府什么都管，也不用我们陪床，完全不用我们担心。当时我们在家窝窝头都吃不饱，父亲在医院都是白馒头，伙食特别好，住了五个半月。

出院时，人民医院又开车把我父亲送到了家门口。父亲下了车，乡亲们见到他都认不出来了，他脸色特别红润，比原来也胖了不少，腿脚也利索了。

地震后，父亲又与我们一起生活了近20年，在1984年去世。生前，我父亲常对我们说，那场地震如果发生在旧社会，砸死的、饿死的、冻死的，那人肯定就死得多多了，老百姓就遭罪了。因此我父亲的口头禅就是："是毛主席、共产党救了我，救了新河县的一方百姓。"

这口头禅让我对我们老百姓常说的"旧社会让人变成鬼，新社会让鬼变成人"理解得更深、更透、更明白。因此我更加热爱、崇敬共产党、毛主席，永世不会忘记共产党的恩情。

口　　述：付双录

走访整理：中共新河县委党史研究室　白敬缺

# 战斗在抗震第一线

赵双锁

我叫赵双锁，新河县西流村人，生于1939年2月。1966年春，新河大旱，当时我在苏田乡供销社工作（之前我刚从部队退伍，在部队任连部文书4年），被县政府统一抽调，帮助各村抗旱保春播。我被分配到苏田乡西铺村，主要工作是帮助村里打“大锅锥井”，指导社员平整土地。那时“文化大革命”的前奏曲已经吹响，讲究“阶级斗争、路线斗争”，社员到田间劳动、建设，都是处处插红旗，队队唱红歌，人们的奋斗热情和吃苦精神高涨饱满。回忆起来，虽已50年，但都历历在目。

1966年是个不平静的年头，从1965年夏季以来，一直没有充足的降水，到1966年春形成大旱。县政府为保春种，从各单位抽调人员，组织了抗旱工作队，我就和其他5名同志，组成苏田乡抗旱工作队，我到西铺村组织领导抗旱工作，当时西铺村是先进村，支部书记是王庆春，大队长是苏东元。3月8日，隆尧发生了地震，新河震感强烈，余震上百次。一天晚上，我们几名工作队员正在乡所在地苏田村集中开会，大地就像荡秋千一样来回摆动，有经验的人说，这是隆尧地震余震。我们又继续开会，但是人们的心早已不在会上，都很担忧。第二天县里来了紧急通知，鉴于当前情况，新河有发生大地震的可能，要求工作队一方面继续组织抗旱打井，另一方面动员群众搭窝棚，晚上睡到窝棚里，一些粮食、衣物从屋里搬出来，防备被地震砸坏。这样我就到西铺村驻村，吃住在村干部苏四喜家。从3月8日到3月20日，我两周没回家，3月21日我的女儿降生，我匆匆忙忙到家看了一下，准备了点红糖、鸡蛋（那时生活条件差，坐月子的妇女才能吃几个鸡蛋），让爱人补一补。随即告别老母、妻子，又回到西铺村。那时就是这种作风，听党的话，听组织的话，个人小家放到一边，灾难当前，岗位第一，群众利益

第一。回想起来，心里就热乎乎的。十几天余震不断，但大地震没有来，人们的心情又放松了一点，继续安排打井的事。

当时西铺村共有 130 户（记不太清楚了），搭窝棚 110 个，搭窝棚所用的材料是木头或棍子。把木头和棍子固定成“人字形”的两个三脚架，两个三脚架之间用一根木头连接，再把炕席、草苫、箔搭在上面，有条件的户再蒙上一层雨布纸（可能是塑料布），把从屋里搬出来的柜子、箱子排在周围，地上铺上草、棒子皮，晚上就可以睡觉。窝棚都集中搭在麦场上，以生产队为单位，村里派民兵站岗、巡逻，保障财产物品不被人偷走。还有的户挖一米深的一个方坑，用土再向上堆 50 公分，上面架上棍子、搭上席子，周边用土一压。老幼妇女晚上到坑里睡觉，也很安全，叫半阳半阴的地窨子。西铺村动员工作做得好，公社干部来看过好几回，包村干部带着村干部也来学习过。

3 月 22 日上午，我带着西铺村的 4 名社员，赶一辆 3 匹马拉的大车到县物资局拉打井用的架子。中午在物资局吃饭时地又动起来，大家没吃好饭就从食堂里跑出来，人人脸上都挂着紧张。这时物资局的领导贾××（部队转业人员，在部队是医疗系统干部）说：“可能要大地震，过去是左右晃，今天是上下颤，震中离我们越来越近，大家先别拉物资，赶紧回村吧。”这时大地震就开始了，当时我 25 岁，没经历过地震的威力，心里不是很紧张，领着社员往回赶。一进西关村，只见街道两旁的房屋都倒了，墙头像起舞的龙灯一样，波浪起伏地传递着力量，然后轰然倒地。宽阔的街道被砖块土坯堵得只能过自行车，西关村黄土飞扬。走到城内，银行、邮局、供销社的房子都倒了，新河中学着了大火，我的心一下子就提到了嗓子眼。大街上到处是惊慌失措、抱头乱跑的人们，临出县城，碰到了我的老乡高××（县文化局搞幻灯片的），我说：“××，你回家后看看我娘和老婆孩子怎么样，我一时回不了家。”说这话的时候，我的心里很不是滋味。××拉着我的手说：“先回咱西流村看看，再去西铺村也不晚！”我也想回家，但我的职责告诉我不能回家，得回到自己的工作岗位上去，于是我就带着大家往回赶。一出城就看见五里铺、安庄、东铺各村的上空都是一团团黄烟，像是沙尘暴，大地不停地晃动，我的自行车都有点骑不稳了。西铺距县城 10 里左右，两个小时才到村东口，这个村村东有个土坑，已经流了半坑水，后街（主街）已成了一条小河，将街口冲了一个一米宽的口子，也不知道哪里来的力气，我架着自行车，一步就跨过了这条沟。全村房子无一幸免，全部倒掉了，因为经过 1963 年大水后，房子受损严重，群众修补房子勉强住着，实际已成危房（那时没这个词），再也经不起大地震的颠簸。我让车把式苏根尧把车赶到第一生产队集中窝棚点，就找支书去了。这片废墟上，到处是冒着余震四处奔跑的人，哭声、叫声连成一片。这时大震又来了，大地发出低沉的呻吟，碗口粗的树木枝条就像鞭子一样甩过来甩过去。村民苏四喜的房子倒了，一对双胞胎女儿被埋在下面，经过多人的刨、抬、挖，这两个小孩被卡在两个檩条缝里，幸亏挖得快，平安无事。西铺村在这次大地震中未死一人，未死一畜，大部分物品由于提前转移了，未造成损害。北街口震出了一个水桶粗的泉眼，黑水裹挟着泥沙从这个泉眼中涌出来，最后流到坑里。当时天已快黑，受惊的人们不知所措，妇女们、孩子们灰头土脸地哭泣，集中到村东口第一生产队麦场上，男人们被分成几组，寻找埋压的人，救“命”是第一位的工作。晚饭是全村集体吃的，红薯叶玉米粥，每人只限一碗。一位老太太抱着一个孩子，都吓傻了，嘴里一个劲儿地说：“又震哩，快跑啊！”

当时村中心小学的房子也倒了，教师郝世房（县城南关村人）一人守着学校的一片废墟。困难是有的，他的窝棚搭在学校的院子里（宽敞），他的所有行李物品全部被黑水淹没，他没饭吃、没地儿住，仍能坚守岗位，等待上级指示，我不知道他是不是党员，但他的行动已经说明了一切问题。3 月 23 日的早上，他才吃上了震后的第一口早饭，是邻居老太太给端来的一碗高粱面儿粥。

整个西铺村地震破坏比较严重，学校、大队部、各队饲养棚、仓库、900 多间民房全部倒掉了，两眼土井全部被毁，井水溢出井口，泉眼被淤没了，一眼新打的大锅锥井，井筒倾斜了十几度，村北、村东北出现了 7 条裂缝，宽的有 9 厘米，窄的有两指宽，都向东北延伸……

3 月 22 日晚，我和村支部一班人一夜没合眼，在第二生产队窝棚点研究怎么办，最后决定不等不靠，首先进行自救，使损失降到最低。第一步是帮助烈军属家庭刨东西，第二步帮助在外工作干部职工家庭刨东西，第三步帮助外出挖河的民工家庭刨东西，第四步个人自救。

由于没有人员伤亡，工作推动较快，当时村里的青年团支书苏国庆带头组织了民兵突击队，村治安员苏同印带着护村队员日夜巡逻，保护了西铺村的一草一木、一砖一瓦，村里治安稳定，秩序不乱，大灾难前显得有条不紊，这都得益于乡、村干部的组织领导。震后第三天救灾物资就分配到村，有食物、衣服等，群众都排队领取，自觉遵守纪律，服从安排。是各级党组织的关怀、帮助、支持，使灾民渡过了难关，振作了精神。没有中国共产党，就没有我们现在的一切。

3 月 26 日，我母亲给我带着两件衣裳，步行从西流村赶到西铺村来看我，告诉我家人平安的情况。当看到风尘仆仆的母亲时，我心里一阵阵酸楚。她没喝一口水，没吃一口饭，交代我“注意安全，别分心，干好工作”就回家了，望着她蹒跚远去的背影，我再也挺不住了，我泣不成声。作为儿子，在大灾难前我没能保护她，反而让她保护我的妻子儿女，还步行 20 里地来看我，还有比这个更值得珍惜的吗？正是一个个吃苦耐劳、平实朴素的母亲，铸造了我们中华民族战胜天灾人祸的灵魂。

口　　述：赵双锁

走访整理：新河县西流乡人民政府　苗水辰

# 我记忆中的1966年大地震

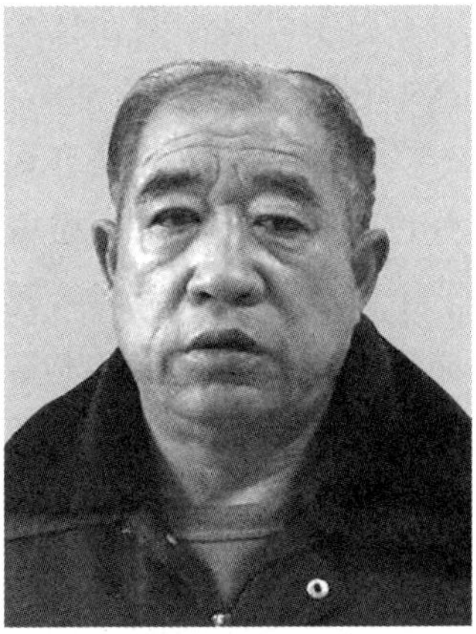

崔明宪

我叫崔明宪，出生于1950年11月17日，新河县东一村人。1963年遭受特大洪水灾害的创伤还没有痊愈，1966年大地震的灾难又一次降临到了淳朴善良的新河老百姓身上，真是雪上加霜啊。

我记得是当年刚开春儿，较大的地震一共发生了两次。第一次震级还比较轻，当时正在睡觉，忽然就听到咕咚咕咚的响声，然后就晃起来了，房顶上、墙上一直向下掉土，我们就赶紧起床了，地震持续时间挺短，超不过两分钟。当时人们不说那是地震，说是地动，是鳌鱼在翻身打滚。后来听说震中是在隆尧，离我们远一些，但是因为时间是将近黎明的时候，人们从未经历过，所以房屋虽然倒塌得不严重，但我们村也有一个被砸伤的。被砸伤的是西南街张西福的女儿，当时她伤得并不严重，没有生命危险，在医院住了一段时间后就没事了。

第一次地震后，包队干部立刻就到每个村查看情况，看人员伤亡，看房子损坏情况，告诉老百姓们危险的房子就不要住了。那时，我正在寻寨上初中，学校为了安全，就不让我们在教室里上课了，而是在操场上搭的半阴半阳的地窨子里上课。

第二次地震，是在同月的22日下午。我记得那时我们正在上代数课，老师是西董的脱丙尧。忽然一阵沉雷般的隆隆声响和剧烈的震动袭来，老师就让我们快点往外跑。我们跑出去后，又来了一次更强的地震，但是我们搭的棚子没倒，原来的教室也没倒。因为当时我们是初中生，年龄大一些，所以老师忙着去救人了，我们也就跟着来到了街上。街上烟尘四起，人们一片惊慌，房屋倒塌比较严重。寻寨村的老房子、土坯房基本都倒了。后来，我就急着往家里赶，想去看看情况怎么样。

一路上，只见道路裂着缝，洼地冒出黑水，喷着泥沙，有的高地往下陷进去了，有的平地隆起一个土堆，还有在地里干农活和往回赶的人，都是行色匆匆、心急火燎的样子。

我们家当时住的是三间挂面砖老房子，房子也倒了，但是没砸着人。第二次地震，由于有第一次的经验和相应的预防措施，即使震级比原来高，我们全村也没有一个人被砸伤。但是倒房特别严重，和寻寨情况差不多，放眼一看就是破败不堪。我家过道里还出现了一条 6 公分左右的裂缝，往外冒着浑水和沙子。

震后，各户都是有锅的出锅，有粮的出粮，集体起火，也有自愿结合、分户做饭的。在那种艰难的时候，人人还是能保证吃上饭的。而且当时的包队干部动员群众，当天就开始建起防震棚、简易棚，避免了露天过夜。这些简易棚舍，多是用门板、风门、铺板做墙，竹竿、木棍做架，席箔、塑料膜、油毡、包袱皮、被单做顶子，有的甚至就凑着土坡盖上干柴秫秸、衣物等当屋了。这些棚舍高低不齐，大小不一，尽管极其简陋，但在短时间内，在余震日夜不停地左摇右晃中，广大群众均能遮风挡雨，安全休息。后来，大家开始往外挖埋在房屋下的粮食和衣被等生活用品，以便尽快恢复正常生活。

之后，来了很多解放军战士，他们住在寻寨中学的操场上，住了一个多月。他们个个不怕苦、不怕累，奋勇争先，哪里有危险，哪里任务重他们就冲向哪里，冒着生命危险从危房中抢救物品。他们抢救出大批的公私财物，在人们的心目中留下了深刻的印象，当时都称赞他们是最可爱的人。

还记得地震四五天后的一个早晨，我们几个孩子正在河边玩，听到了轰轰的声音，抬头一看，有三四架绿色军用直升机正在空中，飞得很低，我们就跟着飞机一起跑。最后，飞机降落在了寻寨村东南角的空地里，从飞机上下来了几个人，并在现场讲了话，就是说有党的关怀，有毛主席的领导，有全国人民的支持，一定能够自力更生，发展生产，重建家园。当时听讲话的人们激动得一边鼓掌，一边落泪，然后都高呼着："毛主席万岁！共产党万岁！"后来才知道那是国务院副总理李先念，当时他穿着那种家做的棉袄。此外，还有省里的刘子厚等领导陪同着。这次视察慰问，虽然时间不长，但给我们带来无比的关怀和温暖，极大地鼓舞了灾区人民战胜地震灾害的信心和勇气。

同时，经常有飞机向寻寨东北角的坑塘里空投各种食物：有烙饼、馒头、饼干等。有时还有药品，每天来好几次，我记得来了有三四天吧。

过了一段时间，我们这儿地震的消息全国都知道了，四面八方向我们伸出了援助之手，给予了我们很大帮助。我印象最深的是，我们村外有很大一片的白灰，都是上级拉过来的。还有我们村东边现在那个大坑，就是当时烧砖挖土时留下的。记得到 1968 年的时候，还在烧砖呢，有了上级和各地的支援，我们村盖了很多房子。

当时，全县人民到处传唱着“天大地大不如党的恩情大”的颂歌。至今，歌声还萦绕在我耳边，歌词还深记在我心里。

口　　述：崔明宪

走访整理：中共新河县委党史研究室　白敬缺

# 劫后余生忆天灾

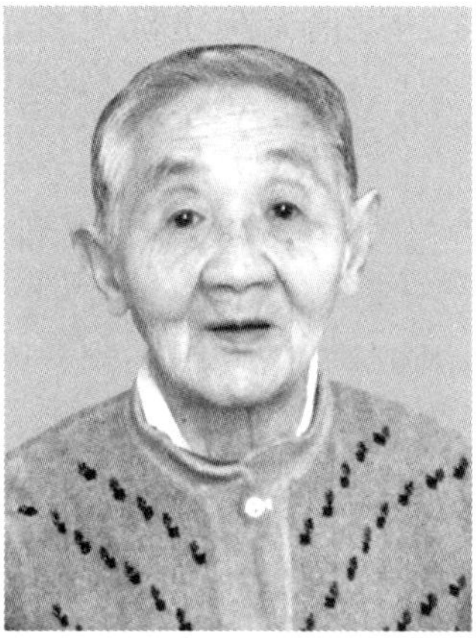
宋香果

我叫宋香果，出生于1922年9月22日，郝苗村人。20世纪20年代，正是军阀混战、天下不太平的日子。后来记事了，又赶上日本鬼子侵略，自从膏药旗插到城头，10年里天灾人祸就没有断过。后来，共产党毛主席领导老百姓闹革命，成立了新中国，贫苦人翻身做了主人，心里可算痛快了，因为有党中央，有毛主席，老百姓再也不会像以前那样自生自灭没人管了。

2008年四川发生了大地震，听到这个消息我心里一紧。看着电视里灾区悲惨的情景，让我又想起1966年的大地震，心里难过得好几天休息不好。发生在50年前的那场灾难，已经过去了很长很长的时间，但是那屋倒墙塌、大地震颤的情景好像就发生在昨天。从出生到现在，八九十年来我经过了太多天灾人祸，1966年发生的那场大地震，是印象最深刻的几件大事之一。其实那场地震并不是我第一次经历地震，但是因为那时候不知道为什么会发生地震，所以才会在心里留下那么大的阴影，过去这么多年都难以忘记。

我娘家在县城三街村，由于年轻时身体一直不太好，所以我经常住在娘家，一来方便看病调养，二来可以伺候老人。地震那年的天气很不正常，都到阴历二月了，天儿还是有点冷，地震发生后还下了大雪，真的非常奇怪。记得第一回地震的时候是夜里（现在知道是5点多，当时也不知道是几点），俺娘早起出去上茅房解手，刚出去不大会儿地震就发生了。剧烈的摇晃把全家老小都惊醒了，大家七手八脚地爬起来冲到院子里。房子和院墙都倒了，但是全家人都跑了出来，没有伤亡。等到大家都缓过神来，才想起我娘来，再向茅房看去，她已经连同院墙倒成了一片。大家都以为老太太被埋在茅房下了，赶紧慌手毛脚地找来工具救人，正在这时候听到影壁墙下面传来我娘的哭声。原来，影壁墙是用砖垒起来的，被地震震得歪歪扭扭，却没有坍塌。院墙是土坯的，震塌后向影壁墙整个倒下来，俺娘正好走到影壁墙后，赶紧顺势倒在影壁墙墙角下，才躲过一劫没有被砸死。

突如其来的大地震着实把人们都吓坏了，因为大家虽然经历过地震，但没有经历过这么大的。放眼望去墙倒屋坏，砖墙往里倒，土墙往外翻，到处暴土飞扬、烟尘弥漫；伴着一阵阵的余震，地面到处裂开一条条的大口子，滚滚黑水从地底下不断冒出来，迅速将地势低洼的南街和西关村淹没；远远近近的哭声、叫声混在一起，到处鸡飞狗跳，整个县城真像刚打了一仗的战场一样。

说起地面的裂缝，那真的是太吓人了，大大小小的到处都有。地震时，裂缝就像怪兽伸出的一条条巨大的手臂，伴着大地的震动，极力地扭曲着，有的是干的，有的呼呼往外冒黑水，就像妖怪要把人们和地面上的东西都抓走一样。一些大宽裂缝特别瘆人，往下一看黑黢黢的深不见底。有这么一件事，离我娘家不远，是我大嫂的哥哥开的一间铁匠铺子，地震时一家老小都跑出来了，人都没事，就是铺子正好处在一个大裂缝上，整个屋子陷了下去，多少年积攒下来的家当，全部埋到了地下，后来挖了很长时间也没有找到。

地震后天刚一亮，我惦记着自己家里的大人孩子，什么也没吃（当时也没什么可吃的了），赶紧往婆家赶。婆家在县城东北 8 里远的郝苗村。那时还没挖海河，郝苗村就在老滏阳河边上。出了城，顺着老滏阳河边的刘公堤，一直走就到了。县城里的景象可怕，城外边田地里也好不到哪儿去。地面上到处是黑水裂缝，就连刘公堤都被震得认不出来了。道也毁了，土都松了。我深一脚浅一脚，拉着带在身边的三小子建珍，匆匆忙忙地往家赶。走到村外发现，原来的刘公堤被整整向外移出了一二百米，远远望去，村子倒成了一片，模样都认不出来了。

也不记得当初是怎么摸到自己家了，只记得到家一看一家老小都没有事，一颗心终于放下来了，腿一软就瘫坐在地上。看到大人孩子都灰头土脸的，我登时就哭了出来。后来想到自己也是这样，赶紧让家人扶起来，找了半盆浑水招呼大家洗了洗脸，就忙着往外刨东西。

后来，听说大多数人都没事，好像记得只有一位身边没有儿女的老太太没从房子里跑出来。再后来，听说周总理都来灾区了，大家伙儿的心里更有底了。大家都开始自救，能用的都尽量从下边刨出来，救灾的队伍也下来了，上级还通过各种方式给运来救灾物资。

这是头一回地震，但是可能因为第二回地震离新河更近，所以我一直感觉第二回震得更厉害。

头回地震后几天，虽然余震不断，但都小多了，大家伙儿的生活也慢慢开始有规律起来。那一天下午，我正和丈夫赶着小毛驴在村子里的磨坊里磨面。磨坊是砖砌的，头回地震没有倒。刚磨了没一会，听见外面呜呜的轰鸣传来，接着是黄沙漫天。“地震了！”丈夫赶紧催着我往外跑，他则给小毛驴卸下套，牵着它随后跑了出来。没办法，那时候干农活全指着牲口呢。牲口要是砸死了，那损失可就大了。第二次地震，由于房子都在上一次倒得差不多了，又是在大白天，所以也没有死人。可能头回没注意，第二次大震时，那轰轰隆隆又带着哨音的地鸣，加上突然而起的漫天尘土，比第一回地震时更让人害怕。过去这么多年，一直到现在，每当听到机器的轰鸣，或者刮大风时，我都特别害怕。

人老了，脑子也糊涂了，关于那次地震，能想起来的也就这么多了。但是地震之前那几年水淹、干旱、虫灾连上趟了，自然灾害很厉害，幸亏有共产党，要不日子真不知道怎么过了。老百姓也争气，闹那么多乱子，老百姓不乱，吃多大苦、受多少罪，咬咬牙也都挺过去了，我是真没想到自己能过上今天这么好的生活。

口　　述：宋香果

走访整理：中共新河县委办公室　冯计旺

# 回忆大地震

赵旺兴

我叫赵旺兴，出生于1935年10月5日。1966年，我在县人民医院工作，是一名外科医生。地震时，我们正在做一台手术，刚刚缝合完毕，术后工作还没有彻底完成。忽然所有的东西开始晃动。因为3月8日的时候震过一次，所以我们都明白这是又地震了。于是我们抬起病人就向外面跑去，放到当时搭建的简易棚里。

当时，我县医疗卫生条件还比较落后，规模也比较小，医疗器械单一，门诊科类不全，医院仅有30多名医务人员。地震以后，医院又无法正常运行，只好在院子里搭建简易防震棚，在里面开展救治工作，因此当时根本就不能满足地震后的救治需求。

这时，党中央抽调了专门的医务骨干组成救灾医疗队。其中，从天津市先后调来4批共150多人，从山东调来50多名外科医务人员。救灾医疗队的到来如雪中送炭，及时扭转了救治工作的被动局面。当时救灾医疗队中的部分外科医务人员在县骨科工作，其他人员都深入到了社队医疗站，震后的救治工作在全县有序地全面展开。由于医疗器械极度缺乏，救灾医疗队的同志们就自己动手赶制出许多简易实用的骨科器械，使很多伤员得以及时治疗。还记得当时，他们还抽出十几名骨科医务主任、医师，办起了骨科培训班，教授了我们许多的理论及临床经验，为我们县培养了一批骨科医务人才，填补了新河县医院没有骨科门诊的空白。

由于县医院硬件条件的限制，有些重伤员在我们县不能得到较好的治疗。于是，党中央又派来了直升机，三次将17名重伤员转送到省市医院。由于转院救治及时得力，伤员们恢复很快。并且，救治费用、陪护等都不用家人操心，国家全包了，确保病人家属在家安心地进行灾后建设。

口　　述：赵旺兴

走访整理：中共新河县委办公室　张明嘉

# 我经历了 1966 年的大地震

高蓬聚

我叫高蓬聚，党研室原主任。我出生于 1947 年 8 月 13 日，“经过淹、经过旱、经过蚂蚱团蛋蛋，经过地震，经过十年动乱”。我心里记忆最深刻的，莫过于 1966 年 3 月 22 日那场特大的地震。说起那场地震，60 岁以上的人真是谈震色变，至今仍心有余悸。为什么呢？因为水灾、旱灾、虫灾看得见，可防可治，唯独震灾看不见，摸不着，防不了，说来就来，等看到就晚了。

1966 年那场地震是新河历史上罕见的，顷刻间地动山摇，人无法行走、站立，全县房屋倒塌，废墟尘土飞扬十多米高，地裂缝一尺来宽，大口水井冒水、冒沙。

1966 年 3 月 8 日 5 时 29 分隆尧县牛桥一带发生 6.7 级强烈地震，那次地震波及我县荆家庄、王府公社，有的村庄房屋倒塌。我县驻在隆尧县的“四清”工作队 11 名同志遇难，噩耗传来，我县被服厂工人们连夜制作了寿衣。

当年我在我县的国营饭店（属饮食服务公司）工作，是一名服务员。第二次地震是 3 月 22 日，那天是农历三月初一，正逢县城大集，营业额相当可观。我记得当时刚发生地震时，我不是想着往外跑，首先想到的是要先锁上钱柜，防止国家的财产遭到损失。因为当时一直在晃，所以上锁的时候特别难。锁好钱柜后，我立刻向外跑，刚跳到街上，饭店门脸上的“女儿墙”就掉下来了。幸亏我跑了出来，要是再晚上一两秒钟，我就会被两三千斤重的墙砸中。

在街上，我满眼看到的是房倒屋塌，狼烟滚滚，足有两三丈高。当时的饭店位于老新华书店对过儿，在县城的东门，和我县的新河中学相距 100 多米。当时学校的实验室由于碰撞发生化学反应，起了很大的火，在街上看得很清楚，后来是当时的县长王月华亲自在新河中学指挥救火，及时把大火扑灭了。

这次地震，我县损失极为严重，房屋倒塌93.5%，死亡15人，伤310多人。地震后，党中央和省、市曾几次派来慰问团慰问灾民，国务院派专机为灾民运送救灾物资，中国人民解放军日夜奔赴我县帮助开展抗震救灾，天津医疗队、沧专合作学校学员也前来支援抗灾。为救济灾民，上级为我县拨款26.2万元。

3月26日上午，国务院副总理李先念代表党中央、毛主席和国务院到寻寨大队视察灾情，对灾民进行慰问。河北省第二书记，省长刘子厚、省委常委、副省长杨一辰、郝田役陪同，李先念、刘子厚在万人大会上做了重要讲话。国务院内务部长曾山同志也到我县进行了慰问，曾山乘坐的直升机降落在原新河中学操场，曾山同志身穿浅色中山装，很平易近人。党中央对我县人民的关怀，使我县人民走出阴影，在全国人民支援下，全县人民团结一致，同心协力，很快投入了自力更生、发展生产、重建家园中。全县人民一方面紧抓春耕生产，一方面在解放军帮助下，搭建半阴半阳的窝棚（往地下挖二尺多深，周围用土打实，留下门口进出，上面用木头搭上顶子）度日。而后，各村进行了统一规划，各户砖木归集体，各大队统一组织建窑烧砖，国家给调拨来了油毡、苇箔等物资，很快投入了新农村的建设，各大队在两三年内大多数住上了3米左右高的卧砖抗震集体房。

当年很多老人说，这次地震如果发生在旧社会，可就惨了，人们就会逃荒讨饭，四处流浪。而在中国共产党的领导下，在全国各地的支持下，人们很快重建了家园，全县人民过上了安定生活，对党充满了感激之情。

作　　者：高蓬聚

走访整理：中共新河县委党史研究室　白敬缺

# 一件感人的事

白庄仁

我叫白庄仁，出生于1935年2月2日，南张化村人。我们村是个小村，人口一直也不多，现在也就400多人，地震那些年还不到400人。我们村现在街道很直很宽，房屋建得也挺整齐，这都是因为发生地震后，俺村是县里的第一批新农村建设试点，重新规划建设，做得比较成功，打的基础很好。

当年地震我记得发生了两次，第一次没造成什么损失，主要是第二次比较严重。俺村果树比较多，有梨树行、桃树行、枣树行，所以春冬季节农活也很多，翻挖土地，刮树皮（那个年代不打农药，目的是冻死害虫）。当时发生地震时，我正在我村的东南方向梨树行里翻挖土地，突然就听到轰隆隆的从地底下传来打雷的声音，然后脚底下就开始晃，人都立不住脚，果树也是左摇右晃。当时地里有很多人，妇女们胆子还小，吓得慌慌张张地大喊，人们必须都扶着树才能站住脚。晃得不太严重后，我们这一片地里的人就一块儿急急忙忙往家里赶，留在家里的都是老弱病残，也不知道情况怎么样。

路上，我看到麦子地里不时会有裂缝出现，最长的一条是在桃树行东边，有100多米，又宽又深，人要是掉进去准就没命啦。

回到村里一看，房子基本上都倒平了，还有一些裂开的也不能住人了。老人和孩子都坐在院子里，有的流着血，没有人哭，孩子们也不哭，人们都吓坏了，都有一种天要塌了的感觉。

在地里干农活的壮劳力陆陆续续地都回来了，人们就开始忙着往外救人，挖东西。我们村在那次地震中砸死了一个老人，叫什么我不记得了，就是白国栋他爷爷。因为他岁数大了，行动缓慢，没来得及跑出来，就闷在屋子里了，等挖出来的时候已经没有呼吸了。

我们村还发生了一件感人事迹，当时在县里都很有名，县里开会时经常提到。那时，我们村的南街路西那儿是一个油坊，规模还不小，白双石和刘殿刚当初在油坊干活，地震发生的时候，他们正在那儿干活。房子开始晃的时候他们都跑出来了，后来想到屋子里还有火炉子，如果房子塌了，肯定会起火，而且油坊里都是一些易燃品。他们两个人冒着被砸的危险又跑回屋子里，把火炉子搬了出来，避免了十几万斤的棉籽被烧。

口　　述：白庄仁

走访整理：中共新河县委党史研究室　白敬缺

　　　　　中共新河县委办公室　刘伟

# 地震亲历记

刘同行

我叫刘同行，出生于1943年11月，三街村人。1966年3月8日早晨5点多，邢台地区发生了地震，当时的震中在隆尧，新河也有震感，但并不严重，新河未发生人员死亡事件。

1966年3月22日下午4点30分左右，新河又发生了地震，这次比上一次的强度要大。当时我正从地里干农活回来，路过城东口时，看见多处地面上冒着黑水，水里混着沙子，地面出现了40厘米的裂缝，时开时合，尘土飞扬。我看到原新河中学的位置，燃起了大火，后来得知是学校的实验室因地震发生了火灾。

地震发生后，各级政府很重视救灾工作，省里用直升机送来了饼干、水果等食物，邢台军分区派部队100余人自带帐篷来到新河，驻扎在老礼堂处开展抗震救灾。当时有两个外地人在地震中受了重伤，部队组织人员从倒塌的废墟中把两个人拉出来，对其进行了必要的医护处理后，用专车将其送到邢台的大医院进行治疗。县、乡、村送来了草苫、松木杆、草席、钉子、铁丝等救灾物资。

地震结束后，村干部分组深入群众家里了解情况，对各户的受灾情况进行分门别类的登记，然后开会研究救灾措施。村干部组织村里的青壮年进行分组帮扶，其中优先对孤寡老人、妇女等困难群众进行救助。他们手拿松杆、铁丝等材料给群众搭起了窝棚，从倒塌的房屋中把群众的物品一件一件地刨出来，男同志负责对家具等物品进行清洗擦拭，女同志负责对衣被进行洗涤晾晒，最大限度地减少了群众的财产损失。鉴于群众中出现的悲观情绪，夜晚村干部不顾一天的劳累，分组深入农户中查看情况，掌握每户的思想动态，积极做好群众的思想工作，鼓励群众不要为眼前的困难所吓倒，要鼓起干劲儿，自力更生，创造更加美好的家园。

口　　述：刘同行

走访整理：新河县新河镇人民政府　贾海涛

# 我所经历的邢台大地震

聂京通

我叫聂京通，出生于1952年8月16日，聂秋口村人。“快起来！快跑！地动了！”这是1966年3月8日地震后还没睁眼时，我听到的第一句话，是大哥急促的叫声，同时他使劲儿拽我的胳膊，帮我穿衣服。当时我15岁，稍一清醒后，紧跟着听到了屋外周围“哗啦哗啦”的声音，不知发生了什么事情。然后，我被大哥拉到了堂屋，与另一个房间跑出来的妈妈、二哥、妹妹聚到了一起，听妈妈指挥。听到窗外“叮当叮当”的倒扣着的铁桶发出的声音，妈妈说：“外面下雹子了，不能出去！”一会儿，没声音了，我们跑到了院子里。这才发现，哪里下雹子了，原来是房顶的砖头滚落砸上了铁桶。“哗啦哗啦”的声音，是院子里院墙倒的声音。这个时候，我们并没有很恐惧，看看我家的房子不是没有倒吗？

但是，走到街道上，看到很多的房屋、墙壁倒塌，甚至有人砸在房子下面正在抢救，大人们都很恐惧地聚在街头，议论纷纷，这才意识到这是一个灾难，我开始害怕起来。但是，我的小脑袋瓜里也开始瞎琢磨起来，为什么叫地动？是地“动”还是地“洞”？我没有看见哪里有洞啊？为什么还有人说这是地震？现在想起来，当时我的乡亲们由于文化水平或者地震知识普及不够的原因，说话措辞很是模糊、混乱，给我留下很深的印象。

由于当时村子里的房屋都是土坯房，加之1963年水灾闹过之后，房屋都比较简易，尽管村子里地震造成房屋、院墙、猪圈等坍塌，但终究没有造成大的人员伤亡，还算比较庆幸。即使以后又有多次余震，也同样没有人员伤亡。当时生产力极端低下，物资比较匮乏，坍塌的房屋等建筑，尽管大多数非常破旧，但那几乎是老百姓的所有财产了，很多乡亲都在哭哭啼啼，发愁还要多少年才能再筹集砖瓦木料，再把房子重新盖起来。

有一个有趣的现象，很多老房子也没有倒塌，反倒是有些新盖的房子倒塌了。我们后院住的是一个远方的本家，他们家男主人是一个中学老师，是吃“皇粮”的，但是新盖的房子入住时间不长，地震时就倒了。而我家的房子很有历史，我父亲都不知是什么年代盖的——当时父亲已经46岁，也就是说房子至少已经46年以上了——却没有倒，甚至该房子后来几经倒手，直至1997年才被拆除，又存在了30年！而这期间，后院邻居，震后又盖的房子早就消失了，最后十几年，就是那个后院邻居家的老大购买并居住在原本我家的老房子。

地震那年，我已经上初中。而且我还记得当时春季是新学年的开始，震后某一年才改为秋季新学年。这个问题我和很多与我年纪相仿的朋友争论过，到底哪一年更改的？后来才知道，各地更改时间不一样。

震后的第二天，我照常背着书包去上学，因为没有得到放假通知，那时学生胆子都小，老师的话就是圣旨。可是，到学校旁一看，校舍都倒了，校舍也是洪水后前两年期间新盖的！我的第一反应是，没法上课了；第二反应是，我昨天交的作业本肯定压在里面了，我还得花钱买本！又过了不知多少日子，终于开学了，不过学校变成分散的、流动的、露天的学校，各班级老师领着自己的学生寻找适合的地方，挂上一块小黑板就上课。其中，最让我难忘的是在河边草地上上课，更难忘的是，下课时间的各种游戏：玩水、抓蝴蝶、逮蜻蜓等，这些原本是在校园里不能玩的游戏。后来，我们搬进了临时防震棚教室：半地下的简易棚，书桌是土坯搭建的，自然全是土，还要自己带小板凳。当时年龄小，没有什么感觉，现在想想，那真是艰苦啊！

口　　述：聂京通

走访整理：新河县白神乡人民政府　冯真

# 大 地 震

邢国辉

我叫邢国辉，出生于1954年12月29日，邢彦村人。1966年地震的时候，我13岁，还在上学。现在一想起那次大地震，感觉就像是刚发生过一样，记得特别清楚。

当时我们正在上课，突然就听到呼啦呼啦的声音，地震了，老师让我们赶快向外跑。当时第一次地震幅度不太大，等我们出去时，强烈的地震就来了，震得特别厉害。我们刚跑出去，学校的房角就掉下来了，老师和学生没有伤亡。老师后来把我们领到了一个围坑里，让我们都别动，后来几天我们就一直在围坑里上课，上了有七八天的样子。

村子里，一片一片的房屋倒塌成废墟，已经分不清大街小巷，当时房子倒塌了大约60%，还有一部分裂了缝。村子的西南角永安寺那儿有一条100多米的七八公分宽的裂缝，里面冒出了黑水和沙子。我们家当时住的是一个四合院，北屋和南屋各5间，东西厢房各3间，是1963年水淹以后盖的土坯房，在这次地震中没有倒塌。因为当时人们已经有了警惕心，又是下午，人们大多数都在地里干农活，所以我们村子里没有人员伤亡。

地震以后，上级领导对我们支援很大，空投了许多吃的，县里也组织开始盖防震房。我们从内心感谢党的恩情，没有共产党，我们老百姓还不知道多遭多少罪、能不能过得了那个坎呢。

口　　述：邢国辉

走访整理：中共新河县委党史研究室　白敬缺

中共新河县委办公室　董娥

# 抹不去的记忆

韩素荣

我叫韩素荣，黄家庄人，出生于1952年3月。1966年3月8日，我们还在睡觉。忽然，房子剧烈晃动起来，摇得挺厉害，晃了几秒钟，一开始没反应过来，还以为附近什么东西震的，我从床上跳下来，又不震了。没过多久又感觉到房屋震动，屋里的东西也剧烈摇晃。起初像有人大力敲门，几秒后感到脚下震动，房子摇晃了几下，当时没有塌。“不好！是地动!”我心里想，于是不顾一切抱起老母亲冲到院子里。当时房子也没倒。

我们家的房子倒塌是在3月22日第二次地震时。那天地震发生在下午，我们都没在屋子里，但是看到房子像是被抽空了筋骨一样，散落下来。随即，房屋倒塌的声音、人们的惊叫声充满了整个村子，过了一阵儿，又连续发生了七八次有感觉的余震。

随后惊魂未定的村民们跑出家门，村里房子的损坏程度不同，人们都聚集在村里的打麦场上，等待搭建窝棚，村民们还是心有余悸，说不敢回到房子里去住。村子里到处是房屋倒塌后的废墟，废墟上到处是砖块儿、木料、衣物、锅碗等，家禽家畜乱跑。我们村没有发生人员伤亡，后来我到村里的街上查看，发现有不少房子倒塌。塌房的情况，比1963年洪灾还严重，重建的房子大多无恙，但是旧房子、土坯房基本全部塌了。

后来听老人们讲，地震发生前，我们村出现过“水跳舞”的奇怪现象，井水忽然暴涨，原来井下深不及一尺的水位，一夜间蹿上高达数十丈的井壁，涌至井口，且水质混浊。而震后第三天，水位突然下跌到原来的高度，水质变得清凌凌的。村内还有一口深约4米的水井，地震的前几天，井水突然立起水柱，直冲井口，随即泛起白沫，景象十分壮观。在地震发生后，这一景观消失不复见。异常的表现还出现在动物身上，从震前一个月开始，狗似乎都发疯了，它们统统骚动不安，有的对空乱吠，有的趴在地上哭嚎，哀声令人毛骨悚然。震前几天，凡是家养的鸽子，均不进窝，彻夜站在屋檐下咕咕地叫，早晨，主人推门发现，有许多鸽子宁可冻死也不回巢。在街道和农田边，人们几次看见一群群的野鸽子，无缘无故地惊飞而起，到处乱撞，有时还撞在人身上，有时从天空中突然掉下来。地震前四五天，一群一群的麻雀就像没有长羽毛的雏雀一样，落在地上扑啦啦地挣扎，有的飞不了多远又落下了，一群孩子不到半天，就捕捉到了几十只。同村的一户人家，在地震前几天一到夜里，猪就走出圈栏在院子里游荡，其中有一头猪被主人强行赶进窝 3 次，最后，主人不得不用石磨盘堵住窝门，可猪竟然咬破木栏疯狂地逃了出来。

地震后房子都倒了，将来建什么房子能抗震，怎样尽快让受灾群众有房可住是首先要解决的问题。为了高速度、高质量地完成任务，县委于地震后即派调查组入村入户征集群众意见，蹲点摸底搞建房试点，掌握第一手资料，推广成功经验，推动集体盖房。当时群众总结出房屋抗震的 4 句话："墙要矮，顶要薄，窗要小，碱要高。"地震前村里的民房一般都是三开间，一个单间，两个通间。大间没有立柱，只用一个很粗的大梁搭在墙上。一震动，墙倒梁檩就塌下，伤了很多人。村民们发现村里老旧的房子几乎全倒了，只有一排卧砖房，有裂缝没有倒，保留了下来，这个房的特点就是矮一点，因此老百姓提出"不要盖高房，要墙不要梁"等经验之谈。

邢台地区发生强烈地震的消息很快传遍全国各地，全国人民都关注着灾情变化，心系灾区人民安危，并热情地伸出援手，党中央紧急调运救灾物资，并专门开辟运输线，把救灾物资及时运往灾区。村民们把对党和全国人民的感激之情化为生产的强大动力，在县委的领导下，当年秋后进入盖正式房、建新农村的高潮。经过一年多的艰苦奋斗，在倒塌的废墟上兴建起街道整齐、居住紧凑、卧砖到顶、防洪抗震的社会主义新农村。来年春天，大部分村民搬进了新房，开始了安居乐业的新生活。

口　　述：韩素荣

走访整理：中共新河县委办公室　苏琳

# 地震点滴回忆

常英彬

1966年的地震已经过去50年了，然而亲历过那次灾难的人却依旧对当时的场景历历在目。

我叫常英彬，西郑村人，出生于1944年11月。1966年3月8日，一阵巨响惊醒了沉浸在睡梦中的村庄。人们正在纳闷时，大地猛然剧烈地晃动起来。村民叫喊着、摸爬着往屋外跑，"哗啦啦"，房子纷纷倒塌了。跑出来的人们或趴在地上，或死命抱住树木，看见一切都像在浪尖上打滚似地晃个不停。房子跟那大风里的麦子一样，一晃朝着西边地面倒了下来，一晃又朝着东面的地面倒了下来，再一晃房子散架了。天上刮着黑风，响着怪雷，就像谁把老天捅了个窟窿似的……村民把我挖出来，我出来以后一看，整个房子全变为一个土疙瘩了，什么都没有了，只听见隐隐约约有哭声，我赶紧出去，然后又说又喊："谁也不能哭，赶紧救人。"这时候俺村支部书记出来了，在大街上喊："谁也别乱跑，也不要哭，要赶紧救人，如果乱跑的话，耽误时间。马上进行挖人。"就这样，在支部书记领导下，我们开展了自救。

陈海洲

我叫陈海洲，朱家庄人，出生于1951年8月。当时是4点钟左右，我们放学后走到一个小胡同里，地震就开始了。当时也不知道什么叫地震，也没有那个概念，就是一晃一晃的，那幅度大得能把人晃倒。当时我还很小，那墙头很矮，我就扒着那个墙头，来回在那里晃。等地震结束以后，就看各村起的那个烟，就跟战争起的一样，都是黄烟，树木也看不到了，什么都看不到了。跑到家里以后，看到各家房子倒得都不少，尤其是土坯房，基本上都倒平了，把各家各户的锅碗瓢匙及被褥全都埋在底下了。一方有难，八方支援。后来全国各族人民伸出友谊之手，纷纷投函致电，捐款赠物，运来灾区的衣食用品、生产物资，难以数计。来自北京、天津、石家庄等大城市的医护人员，也从千里之外赶来救死扶伤。对此，灾区人民无不感激涕零，由衷呼出“天大地大不如党的恩情大，千好万好不如社会主义好”，并化悲痛为力量，重整山河、创业建功。当年的废墟之处，如今，新房排排，新村片片。

口　　述：常英彬　陈海洲

走访整理：新河县经济开发区管委会　张佳佳

# 我参加了抗震救灾表彰会

史广安

我叫史广安，出生于1947年12月，新河县南马庄村人，曾担任本村生产队长、村支部书记、西流乡党委副书记、辛章乡党委书记、新河县交通局局长、新河县司法局局长，现已退休。

“阳春三月桃花开，总理到咱灾区来”，这是20世纪60年代广泛流传于邢台地区的一首歌，是为歌颂敬爱的周总理而创作的。每当想起这首歌，我的思绪就不由得回到50年前的那场前所未闻、令人惊心动魄的邢台大地震。

1966年3月，正是轰轰烈烈挖河开渠的高潮，村里青壮年都去挖河了，家里只剩下妇女儿童和老弱病残。由于父母病故，我留下照顾两个小妹妹。那年春天，乡亲们刚刚帮我建起两间土坯房，墙体尚未干透，我很欣喜，我兄妹三人终于有了一个像样的家。22日下午，我正带着两个妹妹忙着垒土炕，突然轰隆隆一阵巨响，房屋剧烈地摇晃起来，门窗也嘎吱乱响，我们惊慌失措地急忙往院子里跑。惊魂未定之际，就看到那两间土坯房轰然倒塌，瞬间变成一个大土堆。一时间，整个村子孩子哭，大人喊，小狗汪汪叫，天成了昏黄色。乱糟糟一片，都不知道发生了什么事，有人说是原子弹爆炸了，也有人说地震了，还没等弄清怎么回事，大地又剧烈地摇晃起来。我突然听到附近胡同里有人呼救，顾不得多想，踩着瓦砾，绕过废墟，趔趔趄趄地向胡同里跑去，见有个七八十岁的老太太跪在院子里，呼天喊地地叫救命，说她嫂子还在屋里，我顾不得多问，奋不顾身地冲进屋里，抱起瘫痪在床的老太太就往外跑，砖头瓦块不住地掉在我的头上身上，把老太太放到院里，我第二次冲进屋里，给她们抢出部分衣被和吃的。还没顾上缓口气，又听到一个女人的哭喊声从附近传来，我二话没说又跑向呼救的房子里，原来是庄文明的奶奶还在屋里，顾不得房在摇，地在晃，我又一次冲进已塌了一角的破房子里，使出全身的力气抱起庄奶奶向外跑去。把她放到院子里，看到衣衫单薄的她瑟瑟发抖，我再次冲进屋内，抱出些衣物被褥。这时天渐渐黑了，我拖着疲惫的身子回到自己家，发现两个小妹正坐在废墟前哭，大伯见我回来，劈头盖脸把我骂一顿，说我不顾家，到处乱跑，我没有辩白。看看两个年幼无助的妹妹，我的心里只有迷茫和无奈，初春的夜还有些清冷，我一家无处安身，只好到打谷场的谷草垛过夜，好在这里避难的人很多，我们才不至于害怕。

这次地震造成的损失是巨大的，我们村半数以上的房子都倒塌了，没倒的也都受到不同程度的损害。还有两处地面被震出了半尺多宽、几十米长深不见底的大裂缝，从里面嘟嘟地冒着黑水，让人觉得既害怕又不可思议。

地震发生后，周总理亲临重灾区隆尧县慰问，他看到一位在地震中失去儿子的老大娘坐在废墟上哭，就蹲在她的跟前，拉着他的手动情地说："大娘，别难过，您的儿子没了，我就是您的儿子。"这温暖的话语，温暖了灾区千千万万人民的心。李先念副总理也来到新河灾区慰问，他带来了党的关怀。一方有难，八方支援。很快，从全国各地运来了衣服、被子、食物，帮助灾区人民渡过了难关，灾区人民切身体会到了党中央的关怀，社会主义的优越，祖国大家庭的温暖。

我在地震中救人的事不知怎么被上级知道了，县委派了宣传部干事来帮我整理发言稿，说是要我到邢署参加全区抗震救灾积极分子代表大会，要求我发言。这毕竟是我第一次出远门，心里还是很兴奋，一路上对什么都感到好奇。表彰会是在邢台老城墙附近用军用帐篷搭成的会场里开的，地委书记刘琦讲了话，副书记张双英在讲话中说起地震救援场景几次哽咽难言，泣不成声，参加大会的代表也都深受感染。我们所有的代表，每人得到的奖品是盖有邢署大印的毛主席像，省里的文艺工作者还教大家学唱了两首歌，一首就是"阳春三月桃花开，总理到咱灾区来"，另一首是"你震你的，我干我的"，正是这两首歌鼓起了灾区人民抗震救灾、重建家园的信心和勇气。

这次大地震的磨炼，以及党组织给我的荣誉，对我的人生产生了巨大的影响，使我的人生观和价值观有了很大的提升，让我从一个少不更事的青年懂得了如何做人、如何做事，为我一生践行毛主席的教导，即"做一个高尚的人，一个纯粹的人，一个有道德的人，一个脱离了低级趣味的人，一个有益于人民的人"打下了坚实的基础，从而能够坚实地一步一个脚印地走到今天。

作　　者：史广安

走访整理：新河县残联理事长　信忠申

# 1966 年地震记

谢宇光

我叫谢宇光，男，家住南宫县城北街。1966 年 3 月 8 日凌晨，南宫人民大都在酣睡中，突然被一阵阵呼呼声惊醒。他们完全被眼前发生的事情惊呆：大地上下颠簸，房屋南北摇晃，屋顶咯咯作响，满屋落下泥土。当意识到是地震发生时，有些人顾不上穿衣服，急忙跑到院里。

天亮后人们看到：很多墙体断裂，不少房檐砖掉在地上。为预防更大地震，避免人员伤亡，所有机关、学校、工厂、企业人员和城乡群众，纷纷在离房屋较远的地方搭起了防震棚。商店在防震棚里售货，学生在操场上露天上课，机关在防震棚里办公，工厂不得不暂时停工。这次地震震中在宁晋县耿庄桥一带，距南宫城仅百余里。十几天来余震不断，并不时从西面传来沉闷的隆隆“雷”声，预示更强烈的地震即将发生。

22 日下午 4 时 11 分，社员们正在田间劳动，老人们正在防震棚里操持家务，中、小学师生们在操场上活动，突然所有房屋又南北摇晃起来。在一阵阵轰隆声中，很多房屋倒塌，街道上空笼罩着黑色的烟雾般的尘土。城乡到处是呐喊声、狗叫声，一片混乱。4 时 19 分，更强烈的地震发生了。在大地颠簸、房屋摇晃时，更多房屋倒塌，黄黑色烟雾般的尘土又一次在街道上空弥漫，北孟村、大村、独水等重灾村，变成一片废墟。全县城乡各地陷进更大的惊恐和混乱中。

每个人都深切感觉到，当地震发生时，他们好像不是站在坚硬的土地上，而是站在波涛汹涌的大船上。老年人多跪着趴在地上，青壮年必须两只脚南北叉开，才能勉强站住。各种车辆根本无法前进。

震后的田野里出现一道道裂痕，不少地方从很深的地下震出来一堆堆黑沙和一片片积水。独水张家庄一个干涸水坑里震出了半坑水，村东一口水井被震坏，井水不翼而飞。

当天下午，南宫县委、县人委领导带着救护车和医护人员，奔赴重灾区抢救伤员。次日上午，满载解放军官兵的汽车也驶进重灾区，抢险救灾。解放军指战员带来了党中央、国务院对灾区人民的亲切关怀。

据统计，在 22 日下午两次地震中，全县 33 个公社、451 个大队都不同程度地受灾。特重灾区有 12 个公社、82 个大队，倒房在 95%以上，不少村有人员伤亡。北孟村砸死一个老太太，重伤 2 人，轻伤 3 人；徐庄砸死一个瘫痪老人，轻伤 4 人。全县倒房 83 452 间，死亡 21 人，重伤 53 人，轻伤 214 人，砸死牲畜 4 头，砸坏农具 80 338 件，家具 199 620 件。

地震发生后，党中央、毛主席对灾区人民十分关心，派中央慰问团来南宫县重灾区慰问，并从京、津等城市抽调医务人员给灾区人民治伤治病。更难忘的是国务院急灾民之所急，雪中送炭，给每个重灾户发了救灾粮款，建筑材料（石灰、油毡、苇箔、木材、烧砖用煤等），有些灾民还领到牲口、排子车……灾民们心潮起伏，感激涕零，深深感到社会主义制度的优越性，从而大大激发了生产自救、重建家园的信心。

震后不久，一座座既防水又防震的新砖房，在重灾区拔地而起，那整齐划一的街道和宽敞明亮的房舍，充分显示了灾区人民战天斗地的壮志雄心。

口　　述：谢宇光

走访整理：中共南宫市委党史研究室　张辉　杨文志

# 好　老　伴

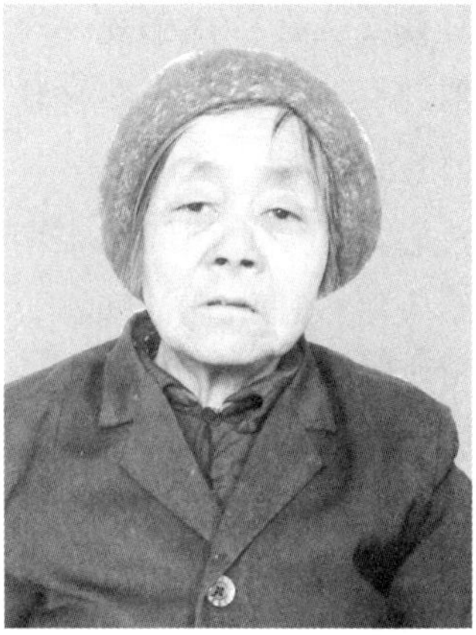
雷苏芹

我叫雷苏芹，今年 74 岁，南宫市明化镇曹家寨人。1966 年 3 月南宫发生地震时，我老伴张宪起 25 岁，是明化公社曹家寨民兵连的副连长。3 月 22 日，强烈的地震发生后，多数社员都忙着搬东西、搭窝棚，队里刚生着火的山药育秧大棚没人管了。这怎么能行呢？山药秧出不好，种不上山药，群众吃什么？又怎么实现毛主席提出的“备战备荒为人民”的指示呢？老伴主动找了一个民兵合伙管起来，连着守了 3 天 3 夜，才闯过了出苗关。在地震后的救灾战斗中，我老伴整天和同志们帮助烈军属、五保户搬东西、搭房子，总是不进家，我公公骂他，嫌他不管家，我有时也生气，不让他到家里搭的窝棚里睡觉。老人骂、家里人吵，都没有阻挡他为群众服务的红心，好几夜他就睡在院子里。

强烈地震刚过后，社员情绪不稳，春耕生产曾一度处于停顿状态。常言说：一年之计在于春。春耕生产是一年当中生产好坏的关键，只有搞好了春耕生产，才能夺取丰收，重建家园。怎么办呢？在党支部的领导下，我老伴他们首先召开了民兵会，反复贯彻毛主席“备战备荒为人民”的指示和周总理提出的“自力更生、奋发图强、发展生产、重建家园”的救灾方针，号召民兵和团员带头搞好集体生产，边生产，边宣传。在拉粪的时候，我老伴抢先驾辕，带领着女民兵搞送肥突击。照原来的规矩，驾辕的不管装卸。为了让女同志们多休息，他什么都干。这样一来，大家的情绪可高涨了，由原来 15 人拉 16 方，一下提高到 20 多方，十多天的时间就完成了 3100 方的送肥任务。生产很快在全村轰轰烈烈地展开了。

5 月 4 日那天，我们队抗旱栽山药，突然水车坏了，链子掉进井里。井里淤沙很厉害，链子一下去，就不好捞出来，非下去人不可，谁下去呢？大家大眼瞪小眼。这时，我老伴把大衣一脱，自告奋勇就下到了井里，下去以后，水又凉，泥又深，淤沙淤到大腿根。经过 3 个多小时的急干，才挖到了链子，并捞出了两只水桶。

在 8 月份打井的时候，有些人怀疑管井打不成，说："一队里没打好，别的队也都不打了。就是咱们队有钱吗?"当时，我老伴想起毛主席的"人的正确思想只能从社会实践中来"的教导，就下定决心打好这眼管井，给大家闯出一条路子来，不然会影响全村的水利建设。打井没有炭渣，他就发动小学生利用星期六下午和星期天上午去石家庄、明化镇街上扫。井打好了以后，在淘水的紧要关头，一些别有用心的人不干了，故意想把井搞坏，只剩下他们干活的几个人。人少换不过来，他就给大家鼓劲儿，拼命干，黑夜白天连续作战，一共淘了 3 天 3 夜，我老伴仅睡了 3 个小时的觉，终于打成了头一眼管井。

这些事已经过去几十年了，我始终没有忘记，老伴当年那样做是对的，啥时候想起来，我心里都是美滋滋的。

口　　述：雷苏芹

走访整理：中共南宫市委党史研究室　张辉　杨文志

# 自力更生，抗震救灾

刘明沐

我叫刘明沐，今年81岁，南宫市垂杨镇范家寨人。1966年的邢台地震给人们带来了灾难，也给人们留下了一部在共产党领导下，艰苦奋斗、自力更生、抗震救灾的壮丽诗篇。

1966年3月，南宫县先后发生两次地震。当时我在南宫小学（县立唯一一所小学）任校长。地震发生后，我校房屋部分倒塌，大部分破损严重，给教学工作带来很大困难。在灾害面前，我带领广大师生用集体的智慧和力量同灾害进行了顽强的斗争。

3月22日，第二次强烈地震（7.2级）发生后，我和全校15名教职员工冒着生命危险，保护学生和抢救学校财产，保证了465名学生（包含25名保育员）的生命安全，上万元的珍贵仪器没有受到任何损失。

全校近500名学生中，一大部分是干部、职工子弟，食宿在校，其中部分学生的父母抽调沙河等地搞“四清”，这就增加了我们的工作量。学校16名教职员工中，9名同志的家位于重灾区，房屋倒塌，老人孩子的安置都是问题。在当时矛盾、问题成堆的情况下，我们给全校师生制订出四条纪律：一是以校为家，校长带头，教职员工不准回家；二是学生不准随意乱跑；三是师生人身安全不准有任何闪失；四是师生动手，自己搭建地震棚，先安排食宿，然后恢复教学。

当时，学习毛主席著作、学习县委书记的榜样焦裕禄、学习雷锋，在全国已形成热潮，“一心为公”“全心全意为人民”在广大师生中已春风化雨，融入每一个人的脑海里并且释放到意识和行动中。我们提出“大灾面前学英雄、逞英雄、做英雄”“自力更生往前看”“能站着就不能让人扶着走”的口号。我们自己动手搭建起9间简易教室、3间厨房、9间地震棚式的宿舍，以补缺失。在教学进入正常的情况下，我责成教导主任孙德修负责学校工作，我带领两名教师骑自行车到城西铁佛头、南贾城、于家屯、冀县周村等9位重灾区的同志的家中慰问。去时，带上教师们对家中的问候；回来时，带回公社、大队帮助其家中救灾的情况，以让家庭、教工双方都安心。

我的家是垂杨镇范家寨村，家中有年迈的父母和3个孩子，靠妻子一人照料。父亲病重卧床，家里几次打电话、来人催叫，我也没有回家，一天一天地坚守在学校。父亲的救护，地震棚的搭建，全是街坊邻里援手帮助。就这样，学校全体教职员工坚持长期坚守岗位抗震自救，没有一人提出回家的，就连家在本城的教师王大振、保育员田云平等4位同志也都一直坚守在学校。

在教学秩序稍加平定后，按照县委、县政府的安排，我带5名教师、1名厨师去城西灾情严重的苏村公社、前屯大队抗震救灾。在前屯大队，我们6人尽全力投入到重建修复房舍的战斗中。先从修建学校动手，一起重建、修复两座共6间教室和1间教员室，使学校恢复了正常秩序，然后协助大队干部组织社员一面修复住房，一面恢复生产，大约一个多月以后，按照县里的安排我回到学校工作。

口　　述：刘明沐

走访整理：中共南宫市委党史研究室　张辉　杨文志

# “咱不管谁管”

宋金科

我叫宋金科，今年57岁，南宫市南便乡宋曹村人。小时候听我父亲讲，1966年3月22日，南宫县发生了强烈地震，震级为7.2级，全县受灾惨重。

当时我父亲宋修田是南宫县南便公社宋曹村大队副大队长，强烈地震发生后，他按照周总理提出的“自力更生、奋发图强、重建家园、发展生产”的指示，积极领导群众进行抗灾斗争，修复房屋，重建家园，恢复生产。

在修盖房屋的过程中，面对无坯盖房的现状，党员干部一致决定，自己有什么拿什么，帮助倒房户迅速建房让他们有房子住。我父亲说：“倒房子的大部分是贫下中农，是我们的阶级弟兄，他们有事咱不管谁管?”他把两间将要倒塌的房子拆掉，把坯给了急需盖房的社员。大队长宋增保也把两间房的坯拆掉，帮助五保户、烈军属和老弱困难户修好了10间房子。

社员们看到这些真正为群众服务的干部，感激地说：“真是毛主席的好干部，有他们在我们就什么都不怕了。”

口　　述：宋金科

走访整理：中共南宫市委党史研究室　张辉　杨文志

# 好支书曹连奎

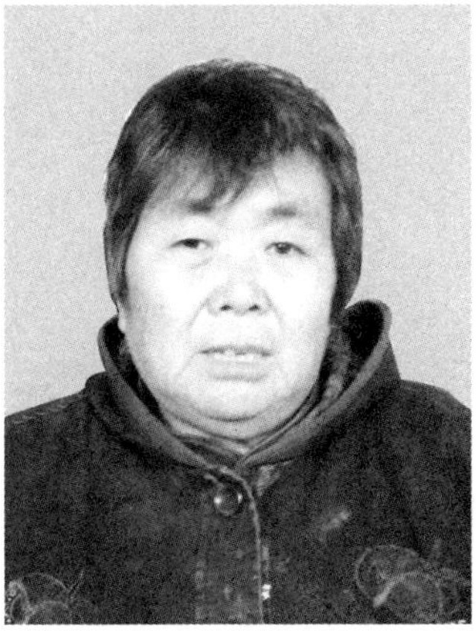
孙金素

我叫孙金素，今年 66 岁，南宫市南便乡曹庄人。1966 年 3 月，南宫县先后发生两次地震，当时我公公曹连奎是曹庄支部书记。地震发生后，他白天带领群众进行抗灾斗争，修盖房屋，安置受灾户的生活，研究工作，安排生产；晚上为群众打更值班，一连 3 天没有合眼。晚上值班的时候，他给群众讲地震的原理，讲毛主席和党中央对灾区群众的关怀，讲周总理对灾民的慰问，破除了在群众间传播的迷信谣言，稳定了群众情绪。除此之外，我公公还挨家挨户检查房子，特别是看到那些在街上睡觉的社员们，怕他们生病了，给他们盖被子、搭窝棚。群众说："有党的领导，有俺这样的好支书，再大的灾难也能抗过去。"

口　　述：孙金素

走访整理：中共南宫市委党史研究室　张辉　杨文志

# 摘尽红心为人民

邢国申

我叫邢国申，今年 65 岁，南宫市大村乡北孟村人。1966 年 3 月南宫发生了两次地震，那时候我才 15 岁，记得我父亲邢迎锁当时是村里的党支部书记。3 月 8 日黎明，一次强烈地震使我和我父亲都被房土和泥皮闷在下面，我母亲从窗户里跑出去，我父亲从土里钻出来，大地还在震动，他慌忙把我扒出来，从窗户里爬出去。我父亲出了屋子就往街上跑，这时我母亲说："我把腿摔坏了，快去请个医生来看看。"我父亲劝她说："全村不知道有多少人被砸，你先等着，我去看看他们。"说完，他就跑出去，一口气喊了半趟街，才发现身上没穿棉裤，连忙借了别人的一条裤子。这时，支部其他成员也来了，我父亲他们就挨家挨户去慰问，发现全村砸伤了 18 人，立即派本村保健站几个医生进行抢救治疗，并对 20 户烈属、14 户五保户都做了安置。

我父亲白天安排社员吃饭，晚上值班打更，一连几个晚上，人们都睡着了，他才休息，7 天没在家里吃饭。老乡们催他，我也去叫他，直到家家户户都有了住处，我父亲才回家。一个多月以后，我母亲的腿还拐着，有人对我父亲说："你给她治的太晚了。"我父亲说："不能光顾自己，受伤的 18 名社员比她重得多，但是一个也没死，一个也没落下残疾，这是我的光荣责任。我觉得，只要为人民办一件好事，我心里就高兴。"事情过去以后，我父亲又和我母亲讲道理，一块儿学习《为人民服务》，怕我母亲埋怨他。结果我母亲反而说："你做得对，心里应该装着人民，咱都是贫下中农，就得按照毛主席说的去办。"

地震发生后，少数干部各顾各，自己搭盖简易房。我父亲认为，共产党员、革命干部越在艰苦的时刻越应该把群众的利益摆在一切利益的首位。第二天，他就召开支部会、干部会，组织学习《为人民服务》《关心群众生活，注意工作方法》等文章。会后决定成立盖房专业队，由我父亲带领，先给烈军属、五保户、贫下中农困难户盖房，后给一般社员和干部盖房。

盖房工作开始后，我父亲除了抽时间照顾一下其他工作外，一心扑在修房盖屋上，整天从东头跑到西头，从街前跑到街后，并亲自在第六队参加劳动，担水、和泥、扔坯，什么累活也干，哪个活脏干哪个，一天到晚就没在凳子上坐过，有时忙得顾不上吃饭，顾不得睡觉。有一天下着小雨，五保户邢来安的窝棚不隔雨，简易房还没有搭上，我父亲便带着 7 名专业人员，冒雨给孩子抢搭简易房子。从上午 8 点一直干到下午 3 点 30 分，才搭成了两间房子。他没喝水，没休息，也没有吃午饭，浑身淋得水湿，胳膊腿累得酸疼，肚子饿得咕咕乱叫，但是他心里很高兴。到后来，村里 80%的社员都住上了简易房，我们家还住着四面透风的窝棚。工作组的同志和社员屡次劝我父亲把自己的窝棚修一下，我父亲嘴上答应，但心里想：个人的事情是小事，直到群众都住上房子之后才该轮到自己。

记得有一天晚饭后刮起了大风，几乎要把我们家的小窝棚掀掉，父亲丢下我们娘儿俩，冒着狂风挨户访问群众，帮助五保户社员搭窝棚，一直干到天明才算完事。就这样，地震发生后，我父亲忙了四五十天，直到全村群众都住上了简易房，到 5 月 10 日我们家才搭了一间简易房。在我父亲的带动下，其他干部也纷纷舍小家顾大家，帮助群众修房盖房，渡过了难关。

口　　述：邢国申

走访整理：中共南宫市委党史研究室　张辉　杨文志

# 救人要紧

刘竹林

我叫刘竹林，今年83岁，南宫市凤岗办事处小石柏人，年轻的时候当过我们村的生产队队长。

1966年3月8日、22日，南宫县先后两次遭受地震灾害，在党的领导下，干部、职工和人民群众一道迅速投入到抗震救灾的斗争中。3月22日，强烈地震再次发生时，我看见李廷珍的北屋前后晃动，马上要倒塌，急得李廷珍在院子里大喊“救命”，4个孩子在屋里哭成一团。我顾不上想别的，救人要紧，一个箭步冲到屋里，一个又一个地把小孩抱出来，抱着最后一个孩子刚迈出门槛，“轰”的一声，房子全部倒塌。李廷珍搂着脱险的4个孩子，感动得说不出话来。

口　　述：刘竹林

走访整理：中共南宫市委党史研究室　张辉　杨文志

# 地震和救灾

付宗华

我叫付宗华，今年75岁，固北村人。

1966年的地震，我的记忆是，近80%的房屋倒塌，残垣断壁，一片废墟。据说宁晋耿庄桥和隆尧东震心地区更是严重。据当时的解放军救灾部队从宁晋耿庄桥救下的受伤人员说，震心耿庄桥地区，地面裂缝、塌陷、隆起、喷水冒沙，公路开裂，桥梁塌折，交通中断，满目尸体、伤员，像是经历过一场残酷战争后的战场。当时救灾的解放军战士和医护人员冒着极大的危险，在隆尧东和宁晋东南的最严重地区救下许多重伤、轻伤的受害者，运往周边受灾较轻地区进行抢救治疗。

记得在3月8日地震的前两天，即3月6日，干旱多日的邢台地区、冀南地区，竟下了一场小雪，天空中灰蒙蒙的，好像潜藏着不祥的气息。我们柏乡一带都是平顶房，人们在雪停后都上房扫雪，突然房子摇晃起来，人们都不知道是怎么回事，吓得都从房上下来了。当时正是苏联反华时期，人们怀疑是苏联在向中国放原子弹，也有迷信说“地下水里有条大鱼怪，摇摆巨尾时，大地便晃动”等许多说法。

然而这只是地震的预兆，预示着一场对人们造成巨大生命财产损失的自然灾害将要发生。1966年3月8日5点30分左右，阴云遮月，大地一片寂静，村里的狗叫个不停，鸡圈里的鸡也在叽叽喳喳乱飞乱跳。熟睡中的人们，谁也不知一场灾难即将降临，突然觉得睡觉的炕晃动起来，上下颠簸，左右摇晃，整个房子也摇晃起来。人们都被惊醒，慌忙穿衣向外跑，由于颠晃得厉害，站都站不稳，几次开门都开不开，然后弟兄几个把窗户扒开跳到屋外。最剧烈的摇晃也就不到一分钟，大地很快就恢复了平静。一停震，村里就乱成一团，人喊，狗吠，鸡叫，人们都出来了，有的在院子里，有的在街上，房屋大半倒平，剩下的也无法居住，有人还裹着被子打哆嗦。面对这突如其来的灾难，人们都吓晕了，吓傻了，小孩们也不敢哭了，伤员也不叫，满身尘土，满脸灰土，人们都惊呆了。当时因为地震是在凌晨 5 点 30 分左右，天还不明，解放军还没有到来，医药队还没赶到，这时主要是靠自救、互救，自己家里被砸住的人自己挖，挖完了自家，开始挖周围邻居的人。最后清点每家大人孩子各几个，是否都安然无恙。

3 月 8 日的邢台地震，惊动了为国家日夜操劳的国务院总理周恩来。地震发生几个小时后，总理就河北省送去的最初灾情报告上做出了一系列重要批示，急速调集北京军区驻军部队立即赶赴灾区邢台。在北京军队到来之前，受命最先赶到的是驻邢台的人民解放军部队。其驻地离隆尧、宁晋只有二三十公里，部队首长命令士兵两个小时跑步赶到灾区。当时地面涨出了黑水，公路阻塞，部队抄小路先赶到了重灾区隆尧、宁晋，后来又有部队赶到柏乡等地。一见解放军的救援部队到来，群众一下子精神都振奋起来，人们说国家知道我们受灾了，派解放军救我们、帮我们来了。当时许多从宁晋耿庄桥重灾区救出的人员被安置在固城店尚存的邮电局、公社等临时医疗点进行救护。解放军还帮村里治伤员、搭帐篷，解决群众临时生活问题，教育村民群众不要害怕地震，要科学预防，生产自救。本村的青年社员们还自发组织了青年组织队，不计报酬地加班加点，进行人力拉车，帮助村民清理过道，拉运房梁、砖瓦等。当时许多牲口都被倒塌的牲口屋棚压死。十个八个的年青男女社员进行人力拉车，当时有本村李胜银 17 岁的女儿在拉车时不幸遇车辆事故遇难，为生产队和集体献出了正值花季的年轻生命。然而，有党中央的关怀和各级党委政府的有力领导，有灾区人民的团结奋斗，终于在一两年后，全村逐步建起了整齐防震的“规划房”。从此告别了一顶顶的临时帐篷和一些低矮、窄小的简易房。“规划房”彻底改变了以往数百年的老街、老道，使小街、过道笔直宽敞，四通八达。现在，国家有了高科技的地震预报系统，能及时预报地震的发生，会把人民的生命财产损失降到地震最低，我们现在不会再像 50 年前那样，谈震色变。

口　　述：付宗华

走访整理：中共柏乡县委党史研究室　薛宝祥

# 地震无情人有情

石家庄村村委班子成员

邢台地震发生约50年了，回忆当时景况，真是思绪万千，夜难入眠。记得1966年农历二月十七日夜5点左右，突然发生地震，大地动荡，屋里东西乱响，电灯晃动，霎时鸡鸣狗叫，震声四起，乱作一团，乡亲们不约而同有的拿着衣服被褥，从屋里跑到院里，大部分人跑到大街上，聚在一起议论喧哗，都感到惊奇好险。有老年人说："这是地动，古时就有过。"还有迷信的人说："这是驮地球的大鲸鱼百年睡醒后在翻身。"

地震发生后，国务院急速派代表赶到邢台，组织急速救援，指示安排布置救灾工作。当时我村是县委和镇党委蹲点村，镇委书记成荣坤匆匆赶到我们村，召开党团员急救大会，安排救灾工作，由村支书安明五总负责，让我协助，建立指挥抢救小组，开展工作，大小队干部分人分户卡死责任。当时首先考虑到村里两户烈属（我娘和五队长安香山娘），以及几户五保户、孤寡老人、残伤人员，务必照顾好他们确保不能出事。

未隔半月，三月初一下午4点左右，又一次更强烈的地震发生，房屋大摆动，墙壁裂开大缝，顷刻间地震呼声、鸡狗叫声、群众呼喊声连成一片，放眼望去，村村都是尘烟四起，脚着地不稳，走路摔跤。大队东邻孤寡人宋老夫被房上掉下的砖砸着头部，血流不止，我和支书正好在场，急命赤脚医生抢救，我又急忙去看香山娘（烈属），正好香山也往家里跑，迅速把他娘托到街里，随即我又跑到学校组织师生安全转移，大小队干部也都分头到各队各户监护群众，安全脱险。

强烈地震发生后，余震还在继续不断，我又担心更大地震出现，按照上级指示精神，必须有思想准备。大队召开干部群众会，宣传部署防震措施，干部进行分工，除大队长张治经、副支书陈老登和会计卢振中抓村里日常工作、恢复生产外，其他干部都要投入抗震救灾。

大队还在队部西边用竹竿、秸秆搭了四间防震简易房，干部轮流值班、监守，并安上了大喇叭，作指挥部，我和大队电工郭田贵负责广播、宣传抗震救灾和上级指示精神。各户也都挖坑，用木杆建起了防震房，以保安全。干部分班巡逻查访。当时我们团支部还要负责青少年安全，我又兼任校主任，我村校师生多，有 200 多学生，是城关最大的学校。记的有两个国办女老师，一个叫耿胜玉，爱人远在天津工作，本人带着个出生不久的孩子，还让她小妹帮忙领着；另一个叫李俊然，也生孩不久，爱人在外地任教。两个女老师面对突发地震惊慌发愁，为保证她们安全，我组织青年夜里为她们挖了大坑，搭起防震棚，让她们搬进去，还派年龄大点的女生与她们做伴。有一天晚上后半晚，李俊然老师的爱人因惦念妻子，夜间从远地（宁晋东汪）赶回来和妻子团聚，二人在危难中相聚，痛哭流涕，深感大队对她们关照。为了保证安全，学生上课也都搬到露天场地。当时我妻子郭春花也刚生头胎，未过百天，因我工作忙，任务重，安排她和孩子在地窖里，两个女老师和亲邻常去探望照顾。

地震期间看到上边发来的快报文件，得知隆尧县白家寨是重灾区，村民死亡率很高。据悉震后中央来了直升机降落在村附近，从飞机上下来几个人，有个穿着很朴素的人，站到村边高处挥手高喊："父老乡亲们，你们受苦了，毛主席让我来看你们。"以后才知道这个人是周恩来，在场群众激动地举手高呼："毛主席万岁，感谢周总理对灾区人民的关怀。"还听说周总理在和县村干部在村查看时，余震还在继续发生，周总理见有两个小孩子在屋墙下啼哭，急忙把孩子拽到一边安全地方。之后中央又派内务部长曾山带领中央慰问团和人民解放军一块儿赶到灾区，支援抗震救灾。我县受灾严重区数神头村，灾后马上进行重建，盖起了防震新房，因此村改名震新村。固城店乡震情颇为严重，此后都有秩序、有规划地盖成一排排防震房。记得县里还组织各村去参观。后来中央分批连续发放救济款和救灾物品，我村利用救灾款建立了砖窑，自力更生，烧砖建房。地委刘琦书记还亲临山口建了约一里长的石灰窑，上面刻着醒目的大字“自力更生、奋发图强、发展生产、重建家园”。我带领各队大车常到灰窑运灰，为村里盖了房。

令我记忆犹新的是救灾期间，上级派来解放军住在我村，带队的李排长正好是我当兵复员前同一个团的战友，我们年龄也相当，在一起开展抗震救灾工作，真是得心应手。我村团支部广大青年，跟部队同志一起学习雷锋“一不怕苦二不怕死”的精神，战斗在抗震救灾战场和田间地头。为活跃文艺生活搞宣传，我们还组织村民排了很多文艺节目，在本村和邻村演出，还到县里演出。另外使我更难忘的是，我和本村副大队长安锋（曾在县文化馆工作）用木板铁片自制了一台幻灯机，自绘自制好几套幻灯片，宣传抗震救灾和毛泽东思想。这些幻灯片曾在抗震救灾总结大会上放映过，深受领导好评，此事还登上了《邢台日报》。

后来，县里召开了抗震救灾总结胜利大会，县委书记卢少田主持大会，县长杨建民做了总结报告，讲到地震中群众受难情景和抢救受灾群众的感人事迹时，真是激动人心，全会场慷慨激昂，眼含热泪高呼口号。会上对为抗震做出贡献的单位和个人进行表彰。我村被评为先进村，我们团支部被评为柏乡县十佳团支部之一，还发了言，领了奖状、奖品。一场抗震救灾的经历，体现了“军民抗震情意深，党的关怀暖人心”。

口　　述：石家庄村党支部、村委会班子成员
走访整理：石家庄村　石用辰
中共柏乡县委党史研究室　薛宝祥

# 感谢工作队

李秀训

我叫李秀训，今年 68 岁，柏乡县内步乡大汪村支部书记。1966 年春，大约于 3 月份某日下午，地动山摇的大地震发生了。当时我村社员群众正在田间从事多种劳动，地震发生后，社员们看到村中狼烟四起，直冲天空，纷纷放下农活奔赴家中。

强震巨大的破坏性，震坏了房屋，也搅乱了人们的思想。

震后统计，全村有 1/3 的表砖房、土坯房倒塌与崩裂。大灾面前，人们的思想出现了混乱：有的号啕大哭，有的磕头拜天，有的惶恐悲观，有的彷徨无主……这种混乱思想像迷雾一样笼罩着全村，严重影响着人们的正常生产和生活。

地震后，上级派来了工作队开展抗震救灾工作。工作队抵村后，立即开展工作。了解到除部分房屋倒塌崩裂外，无一人伤亡，随后召开了群众大会，在会上传达了周恩来总理、刘子厚省长等领导同志于震后第一时间奔赴灾区、慰问灾区群众、指导抗震救灾工作的情况。工作队要求我村广大干部群众在党中央、毛主席的亲切关怀下，立即展开抗震自救工作，要求做到地震人心不乱，不误农活照常生产。为确保人身安全，要求家家户户村外搭棚，食宿在外。

针对村中出现的各种混乱思想，工作队讲，地震是一种常见的自然现象，绝不是什么老天爷对人间的惩罚，要破除迷信，相信科学，严惩造谣及各种违法犯罪活动，打击歪风，树立正气，振奋精神，积极行动起来，打一场抗震救灾的漂亮仗。

全村广大群众迅速落实上级指示，做到了余震不停，人心不慌，生产不误，生活秩序稳定。因此，在以后不时有余震的数日里未出现一人伤亡。

震后食宿在外的数月里，群众白天高高兴兴地下地生产，晚饭后相聚一起打扑克、下象棋、聊天，其乐无穷。当时虽无电视、收音机等娱乐品，但广大社员群众的精神面貌不减。几个月中，接连在大棚中出生了几个新的生命。狗池家的振朋、望希家的振京就是其中的两个。人们相互传颂着棚中新生命的诞生，笑容爬满了他们的脸。

毛主席说："人定胜天。""与天斗，与地斗，其乐无穷。"在党中央、毛主席及各级领导的关怀下，我村广大群众与天斗，与地斗，生产获得了大丰收，人们的生活得到了相应提高。

作　　者：李秀训

走访整理：中共柏乡县委党史研究室　薛宝祥

# 感谢亲人解放军

刘振宗

我叫刘振宗，今年 65 岁，退休教师。1966 年，我 16 岁，当时在柏乡县固城店镇中学上初二。那年柏乡发生了两次大地震，分别是农历二月十七日和农历三月初一。固城店是整个柏乡受灾最严重的地方，在两次大地震中间不时发生余震，地上由远及近的轰鸣声伴随着瞬间的蓝光，便是地震前的预兆。

第一次大地震发生在 1966 年农历二月十七日凌晨 5 点左右。此时，我和同学们还在酣睡，突然被一阵巨大的轰鸣声惊醒，紧接着就被砸下来的屋顶压住。很庆幸当时宿舍屋顶是由木板和土窑烧制的瓦积铸而成，所以我们只是被紧紧地压住不能动。学校一共有 6 个宿舍，每个宿舍有 3 间屋，整个学校就两间屋倒塌。老师指挥已经安全的学生小心翼翼地把木板、瓦片一层层地揭开，救出被压的同学。所有的人都被救出来，除了两个学生的伤稍严重外，其余的都安然无恙。天亮了，所有人都被安排到操场。教室出现了很多裂缝，成了危房，宿舍也岌岌可危，学校通知全校放假，商讨后续教学工作。

大约 3 天后，我和同学们悉数到校。在校操场集中开会，全校准备动手挖宿舍，建教室。这个时候全国来的救援部队也到了，解放军们拿着特殊用的铁锹，同学们用自家带来的工具，所有人轮流开始工作挖大坑，铺油毡，抻电线，各显其能。为了把原来教室的桌椅搬出来，又防止地震使教室倒塌砸住同学，老师和同学们一起动手，安排少数人从教室快速跑进跑出，搬出桌椅，甚是紧张。救援队解放军也特别不容易，每天挖坑汗流浃背，夜以继日地加班加点，手上都磨出了血泡还在坚持，学生们说替他们，让他们歇歇，他们一般都会拒绝，就算有时候同意，也是学生干了没两下，解放军就紧着把铁锹要回来，继续干。就这样，在操场建好了临时的地下简易宿舍和教室，同学们继续上课。直到农历三月初一下午 4 点左右，第二次地震发生，这次地震相对于农历二月十七日那次来说，破坏力更强，震源更近（挨着固城店镇的宁晋县），震级更强（7.2 级）。数米的烟筒在人们面前拦腰折断，尘土满天飞，原本摇摇欲坠的教室和宿舍很多都坍塌了。但是由于地震发生在白天，人们也有了基本的防震意识，临时搭建的地下教室和宿舍抗震能力强，基本没受到什么影响。此后，解放军和远方来支援的农民工匠们将原来的教室和宿舍，有的重建，有的添砖，有的搭瓦。这样，老师们在地下教室教学，学生们在简易宿舍睡觉，解放军和农民工们在地上修缮，一切都在有条不紊地进行。除了放假的那几天，学校没耽误学生上一天课。解放军、老师和县里来的工作组同志，和学生同吃同住同劳动，无时无刻地关心着学生，吃饭先让学生打饭，自己顾不上吃，却一直叮嘱孩子们多吃。同学之间，没有界限，大家就像一家人一样团结友爱，互帮互助。春天早晚寒冷，同学们轮流夜晚值班守卫，女生就会毫不犹豫地把自己的围脖、帽子摘下来让给他们戴。由于长时间在半阴半阳的地下上课和睡觉，很多学生身上都长了虱子，衣服、头发上都有，男同学就剃光头，女同学只能拿香皂多洗头发，互相帮忙挤虱子。直到 7 月份左右，宿舍和教室都修缮完好，同学们恢复正常的生活，虱子才慢慢地被消灭掉。

学校修缮的过程中，村里的修复工程也在火热地进行着。没有解放军的援助，我们的生活不可能这么快就步入正轨，真是从心眼里感谢亲人解放军。地震发生后，党中央、毛主席对邢台地震灾区人民极为关怀，还发慰问电。周恩来同志亲自率中央代表团到受灾最严重的地区慰问群众。想到周恩来总理曾经也来过这个离我们很近的地方，我现在仍旧很激动。

政府心系老百姓，解放军支援老百姓，各方力量帮助老百姓，感谢共产党的领导，感谢亲人解放军，感谢全国人民的支援。有了这些坚实的力量做后盾，老百姓还怕什么?!

口　　述：刘振宗

走访整理：中共柏乡县委党史研究室　白利强　徐静

# 共产党好

付新焕

我叫付新焕，今年82岁，南江村人。1966年，当时我两个儿子，一个11岁，一个9岁，大女儿4岁，二女儿刚出生，丈夫常年在外教学。三月的一天早起，天刚亮，我起床要去做饭的时候，整个厨房里面噼里啪啦响成一团，锅碗瓢盆都摔了下来，我也不知道怎么回事，吓得赶紧把孩子们都叫了起来。没一会儿就听到街上有人在喊："地动啦！地动啦！"好多人在往外跑，我们也就随着人流跑到了大街上。

看到各家房子倒塌得一片一片的，尤其房子盖得时间早的。后来大队干部出来了，开始以生产队方式进行统计，看有没有被压在房子下面的，然后一起去各个倒塌的房子处帮忙挖。孩子们都还小，不知道是怎么回事，到处乱跑。我抱着不满一周的二女儿也帮不上什么忙，就回家自己收拾自己家里东西了。

后来乡里来人，通知各家各户，地震的时候要躲到空旷安全的地方，不要到处乱跑。随后的半个月里，时不时地就感觉地在晃悠，走路的时候腿发软，也弄不清楚到底是怎么回事，人心惶惶的，很害怕。

从家里的收音机里听说总理都来邢台了，部队也过来了。随后救灾的东西也陆续给我们发下来了，乡里村里挨家挨户地告诉我们这是怎么回事。共产党好啊，房子倒了给帮忙盖起来；地里收成不好了，国家给吃的；还给我们一些衣服穿。真心感谢党和国家，不忘我们这些生活在最底层的老百姓。

口　　述：付新焕

走访整理：中共柏乡县委党史研究室　薛宝祥

# 还是社会主义好

赵举用

我叫赵举用，今年 68 岁，原北小京小队会计。1966 年的大地震给我们留下了终生难忘的记忆。那是 1966 年的春天，为响应毛主席的伟大号召，我们到新河八里庄根治海河，那天广大民工正在工地上热火朝天拉车筑坝，干劲儿十足，突然间大地晃动尘土飞扬，我们意识到地震了，赶快往开阔的地方跑。我们这些外地民工，都很想知道自己家乡的状况，于是我们请假回家了。一路上到处是水，地面有裂缝和沙坑。当走到县城时，只见解放军开着汽车停在广场上并立即展开帐篷，集结队伍进城逐户排查险情，搜救遇难群众。回到老家，我们那里受损情况很严重，只见房倒屋塌，东倒西歪，一片狼藉，人们一家或几家共同挤在一个简易的窝棚里，大家互相帮忙彼此照顾，像家人一样不分你我。这时村里干部顾不上自己家里的事，到各户查看灾情，号召人们振作起来自力更生、重建家园。上级也及时派来了工作组，帮助大家恢复生产，实行自救，发送棉被、棉衣和救灾物资等。

我们感觉到还是社会主义好！这么大的地震，如果没有毛主席，没有共产党的领导，没有社会主义，我们肯定渡不过这场灾难。要是在旧社会遇到这么大的灾难，我们将会家破人亡，妻离子散，背井离乡，到处逃难。今天我们在共产党的领导下，重建了家园，实现了生产自救，这都是社会主义的优越性。一方有难，八方支援。我们一定要教育下一代不要忘记共产党。

口　　述：赵举用

走访整理：中共柏乡县委党史研究室　薛宝祥

# 抗震救灾　重建家园

李建贞

我叫李建贞，今年56岁，西马村村委会主任。1966年3月8日凌晨，是一个终生难忘的日子，大地在阵阵晃动，呜呜的声音把我从睡梦中惊醒，我赶紧披好衣服跑了出去，大街上有很多人在说话，跑出家门时，我发现大部分房屋都不同程度地出现了裂缝，有的已经倒塌。当时不知道发生了什么情况，当街上有人说是地震了，我们这些没有经历过地震的人还真有些害怕。

地震发生后，县委、县政府组织指挥全县人民开展抗震救灾工作，宣传防震知识。3月22日下午，又发生了一次强烈的地震。虽然有些房屋倒塌，但群众都接受了防震知识的教育，我村无一人伤亡。在上级党委的领导下，在村党支部组织带领下，群众全部住进临时搭建的防震棚。

地震发生后，在党中央的亲切关怀下，县乡各级政府都给予了支持和帮助，派工作组下乡和群众同吃同住，帮助群众生产自救，重建家园。

在重建家园过程中，经过党员干部、群众充分讨论研究同意，并经上级批准，我村执行全面规划，在全村旧址的基础上，重建东西四横、南北五纵的棋盘式村庄。

当时我村有6个生产小队，根据生产队居住现状，开始重建。以生产队为单位建砖窑，建起了6个土砖窑，自己脱坯子，自己烧砖，所用煤炭、石灰都由上级供给。上级用车送来的材料，只要打收条就可以了。经过生产队群众的努力，砖烧起来了。村从各小队调人，组建了建房班子，当时所需人员全部是各小队班子，在重建家园的过程中，广大群众积极响应上级号召，不怕苦，不怕累，加班加点，战天斗地，使一排排新房拔地而起。统一尺寸，统一高度，建起的新砖木结构新房，按原生产队人头平均分配到户。我村群众都高兴地住进了新房。

在这次抗震救灾的运动中，我村在上级党委、政府的正确领导下，在全体干部群众的共同努力下，共建房屋20余排500余间。每排留有2米过道，街道整齐，大大改善了群众的居住环境，打赢了一场抗震救灾的大仗。

口　　述：李建贞

走访整理：中共柏乡县委党史研究室　薛宝祥

# 抗震自救建新村

李庆林

我叫李庆林，今年 65 岁，固北村原村委会会计。1966 年 3 月 8 日（阴历二月十七日），凌晨 5 点 30 分左右。因为是早春气候，晚上气温还在 0 摄氏度以下。天气非常寒冷，劳累了一天的人们还在熟睡，平静的大地突然猛烈晃动起来，晃动了 1 分钟后，大约过了 10 分钟，又猛烈抖动起来。在刚刚晃动时，在屋外可以看到电光闪闪，听到好像下暴雨时天空打雷的轰轰声，震耳欲聋。猛烈的地震惊醒了熟睡中的人们，由于村民对地震不了解，也闹不清发生了什么事情，也不知道怎么逃生，怎样自救。有的人跑到院子里，有的人跑到离房子远的地方，大多数人没有穿衣服就跑了出来。天明以后，大队干部统计了人员伤亡情况。我村两个大队没有人员死亡，重伤十多人，轻伤 30 多人，这些伤员被送到当地卫生院治疗。3 月 8 日震后，余震不断，3 月 22 日（阴历三月初一）下午 4 点左右又发生了一次 6 级以上地震，这次地震比 3 月 8 日那次严重。地震时大地的轰鸣声、房屋的倒塌声，引起冲天的尘土烟柱，弥漫着整个天空。倒塌的房屋挡住了人们出行的道路，遍地破砖烂瓦，所幸这次地震发生在白天，无一人伤亡。

因这次地震的破坏，我村 90%的房屋已成危房，不能居住。村民在学校操场、村外空旷地方盖起了能遮风挡雨的临时简易小屋。因房屋倒塌，人们没有把生活必需的物品拿出来，难以生活。一方有难，八方支援。全国各地送来了大米、白面、蔬菜等生活用品，还送来了全国各地捐来的衣服、棉被。解放军下来了一个连队的战士，他们和我村村民同吃同住同劳动，帮助我们抗震救灾，渡过难关。

这次地震给我村造成了巨大损失，使我村村民无家可归。我村房屋大部分是新中国成立前盖的，抗震性差，以致造成了巨大损失。

在各级党委领导下，依靠集体力量，我们开展了自力更生、重建家园的伟大行动。国家无偿支援建筑材料，每天都有好几辆汽车给村里送石灰、木材。大队党支部组织了村里的烧砖技术人员，在村北、村南建了多个烧砖窑。省里无偿支援我村建了机制烧砖窑，我村震后建新房的砖80%来自于机制砖厂。

我大队有10个小队，建筑技术人员组成了10个建筑小分队，用了两年的时间，建成了抗震、冬暖夏凉、采光好、有利于人们居住的新型房屋。大队党支部结合村民代表的意见建议对全村进行了村民住房规划。房子连成排，街道笔直，大街宽约16.67米，小街约7米，而胡同则3.34米。

这次地震对我村房屋造成了毁灭性的破坏，我村村民在党的领导下，依靠集体力量，发扬自力更生、艰苦奋斗的精神，把我村建成了新型农村。

作　　者：李庆林

走访整理：中共柏乡县委党史研究室　白利强

# 那次大地震

范庆昌

我叫范庆昌，今年 75 岁，内步乡余舍村人，1966 年曾任职于邢台某工作队。1966 年 3 月 8 日，是一个令人震惊且无比悲痛的日子。这天凌晨 5 点 29 分，邢台隆尧县东部发生大地震，顷刻间，原本平静祥和、充满生机的村庄变成了一片废墟。黎明前，还沉浸在睡梦中的人们，突然间，伴随着闪电雷鸣，被倒塌房屋埋在了一片废墟里。一瞬间，那里成了人间地狱，它轰动了整个中国。

党中央、国务院极为重视，周总理第一时间赶到了灾区，同时 3 次亲临灾区，查看灾情，慰问群众，布置救灾工作。向灾区人民发出了“自力更生、奋发图强、发展生产、重建家园”的庄严号召，极大地鼓舞了人民战胜灾害的信心和勇气。

随后，解放军、医疗队、各级领导赶赴了灾区，解救被困的群众。他们不顾不断的余震，冒着生命危险去救护伤员，他们为了救出一条生命，不辞劳苦，昼夜不眠地挖掘，使群众看到了希望。被救出的人，不顾自己的伤痛，也加入了救援的队伍，大大减少了人员的伤亡。

在救灾中，牛家桥公社南杨楼村的半农半医李花萍，地震时，从倒塌的房子底下爬出来，只穿了一件单衣，就马上投入到了救人的队伍中。被埋的人都挖出来后，她连家也没回，就到合作医疗站去挖药品和医疗器械。当时没工具她就用两只手挖，费很大的力气把药品挖出来，背上药箱便开始了抢救伤员的工作。

一位老大娘见她光着脚丫子，只穿件单衣，眼含热泪地把女儿的一件棉衣硬给她穿上，说：“孩子，快穿上，天这么冷，别冻坏了。”她说：“没事，我不冷。”

3 月 8 日，刚下了一场雪，天还是很冷的，可是花萍头上的汗还不断地冒，从早晨5点一直到晚上8点，花萍为抢救伤员一整天水米未进。

花萍才仅仅是个15岁的小姑娘，在给一个伤员清洗缝合伤口时，因没有麻药，疼得伤员直骂她笨手笨脚。尽管被骂，但花萍能理解他们的痛苦，总是用笑脸为他们治伤。在治疗过程中，她很认真细致。一个15岁的小姑娘，克服寒冷、饥饿，进行了整整一天一夜的紧张抢救。

地震给人们带来的伤痛是巨大的。美好的村庄，人死的死，伤的伤，如何使人们从悲伤中振奋起来投入到“自力更生、奋发图强、发展生产、重建家园”的运动中来？调动妇女的潜力搞建设，男劳力搞生产，不失为一个良策。李花萍找了几个同龄的姑娘，在晚上偷偷往地里拉落房土，还帮助孤儿、老人洗衣做饭。救灾的解放军给她们的组织起了个响亮的名字：“震红妇女班”，并把她们的事迹广为宣传，许多妇女纷纷要求参加“震红妇女班”。她们的组织从原来的十几个人，一下子发展到100多人，队伍扩大了，由班发展为连，大家推荐李花萍当了“震红妇女班”的连长。

“震红妇女班”向党支部请求，要求担起南杨楼村的重建家园和打井的重任，建窑、脱坯……无不留下她们的热汗。

抗震救灾表彰会上，李花萍被评为“抗震救灾英雄”，光荣地加入了中国共产党，后又担任了村党支部书记。

作　　者：范庆昌

走访整理：中共柏乡县委党史研究室　白利强

# 难忘的记忆

马喜庆

我叫马喜庆，72 岁，柏乡县内步乡北大江村人，退休干部。邢台地震和抗震救灾是我终生难忘的事。当时事情的经过我至今记忆犹新。

那是 1965 年 7 月份，我毕业离开学校便直接被邢台地委的车拉到邢台农校参加“四清”工作的培训，之后被分派到邢台市南大郭村参加农村社会主义教育运动（简称“四清”）。就在 1966 年 3 月 8 日后半夜，我被强大的震动惊醒，之后听到大街上嘈杂的骚乱声和孩子们的哭闹声。当时我们第九队的 3 位队员（地方两位，4593 部队 1 位）马上出来查看，挨门挨户查看有没有房屋受损、人员受伤等情况，并向上级汇报。

这天早晨 6 点 30 分，我们到工作队听《新闻和报纸》得知邢台市下达了防震通知并落实到各家各户，要求各家各户都离开自己家，住进窝棚，驻村工作队和村里民兵负责安全工作。9 号 6 点 30 分中央人民广播电台播送了邢台发生大地震的消息。地震中心位于隆尧、巨鹿、宁晋。由于当时通信设备差，我们对外边的事一概不知，听后屋内一片慌乱。后来 4593 部队驻村 4 位军人马上去师部了解情况。他们回来说，邢台驻军已经出发来抗震救灾。在白家寨周总理发表了讲话，当讲到“我代表党中央、毛主席来看望大家”时，全场发出了热烈的欢呼声，隆尧县委书记张彪带头高呼“毛主席万岁，共产党万岁”时，全场更加激昂奋进。也就是这次讲话，周总理提出了“自力更生、奋发图强、发展生产、重建家园”的抗震救灾十六字方针。听现场回来的人说，起初周总理背着风讲，后来他主动调换位置，自己迎着风讲话，让群众背着风听，这真是让人们看出了总理的风范。还听说总理去了几个重点灾区视察时都是由邢台空军 3588 部队负责直升机起降的。

3 月 22 日下午“四清”工作队正开着会，地震又发生了，会马上散了，人们各自到岗位帮助疏散人员。这时主震发生了，我在人群中站不住了，只好扶一棵树指挥群众疏散。当天晚些时候，又见一个大型客机一直在天空盘旋直至天黑。后来听说那是邢台驻军再次来组织毛泽东思想宣传队下乡宣传抗震救灾的。

在此期间，中央、省、地、县负责人，副总理李先念，内务部长曾山，华北局李雪锋，省长刘子厚等也都多次到灾区视察指导工作。

就在第二次大的地震后，邢台地委马上从各地抽调精干人员组成了地委救灾工作队，我当时年轻，成了一名救灾队员。在邢台农校简易礼堂里培训了几天，详细听取了灾区的各方面的情况报告，参加了抗震救灾先进模范人物的会议。会场设在邢台体育场，那里有一个席子搭建的礼堂，有数十个搭建的小窝棚供各个方面的代表居住。每逢会议间隙，由著名曲作家李劫夫教代表唱《你震你的，我干我的》《爹亲娘亲不如毛主席亲》等歌曲。那天中午地委领导共进午餐。会后，我们受到地委书记刘琦，副书记张双英、师自明，市委书记宋淑华，工作团团长高文会，4593 部队师政委右仰天等领导的亲切接见，下午乘车奔赴灾区。

我们乘车走到牛家桥时看到滏阳河里小船在航行，渔民还在不停地打鱼，呈现出一片温馨的景象。过河进入梅庄，我们看到房屋多数倒塌，村民正在搭建和维修窝棚。再往前走，只见田地和路旁有一堆堆白色或黑色的沙堆，后来听当地的百姓说，那是地震时地球深处的沙靠地下水强大的喷发力喷出后造成的。到处裂的大纹也是那时形成的。过了梅庄这个景况越来越重。

我工作的苏庄是个大村庄，12 个生产队 3000 多口人，地震中死亡 120 人，重伤 80 多人，都送到全国各大医院就诊，轻伤在县域西口原二中处由部队搭建的战地医院治疗。苏庄的南口处有一条通西毛尔寨的路，路西由冯村驻军一个连队扎好的 20 个军用帐篷组成了一个大院，院东口牌坊上的对联为“自力更生，奋发图强；发展生产，重建家园”，横批为“军民一家亲”。路东边由部队战士给我们建造的办公居住房，外边放了很多的救灾物资，这是全国各地送来的。这里不仅有搭建窝棚的物资，更有灾民生活的用品，有老年人用的，也有小孩用的奶粉、小衣服、儿童玩具等。到了晚上，部队战士站岗放哨，我们这里更有多名战士保卫我们。每到夜里和空闲时，我们就重点到死难者家里慰问，问寒问暖，发现问题及时解决。

尽管村里房屋全部倒塌，死伤 200 多人，但村民的精神饱满，士气高涨。乡村百姓说："地震是天灾，人无法抗拒，但党中央的亲切关怀我们永世不忘，下一步一定要把地种好，多打粮食，报答祖国的关怀，把房屋建得更漂亮些，报答全国人民的大力支援。"在部队的支援下，在地委工作队的具体帮助下，村里的窝棚进行了大整修，使村里下大雨后水能排出村外。这一举动效果很好，《邢台抗震救灾》上曾报道过多次，得到了救灾指挥部的肯定。

灾区生活稳定后，又有封建迷信活动抬头，有的人求香拜佛，求神仙保佑，这就消磨了抗震救灾的意志。我们和县公安局的同志了解情况后，马上说服群众去除愚昧思想。

一天晚上，接到电话通知，我们第二天组织灾民到千户公社参加一个重要大会。于是，第二天我们和村民步行赶到千户。村边建了大舞台，会标上写着西藏人民无偿捐赠灾区100匹马仪式大会。会场有上万人，中央新闻纪录电影制片厂多名记者在摄影录像。在这里，我第一次看到中央部门的摄像师、记者、省地新闻工作者，第一次看到中央、省、地、县举办参加这样大的会议，第一次见到中央、省、地、县领导的面目，第一次看到不远万里来到这里的藏族同胞。这让我终生难忘，使我体会到社会主义制度的优越性。共产党太伟大了，人民太伟大了，毛主席他老人家太伟大了。

根据抗震救灾指挥部的指示，灾区进入发展生产、重建家园阶段，村落建设筹备工作开始，外地调入大量人力物力。我记得天津运输三公司调入大批车辆负责苏庄的货物运输。山口20个石灰窑开始生产，地震时冒出的沙派上用场，大量的砖石开始运来。大批村民下地开始生产，田里的庄稼茁壮生长，呈现出一片忙碌的欢乐景象。

我们进村后，需要接待大量的外来宾客，有外地来慰问的，有文艺团体来灾区演出的，有各地记者来采访的，有亲朋好友探亲的，有伤好的伤病员回家需欢迎接待的……当时我接待规模最大的是中国人民解放军军乐团，这个庞大的高级文艺团体震动了灾民，这是一个偏远村庄难以见到的，他们的演出成为灾民们强大的精神动力。

转眼在灾区救灾的部队要返回驻地，临行前，部队首长和我们地委救灾工作队商量，把村里所有住户盘查一遍，把一户户该维修的窝棚和其他生活设施再加固一遍，工作队的住处和救灾物资再做后期处理，孤寡、残疾人员做善后安排。部队首长怕影响村民的情绪，打算秘密撤出，然而还是让村民知道了。战士和群众舍不得分离，抱头痛哭，七八十岁的大爷、大娘让孩子挽着来欢送，这种鱼水情我第一次见到，终生难忘。

4个月的灾区抗震救灾生活结束了，回想起来历历在目。我学会了为人处事，更懂了“天大地大不如党的恩情大，爹亲娘亲不如毛主席亲”的道理。

作　　者：马喜庆

走访整理：中共柏乡县委党史研究室　薛宝祥

# 难忘的老师

王胜国

我叫王胜国，今年 63 岁，柏乡县柏乡镇东街村人。1966 年邢台大地震时，我 13 岁，正在柏乡县城关完小上学读书，我是城关完小 44 班学生，当时学校校长是耿贵周，副校长是吕中伏，教导班主任是张英华，我的班主任是张翠霞。记得震级最大的一次是 1966 年农历三月初一（1966 年 3 月 22 日），下午 4 点左右我们正在上课，忽然地震，老师疏导每个学生快速跑出教室，老师最后一个出来，这一幕给我留下了永远的记忆。学校领导及老师先安排学生在东面大操场上集中，以防万一，后来让学生放学回家。回家的路四面八方，每个方向的学生都有老师护送。在震后一段时间里，为了学生的安全，学校都安排学生在操场上课，每个班学生自力更生动手挖一个相当于教室大小的长方形坑，坑深大约 80 公分，上面盖上盖儿搭成简易棚，棚顶用料都是每个学生从自家中拿的。每人拿一小块布交到班上，再把小块布缝成一大块布盖到棚顶，起到防震、防风、防阳光照射的作用。

口　　述：王胜国

走访整理：中共柏乡县委党史研究室　薛宝祥

# 亲历地震点滴

王运国

王运国，66 岁，柏乡县发改局退休干部。

一九六六年，我在隆尧县，
尧山一中学，高二把书念。
邢台大地震，虽过五十年，
所经点滴事，历历在眼前。
三月第八日，凌晨五点半，
尚在睡梦中，大震突然现。
伴有隆隆声，大地打战战，
房架嘎嘎响，床板似要翻。
促逃宿舍外，校园一片喧，
心情稍平复，方觉雪后寒。
同学皆赤身，裸体室外站，
牙打牙齿响，浑身哆嗦颤。
斗胆潜宿舍，抢出衣服穿。
学校广播响，呼吁不要乱，
全体都集合，来到操场间。
领导把话讲，先把知识传：
这叫大地震，是因地壳变。
同学莫要慌，秩序更莫乱，
遇事要冷静，慌乱出危险。
切莫拳头砸玻璃，划伤流血自添乱。
安全第一要牢记，不能自己找麻烦。
晌午才有消息传，马兰灾重最悲惨。
同学纷纷提要求，参与救灾赴马兰。
请示上级不让去，自愿可把钱物捐。
学校做决定，防震措施现：

上课门窗开，睡觉室外眠。
大家都动手，齐把土坑剜，
床板上边盖，前脸也挡掩，
这叫“地窨子”，防寒又保暖。
睡在“窨子”里，将近小半年。
三月二十二，本周第二天，
该上劳动课，同学分两班。
一拨拉车去送粪，一拨上房搞拆迁。
拆除危房干得欢，有人喊得很突然，
原与二中有约定，发生地震电话传。
二中电话刚刚到，顿觉大地显动唤。
我站房上向东看，房似海水起波澜，
由远及近急急来，脚下房屋开始颤。
伴随地震有声响，不时处处起尘烟。
急忙平趴在房上，防止摔倒保安全。
这次余震刚刚停，扒住小树往下窜，
不记怎么三两下，已经下房到地面。
全校师生聚操场，议论纷纷似翻天。
时间到了四点多，更大地震又出现。
仪器室是老房子，蓝砖到顶房顶尖。
我在操场边上站，就在此房的西边。
面对此房看得清，至今情景常再现：
地震声响耳觉鼓，大地晃动难立站，
仪器室的西山头，清洁齐整中间尖，
东西晃动只两下，半截墙壁落地面，
瞬时多处房坍塌，尘土飞扬遮住天。
幸亏师生操场站，没有受伤都安全。
自从主震发生后，上课全部在露天。
面对灾情怎么办？自力更生自己干。
全体师生齐努力，动手搭棚御春寒。
兄弟县市都帮助，全国各地都支援，
资金物资有保障，帮助渡过这一关。

木杆苇席秫秸箔，铁丝麻绳麦秸添，
房顶苇席遮住雨，四边秫秸箔子圈，
箔子外再抹泥巴，挡风遮雨又避寒。
席棚里边上课事，历历在目似昨天。
感谢老师的教导，怎样做人道理添，
困难时时伴人生，办法多了没困难。
感谢祖国感谢党，抗震救灾过难关。

作　　者：王运国
走访整理：中共柏乡县委党史研究室　薛宝祥

# 我村的抗震自救

江建才

我叫江建才，今年 58 岁，固城店镇固北村党支部副书记。时光如梭，光阴似箭。转眼我村 1966 年 3 月发生的 6.8 级地震已经过去 50 年了，回首往事，就像昨天发生的一样历历在目。当时我在固城店完小就读，记得 3 月的一天晚上也就是黎明前发生了第一次地震，震感不大，人们惊惶万状不知道发生了什么事情。全村 3 处房屋倒塌，大部断裂，我村 3 队付万春及 6 队冯国栋一家被倒塌的房屋压住，经村民及时抢救，没有出现伤亡。当时人们感到很奇怪，不知道地震是怎么回事，但都不敢在屋内居住了，到第二天人们照常下地，村支部和村委会则组织民兵排查和疏散老弱群众。3 月 22 日下午 4 时左右，强震来了，我当时正在学校院内上课，老师让我们往学校外面跑。跑到大街的时候发现村内群众都挤在街内，村主任李宗川和民兵连长李广法大声呼喊，指挥群众不要乱跑就地不动。当时震感很强烈，人们站都站不稳，街两边的房屋眼看着倒塌，一股烟尘冲天而起，在地里干活的人说，当时只看到村内是一片狼烟，大约有 10 分钟，强震停了，余震不止，再看村内除当时的大戏院、供销社、固城店中学、人民公社的房屋没有倒塌，其余全部夷为平地，一片狼藉。多亏地震发生在白天，多亏当时的村干部领导指挥有方，没有人员伤亡事故。第二天一早，人民解放军就来了，他们三五人一组，在村内各个街道巡视，维护治安，刷写宣传标语，我记得在原供销社的墙上写着“自力更生、奋发图强、发展生产、重建家园”16 个大字。人民解放军还给群众演唱歌曲，教人们传唱，歌词大意是：你震你的，我干我的，灾区人民力量大，坚决克服大自然。震后第二天，县委书记卢少田、县长杨建民、县委副书记杨其海和公社书记孙连珠，来到我们村进行了实地勘察，对受灾群众进行了慰问，勉励大家克服困难，战胜灾害，重建家园。记得震后，我们在学校上课恰好课间休息，一架直升机从我村上空缓缓飞过，距地面不过有三层楼那么高，查看灾情，后来听说是我们敬爱的周总理在飞机上。

一方有难，八方支援。人们不会忘记震后第五天不知从什么地方运来了大批救灾物资，有面粉、苇席和一种蔬菜，当时只知道叫作蔓菁，也有叫洋萝卜的。面对如此大的灾难，人民群众没有被灾难吓倒，没有气馁，在上级党组织的关怀下，在村党支部、村委会的领导下，排除万难，一面抓田间生产，一面请来了能工巧匠，在原围村的古城墙上建起了10座土砖窑，发动群众，人人动手脱坯烧砖。国家无偿支援煤炭，无偿支援石灰，又调来了制坯机为重建家园创造了良好条件。村党支部、村委会成立了规划建房领导小组，实行三统一：第一，宅基地统一分配；第二，建房用的木材统一支配；第三，统一规划，全村按每人7.5尺进行丈量，五保户、老弱孤寡人员每户按2.5尺丈量。大方针确定后，随即开展了重建家园的高潮，那情形真是男女老少齐上阵，人人动手，个个都是泥瓦匠，不分夏暑冬寒，白天盖房，晚上拉砖，人工不计较报酬，人人争当无名英雄，人人争做模范。为建房拉砖我村第六生产队年青女民兵李淑英献出了年轻的宝贵生命。真可谓人心齐泰山移，在短短不到一年的时间，愣是从一片废墟中建起了一个个崭新的新农村，90%的群众搬进了新居。

没有共产党的领导，没有社会各方的大力支援，没有社会主义大家庭，要想在这么短时间内建起这么多房屋是根本不可能的。若是此灾难发生在旧社会，将会有多少家庭背井离乡，逃荒要饭？人们百感交集，感慨万千，不由得同声发出，感谢共产党，感谢伟大的社会主义。当时盛传打油诗为证：

心齐扬放，光芒万丈，八方支援，建起新房，党的恩情，永世不忘。

作　　者：江建才

走访整理：中共柏乡县委党史研究室　白利强

# 我村有个好支部

董占琦

我叫董占琦，今年60岁，内步乡马村人。1966年10岁的我已是四年级的学生，这天忽听一声闷雷般的响声过后，接着是地动山摇课桌上下抖动，房顶上的土顿时唰地落了一头一脖子。同学们顿时向教室外猛窜，当时还挤倒了两位同学，幸好没有受伤，这是自前天地震后又一次较强的余震，比起前天夜间的破坏程度更大。

地震发生后，党中央、国务院非常关注，周恩来总理亲自到震中灾区视察看望了父老乡亲，各级领导也非常重视。我村党支部同样在生产自救方面做出了全面细致的工作安排。

有些不法分子、巫婆之类的人造谣说什么“鲤鱼打滚”“天地要拍咣咣啦”“世界末日啦”等，造成个别人（尤为年迈之人）将自己倒塌房屋的木头变卖，作为吃喝，混天度日。更有甚者，怀有恐惧心理，产生了轻生厌世思想。针对上述个别情况，村党支部立即召开群众大会进行宣讲教育。从科学的角度讲解地震这一自然现象，从而提高了群众的意识，杜绝了意外发生。

地震发生后，党支部成员分片负责组织群众搬出危房开展自救。每户都到空旷的地段搭建防震棚，就地取材在地上挖一米来深的坑，挖的土翻向四周作墙，上用木头搭起抹泥，半阴半阳作为临时的住所，克服暂时困难。生活上，上级发放一些救灾物资，生产队把一些退役老马、老牛杀掉，每户分割几斤肉改善一下生活，保障了生产生活的正常进行。

地震虽然无情，但我们相信，有共产党给我们做后盾，困难总是暂时的。真的就像歌中唱的一样：“天大地大不如党的恩情大。”

口　　述：董占琦

走访整理：中共柏乡县委党史研究室　白利强

# 幼时的记忆

张双武

我叫张双武，今年58岁，柏乡县柏乡镇东街村党支部书记。幼时，刚好是佩戴红领巾的年龄，记得那是1966年初春3月22日的这一天，下午刚放学，突然间整个大地伴随着莫名其妙的轰响声开始剧烈颤动起来。树木、房屋随着大地的颤动开始摇摆、倒塌。随之家畜、家禽的叫声，男女老少的嘶喊声混杂在一起。不大工夫，户外宽阔的空地上、大街上，站满了从恐惧中逃生而来的人们。大队及部分分片包村的县、乡（当时叫人民公社）领导干部在第一时间赶到了，并把上级党委的救灾指示向逃生的群众进行讲解："这就是常说的地震，主震区就是我们这一带，核心区是邻县的隆尧，震级为6.8级。希望大家不要怕，这是自然灾害也是自然现象，望大家在党委的领导下做好生产自救。"而后，向无家可归的人们发放了食物，帮着搭建临时帐篷等。

次日，党和国家领导人敬爱的周恩来总理在百忙中亲临我们邢台救灾现场慰问广大受灾群众，号召做好生产自救。与此同时，从四面八方汇集而来的救灾物资或通过飞机空投，或通过火车、汽车源源不断地向我们灾区运来，分发到我们灾民手中，使广大灾区人民深深地感受到党中央、毛主席、周总理及全国各族人民送来的温暖。记得，那是自己平生第一次这样近距离地看见飞机向我们这里空投食物，惊惧中带着新奇、带着求生的本能随着人们拾起了救命的食物（主要是饼干、点心等）。

在随后的几天中余震不断，6级以上的大震共发生了5次。周总理3次亲临我们灾区，把党和人民的关怀、把救灾物资、把生产自救的精神传递到灾区，鼓舞了灾区人民战胜灾害的信心。在党和各族人民的关心下，在互助组的努力下，村民们在最短的时间内完成了生产自救。

时间发展到了今天，当年我们这些孩童即将步入花甲之年，但对那场灾害及党和人民对灾区的及时救援仍记忆犹新。五十年过去了，心中仍念念不忘的是：感谢共产党、感谢全国各族人民，感谢他们那种“一方有难，八方支援”的民族共生共存精神。这种精神早已成为我的座右铭，一直指导我的人生。

口　　述：张双武

走访整理：中共柏乡县委党史研究室　薛宝祥

# 附录1：抗震救灾宣传提纲

## 自力更生　奋发图强　发展生产　重建家园

——向邢台地区人民群众宣传用——

内容提要：

一、用科学道理解释地震；

二、党、毛主席的关怀和社会主义制度的优越性；

三、在困难面前怎么办：

用一分为二观点看灾情，解除悲观情绪；

敢于斗争，敢于胜利，不怕困难；

自力更生，发展生产。

邢台驻军4593部队政治部编印

1966年4月4日

社员同志们：

3月8日和22日，我们这个地区，连续发生了两次较大的地震，人民生命财产遭到了不同程度的损失。伤亡了一些人，震倒了一些房子，砸坏了一些东西，我们首先代表邢台4593部队全体同志，向你们表示亲切地慰问！

地震是怎么一回事呢？地震同大水、大旱等自然灾害一样，是一种自然现象。地球里面，是一层一层石头结构成的。一发生变化，就引起地震。根据科学家们测量，地球上天天都有地震，震动小时，我们感觉不到。出现大的震动，地面摇晃，房屋就会倒塌，造成灾害。最近世界上许多国家也都发生了地震，如乌干达、日本等。所以地震并不是什么怪事。地震是怎样震起来的呢？一般说有两种原因：一种是火山爆发引起的；一种是地层变动引起的。这回发生的地震，就是地底下十几里深处的地层发生了错动造成的，像这样大的地震，是百年不遇的，是少见的。

有些人不懂这些道理，担心地会不会陷下去变成大海。我们可以肯定地告诉大家：不会的，请大家放心。因为我们住的地球是实心的，不是空心的，怎么会塌下去变成大海呢？自古以来也没那样的事情。有些地方出现了裂缝、冒水、喷沙或小块塌陷，这常常是由于强烈的地震造成的。特别是河岸两旁，因为土质松软，容易出现这种情况，这也不是什么奇怪事。有些人有迷信思想，说地震是“地下一条鳌鱼翻身”，说冒水是“鲤鱼挤眼”，这些说法，是没有根据的。大家可以想想，地球这么大，五大洲、四大洋、三十多亿人口，哪有这么大的鳌鱼能翻动地球呢？有些坏分子，钻了大家不懂地震科学道理的空子，乘机造谣、扰乱人心，说是“美国放的原子弹造成的”，是“上帝玩地球”。我们不但不听信这些鬼话，而且要追查，同他们进行斗争。

地还震不震？这个问题，现在还说不准。世界上的科学家都没有很好解决这个问题，也都还不能准确地预报在什么地方发生地震，什么时候发生地震，是多么大的地震。但是我们可以相信，大的地震在一个地区是会停止的，绝不会老震个不停，凡事都有个头尾嘛！只要地下符了实，它就不震了。不管它震不震，我们要做两手准备，希望它不震，准备它再震，坚决不怕它震。地震并不可怕，让它震吧，无非是再塌一些房子。我们要天不怕、地不怕、敢于斗争、敢于胜利。“你震你的，我干我的。”“地震心不震，房倒志不倒。”只要我们有了不怕鬼的精神，时刻保持镇静，提高警惕，防治麻痹，做好准备，就能做到不死人、少伤人，不受损失或少受损失，就一定能够战胜灾害。22 日的地震比 8 日震得厉害，却伤人很少。26 日的地震基本上没受损失，就是因为做了两手准备。事实证明，地震也没什么了不起，我们一定能够战胜它。人类照样要改造自然，劳动照样会创造世界。

地震发生以后，党中央、毛主席和国务院非常关心我们灾区人民。地震的第二天（3 月 9 日），周总理就亲自来到灾区，到隆尧县视察灾情，并对救灾工作做了重要指示。3 月 10 日又到隆尧县白家寨大队进行了慰问，还在大会上对灾民讲了话。周总理说：“你们受了灾，受损失很大，毛主席叫我来看你们。我不能到每个庄子里去，让你们庄子做代表，你们要把毛主席的关怀传达给另外的庄子去，把劲儿鼓起来，把生活组织起来，把生产搞起来。重建家园后我再来看你们。”22 日地震后，李先念副总理又亲自到宁晋、新河、隆尧、巨鹿进行了慰问。周总理在 4 月 1 日再次来到灾区看望灾区人民，还在宁晋东汪、耿庄桥和巨鹿县的何寨分别向广大社员讲了话。总理首先表扬了他们敢于向自然灾害斗争、敢于胜利的革命精神。他还要求灾区的党员、团员、贫下中农、积极分子带头把生产搞起来，损失越大，越要干。周总理讲完话后，亲自到东汪公社六大队贫协副主席贺全顺的床前握着贺全顺的手说："你好，你伤在哪儿了？"贺全顺感激地说："谢谢党中央、毛主席。是解放军、医疗队救了我的命。"总理说："解放军是人民的子弟兵，是为人民服务的嘛。"贺全顺非常感动地望着周总理不知说什么好。周总理安慰他说："我们也是为人民服务的。你好好养伤，慢慢会好起来的。"同时党中央和毛主席还派了以内务部长曾山同志为首的慰问团，先后两次到邢台、石家庄、衡水进行了慰问，在精神上和物资上都给了我们很大的鼓舞和支援。

中央军委、北京军区和我们驻在邢台的部队得到消息后，很快派了大批的解放军和医务人员，及时赶到灾区，积极地进行了抢救，并且派出了多架飞机空投物资，运送药品。

华北局、河北省委、邢台地委，对灾区人民也非常关心，都派出了慰问团。华北局和省委的一些负责同志，都亲自深入到灾区，向灾区人民进行慰问，并做了具体指示，从人力、物力上进行了大力支援。地委首长也亲赴一线指导救灾。

第一次地震后没几天，到灾区参加抢救的解放军、地方工作队和医疗队就有 3 万多人，还有 3000 多辆汽车和不少直升机抢运受伤的灾民和各种物资。这都是毛主席派来的，是党的关怀，是社会主义制度的优越。咱们灾区的人民看到这个情况后，感动得热泪盈眶。有的社员说："爹亲娘亲，不如党和毛主席亲。"还有的说："我这一辈子也报答不了党和毛主席他老人家的恩情。"

我们社会主义是一个革命的大家庭。一方有难，八方支援。这次我们邢台地震后，兄弟地区得到消息后，都发扬了高度的阶级友爱精神，对咱们邢台的一些重灾区进行了大力支援。石家庄、邯郸、保定、衡水派来了大批医务人员和高级外科大夫，大批的医药物品从四面八方源源不断地运到邢台。山西省提出支援我们炊具，内蒙古提出支援我们牲畜。北京市、天津市、石家庄、邯郸、保定、衡水等还派来了大批汽车，支援了大批的熟食、蔬菜以及锅、碗、草袋、苇席等物品，连筷子、小碗、火柴、煤油灯也运来了，许多地区还打电话，来电报，甚至派人来说："你们需要什么，我们就支援什么。”火车和汽车运输部门的干部和职工表示保证交通畅通，迅速转运，把需要的物资及时运往灾区。

救灾指挥部，在短短的6天时间内，就收到慰问信1万多封，汇票6800件，28万多元，内装粮票、布票的挂号信一共900多封，包裹500多个，毛主席著作1万多本。这些邮件中，很多都没有署真名，而是写的“共产党员”“共青团员”“普通一兵”“义务兵”“雷锋的战士”“公社社员”“一个工人”“贫农的女儿”“红色的少年”等。远由青海省玉树县发来的一张200元的电报汇款，在汇款单上只写着：“邢台人民受灾，战士支援有责。随电寄去衣服、粮票，请收。”

一位在天津读书的学生，在慰问信中说：“地震震在邢台地区，也震在我的心里……寄去我手头的仅有五元三角钱……希望你们收下一个贫农女儿的一点心意。”

在东北大兴安岭下的察拉尔基，276栋的几户居民，从收音机里听到邢台地震的受灾消息，就奔走相告。尽管这些家庭妇女有的根本不知道咱们邢台在什么地方，但是她们对祖国的五湖四海，都有强烈的感情。她们发来一张32元1角7分的电汇单，在汇单上写了3句话：“这是我们从这个月生活费中挤出来的，我们宁愿少吃点、吃赖点，也要让灾区人民吃饱点、吃好点。”

这些事例，只是其中的几个，但仅这几个就足以说明社会主义的五湖四海，为着一个共同的革命目标奋斗的全国人民，一处有困难，八方来支援的新的社会风尚。这么大的灾害要是发生在旧社会，人民不被砸死也得被饿死。像咱们邢台1917年的大水灾、1942年的大旱灾，许多大爷大娘，还记得很清楚，那时反动政府，不但不管不问，而且，还和地主老财们，乘机敲诈勒索，大发横财，放高利贷，使得广大劳动人民流离失所，无家可归，不少人吃树皮，吃锯末，吃观音土，不少人到现在还杳无音信。不忘过去苦，更知今日甜。咱们重灾区的一些社员把新旧社会一对比，激动地说：“地震，震出了我们的苦水，也震出了我们感谢党和毛主席的热泪。”也有的说：“千好万好不如社会主义好!”

地震还是给我们带来了不少困难，怎么办呢？根本的一条就是听毛主席的话，要敢于斗争，敢于胜利，依靠自力更生，贯彻周总理提出的“自力更生、奋发图强、发展生产、重建家园”的救灾方针，去战胜灾害。

大家知道，这次受灾面积很广，房子倒塌也不少，牲畜、工具也有损失。国家和各地人民都给了不少支援，前面已经讲过了。但是，我们的国家也还不太富强，要都依靠国家来解决，那就要影响国家经济建设；我国人民也还不太富裕，要都依靠别人的支援，那就影响了阶级兄弟的生活。这是咱们大家不会同意的。我们是毛主席领导的革命农民，是人民公社社员，有一个集体主义思想，有一个革命气概。为什么救灾也要依靠自力更生？我看首先就是：这是建设国家、建设农村的方针，是因为我们大家是光荣的人民公社社员，有自己动手克服困难的雄心壮志。“自己能爬起来，就绝不要别人扶！”钱物是死宝，劳动是活宝。束鹿县的社员说：“家里丢了的要从地里找回来。”这是符合毛泽东思想的。毛主席说过：“社会财富是工人、农民和劳动知识分子自己创造的。”靠我们劳动的双手，是什么都会创造出来的。毛主席还告诉我们：外因是条件，内因是根据。事物变化，决定于内因。我们救灾，从实际出发，也只有自力更生，依靠自己的力量，才能真正解决问题。再说，我们也完全能够自力更生。因为我们有党和毛主席的英明指导；有人民公社的无比优越性；有坚强的贫下中农队伍和广大劳动群众；有大寨、南会做榜样；我们也有一些生产自救、战胜灾害（洪水）的经验。

有了自力更生方针，大家还得有个“愚公移山”的劲头儿。毛主席给大家讲了个故事。说好些年以前，有个老汉叫愚公，他家门口有两座大山挡住了出路。他带全家要挖掉这两座山。有一个老头笑他愚蠢，说这不可能办到。愚公说：“我死了有儿子，儿子死了有孙子，只要有决心就能挖掉。”结果他的理想实现了。毛主席教导我们发扬愚公精神，“下定决心，不怕牺牲，排除万难，去争取胜利”！我们救灾也要学愚公，种一分地就可以多收一份粮；盖一间屋，就多一个住房。你震你的，我们还是一样干，大家有力出力有艺献艺。木工瓦匠庄稼汉，大家一齐干。人多主意好，柴多火焰高。大家下定决心，就能排除万难，就一定能取得胜利。隆尧县有个村子叫杨庄，房屋全部震塌，损失很大，困难不小。毛主席说：“我们在困难的时候，要看到成绩，要看到光明，要提高我们的勇气！”他们按毛主席的指示办事，齐心合力，信心满强，干劲儿十足，先紧紧抓住生产不误农时这一条，因地制宜做了规划，切实抓好麦田管理，要实现亩产 250 斤。这就是值得发扬的自力更生闹革命的精神。我们可以实现全年增产计划，有充分根据，因为房子震倒了，老房土当肥，肥效大而且量多；地震震出来的水，浇了麦帮助抗了旱；更主要的是经过救灾，大家按毛主席的教导，团结得更紧，更加热爱社会主义，干劲儿更足了。

杨庄社员们的看法是对的。毛主席教导我们认识一件事，一个人，要一分为二，要两点论，要看到这一面，也要看到那一面，要看到事情是可以变化的。地震震倒了房子是坏事，但房土可以肥田又是好事；人畜遭受了损失是坏事，但考验、教育了人，人的觉悟提高了，精神面貌更新了，这又是好事。我们就要把不利变有利，把坏事变成好事。你冒水，我浇麦！这样信心就更足，干劲儿就更大，成绩就一定更明显。

干革命，革命干劲儿很重要。有这个劲儿才敢和困难挑战，才能战胜困难。不过光有个热劲儿还不够，要有个实事求是的精神。毛主席说："我们在战略上藐视敌人，在战术上要重视敌人。"地震也一样，一方面，我们要藐视困难。像巨鹿社员说的："你震你的，我干我的！"顶多再倒几间房，倒了再盖，没什么了不起。天不怕，地不怕，大家要有这个雄心，要当无产阶级硬骨头。同时我们要重视困难，把防震工作做好。救灾的工作也要从实际出发，要正视困难，不回避困难。当然也要有个正确评估，要有个正确态度。大前年我们赶上一次大水，我们响应党的号召，实现了生产自救，顺利渡过了灾荒。大家也可以把今年的地震灾害和大前年洪水灾害比一比：洪水一来，房屋倒塌，衣被杂物一冲而走，现在被子衣服粮食都在，梁柱瓦墙也还可以利用；那年赶上秋寒，天气越来越冷，现在天气越来越暖；那年地里一片积水，久久不能排出，现在麦苗青青，沃土松松，丰收在望。总的说，今年的灾还是轻得多。有个正确的认识，我们就不会被它吓倒。而是更加热爱新社会，更加有信心克服目前的困难。当然，路要一步一步地走，窝窝头要一口一口地吃。生产如何规划，劳力如何调配，房子怎么修建，分配如何合理，都要大家好好研究。

我们的干部是人民的勤务员，都是为人民服务的。我们要学习焦裕禄一心一意为群众，学习吕玉兰战天斗地不怕难。党团员、民兵们，要发挥带头、突击作用，带动广大群众，发扬麦贤得的硬骨头精神，"自力更生、奋发图强、发展生产、重建家园"。把生产搞好，实现"家里丢了积极从地里找回来"的战斗口号，为建设社会主义新农村而贡献力量！

提供：原4593部队　张脉贤干事

整理：邢台市委党史研究室　何立海

# 附录 2：文艺汇报演出内容

## 前　　言

毛主席教导我们："我们的文学艺术都是为人民大众的，为工农兵而创作，为工农兵所利用的。"

4593 部队战士业余演出队，在邢台地区发生地震期间和抗灾斗争中，遵照毛主席的教导，积极向灾区人民宣传毛泽东思想，帮助灾区人民活学活用、大学大用毛主席著作，充分发挥了文艺轻骑兵的战斗作用。他们每到一地，就同社员一起劳动，边劳动边演出。他们在演出中不讲条件，不分地点，不怕苦、不怕累，把戏送到贫下中农的炕头上，送到生产队的饲养棚里。就这样他们走遍了邢台专区的 400 多个村庄，进行了 570 多次演出。贫下中农称他们为毛泽东思想宣传队。

演出队在向群众宣传的同时，虚心向贫下中农学习，他们通过访贫问苦，增强了阶级和阶级斗争观念。他们通过和贫下中农劳动，看到了灾区人民自力更生、奋发图强的英雄气概，受到了极大鼓舞。因而使演出队的精神面貌起了极大的变化。

现在他们选择了一部分节目，组成"毛泽东思想万岁"专题晚会，作为向大会的献礼。由于时间紧，排得粗糙，希望首长和同志们看后批评指导。

## 节　目　单

1. 表演唱：《奔赴第一线》
2. 对口词：《毛主席就在身边》
3. 荡山琴书：《张连长雨夜探亲人》

4. 诗朗诵：《五湖四海寄深情》
5. 豫剧表演唱：《周总理来到白家寨》
6. 快板流：《灾区人民热爱毛主席》
7. 歌表演：《总理坐了我的车》
8. 表演唱：《毛主席派来宣传队》
9. 曲艺联唱：《学习毛主席著作讲用会》
10. 歌舞：《送粮路上喜洋洋》
11. 多口词：《备战备荒为人民》
12. 小歌舞：《浑身都是劲》
13. 说唱：《毛泽东思想万岁》

提供：原 4593 部队　张脉贤干事
整理：市委党史研究室　何立海

# 附录3：抗震救灾时期创作的歌曲

## 毛泽东思想威力无穷

洪源、张洛 词

劫夫 曲

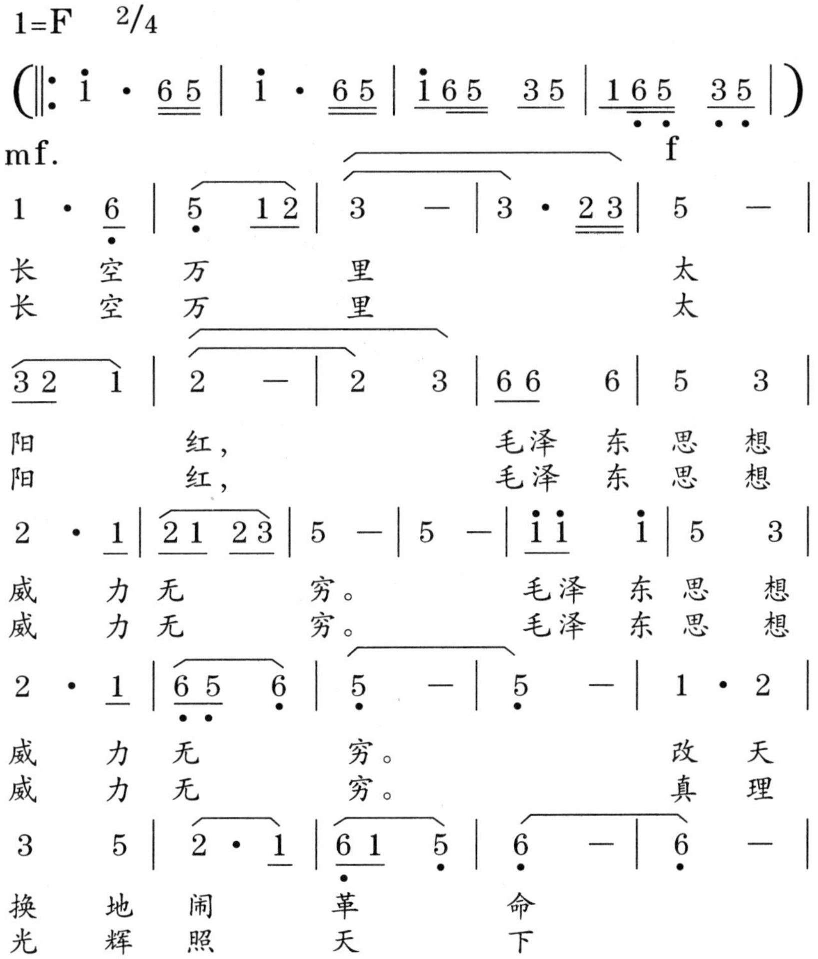

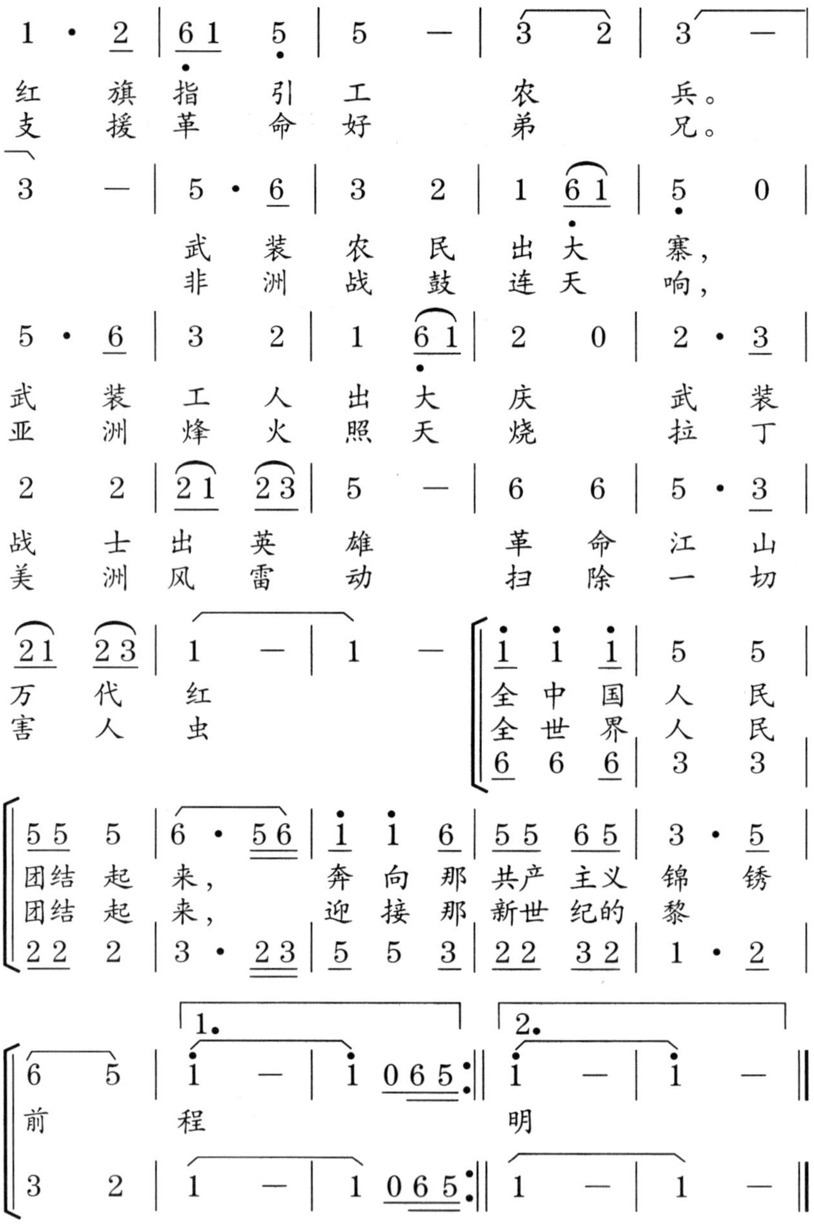
红 旗 指 引 工 农 兵。
支 援 革 命 好 弟 兄。
武 装 农 民 出 大 寨，
非 洲 战 鼓 连 天 响，
武 装 工 人 出 大 庆 武 装
亚 洲 烽 火 照 天 烧 拉 丁
战 士 出 英 雄 革 命 江 山
美 洲 风 雷 动 扫 除 一 切
万 代 红
害 人 虫
全 中 国 人 民
全 世 界 人 民
团结 起 来， 奔 向 那 共产 主义 锦 锈
团结 起 来， 迎 接 那 新世 纪的 黎
前 程 明

# 毛泽东派来了慰问团

张洛 词
劫夫 曲

1=G 2/4

# 毛泽东派来了解放军

洪源　词

劫夫　曲

# 毛泽东派来了医疗队

洪源 词

劫夫 曲

1=C 2/4

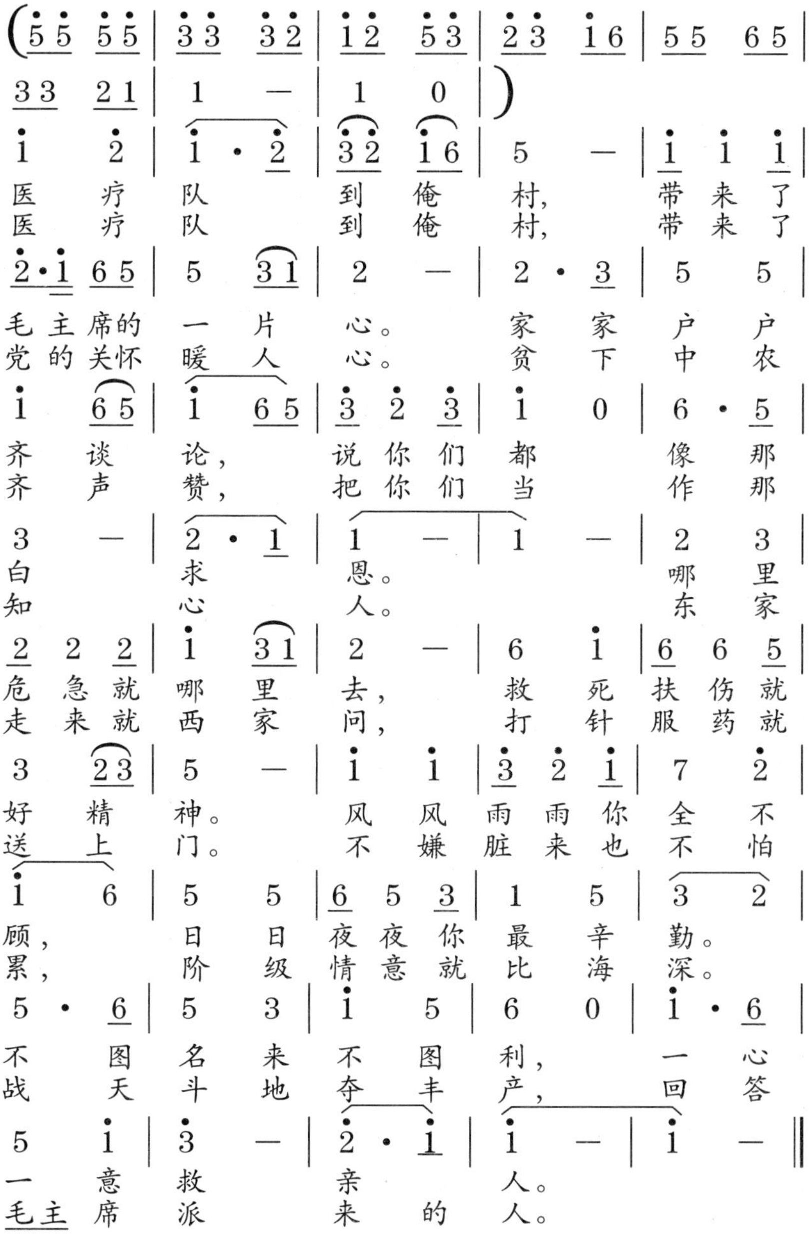

## 毛泽东的书，革命的宝

劫夫 词曲

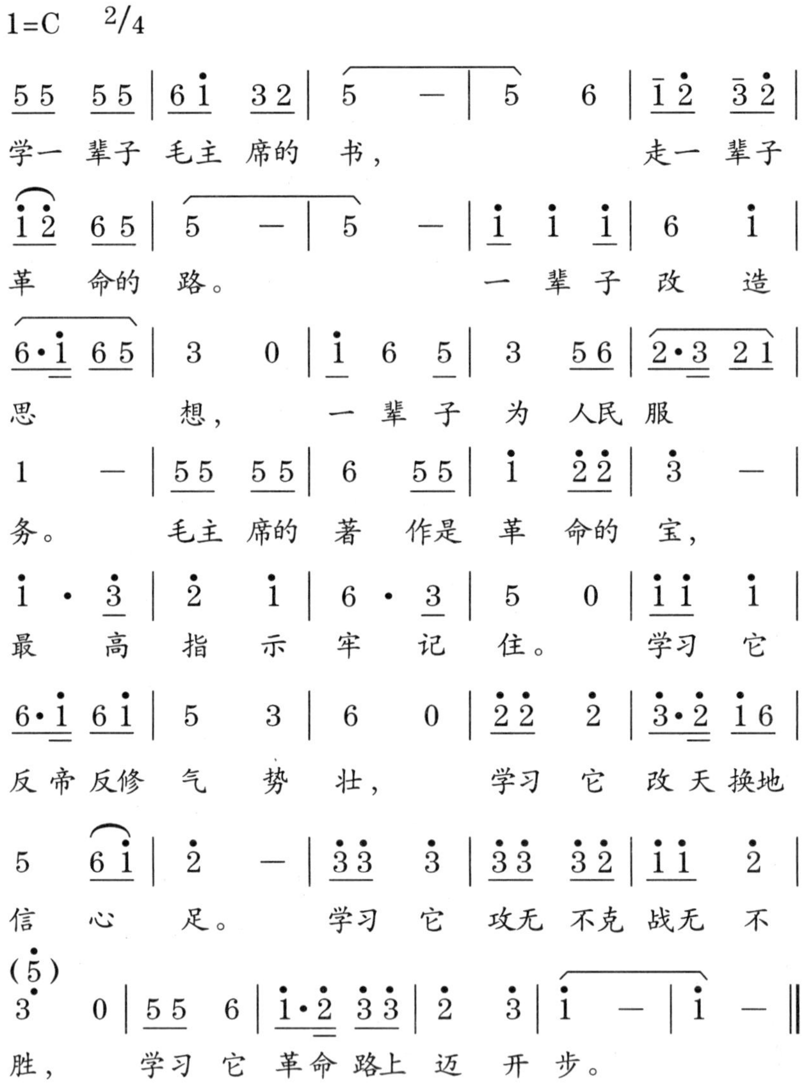

## 歌唱毛主席著作讲习所

洪源、张洛 词

劫夫 曲

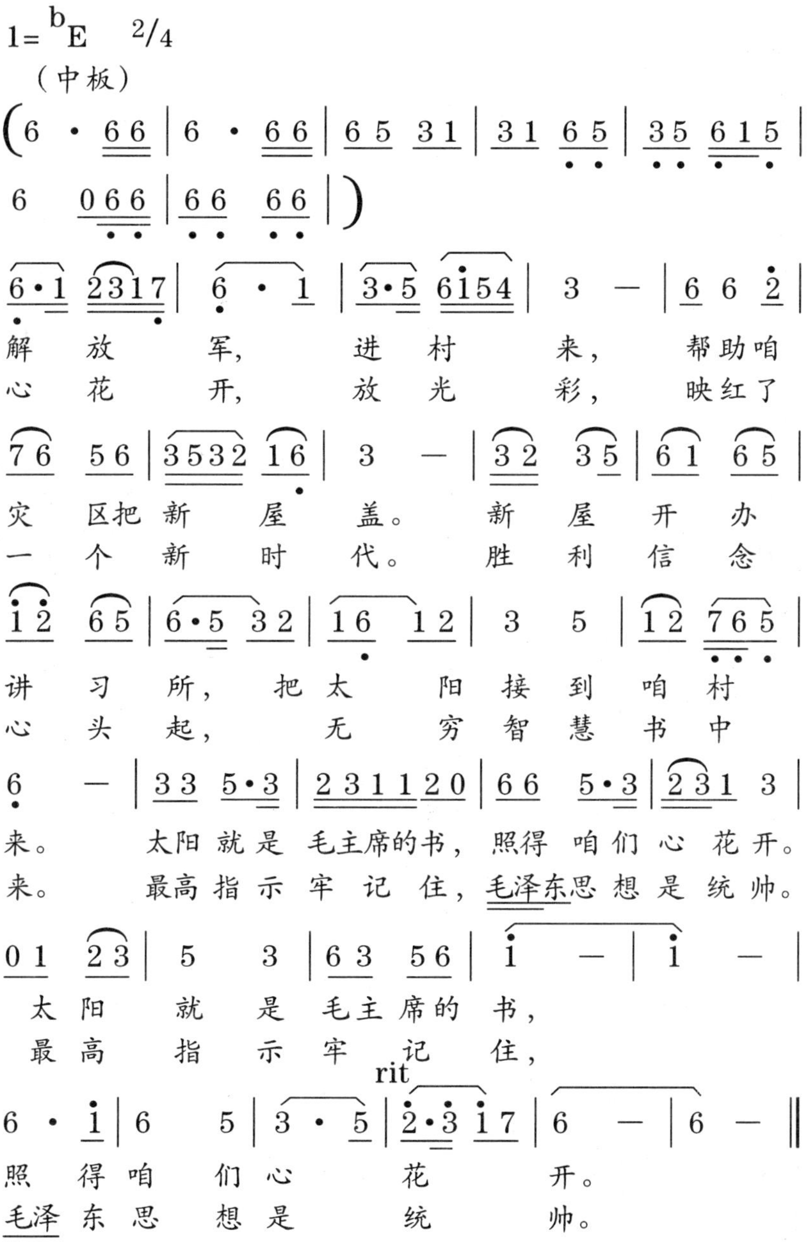

## 感谢党的关怀

集体 作词

劫夫 曲

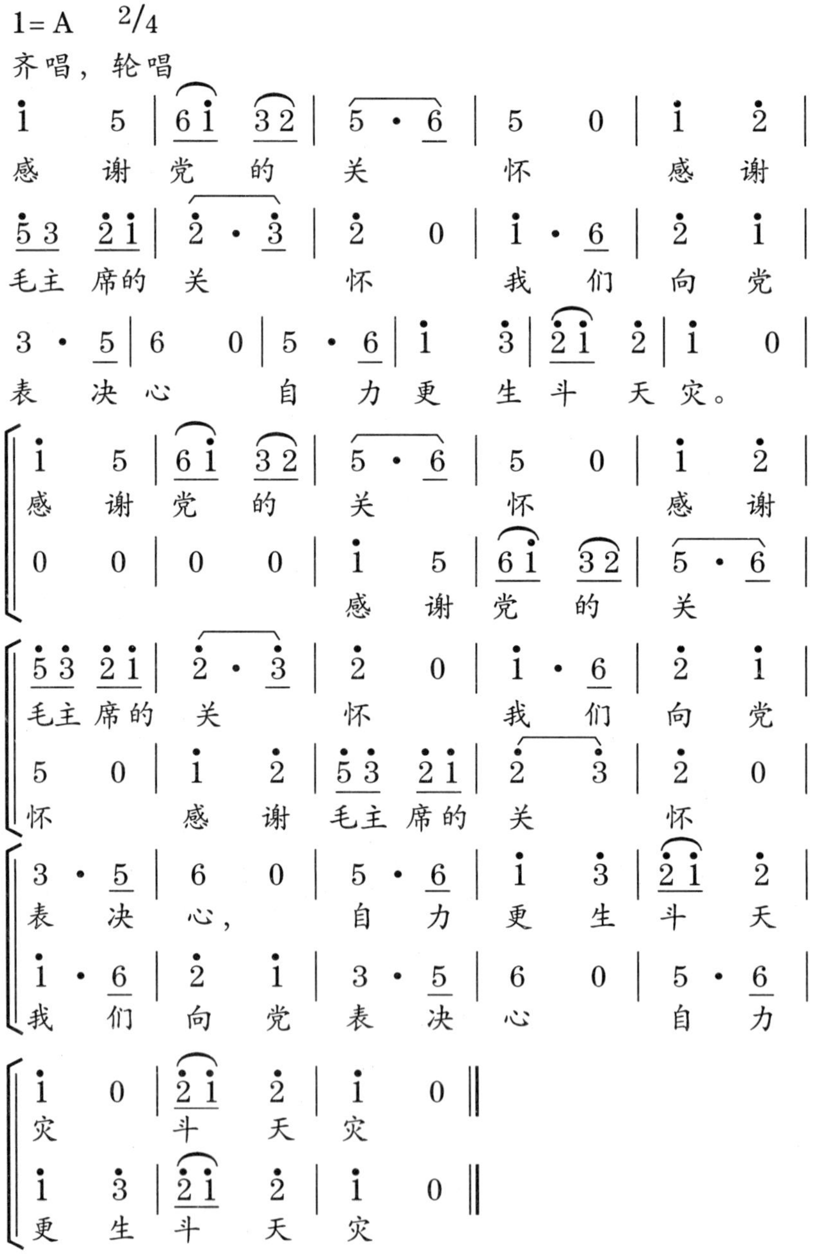

## 爹亲娘亲不如毛主席亲

集体 编词

劫夫 曲

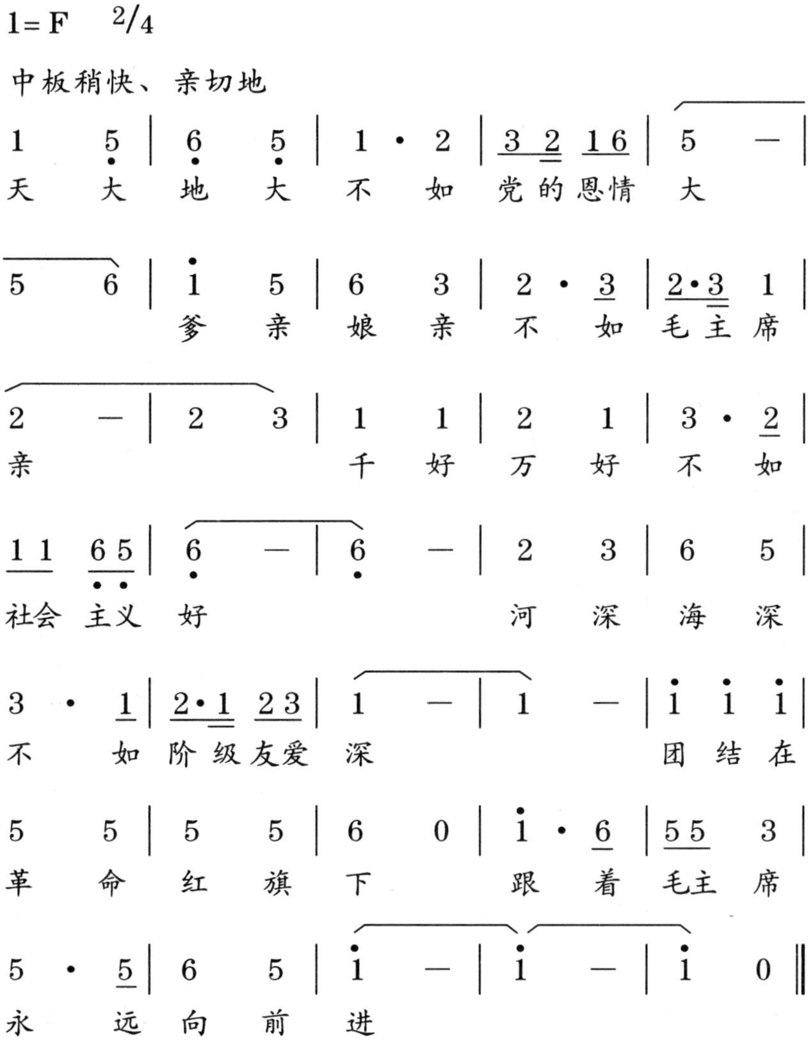

# 阶级友爱来自四面八方

洪源、张洛 词

劫夫 曲

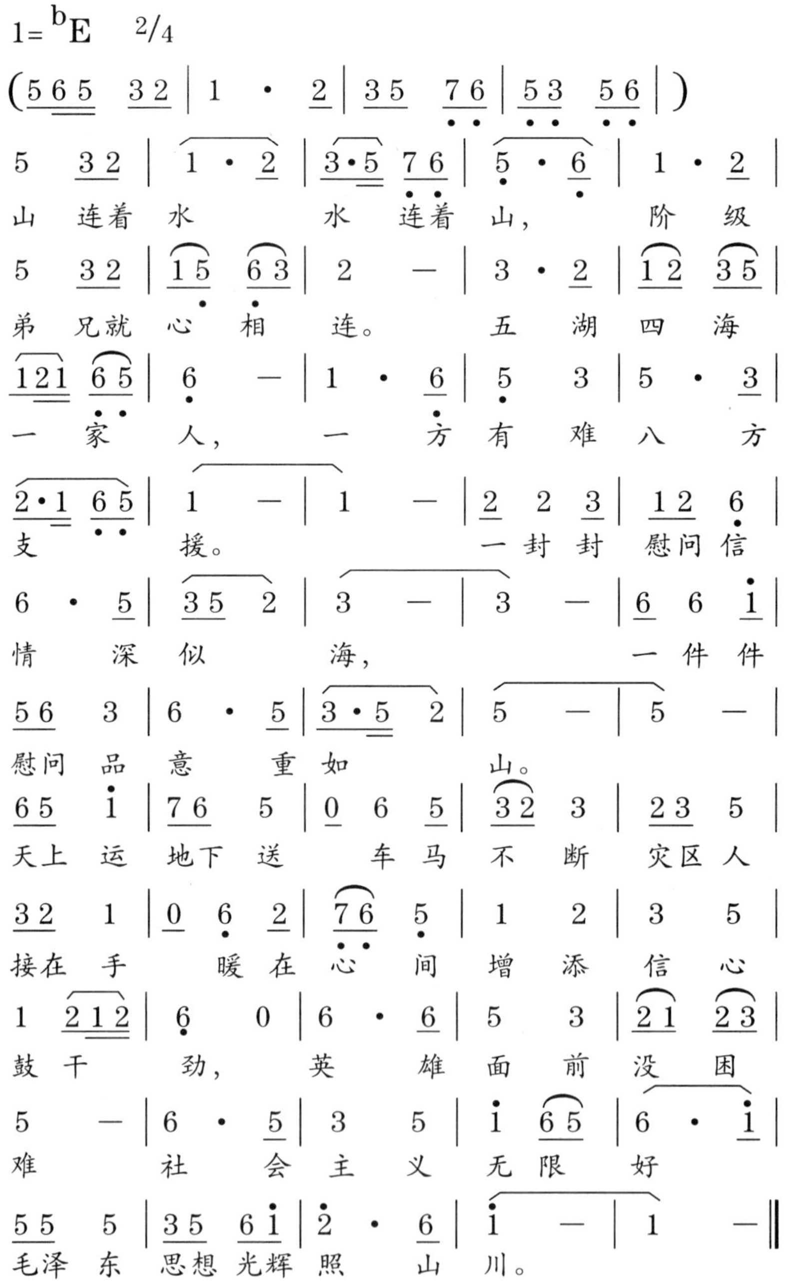

# 你震你的，我干我的

洪源 编词

劫夫 曲

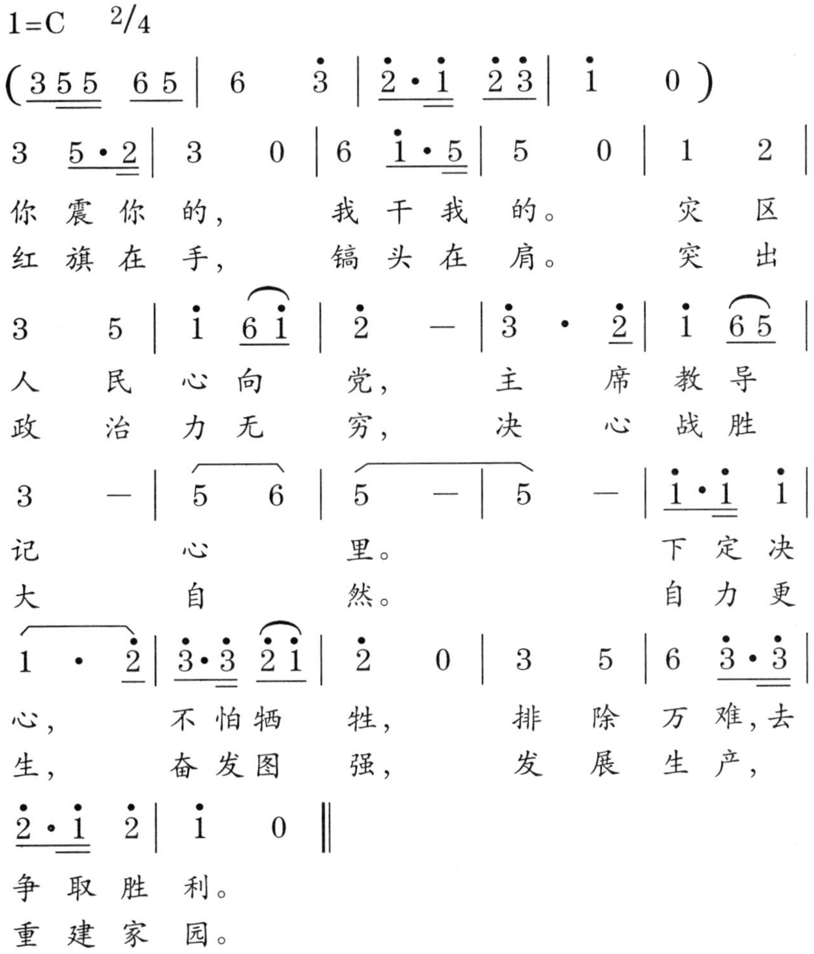

## 自力更生斗天灾

洪源　词

劫夫　曲

# 战天斗地生产忙

张洛 词

劫夫 曲

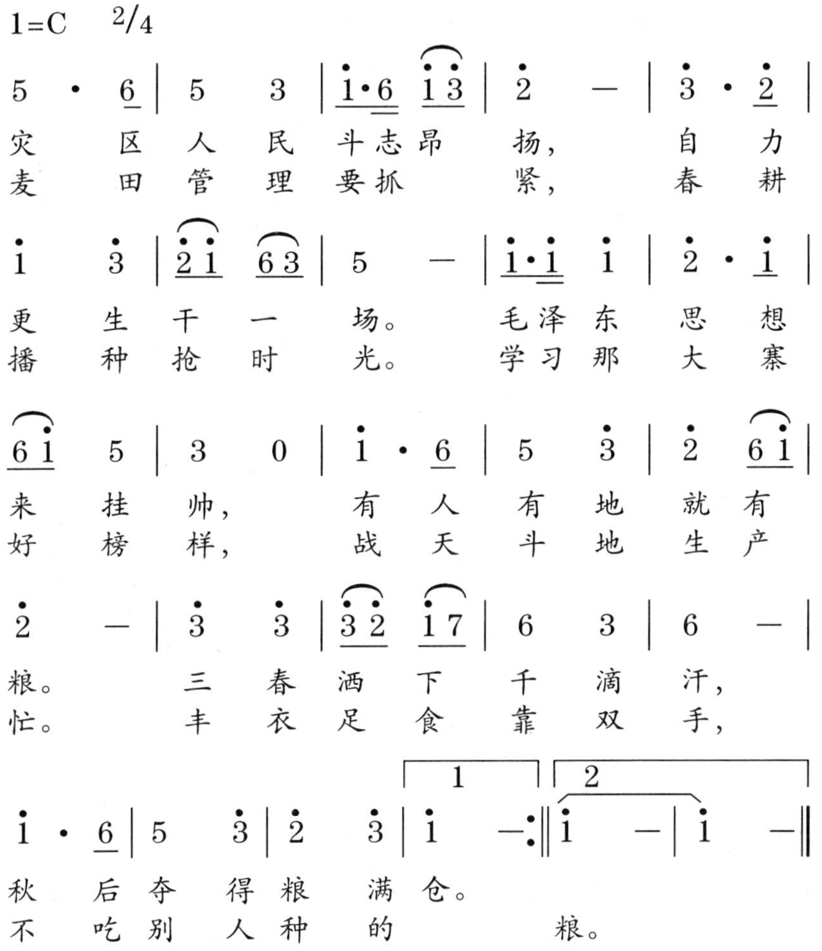

## 克服困难歌

根据革命谚语编词

劫夫　曲

1=D　2/4　（齐唱、轮唱）

中板、稍快

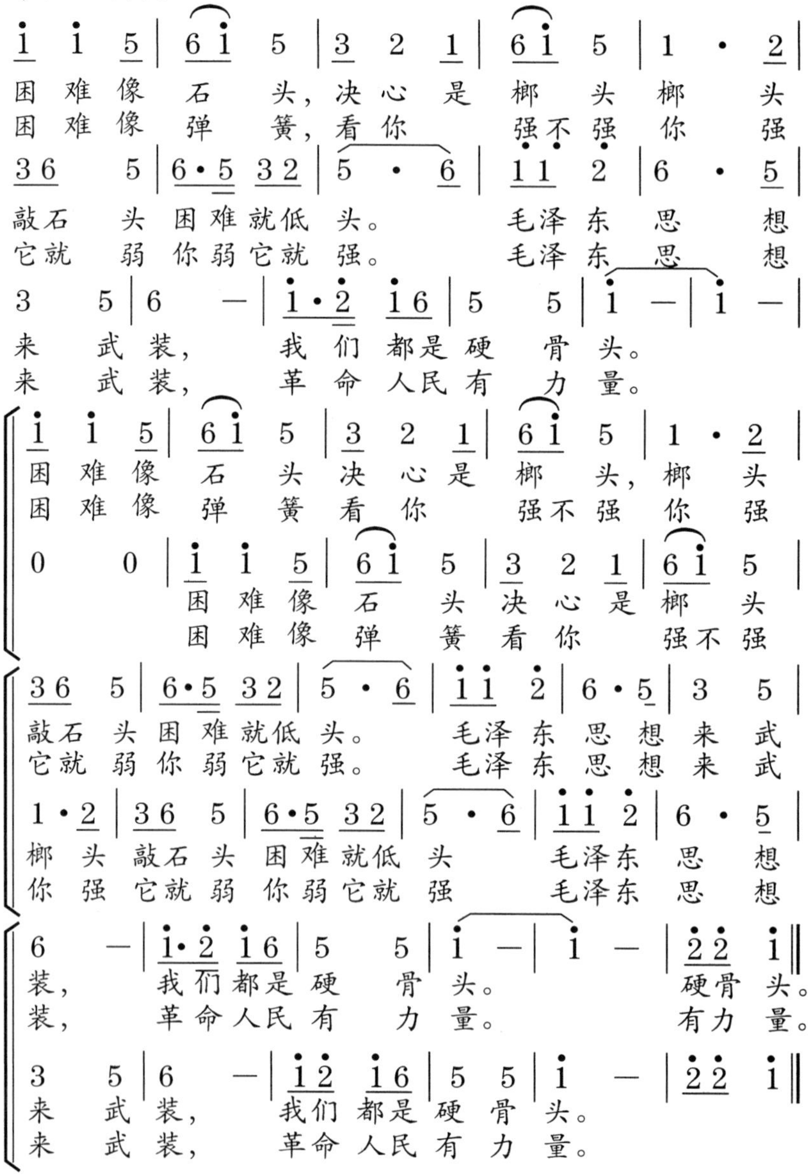

## 我们是毛泽东思想的播种机

洪源、张洛 词

劫夫 曲

## 人民战士爱人民

张洛 词

劫夫 曲

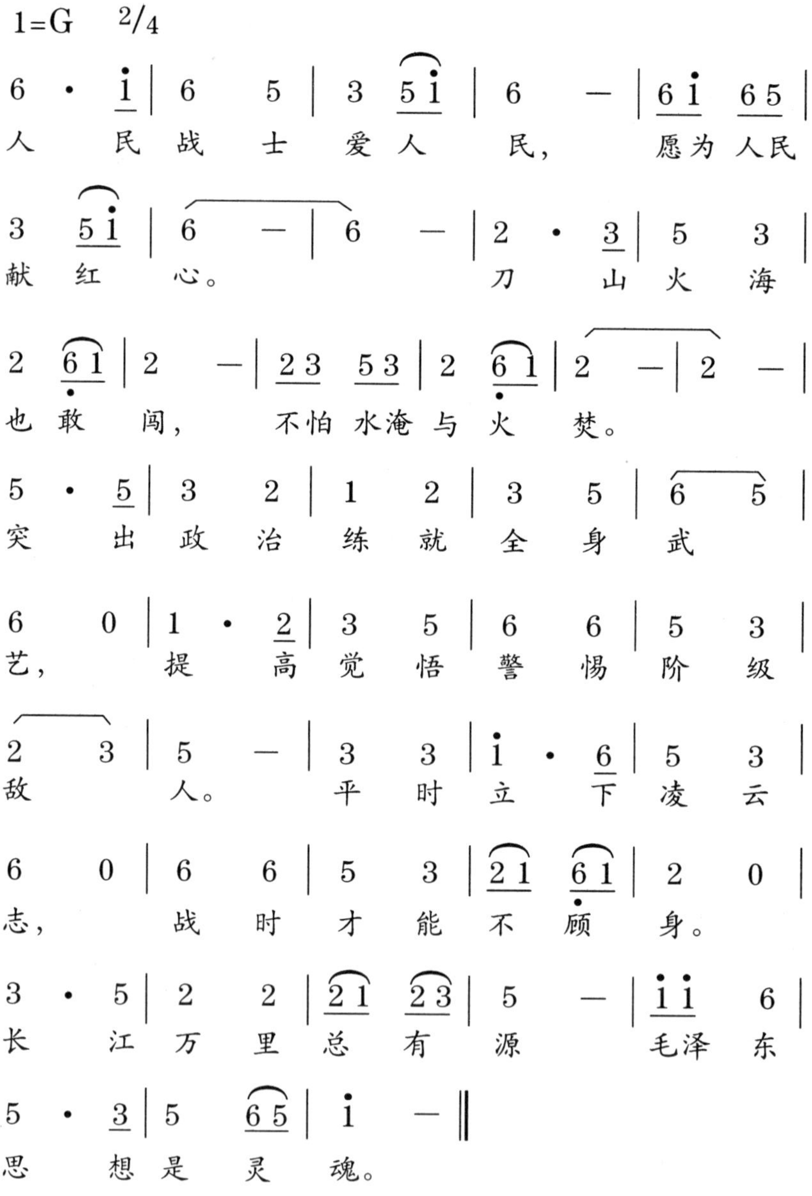

# 解放军是咱最亲的人

张洛 词

劫夫 曲

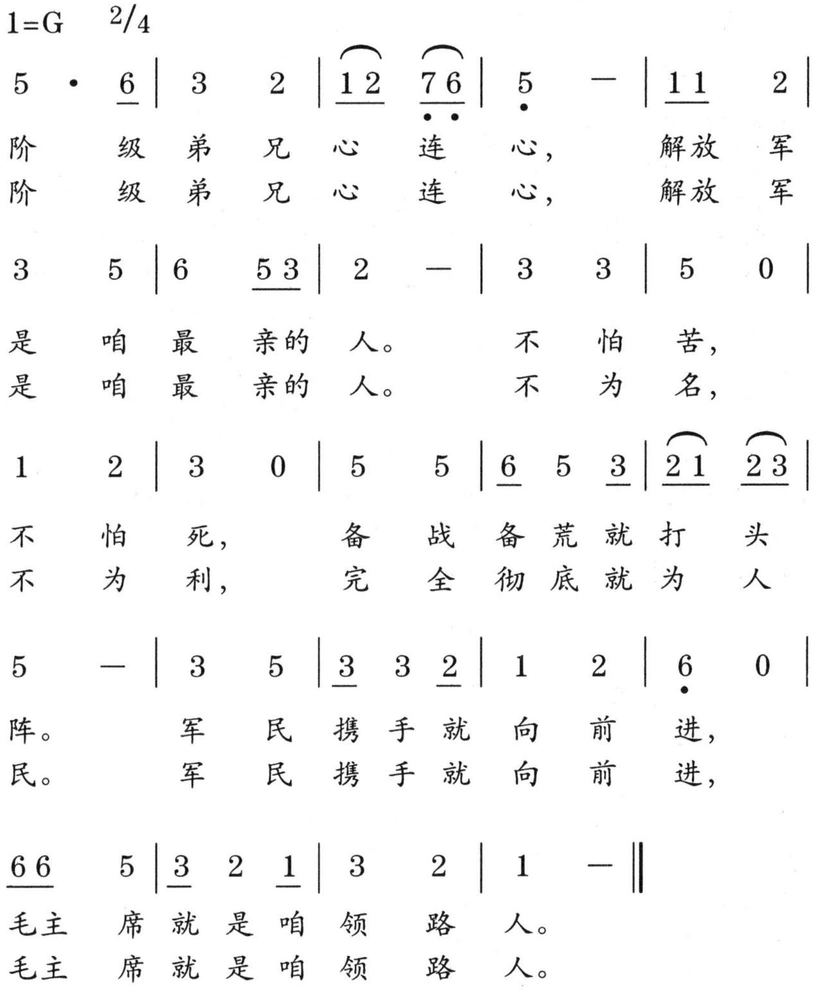

# 地震考察队之歌

洪源 词

劫夫 曲

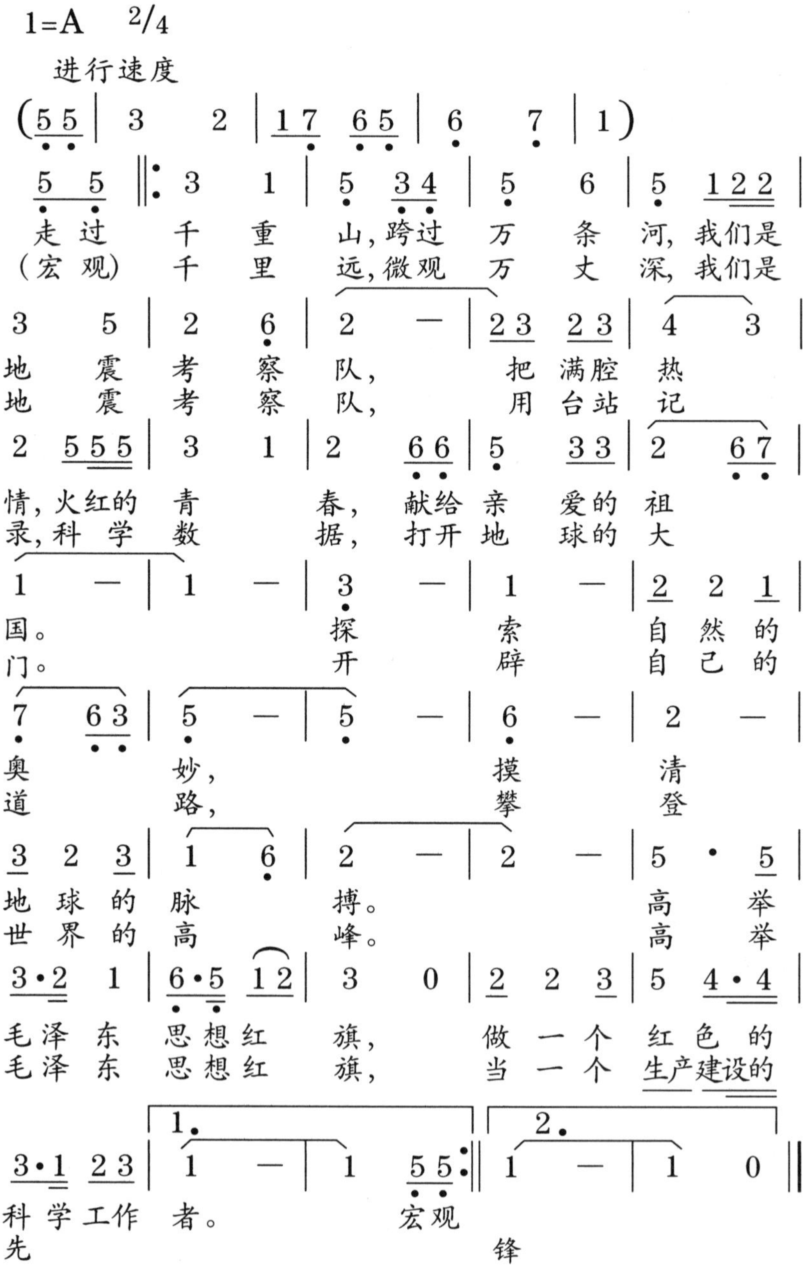

# 铁 姑 娘

洪源、张洛 词

劫夫 曲

（为隆尧牛家桥铁姑娘排而作）

# 滏 阳 河

洪源、张洛 词

劫夫 曲

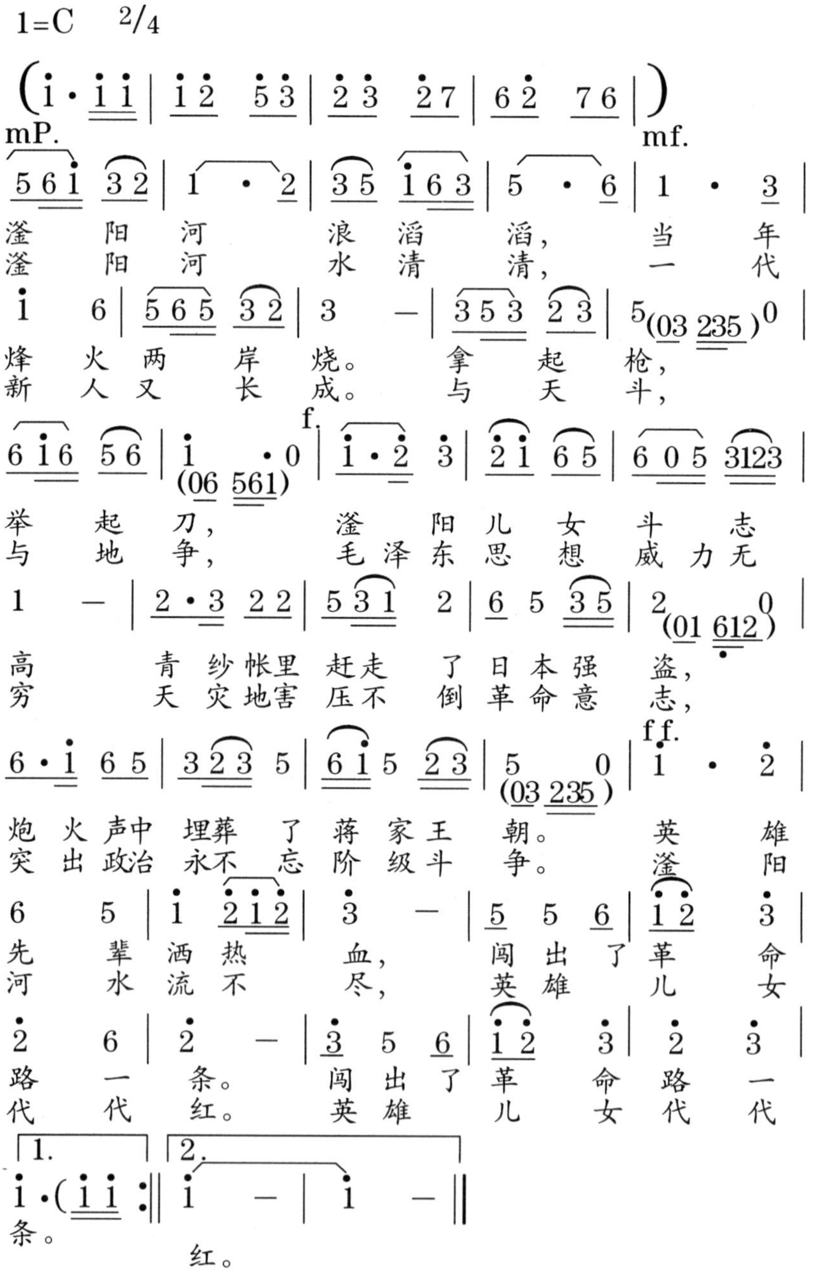

# 后　记

《邢台地震与抗震救灾亲历记》一书，是根据河北省委党史研究室的工作要求编辑出版的。

邢台市委党史研究室接受任务后，与河北大学相关专家、学者合作谋划并积极组织隆尧、宁晋、巨鹿和任县、南宫、新河、柏乡等县市党史研究室的工作人员，根据当年地震受灾情况分配了征集资料任务，在时间紧、任务重的情况下，所有参与人员，夙兴夜寐，激情工作，保质保量完成了工作任务。

隆尧地震纪念馆、河北省眼科医院（原邢台眼科医院）为我们提供了清晰、翔实的影像资料；张脉贤同志为我们提供了珍贵的文字资料；马喜庆同志为我们提供了歌曲资料，市委老干部局给予了大力支持和帮助。在此一并表示感谢。

本书是编写人员在分组搜集整理的基础上经集体讨论审阅所作。具体分工如下：

《邢台地震问题研究现状》由杨学新、王晶写作；《邢台地震救灾综述》由何立海、高荣朝写作；隆尧县口述资料由何立海、高荣朝、贾国强、张建青、吴胜林、张记军、镡立格搜集整理；宁晋县口述资料由乔艳丽、翟楠楠、刘秀礼、巨力宁、单观朝、张满福、刘云佳搜集整理；巨鹿县口述资料由贾文涛搜集整理；任县口述资料由孙晓静、尼国霞、杨华搜集整理；新河县口述资料由白敬缺、王伟华、信忠申、苗水辰、冯计旺、张明嘉、刘伟、贾海涛、冯真、董娥、苏琳、张佳佳搜集整理；南宫县口述资料由张辉、杨文志搜集整理；柏乡县口述资料由薛宝祥、白利强、徐静搜集整理。

全书的统稿、审稿工作由何立海、杨学新完成，全书的整理、编辑、校对由何立海、杨学新、王晶、贾国强、张彦斌完成。

本书文章在口述资料整理的基础上形成，语言及计量单位的使用保持了口语性和常用性的特点。由于我们的水平有限，难免出现不足和失误，敬请读者批评和谅解。

编　者

2016 年 3 月